女心理师

毕淑敏 著

山西出版传媒集团 山西人民出版社

图书在版编目（CIP）数据

女心理师 / 毕淑敏 著 . — 太原 : 山西人民出版社 , 2023.9
ISBN 978-7-203-12981-3

Ⅰ . ①女… Ⅱ . ①毕… Ⅲ . ①长篇小说—中国—当代 Ⅳ . ① I247.5

中国国家版本馆 CIP 数据核字（2023）第 136023 号

女心理师

著　　者：毕淑敏
责任编辑：郝文霞
特约编辑：孙鑫仪
复　　审：刘小玲
终　　审：贺　权
装帧设计：宋双成
　　　　　刘明彬

出 版 者：山西出版传媒集团 · 山西人民出版社
地　　址：太原市建设南路 21 号
邮　　编：030012
发行营销：0351-4922220　4955996　4956039　4922127（传真）
天猫官网：https://sxrmcbs.tmall.com　电话：0351-4922159
E-mail ：sxskcb@163.com 发行部
　　　　　sxskcb@126.com 总编室
网　　址：www.sxskcb.com

经 销 者：山西出版传媒集团 · 山西人民出版社
承 印 厂：三河市天润建兴印务有限公司

开　　本：890mm×1240mm　1/32
印　　张：18
字　　数：500 千字
版　　次：2023 年 9 月　第 1 版
印　　次：2023 年 9 月　第 1 次印刷
书　　号：ISBN 978-7-203-12981-3
定　　价：68.00 元

如有印装质量问题请与本社联系调换

再版序言

从《女心理师》初版的二〇〇七年至今，已有十六年。其中，每逢再版时，出版社都希望我能写再版序。

我谢绝了。

想说的话，都在之前的序中说完，没新话可说。

这一次，出版社决定把《女心理师》和《心理小组》两部长篇小说组团打包，一起出版。觉得这两本书，一是以个体心理咨询与治疗为主要内容，一是以团体心理咨询和治疗为主要内容。二者相辅相成，希望我能写点什么。

我答应了。

此二书，出版后均不断再版，至今已记不清有多少版本。有一次天坛医院乳腺科组织召开"少奶奶"大会，邀我参加。作为贺礼，我带去了《心理小组》的十个不同版本，外加日文版。病患们见后很高兴，抚弄着书页和封面说：哈！有这么多人关心我们这个群体啊！大家最终战胜疾病，就更有信心了。

多说一句。他们之中的绝大多数人，都已切除了一侧乳房。自我调侃，苦中作乐地戏称自己为"少奶奶"（这个"少"字，读三声，为"多少"的"少"）。当然，其中也有些人因起病峻急，情况险恶复杂，不得已切除了双侧乳房。因其中还有少数人是男子，故我用了"他们"的称呼。当我在主席台上，看到台下数以千计的病患们如盛葵般的笑颜，心中被生命的惨烈和坚韧深深击打。那一刻，我由衷地觉得——写作是一件有意义的事情。过程中即便有再多的辛劳与挫败，都值得我投入和执守。

《女心理师》的版本，更多一些。原因不是我写得有多好，而是人们越来越关注此领域，越来越注重自己的心理健康，爱屋及乌。

记得有一年在国外和当地民众交流。我在发言中提到，我以为中国，是现今世界上最需要心理医生的国度……不料台下一位大胡子的彪悍男子站起来道，他认为他所在的德国，才是世界上最需要心理医生的国家。概因德国人的心理疾患太严重了……

我哑然失笑。谁更需要心理医生，这个也要争抢吗？思考之后，便觉自己的话不够客观妥帖。

是啊，心理健康的重要性，是无法量化和比较的。就像你说生理上的医生，是非洲更需要还是亚洲更需要呢？答案只有一个，地球上所有的人，都需要。

心理健康，也是同理。人类，都渴求自己有一颗强大而百折不挠的心。

作为一个学习过心理学知识的作家，作为一个曾经当过二十年临床生理医生的作家，我深感责任在肩。人们孤独而疲惫的心灵啊，渴望搭建一座沟通的桥梁，我当尽绵薄之力。

感谢为这两本书的出版而不懈工作的同志们，致敬！

毕淑敏

2023 年 7 月 25 日

初版序言

这是一本有趣的好玩的有一定意义的小说。写的是一个青年女子学习担当心理师的故事。你会在其中看到很多人和事，第一印象是悬念和奇特，深入其内，才会发现所有奇异的事情，都有内在的逻辑和意料之外的解释，人性就是如此的丰富斑斓。也许你会哭，我不敢保证。但你一定会笑上几次。微笑，哪怕在地狱里，也是盛开的莲花。

作家在生活之水中游走。我当过二十年的内科医生，这就是我的生活和命运。我不是为了写小说而特地去体验这个角色，而是实实在在地救死扶伤。当我写作的时候，我也无法完全摆脱当医生的感觉。我会关注人的生命，艰难民生感同身受。我不可能把注意力都集中在一己的微细觉察中，永远觉得自己和众人紧紧相连。

《女心理师》中没有任何一个故事来自现实中的真实病例，所有经我诊疗的心理咨客都尽可放心，我绝没有把你们之中任何一个人的诉说，原原本本地搬进小说。严格地遵循心理医生的准则，不仅来自我庄严的责任感，也来自我的基本才华。小说是虚构的艺术，我已明了人性的复杂，不必照抄现实生活，就可以完成故事的构建和开掘。

小说毕竟是小说，不是教材。我以前曾因自己的小说被大学心理系教授当作必读书推荐给学生而沾沾自喜过。我后来醒悟到这是贪图虚荣。小说自有文学的规律，不必拘泥于真实科学的窠臼。否则就成了四不像，对不起学生，也对不起读者。

有朋友看了流传的内容提要，说小说的主人公看起来像一个现代女巫师，我把这话看作是一种期许。我们这个国度曾有信巫的爱好，可惜的是，女主人公不像巫师。她平凡普通，但是爱学习，愿意探索，对人有兴趣，愿意追索自己和他人的秘密，期待这个世界更美好。我喜欢这个人物，尽管她有很多弱点。

也许和我写过太多的病历有关，文字总是冷静。你见过一个医生在病历里热情奔放、抒情咏叹吗？我并不是说冷静就好，但在我，恐怕难以改变了。毕竟几十年的光阴，对一个人的影响太大了。结构上有些变化，多了一点趣味。至于风格，还是残酷和温暖交织。当然，还有悲悯。

我学习心理学课程一事，纯属偶然。朋友××摔断了腰椎骨，打了石膏裤，瘫躺床上三个月。我在自家墙上的挂历上写了一行字："每周给××打个电话。"我当医生出身，知道卧床不起的病人非常寂寞，希望能躺着跟人聊聊天。后来我就按照挂历上的提示，每周都给这个人打电话，有一句没一句地闲聊。尽管我很忙，还是会多磨蹭一点时间，让她开心。后来有一次，她随口说了句"香港中文大学心理学教授林孟平到北师大带学生"……我问，我能跟她学习吗？朋友说，那可不知道。后来感谢那位朋友，我说：我能学心理学，多亏你摔断了腰。

学习过程很辛苦，因为我没有心理学的基础，一切都要从头开始。我很遵守纪律，几年的时间里，我从没有迟到过一次。老师后来跟我说，你的师弟师妹们开始嫉妒你了，说你凭什么学得这样好。老师帮我解释，说毕淑敏把她在别的领域里的知识移植过来，比如医学知识，比如她写作时对人的了解……加上刻苦，所以进步就比较大了。

我当心理咨询师的时候，大家反映疗效不错。我想首先要感谢来访者对我的信任。不管心理咨询的哪个流派，都会把和来访者建立良好的关系，当作最先决的治疗步骤。来访者基本上都看过我的作品，自认为很了解我的为人，把我当成他们的知心朋友，非常信任我，使得我在治疗中能够很快同他们建起非常好的关系。是他们对我的信任，帮助了我，也帮助了他们自己。从这个意义上说，来访者让我看到了人性中美好的东西，这就是人与人之间肝胆相照的信任。正是这种信任，让奇迹在我们面前出现。

我喜欢用干净的手段，抵达一个光明的理想。一个人活着，要使自己的幸福最大化，而且要让别人因为你的存在而幸福多一些。

我珍爱生命。不单珍爱自己的生命，也珍爱他人的生命。人是多么神奇的生物，我们理应让它更美丽。我越是看到人性的幽暗之处，越相信它会有出口。在关系的寒冷中寻找和煦，在残酷中争取柔和。如果不超拔于琐碎之上，文学就丧失了照耀的力量。

无数人所给予我的信任，让我震撼于心灵与心灵的交流具有魔力。我敬畏这种沟通和感应，为之感动。生存就是向着死亡的进发。只要生命还存在，对死亡的关注就不会停歇。生命和死亡，是我们人生的两个翅膀，你只有都思索了，才能飞翔。

正是这些思考，支撑起了《女心理师》的骨架。不幸的是，在长达几年的写作中，这部小说差点夭折。

爸爸在的时候，我写完的每一部小说都给他看。后来，他到天堂去了，我就只能把书烧了给他。硬质封面的书，烧的时候，火焰是淡蓝色的，缓缓舐过沾满了字迹的白纸。无字的地方是金色，有字的地方是藏蓝色的，要很久才彻底变成灰烬。妈妈对我说：以前，我要照顾你爸，没有时间看你的书，今后，我会像他一样，每一本都看。

我写着写着，妈妈也到天堂去了。

之后的那一段时间，我完全不能再坚持写作了。悲哀像宽大的袍子笼罩着我，我会毫无征兆地泪流满面，手下的键盘变得如岩石般坚硬，再也无法敲动。我丧失了写作能力，周围一片幽暗。

爸爸妈妈，我再不能对你们诉说我的悲喜，永远都不能再喊"爸爸""妈妈"——这无比温暖的称呼，从此与我永诀。深重的痛感，直达脊髓。亲情的枝叶在寒冬飘落，情感的金字塔被风雪掩埋。不会再有人在我的路口叮咛不止，说那些亲密和激励的话了。我知道，你们在高处凝望着我。你们在那里，还好吗？天堂有多远，没有人说起过。我坚定地相信，一句句祝福，一声声问候，直抵天庭。我远游的心，还可以有所依傍。

总有一些东西是没有穷尽的，那就是我对你们的思念。我相信灵魂的距离，其实只有咫尺之遥。在我人生的行囊里，藏着对你们绵绵无尽的爱。我知道你们坟前的鲜花，那种有着极盛的火炭一样色彩的隆重玫瑰，飘荡幽香。我和你们相依相傍的记忆，如果每一瞬是一块矿石，冶炼成钢铁，该铸起绵延到无垠的轨道吧？岁月驶过，锃光发亮。如果相依相傍的日子，每一天都是一块红煤，拢在一起燃烧，该腾起怎样的烈焰？你们就在这金色的光芒中微笑。如果每一寸光阴都融成一滴水，如今它们全部化为咸涩的潮汐，在我心海奔涌不息。如果今生今世永怀的思念，每一刻都是一缕烽烟，它们缠绕在一起不停地旋转，就是十二级的飓风啊，上九霄入地宫，搅起周天寒彻的雪暴。

然而想到爸爸妈妈在天空注视着我，期待着我，我只有在重围中跋涉前行，日复一日，顽强努力。我把这本书献给我的爸爸妈妈。

终于，完成了这部长篇小说。

我把它当作一束暗红的花，放在我父母的墓前，等待他们在天上的阅读。

我不知道它好不好，只知道我目前不可能做得更好了。因为，我已尽力。

目 录

|第 1 章|

最悲惨的故事在心理室的地板下

女心理师贺顿大病初起。

早上，发烧。丈夫兼助手柏万福说："请病假吧。"

贺顿说："跟谁？跟自己？"

柏万福说："跟我。我安排来访者改期。"

贺顿艰难地咽了一口唾沫，唾沫像一颗切开的朝天椒，擦过咽喉。说："不成。这关乎咱们的信誉。"

柏万福反驳："那也不能成了自己的周扒皮。"

贺顿说："我能行。"说罢，加倍服了退烧药，起床梳洗。为了掩盖蜡黄的脸色，还特别施了脂粉。修饰一新，居然显不出多少病态。柏万福只好不再阻拦，他知道贺顿是把工作看得比生命还贵重的人。

好在诊所就在楼下，交通方便。贺顿两膝酸软，扶着栏杆从四楼挪到了一楼。如果是挤公共汽车，那真要了命。

走进工作间，时间还早，第一个预约的来访者还未到。

淡蓝色布面的弗洛伊德榻，静卧在心理室的墙角，仿佛一只吸吮了无数人秘密的貔貅，正在打盹。传说貔貅是金钱的守护神，没有肛门，只吃不拉，因此腹大如鼓。心理诊所的弗洛伊德榻，吞噬的是心灵猎物。心理室到处都栖身着故事，一半黏在沙发腿上，四分之一贴在天花板上，那些最诡异的故事，藏在窗帘的皱褶里。一旦你在傍晚抖开窗帘，它们就逃逸出来，一只翅膀耷拉着，斜斜地在空气中飞翔。还有一些最凄惨的故事，掩埋在心理室的地下，如同被藏匿的尸身，在半夜荡起磷火。

生理医生穿雪白的大褂，心理医生没有工作服。贺顿觉得这不合理，衣服如同盔甲。在心灵的战场上刀光剑影，没有相应的保护如何是好？家就在楼上，如果没有外在服装的改变，让她如何区分自己的不同角色？于是，她把几套常服，定位成了自己的工作服。上班的时候，如同武士出征，随心情挑选铠甲。今天，她穿了一件灰蓝色的毛衣，下着灰蓝色的长裤。每当她启用灰蓝衣物时，谈话过程就格外顺利。如同犀利的短剑，适宜贴身肉搏。也许，人的潜意识就是灰蓝色的，我们的祖先是鱼，来自海洋。

贺顿听到外面候诊室有声响，是负责接待的职员文果来了。贺顿问："今天预约的人多吗？"

心情矛盾。作为独立经营的心理诊所负责人和心理师，当然希望来访者越多越好，但随着工作量剧增，有时又很盼望有几天颗粒无收，可以名正言顺地休息。

"多。"文果打开公文柜子的锁，拿出一沓表格递给贺顿。"第一位姓无，点名要您治疗。"

"吴什么？"贺顿问，名字常常能透露出讯息。

"不是口天吴，是一无所有的无。柏老师约的访客，那人无论如何不肯报名字。"文果呷嘴。

约定时间前一分钟，一位男士走了进来。"贺顿心理师已经来了吧？"单刀直入。

"是的。她已经在等您了。"文果答道。柏万福看着登记表上的"无"字，总觉不宜，想努力挽回一下，说："您的表格还请填确切，这也是为了您好……"

男子傲慢地打断他的话："怎样对我自己更好，我比你更清楚。你们的规章制度里并没有说如果不完整填写表格，就不接待来访。如果你们觉得自己的制度定得不够严谨……"该男子用无名指歪向墙壁，那上边挂着"来访者须知"的告示，他接着说："以后可以改过来，让我这样的人没有空子可钻。这一次，恕我冒犯，我就直接去找心理师了。"说完，不待文果和柏万福有所反应，大步走进心理室。

贺顿端坐在沙发上，因为疾病和虚弱，微微喘息着，直觉告诉她来者不善。

男子身材高大，面容冷峻，着黑色西服，好像刚从葬礼归来。贺顿努力微笑着站起身，说："我是贺顿。你好。"

"我不够好，所以才来找你。"男子冷冰冰地回答，眼光有着洞察一切的杀机，顾自坐下。

贺顿也落座，说："怎么称呼您呢？"

"你就叫我 X 好了。"男子的声音依旧没有任何热度。

"先生，您很特别。"贺顿说。她不愿称他为"X"，好像一道算式中未知的字母。屋子里没有其他人，"先生"二字就成了代称。

"特别"是一个中性词，可以指优秀，也可以指另类。在贺顿的经验里，这是一个安全的港湾，一般人会按照自己的理解美化这个词。

"我没有什么特别的。你才特别。"X 先生不上当，反唇相讥。

贺顿不愿在谈话的开头就彼此对立，于是放下话题，另起一章："您到这里来，有什么要讨论的事情吗？"

"没有。"那个人干脆地封死了这个方向。

贺顿锲而不舍，说："如果没有要讨论的事情，您这样一大早地赶了来，为了什么？而且，这些时间都是收费的。我想，您不是一个慈善家，专门来施舍我们的吧？"贺顿不喜欢这种暗藏玄机的气氛，索性举重若轻，开了个玩笑。

男人的脸色稍微松动了一下，说："我没有什么和你讨论，我要说的是另外一个人的事情。"

贺顿说："心理访谈，必须是本人亲自来。"

男人说："她来不了。"

贺顿说："这个人是你的什么人？"

男人说："你看了就知道。"说完从随身携带的公文包里，取出几张照片。

照片上是一个村姑装束的女人，手牵一缕柳枝，小心翼翼地笑着。

"不认识。"贺顿端详后回答。

"这张呢？"男子目光如炬，又递过来一张照片。

一眼看过去红彤彤霞光万道，一道粗重的白色堤岸，很不协调地横亘在红光之中，似海上日出。定睛一看，红色是一摊血，白色是苍白下垂的手臂，正中是壕沟般的深深切痕。

"这是……"贺顿头上冒出细密的汗珠，一半是退烧药的功效，一半是严重惊吓的后果。这显然是一个自杀现场，根本没有出现头脸，认不出是谁。

"割腕。"男子的口气冷若冰霜。

"您让我看这些是什么用意呢？"贺顿绝地反击。她不能让这个男人像猴子探宝似的一张张往外掏照片，让自己猝不及防。

"不要着急，马上你就会明白了。"男人说着，递过来第三张照片。"你认识这个女人吗？"

贺顿看了一眼。只一眼，她认出了她。

"我认识。"贺顿如实禀告。

"我今天和你讨论的就是她的问题。她从你这里咨询完以后，回家就和我离、婚、了。之、后，又、割、腕、自、杀……"男子一字一顿地说。

贺顿用手指捂住了自己的嘴。即使是一个见多识广的心理医生，也控制不了自己惊叫的欲望。手指间的气流把额发冲起，直指天花板，基本上是怒发冲冠的效果。不是因为愤怒，而是因为恐惧。好在持久的修炼让她把惊叫的后半部分，压缩成了一个鸡蛋大的气团，强行咽下，胃马上开始痉挛、疼痛。

"我今天来找你，就是想知道你和她说了些什么。"男人双目喷射怒火。

那个女人是大芳。

贺顿一阵恶心，她不知道是高烧卷土重来还是这个消息让她心智大乱。不管是什么原因，她都要坚持。这不仅牵连声誉，更是人命关天。

她调整了一下心态，说："你是老松吧？"

老松愣了一下，说："她是这样称呼我的吗？好，我就用她封给我的这个名字，老松。"

贺顿说："老松，非常抱歉。你妻子对我说过什么，我不能告诉你。"

老松咬牙切齿："血流成河了，你还嘴硬！"

贺顿沉住气说："如果公安局找我，我会如实报告，但你不行。你只是一个普通的来访者，我不能把另一个来访者的情况告诉你。守口如瓶，是我的职业操守。"

老松说："我必须知道你跟我老婆说了些什么，让她求生不得，求死也不得！"

贺顿说："在我这里，请放弃幻想。你想达到目的，另有一个很好的方法。"

老松不解："是何方法？"

贺顿说："很简单，你可以直接问你老婆。"

老松说："她不告诉我！"

贺顿说："你们身为夫妻，是世界上最紧密的关系之一，她宁肯死，都不把心里话告诉你，你还来向一个外人问发生了什么，这本身就是悖论！也许，你最该问的是自己，你到底发生了什么！"

老松被这句话魔法般的震慑住了，半天才缓过劲来，说："你决不肯告诉我真相？"

贺顿说："是。如果你今天到这里来的目的，就是想探听出你妻子曾经跟我说过什么，那你可以走了。我会通知工作人员，这并不是一个咨询，退还你全部费用。还有什么事吗？"贺顿站起身，扶了一下沙发，以抵挡突如其来的眩晕。

不想老松在听到如此斩钉截铁的话语之后，反倒平和了一些，说："通过和我妻子的谈话，你了解我吗？"

贺顿停顿了一下，思索着该如何回答。说"不了解"吗？显然不是真话。说"很了解"吗？她听到的都是一面之词。贺顿谨慎地反问："你为什么会问这个问题？"反问是一个很好的策略，既能为自己赢得时间，又迫使对方必须进一步阐释动机。拈花微笑飞叶试探，谈笑之间潜藏窥破，是心理师的基本功。

老谋深算的老松上当了。他说："这个世界上没有人真正了解我。"

贺顿言简意赅："你很孤单。"

老松怦然心动，没有人曾这样对他讲话。男人，一定要浑身是铁掷地有声。他说："你怎么知道？小小年纪，如何能体谅这份心境？"

贺顿说："我并不像你想象的那样年轻。我已经很老了。"

一句话，惹得老松的嘴角出现笑纹，说："你有多老呢？难道比我还老吗？"

贺顿毫不迟疑地说："当然比你要老了。"

老松大不解，说："我不探问你们的谈话细节，但我相信你一定知道她有多大年龄，我比她还要大三岁。"

贺顿说："我说的不是生理上的年纪，是心理上的年纪。"

老松说："人们都希望自己心理年龄年轻，你怎么恨不得自己老态龙钟？"

贺顿说："心理师的工作让我沧桑。那么多人把他们的故事告诉我，感同身受，息息相关。让我得以窥见人生的丰富性、隐秘性和不确定性，可谓生死无常，世态炎凉。我实在是走过了太远的路，好像已经三千岁了。心中充满沧桑的年轮，像一个老妖。"

老松吃惊地打量着这个并不美丽的矮小女子，他在官场行走多年，所见所闻车载斗量。似这样的感慨，闻所未闻。

贺顿也有些奇怪，通常她嘴巴很严，今天怎么直抒胸臆——在一个不合适的时间，在一个不合适的地点，面对着一个不合适的人！也许是高烧和大芳的命运，让她心烦意乱吧。赶快结束！她做出送客的姿态。

不想老松稳稳当当地坐在沙发上不起来，说："我是一个来访者，你不能撵我走。"

贺顿说："对不起，你不是。"

老松说："之前不是。现在，是了。"

贺顿说："你要询问的，我不能告诉你。"

老松说："我知道你不会告诉我，我也不问了。我现在想问新的问题。"

贺顿说："你要是想用这种方法刺探有用的信息，我劝你还是趁早打消这样的念头。我警惕性很高，原则性很强。"

老松说："贺顿心理师，你小看我了。我既然已经说过，放弃打探你们曾经进行过的谈话，就绝不会食言。你不要以为是你的那些原则让我知难而退，不是的。只要我想从你的嘴里知道，我就能知道。你刚才不是说面对公安局的人，你就必须从实招来，这对我来说，并非难事。说实话，是你的一句话刺痛了我。你说一对夫妻，要从别人那里知道对方说了些什么，这是一种耻辱。我终有一天会从大芳那里知道你们曾经说过什么！"

贺顿说："大芳现在如何？"

"幸好发现及时，正在医院静养。没有生命危险了。"

贺顿松了一口气说："来日方长。我稍稍安心。"

老松说："所以，我决定继续和你说下去。"

贺顿："这恐怕不行。"

老松说："理由何在？"

贺顿说："我已经知道你和大芳是夫妻。我不能同时充当你们两个人的心理师。这是我们这行的既定规则。"

老松说："大芳不会来咨询，她体弱多病，近期根本就出不了院。如果有一天她来咨询，我就走。怎么样？"

说实话，贺顿真不愿接受这个来访者。她已经被劈头盖脸的变故搞得身心交瘁。就在贺顿犹豫之际，老松说了一句："你有机会听到同一个故事的不同版本，这对心理师来说，不是难得的挑战吗？"

| 第 2 章 |

三个人当中，至少有一个说了假话

不久前，佛德心理诊所曾专门讨论过大芳的案子。

心理医生遇到困惑了，也需要高人指点搭救。就像诊治生理疾病的医生病了，要去医院看另外的医生。心理医生进行高强度的心理劳作，格外容易受伤。这种内伤一般人治不了，需要特别的医生，这个过程叫作督导。

贺顿单打独斗，没有上级。好似一家汽修厂，厂长姓贺。来了有重大毛病的机车，工人修不了，束手无策。修车过程中还伤了人，事情就更复杂。

贺顿找了当初传授心理技艺的教师，不想人家爱莫能助。就像毕了业的学生，临床上遇到疑难杂症，想回学校再找药理、病理、解剖的教授请教，人家各司其职，并不能回答临床上千奇百怪的病案。

求助无门，只好自救。所里开会，主题就是大芳。

汤小希占据了显要位置。她如今在一家图书馆打工，兼读心理班，预备着洗心革面将来当心理师，格外注重学习。学院派的沙茵和詹勇正襟危坐，好像参加学术会议。几位客座心理师一溜排开，窃窃私语。边角的位置上，坐着柏万福。

"开会啦。"贺顿宣布。

汤小希说："就咱们几个人啊？也没个权威什么的？"

贺顿说："这叫同侪辅导。"

汤小希说："不懂。什么叫同侪？好像只有说到黄埔军校的时候，才用这个称呼。"

贺顿说："起先我也不懂，专门查了字典。'同侪'后面只有两个字的解释——'同辈'。"

汤小希哈哈大笑起来，说："我以为这词多玄妙呢，闹了半天就是同伙。指的就是咱这拨难兄难弟！"

沙茵看不惯汤小希的没正经，就说："今天是学术讨论，还是要有规矩。没有别人督导，咱们更要保持浓郁的学术气氛。"

贺顿也不愿一开始就进入嘻嘻哈哈的氛围，加之大芳的治疗是自己的课题，更是忧心如焚，说："我们只有凭借集体的智慧来攻克难关。大家注意听，我先报告一下案例的进展情况。"

汤小希嘻嘻笑道："有点像公安局破案子。"

沙茵说："严肃点儿。"

汤小希不服，说："像公安局就不严肃了？谁不害怕警察叔叔？"

贺顿不理她们，兀自说下去，慢慢大家就把心思都聚集在大芳的案子上了。

冗长、乏味、憋气……贺顿自己都不耐烦起来，好不容易才说完刚刚结束的咨询。

"完了？"汤小希问。

贺顿回答："完了。"

"你就真把钱退回去了？"汤小希很着急。

"钱都准备好了，她没拿。她说我最后的那番话值这么多钱。"贺顿说。

"这就好。"汤小希松了一口气，捂嘴巧笑。

"你就记得钱。"沙茵不满。

詹勇说："我觉得贺顿最后的这番话，是不是火药味太浓了？有干扰当事者思维的弊病。"

还没容贺顿解释，沙茵就忍不住了，说："我看说得还是轻了！一个女人，三番五次被自己的法定丈夫欺骗抛弃戏弄，一次又一次地原谅，换来的是什么？是自己被掏成了一个空壳！这样的家庭悲剧再不能重演了，如果再继续下去，就不仅仅是第三者婚外恋之类的事件，要出人命的。"

汤小希也不计前嫌："我完全同意沙茵的意见，我们要给当事人以强大的支撑。也就是说，当她的娘家人，帮她说话！为她出口恶气！给她撑腰！让她鼓起勇气，和老松这样的坏分子做斗争！从当事人大芳的反应来看，支持策略也完全对头。她对于一般的倾听已经表示厌倦，要求退钱就是明证。所以今后要改变策略，变被动为主动。"

这一席话，说得贺顿对汤小希不敢小觑。士别三日，当刮目相看啊。贺顿说："小希，看来你是个好学生啊。"

汤小希不好意思地说："老师总夸我悟性好，还说心理师这个职业，和学历什么的没有特别密切的关系，主要是看一个人是否具有了解别人的能力，还有人格力量。"

研究生毕业的詹勇不乐意听了，说："在国外，当心理师必须博士毕业，还要有漫长的临床实践才能持证上岗。哪像咱们这里，高中以上经过短暂学习，就摇身一变成了心理师，难怪疗效不好。"

这话隐含的攻击性，让沙茵不安，赶紧出来打圆场，说："咱们今天主要是讨论来访者的事情，不要转移了大方向。中国国情和外国不同，就像原本一穷二白的农村，缺医少药。来了赤脚医生，这就是好事。如果你说这也不正规，那也有毛病，等着咱们的大学培养出心理学博士来当心理医生，实在是遥不可及而且杯水车薪。"

贺顿心平气和地说："我也愿意咱们都有博士学位，可惜望洋兴叹。没有那么多博士的情况下，是不是也要有助人之心？也许将来有一天，人们会嘲笑今天的幼稚和初级阶段，可不会嘲笑咱们的努力。同侪是导师的代用品，咱们只有经常学习讨论，在实践中不断提高。这种精神应该发扬，对不对？"

一番话说得大家心中热乎乎的，感觉到责任与神圣的使命，气氛顿时融洽起来。

詹勇说："在场的只有我一个男的，感觉有点势单力孤，对这个案例，有几点意见不知当说不当说？"

众位女人还没来得及发言，柏万福说："我就不算男的了吗？"

詹勇说："对不起对不起，我说的是有照的咨询师。"

柏万福嘟哝着说："我也参加了一个培训班，在学习呢。"

詹勇说："不过就咱们两个男的，也还是少数派啊。"

原来大家没有注意到性别比例，詹勇这样一说，众人环顾四周，承认他说的是事实。汤小希说："这和男女比例有什么关系吗？"

詹勇说："当然有关系了。你们都是女心理师，来访者大芳也是女的，她说的又是男女之间的感情纠葛，你们就很容易站在大芳的角度来看问题。"

贺顿说："说得好。继续说下去。"

詹勇说："没了。"

沙茵说："你这个人，怎么刚说了个开头，就吞回去了？应该知无不言，言无不尽。"

詹勇说："确实是没了。我只是想提醒大家注意到这样一个趋势。至于在这个案例中究竟怎样体现，我还没有想好。"

柏万福说："我不是心理师，不知道能不能讲点儿？"

大家说："说吧。"

柏万福说："俗话说，兼听则明，偏信则暗。咱们也不是妇联，不是给妇女出气的衙门。"

汤小希说："有什么直说好了。"

柏万福说："大芳究竟想解决什么问题？要说惨，她是挺惨的，但肯定不是天下最惨的女人，起码她还洋房住着，保姆雇着，吃香的喝辣的。要说老松的背叛，是很可恶，但他对大芳大面上也说得过去。古话说，奸出人命赌出贼，老松并没有想杀了大芳……"

几位女心理师嚷嚷起来，七嘴八舌地说你这是什么话啊？大芳难道不是痛不欲生？大芳难道愿意局面蔓延下去吗？难道非得闹出人命才要帮助她吗？

柏万福举手投降，说："我也是想到哪儿说到哪儿，不是让畅所欲言吗？我抛砖引玉。"

讨论进行了很久，砖头砸了一地，玉却久久不曾现身。贺顿说："大家的意见究竟是怎样呢？大芳马上就要再次来咨询，我跟她说什么？"

沙茵说："帮助她树立信心，不能把自己的一生捆绑在一个不忠诚的男人身上。"

汤小希说："干脆，鼓励她离婚。老松这样的男人，地位再高，表态再好，也不值得信任。哪怕嫁给一个屠户，也比这样强。"

詹勇说："如果当事人没提出离婚，我觉得还是不要主动提及这个问题。心理师有一个原则：你永远不要走到当事人的前面，而是要像猎犬一样紧紧跟着他。"

柏万福说："宁拆十座庙，不破一桩婚。这是咱中国人的集体无意识。"

汤小希说："不得了，都会说'集体无意识'这种词了。佩服佩服。不过，我看这不是无意识，是有意识。"

大家又讨论了半天，基本上统一了意见：贺顿要给大芳"补钙"，让她坚强起来。如果老松再不老实，就要把命运的主动权掌握在自己手里，不能让悲剧重演。

同侪讨论结束以后，贺顿很高兴。困扰她许久的困惑被集体的智慧所破解。

没想到落得大芳自杀这等结果。

与老松的对谈已到结束时间，老松说："贺顿治疗师，我以后还会来。"

贺顿拭着头上的冷汗说："很抱歉，在此次治疗的前半程，我几乎没有把你当成来访者，也许有不规范的地方，请原谅。能不能为你做长期的治疗，我们再做决定。"

老松走后，贺顿陷入巨大的迷惘之中。她已经从大芳的嘴里，听到过有关这个男人的一切卑劣行径。尽管治疗师应该是中立的，不对来访者进行价值评判，但治疗师不是泥塑，而是有血有肉有温度的人。贺顿有自己矢志不渝的价值观和人生理念，且立场分明冰炭不容。

说实话，贺顿害怕老松。寡廉鲜耻的男人，披一张道貌岸然的皮，一肚子卑劣下流。贺顿甚至想到了古书里的一个故事，说是某恶少性趣大发，凡家中女宾女客以至女仆"将及淫遍"，和这么一个恶棍对谈下去，贺顿瑟然。

贺顿骨子里不服输。大芳的案例让她寝食难安，这是一座思维的迷宫。在这个女人和这个男人之间，到底发生了什么？真相究竟怎样？为什么在郑重的同侪督导之后采取的治疗策略，却引起了如此惊涛骇浪的杀身之变？人啊人，你究竟有着怎样风云突变匪夷所思的逻辑？

也许，不入虎穴焉得虎子？老松的建议充满了邪恶的诱惑力。

柏万福得知那位道貌岸然的男子就是老松时，激烈反对贺顿对他进行进一步的治疗。

"不要理他！离他远远的！愈远愈好！一个大恶棍！把自己的老婆害得丢了胆剜了肠摘了肾割了胃掐了肺尖，最后又切了腕，这种暴徒十恶不赦不可救药！你千万不要被这个流氓纠缠住！"

正在吃饭，婆婆吓得放下碗说："贺顿你要和流氓打交道啊？"

贺顿病恹恹地横了柏万福一眼："工作上的事，你不要不分场合乱说。闹得妈都担心。"

婆婆说："你们这个啥所，来往的都是什么人，我闹不清楚。但流氓怎么回事，我知道。那是万万不能进门的！好歹我是房东，他要来了，我就堵在门口用扫帚把他轰走！"

婆婆一生中，扫帚是最强大的武器。

柏万福说："妈，要是不说，您认得出谁是流氓吗？"

婆婆不乐意了："看你说的，以为我真是老眼昏花，连个流氓也认不出来了？吊儿郎当油嘴滑舌头发铮亮游手好闲的准没错！"

柏万福和贺顿相视一笑，除了头发铮亮这一条外，老松和其他特征都不沾边。

再次召开会议，贺顿和大家商量。

端庄的沙茵说："我的天！这个魔头居然来了，吓死人了。贺顿，赶快收起你的好奇心，这是个变态狂！拒之千里！要不然，后患无穷！"

男心理师詹勇说："贺顿,你胆子够大的,居然和他周旋许久。小心,他也许会在心理室里奸了你!"

贺顿迟疑道："有那么毛骨悚然吗?"

担任记录的文果停下了手中的笔,说："不怕一万就怕万一。如果你一定要坚持和他面谈,我建议在心理室的沙发角落里,添置一个设备。"

贺顿不解,说："什么设备?"

文果说："匕首。"

贺顿说："干什么用?"

文果说："关键时刻,不成功则成仁。以保全女心理师的清白名节。"

贺顿说："我可不在乎什么清白名节。"

柏万福说："那你总在乎大局吧?"

贺顿不解道："什么是大局?"

汤小希说："这还听不出来? 就是你的性命啊!"

贺顿稍显困惑地说："你觉得我的生命受到了威胁?"

汤小希吐出午饭时嵌进牙缝的肉丝,说："谁晓得你会不会因公殉职。"

詹勇深思熟虑地说："贺顿老师,你收下这个来访者,有经济上的考虑吗? 多一个人咨询,毕竟会给所里带来一份固定收益。"

贺顿说："并无经济因素,你们知道现在等候者很多,几乎算是门庭若市呢!"

詹勇说："那我的意见是不要接这个案例。因为,你想要达到什么目的呢? 我以为这个男人是有人格缺陷的,在他的内心深处有一个极为顽固和冰冷的核。而人格缺陷是最难根治的,你用多少热量才能融化这个冰核儿? 在同样的投入下,我们不如去帮助那些比较容易看到改变的人。"

这一次同侪督导,不了了之。

百般无奈之下,贺顿去电台主播钱开逸家。钱开逸看到贺顿来了,十分高兴,用像薄荷一样清凉的嗓音说："我一直在等你。"

贺顿脱了鞋子,在钱开逸家中花纹纷杂的波斯地毯上盘腿坐下,说:

"等我来还钱，是吧？"

钱开逸说："你总把人想得那么坏。"

贺顿说："人其实比我想的还要坏得多。"

钱开逸说："我是更想见到你。"

贺顿开始脱衣服，说："这就是比想到钱更坏的地方。"

钱开逸说："错了。这是因为爱。"

两个人就在地毯上缠绵，贺顿并不感到快乐，那无所不在的半身寒冷也不曾丝毫消退。好在一种充满了疲惫的放松，也让人渴望。

钱开逸抱着贺顿说："你为什么当初不嫁给我呢？"

贺顿说："嫁给了你，我就无法实现自己的梦想。我是一个把梦想看得比爱情更重要的人。"

钱开逸说："这么绝对？"

贺顿说："不说这些吧。我想问你一个问题，有这样一个来访者，我接还是不接？"

贺顿就把大芳和老松的故事约略讲了一下。当然了，很多具体的带有特征性的地方都敷衍了过去，这样，就算钱开逸在人群中遇到大芳和老松，也无法辨认出他们。

钱开逸听完了，久久不吱声。贺顿说："你也拿不定主意了？如果你要反对，就别说话了。我听到的反对意见够多了。"

钱开逸说："比如？"

"小心他在心理室奸了你！"

钱开逸说："不至于吧？"

贺顿说："我也很怕访谈的过程出现不可预测的情况。"

钱开逸："有那么严重吗？我看他既然来找你咨询，就说明他也在谋求答案和改变。如果要奸杀你，躲在犄角旮旯就把你办了，何必要现身在光天化日之下，还要给你交咨询费。天下有这样的谋杀者吗？"

贺顿说："你的意思我明白了。"说完，穿上衣服，掏出钱包，开始给钱开逸点钱。

钱开逸说："这是付给我的咨询费吗？我给你指点了迷津，劳有所得。在你们的行话里，这好像叫督导。"

贺顿说："这不是劳务费，是付给你的欠款本息。再有两次，咱们就两清了。"

钱开逸伸着懒腰说："你们还有没有二期工程？或是续集？"

贺顿说："什么意思？"

钱开逸说："我继续投资啊。不然的话，我生怕你还完了贷款，就不理我了。"

贺顿说："不管你说的是不是真的，我愿意听你这样说。"

贺顿力排众议，约下了和老松再次访谈的时间。

老松和他的妻子有一点很相似，都非常守时。在规定的时间之前，出现在佛德门前。看看表，时间还早，就同一位白发苍苍警惕地注视着街面手拿长把笤帚的老人搭讪起来。他微笑着问："您住在这里啊？"

老人说："是啊。老街坊了。"

老松说："晒太阳啊？"

老人说："站岗呢。"

老松不禁好笑，这样弱不禁风的老太太，给谁家站岗呢？如同风干的黄色洋葱，虽然形态还可疑地保持着圆球状，但皮肤菲薄细脆，一触即破，纷披倒下。

老松打趣道："防火防盗啊？"

老人说："不是。防流氓。"

老松说："你们这儿流氓多啊？"

老人说："以前不多，最近听说要来。"

"为什么呀？"老松纳闷，此处乏善可陈。

"都是我儿媳妇招来的。"老人直撇嘴。

老松心想，别看楼房不起眼，还藏掖国色天香。他对老太太说："儿媳妇漂亮好啊，生个孙子也不难看。"

老太太说："丑。还不肯生孙子。"

老松一看话不投机，赶紧转移方向，说："若是流氓来了，就您这个身子骨，也不是对手啊。"

老太太挥舞着笤帚说："我不跟他动手，轰跑就完了。"

老松看看表，时间差不多了，就说："您老保重，我走了。"

老人说："去哪儿啊？"

老松说："佛德。"

老人说："我告诉你怎么走，进门，往……"

老松说："谢谢啦，我来过，认识路。"

老人说："你这个人好，知书达理，慢走啊。"然后依旧痴痴守卫。

头发因为高级摩丝的保养闪着钢蓝色光泽的老松进了心理室。贺顿已然端坐，说："开始吧。"

老松说："咱们从哪里开始呢？"

贺顿说："可以从任何话题开始。"

老松说："别人是从白纸开始，我是从一张涂抹了五颜六色的废纸上开始，也许，还是一张涂抹了污秽的大便纸。"

贺顿说："不是废纸，是一张已经掀过去的纸。如果硬说这张纸是不存在的，我想你也不信。我们依然从白纸开始。"

老松说："不管白纸黑纸了，只要你认真听我讲故事就行。"

贺顿说："好吧。就从你往水塘里丢那些包着石头的糖纸说起吧。"

老松愣怔了一下，说："你知道这些？"

贺顿说："是的，我知道。"

老松悲哀地长叹一声说："她怎么可以这样说？那是一些真的糖，甜滋滋香喷喷，绝不是包着糖纸的石头。"

贺顿惊讶道："真的是糖？"

老松非常肯定地说："当然是糖，大白兔奶糖。后来，我还常常去喝那个池塘的水，心想溶解了这么多奶糖的池水，应该也是香甜的吧？"老松说这些话的时候，神情中有着真挚的回忆和眷恋。

贺顿糊涂了，说："可是大芳说你承认过，那些都是假的，是你用糖纸包的石子。"

老松说："可见我们面对的不是一张白纸。你说可以掀过去，其实是掀不过去的。"

贺顿说："请原谅。但是，我希望把这件事情搞清楚。"

老松说："我相信这是大芳对你亲口说的，她就是这样一个人，会把自己的一些想象说得和真的一样。她曾经多次要我承认那些糖是假的，否则就不依不饶。我说，是否我说了那些糖是假的，你就不会再这样纠缠我？她说，是的。我只好按照她的意思说。"

贺顿堕入五里雾中。这是一件小事，在整个八卦阵中只是微不足道的细节。但它是一个令人十分不安的征兆。像一块基石，整个大厦建造其上。现在，卵石滑动。

贺顿迅速整理思绪，定能生慧。她不应把大芳所说的一切和老松一一核对，她要遵守职业道德。但她必须最大限度地迫近事实的真相，没有真相，一切讨论和当事人的改变都是沙上建塔。

尽管她不喜欢老松，尽管重听故事是非常乏味和折磨人的过程，但是，她必须从这里开始。

决心和方向一旦确定，贺顿反倒安静了下来。她很诚恳地对老松说："一切，按照你记忆中的真实情况描述吧。"

老松说："谢谢！"

接下来的日子，贺顿进入了分裂过程。她既盼着老松来，又本能地逃避这个日子。老松很健谈，智商超拔逻辑性很强，加之记忆力优等，细节的描述周到，让你有亲临现场之感。他和大芳述说的是同一件事，但各自的描述却有着天壤之别。

疑问如同暴雨之前的蛙鸣，聒噪不已，此起彼伏。贺顿不能说，也不能问，她只有倾听。长久地倾听，让她陷入了混乱之中。就像面对一个化为齑粉的器皿，有人信誓旦旦地告诉你它是黑的，马上又有人斩钉截铁地告知你它是白的。在黑与白的旋涡中摇摆，你要不头晕眼花才见鬼！

贺顿以前很少做记录，她认为心理师的脑袋瓜应该是最好的录音机。如果它重要，你一定会记住。如果它不重要，你自然会忘记。人脑是天然的筛子，多快好省美不胜收，任何人为的记录都是叠床架屋，多此一举。

现在，她不得不怀疑自己的脑子被虫嗑出了洞，四处漏风。回归传统：好记性不如烂笔头。把老松的话记下来，和大芳的回忆相对照。

叙述跨越时代，儿女情长琐碎繁复。这些，贺顿倒还能容忍，谁让她干的就是这个活儿呢？打铁的人就要有臂力，潜海拣珍珠的人就要能长时间地憋气。做心理师的人练就一门功夫——听人说话。

叫人困惑的是真相扑朔迷离，比真正的凶杀案还让人如堕雾中。案子是有现场的，有血迹或是凶器。总会留下蛛丝马迹和人证物证，你可以展开大规模的调查和悬赏，可以利用一切高科技的侦查和破译技术。对于心理医生来说，所有的设备就是一对耳朵两只眼睛，当然，还有一颗心。你听到的描述，时间是一样的，人物是一样的，但动机不同，细节不同，结论不同……

在所有的叙述中，老松都把自己描述成一个顾家的男子。政绩上努力清白，生活中对妻子无微不至，如果有什么照料不到的地方，那是他工作太忙，而绝非心有旁骛。对于妻子一次又一次的生病手术，老松解释为她身体素质娇弱，常年在家中调养，接触人和事物的面都比较狭窄，因此过于敏感，很容易想入非非。

贺顿老禅入定般看着这个男人。一身质量上乘剪裁合体的纯毛薄花呢西服，是被称为高级灰的那种非常纯正的灰色，没有闪光和暗格，代表着简明高贵的修养和风范。他说到关键处，会轻捷但是有力地打出幅度不大的手势，这使得他的双手经常在贺顿面前挥动，贺顿注意到老松的指甲修剪得非常圆润，缝隙里没有一丝污垢。只有营养极为均衡，并且基本上是四体不勤五谷不分的中年男子，才有这种闪着婴儿般粉红色光泽的指甲。那些手势像强有力的注脚，镶嵌在老松的述说中，让人对它们的准确性不敢质疑。老松的目光坦诚地注视着贺顿，与贺顿的目光相撞时并不回避，只是有礼貌地上扬一下，掠过贺顿的发梢再降落下来，得体而有分寸。一切的一切，都在昭示着这是一个仪表堂堂八面来风的正面人物。

如果是一般人，一定会被老松骗过。但是，贺顿不是一般人。或者更准确地说，贺顿原本是个一般人，但是心理学这门科学武装了她，再加上不懈的工作和努力，已经让她具备了某种程度的火眼金睛。她看出了老松的色厉内荏。比如那些手势。克林顿总统在面对大法官的质询时，也曾有力地打出过类似的手势。他曾一字一顿地对美国公众说："我没有和莱温斯基小姐发生过性关系……"在这些话语之间，克林顿都打出了刀剁斧劈一样坚定的手势，但事实怎样呢？克林顿撒了谎。遗憾的是，贺顿的功夫还远未臻于炉火纯青，她的思维时而清晰时而混乱，更多的时候变成了大芳和老松的公共垃圾桶，纷杂而不洁。

如果是审讯，可以把几个人的口供串在一起分析，以子之矛，攻子之盾，可以诈可以唬，可以虚张声势盘根问底。作为一个心理师，这些都是不允许的。

贺顿被真相的奥秘逼得快疯了。她决定抛出一些材料，看看老松的反应。

"茶小姐，你认识吗？"

"哪位茶小姐？"老松做出思索回忆的样子。他的眸子向左上方瞟去，这说明他真的进入了思索的过程，而不仅仅是敷衍。

"我不记得了。"老松回答。

"你不是和她有过肌肤之亲吗？"一不做二不休，贺顿索性揭开盖子。

"和一个卖茶的小姑娘？这是绝对没有的事情！"老松矢口否认。

"那么，阿枫你总该认识吧？"贺顿决定在不出卖大芳的前提下，把事实有限度地核对一下。这肯定不是最好的方法，但起码是她目前能想出的唯一方法。

"你是说很久以前我曾经用过的一个办公室主任吗？我当然是认识的了，一个官员不可能不认识他的办公室主任。不但我认识她，全机关的人都认识她。因为办公室的工作就是面向所有职能部门的。这有什么奇怪的吗？"老松睁大无辜的眼睛。

"你和阿枫有过超出一般上下级关系的关系吗？"贺顿这样问的时候，觉得自己像一个纪检监察部门的干部。

"没有。"老松矢口否认。

贺顿一时不知道说什么好。如果是侦查刑讯，可以举重若轻地说："需不需要我提醒你一下啊，就在你们家的客房中，时间是……"

她没有资格这样说，但也不会轻言撤离。贺顿按照自己的方针继续下去。

"那么，你认识易湾吧？"

"我不认识。"这一次，老松的眼眸没有向任何方向旋转，干脆否认。

"易湾是一个女博士。"贺顿启发诱导，特别强调了"博士"二字。

"由于工作的关系，我认识很多女博士。以前女博士比较稀罕，如今也像黄瓜西红柿一样，论堆儿撮了。"老松也针锋相对地加重了"博士"二字。

贺顿傻眼了。

如果说茶小姐和阿枫的故事，可能因为年代久远，老松有所遗忘的话，这易湾博士的故事近在咫尺恍若隔日啊，如何就能矢口否认？

柏万福对老松也很感兴趣，问了几次进展如何，贺顿都说："保密。"

为什么要保密呢？因为完全理不出头绪。同样一件事情，你听到的描述却大相径庭。那么，谁的话有可能是真的呢？对别的来访者，贺顿在合上卷宗的时候，就把烦恼和忧愁也隔绝在密闭的塑料袋中了。下次来访之前，再拿出来温习一下，便进入情况攻防自如了。贺顿在这些人的命运和自己的生活之间，挖出一条防火带。那里是不毛之地，不生长同情也不生长思考，借以保持自己的道德中立和精神安宁。这一次，火焰烧过了隔离墙，浓烟蹿进了贺顿的生活。

谁是真的？谁是假的？对大芳的引导是否正确？同侪督导的结果是正还是负？这对夫妻之间究竟发生了什么？他们应该离婚吗？大芳是不是一个精神分裂的受虐狂呢？一系列问号折磨着贺顿，走投无路当中，她孤注一掷地问老松："你真的没有和其他女子发生过性关系吗？"

老松愤然道："没有！你这个念头如果来自我的妻子，我可以非常负责任地告诉你，这纯属无中生有！她在你这里放了毒，我就要来消毒！"

老松、大芳，还有一个就是贺顿本人，三人当中，必有一个，撒了谎！

也许是两个！最可怕的，可能是三个！贺顿开始对自己的记忆产生怀疑。

　　贺顿觉得自己变成了一个硕大的细菌培养皿，充满了毒素。她开始失眠，脑海中不停地转动着"真的？假的？谁是真的？谁是假的"的涡轮，直到百骸剧痛。早上起来，她神情恍惚，无法按部就班地看书和学习。甚至在书写其他病人的记录的时候，也会不由自主地把老松和大芳的故事写进去。最要命的是，她在为别的来访者咨询的时候，会不自觉地恍恍惚惚地开小差，心想，大芳的病情怎样了？她还会再一次自杀吗？自己的心理援助到底是帮了他们还是毁了他们？

　　如果说大芳所言都是假的，她就可能是自莎士比亚和曹雪芹之后最可叹服的平民作家了。她能把一件子虚乌有的事情勾勒得金戈铁马滴水不漏，她能创造出诸多可以乱真的情节和细节，她能把事情的起承转合结构得水到渠成，令人叹为观止。这可能吗？这不可能！如果真是这样，贺顿就是天下最傻的心理师，或者说，贺顿根本就不能算是一个合格的心理师。她彻头彻尾地被骗了还懵懂不知。贺顿啊贺顿，你还打算拯救别人呢，先来拯救你泥沙俱下狼藉一片的大脑吧！

　　也许，谁都没有病，有病的是贺顿自己。她太想救他人出苦海了，结果先把自己淹得两眼翻白肚胀如鼓……

　　还有那煞有介事的同侪督导，贺顿就是忠诚地遵循同侪们的精神进行了以后的治疗，可怎么就落了个离婚和差点儿自杀的结果？无论谁是谁非，巨大的家庭变故已经发生，一个生命已在悬崖边行走……唯有这一点，千真万确！

　　贺顿陷入深深的恐惧和迷惘之中。心理医生如果不能救人就是害人，甚至连中间的灰色地带都没有，要么是黑，要么是白。因为你给出的意见和观念，都可能对当事人产生不可估量的后果。一只啄木鸟的长嘴，敲入了树干，要么捉出虫子，要么损毁树干。

　　怎么办？走投无路。她变得十分沮丧，心不在焉。大芳和老松的故事像噩梦一样缠绕着她，夜不能寐，寝食难安。她觉得自己好像燃尽了的香灰，直直地竖立在那里，靠的只是惯性。没有热度，没有能量，也没有香气，只有干燥的灰烬，不定哪一阵轻风掠过，就会轰然倒塌烟消云散。

工作效率急剧下降。当然了，别人是看不大出来，只有婆婆说："我看你这些日子不怎么吃饭，是不是害喜了？"

贺顿淡淡地说："不是喜，是病。"

"什么病啊？赶紧瞧瞧去，别把小病拖成了癌症。"婆婆很是担心。

柏万福说："癌症不是拖出来的。要是，一开始就是了。"

话虽这样说，只剩两个人在饭桌上的时候，柏万福说："我看你不对劲。"

贺顿懒洋洋地说："我也知道不对劲。"

柏万福说："是不是抑郁症啊？"

贺顿说："要真是抑郁症倒好了，马上到神经内科抓药去。但是，我不是。"

柏万福说："那是什么呢？"

贺顿说："这个案例闹得我焦头烂额，我想是职业枯竭吧。"

柏万福说："如何是好？"

贺顿说："没关系。我会自我调理，也许过一段时间就好了。"

时间一段段过去了，但贺顿的萎靡状态并不见减轻。她的内心深处滋生出一种恐惧，对自己的整个人生和事业都开始怀疑了。这种精神上的艾滋病疯狂地蔓延着，好似妖雾，你既不知道它是从哪里生成的，也不知它会向哪里飘荡。

这一天，贺顿收拾停当，对柏万福说："下午没有候诊的来访者，我出去了。有事打我手机。"

柏万福对贺顿的行踪一般不过问，但这一段贺顿情绪不佳，便特地关心了一下："到哪里去啊？"

"看病。"贺顿说完，出了房门，丢下一句话："晚饭不回来吃了。"

贺顿去找钱开逸。钱开逸正好休息，看到贺顿说："没想到你能来。"

贺顿说："这叫什么话？难道我不是常来吗？"

钱开逸说："因为你已经把我的钱还完了。所以，我想，你可以不来了。"

贺顿说："倘若真是这样，不知道是你卑鄙还是我卑鄙。钱没还的时候，我就来。钱还完了，我就不来。如果真是那样，我应该不还钱。"

钱开逸说："如果真是那样，我就不会借给你钱了。"

贺顿说："咱们彼此有金钱关系的时候，都不说钱，现在好不容易没有这层关系了，为什么还要说钱？"

说完，沮丧地把自己像个棉花玩偶一样，软绵绵地丢到了钱开逸宽大的床上。

钱开逸说："你今天能在我这里待多久？"

贺顿说："怎么我刚来就打听我离去的时间，是不是还有什么女朋友要到你这里来啊？"

钱开逸说："你自己抛弃了我，成家立业去了，对我的事干吗斤斤计较？"

贺顿说："这是对你的尊重，也是对我自己的尊重。"

钱开逸说："没有什么人来，我只是很希望你能在我这里多待上一些时候。"

贺顿说："你放心，今天我想待多久就能待多久。"

钱开逸说："你们诊所门可罗雀了吧？"

贺顿说："此话怎讲？"

钱开逸说："如果不是门可罗雀，你这个心理师怎么会大天白日到我家来做客啊？"

贺顿说："钱主播见多识广，但这一次大错特错。我们那里日渐兴隆，人们对心理诊所的需求越来越迫切，过一阵子，只怕还要开分店呢！"

钱开逸说："好消息啊，那你为什么愁眉不展？"

贺顿说："我正是为了这个来找你的。你能否帮我解开心结？"

钱开逸连连摆手说："折煞我也！你是正牌的心理师，我不过一杂家，你的心结我哪里有本事解开？"

贺顿苦恼地说："我在诊所遇到了大问题，怎么办呢？"

钱开逸说："心理师是先天下之烦而烦，先天下之伤而伤。咱们排个顺序，先休息放松一下，再来商讨如何解决诊所的问题。好不好？"

贺顿说："不好。"

钱开逸说："哪里不好？"

贺顿知道钱开逸说的休息放松就是做爱，目前一点兴趣也没有，但找钱开逸就是为了有所突破，闹得不欢而散，自己又到哪里打发这漫长的时光呢？她敷衍地说："总是在你的房间里，大白天拉上窗帘，好像耗子打洞，太没情趣了。"

钱开逸恍然大悟似的说："你的意思是不拉窗帘，光天化日？"

贺顿说："我可一点也不是那个意思。记得沈雁冰老人家的小说里说过，那样会得罪太阳婆婆。"

钱开逸说："好吧。咱们去一个太阳婆婆找不到的地方。"

两个人出了门，到了附近的一家四星级酒店。刚刚开张，所有设备都是新的，看起来比老牌的五星级酒店还要气派。金碧辉煌的大堂边镶着一个玲珑的咖啡厅，小姐围着维多利亚式的围裙，让人有置身欧洲的感觉。两人坐下，钱开逸点了卡布其诺，贺顿要了黑咖啡，慢慢聊着。

"我不知道到底是谁出了问题。"贺顿迫不及待地打开了话匣子。

"又是他们……"钱开逸用小匙慢慢搅着泡沫，像在粉碎一个梦魇。

"关键是什么呢？"钱开逸摸不着头脑。他对案例并不是特别感兴趣，但为了安抚女友的心，只有安静地听下去，缓缓图之。

"关键就是——谁是真的？谁是假的？如果都是假的，真相究竟是什么？"贺顿甩出一连串的问号。

钱开逸说："那就让他们对质好了。是真是假，大白于天下！"

贺顿恨恨地饮下一大口咖啡，也不管淑女不淑女了，用餐巾纸抹着唇边的苦涩："我何尝不想！但在之前，大芳就已经割腕自杀过，如果现场出了意外，就没法收拾。所以，不妥。"

钱开逸说："你如果觉得当面锣对面鼓地对质不安全，那你可以把其中一方的话录下来，放给另外一方听，放的时候你察言观色，这样不就把事情搞清楚了吗？"

贺顿说："你除了这种对质的法子，还有别的招数吗？"

钱开逸说："没有了。你想啊，除了面对面就是背对背，别的法子都是隔靴搔痒。"

贺顿说："你的这几招，我都想过了，不行。风险太大。我最近一段时间充满了绝望。听自己心跳的声音，缓慢之极，好像马上就要停止。心跳之间的停顿如此悠长，仿佛经过了一百年。眼前一片黑暗，小煤窑爆炸后埋在煤层中的矿工，也不过如此。唉，你到底有没有更好的法子了？"

钱开逸说："更好的法子可能还是有的，只是要换一个地方才能焕发出热情。"

贺顿看出他的狼子野心，无奈地说："好吧。"

两个人在酒店开了一间房，肆意妄为了一番，贺顿依然半截身体冰凉，钱开逸倒有了醍醐灌顶般的功效。风平浪静之后，钱开逸说："我有办法了。"

贺顿坐起来："快讲！"

"本市有一位心理学权威，叫姬铭骢。老人家德高望重，学养深厚，你现在遇到困境，不如直接向这位泰斗求教。如果他肯指点你，一切便可迎刃而解。"

贺顿说："这位姬老师，我也听说过，据说心理师考试的卷子都是他最后定夺，一言九鼎。因有这层关系，有关心理问题的求教，他都一概回避。深居简出，一般人哪里见得到！你这番话讲了和没讲差不多。"

钱开逸也坐起来，说："讲了和没讲是不一样的。起码空气因我发出的声波而震动。如果我找到了他，说服了他接受你的问询，你不就跳出苦海了？"

贺顿穿好衣服说："这样当然太好了。但是要快啊，因为马上又到了老松接受治疗的日子，我都不知该如何面对他了。"还有一句话没好意思说出口，她也快崩溃了。"越早越好！"她再三叮咛。不单是为了救治那对夫妻，也是为了救助自己。

"我会牢记在心。"钱开逸把领带系好，又在穿衣镜前左右斟酌，直到重又变得玉树临风，这才打开酒店门锁上的链子，走出房门。

　　贺顿跟随在钱开逸身后。她听到钱开逸有些吃惊地问道："您找谁？"

　　因为角度的关系，贺顿还没来得及看到那个人的脸，就听到了那个人的话语："我在等你的女伴。"

　　这是丈夫柏万福的声音。

| 第 3 章 |

第一个来访者，打算大闹追悼会

然而，依然要上班，哪怕沧海横流。所有的来访者都是事先预约好的，你不能临阵脱逃。

好在贺顿心境还算笃定，知道这一天迟早会到来。灾难的种子早已种下，等待的只是风雨凄迷的春天。此刻，主动权已脱手，人为刀俎我为鱼肉，能做的只是等待。

柏万福铁青着脸不知何处去了，文果对贺顿说："今天有六位来访者等您。"她把一叠卷宗递给贺顿，贺顿接过来，手心沉重而燥热。这不是因为紧张而产生的错觉，而是实实在在的生理感知。卷宗都保存在墙上的橱柜中，这间房子原本的格局是厨房。柜子摆放锅碗瓢勺的隔层中，暖气管穿行而过。

开始。

第一位来访者出现，好像凭空降下一团乌云，倾泻所有角落，整个空间立刻被一种黏稠的冰冷的沥青所挤满，严丝合缝。她说她叫李芝明，但当贺顿呼唤她的名字的时候，她没有反应。这有两种可能，一是她根本就不叫李芝明，李芝明是假名字；还有一个可能就是李芝明被巨大的打击震得丧失了知觉，听不到声音。李芝明穿着黑色的上衣，黑色的长裤，皮鞋不用说也是黑色的，围着黑色的围巾，像一条毫无生气的黏滑的海带，贴地逶迤。她脸色晦暗苦绿，所有的光芒射到她的皮肤上，都被吸收得一干二净，仿佛宇宙黑洞。

贺顿唤了三声李芝明，李芝明才艰难地"哦"了一声，说："你在叫我？"

贺顿说："是啊。你发生了什么事？"这是一句极为简单的话。没想到这句极为简单的话，引得李芝明号啕大哭，声音之洪亮，窗外走过的人如果听到了，一定以为这家刚死了亲娘。

贺顿除了送上纸巾之外，什么都没有做，什么也不应该做。等待，只有等待。李芝明哭得天昏地暗，因为长时间的抽泣，手指像鹰爪般蜷缩，伸展不开。贺顿轻轻地拍着她的手背，帮她把蜷在掌心的手指轻轻展平……在这种肌肤相亲的接触中，李芝明感受到了关怀，哭声渐渐平缓。许久之后，李芝明才缓过气来，抽噎着说："大姐，吓着你了。"

贺顿觉得自己的年龄好像没有李芝明大，但她不便纠正，知道在中国的某些地域，大姐是一种泛称，一种尊称，和具体的年龄没有多大关系。

"我不要紧。你感觉怎么样？"贺顿关切地问。

"好多了。整整一个星期，我都没有机会这样放声痛哭，大家总劝我节哀顺变，可有谁知道我心里的苦啊……"李芝明红红的眼眶里又灌满了泪水。她用手背抹了一把眼睛，说："我不哭了，我坐飞机到这里来，不是来哭的。把时间都用来哭，我就太傻了。"

"坐飞机来的呀？"贺顿不由自主地重复着。是什么事，让一个女人专程坐飞机来见心理师？单为了这惊天一哭？

李芝明误会了贺顿的意思，以为她不相信自己是专程赶来的，掏出了一叠机票，说："你看，我刚下飞机，就打车到您这里来了。这是来的机票，这是出租车票。这张是回程的机票，都等着我呢。从您这里问完了，我马上就得去机场，搭飞机回家。"

"有什么特别紧急的事吗？"贺顿被这一叠机票搞得紧张起来。

"有。"李芝明沉重地点头。

"什么事？"贺顿问。想到飞机不等人，回话也变得简短。

"明天就要开一个会。在会上我有一个非常重要的发言，不知道怎么说。"李芝明面色张皇。

原来是开会！贺顿略松了一口气，不过，她对各式各样的会议并不在行，不知这女子万里迢迢坐了飞机来，向一个外行人请教什么会议事项？贺顿坦言："我怕帮不了你。"

"不不，你一定要帮我。你要是帮不了我，普天之下，就没有人能帮我了。要是没有人能帮我，我就只有一条路了。"李芝明声嘶力竭地说。

贺顿越发摸不着头脑了，只好先从结果问起："你准备的那条路是什么呢？"

"我的这条路说起来也很简单，就是准备大闹这个会，让大家鸡犬不宁翻江倒海！"李芝明双目圆睁，黑色的服装随之抖动，好像一只母豹就要奔袭。

贺顿算是彻底地被搞糊涂了。她问："这是一个什么会？"

李芝明说："追悼会。"

贺顿来不及吃惊，继续问："你要做什么发言？"

李芝明说："致悼词。"

贺顿说："给谁开的追悼会？"

李芝明说："给我丈夫开的。"

贺顿失声说："你丈夫他过世了？"话一出口，就觉得自己实在弱智，如果人还在，能开追悼会吗？

好在李芝明处在非常状态中，并不觉得这句话突兀，她回应道："是的。他死了。"

贺顿说："什么时间？"

李芝明说："七天以前。"

贺顿恍然大悟——原来这是一个毒火攻心正处在极度哀伤体验中的寡妇，难怪失魂落魄。

"你非常悲痛。"贺顿说。对于新近丧偶的妇人，这样应对断不会有错。

"刚开始是，现在不是。"李芝明说。

"你们曾是很恩爱的夫妻？"贺顿问。

"原来是，现在不是。"李芝明说。

"你觉得自己非常孤独？"贺顿说。

"原来是，现在更是。"李芝明说。

"我需要知道详细的情况，你的话让我不大明白。"贺顿说。

"你不会明白的。这个世界上所有的人都不会明白。我坐着飞机到这里来，就是想让你帮我搞个明白，这样我回去之后才能比较明白。"李芝明说。

真是越听越不明白。好在李芝明的情绪渐渐平稳，事件真相如同嶙峋的礁石，随着海潮的退去渐渐浮出海面。

李芝明的丈夫叫乌海，他们是高中同学。高中是最容易发展出爱意并结出果实的阶段。小学和初中，年纪太小，男女生多充满敌意，难以留下美好情愫。大学以后，彼此定型，但多了市侩的斤斤计较和对远方的顾盼张望，真心就被油脂包裹，不易看清。高中时代，情窦初开，如同翡翠毛石，只磨开一扇碧绿的窗，其余部分还被天然皮壳笼罩着，扑朔迷离。从小窗望去，满眼都是纯青透明的水色，笃信雕琢之后就成价值连城的宝物。

那时候，作为李芝明男友的乌海，还不像后来那么英俊潇洒。有一些男孩发育很晚，二十岁之前简直就是没熟的哈密瓜，清瘦寡淡，离香甜还早着呢。李芝明和乌海确立了恋爱关系，当然，是非常秘密的。有人说，早恋会使双方神魂颠倒学习成绩下降，其实也不尽然。李芝明和乌海彼此都在较劲，你优秀我比你还要优秀。这样，他们就双双以第一志愿考上了大学，李芝明读的是医学院，乌海读的是师大中文系。上大学之后，两人关系就公开化了，亲友们也都很赞成。李芝明后来戏称乌海是老师，乌海就反唇相讥，叫李芝明大夫。李芝明说，看来我一辈子都要给老师洗沾满粉笔灰的蓝衣服了。乌海很奇怪地说，为什么一定是蓝衣服呢？李芝明说，所有的语文老师都穿蓝衣服。乌海说，你怎么断定我将来就当语文老师呢？这下轮到李芝明不解，难道你读了师范大学的中文系，出来能不当语文老师吗？乌海说，一般来说是不能的，但事在人为。我看了很多重要人物的传记，发现他们有几个特点。第一个是家庭贫穷，第二个多是师范出身。李芝明说，为什么呢？乌海说，过去只有最优秀的青年才上师范，因为师范是公费，不用自己掏学费，还管饭，报考的人就多。人太多了只有好中选优，所以师范就成了优秀青年的聚集之地。第三点，是他们大多读的是中文系。李芝明说，这我又不明白了，中文系有什么特别之处呢？乌海说，中文是一切学问的根本，一个中国人，无论你将来要在哪一行出人头地，中文都必须好。中文就像一块儿好绸缎，可以绣最美的花。历史还凑合，勉强算是棉布。物理化学就不行了，是粗毛毡子，御寒还凑合。数学简直就是死路一条，就像防雨布，除了做伞，没其他用处。李芝明说，你这么一讲，我是又明白又不明白了。乌海循循善诱，你哪点不明白，我再给你详细说说。李芝明讲，就算中文是一块绸缎，你要绣什么花呢？乌海说，我要绣一朵牡丹花，我要当领导。李芝明不禁笑了起来，说，领导是你想当就当得上的吗？乌海说，我先给领导当秘书。李芝明说，秘书是想当就能当上的吗？乌海说，我学了中文，就是修炼的第一步。其次，我还要对政治历史包括地理有深入的了解。其次我还要练出好口才，再其次我还要能写一笔好字，再再其次……李芝明堵起耳朵打断乌海的话说，其实你不用这样辛苦这样复杂，我有一个办法让你快速达到目标。乌海说，愿听其详。李芝明说，你娶一个官宦人家的千金，当一个乘龙快婿，一切都迎刃而解。乌海抱住李芝明说，我知道你对我不放心，所以我不跟你说我的远大抱负。我不是那种人，我要凭着自己的努力，一步步登上高位。你就等着当官太太吧。

　　毕业以后事情的发展，居然和乌海预计的一模一样。按说师范生必须分配到学校去，但乌海真的凭借出众的组织能力和口才，当然还有一笔好字和一表人才，被选拔到政府机关。刚来的大学生，从最基层做起，一个敞亮的前途已在招手。几年以后，乌海如愿以偿地当上了市委副书记的秘书，李芝明也在医院当上了主治医生，两人完婚，婚礼上有副书记亲笔写下的贺词，虽然一张宣纸只有尺把见方，字也写得不怎么样，有一个字还洇得几乎看不出眉眼，却仍被隆重地放在大红喜字下面，成了最引人注目的贺礼。婚后两人如胶似漆。正当乌海在秘书的位置上如鱼得水之时，他主动要求到最艰苦的乡镇锻炼。这时李芝明已怀孕，内心当然是一百个不愿意。乌海也不多作解释，只是提醒她不要以妇人之见影响了他的前程。秘书这个职务，不知被多少人虎视眈眈地盯着，乌海主动放弃，焉有不批之理？副书记挽留不住，也只有随他去了。乌海下到基层当书记，一去好几年，很少回家。回来一次，就在政府大院里走动一番，所有人都惊讶于他的瘦和黑。待到他在下面完成了公务员最难提升的正处这个阶段，到了县委书记的位置，正好碰上了选拔市级年轻干部。条件中最重要的一条是要有基层工作经验，乌海以压倒性优势进入市领导班子，成了最年轻的副市长。

孩子也上小学了。李芝明有时候说，孩子是我一个人带大的，这几年你到哪里去了？乌海就说，你的辛苦我知道，我到哪里去了你也知道。如果我在家，是能帮你分担辛劳，可是就没有了这番与众不同的经历。你能给孩子的是温暖，我能给他的是地位。地位，你懂吗？这是千金难买的礼物。李芝明就不再作声，在她看来，什么地位又能比一家人团团圆圆更金贵呢？不过话虽这样说，李芝明还是感到了地位给予人的巨大好处。出门有车坐，到处受人尊敬，孩子上重点小学重点中学不费吹灰之力。经常在电视新闻上看到丈夫西装革履地给人作指示，李芝明觉得好像梦中。这就是当年那个满腹韬略的师范生吗？又是又不是。任何一个节日，都有人送礼。不逢年过节的，也有人送礼。吃喝拉撒睡所用的东西，从高级保健品到上厕所的加温冲便器，没有漏下的。乌海是个清官，从来不收受贿赂，他说，我乌海何德何能，他们如此厚爱我？不过是爱这个位置，爱这个权力。那些人送的不是钱，是穿肠毒药，是拉着了导火索的炸药包。我乌海哪能上他们的当！

于是李芝明这个官太太当得松心。丈夫的光环笼罩着自己，如同鸡精，无论什么样的羹汤，只要撒进去，就味道鲜美。她在医院里也是顺风顺水，评职称涨工资这一类的事情，李芝明从不用红头涨脸地与人争执，只管高风亮节地谦让，一切好事还是会顺理成章地落到头上。她这才知道，一个女人最大的财富，不是自己有什么手艺或是继承了什么财富，而是成功地把自己嫁好。嫁人就是第二次投胎，一个好丈夫，是所有幸福的保修单。

七天之前，丈夫到远郊县视察工作。说来有趣，乌海是那种守口如瓶的人，关于他的工作进程，李芝明没心思一一关注，却也了如指掌。市里的电视新闻会把主要领导的动向和盘托出，如果谁有很长一段时间不出镜了，大家就会怀疑他或她是不是出了什么纰漏。这一天下着大雨，李芝明做饭的时候开着电视机。厨房里，有乌海特地为李芝明安的一个小屏幕的液晶电视，说是让李芝明做饭时不至于无聊。按照家里的经济状况，完全可以雇个保姆，但乌海嫌家里有了外人，说话不方便，李芝明就从采买到烹饪清扫，一律亲力亲为。在市一级领导的家眷中，成了简朴的典型，在某种程度上也为乌海的亲民形象加了分。

油锅迸溅，李芝明没有听全本市的新闻播报，只是一回头看到丈夫的英俊面庞，正在一家鸡场视察禽流感预防事宜，雨水在他的脸上像涂抹了一层油，让有棱有角的面庞更见坚毅果敢。李芝明对着油锅莞尔一笑，觉得自己当年真是慧眼识珠，在一大群青萝卜似的小伙子中间相中了乌海，如今他长成了人参。新闻跳到了其他条目，正在这时，电话铃响了。燃气灶旁有一卡通造型的壁挂电话，也是为了家人密切联系特地安装的，省得烹炸时听不见电话铃响误事。

是乌海打来的。他说，雨太大了，山路很滑……话还没说完，李芝明就说，那你就在鸡场住下，明天再回来，安全第一。乌海说，你怎么知道我在鸡场？李芝明说，电视新闻都报了，你小心把鸡瘟带回家。乌海说，放心好了，我们都消了毒，连眼睛都点了药，没问题。李芝明说，原来以为你回来吃饭呢，我特地给你做了苦瓜。乌海说，留着吧，我明天晚上吃。

这就是乌海留给李芝明的最后一句话。李芝明和孩子把苦瓜都吃了，不是不给乌海留着，因为苦瓜放到第二天就变味，李芝明会给乌海做新鲜的吃。到了夜里两点，电话铃突然响了，领导干部家里，就怕这种突如其来的夜半铃声，简直比恐怖电影还要惊悚万分。不是炭窑崩塌就是山洪暴发，再不就是踩踏死了人或是瘟疫流行，总之没有好事。李芝明抓起电话，迷迷糊糊地说了一句，乌副市长他不在家……期望一句话就把来电打发了，睡意蒙眬的她还可以继续入梦。

对方非常清醒，小心翼翼地说，我就是找您。

李芝明说，你是哪里？直到这时，她还以为是医院有事。

我是市政府办公厅的小孙。

李芝明和办公厅的小孙很熟，但小孙的声音异样陌生。

有什么事吗，小孙？李芝明知道这是明知故问。如果没有事，小孙岂敢半夜三更把电话打来。

是这样的，大姐，您不要紧张。乌副市长他出了点车祸，现在正在抢救，您是不是赶快到现场来一下？本来市长要亲自给您打电话，他现在正守在乌副市长身边，指挥医生全力抢救，就让我给您通报这个事情。大姐，接您的车马上就到您家楼下，您一定要保重啊……小孙结结巴巴地还说了些什么，李芝明已经听不见了。她只记住了车祸和全力抢救，知道凶多吉少。

"我打算大闹追悼会，让乌海身败名裂……"李芝明咬牙切齿地说。

第 4 章

第二个来访者，已经开始下毒

送走李芝明。平日候诊室里坐满默不作声的来访者，空气肃闷并充满粗重的呼吸声。今天，竟是出奇的安宁，一年轻女子带一小男孩，吹气如兰，静息等候。

贺顿问文果："下一位？"

文果向孩子和年轻女子的方向示意。

"哦，请给我你的登记表。"贺顿说。

"不好意思，没有填。"女子站起来抱歉地说。贺顿敏锐地注意到了她所说的是"没有填"，并不是"还没填"。安逸的坐姿，说明她已经来了一段时间，有足够的工夫填写登记表。没填的唯一原因就是——她不愿意填。

贺顿想，见鬼！又遇到不愿意填写登记表的人，这通常表明事态严重或是此人防卫心理相当强。这种人，就像夜里寻觅水源的野兽，既想寻求到帮助，又不愿留下任何踪迹。贺顿理解他们。不过通常的做法是在表格上造假，胡乱填写姓名、地址、电话号码等资料，只在咨询事由一栏里，直言相告。也就是说，所有的信息都有可能是假的，唯有问题是真的。这位带孩子的女性，走得更远，竟不着一字。

贺顿未置可否，文果觉察到了她的微噘，为表示自己工作缜密，把刚才说过 N 次的话又重复一遍："填了登记表，心理师不用从头问起，其实你合算，节省了时间。"

年轻女子面色微红："不是不想填，是不认识那么多字。"

心理师贺顿就算见多识广，也着实吓了一跳，不由得重新打量女子。长发披肩，身穿合体的黛青色职业装，领旁还扣着一枚金光四射的蝴蝶胸针。从哪个角度说，都是标准的白领丽人相，居然是个文盲！

文盲就文盲吧，谁说文盲就不能来看心理师呢？来的都是客，全凭嘴一张。贺顿说："好吧。不填就不填吧。请随我来，咱们正式开始。"

女子身影未动，一旁的小男孩站起身，随着贺顿往心理室走。贺顿和气地对他说："小弟弟，请你在外面稍微等一会儿，我和她谈完了，你们再会合。"

小男孩奇怪地扬起头："为什么你要和她谈完了，才理我呢？"他穿着雪白的运动裤，雪白的羊绒衫，脸蛋也是奶酪一样的瓷白色，好像一个雪娃娃。

"因为我们得工作啊。"贺顿耐心解释。

"为什么和我谈就不是工作了呢？"雪娃娃不以为然。

"因为……"贺顿一时语塞，她不想在工作尚未开始时，就在不相干的人员处分神，忙递眼神给年轻女子，示意她赶快跟上，以结束这无谓的耽搁。

女子对雪娃娃说："阿团，你不要乱说。"

阿团撒娇道："谁乱说了？是她不让我进去嘛！"

贺顿等待着，她至今也没搞清女子和孩子的关系。说是母子年龄不符，说是姐弟面貌不像。好在这也不重要，毕竟年轻女子的问题不会因这小孩子而引发，他们的关系看起来不错。

"赶快进去，我开始计时了。"文果指了一下墙上的挂钟。

雪娃娃大摇大摆地跟着贺顿走进了心理室。贺顿很奇怪，说："你怎么进来了？"

阿团说："本来就应该我进来！"说着，黑白分明的眼珠叽里咕噜地巡视心理室的陈设，然后很有礼貌地问贺顿："心理师，我坐哪儿合适？"

贺顿回了一句："你先随便坐。"转身出了心理室的门，问文果："到底是谁咨询？"

文果说："就是他啊，阿团。"

贺顿说："谁让他来的？"

年轻女子赶紧站起身来说："没有谁让他来，是他自己要来的。"

贺顿说："那你是他的什么人？"

年轻女子说："阿团是我们老板的独生子，我是老板的秘书。阿团要来看心理师，老板就把这个任务交给了我。我是陪阿团来的……"

原来是这样。

贺顿重新进入心理室，看到雪娃娃阿团已经舒适地坐在了淡蓝色的沙发之上，因为腿短，脚跟够不到地面，悠闲地垂在沙发的边缘。袜子和裤腿之间露出一截胖胖的小腿肚子，好像两根奶油冰棍。

贺顿哭笑不得。

"我怎么称呼你呢？"贺顿按照对一般成人那样开了言。她一时吃不准面对这样幼小的来访者，该采取怎样的态度，最简单的方法就是一视同仁。

"他们都叫我阿团。我的大名叫周团团。"阿团大大咧咧地说。

阿团身上，有那种被宠坏了的孩子的随意。这类孩子从小受到溺爱，理所应当地认为所有的人都有义务对他好。

"周团团，你到我这里来，有什么事？"贺顿决定称呼这个孩子的大名。有些许悲哀，因为这个小家伙出了钱，正确地讲是他老子出了钱，只要是客户，她就得郑重其事地对待。也许，这个孩子只是来寻开心呢！

"刚才趁你不在的时候，我把你的这间屋子仔细地侦察了一下。你墙壁上的这面镜子，不是普通的镜子，它是一个单面镜。在外国谍战片里，常常有这种镜子，警察们可以在另一侧，侦看到犯人的一举一动。我没冤枉你，你的镜子就是这样的吧？"周团团天真而狡谲地问。他的小拳头紧紧地握着，像粉色蓓蕾。

这是心理室的秘密。长久以来，贺顿不知道有多少来访者发现过这个秘密，但从来没有人当面问过她。贺顿看着周团团清澈如洗的淡蓝色眼白，觉得任何敷衍都是犯罪。她说："你侦察得很对，这就是一面单面镜。如果有人在镜子的那一边，就可以看到我们。"

周团团突然紧张起来，说："这么说，安阿姨在那边能把咱们看得一清二楚？"

贺顿问："安阿姨是谁？"

周团团说："就是陪我来的那个女人。"

贺顿说："单面镜的那一面是锁着的，不是谁想看就能趴在那边看。如果没有我的允许，当然了，也一定要征得你的同意，否则，谁也不能在单面镜的那一边，偷看咱俩。"

"这么说，咱们是安全的啦？"周团团高兴得几乎从沙发上蹦下来。

"我保证你是绝对安全的。"贺顿赌咒发誓。

周团团很开心，索性和盘托出："我还发现你们这里有窃听偷录设备。"他指指沙发扶手下侧。

要不是顾及仪表，贺顿几乎捶胸顿足。心理室的精心安排，在这个小机灵鬼面前原形毕露不堪一击。现在的孩子浸泡在电子世界里，智商超拔者已修炼成精。贺顿不敢敷衍，索性全盘招了："是。你观察得很细致，这里有你所说的窃听和偷录设备，我们也并没有做特别周密的伪装，只是安装得隐蔽一些。不过，你放心，它们现在都是关闭的。正确地说，它们应该叫录音录像设备，是为了工作需要而安装的。如果没有你的允许，这些都不会使用。其实，在登记表的注意事项里都说得很明白，只是你没有填表，所以没看到。"

贺顿不敢小看这个两条小腿都蹭不到地面的来访者，事无巨细地解释着。

"那不是我的过错，是安阿姨的失误。她看了注意事项，却没有转达给我。"雪娃娃当仁不让地分辩着责任归属。

"好了，有关设备的问题是不是到此为止？咱们进入正题。"贺顿说。她是一个有操守的心理师，进入心理室后的每一分钟，都是来访者用金钱买下的时间，童叟无欺，她要尽快投入工作。

周团团意犹未尽，环顾四周说："你敢保证，咱们的谈话是绝对秘密的？"

贺顿一字一顿地说："我敢保证，咱们所说的话，既没有人窃听，也没有人录像，它是绝对秘密的。"

周团团这才放下心来，说："那好吧，我就把自己的问题和你商量商量。在这个世界上，除了你这样我不认识的人，我真不知道还有谁能无私地帮我。"

一句话让贺顿坠入迷宫。饭来张口衣来伸手的贵公子，有什么忧愁？有什么烦恼？

不待她继续发问，周团团就凑近她，用极细小的声音问："我的问题就是——请你告诉我，有什么法子，能不让外面这个我叫阿姨的女人和我爸爸结婚？"一种特属于孩子口腔的带酸甜味的气息，茸茸地扑到贺顿的腮帮子上。

问题之严峻，连贺顿都不由自主地看了看紧锁着的房门。这屋子的隔音设备应该是不错的吧？

"我爸爸和我妈妈离婚了，他们各自都有了第三者，我也没有办法……"雪娃娃长长地叹了一口气，按说孩子不应该有这样沉闷的叹息。他那没有一丝皱纹的光洁脸庞，纵起了大块的痉挛。

"我是他们的开心果，我是他们之间唯一的纽带。我一直在等他们回头，可是，门外这个女人，是我爸爸的秘书，她先下手为强了，天天围着我爸爸转，问寒问暖的，把我爸爸给感动了。他们在商量结婚的事了。他们要是结了婚，那我爸爸和我妈妈复婚就再也没有希望了，我就没有爸爸也没有妈妈了。或者说，我就会有两个爸爸加上两个妈妈了。爸爸妈妈这种东西，一样一个最好，不能太少，也不能太多，多了少了都是悲惨的事。我不知道如何阻止他们，我爸爸是一个脾气暴躁的人，他要是看出了我想阻挠他结婚，会完全不顾我的反对，更快结婚的。所以，我只能假装和安阿姨好，才能探听到他们的真实动向。我也不能和我妈商量这事，因为我妈要是一听我爸爸要结婚了，她也会加快步伐嫁人，我面临的形势就更复杂了。我只有求助一个外人，这个人能明白我的意思，还能帮助我解决困难，还得能保密。我所有的叔叔婶子大爷大娘姑姑姨姨舅舅们都不成，他们都是碎嘴子长舌头，我要是跟他们一个人说了，就等于跟所有的人说了，事就砸了。我从电视里知道心理医生就是帮人忙的，我就跟阿姨说要去看心理医生。阿姨现在想跟我爸爸结婚，可会讨好我了，我说什么就是什么，我让阿姨把您今天上午所有的时间都预订下来了。她是用不同的人名定的，要不您这里的工作人员不干啊。所以，心理师阿姨，您不用着忙，今天上午所有的时间都是咱们的，您就帮我想个好法子，让门外这个女人离开我爸爸……我想了半天，只有一个办法，就是让屋外的这个女人死掉。如果她死了，就不能和我爸爸结婚了。告诉您一个秘密，我已经开始给安阿姨下毒了……"

第 5 章

第三个来访者，我是 T，她是 P

工作量不均衡。上午畸轻，下午畸重。

午饭后，一个浑身散发着淑女味道的来访者，端坐在沙发上，双腿紧紧地挹着，两个膝盖包裹在淡茄紫色的毛织长裙中，优雅地侧向一方，露出苹果般浑圆的轮廓。两个脚踝也紧紧地并拢在一起，侧向另外一方，一双小巧的白色靴子俏皮而干练。此女整个身体扭成了性感的"S"形，但又毫无张扬之感。第一印象令人十分舒服的女性，大约三十岁年纪。

贺顿看了一眼她的登记表，名叫桑珊。桑珊把表上每一项都认认真真地填写了，甚至连收入一栏都规规矩矩不厌其烦地书写了阿拉伯数字——"10000"。一般人通常爱偷懒，如遇这种情况，会简写成"1万"。

桑珊的学历是"硕士"，籍贯是西北某省。前来咨询的理由为"失恋"。

桑珊基本上可以算作美人了。皮肤白皙，头发漆黑如瀑，鸭蛋脸上神情肃穆。只是双眼无神，像一台很久没有使用的坏照相机，完全没有聚焦的功能了。

"你现在感觉如何？"贺顿很关切地问。面对这种精神萎靡的来访者，她要先关怀一下精神健康问题。除了人道主义方面的考量，还有一个利己的顾虑。此类来访者若是情绪激动心弦紧张，可能会出现虚脱昏厥，要明察秋毫防患于未然。

"还不错。昨天晚上特地吃了加倍的安眠药，睡得还可以。应该说，是最近几天里睡得最好的。"桑珊回答。

"午饭吃了吗？"贺顿好似拉家常，实则在评判失恋造成的影响。

"吃了。"桑珊回答。

"吃的什么呀？"贺顿并不满足一句简单的"吃了"，像这样的青年女性，经常是用一颗樱桃西红柿或是一小杯麦片就把自己的胃给打发了，用餐形同虚设。经受心理访谈的人，其能量消耗几乎和游泳差不多。若是哭泣和愤怒宣泄，耗损的体力就和登山有一拼。贺顿想：以后在墙上的"来访须知"里，要加上一条：见心理师之前，请"吃饱饭"。

"吃了一个煮蛋的蛋白，半磅脱脂牛奶，还有三片面包，一个澳洲柑橘。"桑珊一边回忆一边说。

还挺注意保养自己的，营养是没有问题了。贺顿松了一口气。好，现在进入正题。

"你想说什么呢？"贺顿开场。

"就是我在表上填的那个问题。"桑珊不愿意复述"失恋"这个字眼。

失恋的人们常常是这样的，他们躲避这个词，好像洪水猛兽。心理师的职责之一就是要人们正视问题。如果连正眼瞧瞧都不敢，何谈解决？贺顿要鼓励桑珊直面惨淡人生。"你在表上谈的是什么问题？"贺顿夸张地看着表格，以证明自己是明知故问。

桑珊是聪明女子，领悟到了贺顿的用意，但还是说不出来。安静了一会儿，话没出来，眼泪出来了。

"对不起。"桑珊用随身带的纸巾擦拭眼窝，有袅袅的香气传过来。

"我知道你想起往事，一定非常难过。"贺顿回应。"只是我很想知道你到底为什么苦恼伤感。"贺顿继续重申自己的要求，态度坚定，口气温和。

这种和蔼关切的态度让桑珊很受用，她把双腿伸展了一下，下意识地表达了自己预备向前走动的愿望。"是这样的，我和我的朋友……应该说早已不是一般意义上的朋友，是很亲密的近于夫妻那种……我不知道您能不能理解和原谅……"桑珊的脸微微发红，有些羞涩。

贺顿当然明白了，因为桑珊的脸红，贺顿开始喜欢这个十分淑女的姑娘。心想那个抛弃她的男子也真太没眼力见儿，如今像这样中规中矩的女生已十分罕见。"我能明白。就是同居。对于心理师来说，这只是一个事实，我不会评判你们，不需要原谅。"贺顿挑明中立的态度。

"谢谢您懂得我们。"桑珊好像轻松了一点。理解是一个前提，如果心理师不明白到底发生了什么，一切都无从谈起。坦白真相对有些人来讲，是不可逾越的高山，比杀了他还难。

"最近一段时间，到底发生了什么？"贺顿特别强调了时间这个概念。对同居恋人来说，是什么让他们萌生了分手的意念？一定有强大的变化或是理由。

桑珊冰雪聪明，所有的弦外之音都能听懂。她说："我原原本本地告诉您。明人面前不说暗话，我也就不瞒您了。我们好了三年了，他是那种非常有魅力的人，我们彼此非常契合。一个眼神一个动作，根本不用说话就都心知肚明。有时候，我都怀疑我们是前世姻缘，早就相识，只等着这一辈子再相厮守。打个比方吧，假如我在厨房做饭，他在书房里读书。忘了告诉你，我们在经济上很宽裕，租了很好的公寓。他是公司的高管，我也是收入丰厚的白领，我们两个是天造地设的一对。刚才讲到哪儿了？"桑珊一时忘记。

"你在厨房做饭……"贺顿提示。

"对，做饭。一不小心，我的手指被菜刀割破了，出了一点血。我正在找餐巾纸把血止住，他就从书房里冲了出来，说，你是不是把手割破了？我说，是啊，我也没有告诉你，你怎么知道的？他说，我正翻着书，突然手指就无缘无故地疼起来，刀割一样。我马上想到是你受伤了，跑出来，果然是这样。快让我看看，伤得重不重？"桑珊说到这里，下意识地看了一下自己的左手食指，好像那里还在流血。

"我知道你们感情很深厚，但是，究竟发生了什么，让你如此痛苦？"贺顿回到最重要的问题上。

"是这样。他们公司新来了一位老总，是跨国公司总部委派的，非洲和欧洲的混血儿，以前一直在法国公司任职，非常浪漫也非常狂热，对中国文化特别有兴趣。有些外国人很有意思，也特别简单化，如果他们对哪个异族文化有兴趣，他们就会想到联姻，好像只有娶一个异国的妻子或是嫁一个异国的丈夫，才能更深入地了解这个国家，钻到这个国家文化的核心里面去。老总开始对我朋友展开大肆追求，简直到了令人发指的程度。可以在上班的时候，以种种借口把他留在自己的办公室里，纠缠不休。刚开始，我朋友把这一切都当超级笑话讲给我听，我们一起嘲笑外国老板的单相思。但是，后来事情渐渐有点不对劲了，老板许诺给我朋友更多的发展机会，并且赠送给他非常奢华的礼物。我们这些在外企工作的人，都是很务实的，如果你得罪了老板，你就很可能被炒鱿鱼，不需要任何理由。你昨天是命运的宠儿，今天就可能成了流浪汉。你可能会说，我们都是有经验有阅历有文化的人，失业怕什么？从头再来啊。话是这样说，但实际上是曾经沧海难为水，人往高处走，除了极个别的人可以为了尊严拂袖而去，大多数人在这种和老板的恋情当中，都选择了顺从。我的朋友对我越来越沉默了，我感觉到了巨大的危机。有一天，他终于对我说，咱们分手吧。我说，这么多年来，我对你还不够好吗？你需要我做什么，我都可以为你做。我的朋友说，你对我很好，是世界上对我最好的人，你不需要改变。你已经为我做了太多太多，如果要说改变，就是在我不在以后，你要多多保重自己。我说，你是要和你的老板在一起吗？他说，我还没有最后决定。说完，就拎起皮箱，预备出门。

"我说，你到哪里去？他说，出差。我说到哪里出差？他说到杭州。我说，和谁一起去？他迟疑了一下，还是告诉我说，和老板一起去。说完，就头也不回地走了。我知道他的头也不回，不是因为绝情，是因为愧疚。

"也许分离能使人感觉到珍惜。他到了杭州之后，天天给我打电话，说他是如何地想念我。我总想把话题引到他的老板身上，因为我知道这一次出差基本上和公务无干。以前他老板说过，听说杭州是中国最美妙的地方，一定要和美妙的人一道同游。那时候他们的关系还不密切，朋友是把这当笑话讲给我听，还说老板长得像大猩猩，不知道老板所说的美妙之人，是不是也如猩猩。没想到，这只猩猩就成了他自己。

"有一天，他对我说，老板今天到上海去了，那边有一个公务活动，晚上不回来。说到这里，他沉吟了半天。我说，你告诉我这个，是什么意思呢？他说，我想你了。西湖边的风景是这样美丽，多年以来，我看到美好的东西就会想到你，我要和你分享。有了你，所有的风景都魅力倍增，所有的食物都是山珍海味，所有的音乐都化成天籁……

"这些话是很具有杀伤力和诱惑力的。我感动地说，你希望我做什么？他说，我希望和你一道欣赏西湖的荷花胜景，希望能和你一道吃一条西湖醋鱼，希望能和你偎依在乌篷船上听江南丝竹……

"他话还没有说完，我就说，你等着我。说完我就挂断了电话，对公司说我母亲病了，要我立刻回老家一趟。转身去了机场。几个小时后，我们就在西湖边的茶楼上品龙井了。

"晚上他和老板通了电话，老板说今晚不能陪伴他，希望他自己好好睡觉，做个好梦。我可以看出他对老板真的没有多少感情只有敷衍，但那边根本听不出这些微妙的语气，只顾一厢情愿地表达爱意。总算说完了情话，朋友对我说，到我的房间去吧。我就到了他的房间，很豪华的总统客房。我说，你老板假公济私，给你这样腐败的待遇。朋友说，这是用私人的钱订的，和公司没有关系。我说，那就是和与你的深情厚谊有关了。朋友说，请不要这样说。我们见面的机会是这样宝贵，不要把宝贵的时间用来吵架。在如此美丽的地方，让我们留下美丽的记忆吧。后来，我们就非常缠绵地交织在一起，做爱不止……"

贺顿静静地听着，这故事其实是很老套的，每一个热恋当中的人，都以为自己的经历惊天地、泣鬼神，独一无二，其实在心理师耳朵里，宛若旧磁带，已是 N 次重复。

"后来呢？"贺顿问。贺顿已经知道后来发生了什么，那就是老板半夜回来了，把他们堵在豪华客房里面了，来了个捉奸在床。再后来就是分手吧？

但是贺顿不能说，不能有任何先见之明的表示，她必须聚精会神地听下去，在该吃惊的地方倒吸一口气，在该叹息的地方发出悠长的轻吁，在该义愤填膺的地方将拳头稍稍握起。

桑珊说："后来我们在倦意中依偎睡去，半夜时分，突然听到有人敲门。因为我们把'请勿打扰'的按钮揿下了，所以在门外是按不响门铃的，那个人就只有拼命地拍打门扇。我们被惊醒了，朋友赤着脚跑到门前，问，你是谁？门外一个苍老的声音答道，我是你最亲爱的人，我知道你在等我。于是，不用朋友告诉我，我已经知道了，这就是他的老板。怎么办？那一瞬间，我们的大脑都死机了。然后又在最短的时间内重新开机。不管怎么说，第一件事，是把衣服穿起来，赶快把做爱的痕迹藏到我的箱包里。门外那人等得不耐烦了，说，你为什么还不开门？

"朋友看了看我，我也正注视着他。我知道他很惊慌，因为他说过，老板并不知道他曾和女友同居，不知道有我这样一个人存在。这时候，我反倒镇静下来了。一是房间里根本没有躲藏的地方，我无处可逃。二是我并不想逃跑，这是中国的土地，我什么都不怕。甚至，我还有一点幸灾乐祸的意思，该发生的总要发生，该知道的总要知道，我和老板是一对情敌，我要让老板知道我的存在。如果要决斗，我可以奉陪，不论是思想上的还是智慧上的，我都自信不会输，当然，除了金钱……

"这时候真用得着古书中的一句话，叫作——说时迟，那时快，别看心中翻滚了无数念头，其实也就几秒钟吧，因为屋外的猩猩已经不耐烦了，几乎要破门而入。

"我们最后对视了一眼，那是一种破釜沉舟的决绝。朋友过去打开了房门，大猩猩走了进来，看到了我，说：你好。我猜房间里还有一个人，果然，不错。

"朋友对他说，你说你今天晚上不回来，我的朋友正好到杭州来，没有地方住，我就请她住下了。这是中国人的好客之道，怎么，你有意见吗？

"大猩猩说，没有意见。不过，我既然回来了，她就应该离开。

"朋友就对着我说，那么，请你离开。说这些话的时候，他很平静冷淡，想到这就是一个小时之前咬着我的耳朵和我海誓山盟的人，我心如刀绞。第一次看到他这副嘴脸，我狠狠地掐着自己的皮肉，好让自己相信这是真的并永远记住……"桑珊陷入深深的痛楚之中。

"后来呢？"贺顿问。故事有点虎头蛇尾，本来以为有一番大打出手或是唇枪舌剑的恶斗，现在似乎草草收兵。

"后来我就走了。拉着我的皮箱。然后我就在杭州的大街上漫无目的地流浪。当然，我可以在饭店大堂里等待天亮，但是，我不能忍受对那房间里正在发生着的情景的想象，我知道他们会翻云覆雨，把我们前半夜演绎的场景再重复一遍，所不同的只是我换成了大猩猩，和风细雨变成了暴风骤雨……"

桑珊再也说不下去了。创伤狰狞，永不平复。

"后来呢？"贺顿循序渐进。

"后来朋友跟我说分手。这一次，他没有伤感，也没有犹豫，很坚决。我说，是不是大猩猩给你难堪了？他说，没有。大猩猩再也没有提起这件事。我说，这不是很好吗？朋友说，这不好。是我的错。我已经正式决定停止咱们之间的关系，我想到法国去，我喜欢塞纳河，喜欢卢浮宫，喜欢普罗旺斯的紫蓝色薰衣草……我想到世界各国去，从南极到赤道，从非洲的动物迁徙到因纽特的海豹……噢，不要发誓说你要好好干，你会把这一切给我。我爱惜你，你不要为了我而奋斗不止。这些都是你穷其一生的力量也达不到的，都不能给予我的。我们的关系再发展下去，不但会断送我的幸福，对你也是耽误……我发怒了，说，你不要做出悲天悯人的样子，你好逸恶劳，你贪图富贵，你趋炎附势，你卖身求荣就直说，不必这样藏藏掖掖，你想嫁给那个法国老头子就嫁吧，用不着装出贞节烈女的架势……"

桑珊把一口银牙咬得格格作响，好像刚刚吃完腐物的豺。

"等等，请你再把刚才的话语重复一遍。"贺顿以为自己听错了，要么就是桑珊气糊涂了。

桑珊说："我说的是——你要嫁给那个法国老头子就直说吧，不要做出贞节烈女的架势！"

贺顿如同遇见了鬼，说："你说的那个老板是个男的？"

桑珊说："是啊。"

贺顿说："你说你的朋友是个女的？"

桑珊说："是啊。"

贺顿说："你还说你和你的朋友同居，还有性的快乐？"

桑珊说："没错啊。"

贺顿说："那你们是……"

桑珊说："我是T。她是P。女性身体的每一部分都能达到性的高潮。"

贺顿知道，T代表女同性恋中担当男性角色的一方。P是T的老婆。

第6章

第四个来访者，要求清场

下午第二个来访者有言在先，要求清场。

早几天，文果对贺顿说："有一个人，总是从广东打电话来，要求会见心理师。具体是什么问题，死也不肯说。你说，咱们见他不见？"

贺顿说："你跟他讲了没有，如果是器质性的精神病，咱们这里恕不接待。"

文果说："讲了讲了。"

贺顿问："他说什么呢？"

文果答："他说自己没有器质性的精神病，专家已经鉴定过了。"

贺顿说："那他为什么不到当地的机构解决问题呢？"

文果说："我也对他这样讲了，他说，他就是要到一个万水千山阻隔的地方找心理师。"

贺顿好奇："这是一个什么样的人呢？"

文果说："不知道。咱的电话不带视频，我也没有见过他。"

贺顿说："你不是说他打过很多次电话吗？从声音里，你有什么直觉？"

文果说："我也不是心理师，能有什么直觉？如果我有直觉，我也能当心理师了。"

贺顿说："心理师可不是光凭直觉就可以当的。好了，咱们就不说什么直觉了，总而言之你听着他的声音，有什么感受？"

文果回忆着说："好像是个年轻人，又好像是个老年人。"

贺顿说："年轻人和老年人，声音是明显不同的。年轻就是年轻，年老就是年老，为什么是'好像'？"

文果就笑起来说："我就知道这样讲了会被你抓住辫子，可我真是这样感觉的，只好实话实说，他真的好像既年轻又年老。"

贺顿说："还有什么？"

文果说："他的身体状况好像是既好又坏。"

贺顿说："看来你是诚心要把简单的事情复杂化了。身体这个东西，要么是好，要么是坏，没有模棱两可的。"

文果反驳道："那可不一定，现在就有亚健康的说法。"

贺顿抓住不放："那么你觉得这个广州来电者是亚健康了？"

文果说："那个人很古怪，说话的声音一会儿大，强壮如牛；一会儿小，好像秋后的蚊子。"

贺顿说："他很迫切要见心理师？"

文果说："每天都有一个电话。"

贺顿说："他所在的城市离咱们那么远，心理师又不是神仙，不可能一次性解决他的问题，他能坚持每周来一次？"

文果说："我也这样问了。他说，没问题，他会每周一次飞到咱们这里来。"

贺顿不喜欢这种把乘飞机当成坐三轮车的人，太奢侈了。正思谋着，电话响了。文果一路小跑去接电话，诊所内部规定，电话铃响四声之内，一定要抓起听筒应答，这样才会让致电者感到这个机构在时刻准备着。

"你好，这里是佛德心理诊所……"文果接听的声音专业而柔美。对方不知说了句什么，文果朝贺顿眨眨眼睛，说："哦，是你呀。你今天有什么新的想法？"

贺顿凑了过来。文果又说："你还是在当地寻找心理机构帮助比较好。不然花费太大了……什么，你不在乎……"

贺顿已经明白这就是那个广州的来访者，且看文果如何应对。

文果说："你到底是什么问题啊？什么，不能告诉我？你这个人真奇怪，你要来的目的就是解决问题，你什么都不说，我怎么给你安排呢？要知道，我们的心理师都是术业有专攻的，有的擅长亲子关系，有的擅长两性关系，有的擅长职业生涯设计，你到底是哪方面的问题呀？我们是预约制，不然你那么远地跑来，要是文不对题，岂不耽误你吗？"文果声情并茂有理有据，并有意识地重复着，让贺顿也能听明白。

对方也是有备而来，说了句什么，让文果为难了。"当然了，我不是心理师，我只是一个普通的工作人员……你不能跟我谈，你的问题和上面的那些方面都不搭界，你要找我们领导……"文果把对方的话一一复述。

贺顿对来访者的电话产生了好奇。能让一个心理师好奇的事，是越来越少了。好奇很容易变成破解难题的好斗之勇。一个说不上年纪说不清缘由的男子，飞越千山万水来求助一个问题，又如此讳莫如深，到底为什么？

贺顿示意由她来接这个电话。文果心领神会，说："好吧，算你好运气，领导今天刚好在心理诊所，让我请示一下。五分钟以后，你再来电话吧。好了，不用谢。记住，五分钟啊。"

文果放下电话。贺顿说："是他？"

文果回答："正是。"

贺顿说："还是非常急切？"

文果说："一天比一天急切。"

两个人就等着。五分钟的时间，平常一晃就过去了，现在居然显得如此漫长。

岂止是漫长，简直就是无边无际。那个电话五分钟之后没有来，十分钟之后也没有来，整个下午都没有来。两个人大眼瞪小眼，一有电话铃响起就很紧张，结果"千帆过尽皆不是"，让人懊丧。

文果说："这个人真差劲，说话不算话。"

本来一个来访者来与不来电话，也不是什么了不起的事，但如果它已经进入了你的期望和计划之中，就让人惦念不止。贺顿说："你有他的电话吗？"

文果说："没有。刚开始我想留下他的电话，一想是长途，还是等着他打给咱们吧。这样可以节省点。"

贺顿说："不要那么小家子气。"

文果说："是啊。我后来也想明白了，咱们虽不算家大业大，也不在乎这一星半点啊。我就问他了，可他不告诉我，说还是他来联系我们。"

贺顿说："不过咱们的电话有来电显示，他不说，也藏不住。"

文果说："他的电话是经过保密处理的，并不能显示出电话号码。据我所知，这种电话一个是来自政府机构，再有就是个人交了特别的费用。不管怎么说，这个人来无踪去无影的，像个飞侠。"

正说着，电话再次响起，文果飞奔而去："你好，我是佛德……哦，是你呀。刚才不是说好了五分钟吗，现在，多少个五分钟了！"

对方好像在道歉。文果说："领导马上就要走了，事多着呢。"

对方好像在斡旋，文果说："那好吧，我给你看看去。要是领导走了，那就没办法了，谁让你说话不算话呢！要是还没走，就算你运气好了。再过五分钟打来电话吧。"不由分说放下了电话。

贺顿听着好笑，说："你还挺会刁难人的。"

文果不服，说："这算什么刁难？你可是没听到来访者刁难我的时候。"

贺顿说："褒贬是买家。越是挑剔的来访者，也许越需要帮助。"

文果说："照这样被他们折磨下去，最需要帮助的就是我了。"两个人正说笑着，电话铃又响了，贺顿看看表，这一次，不多不少，正好是五分钟。

文果再次接起电话，说："你好。这里是佛德……哦，是你呀。好，这一次很准时。"

对方可能急切地问领导在不在，文果答道："你运气好，领导正要走还没走呢。好吧，你等着，我去找领导。"说完，朝贺顿挤挤眼睛。

贺顿走过去，拿起电话，略微有点紧张，可能是让文果这一通故弄玄虚折腾的。她镇定了一下，说："你好。"

"你好。请问您是佛德心理诊所的负责同志吗？"对方问道，一个很好听的男子的声音，并不慌乱，也没有文果所说的那种不确定感，是中年人。

"是的。"贺顿简短地回答。在情况不明的状态下，你说得越少，对方就越要更多地表现。

"我很想到佛德心理诊所接受治疗。我估计，工作人员已经向您报告了。"对方说。

"是的。"贺顿依然简短到如同发电报。当然了，现在没有人发电报了，都改发短信了。短信因为不是按字数计费，所以并不简练。

"我有一些顾虑，不知您是否可以解答？"对方问。

"您说。"贺顿回答。

"关于费用啦，时间啦，疗程啦这些常规的问题，您所里的工作人员都说得很清楚了。我现在要询问的是，我到您的诊所去的时候，能否保证除了心理师之外，没有任何人会看见我？"对方问。

"连工作人员也不允许吗？"贺顿接待过那么多来访者了，如此霸道的要求还是第一次听到。

"是的。连工作人员也不允许。您的工作人员太饶舌了。我不想让她看到我的相貌。"对方很坚决地说。

"您知道，我们是一个专业机构，有很多日常工作及其他事务，您的要求让我们非常为难。"贺顿如实禀告。

"是的。我知道。这就是我为什么一定要和佛德的领导人接洽，因为一般的工作人员无法回答这个问题。"对方说。

贺顿说："我虽然是领导，但我现在也无法回答这个问题。因为从来没有人提出过类似的要求。"

对方轻轻地笑了起来，说："你们也要与时俱进嘛！老革命也会遇到新问题。"

贺顿说："请给我们一点时间，需要讨论。您的要求就是不要让任何人看到您，除了心理师以外。是这样的吗？"

对方说："是这样的。你们接了我这一单生意，原谅我用了'生意'

这个词，可能不准确，但实质是一样的，就会造成经济上的损失。对于这一点，我愿意承担。也就是说，在我出现的那个上午或是下午，你们平日应有的工作收入，都由我来支付。这样是否可行呢？"

贺顿一下子还真反应不过来，就说："请容我们商量一下，有了结果我们再来定。"

对方说："我很急。明天给你们打电话，可以吗？"

步步紧逼。

贺顿说："好吧。请问怎么称呼您？"

"我叫张三。"对方很快回答，看来是早就想好了答案。

贺顿暗笑了一下，觉出对方的严谨。他回答了你的问题，他给了你一个不真实的答案。他并不想隐瞒这个事实，可他也不告知你真相。一个怪人。好吧，那就会一会吧，张三。

张三被安排在今天下午最后来访。贺顿等候在心理诊所，四周空无一人。约定的时间是四点整，当时钟敲完最后一个音符的时候，门开了，一个高大的男子走了进来，他下穿一条铁灰色西裤，上着一件黑色休闲夹克，简单而随意。只是脚下的皮鞋出卖了他，那是一双意大利的原装高档货。

"您好，我就是……张三。您是……"张三伸出手。

"我是贺顿，心理师，也是这家诊所的负责人。我们通过电话的。苏三先生。"贺顿握住了他的手。

"哦，谢谢您，贺老师，接待我这样一个挑剔的来访者。"张三说。

"我们也要谢谢您对我们的信任。时间宝贵，咱们现在就开始吧，请随我到咨询室。苏三先生。"

男子跟在贺顿的后面，不疾不徐地纠正道："张三。"

贺顿难堪，也许是因为潜意识里对张三这个名字的拒绝，也许是对"苏三起解"记忆深刻，总之叫错来访者姓名这样的低级错误，在她很罕见，不由得十分尴尬地停下脚步，回过头来充满歉意地说："实在是不好意思，苏……不不，张三先生。"

男子倒是很大度，说："不过是个假名字，代号而已。您如果改不过口来，就叫我苏三好了。无所谓的。"

贺顿实在怕自己再叫错了，那样在访谈中很丢脸并且影响疗效，不如现在就坡下驴，于是说："如果您真的不介意，我就叫您苏三先生了。"

男子说："好啊。戏剧中的女苏三一出场就背着枷，幸好结局还不错。但愿我这个男苏三也有好运。"

苏三和贺顿双双落座。还没轮到贺顿开口，苏三就说："我知道你们是要严格为来访者保密的。"

贺顿说："是这样的。"

苏三说："如果你有一天在大庭广众之下碰到了我，你会保持应有的陌生感吗？"

贺顿说："什么叫应有的陌生感？"

苏三说："就像从来没有见过我一样。"

贺顿说："我可以保证就像从来没有见过您一样。"

苏三说："如果我给你发奖牌佩戴勋章或者是审问你，近旁并没有他人，你也会恪守这个原则吗？"

贺顿说："会的。出了这间房子，我就不会认识您。当然了，除非您违反法律，伤人或是伤己，那我就要举报了。顺便说一句，我似乎并没有可能得到奖牌或是勋章；接受审问，好像也没有机会。"

苏三意味深长地说："山高路远，江湖阔大。不要那么绝对。好，我相信你。"

贺顿说："广州一直在下大雨，我还怕航班延误，您不能按时抵达。"

苏三愣了一下，说："噢。大雨……是的，广州大雨。现在的航班不怕雨，只怕大风和雷电。"

然而贺顿还是敏感地察觉到了苏三对这个问题的隔膜。这种隔膜只有一个解释——苏三不是来自广州。但这也似乎并不特别重要，一个连名字都可以随意改换的人，还有什么不可以涂改？

好了，开始吧。

"您到我这里来，又做了如此周密的保密措施，您被什么所困扰？"贺顿问。

苏三说："我想解决说话的问题。"

对于这位以前是张三现在是苏三的来访者的问题，贺顿设想了很多种，却没有想到如此平淡无奇。"您说话有什么问题？"贺顿问。

"您看我说话有什么问题？"苏三反问。

贺顿不会上这个当，就说："您有什么问题您是最清楚的，还是您来说吧。"

苏三说："中国中医有句古话，叫作'望而知之谓之神'，我已经给了您提示，您应该略知一二才对。"

这个苏三果然很难缠。贺顿说："我不是神，我只是和您一道探索您的问题的心理师。如果您对我还有所保留的话，吃亏的是您。"

苏三饶有兴趣地说："我会吃什么亏呢？"

贺顿说："您的时间。您的金钱。还有您的感情付出。"

苏三说："贺老师您能猜出我有多少钱吗？"

贺顿说："我猜不出。"

苏三说："贺老师既然猜不出来，我也不便告诉贺老师到底是多少，省得把贺老师吓住了。"

贺顿说："苏三，您低估了我，我并不像您想象的那样胆小。不过，从您刚才的话里，有一点可以肯定，您的问题是金钱解决不了的。"

这话像针灸大夫刺中了苏三的穴位。他说："佩服贺老师一语中的，的确是这样。我刚才是在考验贺老师，看贺老师能不能解决我的问题。现在，我要告诉贺老师，您已经成功地经受住了我的考验。"

贺顿说："谢谢您给了我及格以上的分数。只是，苏三先生不必用宝贵的时间来考验我，还是集中在您的问题上。您觉得您说话有什么问题呢？"

苏三正色道："我平常说话没有什么问题，就像你我现在这样的交谈，我会应付自如，有时也很幽默机智，甚至是妙语连珠。但是，一到了正式的场合，我就会非常紧张，轮到我发言的时候，常常语无伦次……"

说到这里，苏三现出很痛苦的表情。

玄虚万千，却原来是个"发言恐惧症"啊！贺顿迅速做出了判断。不过，她也提醒自己，不要先入为主，大千世界无奇不有，还是缓下结论比较稳妥。她说："您指的正式场合是什么呢？"

一个普通的问题，常规的问题，却让苏三陷入了极大的困境之中。他长久地沉默着。贺顿好生奇怪，这个问题那么难以回答吗？

苏三斟酌了半天，才说："比如和外国人谈判的场合。"

贺顿说："什么谈判呢？"她在想，如果是商务谈判，可能就是对金钱太敏感。如果是学术会议的争论，又当别论，也许和地位有关，也许涉及逻辑的表达和情感的分寸。

苏三说："比如有关国界的划分。"

贺顿登时几乎晕倒。如果苏三先生神智正常，贺顿就要刮目相看。虽说心理师眼里人人平等，但心理师也是人，也会崇敬和畏惧。贺顿想，如果苏三先生所言不虚，能参与划分国界的讨论，这是何等的位置和担当！他就是曾走入这间心理室最重量级的人物了。贺顿不能让思绪信马由缰，赶紧收束，说："具体情形是怎样的？"

苏三下了一个破釜沉舟的决心，既讨论自己的心理问题，又最大限度地隐瞒身份。他斟酌着说："我会面红耳赤，想得好好的话会突然不翼而飞，手心会出汗，先是热汗而后是冷汗，最后完全是一种黏稠的液体，好像是血……古代有一种汗血宝马，奔跑的时候会从脖子上滴出血珠，我就是如此。"

第 7 章

第五个来访者，
我家的婚床上躺了十个人

总算，预约的来访者都会晤完了。

总算，可以休息一下了。

心理室通常是寂静的，一种不同于深山老林人迹罕至之地的寂静。旷野中的寂静能给人安抚和休养生息，稠密之处的寂静是内敛而有压榨力的。等候会见心理师的人们枯坐着，彼此目光绝缘，更不要说颜面的对峙了。人们期待着出了这间房子，永不相认。空气中除了被尽量放缓的呼吸所吹拂起的透明涟漪之外，没有任何波澜。怨怼之中的人，呼出的气息是有毒的，传播着不安和戒备。突然响起的电话铃会像原子弹爆炸一样令人猝不及防和惊悚，但也有好处，空气中的窒息感会稍有放松，多了一点可资转移注意力的刺激。

有来访者曾经提议在等候室里安装屏风，可以让人稍稍有安全感。那是一个遭受过性暴力的女子，经常龟缩在房屋的一角，一副寒冷入骨的样子。贺顿和大家商量过这个建议，柏万福说，房子本来就小，再安上横七竖八的屏风，像个鸡笼。贺顿对此说法不以为然，最后没有实施的原因是钱。真正木质的屏风很昂贵，雕刻的每一瓣美丽的花朵，都靠银两浇灌才能盛开。便宜的也有，由单薄的不锈钢管和艳俗的尼龙绸组成，让人联想起乡镇的兽医站。贺顿说，宁缺毋滥，等以后有了钱再添置。唯一能够采取的补救措施，就是尽量错开预约时间，减少来访者彼此相遇的概率。实在错不开，只好人满为患面面相觑。

贺顿刚刚伸展腰肢，突然听到外面候诊区域人声鼎沸，嘈杂的声浪直击耳鼓。她走到争吵之地，文果在同一对男女争执。

　　"如果你们嫌贵，当然可以不接受。"文果说。

　　男子说："还有脸叫心理师，干脆改名算了。"

　　贺顿奇怪地问："改什么名字呢？"

　　站在一旁穿着廉价化纤衣服的女子说："改叫土匪或是抢银行的，都行。"

　　贺顿虽然心境纷杂，却也不由得笑出声来。心理医生能得到这样的绰号，也算一大发明，想来是文果冒犯了他们。作为负责人，她要出面打圆场。旁边一位等候其他心理师晤谈的来访者，假装不在意，其实竖起耳朵在听。传出去，对诊所影响不好。

　　贺顿悄声说："请问，你们是……"

　　男人粗声大嗓抢着回答："两口子。"

　　贺顿继续小声说："你们到我们这里来，有什么事吗？"

　　女人说："到你们这里来，当然是有事了。谁没事到你们这里来呢？这里没好看的风景，也没笑脸。"

　　贺顿听出话里有话，低声问："是不是我们的工作人员态度不好？"

　　文果听出对自己的质疑，就说："我没态度不好。他们进门就说要做心理咨询，我说：好啊，我先把情况向你们介绍一下。我刚说到价格，他们就像被马蜂蜇了一样，跺脚嚷起来，说太黑了，赶上抢钱劫道了……"

　　文果刚开始声音还算轻缓，说着说着也激动起来，分贝提高。对于自己的工作人员，贺顿就不客气了，把手指搁在嘴唇边说："小点声。"

　　贺顿本人持续的压低音调和对文果的训诫收到了成效，那对夫妻音色也转低弱，说："这个价，天价啊。"

　　文果不服，伶牙俐齿地反驳道："我们也是随行就市，经过核算审批的。租房子就不要钱了？电灯电话就不要钱了？心理师就没劳务费了？这儿也不是施粥棚。再说啦，你嫌贵可以走人啊，也不是我们请你们来的，谁也没有拦着你。喏，大门就在那边，您随时可以出去啊！"

　　贺顿急速地扫了一眼，幸亏刚才候诊的那位已经进了心理室，要不这番话叫人听见，实在有辱斯文。她批评文果："不能这样对来访者说话。"

文果说："他们还不能算来访者，顶多是咨询者。"

贺顿说："那也要客气些。"她转过头来，面对气呼呼的夫妻和颜悦色道："你们想来做心理治疗？"

女子说："原本是，现在不想了。"

贺顿说："为什么？"

男子说："没钱。我们俩都是下岗职工，生活很困难。贫贱夫妻百事哀，原本就穷，到你这儿做一次咨询，我们就更穷了，矛盾不是更多了吗？老婆，咱们回家去吧，我早就说不来不来，你在报上看到什么心理治疗，偏要来试试，现在怎么样？傻了吧？这心理诊所也跟健身房和别墅似的，只有富人才享用得起。回家吧，我给你当心理医生。"

女子说："我以为心理医生都是好心人，充满爱心什么的，没想到开价这么狠。回家就回家，走吧！不过，你还想给我当心理医生，门儿也没有！咱们俩谁有病？就是你！我给你当心理医生还差不多。走！如今穷人不但身子骨有了病看不起，心理上有病更看不起。走吧！走吧……"

两人说着，就一前一后地向门外走去。贺顿说："请留步！我还有话要说。"

两人原地不动，却没有回来的意思。男人背着身说："你有什么就快说。穷人什么都没有，只有时间是自己的。"

女人拌嘴道："你有时间又有什么用？屎壳郎上便道，假充大吉普，好像你的工夫多金贵似的。你说了这么多，就不让人家说点吗？大夫，说吧！我听着呢！"

两人不和谐，看来的确需要心理援助。一旁满怀委屈的文果说："你们下岗了还说自己时间金贵，我们这里门庭若市，当然不能为你们耽误工夫了。走吧，以后有什么想知道的，先打个电话来，知道了价钱再说下一步的事，否则一切无从谈起。好了，请吧。不远送了啊。"

中年夫妻同声嘟囔着："走就走！再也不登你们的门！"恩断义绝

地转身离去。

"请等一等。"贺顿急忙拦住他们。

"有什么事?"两人不解。

"我想为你们来做心理咨询。"贺顿很诚恳地说。

"对不起,我们没有那么多钱。"二人冷冷拒绝。

"我不收你们那么多钱。"贺顿说。

"那你打算收我们多少钱?"女人细心落实。

"你们来的时候,一定有个估算。觉得多少钱合理呢?"贺顿问。

"做一次,和冬天储存二百斤大白菜的钱差不多,就还能忍受。"男子说。

贺顿注意到了他说的是"忍受",而不是通常所用的"承受"。不管怎么说吧,贺顿继续推进此事:"原谅我不是特别清楚二百斤冬储大白菜到底是多少钱。"

女人说:"如果不是一级菜,要二三级的,也就二十块钱吧。"

贺顿说:"那好,咱们这次心理治疗,就二十块钱。"

文果蹦起来,说:"二十块,这也太少了!"

贺顿挥挥手:"就这样定了。"

女子看起来很高兴,说:"如果是这个价,我们做。这是我们能够付得出的最多的钱了。"

男子心思更活泛一些,讨价还价道:"二十块钱,对我们来说,是一笔钱,对您来说,毛毛雨。您既然一张口就免了那么多,索性好人做到底,连这二十块钱也一风吹了,我们更谢谢您大人雅量。"

文果撇嘴:"得寸进尺。"

贺顿说:"这二十块钱是不能免的。心理诊所不是慈善机构,心理师也不是慈善家。收钱是因为我付出了劳动,你尊重我的劳动,我才能帮助你们。在国外,就是一个乞丐要做心理治疗,心理师也会收他一块钱。这才公平。"

男子有些不好意思,女子埋怨道:"真丢人!为了省钱,连个要饭的都不如。"

文果噘着嘴对贺顿说："那您把他们安排给哪位心理师啊？"

贺顿说："安排给我。"

文果说："以后要是总这样，我都不知道该怎么干活啦！"

贺顿说："不会总这样的，但也不会总不这样。"说完，她转向站在一旁的男女："请先填个表，然后咱们开始。"

两人规规矩矩端坐着，一言不发。贺顿说："你们刚才不是挺活跃的吗，现在怎么不说话了？"

女子说："我们就是能瞎说，到了正儿八经说话的时候，就不知道该说什么了。"

男子说："吵架行。我们就爱粗声大嗓地吵架。您这里都跟蚊子似的说话，不习惯。"

贺顿说："你尽管粗声大嗓地讲话，不碍事。刚才是在外面，有旁人，所以要彼此照顾。这里是治疗间，隔音设备很好，你可以放开了讲。"

男子就对女子说："你讲吧。"

女子拼命往沙发后背靠："还是你先说。谁让你是当家的呢！"

男子说："这会儿你知道我是当家的了，平日里你怎么就不知道呢！"

女子说："你这个人，咋给脸不要脸呢？让你先说，就是抬举你了。"

男子说："我用不着你抬举。是你说要来的是不是？是你说要是不来就离婚，对不？这事都是你挑起的，花了钱买罪受，还让我先说，我偏就不说，你能怎么着？了不起就算是二百斤大白菜都让猪狗给糟蹋了，让你沤酸菜馊了臭了。算咱们倒霉！你有什么法子？还能给我嘴里灌辣椒水上老虎凳，非让我说出个子丑寅卯不可？愣不说，死不说，你能怎么样……"

女子说："你这个人怎么这么不讲理？好，我也是王八吃秤砣，铁了心了！行了，最后的挽救我也做了，连最时髦的心理医生咱也看了，这日子是没法过了，离婚就离婚！无怨无悔！你也别怪我不仁不义，当着外人你都这么不讲理，还有什么情分呢！走吧，别占人家的地方，咱们要打要骂，回家自个儿抖搂去！"

两人说着，同时站起身来就要走。

贺顿一直冷眼旁观。现在，她已经明白了八九分。说："谢谢二位了。"

两人万分不解，说："谢我们什么？"

贺顿说："谢谢二位对我的信任。"

两人说："我们没信任你啊。"话一出口，又觉不妥，不知如何挽回，只好大眼瞪小眼地傻看着贺顿。

贺顿说："你们当着我的面吵架，就是天大的信任。咱中国古话说家丑不可外扬，你们不见外，把我当成了家里人。"

男女一齐回过味儿来，说："那倒是。"

女子补充道："岂止是没拿您当外人，简直就是把您当救命稻草了。"

贺顿抓住这个契机，问："你想救谁的命？"

女子一指男子："我想救他的命。"

男子不干了，说："我怎么啦？我好着呢！能吃能睡，吃嘛嘛香。我还想救你的命呢！"

两个人就救命一事又发生争吵，看来他们最习惯的沟通方式就是争吵，争吵是他们的外交部部长。贺顿看到过太多的夫妻，把争吵当作通往心灵峰顶的捷径。可惜他们太频繁地利用这条小路了，有一天就滚下了山坡。

贺顿说："看到你们争吵，我很感动。"

两人又是大惊，说："您不是说反话寒碜我们吧？看人吵架，不是劝架，反倒感动，这从何说起呢？"

贺顿说："你们看，你们两个都说自己没有什么毛病，而对方不但看出了毛病，还要抢着救对方的性命。这就像一个人掉在海中，不顾自己的安危，一心想着搭救他人，这不是令人感动的事吗？"

两人如梦初醒，女子说："嗨！大夫，您高抬我了。其实我不是想救他的命，是想救救我们的婚姻。"

贺顿紧跟着问道："婚姻出了什么问题？"

女子说："我们家的双人床上，躺了十个人。"

见多识广的贺顿着实吓了一大跳。一张双人床，最大也就是一米八到两米宽，躺那么多人，睡得下吗？还不得挤成相片！

许是她的愕然之色太过显著，女子说："您别不信，真有那么多人。我给您算算看。"

贺顿点点头说："好，就请你具体说说你们家床上都躺着谁。"

女子说："我们两口子。"她把两手都摊开，竖起了两个指头。两个最边缘的小指头。

"床上还躺着我的公公婆婆……"女子跷起了两个大拇指。"还有小姑子小叔子各两个……"女子竖起了两手的无名指和食指。"还有大伯子一个……"女子又竖起了左手的中指，现在，她还剩下右手的中指蜷曲着。

"九个了。"贺顿说。

"还有一个最重要的，就是我公公的妹妹，一个老姑婆，都九十二岁了，身体硬朗着呢，估计我都熬死了，她老人家还结结实实活着，都成了千年的老妖怪了。"女子幽怨地说。

"不许这样说姑婆。这也就是在外头，我拘着分寸，给你留着面子，要不上手就给你一个大耳刮子。"男子厉声叫道。

"您看到了吧，差点就是家庭暴力。"女子说。

贺顿已然明白，婚床上的人，不过是个比喻，痛楚使女子口不择言。

贺顿说："你打算怎么办呢？"

女子说："我想把他们都撵下床去。如果……"

男子说："呸！没什么如果……"

女子说："当然有。如果他们不肯下床，那我就走，把床留给他们一家人吃喝拉撒睡！"

贺顿说："能举个具体点的例子吗？"

女子说："能！太能了！昨天就大吵一架。因为孩子要吃鸡翅中。您知道鸡翅中吧？"

贺顿说："知道。就是鸡身上最好吃的部分。"

女子说："是不是最好吃的，我不知道。在我看来，哪儿都好吃，穷人没有挑三拣四的权利。要是没有孩子，我才不理会什么翅中翅西的。

有孩子，就没理讲了。穷人也有孩子，孩子上学要带饭，以往我都给他带最便宜的饭菜，以素食为主。孩子正长身体，也搭配着吃荤腥，比如鸡皮鸡骷髅。"

听到"骷髅"两字，贺顿不由自主地打了个寒战，女人赶紧说："鸡骷髅也叫鸡架子，择巴择巴，肉也不算少呢。吃的时间长了，孩子不干了，说同学们都笑话他，给他送了个外号，叫——禽流感。孩子说，改样吧。我说，好，咱们不吃鸡皮鸡架子了，改吃鸡脖子，你说好不好啊？孩子说不好，谁不知道鸡脖子也是鸡身上最便宜的东西啊！我急了，说那你吃鸡的哪个零件，同学们就不会叫你禽流感了？孩子说，我要吃鸡翅中！鸡翅中最贵！我一咬牙决定去买鸡翅中，再苦也不能苦了孩子，你说是不是？"

贺顿点了点头。点头不是完全赞同，只是一种鼓励。如果她摇头，谈话就无法继续下去了。

女子接着说："昨天，我做了一锅红烧鸡翅中，你知道我买了多少鸡翅中？"

这下贺顿可以痛快地大摇其头了，她真是猜不出来。

女子竖起眉毛："说出来吓死你！整整十斤！那么多的鸡翅中泡在盆子里，前没有翅尖，后没有翅根，好像象牙麻将牌堆积如山，看得我眼晕。如果有前世，我可能就是一只白毛黄鼠狼，老奸巨猾，是鸡的死对头。如果有来生，我就得变一地乱爬乱滚的毛毛虫，叫鸡把我一口口地啄食了……"女子抱住了自己的双肩，显出不可抑制的恐惧。

"为什么要买那么多鸡翅中？"贺顿不解，难道说这羸弱的两口子，有一个气吞山河的胖崽吗？

"这你要问他！"女子一指闷头不语的丈夫。

"别问我。鸡翅中是你自己买回来的。"男子急忙撇清。

女子说："不问你行吗？我不买行吗？我说要给孩子买鸡翅中，他就吧嗒着眼皮说，打算买多少啊？我说，买上三五个吧，够孩子一顿吃的就行了。他说，那不够。我说，就这一回，下不为例，别把孩子惯出毛病来。吃一回鸡翅中，把嘴吃馋了，咱还养不起呢！咱是下岗工人，得明白自己的身份，拿的是低保，孩子就不能比吃比穿。他说，我不是说只给孩子吃，别人还得吃呢。我说，别藏着掖着，就直说那个人就是你呗。你嘴馋，也想吃鸡翅中，好，咱就买八九个，让你也过回瘾。我满以为这样一说，他会很高兴。没想到他瓮声瓮气地说，还有别人呢！我听了，挺感动的，他这是惦记着我呢。说得也是，一家子三口，孩子吃上了鸡翅中，当爸爸的吃上了鸡翅中，为什么我这个当妈的就那么不值钱？对，还是孩子他爸想得周到，我也要吃鸡翅中。我咬着牙说，好，那咱们就买上一斤，全家人个个都有份！听了我的话，他第三次说，还有别人呢！我就闹不明白了，这个'别人'是谁啊？就问他。他说，还有我爸我妈。我想了想，这是孝子啊，我们吃上了鸡翅中，他想起老父老母吃不上，心里不安。好吧，我就说，行，那咱就再多买上半斤，烧好了，你给孩子的爷爷奶奶送去。我们两家隔得不太远，红烧鸡翅端上一碗，走快点到了还烫嘴呢。我以为他会夸我贤惠，没想到他说，这哪儿够啊？我说，老头儿老太太了，半斤还不够啊？不是年轻的时候啦，老年人脾胃弱，吃得多了，存了食难受，闹不好还有生命危险。还是少吃点好。他板着脸说，你爹你妈才有生命危险呢，说点吉利的行不行？我就说，我爹我妈在外地，我想孝敬还够不着呢。就这么定了吧，我这就去买鸡翅中。他说，还有别人呢。这话跟鬼打墙似的，绕着圈又回来了，我真闹不明白，就问，还有谁呢？你照直说吧。他说，还有我弟我妹我哥我姐……我说，各家条件都比咱家好，人家未必就没吃过鸡翅中，咱也不必面面俱到。他没好气地说，人家吃没吃过是人家的事，你让不让人家吃，就是你的事。他们若是到我爸妈家来，我端着红烧鸡翅中过去了，拢共就那么几块，你说人家怎么想？吃还是不吃？所以，你得把他们都算上。我说，那一个人得吃几个啊？他说，咱们就照着一个人十个算吧。我说，你们家的人都是虎豹豺狼变的啊，吃那么多？说是说，我还是忍气吞声地把数给算出来了。天哪！吓一跳，真不是个小数目。我刚拎着破网兜要走，他又说，你等等，我还有个姑婆，你也得算上……我一下子就火了，说，你把你们家祖宗从地里刨出来，每人也分几个鸡骨头嚼嚼吧，就怕他们没有那么好的牙口了。咱们家吃饭，为什么要请这么多嘴巴一起啃？你到底是跟我过，还是跟你的家人过？如果是跟我过，我就买一斤鸡翅中，够吃就得。若是你们爷俩吃得欢，不够吃，我就不吃了。我不吃光看着也高兴，谁让咱们是一家子！如果你要和这么一大家子伙着过，这顿鸡翅中我可以买，买上十斤，吃完了，咱们就散伙……你猜他说什么？"女子反问道。

贺顿看看男子，说："你当时说了什么？"

男子说："就三个字——买——十——斤！"

事情到此水落石出。

"后来呢？"贺顿问。

"后来我就买了鸡翅中，后来我就红烧了。再后来我就给孩子盛出来一碗，然后就让他用大塑料盆给老头儿老太太端过去了。再后来，他很晚回来了。我说，你吃饱了吗？他说，我们吃饱了。我说，好吃吗？他说，我们都觉得淡了点。我说，以后还想吃吗？他说，我们都想吃，记着以后多放点盐。我说，你以后，不对，是你们以后，再也吃不上了！他说，我们不和你啰唆了，我们喝多了，我们要睡了……今天早上，我说，你睡醒了？他说，我们醒了。我说，醒了就好，我要走。他这才吓得真醒了，说你要到哪里去？我说，我要和你离婚。他说，我们要是不想离，有什么法子呢？我说，没法子，这日子过不下去了，我不能和一个长不大的男人搅和在一起。他说，我都胡子拉碴的了，你还说我没长大，你有病！我说，你才有病呢！我俩就吵起来了，惊天动地。后来我想起在报上看到心理医生就管这心理有病的事，我们就一路打听着，到您这里来了。"

滔滔不绝一气呵成。女子诉完了心中的苦水，安静下来。讲故事有神奇疗效，一个人若是能痛痛快快地把心中的苦水和郁闷倾泻出来，惊涛就蜕变成了缓浪。

贺顿问男子："她讲的都是事实吗？"

男子说："都是。她这个人就这点好，说实话。"

贺顿说："你是不愿意离婚的，对吗？"

男子说："那是。要不然，我能跟着她到你这个心理诊所来吗？就算你给我们优惠了，打了折，可这钱要是折成鸡翅中，足够一个人吃得打饱嗝。"

贺顿心想，今天的度量衡改成以鸡翅中为单位了。

贺顿说："你知道她为什么要和你离婚吗？"

男子说："不知道。她总是说我们家的床上睡了太多的人，可那不是活见鬼吗？我们家的床是惨了点，自己打的，床板是用碎木条拼的，不过铺上褥子，比席梦思不差。床上除了我们俩，再没有旁人。她胡说八道！"

女子愤愤地反驳道："你才胡说八道！你明明是一个人，却口口声声说——我们，我问你，这个'我们'，是谁？"

男子说："我说'我们'的时候，指的就是我和我爸我妈，我哥我姐我弟我妹……"

女子错着牙齿狠狠地说："还有你老姑婆！"

男子说："对，对，哪能把她老人家忘了呢？我小的时候，她还抱过我呢！"

女子咬牙切齿地说："要是全世界的人都抱过你，你还把联合国都认成姥姥家，把联合国军当舅舅呢！"

两个人又唇枪舌剑地吵了起来，唾沫星子乱溅。贺顿冷眼旁观，倒是沉得住气。有道是真理越辩越明，夫妻间有了矛盾，最怕的是冷战和漠然。针锋相对在某种情形下也具有建设性。他们已渐渐逼近问题的内核。

"你说——我们睡觉。我问你，睡觉是一个人的事还是一群人的事？"女子问。

男子说："要是吹了熄灯号，大家就是一起睡觉。"

女子说："那是兵营。你连一天国防绿都没披过，少拿军队说事。我问你，两个人能一起做梦吗？"

男子说："笑话。你见过两人合伙做梦的吗？"

女子说："这就对了。做梦是一个人的事，睡觉也是。"

男子显然说不过女子，只得认输，说："好吧，就算睡觉是一个人的事。"

女子说："什么叫就算？是就是，不是就不是。"

男子不悦道："你这个人，怎么逮住蛤蟆攥出尿——穷追猛打啊！差不多就行了。"

女子说："这是原则问题。"

男子说："笑话。你要是和外人睡觉，那倒有可能沾点原则的边儿，要是和我睡，没原则。"

女子说："你不要胡搅蛮缠。"

贺顿要出手了。对男子说："我觉得你妻子说得有道理，睡觉是一个人的事情。不是你和你母亲的事。"

男子说："我小的时候，一直和她在一起睡觉，一直到我十五岁。"

贺顿心想，难怪呢！

女子趁势揭发道："睡觉算什么？他还一直吃他妈的奶水，直到上学了，课间休息的时候，还回家掀开他妈的褂子咂口奶再上课去。"

男子不好意思了，说："别胡咧咧。这是两码事。"

贺顿严肃地说："这是一码事。"

男子不满地抗议："您不能因为自己是个女的，就向着女的说话。"

贺顿说："我其实是向着你说话。"

男子说："听不出来。"

贺顿说："我猜你是个孝子。"

男子说："那是。乌鸦还知反哺，不孝还算是个人吗？"

贺顿对女子说："一个对自己的父母好的男人，是让人放心的男人。"

女子说："那是。当年我也是看到了这一条，才下决心嫁他的。"

贺顿对男子说："行孝并不意味着和父母绑在一起。如果你的儿子长大了，天天腻在你们家，你作何感想？"

男子说："那我得把他撵出去。大了，就该顶门立户。"

贺顿说："同理，你也要把自己和父母的关系分清楚。一个人该断奶的时候就得断奶。以前的事，你不可能改变了，但现在的事，你能改变。"

男子说："听您的意思，好像我还没长大？"

贺顿说："您长大还是没长大，您自己说呢？"

男子不好意思地说："我都内退的人了，还没长大？"

贺顿说："有些人直到临死，都没长大！"

男子有点惊恐地说："那我不能做这样的人。"

贺顿对着女子说："你愿意帮助他吗？"

女子说："两口子还能说不帮的话？"

贺顿说："你的意思是愿意帮助他了？"

女子对着贺顿说："我愿意。"

贺顿说："你不要对着我，请你对着他说。"

女子说："这还不一样嘛，屋子就这么点大，就是声音再小上十倍，也照样听得见。"

贺顿说："那不一样。你们既然花了一盘子鸡翅中的钱，到我这儿来，就该认真听听我的建议。"

女子想了想，说："好吧。这又有什么难的。"半转了身子，对男子说："我愿意帮你。"

男子说："你帮我什么？"

女子回过头，看着贺顿说："对呀，我帮他什么呢？"

贺顿说："你最希望他怎样，就请你告诉他。"

女子说："那我就开口讲了。"

贺顿说："讲。这又用不着谁批准。"

女子清了清嗓子，正式转过身子对男子说："老公，咱俩都是下岗职工，患难夫妻。我不嫌你穷，就是受不了你的长不大。咱们是两口子，你知不知道？"

男子说："我当然知道。有结婚证管着呢，要不还不成流氓了？"

女子说："我跟你说正经事，不要嬉皮笑脸。你对孩子的爷爷奶奶孝顺，我喜欢；可你不能总把自己当成个小孩子，觉得你们是一伙的，把我当成外人，我当你们家的媳妇，容易吗？我……"

女子开始一字一顿地诉说自己的委屈，男子听得低下了头，察觉到自己忽视了这女人的一腔付出。他们开始进行琐碎的沟通，偶尔会为一些问题发生争执，然后又继续交流下去。贺顿听着，有些困倦了。今天的工作量很大，这又是计划外的安排，加之自己又正处在情绪危机之中，实在勉为其难。她不想让心理治疗成为富人享受的专利，面对这对下岗夫妇，愿意亏本完成治疗。

无论多么困倦，她都不敢有丝毫的懈怠。这种和原生家庭粘连紧密的男子，要成为顶天立地的丈夫，还需很多次的矫正。好在本次交流很有成效，结束时，两人分别握着贺顿的两只手说："谢谢您，我们不离婚了。"

就这么简单吗？不一定吧。贺顿不敢太乐观，但也不会太悲观。人，本身就是非常复杂的动物，夫妻关系又是人所享有的所有关系中，最不可捉摸的一种。

"这一盘子鸡翅中的钱，值了。"男子临走的时候，用这样的方式表达对贺顿服务的满意。

贺顿让自己的笑容尽量温暖和煦，说："祝你们快乐。"

待他们走后，文果说："他们倒是快乐了，可是我不快乐。"

贺顿说："为什么呢？"

文果说："你只让我收他们二十块钱，如何落账呢？"

贺顿说："你照着平常的标准落账就是。"

文果说："这其中的亏空谁来填补？"

贺顿说："我。"

文果说："这不公平。你为他们加急做了治疗，还要给他们垫钱，这不是赔大了吗！"

贺顿说："心理治疗虽然不是慈善事业，但从业人员要有一颗慈悲之心。我不愿意这个行当只为掏得起钱的富人服务。"

文果说："如果这样的人络绎不绝，咱们就离破产不远了。"

贺顿说："一时半会儿，还不至于吧。"

第 8 章

第六个来访者，
一百零一个洋娃娃和我一道火化

总算下班了，贺顿回到小屋，柏万福不知道哪里去了。刚换上拖鞋，预备伸直了腰身，把一直紧绷的后背像一条死狗似的放倒在床上，电话响了。文果说："贺老师，有一件事要麻烦你……"声音里带着乞求。

"无论有什么事，都等明天上班以后再说吧。我累了。"贺顿果断地封了文果的口。分别的时候还一切如常，文果在收拾文案和打扫卫生，走得稍迟一些。瞬忽之间，能有什么惊天动地的事情？大惊小怪。

"可是，他……他们就坐在候诊室里，非要让我给你打个电话……"文果的声音变得很大。贺顿断定，这些话就是讲给那个人或那些人听的。

文果学的是秘书专业，在心理学方面没修炼，面对他人的操控缺乏反击之力。贺顿多少原谅了她，问："他们是谁？"

"有人想来做咨询，已经等在这里了。"文果还是用很大的声音说话。

贺顿明白对方一定已经将这个小姑娘拿捏住了，文果在为他们说话。开店的人总是希望生意红火顾客盈门，都下班了，还有人找上门来，该算好事。贺顿换了比较平和的口气说："你代表诊所谢谢他们的信任。只是今天已经下班了，他们又没有预约，没法子做咨询。约好了时间欢迎他们改日再来。"

"说了。我都说了。"文果忙着表白。

"那不就行了吗？让他们喝点水，再拿些糖果饼干请他们垫补一下，毕竟天晚了。这些，你不是都熟门熟路吗！"贺顿一边捶着后腰，一边做指示。

"可是，他们一定不肯走，一定要和心理师当面谈一谈。"文果为难地说。

"如果不走，就随他们便，一直待在候诊室好了。这么晚了，哪里能派出心理师接待他们？居然用这种威胁的方式，不能开这个头。"贺顿不耐烦。最近她身体委顿，加之和柏万福冲突骤起，今天又是多个棘手案主纷至沓来，实在已山穷水尽。

文果说："他们不会一直待在候诊室的，已经买好了夜里回老家的火车票。"

贺顿松了一口气，说："那不就简单了？你把情况说明后，送他们离开即可。有何为难？"

文果的声音突然变小了，用类似李谷一唱流行歌曲的气声说："来咨询的人得了癌症，今天医生已宣布无法医治，这是他临终前的最后请求，只有一个月了……"

"什么一个月？"话筒里突然涌出杂音，贺顿没听清楚。

文果不愿意重复这句话，但又不得不重复，她费力地说："生命只有一个月。家人现在要带他回乡下去。临上火车之前，他要求见见心理医生。这是一个人最后的心愿……"

不用多说，贺顿已明白。她说："好吧。你叫他们等等我。"

都下班了，没法再安排别的心理师接谈，只有亲自出马。贺顿起身做的第一件事是用冷水洗脸，让别的来访者的故事都被泡沫淹没之后冲走。然后穿上自定义的工作服，在额头抹了一把风油精，浑身散发着樟脑的气味，出了门。

尽管贺顿已经做了充分的思想准备，候诊室内的热闹情形还是出乎意料。共有七八个人或站或坐地等候着她，像迎驾一样。

一位风度优雅的老太太戴着宽檐呢帽，有一点像伊丽莎白女王，显得风姿绰约。看到贺顿进来，第一个站起身说："您就是心理师吗？"

贺顿说："是的。我就是。"

老太太苛刻地打量着她，说："我叫乔玉华。你看起来很年轻嘛！"

贺顿明白老人家的潜台词是——你行吗？回答说："心理学这门科学本身也很年轻。"她的潜台词是——年纪大的人以前也并没有机会掌握它。

这番潜台词的较量，让老太太比较满意。她说："你都已经下班了，还来为我们加班，谢谢你了。事情是这样的，这位是我的老伴，三年以前，他患了癌症……"一位头皮锃亮的老者应声站了起来。贺顿向他点点头，心想，三年了，一家人已经能够这样开诚布公地谈论癌症，应该说是很好的氛围了，这让将要进行的工作有了坚固的支点。

"这几位，是我们的儿子女儿媳妇和女婿。你可以想见，我们是一个非常和睦的家庭，发生了这样的事，大家都很焦虑。但是，焦虑不是法子，我们要面对。你说，是不是呢？"老太太考官似的看着贺顿。

贺顿频频点头，心想这位老太太退休之前不是部队的政委就是局一级的党委书记，说得多么在理！有了这样的铺垫，老头儿就是驾鹤西行，心中的惦念也会放下很多。

贺顿看了看表，既然人家还要赶火车，心理师的工作就宜早不宜迟。她说："那咱们就开始吧。"

老太太说："好吧，那就开始吧。早点完事，赶火车也从容些。"说完，就随同贺顿进了心理室。贺顿明白老太太一定是对自己还不够放心，想单独再交代一下注意事项。这明摆着是对她能力的不信任，但贺顿能理解。

"您老还有什么要嘱咐的吗？"贺顿对老太太说。

老太太说："不是要开始了吗？"

贺顿说："对啊，马上要开始了。"

老太太略微思忖片刻，扑哧笑了，摘下了宽檐花帽，一个锃亮的雪白头皮，如同恐龙蛋壳，暴露在雪亮的灯光之下。

贺顿瞠目结舌。由于常常有癌症病人来访，贺顿知道这种寸草不生的头颅，是癌症化疗后的特征之一。

"姑娘，没想到吧，是我要见心理医生，是我被医生宣布无法救治，是我要死了。"老太太好像对贺顿的误解觉得十分有趣，露出一口瓷白色的假牙，开心地笑着。

"可是，您不是说您老伴身患癌症吗？"贺顿无法掩饰愕然。

"对呀，我老伴是在三年前得了癌症，可这并不意味着我就不得癌症了。癌症也不是一家只有一个指标。这三年来，我千方百计地服侍他，他现在恢复得很好。可我在几个月前也查出癌症，就没有他那样的好运气了。现在，更准确地说也就是昨天，医生正式向我摊牌了，说我的癌细胞分化非常快，分裂极为猖狂，所有的化疗药物都毫无效力，他们推断我的生命只有一个月了。我就决定出院，坐今天晚上的火车回老家去，去看看我父母的坟地，把自己最后的事料理一下。他们问我还有什么要求，那意思就相当于你想吃什么就说话，有什么未了的心愿，就一定得到满足。我说，我想见见心理医生，我们就到这里来了。您都下班了，又惊动了您，真是不好意思。不过，看在一个就要离世的老人的面子上，我想您一定不会计较的。在这里，我谢谢您了……"老太太说着，滑稽地敬了一个礼，瘦削的手掌在白白的头皮前忽闪着，触目惊心。

贺顿被逗笑了，但紧接着涌出了眼泪。她不知道该对这个老人说些什么，这是一枚熟透了的果子，就要随风坠落，带有发酵之后的逼近死亡的醉人香气，让你有一种头晕目眩的葡匐和敬畏。

古语说：人之将死，其言也善。说的就是这种情形吧？面对这种被死亡授予的风趣与豁达，你还能说什么？你还敢说什么？

贺顿语塞，只顾得用手背去抹泪。老人家把桌子上的纸巾抽出一张，说："擦擦脸。我还有事要问你呢。你这样哭哭啼啼的，就没法帮助我了。"

一句话提醒了贺顿，是的，此刻，她是在工作中，她的职责需要她警醒和振作。她用纸巾把眼窝狠狠地揩了揩，说："谢谢您对我的信任。现在，您需要我做什么？"

老太太压低声音说："我需要您的帮助。"

贺顿说："我非常愿意帮助您。只是不知道您具体需要什么帮助？"

老太太说："关于我的老伴儿，我知道他现在正在遭受极大的打击。自打他病了以后，他就特别地依赖我，变得像个小孩。我成了他的精神支柱，成了他的主心骨和脊梁。他几乎以为我是钢铁战士，以为我无所不能攻无不克战无不胜，其实，我只是个小老太太，我以我所有的能量在支持他鼓励他，帮他渡过了一道又一道难关。现在，我不行了，支持不了了，我要先走一步了。我怕他接受不了，已经和他谈过多次了，他现在基本上能接受这个事实了。我走了之后，他还会好好活着，和我的儿女们再相处一段，陪陪他们，不能让孩子们刚刚没了妈，马上又没了爹。我希望他能活得健康快乐，如果有可能，还可以找个老伴儿。不要以为这是对我的不忠，其实是我心中所想所盼。到了实在坚持不了的时候，也不必硬挺着，不行就安安然然地走吧。我在那边等着他。这些道理，掰开了揉碎了讲，老头儿也能接受了。所以，他这一方面，我基本上没什么可挂念的了。"老太太目光炯炯地讲着，贺顿除了俯首静听，找不到任何插言的余地。

"关于孩子们，我也都做了交代。我死了以后，他们一定会难过的。我们家的人很重视亲情，大家彼此都很黏糊，这样的氛围，又好又不好。好的是温暖，不好的是一旦有人离开，剩下的空隙太大，冷风飕飕，活着的人会非常难过，厉害的还痛不欲生。但是，这不是我能帮助他们的范畴，只有靠他们自己的力量来扛了。我告诉他们，如果一个人实在扛不过去了，大家就聚在一起，痛哭一场，想想我的好处，说说自己的思念，然后就到饭馆去吃饭。不要自己在家里做着吃，那样虽然亲近，吃的也顺口，但是做饭的那个人太辛苦了，他心中的难过也没有法子发泄，到时候，大家都缓过劲儿来了，他一个人就更孤独更凄惨了。所以，到饭馆去，去吃好的，变着花样吃，吃平常吃不到的东西。人的胃力量是很强大的，有的时候，能战胜心。不要省钱，当然，他们都有钱，但这笔钱我已经预留出来了，到时候，就用我的这笔钱来结账。我在世的时候，每次团圆都是我给孩子们张罗吃的东西，今后我没这个机会没这个福气了。但是，我留下这笔吃饭的基金，吃饭的时候，就好比是我也在场了。当然，光吃饭不能解决根本问题，眼泪也不能解决根本问题，那就只得依靠另一个好帮手，就是时间。时间会帮助我的孩子们走出哀伤……"

贺顿听得近乎呆滞，这样聪慧如鬼魅一般的老妪，还需要什么心理医生！她几乎可以给所有的人当心理医生了。

也许，她只是需要有一个家人以外的人来倾诉吧？很多人在最亲近的人面前，反倒有很多保留，倒是面对素昧平生的陌生人，更容易把内心的秘密袒露。贺顿这样想着，就说："您说的这些都让我很感动。不知您还要告诉我些什么？"

老人家明察秋毫地笑起来，说："小姑娘，你一定以为我还有深层的秘密隐藏在心窝里。在临死之前，要找到一个人把沉重的包袱抖搂开，比如我有一个初恋的情人或是心中暗恋已久的偶像，更耸人听闻一点，我干脆在哪里有个私生子或是哪个孩子其实不是我老头子的，而是另外一个人的骨血。如果往更大的方面联想，也许我当过叛徒汉奸什么的，历次运动都逃脱了，如今临死之前良心发现，感觉自己对不起人民对不起党，临死前要忏悔……不，不，完全没有这些。什么都没有，清清白白光明磊落。我对这个世界没有那么多留恋的东西，该我享有的，我都享有了，我已感恩不尽。现在该我放手了，我会遵守规矩，乖乖地放手。有关的事项我也都把意思和家人交代了，项链给女儿，戒指给儿媳，甚至连居民小组的那点活动经费，我也把账都理清了，小葱拌豆腐，清清爽爽。我没有憾事，我无牵无挂，现在，是无事一身轻了……"

此刻，贺顿被这个精灵一般的老太太彻底征服并搞糊涂了。她原谅了文果，别说是初出茅庐的文秘专业的毕业生不是此人的对手，就连她这个专业的心理医生，也从来没有遇到过这样精于世故宠辱不惊的案主。老人家始终掌握着谈话的舵轮，她知道一切的一切，引导着潮流，让听众入瓮。

贺顿只有以不变应万变了。这个不变，就是继续俯首贴耳听下去。如果老人需要这样一直讲下去，一直讲到死，她也会洗耳恭听。有句古话叫"死者为大"，将要死的人也为大啊。

终于，老太太运筹帷幄地讲完了，告一段落。她眨眨有点酸的眼睛说："你现在知道我要找你谈什么吗？"

贺顿老老实实地说："不知道。"

老太太说："你马上就要知道了。"

贺顿说："谢谢您的信任。"

老太太纠正她道："这不是信任，是我实在没有法子了，死马当活马医吧。我告诉你，我有一百零一个洋娃娃……"

贺顿已经做好了听到最骇人听闻的话题的准备，但她没想到是洋娃娃，脸上露出错愕的表情。老太太伤心地说："你看，都说心理医生阅人无数无所不能，其实也不过如此。洋娃娃把你吓得脸色都变了。"

贺顿说："就是普通的洋娃娃吗？"

老太太干脆地说："对，就是普通的洋娃娃，有中国造的，有外国造的。有眼睛会动的，有眼睛不会动的。有会说话的，有不会说话的。有穿裙子的，有不穿裙子穿裤子的。有白皮肤的，有黑皮肤的，有黄皮肤的，有身着少数民族服饰，有戴帽子的，有不戴帽子戴头巾的，有手里拿着乐器或是武器的，有手里什么也没有赤手空拳的……"

这一番介绍，算是彻底把贺顿推入五里雾中。老太太眉飞色舞，苍白的脸上现出了病态的酡红色，贺顿忍耐了半天，还是壮着胆子行使了心理医生的职责，打断老太太的话头："我已知道您有很多各式各样的洋娃娃，您的问题到底是什么呢？"

这句话总算把老太太从洋娃娃的包围中拯救出来，她偏着头想了想，说："我的问题其实很简单，就是——我死了以后，这些洋娃娃到哪里去？"

原来是这样！贺顿哭笑不得，一个如此睿智豁达洞若观火的老人，在洋娃娃面前，竟然一筹莫展。

贺顿从来没有玩过洋娃娃，小时家里很穷，到了有钱能买得起洋娃娃时，她早已过了摆弄这种玩偶的年纪。如今，生死攸关之际，有人为了洋娃娃来咨询她，贺顿也陷入了一筹莫展的困境。

如果依照她的意见，很好处理。但是，她知道自己不能轻易发表意见，一切以当事人的感知为最重要的线索，所有先入为主都潜藏着极大的弊端。

"那么，您对此问题有何考虑呢？"贺顿问。无论多么棘手的问题，当事人都比你更早地接触它的内核。他们曾千思百虑，柔肠寸断。多高明的心理师，也无法在短时间内穷尽当事人的思绪。千头万绪化为一句话——让你的当事人把真实想法说出来！这是好心理师的不二法门。

"我的洋娃娃，在我死后，有三条出路。"乔玉华老太太把话说了一半停了下来，等着贺顿问她。

有这样一种人，习惯这样被人询问，他们在询问当中感到一种操纵的快感。可贺顿不是一般的人，她是一个有反控制能力的心理师。她就偏偏不问，等待着水落石出。

乔玉华果然绷不住了，说："这第一条出路，就是把所有的洋娃娃都留给我的儿女们。可惜他们一点都不喜欢洋娃娃，他们会让它们积满了灰尘，蓬头垢面。我不忍心让洋娃娃在我死后落到这种凄惨的境地中去，要知道每一个洋娃娃都是我精心淘换回来的，都有一个精彩的故事。不能在我死了之后，它们就集体成了孤儿。"

贺顿点点头。这个点头是什么意思呢？什么意思也没有，就是鼓励老太太继续说下去。乔玉华说："第二条出路，就是把洋娃娃都捐到幼儿园去。我知道孩子们会喜欢我的洋娃娃们，因为它们实在是太可爱了。但是我下不了这个决心，因为孩子们不懂得珍惜洋娃娃。在他们眼里，那只是一些不会说话的玩具。其实我的一部分洋娃娃是会说话的，有的还会说英语，虽然都是很短的句子，但在我眼中，每个洋娃娃都是活生生的一条命啊。只怕幼儿园那些娇生惯养的小少爷小公主们，慢待了我的洋娃娃，把它们的鼻子磕破，胳膊弯了腿骨折了，头朝下摔得鼻青脸肿脑出血什么的……要真是那样的话，还不如选择第三条出路。"

乔玉华沉吟了半晌，没有说出她的第三种解决方案。这一次不是卖关子或是等待贺顿的反应，而是她真的吃不准这个方案说还是不说。过了好半天，她下定了决心，最终说出来："这第三条出路，就是把这一百零一个洋娃娃和我的尸身一道火化……"

贺顿深感震骇。在她面前，烈焰已经腾起，乔玉华的尸身被一百零一个洋娃娃簇拥着，在火光中变成金红色。那些洋娃娃像活了一样，眨着眼睫毛，挥动着手臂，从五颜六色变为灰烬。

"你害怕了？"乔玉华一针见血。

"不……"贺顿赶忙否认，一个心理师让来访者看出胆怯，这不是优良素质的体现。贺顿遮掩说："我只是在想，人家火葬场也许不会同意。"

乔玉华说："这个细节我早就想到了，不用担心，我给他们留下足够火化两具尸体的钱，他们赔不了本。"

只要想一想人的骨灰和洋娃娃的灰烬混合在一起，便实在令人怅然。乔玉华好像有第六感，猜出了贺顿的心思，就说："我的骨灰和洋娃娃的骨灰装在一个布袋子里，就好像古时的兵马俑殉葬，也很有意义。"

还奢谈意义呢，贺顿觉得这简直是她开业以来听到的最不可思议的主意。乔玉华说："好了，我把我的三种方案都和盘端出了。我想听听你的意见，在这三条出路当中，我到底应该选哪一条？或者，你也许还有第四种方案。如果有，请赶快说，我的时间不多了。"

这是一句双关语。乔玉华既要赶火车，又要从生命的终点站下车了，无论从哪个意义上讲，时间都不多了。

贺顿这时问了一个和解决方案无关的问题，她说："乔阿姨，您以前是干什么的呢？"

乔玉华说："多早以前？"

贺顿说："退休以前。"

乔玉华说："我是一个局的党委书记。"

贺顿心想，果然。又问："在当党委书记之前呢？"

乔玉华说："是处长。"

贺顿又问："再以前呢？"

乔玉华说："那就是科长。"

贺顿又问："更早以前呢？"

乔玉华说："我看你这么问太辛苦了，索性告诉我，你想知道的最早时期上溯到什么时候？"

贺顿说："解放前。"

乔玉华说："那时我是一个革命者。"

贺顿说："打仗吗？"

乔玉华说："当然打仗了。我是一个勇敢的女游击队员。"

贺顿问："您杀过人吗？"

乔玉华说："当然了。"

贺顿问："多吗？"

乔玉华说："比双枪老太婆要少，比一般人要多。"

贺顿说："知道了。"

乔玉华说："我被你的问题搞糊涂了。你问了我这么多，我都如实回答了你，可我就问了你一个问题，你还没有回答我。"

贺顿说："我正在想。"

乔玉华说："我估计你也想不出第四条出路了。现在，请你马上回答我，在我死后，我的一百零一个洋娃娃，何去何从？"

乔玉华的眼睛中冒出具有死亡气息的犀利目光，直勾勾地盯着贺顿，贺顿真恨不得跑出心理室，把所有的咨询费退还给这一家人，然后扑到床上，放声痛哭。如果可能，就剧烈呕吐，连胆汁都吐出去，然后无知无觉化成一幅白绫。

"你说，我是否应该把自己的尸体，同一百零一个洋娃娃一道化为灰烬？你说……你说……我马上退票，今天不走了。事出突然，我知道你一下子回答不了我，我等着你说……"乔玉华的声音像丧钟，盘旋在贺顿耳畔。

|第 9 章|
该说出真相的时候沉默，是一种卑鄙

　　寻常男子，碰到老婆偷人这种事，不当场白刀子进红刀子出，厮打到头破血流，那就是孬种。柏万福却什么也没说，转身离开了饭店。在等候的那段时间里，他想了很多。他知道贺顿从来没有爱过自己，宛若寒冰。原本他想用胸膛去焐，用手心摩挲，将冰核化为潺潺溪流，不想纵然你千般打造，万般温存，她还是自成一体我行我素。他曾退后一步想：贺顿不是个风流成性的女人，虽然对自己没有激情，对别的男人也是视而不见淡然如水，索性不再强求随她去了。却不料在一派淡然之下，竟是早生异心。

　　极度的震惊和失望让柏万福失去了反击的能力，眼睁睁地看着这对淫乱男女，仿佛被施了定身法，什么也说不出来。

　　俗话说，蔫人出豹子。柏万福是个蔫人，可惜没有变成豹子，而是变成了一只兔子。一夜未睡，两眼熬得通红。从此他晚上就躺在诊所的弗洛伊德榻上，一大早就离开，漫无目的地狂走。这种时刻，首先是脱离接触为妥。诊所的个案都是提前预约好的，只要不是天塌地陷战争爆发，就要照旧。真不知道贺顿如何应付这样的工作量，但柏万福管不了那么多了，如今，他满脑门子转的都是：他是谁？他和她认识多久了？他们今后会怎样？

　　每个问题都似一柄钢叉，刺穿了柏万福的心脏，在火上慢慢炙烤。好在今天的柏万福已受过心理训练了，不能像一般的凡夫俗子那样处理奸情。他不断地对自己说：要冷静，先把事情搞清楚，再做决定。

很费了一些周折，打听到了钱开逸的身份、住址和电话。当然了，最直截了当的方法，就是要求贺顿提供这些情报。作为有过失的一方，贺顿应该坦白交代。柏万福断定若是自己问询，贺顿也会原原本本地告知。但是，不。柏万福怀着一种自虐般的痛楚，亲自搜集有关信息。心理师的课程给了柏万福莫大的帮助，在某种程度上像侦探一样训练了思维和逻辑。随着有关钱开逸的资料越来越周全，柏万福的应对方案也出来了。

约见钱开逸。

"你是谁？"电话拨通之后，钱开逸发问。

"我是柏万福。"柏万福义正词严地说。

钱开逸迅速搜索自己的记忆，确信认识的人里面没有这个名字。就客气地反问："对不起，我还是想不起您是谁。可以多提供一些信息吗？"

柏万福深深地悲哀了。他知道在妻子和她的情人的谈话中，贺顿从来没有提起过他的名字，就好似他完全不存在一样。柏万福强压着愤慨感伤，说："你应该知道我是谁。那天，在522房间门口，我们见过面。"

"哦……原来是你。我知道，我们还会见面的。"钱开逸慌乱了一刹那，很快镇定下来。该来的一定要来，索性早点来。

"请到那天你们喝茶的那家饭店。就在那张桌子旁见面。"柏万福说完就放下了电话。在他的一生中，从来没有这样斩钉截铁过，屈辱可以化为勇气。

钱开逸本想说，那个地方恐怕不合适吧？又一想，到自己单位或是贺顿那边更不合适。若是柏万福提议到荒郊野外，他还不敢去呢！柏万福是工人出身，自己乃一介书生，不是劳动人民的对手。再说自己也没有普希金那样的勇气，不敢举起手枪。别说不知道哪里能搞到枪，就是为了自己这副好嗓子流芳百世，也不能贸然送死。在规定时间，钱开逸只好乖乖赴约，坐在他和贺顿曾经促膝谈心的地方，和贺顿的老公短兵相接，感觉森然。又一想，这样的场合也好，灯红酒绿，想来不能拳打脚踢刀兵相见。

钱开逸从来没有正面瞧过柏万福，那天慌乱之中，也来不及细细端详。今天一见之下，可能是自己理短，反倒觉得身穿一身证券蓝制服的柏万福，血性与肃穆交织于脸上，端坐的时候也是一表人才。

柏万福说："说说吧。"

钱开逸说："是你叫我来的，该你先说。"

柏万福说："就说说你们如何认识的。你为什么要当第三者？"

这是一个尴尬的问题，钱开逸完全可以拒绝回答。但是，钱开逸欣然接受。因为，那些镜头在他脑海中曾经慢放过千百遍，他早就想一吐为快。但是向谁描述？贺顿和他同是当事人，没有再说之必要。向别人说，毁了自己的清誉。柏万福是一个最不适宜的听众，但人家找上门来非听不可，对一个以说话为职业的主播来说，钱开逸不会退缩。

他目不斜视地说："在应该说出真相的时刻保持沉默，是一种卑鄙。告诉你，我不是第三者。你才是第三者。"

柏万福迸出一个字："讲。"

|第 10 章|
人都害怕被遗忘，但前提是我们要被人记住

相识始自声音。

广播电台要开一档直播节目，主谈心理话题。别家电台的此类节目，都是放在深更半夜。幽幽女声，恍若古埙，伴随着玄幻的吐纳之气，沿着午夜的雾岚在城市的巷道里蜿蜒穿行，淡淡感伤中生出轻微的惊悚。

钱开逸预备孤注一掷。首先钱开逸是个男子，不能像情感保姆似的腻腻歪歪怀抱听众，充满惰性。其二是他音色清冽中气汹涌，由这条嗓子输出的字句，有虹一般的凌空质感和跨越天穹的权威。

钱开逸也有不足。他是广播科班出身，咬文嚼字无可挑剔，但他没有心理学背景，在谈论某些深度话题时力不从心。从台领导到钱开逸本人，都懂得强强联手扬长避短这条金律——需选择另外一位心理学专业人士做搭档，以保证此谈话节目的收听率节节攀升。

鉴于钱开逸是男性，另一位主播就只能是女性。寻找女主播，成了本节目开播的先决条件。按说偌大一个城市，挑个有心理学背景的女子，并不是太难的事情。钱开逸一旦开始操作，才发现绝非事先设想的那般简单。

研究心理学的专家们大部分都集中在高校，学富五车，但语言风格乏善可陈。学术有余，活泼诙谐不够，催人昏昏欲睡。苦挣学分的学子们熬得住，手握旋钮的听众们可没那么好的耐性。直播节目毕竟不是大学讲堂，开着车嚼着口香糖的白领，不是教授们的硕士生博士生，可没

耐心听一个苍老的声音满嘴喷术语，把一个心理现象掰开了揉碎了讲个水落石出。钱开逸只好忍痛放弃学府转寻民间。好不容易找到了专攻临床的心理学人士，又多矜持内敛，不愿意到广播电台"抛头露面"。

其实，广播里出风头的并不是相貌，而是一道音波。播音员隐藏在严严实实的直播间里，只有音色凌空翱翔。语调宛若青烟，无影无形又无处不在，一个又一个美丽的艺名躲在闪烁的电光之后，顽强地刺激着你的听觉，直到你在不知不觉中接受了他的低语，把一个陌生人认作熟识的邻居。

女人们似乎更愿意隐藏自己的声音，躲在安全屏障之后。钱开逸连连碰壁，不得不承认国外一位学者的研究结果——音色是除了身材之外最惹火的性感因素。他不无恶意地愤懑地想，难道男人们，比如我，就应该在光天化日之下把声音裸露出来让女人们欣赏，女人们却把自己的声音包裹得如同粽子秘不示人吗？

不管怎么说，任务还是要完成。钱开逸成了一个"星探"，更准确地说，是一个"音探"，他要找到一条声带，能和自己的声带相匹配。钱开逸骄傲地想到专家形容他的声音："如同高速公路一样笔直光滑并有着黯黑的波浪起伏，远处暮色苍茫间浮动着夕阳那鱼鳞状的橘红色光芒……"能和这样锦带般的声音相匹配，觥筹交错，不是一件容易的事情。况且，还要有深奥的心理学魅影相随。

难啊！上天入地没有找到合适人选。有一个女人险些入网，虽说达不到完美无缺，基本符合要求。只是钱开逸再三斟酌之后，还是断然把她放弃了。原因不可对人言——她太老了。当然如果你看到这位女专家本人，在精心的保养和化妆品齐心合力的捍卫之下，一张面孔还能蒙混过关；由于十分注意节食加之硅胶在胸前帮衬，身材也算玲珑有致，背影让人生出遐想。可惜声音是无法化妆的，由于年代的磨损而造成的喑哑和撕裂，虽然只是轻微的折断和劈开，可一经话筒的放大传出，就让钱开逸感觉到巨大的潜在不安。要知道，一档高质量节目的受众，对于女声的要求是非常苛刻的，不单需细腻晴朗，更要饱含青翠欲滴的鲜亮。试音时，在声如竹帛撕扯的老女声伴奏下，钱开逸的音色也遭到强烈干扰，产生粗糙裂痕。

作罢。另找。在此阶段，领导不断地催促钱开逸，心理访谈开播迫在眉睫。

这天刚上班，齐台长拦住钱开逸说："几家大企业又来谈广告了，说一定要有一款针对高收入白领的谈话节目，收听率上去了他们才肯投钱。台务会商定你的这档《心灵七巧板》半个月之内必须开播。"

钱开逸频频点头，是啊，别的栏目都是磕头作揖地出去拉广告，唯有这档还在孕育中的栏目，是广告商奋不顾身地扑上来。机不可失，时不我待，再不努力，大家的钱袋子干瘪，钱开逸罪责难逃。

钱开逸悲痛地准备让那老女人出山。这天下午，他到新华书店去买书。一个广播人，要时时充实自己的脑壳。不然空有一副好嗓子，说出来的都是废话蠢话，岂不贻笑大方？

钱开逸除了享有一匹油光水滑的亮嗓之外，其他方面也很俊逸，身材高大鼻梁英挺嗅觉上乘，眉清目秀视力超拔，耳朵也像藏獒一般灵醒。不过在大城市里，五官感受太机敏了，简直就是灭顶之灾。新华书店里热气腾腾，弥漫着书本的印刷气味、男人的汗臭味和女人的脂粉味，耳鼓被嘈杂涨得紧绷，目光还没瞅到书，就被一张张流汗的面庞填满。钱开逸走到心理励志类图书的货架前，突然如醍醐灌顶一般听到身后不远处，有一个女声问道："《幽谷伴行》在哪里？"

《幽谷伴行》是刚刚上市的一本心理学译作，别看名字仿佛通俗小说，其实内容艰深佶屈聱牙。据说没有研究生以上的学问，休想看懂此书。钱开逸虽有此学历，但因为忙，还不曾看过。

让钱开逸激奋的不是深奥的《幽谷伴行》，而是那个声音。妖媚中透着宁静，华丽中掺杂着朴素，流利而不黏滑，有力而不强硬……天啊，钱开逸踏破铁鞋无觅处，寻找的就是这样的声音。而且，它十分年轻，是带着露水和霜粉的紫葡萄，浆汁饱满吹弹可破。如今，年轻就是宝啊，特别是女声。

钱开逸正准备回头一把抓住这个如鲸鱼般滑润的女声，不想手机恰巧响了。他下意识地低头一看，正是齐台打来的电话。

广播这个行当，面向千家万户，业内的口头禅是"广播无小事"。齐台要求领导干部和重要的播音员都要二十四小时开着手机，随叫随到。有人曾因和女朋友听交响乐擅自关机，被再三再四点名批评，还扣发了不菲的奖金。大家都形成了条件反射，只要一看是齐台召唤，立马在第一时间抓起听筒。

齐台急迫地说："《心灵七巧板》的广告已经签了，下个星期，你这档节目必须让大家听到。预告也已经发出去了，剩下的事，我就不多说了。你也是老同志了，心里有数。"

隔着半个城市和无数攒动的人头，钱开逸确知齐台看不到自己，还是不由自主地频频点着头，说："明白。下周——《心灵七巧板》——一定准时开播。"都是干广播的，钱开逸知道所有的肢体行动都会在声音中有所暴露。如果他不点头，声音就不会传达出足够的尊敬和服从。老广播的耳朵就是雷达。

待钱开逸完成了对领导的尊崇，回过头再来寻找那个石破天惊的声音，才发现它已潜入深水。

人海茫茫啊！每一本书都是一道屏障，每一个脑壳都是一座山峦。那个声音用嘈杂成功地把自己掩埋了起来。到处都是声音，喧嚣纷乱，带着急迫和尖锐的腐蚀感。那个声音烟消云散，仿佛从未生成过。最要命的是钱开逸没有看见发出那个声音的面孔，如果齐台的电话晚来一秒钟就好了，这个魔鬼声音持有者的音容笑貌就会像烙画一样焦灼在钱开逸的脑屏上。

只有一根稻草——《幽谷伴行》。钱开逸发疯似的抓住一个身穿红色马甲的服务人员说："快！快带我到《幽谷伴行》那里去！"

红马甲痛得直缩胳膊，愤愤地问："你到底要到哪儿去？"

这也难怪。整座大厦有几十万本书，一个普通的工作人员，哪里就能准确地知道一本刚刚出版的艰涩的心理学专著呢！好在红马甲还是很负责任，克服疼痛引着钱开逸走到电脑前，开始按部就班地查询。在钱开逸度日如年之后，被告知通往"幽谷"的小径。

钱开逸找到了存放《幽谷伴行》的书架子，看得出来原本挤得紧紧的书阵中有一道小小的裂隙，可见是刚刚有一本书被取走了，但四周空无一人。偌大的图书大厦里，只有这一个角落是僻静的，看来心理学著作还是冷门，少人问津。钱开逸从书架上飞快地掠了一本淡绿封面的《幽谷伴行》，直向收款台奔去。很多人在排队交款，钱开逸从队尾看起，没有人拿着淡绿封面的书。钱开逸常做直播，头脑反应迅速，他不顾众人"别加塞，排队！一个一个来！"的指教，径直冲到收款台前，大叫道："刚刚可有人买了《幽谷伴行》？"

收款台姑娘一边手指翻飞敲着键盘，一边答道："没见没见！又不只是我这一个地方收款，别处看看去！"

一句话提示了钱开逸，他赶忙往其他收款台赶去。无论他怎样手疾眼快，那个沉鱼落雁般的绝色声音，还是如同蝌蚪消失在水草繁密的溪流中。

钱开逸恐惧地东张西望，生怕这个来之不易的声音从此地遁。可惜无论他怎样内心祈祷，那个声音电光火石般惊鸿一现之后，再也不露真容。

钱开逸想到服务台发表一则寻人启事，但是，说什么？就说刚才买了一本《幽谷伴行》的女子，请赶快到服务台找一个穿咖啡色上衣的青年男子接头？笑话！她绝不会回来的。钱开逸凭着直觉，知道有着如此出类拔萃声音的女子，也像有骄人身材和倾国容貌一样，内心是孤傲的。一则突如其来的广播，也许只会让她莞尔一笑，更快地离开这个是非之地。更何况，把这一切同工作人员说清楚，需要时间，而每一分钟时间都很宝贵，意味着她随时都有可能不再现身。

思忖的结果是——求人不如求己。先用最快的速度在人群中寻找，万一找不到，马上去查有关记录。这个女子一定爱书，很可能办有 VIP 购书卡。如果有卡，就能获取她更多的资料，按图索骥就柳暗花明啦！如果没卡，钱开逸还可以常常到这里来蹲守，她一定还会再来。

脑袋里翻滚着各式步骤，脚下可是一点都没耽误，钱开逸四处睃巡。其实说是睃巡并不准确。睃巡的武器是目光，钱开逸此刻的工作和目光并没有太大的关联，完全是靠听觉。他并不知道那个有着倾倒众生音色的女子是何长相，只有耸起耳朵，像声呐探测器般捕捉着周围的动静。

那个女声像下潜了的核潜艇般坚定地静默着，钱开逸几近绝望。他扩大了搜索范围，朝大门口跑去。

他终于听到了声音。不是那个梦寐以求的女声，而是门口的安全警戒铃声大作，警卫很不客气地拦下他，粗暴地指了指他手中淡绿封面的《幽谷伴行》。钱开逸这才发觉自己没有交款，书上的隐秘磁条仿佛是受了委屈的孩子，不屈不挠地哭叫着。霎时众人的目光聚焦过来，钱开逸窘得不行，赶紧把《幽谷伴行》往保安手里一扔。对此书虽是万般不舍，也只有来日再说，目前寻人要紧。

好在钱开逸始终是攥着书往外跑，并不是把《幽谷伴行》掖在身上的哪个犄角旮旯处，警卫就宽宏大量了，没把他算作恶意夹带，只当是粗心大意，扣下书之后，放他走了。

到了大街上，更是一派枉然。人山人海汇成了声音的联合国。钱开逸一会儿往东一会儿往西，漫无目的，哪儿人多就往哪儿挤，东张西望，简直像个扒手。就在他几乎完全失望的当儿，突然那个如同天籁的声音在人丛中出现了："……往西要到对面坐车……"

虽然只是只言片语，钱开逸已能断定，就是她！就是那个千载难遇的声音。他循着声音望去，看到一个巨大的黑色人球在向前滚动，他不禁骇然，仔细看去，才知道有两辆公共汽车进站。一堆站牌扎在一处，人群看到自己要乘坐的那辆车来了，就不顾一切地裹挟着他人蜂拥而上。

那个声音就混杂在这堆人当中，千真万确。钱开逸马上就要揪到那个声音的尾巴了，也马上就要失去这个声音的全部线索了。要命的是，钱开逸还是不能确定到底哪个女人是他要找的真神。间不容发，钱开逸必须决定到底上哪辆车，抑或继续等待？何去何从十分严峻。如果决定错误，他会再次和美丽声音失之交臂。

钱开逸看到一个瘦弱的女孩就要被众人拥挤到车上去了，她是那样的轻薄，好像一片被波涛吞噬的黄叶。钱开逸两手像游泳一样劈打着分开众人，不顾辱骂，冲到了公共汽车门前，此刻，那个女孩就要上车了，任何语言的交流都来不及，钱开逸伸出自己穿着皮鞋的右脚，狠狠地踩了那女子一下。

"哎哟……"那女子大声叫唤，从车门的挡板处跌落下来。

这一声在别人耳朵里不过是被踩了脚的女子的惨叫，敲在钱开逸鼓膜上便是风华绝代的声音了。好了！就是它！万事大吉了！

钱开逸笑容满面地忙不迭地说着："对不起对不起，我不是有意的。"

那女子从人群中艰难地挣扎而出，看来这辆车她是上不去了，愤愤地说："你当然是有意的了。"

钱开逸狂喜，说："您说得对，我就是有意的。要不是用这种极端的方法，我怎么才能和您说上话呢？终于找到您了，真是太好了。"

直到这时，钱开逸才有机会看到这个有着极美妙音色的女子的真面目。她身材矮小，面色黧黑，五官淡而无奇，像一张答案平平的卷子，虽没有什么显著的错误，但也绝没有任何出众之处，一切都在循规蹈矩之中。衣服穿着很有品位，粉紫色的长裙将她裹住，一副巨大的香奈儿太阳镜几乎遮住了半个脸庞。

"我认识你吗？"女子对钱开逸的回答大为不解，摘下了墨镜，眼睛彻底暴露在光天化日之下，惨不忍睹。眼裂很小，眼皮厚到好像刚被注进了水，闪着朦胧的亮光。在这狭小眼裂和肿囊囊的眼皮中射出的视线略带惊奇。

"不认识。您不认识我。正确地说，是您以前不认识我，但我们马上就会认识……小姐，我能请您喝杯咖啡吗？我不是一个坏人，您看，这是我的工作证，还有身份证，还有驾驶证……"钱开逸生怕这千呼万唤始出来的女子再跑掉，在自己的口袋里四处摸着，手里像抓着一把饼干似的攥满了证件，就差把钱包打开给人看了。

那女子看来见过些世面，微笑了一下，让钱开逸安心了不少。女子说："你找我，有什么要事吗？"她那富有魅力的声音特别加重了"要事"的"要"字，让一般人自惭形秽。

好在钱开逸不是一般人，虽然年岁不小且未婚，但此次行动并不是泡妞而是事关工作，他振振有词地说："有要事。很重要。关乎千百万人的头脑的要事。"

这可真不是吹牛，且不说广播的影响力巨大，单是音波能钻进那么多人的耳朵，难道不是关乎千百万人的头脑吗！

该女子并不为之所动，莞尔一笑说："先生，人们基本上都认为自己的事情是重要的。其实，不然。在你认为是重要的事，在我并不重要。对不起，我下午以后是不喝咖啡的，会影响到我晚上的睡眠质量。而中国，一般的咖啡馆并没有低咖啡因的咖啡。"

一席话，把钱开逸噎住了。该女子说着挎上了太阳镜，这让她的面庞显得更加风平浪静，转身要走。

钱开逸慌了，千难万险淘换出来的宝贝，哪能就这样让她溜走。他换了一种方式，指着该女子的小包说："既然您不喝咖啡，我可以和您一道喝茶。您要是说茶里有茶碱，也睡不着，我可以陪着您喝矿泉水。"

女子继续保持着优雅的微笑说道："看来你是一定要和我喝点什么了。那咱们一边喝水一边说什么呢？我很想提前知道。"

钱开逸说："就谈谈您包里的东西。"

女子扑哧一笑说："我包里都是女人用的东西，想不到您会感兴趣。"

钱开逸赶紧一本正经起来："我不是对女人的东西感兴趣，是对您包里的书感兴趣。您有一本《幽谷伴行》。"

女子惊讶地问道："你从书店一直跟踪我到车站？"

钱开逸急忙分辩道："不是跟踪，是寻找。我也很喜欢心理学，请问，您叫什么名字？"

女子说自己名叫贺顿："祝贺的贺，顿就是巴顿将军的顿。如果你觉得太刚硬了，那就立顿红茶的顿。"

"那么，可否告诉我您在哪里工作呢？是什么学历呢？"钱开逸继续追问。虽然这样穷追猛打是不礼貌的，但为了工作，只有单刀直入。

贺顿说："我为什么要告诉你？"

这当然是一个非常正当的质问。钱开逸慌不择言地说："因为我需要你。"

这话太暧昧了，贺顿回答道："可是我一点也不需要你。"说完掉头而去。钱开逸恨不得扇自己一个耳光，赶快抖擞三寸不烂之舌，说："是我的工作需要你。这份工作将让你触摸到千百万人的心灵。"

此话有点夸张，但基本属实。《幽谷伴行》是影响人心的著作，想来该女子会对人心情有独钟吧？钱开逸祭起"人心"这把钥匙。

"人心"变成比钥匙更有力量的钩子，把贺顿的脚步绊住。她转身告诉钱开逸自己正读着心理学课程，也有一定的实践经验，的确对"人心"大有兴趣。

街旁正好有一家小店售卖冰水，两人坐下。"好极了！"钱开逸不禁叫出声来。有理论有实践，再加上这副好嗓子，天造地设就是嘉宾主持的材料。

贺顿面对着钱开逸的惊呼，不疾不徐地问道："我的资料您已经了解得差不多了，婚姻介绍所登记，所需要的项目也不过如此。我可以知道您的目的吗？"

钱开逸兴奋地说："我们现在需要一位嘉宾主持人……"

"让我做主持人，有没有搞错？我的形象实在不宜出镜。"贺顿惊奇地扬起了一侧的眉毛，这使她的脸有了丑女的生动。

"我是广播电台的，不需要相貌出镜，只需要声音出镜。这一点，您尽管放心。"

贺顿说："我放心什么？好像我答应了似的。"

钱开逸于是摇唇鼓舌，大肆宣讲这档节目的重要性，又说到国人心理健康的紧迫感，让心理学以更优雅更广泛的方式走近大众……简直是经天纬地的事业。贺顿很安静地听着，插话道："这些您就不必多说了，我是学这个专业的，知道所有的重要性。"

钱开逸抓住时机说："我们就是要找一位专家，您健康了，这是您的幸福，但您不能不管不顾别人。我能知道您以前是做什么的吗？"

贺顿两只眉毛都挑了起来，说："这已经超过婚姻介绍所要了解的情况范畴了。"

钱开逸说："台里对主持人的要求是很严格的，我需要知道更多的背景资料。"

贺顿说："请记住我并没有答应过你什么。"

钱开逸说："当然，您还没有答应我，我可以等待。但我不想等待的时间太长。从您的角度考虑，这也是一个双赢的项目。我看您还很年轻，当然希望能成就自己的一番事业，无论您做什么工作，都希望人们记住贺顿这个名字吧？顺便问一句，贺顿是您的笔名还是真名？"

贺顿用小勺搅着矿泉水，无论怎样搅动，矿泉水依然纯粹地晶莹着，她没有正面回答，只是反问道："这有什么关系吗？"

"当然有关系了，因为您的名字会反复出现，我希望它好记并且有韵味，当然，也要有力量，在念出它的时候，响亮，有节奏感。"钱开逸说。

"我叫这个名字已经多年了。身份证上不是这个名字。"贺顿眼光坦诚地盯着钱开逸。

"你就用这个名字好了。贺顿，很洋气。你当了嘉宾主持，就会有无数的人无数次聆听到'贺顿'这两个字。人都是害怕被遗忘的，但前提是我们要被人记住。"钱开逸说。

那天下午，他们一共喝掉了四瓶矿泉水，当然主要是钱开逸喝的，因为职业习惯，他在说话的同时，需要不断地湿润喉咙。贺顿基本上没说话，只是架着二郎腿，小口饮着矿泉水，凝神静气地听着。当她不开口说话的时候，真是乏善可陈，但她的整体气质很有修养。当她开口说话的时候，就像有光芒突然闪耀，整个人熠熠生辉。

"我很想知道，你这样不辞劳苦地找到我，游说我，到底是为了什么？"贺顿郑重发问。

钱开逸说："我苦口婆心跟您说的都是理由嘛！"

贺顿说："这还不足以说服我。"

钱开逸想了想，说："好吧。我把底牌告诉您。您有一副像竹叶青蛇一样的好嗓子。碧绿柔软，蜿蜒流畅，惊艳耸动，还有冰冷的镇定和油光水滑的滋润。必要时刻，我相信也能探起火红的芯子，喷出置人死地的决绝。"

贺顿说："太夸张了。这听起来有点可怕。"

钱开逸说："不是可怕，是可爱。您不要不好意思，我只是指嗓音。

您知道我的嗓子像什么吗？我也不谦虚了，也用蛇来打比方。如同眼镜王蛇，宽大厚重，有惊人的力度和骇人的风采。当然毒液的储藏量也是相当的丰富，能创造出一个声音的重金属场，震撼心扉。您知道两条蛇会合在一起会怎么样吗？"

贺顿惊呆了，说："不知道。会掐架吧？一条吞了另一条？"

钱开逸说："告诉你，毒液倍增，金蛇狂舞，让人惊骇，莫名中毒昏眩。"

贺顿说："那不就成了谋杀案了吗？"

钱开逸兴奋地嚷起来："这一次，您说对了。就是双蛇谋杀案。让人们为我们的声音而窒息。"

贺顿并不为之所动，只说事发突然，要回去好好想一想，再作答复。

当天晚上钱开逸就向齐台汇报了情况，为了保险起见，齐台说他还要亲自约见贺顿谈谈，一个台的嘉宾主持人要有相当的可靠性，各方面都不能马虎。

齐台和贺顿会面之后，也深表满意。"很稳重，一眼就看得出是受过良好教育的，有大家闺秀的气质。"齐台赞不绝口，却对贺顿的嗓音绝口不提。钱开逸愤愤不平，因为这才是最难寻找到的特色，踏破铁鞋啊。自从齐台娶了某名牌大学教授的独生女之后，表扬女性最喜欢用的词就是"大家闺秀"。

钱开逸按照地址，把直播节目报审单和聘任合同速递给了贺顿。本以为贺顿很快就会和他联系，不想那边一直云淡风轻地沉默着。干广播这一行是很讲究谁先说谁后说的，顺序里面大有学问。按照你来我往的礼节，也该给个回应，但贺顿就是沉着地缄口不言。钱开逸刚开始还隐忍着，不想追着撵着把贺顿惯出毛病。但贺顿一直无声无息，时间不饶人，钱开逸只好拨通了贺顿的手机。

"合同你看了吗？"钱开逸开门见山。

"看了。"贺顿回答。

"怎么样呢？"钱开逸继续问。

"我觉得你们的合同有一个很重要的遗漏。"贺顿单刀直入。

"哪个方面呢？"钱开逸有点惊奇。这是台里的固定格式合同，很多人都是大笔一挥，看都不看就签了字的，没想到却碰上了一个较真的。这也不是什么商业合同，只是象征性地提到不得提前解约，要遵守台里纪律，不得迟到等等。钱开逸问道："什么地方遗漏了呢？"

贺顿说："报酬。"

钱开逸笑起来，说："原来是这个啊。台里有统一的规定，主持一个小时 ×× 元，到时候咱们就按规定执行。"

贺顿说："这太少了。"

钱开逸半开玩笑地说："这是规定动作。你知道电台不能和电视台比，他们是土豪，我们只是下中农，一切都要讲奉献精神了。我们以往请的那些大腕，也都是同工同酬，有些人干脆就不要报酬了。"钱开逸随之列举了一系列震耳欲聋的名字。说完这些话，钱开逸有了隐隐的不满。作为嘉宾主持人，一次广播节目还没上过，就开始讨价还价，这还真少见。

电话的那一边好像摸到了钱开逸的脉搏，一板一眼地说："钱老师可能觉得我是个小人，但我愿意先小人后君子，把话说在前面。那些人是大腕，而我只不过是个小猪蹄，当然不可同日而语。再说，他们不过是偶尔到电台客串一把，但我是要把它当成一个真正的工作来做的。"

最后这句话倒还让钱开逸动心，他喜欢认真对待工作的人。但关于报酬的事，谁都愿意用最低的价钱使用最得力的工人，从资本家到公众机构，概莫能免。他要尽力为惯例努力一把，说道："这个平台你还是要珍惜，你知道，不是什么人都可以到广播电台一展喉咙的。贺顿这个名字，将从这里飞向千家万户……"

贺顿不客气地打断他的话："钱老师，您是在跟我商量还是想说服我？"

钱开逸一时不知如何回答，支吾着说："这有什么不同吗？"

贺顿用她那非常动人的嗓音说道："您要是想说服我，就请收兵吧。我不会被说服的。您如果是跟我商量，那我就告诉您，这事没商量。"

钱开逸觉得这话可不像那个温文尔雅的贺顿说的，像个市井小人。但当务之急不是教育贺顿的问题，不能眼看着自己沙里淘金淘来的人才就因为钱的问题，付诸东流。不过他一个人做不了这么大的主，只好说："我把你的意见反映一下，尽量争取让你满意。"

贺顿滴水不漏地纠正道："不是让我满意，是公平交易。你们购买我的声音和学养，当然还有我的时间，就要按质论价。"

钱开逸虽说听着不顺耳，却还是很努力地把这些原话记了下来，好到齐台那儿鹦鹉学舌。收线的时候，钱开逸说："还有一个小细节，你要准备八张照片。"

贺顿说："这也太故弄玄虚了吧？出国都用不了这么多照片。干什么用？"

钱开逸答道："办出入证。广播电台是舆论重地，门禁森严，特别是我们将要进入直播大楼，需要通过层层关卡。"

这一次，电波的那一边乖乖地说："好吧，八张。"

第 11 章

短信乌鸦般降落在显示屏上

台里同意了贺顿提高报酬的要求，顺利签下合同。齐台再三叮嘱钱开逸保密，说这纯粹是因时间紧迫加之钱开逸再三游说才成就的个案，绝无普遍意义，以后不得类推。节省每一个铜板才是正途。

先进行模拟练习。

钱开逸喜欢看贺顿戴上耳机对着话筒侃侃而谈的模样。硕大的耳机仿佛推土机，会把女子的刘海捋到脑门以上，额头的前半部分就赤裸裸地彰显出来。很多美女被这道工序荼毒扼杀，只有那些最聪明和光洁的额头，才能在这样的暴露之下依然保持着圆润的形状并反射着屋顶的炫光。

但也仅仅是额头了，其余的乏善可陈。为了表示仁慈，节目中需要和贺顿对视的时候，钱开逸不由自主地眯起眼睛，让对方的眉目在直播室的强光之下，变得稍微模糊一些。

只听贺顿的声音，绝对是一种享受。并不是单纯的丽音，还有一种直击人心的魅力让人心动。对贺顿对于金钱斤斤计较的不快已渐渐淡去，钱开逸还在心中替贺顿开脱，毕竟一个不算年轻的后女孩（钱开逸把那些太小就模仿成熟女子的姑娘，称为前女孩，反之，对于已经过了豆蔻年华还努力佯作年轻的女孩，称为后女孩），在大城市里混事不容易，到处都需要钱，逼得良家妇女也赤膊上阵讨价还价。

《心灵七巧板》的具体程序就是两人对谈。找到一个听众感兴趣的热点话题，比如大学生自杀，比如农民工被克扣工资，比如性骚扰和商场里安放了定时炸弹市民该如何处理等等，题目繁多，涉及当代人生活的方方面面。实用心理学是个大筐，什么问题都可以往里装。这也不完全是空穴来风，你想啊，什么事都是人干的，是人就会有思想，思想的基础就是心理，万变不离其宗，都和心理搭得上茬儿。

齐台和其他领导再加上钱开逸决定话题，贺顿见到的只是一张张事先拟定好的节目单。针对某一题目，贺顿需要提前做好资料的收集和整理工作，研究确定基本观点。当然所有的观点都要健康并积极向上。

做好了这些，两人会拿着厚厚的资料簿走进直播间，这就完成了整个工作的二分之一弱。另外的一半是无从准备的，一切要相机而动，所以剩下的部分要占二分之一强。这也正是直播最惊险和最吸引人的精髓所在，这一分钟的你不知道下一分钟会发生什么。特别是增加了互动环节，听众可随时打来热线电话和发来手机短信，横出枝丫。直播就是急流险滩，两位主播是独木小舟的撑桨人，不管和风细雨还是狂风大作，都要成功引导扁舟向前，直到平安抵达节目终结之港。

充满挑战。那些从城市的不同角落打来的电话，如同蘑菇。你根本就不知道他或她是谁，躲在暗处听取你。你在光天化日之下暴露无遗，你对他们却一无所知。这种情况下的对话，波光诡谲险象环生。

所有程序烂熟于心，OK！正式开播。

直播大楼是整个台里最有特色的建筑，完全是玻璃房子，像个鱼缸。你可以看到楼下车水马龙霓虹闪烁。如果恰好碰到大堵车，而你的座位又稍稍有点歪斜的话，就可以看到无数尾灯如同鲜艳夺目的红锦鲤鱼，绚烂地匍匐在黝黑的道路上。只要不站在交通畅捷和环保的角度上，不考虑废气和绿色组织的观点，那真是蔚为壮观的美丽和惊心动魄。

直播间前，设有重重关卡。对于人民的喉舌来说，这当然是极为必要的保障措施。若有亡命之徒强闯要地，持枪警卫警告之后可以立毙歹徒。

经过岗亭的瞬间，最让贺顿心旷神怡。她把镶有自己蓝底彩照的证件往自动识别系统上一抹，荧光屏上就显示出她的头像、职务、服务的部门和年龄等信息。那是一张角度甚好的照片。拍摄的时候，贺顿曾不屈不挠地让操持数码相机的小伙子不断修改出图，直到最美丽的角度呈现出来。当然，所谓的最美丽也不过相当于别人的相貌平平。在能够完美的时候贺顿绝不凑合，一个好的心理学家不会忽略细节。

进得直播间外屋，导播小姐裘南娟冲她有礼貌地点点头，算是打了招呼，然后目不斜视地盯着今天的"直播报审单"。这张单子相当于商场的提货通知，一旦制订出来，分发给各部门，大家一盘棋配合直播。

裘南娟坐在可旋转的导播椅上，不是简单地跷起二郎腿，而是在此基础上把一条长腿盘绕在另一条长腿上，形成了一个高难度的"S"形，既夸张地昭显了性感光洁的长腿，又把双腿的缝隙封闭得间不容发，可谓淑女造型之典范。也许因为长期在直播间不见阳光，她的皮肤白皙到近乎透明，像土豆新生的芽子，多汁而娇嫩。裘南娟的工作就是在直播时段内，接听听众打来的热线电话，选择其中有代表性的发言输送到直播现场，让主持人和听众直接交锋。这是近几年发展起来的颇有活力的互动方式。听众可参与，可和主持人直接交谈，极大地激发了听众的热情，收听率飙升。还有一些有关杂役也归导播处理。播音员进了直播间，在某种程度上就像进了牢房，成了与外界隔绝的机器人，其他诸事都要仰仗导播安顿。导播是一个看着不起眼却举足轻重的岗位。

美丽的裘南娟大学毕业以后分到台里，曾当过主播。经过一线的历练，各方面提高很快，反应机敏应对灵活，政策水平高，办事让人放心。不料正在事业如日中天的时候，她得了腮腺炎。本来"痄腮"也不是什么大病，况且多是小孩罹患，一个大人，抵抗力强，腮帮子红肿热痛一段时间后，自然就痊愈了。不想裘南娟病好之后，原本珠圆玉润的嗓子一下子变得尖厉松懈。特别当她说出一个长句子，就像装修工人用锯切割劣质瓷砖。所有的人和裘南娟都以为这是暂时现象，经过一段时间声带会自动恢复，没想到病毒很有耐性，对裘南娟的腮腺倒是网开一面，日后她吞酸饮醋时照旧口水大泌，但却阴险地毁坏了她的声带。一个播音员没有了出色的声音，就像演员被人破了相。不对。若是被破了相，也还有丑角可以出演，但谁愿意被焦躁的声音折磨呢？这种嗓音若是放在"文化大革命"期间，播个大批判文章什么的，或许还有用武之地，但时代毕竟不同了。

裴南娟面临转行，她半生的修为岂不付诸东流？后来领导全面考虑，分配她当了导播，做一个幕后英雄。导播的声音不会出现在正式的节目中，但直播时这个人又是须臾不可离的。裴南娟接受了这个安排，努力工作。她一直期待着某天清晨醒来，声音又宛若莺啼。怀揣着这样的理想，她工作甚是努力负责，恋爱婚姻却耽误了下来。

这也是被嗓子株连的。想想看，一个当过主播的女人，一下子沦落到了名不见经传的地步，心中怎能平衡？主播要找对象，筹码何等风光，而说出是导播，虽只有一字之差，但百人中至少有九十九个不知道这人是干什么的。裴南娟曾经是优质品，现因暂时的瑕疵沦落在光圈之外，她要把这段艰苦的时光挨过去，而不是在谷底时分将自己匆匆嫁出去。

裴南娟很钟情钱开逸，钱开逸却无视裴南娟的存在，对美丽长腿置若罔闻，和有着优美声音的新搭档如胶似漆，前后脚走进来。

和客座主持人亲密接触，不是对贺顿的优待，而是钱开逸的既定方针。配合如同演双簧，你来我往唇枪舌剑，既要有剑拔弩张势不两立的锋芒，也要有君臣佐使琴瑟合鸣的和谐。没有私底下的默契和相知，指望着临门一脚妙语连珠，是不切实际的。就像相声里的捧哏和逗哏，那是多少次磨合勾兑的结果。特别是应答热线电话，你不知道那个人要谈什么，就像你不知道风要向何处刮。但是不管风向何处刮，主播都要把马车驶向既定的驿站。山路颠簸雷电交加，两个驭手一荣皆荣一损俱损，怎能不同心协力！

新来乍到，贺顿不敢怠慢，很有礼貌地对裴南娟说："你好！"

单纯的一句"你好"，就把裴南娟镇住了。如同月夜里抖响了一把音叉，荷塘露珠抛洒一池。这音色，裴南娟暗自度量：自己鼎盛时期也无法与之相比。嫉妒瞬忽而生。裴南娟庆幸刚才没有发出声音，不然会被这个国色天香的嗓子笑话。一想到可能有无数的人在背后看过自己的笑话，裴南娟愤然起来。

进入直播间。前一个节目进入收尾的音乐部分，音乐悠扬动听，却安抚不了贺顿的紧张情绪。好在心理课程上教过如何应对这种突如其来的不知所措，贺顿大口吐气，如同离站的蒸汽火车。因紧张而产生的毒素，就在吞吐中释放，身心渐安。

贺顿从高清晰度的耳机中听到节目开始的序曲响了起来……在打开麦克风之前，钱开逸对她说的最后一句话是："别紧张。就像咱们平日聊天一样。即使出现了严重的错误，也没关系。说是直播，其实有两分钟的延迟，到时候导播会帮助咱们把关，掐断信号。外人察觉不出来。导播很有经验。"

贺顿朝大玻璃外看了一眼，裘南娟也在外面目光炯炯地注视着他们。玻璃墙的隔音效果极好，无论他们说什么，导播都听不到，只是洞若观火。

空气里有淡淡的皮革味，好像乡下的牲口棚。特异的味道来自四周的真皮吸音板，满是毛孔的兽皮将声音全然吸附，过滤后的声音如同纯净水，通过高保真的麦克风骑着电波流畅地飞翔，听众们收听到美妙的音色。

直播正式开始。

"亲爱的朋友们，今天我们的一档心理谈话节目正式和您见面了。哦，请您不要误会，不是和您的眼睛见面，是和您的耳朵见面了。坐在直播间里的，一个是主持人开逸，也就是我。还有一个是我们的客座嘉宾主持贺顿小姐，她是资深的临床心理学家……"

钱开逸说到此处，丢眼色给贺顿，现在是贺顿接上去的时刻了。贺顿先在脸上挤出了一个笑容，要知道你说话的时候是微笑还是板着脸，肌肉组成的气流通道是不一样的，细心的听众能够分辨出这种不同。头次亮相，贺顿丝毫不敢大意，轻快地说道："听众朋友们，我是贺顿，向大家问好。其后的一个小时，就由我和开逸陪您度过一段美好时光。"

贺顿的声音有一点点颤抖，对着银光闪闪的机器讲话，让人有一种和未来世界接壤的感觉。仓皇之中，她依然没有忘记对所有收听广播的人进行一次小小的催眠术。她预约给了大家"一段美好时光"，听到这个词语的人们就会不由自主地期待着"美好"，祈愿的力量异乎寻常的强大。你没看到所有旅行社的招募广告上，都说经过了他们为您提供的旅程之后，你会"快乐地回到家"。谁敢保证你在充满了购物陷阱和吃不饱饭的行程中一定会快乐呢？旅行社红嘴白牙地开出一张快乐支票，等着你兑现。除了相信，你别无他法。

"亲爱的听众朋友们，我们今天讨论的话题是：老大好还是老小好？指的是排行这件事对人性格的影响。想来大家一定是有兴趣的。如果你想要参与我们的讨论，就请拨打我们的热线电话，号码是＊＊＊＊＊＊＊＊，还有一部是＊＊＊＊＊＊＊＊。当然了，也可以发短信给我们，移动电话请您发送到＊＊＊＊＊＊＊＊，小灵通电话请您发送到＊＊＊＊＊＊＊＊。"钱开逸像念绕口令似的吐出一连串的数字。本节目的一大卖点就是主持人和听众互动，钱开逸在第一时间就要把联系方式交代给大家，然后回到正题。

"记得小时候听故事，开头总是这样的——在很久很久以前……令我充满了向往。觉得很久很久以前，真是一个遍地生长故事的年代……贺顿，你是不是这样？"钱开逸把话题抛给了贺顿。

贺顿有点猝不及防的感觉，她以为钱开逸还要自吟自唱一会儿，才会把绣球扔过来，没想到钱开逸喜欢频繁地转换节奏，她不得不仓促迎战。她思忖了片刻说："是的。我也是这样。你说呢？"这几乎是废话。不过，对话节目就是由很多的废话和一两句真知灼见构成的，也不算太突兀。

绣球又回到了钱开逸手里，正确地讲是回到了钱开逸嘴里。他说："我在家里是老大，老大的性格有什么特点呢？请贺顿小姐给我们讲解一下吧。"

这个问题倒是在贺顿的详尽准备之中，她松了一口气，侃侃而谈："心理学家研究发现，排行对人的性格真是很有影响呢。开逸你是老大，那么，我根据共性，就可以判断出你比较有权威感，比较能吃苦，比较合群，比较有责任心……"

说到这里，钱开逸突然打断了贺顿的话："您前面谈的还比较靠谱，像爱吃苦合群什么的，但这肯负责任一条，我就有点不敢苟同了。我虽说不会推诿责任，但要说是爱负责，就有点勉为其难，或者是——您夸奖我了。我不爱负责，矬子里拔将军我是没有办法……"

钱开逸这样说，并不是真的要反驳贺顿的话，只是想把气氛搞得更热烈些。贺顿初次上阵，对这种策略不熟，就当了真，接口道："我所说的爱负责任，并不是指想当官或是一定要在危急时刻挺身而出。排行老大的人，当大家都退缩迟疑的时候，比较有主见。他们也害怕，但如果发现别人比他还要害怕的时候，他会促使自己站出来……"

贺顿谈兴正浓，但钱开逸把她的话锋截断了，说："贺顿小姐你这样一讲，我就更明白自己的性格特征了，我不是爱负责任，是在泰山压顶的情况下不得不做个石敢当。好，听众朋友们，在贺顿小姐犀利的解剖刀下，我就要原形毕露了。我不知道别的排行老大的朋友对以上的这段分析，是不是也有同感，还是另有不同意见，欢迎大家以热线电话或手机短信的方式和我们交流，我们的号码是 ********。"又是一连串数字大游行，贺顿趁机喝了一口水。

通过这最初一段的对话，钱开逸不得不相信面前这个相貌平平的女子，除了有一副好嗓子之外，还有一个好脑子，临场发挥可圈可点。特别是她关于排行老大之人性格的分析，一针见血。

头开得不错，先声夺人，后面则需更好。钱开逸瞄了一眼墙上的挂钟，质量很好的挂钟无声无息地走着，非常醒目。在直播间的各个角度都能看到挂钟，控制台上更是非常醒目地跳动着血红数字提示着时间。时间对于广播人来说，简直就是生命。一个小时六十分钟，一分钟六十秒，这是常识。要用话语把三千六百秒填充得有声有色，并不是简单的废话加套话叠加，就可以蒙混过关。目前这档节目，定位于白领中的有车一族，广告投放也瞄准了新兴的中产阶级，要有知识和品位，内藏情感胶水，让人听了开头之后就舍不得换台。

听众的反应很热烈，手机短信像蝗虫一样蔓延过来。屏幕上不断地显示着新的信息抵达。

贺顿正要乘胜追击，钱开逸做了一个刹车的手势，说："贺顿，一会儿再请你继续分析，咱们现在来看看听众朋友发来的短信好不好？"

贺顿当然回答："好啊。"

钱开逸说："手机尾号为 1234 的朋友说，说得对，我就是老大。原来以为就我一个人吃苦在前，享受在后，其实有一大群人都是这样，心里的孤独和怨气就少了好些。"

钱开逸把眼色一丢，贺顿接上茬儿说："这位朋友说得很对，当你知道有很多人和你在一起的时候，就会有一种归属感，也增添了力量。不过，吃苦在前，享受在后，并不是你一个人或是天下所有老大的专利，你可以选择不这样做或是争取更多的人和你一起做。"

钱开逸又念了一条短信："说完了老大该说老二了吧？我在家中排行老二，我现在都把车停在高速路上的紧急停车带上了，就等着听你们后面的谈话呢！请快点吧。我还要赶路呢！"钱开逸念到这里，不由得笑起来说："谢谢这位手机尾号为5678的朋友，我们马上就向前推进。这里也提醒您开车可要小心啊，安全第一。"

贺顿正在小心翼翼地咽着水。直播间内的设备极端灵敏，恨不能把蚊虫翅膀飞过的震动都一五一十地传递出去。当然了，直播间内没有蚊虫，可一个大活人静谧得如同睡莲，也不是件容易的事。贺顿不敢像平日那样放开来喝水，精心控制着细细的水线沿着咽喉后壁缓缓向下流淌，听到钱开逸说到这里，如同二传手接到了排球，赶紧组织攻杀："好，那我们就谈谈老二吧。"说到这里，她突然看到巨大的玻璃窗外，导播裴南娟夸张地手舞足蹈，不知是何用意，赶紧拉直了钱开逸的袖子，示意他看窗外的情形。

钱开逸刚才说得兴起，一时没有注意到导播的反应，此刻被贺顿提醒，眉头皱了一下，对着话筒说："听众朋友们，我们马上就要对排行老二的人进行分析，我猜啊，老二们一定等得心焦了。但咱们中国有句古话，叫作好饭不怕晚。老二的话题今天一定要说，而且一定会说透，因为这是一个大话题，所以需要一段比较完整的时间。在这顿好饭之前，让我们先听一段广告……"

钱开逸推拉着一些按钮，调节着音量，熟练地完成了主机的切换，蛊惑人心的广告音乐响起来。由于机器的转换，此刻听众们收听到的是事先录制的广告节目，暂时听不到直播间内的声音了。钱开逸和贺顿得到三分钟自由说话的时间。

"导播刚才急成那样，是不是有特别紧要的事情？"贺顿被刚才裴南娟的肢体动作吓坏了，觉得让一个文雅女子张牙舞爪痛不欲生的事件，一定非同小可。

"嗨，就是到了预定的广告时间了，咱们说得热火朝天的，我给疏忽了。"钱开逸解释道。

"晚播一会儿广告，这么可怕啊？"贺顿不解。

"那些投放广告的商家，雇了专人收听广播，如果你播晚了或是少播了一次半次的，他们都会投诉，从几点几分开始到几点几分结束，斤斤计较。如果属实，坏了口碑，台里的收入就会大受影响。广告商是咱的衣食父母啊！"钱开逸苦笑道。

时间过得飞快，两人才说几句话，广告时间一晃而过。钱开逸一看表，还有五秒钟就要重新进入对话，赶紧示意贺顿正襟危坐。外边裴南娟看他俩水乳交融配合默契，又听不见他们说什么，心中悻悻。

重打鼓另开张。钱开逸说："好了，咱们现在该说老二了。以前听故事，一般都是老大勤劳勇敢，老二好吃懒做。哎，贺顿，你说这是怎么回事呢？"

贺顿说："我也注意到了这个情况，据说这里有个很有趣的疑问潜藏其中。"

这一次钱开逸真的好奇起来，说："什么疑问啊？"

贺顿说："科学家研究过老大成才的比例比较高，我不知道是不是写故事的人里面老大的比例也比较高。如果有谁做了这个研究，发现真是这样的规律，果真如此，那就比较好解释了。因为人总有自恋的倾向，老大们写出的故事，当然就把正面形象赋予老大，而老二就充当了反面形象。当然了，例外的情况也有，比如我记得在一个把芝麻炒熟了播种到地里的故事中，老二就是好人。"

钱开逸接过话来，说："我不知道有没有在校的本科生研究生收听我们的节目，贺顿小姐给你们指出了一个很好的研究方向呢。"

贺顿说："不敢不敢。不过是始终存疑的一个想法而已。"

钱开逸说："好了，关于故事的作者是老大多还是老二多的话题，咱们就先聊到这里，因为不是一时半会儿说得清的。咱们还是回到老话题上，老二的性格是什么样的居多呢？"

贺顿说："对老二，又要做具体分析。因为家里如果有很多孩子，这种老二是一种性格；如果家里只有两个孩子，这老二实际上就相当于是最小的孩子了，这两种老二是要区别对待的。"

钱开逸说："真想不到，一个老二还有这么多的讲究。那咱们就先说说一大堆孩子当中的老二吧。"

贺顿说："这种老二，依赖性强，独立性差，但他们多半性格温顺，比较合群，人际关系大多比较好，懂得和人相处的艺术。他们的缺点是在关键时刻往往容易退缩，这也和幼年时期总是在哥哥姐姐的庇护下——大树底下好乘凉的经验有关。毕竟最大的风险有爸爸妈妈承接，小的风波有老大处置，自己乐得清闲。"

两人说得唾沫翻飞，短信也乌鸦般降落在屏幕上。为了活跃气氛，钱开逸说："咱们先看看听众朋友发来的短信。手机尾号为××××的朋友说，老二怎么啦？我就是老二，照样当了老总。不要小看了老二！"

贺顿说："我们要祝贺这位排行老二的朋友，您是把老二的优点发扬光大，把老二的缺点克服掉了。不过，要提醒大家的是，我们在这里谈的都是带有普遍性规律性的结论，指的是共性而非个性。对于每一个具体的人和具体的事物，都要具体分析。不然，我们就什么也不敢说了，还请大家原谅。"

钱开逸为这番话暗暗叫好。因为广播是面向大众的一种传播手段，林子大了什么鸟都有，你没法预先防范。况且把不同意见念出来，有助于活跃气氛，显得更有群众基础。不过也不能让这种人太得意忘形了，必要的时候还要浇点冷水。贺顿的火候掌握得不错，既正面肯定了他，也轻轻地敲打了他一下，分寸适宜。

导播面前也有一块显示屏，可以看到听众发来的短信。看到有人发难，钱开逸念了出来，裘南娟幸灾乐祸。没想到贺顿先揉后打，化险为夷，自己白高兴了一场。

节目继续向下进行。为了让谈兴更浓，钱开逸问道："贺顿，说了半天排行，那你可不可以告诉我们，你是排行老几呢？"

本是一个普通的问题，没想到贺顿脸色骤变，恼怒地说道："咱们这是在进行学术讨论，你把话题引到我身上干什么？我排行老几和你有什么关系呢？"

钱开逸一时摸不着头脑，好在他经验丰富，赶紧给自己打了个圆场："对不起，如今咱们也进步了，不但女士的年龄不可以问，以后连她在家里排行第几也不能问，我们比西方的隐私观念更彻底。"

贺顿也觉察到了一时的失态，放缓了口气说："学术一掺杂了个人的情绪就容易不客观不准确，所以，咱们应尽量避开。"

这时裴南娟在玻璃外面又像练九阴白骨爪似的表演起来，钱开逸一看，乖乖，广告时间已经超过了两分钟，赶紧手忙脚乱地开始播广告。从来不误事的裴南娟本来是分分秒秒掐着时间的，但刚才看到有人向贺顿发难，乐得看热闹，明知到了时间也不提醒他们。要不，你能看到红颜一怒吗？只是，她怒从何来？

第一场直播就这样结束了。

电视台有神通广大的收视率调查，广播行当里也存在同样神秘的火眼金睛。钱开逸以前相当仇视他们，那些人不知躲在哪个阴暗的角落，自说自话地拿出一些统计数据，说这个节目有人听啦，那个节目没人听啦，也无从查对他们的准确性，反正精确到小数点后两位的数字，幻化成了紧箍咒，让广播人不敢有片刻懈怠。要知道广告商们是把收听率当作尚方宝剑的，每一个数字，哪怕是小数点后几位，都代表着成千上万的金钱。

自打《心灵七巧板》开播以后，钱开逸洗心革面，痛改前非地爱上了收听率的调查。齐台也面带笑意，一再说"大家闺秀就是不一样"。

钱开逸知道这是因为贺顿的出马，但嘉宾主持人不是正式工，有功劳也记不到他们的簿子上，主要是齐台的业绩。

你不能喝水，喝水会冲淡紧张

贺顿的理智和情感如同两根毛衣针，被工作的机械手飞快交叉，一个又一个来访者的故事，恍若各色毛线，茸茸地纠结在一起，织就斑斓图案。有些地方像苏格兰格子般清晰，有些地方像水妖的长发一样混乱。贺顿经常和这个人面对面时，脑海中突然浮现出那个人的身影，影像叠加，好似报废的二次曝光照片。

团团如期来到，这一次文果坚持原则，没有让他包下所有的时间。团团还是如侦察兵一样仔细巡查了心理室的设施，确信没有任何窃听窃录设备进入工作状态之后，把短短的小腿搭在柔软的沙发边缘。

"心理师，和你谈话让我挺舒服的。比和我爸爸妈妈说话还舒服。看来花钱就是有用。"周团团大大咧咧地讲。

有钱人家的孩子就是不一样。这种不一样是从小用无数金钱熏陶出来的。贺顿轻轻发出一声叹息。

柴绛香远远地走过来，衣服上缀满了补丁。绛香从小就知道补丁是个好东西，有补丁的地方更暖和。绛香和妈妈相依为命。绛香原来有一个姐姐，姐姐是老大，绛香是老二。后来姐姐流鼻血死了。本来流鼻血是不会死人的，村里的人谁都流过鼻血，用柴火灰一堵，柴灰变成红的，血就不流了。谁都没有死，可是姐姐死了。姐姐的鼻血每天都会流，用柴灰堵也能停住，但是第二天还会准时流。就这样姐姐一天天流血，一天天苍白。村里的老人说，快到城里的医院看看吧，这孩子许是有别的大病。妈妈每一次都答应着，可是还没有等到妈妈把去城里看病的钱攒够，姐姐就死了。最后从姐姐鼻孔里流出来的不再是血，而是清水。妈妈纪念姐姐的方法，就是从此以后，把绛香当成了老大。

没有办法养活绛香。爸爸早就把她们抛弃了，如果不是小伙伴们说没有爸爸根本就不会有孩子，柴绛香几乎觉得爸爸根本就不曾存在过。女人在没有办法的时候，就只有一个办法了……绛香知道妈妈和很多男人好，那些男人离开之后，绛香就有了吃的。有的时候，是半块馒头，有时候，还有一小块肉。绛香很小就知道这是用什么换来的，她是从村里人嫌恶的目光中猜到这一切的。但所有的目光都比不过饥饿的力量，肚子比眼睛要凶狠多了。绛香想，如果她们娘俩饿死了，就会被人尊敬吗？尊敬难道就等于死吗？她不想死，只要不死，就可能有出头的日子，到那时候，还不知道谁尊敬谁呢！

"你在听我说话吗？老师？"周团团问。

"当然。一直在听。"贺顿两手交叉，晃动了两下，以加强自己的语气。借机用左手指甲狠狠掐入右手虎口，凭借疼痛回到当下，抖擞精神问道："我很想知道你在这段时间做了什么？"

"把爸爸让阿姨复印的文件藏起来，害她挨骂。把阿姨玫瑰色的口红扔到马桶里冲走，让她的嘴巴不再好看。还有……"周团团机警地扫视四周，说："您确认咱们的谈话不会被人听到吗？"

"我确认。"贺顿信誓旦旦，不敢对这个小精灵有丝毫怠慢。

"我非常信任你，你千万不能出卖我，要不你就是汉奸走狗卖国贼。"

贺顿咬牙跺脚夸张地表示自己将信守诺言，就差没举手发誓了。

"我上次告诉过你，我在办公室里往安阿姨的果汁里下了毒……"周团团非常严肃地说。

是的，周团团上次说过，但贺顿根本就不相信，以为这个像雪娃娃一样的孩子信口开河。这一次，有时间有地点，她不得不信，几乎昏倒。面对这个貌似天使的小杀手，她不得不挺直腰板再次确认："这是真的吗？"

"阿姨你怎么能不相信人！我以超人的名义起誓！"看来超人是周团团的超级偶像了，带着不可亵渎的庄严。

贺顿再不敢有丝毫走神，问道："你从哪里得到的毒药？"她几乎断定这是一个精心策划的阴谋，是孩子的母亲在背后唆使的。

"捡的。"周团团一脸无辜。

肯定是谎话。贺顿说："哪里能捡到毒药？我这么大年纪从来没有在路上看到过一小撮毒药。你的运气怎么那么好！"

周团团说："只要你去捡，到处都有的。阿姨，我告诉你哪儿有。"说完他随手一指说："我早就侦察过了，你这里的毒药还很多呢！"

又一次险些昏倒。贺顿甚至想，这孩子八成有迫害妄想症吧？不想周团团站起身，走到墙角，搬开弗洛伊德榻，指着小米样的淡黄色粉末说："看，这就是毒药！"

贺顿随着周团团圆滚滚略带弯曲的手指望去，墙角处有文果撒下的灭蟑螂药。

"你说的就是它？"贺顿哭笑不得。她原来以为是安眠药，甚至是铊之类的东西呢！在著名的侦探小说里，铊是最常用的毒药。

周团团不服气地说："老师，你不要小看这些药，小强吃了都会死，小强是非常顽强的。我每天给阿姨的果汁里放一点，时间长了，阿姨就会中毒，她就没法和我爸爸结婚了。"

贺顿吃惊地问道："那阿姨怎么会不发现？"

周团团天真地笑着说："杀蟑螂药并不难吃，还有一股香味呢！要不小强也不会吃的，小强多狡猾啊。再说啦，安阿姨根本就想不到我会下毒。"

是的，岂止是安阿姨想不到，连身经百战的心理师也想不到……

桑珊接着上次的话题说："是的，我们是同性恋。"

贺顿半晌没说话，怨恨起汉语来。谁让汉语中对第三人称的"他"字，没有性别的区分呢？在书面语中，是有这种分别的，单人旁女字旁，泾渭分明，但在口语中，完全混淆。如果有一个清晰的表达，在桑珊以往的叙述里，一切都豁然开朗。

现在，需要紧急抢救的不是桑珊的沮丧，而是贺顿的挫败之感。贺顿边竭尽全力调整着自己的思绪边问道："这么说，你是……"

这是一个所有的同性恋们都心知肚明的问题。桑珊答道："我是男方。"

又一次被骇住。无论从哪个角度来看，贺顿都看不出桑珊像个男性。

"在人群中，我竭力隐藏自己的性取向。我把自己打扮得如同淑女，这并不难。在所有的时尚图书里，都在引导女人们更像女人。我知道自己的性取向为这个社会所不容，可我并不是怪物。为了让自己安逸些，我可以在表面上遵从社会的习俗，但我内心的锋芒是永远不会改变的。如果让我自己选择，我会身穿迷彩服，脚蹬陆战靴，头戴蓝盔……"

"腰里会别一支驳壳枪吗？"气氛太诡异了，贺顿想开个玩笑。

"那倒不会。再说，驳壳枪太落伍了，如今是要用手持地对空导弹了。"桑珊说，口气好像骁勇的黑寡妇。

看到窈窕淑女在你面前眼睁睁摇身一变成了杀气腾腾的男儿，贺顿一时搞不清自己该如何应答。

"你的问题是……"贺顿问。她在思谋是否帮助桑珊改变她的性取向。

"您若是劝说我放弃自己是个男人的想法，趁早死了这条心。如果您一定要开口，我马上就离开您的诊室，请原谅我的选择。这和礼貌无关，只和志向有关。"桑珊非常冷峻地说。

贺顿空张了一下嘴巴，把想好的话从胃里咽到了肠子。如果来访者不想改变，你纵是上天入地也无法让她改变，知难而退吧，你！

桑珊接着说："我现在的问题是无法接受安娜的背叛。安娜是她的名字，我们两个在一起的时候，互相称呼另外的名字，她叫我杰克。我想不通所有的山盟海誓怎么都在一夜之间崩塌，我不明白那个大猩猩哪点比我好？难道有钱就了不起吗？安娜如此虚荣，这不单是背叛，而且是对我人格的侮辱……"桑珊义愤填膺，嘴唇因为愤怒变得像未成熟的草莓，基本上是苍白的，只有丝丝缕缕的红色网络其上。

"你非常愤怒非常懊恼非常伤感非常苦闷……"贺顿字斟句酌。

"你说得对极了，你理解我，想来也一定会赞成我将要采取的步骤了。"桑珊带着被人理解的宽慰和期待更多支持的渴望。

"你下一步打算怎么做？"贺顿问。说实话，她还真琢磨不出桑珊该如何出棋。

"我打算找到大猩猩，直截了当地告诉他，安娜并不是他所想象的纯情少女，她是一个地地道道的同性恋，最起码也是一个双性恋。她和他的结合，没有任何性快感，只是一种利用。我会把我们曾经在一起的照片给他看，这就是证据。"桑珊有备而来。

"你设想过后果吗？"贺顿和她讨论细节，以便更深入地了解情况。

"无非两种结果。一是大猩猩相信了。稍微补充一句，我是一个环保主义者，在我眼里，所有的生物都是平等的。当我说到大猩猩的时候，并没有什么贬义，只是一个形容词一个代指而已。如果大猩猩信了，我想结果又是两种。一是他放弃了安娜，因为他不能接受一个同性恋的女人。这当然是最好的结果了，我那时会敞开心扉原谅我的安娜，我们很有可能会和好如初。另外一种可能，就是大猩猩虽然相信了我的话，但他依然接纳安娜，这样，就会很麻烦。"桑珊痛苦地闭上了眼睛，不愿看到这种后果。

"另外一种可能呢？"贺顿觉得桑珊并没有说完。

桑珊说："另外一种可能就是大猩猩根本就不相信我说的话，他们依然在一起。这样的结局也是一样的。"

"那你怎么办呢？"贺顿实在看不到出路。

"我想好了，不管是大猩猩信了我的话，可是还要和安娜在一起，还是根本就不信我的话，依然和安娜在一起，反正只要是他们两个在一起，安娜回不到我身边，我就会采取决绝的手段。"桑珊的脸板了起来，冷若冰霜。

"那将如何？"贺顿感到紧张。

"你知道俄罗斯的大诗人普希金是怎么死的吗？"桑珊说。

"是为了情人和法国爵士丹尼特决斗而死。"

"不是情人，是妻子。普希金和冈察洛娃是正式结婚的夫妻，所以普希金为了捍卫自己的尊严，宁可选择决斗，选择死亡。"桑珊的表情变得平静了，但这种平静比刚才的暴躁更令人战栗不安。

"你的意思是……"贺顿其实想到了，或者说感觉到了，但是贺顿不能说出来，只能发问。

"我的意思是——如果大猩猩不肯放弃安娜，我就和他决斗。"桑珊清俊的脸庞带出杀气。

贺顿吓了一大跳。不仅是决斗这个解决情爱的方法，在现今的中国如何罕见，更是因为面前这个纤巧的女子，居然要和一个人高马大的男人决一死战，实在有以卵击石之感。

贺顿不能惊讶，那会被误认为藐视。贺顿必须保持镇静，以示尊敬。她说："你是只停留在思考的阶段，还是已经有所准备？"事关喋血和人命，不可等闲视之。

面前的窈窕淑女用手轻轻撩了一下耳边的碎发："我已经准备好了。我学过跆拳道和女子护身柔术，我会先奔他的下三路而去，他一定没有防备，所以我得手的概率还是很高的。然后再给他一个横扫腿，这样任凭他的个子再高，也会被我放倒。之后如果他乖乖认输，也就罢了，如若不然，我还有一手绝招，就是双龙抢珠。你知道双龙抢珠吗？"

贺顿听得心跳骤然加快，老实承认："不知道。"

桑珊说："就是用右手的食指和无名指直捣他的双眼窝，这一招，轻则让他眼前昏黑剧痛难忍万念俱灰，重则就能让大猩猩变成残疾动物，从此双目失明……"桑珊说得兴起，不禁大幅度地打起手势，手起刀落的样子，让贺顿真的从中看到凶暴戾气。

贺顿还是半信半疑，想那外国公司的老总，又是非欧混血，相貌如何且不说，骨头架子一定魁伟悍壮。如果桑珊借着冷不防突然袭击，也许会占到一点便宜，但真的动起手来，她一个弱女子如何是这男子的对手呢？况且，如果真把大猩猩打伤致残，桑珊就要负法律责任，说不定有牢狱之灾，又怎能如她所想象的和安娜重修秦晋之好，过世外桃源的日子呢？

贺顿决定把自己的忧虑掰开了揉碎了讲给桑珊听，期待她能回心转意。贺顿刚开口说："桑珊，我觉得你发动这场袭击……"桑珊纠正她的话说："不是袭击，是决斗。"

　　"好，好，是决斗。我觉得凶多吉少……"贺顿还没说完，又被桑珊打断："我知道您会觉得我是一个弱者，无论我的性选择是怎样的，在体魄上我还是一个女子，完全不是大猩猩的对手，对此我也心知肚明。我不需要任何人来劝阻我，就像当年没有人能劝阻住普希金。不要以为体魄弱小的人性格就一定怯懦，不要以为同性之爱就可以亵渎和背叛。在我的心里，嫉妒之火熊熊燃烧，如果不报仇雪恨，我情愿自杀！在杀死别人和杀死自己之间，我当然要选择先杀死别人。体魄上的弱势我也充分考虑到了，我会借助工具。"

　　话说到了这个份儿上，贺顿更不敢掉以轻心，她小心翼翼地问："你说的工具是什么呢？"

　　桑珊说："就是武器。"

　　贺顿说："能说得更具体一点吗？武器是个很大的概念，从砒霜到原子弹都在此范畴。"

　　桑珊难得地笑了起来，说："这两样我都不会使用。前者太卑鄙了，后者太昂贵了。"

　　贺顿见剑拔弩张的氛围稍事缓和，继续探问："那你会选择什么工具呢？"

　　桑珊言简意赅："枪。"

　　贺顿失口道："可是你搞不到枪。"

　　桑珊莞尔一笑："你也把枪看得太神秘了。我去了很多次警察博物馆，那里有各种各样的枪，真的非常精彩，琳琅满目秀色可餐啊。如果有那样卓越的枪就好了，我会是百发百中的好射手。但是，搞到优秀的枪太危险也太困难了。普通的能杀人的枪，并没有你想象的那样难以获取。过去根据地的军民们在山沟里都能造出枪来，现在科技比那会儿发达多了，有什么难的？我在网上联系了一家卖枪的，条件谈得差不多了。过几天我就到云南去，一手交钱，一手交货。只是这种枪的精度不是很好,有效射程不到十米。这对于打劫和拒捕来说都太近了,效果不良。但对于我来说,足够了。我完全可以在逼近大猩猩十米以内开枪,我确信自己可以一枪毙命……"

桑珊说得兴致勃勃,好像血案就在面前发生,大猩猩已陈尸在地血流成河……贺顿毛骨悚然地看着她,心里默念110。大猩猩是外国人,有法国人的血统……贺奶奶的女儿黄阿姨,也在法国。法国是一个充满浪漫气息的地方……

绛香正在院子里晾单子,一位身穿名贵皮草的中年女人走了过来。她注意地看了看绛香手中的白布单子,问她:"这都是你洗的吗?"

绛香摩挲着红肿的手指说:"是的。"

女人说:"没洗衣机吗?"

绛香说:"有。可是拉的屎尿吐的胆汁洗不干净,还得用手搓。"

"那岂不太辛苦?"女人说。

绛香回答:"干的就是这个活儿,就得干好。"

女人听了就点点头,走进了范院长的办公室。护工汤小希正好抱着一包秽物出来,警觉地朝女人的背影努努嘴,问:"干什么的?"

绛香说:"你都不知道,我刚来哪里会知道?许是检查卫生的吧?我看她对单子干净不干净挺在意的。"

汤小希摇头道:"不像。我从来没有见过她。"

绛香说:"许是微服私访的领导也说不定。"

汤小希说:"美的你!只有要害的事情才会有人微服私访,比如冤案杀人什么的。一个专门照顾将死之人的地方,有什么可私访的?晚上来或许能访到鬼。最大的可能是有人想住进来。"

绛香半信半疑,说:"不能吧?我看她身体挺好的,离那一天还远呢!"

汤小希说:"你这个人怎么这么不开窍?当然不是她来住院了,定是她家的什么人。也许是妈,也许是婆婆。对,婆婆的可能性大,她伺候烦了,所以就送到咱们这儿来了。"

绛香说:"你在临终养老院里真是屈才了,应该当包公。"

两人正说着，那个华贵的女人和范院长走了出来。汤小希怕院长看到她上班时间闲聊，一溜烟奔污物桶去了。

"您这儿就这么大点地方？"华贵的女人问。

"对，床位有限。很多人想进来，没那么大力量照顾。所有的护工我都要管吃管住。"范院长用手一指檀香。那女人光鲜得像只洗净的莲藕，白胖丰满，相比之下，形容枯槁的范院长就是残荷摇摇欲坠的茎秆。

"您是怎么想起搞这一行的呢？真是高尚的事业。"莲藕很感兴趣。

"谈不上高尚，赎罪而已。很多人问过我这个问题，我都不想深说，只说这也是为人民服务，第三百六十一行，专门照顾人远行。其实，往事不堪回首。那时候我还没退休，一天到晚忙着工作，老父亲病了，我也顾不上侍候。我娘早亡，是父亲一手把我拉扯大的。老父亲每礼拜一次独自到医院看病，挂号排队什么的，一折腾就是大半天，连口水都喝不上。看完病回到家，跟死过一回似的。有一天，他从医院看完病，坐上公共汽车，到终点了，还不下车。售票员过去摇他，说：老爷子，车再也不走了，您到地方了！摇了两下才发现我老父亲已经过世。我不孝啊，我要是陪着他老人家，他没准现在还在城墙根底下晒太阳呢！可惜人死不能复生，我只好把这份孝心放到别人的父母身上，多少弥补一点缺憾。我也不打算做大，没有那个精力财力，只求自己心安。"范院长说完长吐一口气，悠悠直上青天。

莲藕说："彼此彼此啊。我也正像当年的你，面临同样的困境。我在国外定居，不可能再回中国了。也是寡母把我拉扯成人，现在风烛残年，我要接她到国外养老，可她说什么也不干，一定要死在故国，说不然变成了鬼魂还得漂洋过海才能回家。我曾给她雇了两个用人，一个照顾她的起居，一个是护士，负责她的医疗。可是她又嫌那两个人没事的时候尽聊天，打扰了她的清静。她希望照顾她的人能够呼之即来挥之即去，可人又不是机器，哪能如此随心所欲？后来，她提出要到临终养老院来，但有一个要求，要求住平房，人不能太多，当然也不能太少。要有一定的规模，干净，绿化得好……总之，我把城里的这类场所都跑遍了，只有你们这里最合适……"

莲藕面带愁容说得很恳切，绛香以为范院长会很高兴，不想范院长淡淡地说："谢谢夸奖。只是我们床位是满的，很多人都在等。"

莲藕着急地说道："我马上就要走了，要是不把老母亲安顿好，我在飞机上就会开始做噩梦。"

范院长说："我爱莫能助。"

莲藕恳求道："您可以再想想办法。"

"无法可想。"范院长很干脆地回绝了。"我不能让那些老人提前死掉。"

"那我最快什么时候才能让母亲住进来？"莲藕仍不死心。

"不知道。你应该了解，死亡这件事不是天气预报。就是天气预报也常常报错，我们也只有原谅。我能告诉你的只有一个办法，那就是等。耐心地等待。你已经等了很久了，再多等一些时间，应该也有这份耐心，恕我失陪。"范院长说完就返回办公室，留下莲藕一个人站在院子里发呆。

莲藕半天才缓过神来。在这样的地方，听这样的话，的确需要很长一段时间才能恢复正常思维。

她一抬头，看到一直站在旁边的绛香，问："你是这里的护工吗？"

绛香说："是。"

莲藕说："我妈妈说过，看一个女人贤惠不贤惠，能干不能干，就看她洗的衣服是不是干净。我看到你洗的单子很干净。这很好。"这个女人的声音里有一种很温和却又居高临下的东西，让你不由自主地敬畏她。

"我姓黄，你就叫我黄阿姨好了。我可能比你的妈妈还要年长。"莲藕这样说。

绛香心里一阵痛，因为她提到了妈妈。绛香很快让自己集中精神，黄阿姨说的话出人意料："我想让你到我家去干活。刚才的话你已经听到了，就是陪着我妈，等到这个临终养老院有了床位，你就和我妈一起回来。愿意吗？"

绛香不知道说什么好："这个……院长……"

黄阿姨说："先不要管院长，只说你自己愿不愿意。我付你的工钱和这里一样多。只要你愿意，剩下的事我来办。"

绛香如果在这里待下去，马上就会变成汤小希第二，她就说愿意。

黄阿姨很快就和院长谈妥了，本来也没有更多的手续，来去自由。绛香和汤小希告别。汤小希说："你捡了一个油水大大的肥差。"

绛香不解，说："油水在哪儿？"

汤小希说："那个女人是个有钱人，出手大方。一个老人，能吃多少用多少呢？但家里人不能不买。东西不是钱，是不能储存的，所以她就只好让你吃，容你用，你不就摇身一变，过上贵族的日子了吗！你没看我这些天虽说天天加班，但脸色越来越滋润？就是把病人的水果和牛奶都吃了。你记住，干我们这行的，不怕病人垂危，就怕病人能吃能喝，那就没咱们什么油水了。"说着，把一个半尺长的香蕉递给绛香，说："吃吧吃吧，进口的，菲律宾的。我给你送行。"

绛香说："不吃。谢谢你。"

汤小希说："是心里悲痛舍不得我吧？吃吧，化悲痛为饭量。"

绛香说："也不是。"

汤小希说："我早就看出你这个人不仗义了。一点阶级感情都没有。"

绛香说："反正咱们很快就要见面的，过几天床位腾出来我就和老太太一道回来。"

汤小希说："那你为什么不吃呢？"

绛香回答："在这样的医院里，我吃不下东西。"

汤小希冷笑道："你以为你是谁？金枝玉叶啊？这里的东西不脏，脏的是你的思想。香蕉有皮，里面又甜又软。你不吃，你就是王八蛋。"

绛香接过了香蕉，但她还是不能理直气壮地吃原本属于病人的东西，就把脸转向另一面，面对着墙壁，慢慢嚼着火箭一样巨大但索然无味的香蕉，看着不知何年拍死一只蚊子留下的遗迹。

绛香和其他人打了招呼，和范院长告别，同黄阿姨到她家去。

黄阿姨乘车领着绛香一直往市中心走，最后进入一座高大的公寓。楼门紧闭，正当绛香搞不清这楼里的人如何进出的时候，黄阿姨在一台像电话号码一样的机器上按了一串数字，大门霍然而开，绛香觉得好像进入了一个巨大的保险箱。黄阿姨领着绛香上到了九楼，这是本栋楼房中最高的一层了。进得门来，复式结构，便又是一番天地，楼上楼下。

一位老奶奶听到钥匙响，走了过来。

"你好。你回来了。"老奶奶用虚弱的声音说。屋里并不冷，但她穿着厚厚的毛衣，围着围脖，她的话经过毛绒的吸附和过滤，细如游丝。绛香有点奇怪，自己家的人，还说什么"你好"。

"你好。"黄阿姨回答。简简单单的一问一答，就让绛香感到这家人的不同寻常。

"我到临终养老院为你把情况都问清楚了，是个四合院。"黄阿姨说。

"对。我讨厌高高在上。"老奶奶的语气微弱但是坚定。

"临终关怀养老院的床位特别紧张，我为你找了一个护工过来，叫柴绛香。先互相熟悉一下，过段时间那边空出了位置，你就可以搬过去了。"黄阿姨说，简明扼要。

"好，这样处理很好。我和绛香会尽快彼此了解，相互熟悉起来。现在，你可以放心地回法国了。"老奶奶说。

贺顿在一旁听得胆战心惊。这哪像是一家人啊，简直像两个列车员在交接工作。莲藕般的黄阿姨，就是这个旧绫罗一样的老奶奶培养出来的？单听她讲话的利落劲儿，绝想不到她发白齿摇不堪一击。

哦，110！在特殊情况下，比如事关生命安全时，心理师所有的保密原则，都会让位于生命第一的黄金法则。贺顿现在唯一的方案就是，桑珊再不改悔，她只有报警。

然而，真的再无挽回的余地了吗？

李芝明准时出现。

上一次结束时，贺顿将李芝明的破碎之心如古瓷般细致地包扎起来，让她先回家休息，过段时间再来。至于追悼会，贺顿的意见是暂缓召开。当然，大主意要李芝明自己拿。

李芝明的状态基本上还是失魂落魄。她说，记忆分崩离析。

我坐上汽车，以为会赶往医院，我所在的医院是全市最好的医院，不想车轮却往乡下飞驰。到了现场才知道，所谓抢救云云都是假的，不用抢救了，人已经支离破碎。市委书记守在现场倒是真的，因为人翻下了几十米深的山涧，动员大批人力搜寻遗体遗物。明晃晃的车灯把寂静的山林晃得如同白昼。

　　大约晚上十点，乌海突然说要回城里，因为家有急事。平常都是司机开车，那天说好了住下，司机就喝了酒，无法驾车。乌海驾驶技术很好，也没喝酒，就说自己开车回去。他是当场的最高领导，谁也劝阻不了，鸡场给了几只新宰杀的小公鸡，送他上路。大约夜里十一点的时候，鸡场有一辆拉货的车返回，路过最险峻的路段，看到悬崖下冒烟，心生疑窦。夜半三更的，又是重车，没有下去看。到了鸡场之后，司机把这话讲给别人听。一般人听了只当说笑，乌海的秘书非常警觉，要求无论如何到现场看一看，鸡场就出车拉他到了悬崖边。只看了一眼，他就确定是乌海的车出事了。马上给市委书记打电话，通知我的时候，人们已经忙活了很久。

　　看着亲人的尸骸一块块从草丛中被寻找捡拾出来，感觉诡异极了。人们要把我架走，我像钉子一样扎在地上，就是不动。不是悲伤，只是空白。悲伤要到很久之后才出现，在巨大的打击面前，悲伤像银杏树，长得很慢。骇然让所有的感官都麻痹了，虽然捡到的衣服是乌海的，捡到的鞋子也是乌海的，我还是根本不能相信眼前这些残片，就是我那风华正茂的丈夫。市委书记让人把我抬离现场，说这太残酷了，再看下去，人会疯的。我说，我不走。谁要是硬让我走，我就从这山涧跳下去。你不让我看，我才会疯。大家看我鱼死网破的样子，也就不劝了，只是让两个人不离左右地照看我。我突然生出一个想法，这个死了的人其实不是我丈夫，而是另外一个很像他的人而已。这个世界上，开着同样牌子的车，穿着同样衣服和鞋子的人，大有人在啊。我这样想着，就掏出了手机。旁边的人说，您干什么？我说，我要打一个电话。他们说，通知乌副市长的父母，您可要想好了再说。要不，老人家受不了。我说，我不是打给他们的。两个人还要问，我示意他们不要说话。

　　我按了最常用的那个键。突然之间，在死一样寂静的山林里，就响起了悠扬的手机铃声。这是乌海的手机。真奇怪，那么猛烈的碰撞，这个手机被甩出去了几十米，又在风雨中翻滚，居然就毫发未损，音色清脆得如同一套音响。人们循着声音，在一丛湿淋淋的刺儿棵中间，找到了乌海的手机，我刚要伸手，人们把它交到了市委书记手上。

书记说，刚才已经找到了一部手机，怎么又出来一部？

我说，这是我家联系用的专门手机，号码他从未告诉过别人。

书记说，既然是这样，就和工作无关，把手机交给李大夫吧。

我摸着冰滑的手机，那铃声还在无休无止地响着，直到这一刻，我才扎扎实实地感觉到，乌海死了。这堆残骸再不可能是别人，千真万确就是乌海。我一下子就晕了过去，要不是周边两个人眼疾手快地扶住了我，我就凌空而下扎进了山涧。

等我醒来的时候，已经在医院了。我手里紧紧握着乌海的手机，手指僵硬如铁。我依旧闭着眼睛，我希望自己就这样一直昏迷着，直到死去，再不醒来。我没有能力面对山崩地裂的变故。

我住在专门的病房，是个套间。屋外的护士不知道我已经醒了，还在有一搭无一搭地说着话。一个说，真够可怜的了。年纪轻轻的，孩子刚上中学。另外一个说，也怪她。第一个说，怪她什么？第二个说，下雨，天又那么晚了，她非要他赶回家，说是有急事。有什么急事啊，看，这不要了命了……

她们说的话，一字一句印在我脑子里。如果不是她们的议论，我还真忘了这个细节。我没有要求乌海回家，我劝他住下，一定要小心。那么，是出了什么事令乌海一定要在暴风雨中匆匆上路呢？也许，是他父母那边有急事？

正这样想着，我听到屋外乌海父母的声音。

让我们进去看看媳妇吧。不能已经没了一个再没一个啊。老人家恓惶的声音。

不行。她现在非常脆弱，怕受刺激。您老要是真心疼儿媳妇，就让她多缓缓，医生说没有太大的危险，只是要避免一切激动，静养恢复。两个护士几乎异口同声地解释。

我婆婆说，天灾人祸啊。我们来看媳妇，也要问问她，下那么大的雨，她为什么一定要他往回赶呢？酿成这么大的祸，白发人送黑发人啊……

他们走了，我却是从来没有过的清醒。看来，也不是公公婆婆那边出了什么事。那么，到底是什么缘故让乌海在黑漆漆的雨夜匆忙上路？

我不知道。

可是我必须知道。我躺在床上，把手机打开，看到最后一个来电时间停留在二十二点三十七分。如果按照当时搜寻残骸的人们估算，乌海的车就是在这个时刻倾覆的。

这是谁？一个我从未见过的电话号码。

这部手机是我和乌海为家事联系的专用电话，他从未把号码告诉过外人，这个来电者不是我们家族的人。我又查看了乌海的手机，这个号码在二十二点差一分的时候，也给乌海来过电话。算起来，就是在乌海决定冒雨回城之前。也就是说，很可能就是乌海收到这个电话，才做出了回城的决定。

这是一个非常关键的电话。只是，这是谁呢？

我要搞清楚。在病房里，我的一举一动都受到严密看顾，或者说是照料，我不可能在这里调查。我按响了床头的呼叫灯。

护士欣喜地走进来，说，您终于醒了。

我虚弱地说，好多了。谢谢你们。

护士说，多少人为您担心呢。

我说，我想自己到花园里转转。

护士说，这我们可做不了主。

我说，你们请示一下医生，就说我想到外面散散心。

护士一溜烟地小跑着叫来医生，医生做了一番检查，说我的生命指征都还好，同意了我的请求。我一个人到了小花园，正是开晚饭的时间，花园里很安静。我拨响了那个号码。

很久很久，都没有人接，但电话是通畅的。在我的耐心几乎用完的时候，一个女子的声音传了过来：这才几点啊，就打电话来，还要不要人活了？

124

我看看表，晚上六点。我说，你是谁呀？

对方伶牙俐齿地说，你给我打电话，你凭什么问我是谁啊？我要问你是谁啊？

话说到这个份儿上，我基本上明白乌海是接到了一个打错了的电话。我体乏手抖，不想和她啰唆下去了，刚要挂断电话，她好像突然睡醒了，说，哦，我知道是谁的电话了。他怎么啦？为什么不给我打电话了？我那天晚上等了他一夜呢！

这番话，说得我一头雾水。这是一个什么女人，为什么和乌海这样熟络？他们之间到底是什么关系？

想到这里，我想我第一件要做的事，就是稳住这个女人。我对她说，我是乌副市长的好朋友，是他绝对信得过的人。受乌副市长之托，我有要事需尽快告诉你，请你约定一个时间地点见面。

我知道乌海之死的消息还没有通报公众，因为要排除有人暗害的可能性，公安部门还在调查中，一般人并不知道实情。

那边的女子很痛快地定了一个小时之后在茶楼见面。

我怎么才能认出你来？我问。

他没告诉你吗？女子有些纳闷地说。

我心如刀割，说，没有告诉。你知道他很忙。

女子说，我穿一双红袜子。

我回到病房，对护士说，我要到街上去一下。

护士为难地说，这可不行。

我说，我一定要去。因为这事我父母还不知道，我要想想怎么亲口告诉他们。如果他们是从别人嘴里知道了这事，也许会出人命的。我的身体已经恢复了，我还有很多事要处理。如果你们不让我出去，我就再也不回到这里来。而且，我还是会走。

两个护士只好千叮咛万嘱咐，要我小心，我一一答应下来。紧赶慢赶到了茶楼，我先订了一个靠窗的小茶室，狭小到只能坐下两个人。然后到大门口去等。

一个穿红袜子的女人。她到底是谁？她和乌海是什么关系？好奇像

125

一道金边镶在了悲痛的四周，让悲痛更加醒目。

一个又一个的女人走了进来，她们穿着白袜子肉色袜子，还有穿黑袜子和没穿袜子的，但是没有一个女人穿红袜子。我等得有些绝望，这不会是一个恶意的玩笑吧？我愤怒地拨通了那个电话号码。

一个女人夹带着悦耳的手机铃声走了进来，她的袜子上嵌着两道红边。看到我，她走了过来，伸出手说："让你久等了。"

贺顿说："今天就到这里吧。在我们没有讨论完之前，请你不要采取任何不可挽回的措施。"

李芝明说："什么叫不可挽回？"

贺顿说："就是你以后也许会后悔的举措。想要破坏不必着急，破坏永远来得及。"

乔玉华有点佝偻，病痛的折磨让她不能挺直腰杆。领导的威严和行将就木之人的智慧，奇妙地交织在一起，令人仰视。贺顿对自己说，不要退缩。如果你退缩了，你就帮不了她。

"我很想知道，为什么是一百零一个洋娃娃而不是一百零二个或是九十九个？"贺顿问。

"这不是问题。洋娃娃是一个又一个买来的。买的时候很随意，喜欢就买。买得多了，就数一数。数完了也记不住，有的时候多一个有的时候少一个。并不是特意凑的数。"乔玉华胸有成竹地回答。她稍稍弓起的背部，仿佛一只栖息的蝎子，静静地举着尾巴，微笑着蹲踞在路旁，等待着贺顿经过。

"这是一个问题。"贺顿寸步不让。

"你说是问题就是问题啦？我不服气。我到你这里来，不是为了生气，是为了讨个主意。你如果没有主意就算了，犯不上故意找出个话题来说三道四。"乔玉华反驳道。

老年人都是固执的。但心理师认准了某个道理，会更固执。贺顿说："一百零一个，这是个非常有意义的数字。在这后面，一定隐藏着什么。"

"没有。没有隐藏。我就要死了，一个快死了的人，没有任何隐藏。"

"您不要把话说得那么绝。这样，就封闭了一切可能性，我们就很难找到出口。想一想吧。我觉得一定有一扇门藏在一百零一这个数字后面，找到了它，我们就可能有了出路。"贺顿热切地说。她对老年人，特别是濒死的老年人，总是怀有深切的眷恋。

姨妈病了，托人带信来，说临死前想见妈妈一面。贫穷是一种奇怪的东西，会让亲情要么变得很淡，要么变得很浓。妈妈和姨妈家分属不同种类。当绛香家非常贫困的时候，根本就不知道这个姨妈在哪棵树下乘凉，现在妈妈有了一个能充当长期饭票的男人，姨妈也就重新浮出水面。妈妈对这一切心知肚明，但同胞手足的呼唤总是令人难以抗拒，再加上病入膏肓。死亡有大于一切的魔法，可以化干戈为玉帛。妈妈以最大热忱准备探亲的用度，直到最后一刻才想到绛香怎么办。

"你到村头的李婆婆家住几天。"妈妈说。

"几天呢？"绛香问。

"不知道。"妈妈说。

"姨妈会不让你回来吗？"绛香问。

"不会。"妈妈回答。

"那你怎么不知道自己几天才能回来呢？"绛香不解。

"因为不知道你姨妈的病是好是坏。"妈妈回答。

"好了会怎样呢？"

"好了妈妈就很快回来了。"

"坏了会怎样呢？"

"坏了妈妈也会很快回来。"

"几时能好呢？"绛香问。

"不知道。"

"几时会坏呢？"绛香再问。

"不知道。"妈妈再回答。

于是绛香不再问了。她很伤心，因为她知道妈妈此刻只想着姨妈，那个她从来也没有见过的女人。绛香乖乖地到李婆婆家去住。在这个村子里，只有李婆婆不嫌弃她们娘俩。

绛香在妈妈走的头一天，到了李婆婆家。第二天早上，绛香在送妈妈的路上，说，我不到李婆婆家去了。妈妈大惊，说，为什么？绛香说，李婆婆的腿是烂的，骨头渣子都变成黑的了。妈妈松了一口气说，我还以为是什么事呢。腿烂了是老毛病，不传染，你放心住好了。绛香还想说，你一走我就跑回家，可是她没说。她是个乖巧的女孩，知道这样了，妈妈就会不放心。她没有什么送给妈妈的礼物，就送一个放心让妈妈带着上路吧。

妈妈走了，带了卤好的猪心猪肺猪肠子猪肚子，这都是妈妈这些天不让绛香吃，攒下的。长途汽车等了很久才来，妈妈上车的时候，对绛香说，听话……妈妈含糊其词，没有说清是听她的话，还是听李婆婆的话，还是听"长期饭票"的话。总之，绛香决定谁的话也不听，只听自己的话。

放学之后，绛香到了李婆婆家，对半聋的老人说，我今天晚上不来了。李婆婆说，哦，哦，你妈妈今天没走成啊？绛香就学着她的声调说，哦，哦。李婆婆就不再问了，专心敲打着她发黑的腿杆子。

苏三先生戴着鸭舌帽和硕大的遮阳墨镜来了。当时是阴天。

寒暄之后，贺顿问道："真的是血吗？手心和额头？"

苏三说："不是血。可是在我心里，它和血是一样的，甚至比血还可怕。"

贺顿说："请继续说下去。"

苏三说："和外国人的谈判也就罢了，原则是事先制定好的，和谈判人员的临场发挥并没有太大的关系。可是，在日常的工作中，影响就太大了。我没有办法清楚地阐释自己的观点，以至于一些非常有价值的意见得不到支持，当然也就形不成决议，得不到实施，给工作造成了巨大损失。"

贺顿回应："你很想改变这种状态，很大的成分是为了工作着想？"

苏三说："基本如此。不过，我没有你想象的那样高尚。"

贺顿说："苏三先生还有什么更隐秘的动机？"

苏三说："你不会笑话我吧？"

贺顿说："我哪里会笑话您？对于说实话的人，我会敬佩。"

苏三说："好，那我就告诉你。我想当官。这种发言恐惧症，严重地影响了我的升迁。"

贺顿说："你非常在意升迁这件事吗？"

苏三非常郑重地说："是的，非常在意。这也就是我为什么一定要来找心理医生的原因。如果你对别人说自己很想当官，所有的人都会嘲笑你；如果你说自己想去偷东西，反倒没有那么多人惊讶。连我老婆都不理解我，她是做生意的，我们家有很多钱。她说我们早已超越了小康，到了大康特康的程度，我什么都不干，也可以过非常富足的生活。可是我不想这样平庸地活着，我常常觉得自己是一个古代酋长的儿子，很想掌握更大的权力，在危急的时刻挺身而出，解救人民于水火之中。说得更大一点，为世界贡献更多的力量，为更多的人谋福利。做一个政治家，这就是我的理想，你会笑话我吗？"

"不，不，我不会笑话你，相反的，我很佩服你这种勇气和献身精神。你不是为了自己的私欲，而是为了人生的目标和理想。"贺顿赶忙回应。这并不完全是一个技术性的策略，而是她的真实想法。在这间心理室里，很多人说出他们的苦恼，谋求改变。像这样为了众人之事，思谋改变自己的毕竟是少数。

"谢谢你这样理解我。"苏三宽慰地舒展了一下眉头，紧接着眉宇又绞在一起，说："口才限制了我。在现代社会，一个政治家没有好的口才，就像一个女子没有好的身材却要当模特一样，这是万万不可能的。为了口才，我非常苦恼，这是一种智慧和才能上的残疾。我不知道你有什么办法可以帮助我。"苏三求贤若渴。

贺顿说："恕我直言，我觉得您谈的很可能是一个伪命题。"

苏三大惑不解："此话怎讲？"

贺顿说："在我和您谈话这么久的时间里，我没有发觉您的口才有任何问题。"

苏三不满地说："我不是已经跟你讲过了吗，和一个人谈话，或者是人比较少的场合，我没有问题。"

贺顿说："对啊，您刚才说这是一个智慧和才能上的残疾，我们知道，如果是一条腿有缺陷的人，不管是他一个人行走，还是当着几个人或者更多的人行走，他的腿都会一瘸一拐，是这样的吧？"

"是的。"苏三回答。

"所以，我不同意您说的这是智慧和才能上的残疾的判断。如果您想改变这个局面，首先要在这个层面有所改变。"贺顿说。

苏三回答："您以为我不愿意改变这个认识吗？非也！我对自己说过一千遍一万遍了，包括那种运动员上场时常常给自己鼓劲的话，比如，就当别人都是白痴，你是世界上最棒的等等，我都试过了，可是有什么用呢？我不是世界上最棒的，我不能自欺欺人。如果我连这一点自知之明都没有，我还算什么政治家？我越是对自己说不要紧张，我就越紧张。而且，到那时候，非但心脏不争气，跳得乱七八糟，好像变成了无数颗小炸弹，潜伏在我的眼珠后面，耳朵里面，手指尖上，连脚心的涌泉穴都能感觉到心脏的狂跳。如果说，心脏难受还可以忍耐，但最要命的是我的膀胱也跟着捣乱，好像马上就要爆炸，所有的水都会流出来。你知道，这是非常恐怖的预感，如果我在那种针锋相对壁垒森严的场合尿了裤子，简直就是奇耻大辱。所以，不管当时正在进行着何种重要的交涉，我必须起身到卫生间去。绝大多数时候，我只能排出几滴液体，连一只蚂蚁都不能淹没。对此，我非常痛苦，但是无能为力。我去看过医生，以为是前列腺的毛病。当医生做了一系列的检查，告诉我前列腺非常正常的时候，我失望极了。我希望是前列腺的毛病，那样我还有救，很可惜，不是。现在，谁来救我呢？"

苏三先生绝望至极，睿智的目光中居然出现了点点水汽，贺顿明白他的确非常伤心。

贺顿说："不要着急，我们一起努力吧。我现在想知道的是，您这种发言恐惧症，有多久了呢？"

"总有几十年了吧。"苏三回答。

"具体是从什么时间开始的？"贺顿刨根问底。

苏三说："那可记不清了。从前的事，就不要翻旧账了，它们不重要。我要解决的是眼前的问题。"

贺顿说："不错，我们要解决的是眼前的问题。可所有眼前的问题都是从昔日来的。我们的记忆从来不会真正忘记什么东西，它们只是储存在那里。"

苏三半信半疑地说："有那么严重？"

贺顿说："比你设想的还要严重。"

苏三说："我知道很多心理师就是喜欢刨根问底，好像不把你的祖宗从坟里揪出来就没法解决问题。我劝你趁早死了这条心，我父母和睦家庭幸福，我自小上学上班一路顺风顺水。如果你还有其他的法子就请一试，如果没有新的招数，我劝你不要浪费时间了。"

贺顿还从来没有碰到过这样油盐不进的来访者。有的人虽然怒火冲天也不配合，但那是因为他们本身积重难返，并不是成心同心理师针锋相对。苏三先生真是具有政治家的素质，喜好掌控全局。贺顿必须把他从这种状态里拔出来，回到咨询者的本分上。

贺顿说："您似乎看过不少心理学的书籍？"

苏三说："不敢说不少，看过一些吧。"

贺顿说："有这样一个观点不知道您看过没有？"

苏三说："请讲。"

贺顿说："那就是——即使在那些被精心照料的孩子那里，精神创伤也是不可避免的。"

苏三说："我不知道。这是谁说的？"

贺顿说："这是弗洛伊德说的。"

苏三说："他说的也不一定是真理。"

贺顿说："是不是真理，并不是最重要的。我想您到我这里来，掏了那么多的钱，就算您对金钱不在乎，但您还花了那么多时间。对于一个愿意担当治理众人之事的政治家来说，浪费时间就是谋杀事业。"

这席话让苏三频频点头。贺顿继续说："所以，让自己的口才发挥得更好，是您的事，不是我的事。为了这个目标，咱们要共同努力。"

苏三说："你的意思是咱们要死马当活马医，试一试？"

贺顿说："我不觉得您是死马。您既然来求助于我，我现在想到的方略，就是想知道您出现发言恐惧症的最早年代是什么时候。"

苏三陷入了沉思。半晌之后说："我想起了一件事情。当时，我并没有出现明确的症状，只是以后越来越严重。"

贺顿平静地追问："能够详细地讲一讲吗？"

"可以。"苏三舔舔嘴唇，突如其来的焦渴，让他有些不知所措。贺顿敏锐地观察到了这一现象，心中大喜，觉得这一方向很有希望。

"可以喝水吗？"苏三问。

"不可以。"贺顿断然拒绝。

"你们这里怎么像纳粹的集中营，连水都不供应？"苏三大为不满。

"这是为了您的利益。您现在感到口渴，这并不是您身体里面缺水了，是您感到马上要说出口的话，让您紧张，口干舌燥，难以启齿。如果您喝了水，这种紧张感被冲淡了，就像临阵脱逃。"贺顿细说分明。

"不喝就不喝吧。"苏三先生只好放弃喝水的渴望，继续进入那潜藏至深的记忆。

|第 13 章|

往事被言语的荆棘勾连而起，
灵魂被刺得出血

漫漫长夜，最宜回忆。不想回忆也不成，旧烦新乱，纠结成团。

日子像水母一样平滑游动，表面波澜不兴。这一期《心灵七巧板》谈的话题是"高空掷物"。第一眼看到这题目，贺顿真想爬上高空，亲手掷一个物送给出题目的人。这个物不是别的，就是一个响亮的嘴巴。这算什么题目？这难道不是不言而喻的事情，还用得着讨论吗？但当钱开逸问她："小贺，你对这个题目感想如何？"脸上带着明显的欲受夸赞的神情时，贺顿顾左右而言他："对于心理学家来说，无话不成题。"

贺顿当然还算不上什么心理学家，但钱开逸对她必定要有一个称呼。如果不告诉钱开逸如何称呼她，钱开逸就会倚老卖老地称她"小贺"，这当然不可以。很多男人都爱称呼女子"小某某"，甚至当那个女子已经垂垂老矣不成样子还执拗地不改口，而很多女人也佯装糊涂地保持这种口头上的青春。贺顿虽然很年轻，但她不愿被人称作"小某"，她需要一个正式的名分。面对钱开逸的时候，常常有意无意地提到"心理学家"这个词，对于自己的身份，她要不断地强化刺激，否则，依她的年纪和长相，是很难在这个沧海横流英雄辈出的地方引起重视。客座主持多得很，心理学家就不同了。心理学家是稀缺资源。面对心理学家，即使不噤若寒蝉也要肃然起敬。

钱开逸说："这个题目是我起的，怎么样，很有意思吧？我楼上就有一位这样的老兄，天天把烟屁股烂茶叶末从楼上往下扔，还以为自己是敦煌的飞天呢。"

贺顿不置可否，心理学家的面孔通常都侯门深似海。内心却在臧否：不过是借职务之便报私仇罢了，这在心理学上有个专有名词，叫作"放大"。

不管是放大也好缩小也好，反正贺顿没有挑肥拣瘦的资本，只有粗粮细做的努力。

想象中斗转星移气象万千的播音主持，在操作上的程式非常固定。每次进入直播大楼，把通行卡在识别仪器上轻轻扫过的瞬间，依然引起贺顿强烈的兴奋感。可惜，在这个世界上能够和她分享快乐的人太少了。人们常常因为没有人来分担自己的哀伤和痛苦而感叹孤单，其实没有人能和你分享快乐更是遗憾之事。当然，她是一个善于伪装的人，一般人根本看不出她的孤独，她把自己深刻地隐藏在都市的深水之中，如同一枚漆黑的鲇鱼。她的声音已经被越来越多的人记住，如同漂浮在水之上的妖娆绿色水华，在涟漪中动荡。

今天的题目就是那个无事生非的"高空掷物"。

秋末冬初的日子，直播间的落地大玻璃窗，透着衰弱的阳光。这种房子看起来漂亮，其实并不实惠。三伏天外面热里面更热，深秋早春外面尚不算寒冷，屋里已让人寒意凛凛。贺顿的直播频率是三天一次，上次还是秋光明媚的日子，戴上耳机，耳蜗里还有些许的汗湿，不想今日风云骤变，甚是萧索。钱开逸倒是深谙此地秉性，未雨绸缪，身穿藏蓝色的薄毛衣，下面是一条加厚牛仔裤，既潇洒又暖和。相比之下，贺顿就有些不合时宜。一身米色的衣裙透着单薄，外面裹着一条白色披肩，镂空的缝隙根本就挡不住来自蒙古高原凛冽的冷空气。

贺顿照例和裘南娟打招呼，裘南娟依旧是爱答不理的样子。贺顿也不计较，比这更让人下不来台的事，她经历得多了，曾经沧海难为水。钱开逸不满裘南娟的傲慢，就从纸袋子里拿出一件毛衣，对贺顿说："突然变天了，我怕你冷，给你带了御寒的衣物。"

裘南娟说："无微不至啊。"

钱开逸说："我这是为了工作着想。要是贺顿冻得哆嗦起来，声音就会受影响。"

裘南娟说："人家又不是地震灾民，用得着你救济啊。"

贺顿什么也没说，双手接过了毛衣。进到直播间里，温度高了一点，贺顿的心稍安。要不还真像钱开逸所说，也许会把颤音带出来。

节目序曲响了起来。广告首先播出，这是一则关于人工流产无痛可视的广告，一个女声把流产的过程说得天花乱坠，略带兴奋的娇柔语调简直让没有流过产的人自惭形秽。刚开始听到这段序曲的时候，贺顿大惑不解，对钱开逸说："流产和《心理七巧板》好像有点不搭界。"

事无巨细都问钱开逸。贺顿是客座嘉宾，钱开逸和她单线联系，有点类似于地下党的结构。从理论上贺顿知道还有齐台长等一系列领导高高在上，但平常日子碰不到，约等于没有。当然，她每次还可以看到裘南娟，但裘南娟拒人千里的矜持，让贺顿知趣地退避。

钱开逸说："性欲和心理有极大的关系。比如力比多和弗洛伊德，不都是从这里切入？"

贺顿觉得自己灯下黑，恍然道："原来你是这样九九归一。"

轮到钱开逸不好意思了，说："原来心理学家也可以被骗。哪里是因为性，说到底是为了钱，谁给的钱多谁就占据黄金时间。咱们这档节目主要是为了给有车的白领一族听，你想想，正当年的姑娘小伙们，谈恋爱出了事不就得求助医院吗？所以这个广告特别火……"

话正说到这里不得不戛然而止，流产广告播完了，马上要进入正式话题。钱开逸堆出满面笑容，珠圆玉润地说："听众朋友们，大家好！《心灵七巧板》又同大家见面了。现在坐在直播间的是开逸和贺顿。贺顿，请向大家问个好！"说罢，一个眼色丢给贺顿，按照惯例，贺顿这时要默契地接上去，亦步亦趋地说："听众朋友们，大家好！我是贺顿。"

每当贺顿这样说的时候，就觉得自己像只人云亦云的美洲大鹦鹉。今天，她要独辟蹊径。于是，她不看钱开逸，怕看到钱开逸的惊讶，自己就不能随心所欲了。

贺顿说："听众朋友们，贺顿向你们问好！直播间有一扇明亮的玻璃窗，透过窗子，我可以看到树叶已经从翠绿变成姜黄。因为直播间的密闭性能极好，我听不到风声，但从一片片树叶飘然落下的姿态，我知道有风从树梢掠过。秋风起了，秋风很凉，朋友们，你可穿好了御寒的外衣，你可知道你的父老乡亲在家乡惦记着你？我今天特别高兴，也很希望和听众朋友们分享我的快乐……"

贺顿说得兴起，突然一转头看到钱开逸咬牙切齿地做着鬼脸，右手食指杵着左手掌心，上蹿下跳地做着篮球教练暂停的手势，才发觉自己说得远了，赶紧闸住。

贺顿平时是很循规蹈矩的，今天这番剑走偏锋，是因为她太不喜欢"高空掷物"了，所以信马由缰。

钱开逸不知就里，但他负有掌控整个谈话方向的责任，立刻把话题重新定位于"高空掷物"。

"朋友们，什么是高空掷物呢？其实说得通俗点，就是住在高层建筑上的人，随手把自己的东西往楼下扔。当然了，这往楼下扔的东西，基本不会是什么好东西，说得更直白一点，就是垃圾。我们这里有一份统计材料，高空掷物正成为新的城市杀手。据统计，掷物的种类很是繁多，既有烟灰、蟑螂、毛发、废报纸等所谓的轻型物质，也有花盆、衣架，甚至砖头、被褥等重型物品。大家可以想一想，你好好地在楼下走着，突然从天而降一个东西，唰地落在你的眼前，一看，原来是一只死耗子，你会作何感想呢？对这个问题感兴趣的听众，可以拨打我们的热线电话，号码是＊＊＊＊＊＊＊＊；也可以给我们发短信参与讨论，移动用户请发送到＊＊＊＊＊＊＊＊，小灵通用户请发送到＊＊＊＊＊＊＊＊。"

钱开逸刚刚报完号码，液晶屏幕上就有信息出现。钱开逸很高兴，当你振臂高呼应者云集的时候，人们通常像起义首领般自豪。钱开逸愉快的结果就是放松了警惕，顺嘴把这件事说了出去："好，现在已经有热心听众发来了短信，让我们看看他说了点什么。"

其实快速地在第一时间就把话说满，是危险的。钱开逸马上就吃到了这枚苦涩的果子，短信上写着："男主持人你闭嘴吧，让刚才那个女的继续说，老子听着她的声音很入耳。她说自己有高兴事，到底是什么事，让老子也知道知道。该不是想男人了吧？"

满嘴的污言秽语，当然是不能念出来的。有些人，就像有露阴癖一样，他们的乐趣也建筑在喷粪上面。可钱开逸已经把话说出去了，无法改口，随机应变道："贺顿，这个短信是针对你的。"

贺顿的角度看不到屏幕，不知道来者不善，笑眯眯地说："针对我的这些话，是什么呢？"

钱开逸说："这位听众说很喜欢你的声音，对你刚才说的事，很感兴趣，问你为什么这样高兴。"

危机在无形中化解，钱开逸松了一口气。贺顿懂得主仆有别，从不抢着看听众发来的短信，并不知道这一切。她沉浸在自己的兴奋当中，回答说："谢谢这位听众的关心，因为我的心理考试通过了，成绩优良。如果一切顺利的话，用不了多久我就可以拿到证书，成为一名有资格开业的心理师了。"

贺顿的高兴是有充分理由的。这次考试很难，据姬铭聪的研究生说，有几道题连他们都没有见过，看来老爷子是痛下杀手了。慈眉善目学养很好的沙茵也没能通过，可见及格率之低。沙茵得知消息后，痛不欲生地说要给自己买一件裘皮大衣才能吃得下晚饭。在这么严峻的形势下，贺顿却顺利过关，真是天大的喜讯。可惜，她没有任何好朋友可以分享，只好在"高空掷物"话题的讨论之中喜气洋洋。

主持人的快乐是有传染性的，一时间，显示屏上银光闪烁，听众纷纷发来短信表示祝贺。钱开逸看看危机已然解除，该是进入预定话题的时间了，就把面孔转向贺顿，说："您作为心理学家，是怎样看待高空掷物这件事的呢？在这个动作背后，潜藏着怎样的心理动机？"

贺顿叫苦不迭。并不是所有的行为背后都有可以深究的动机，或者说，如果具体到某一个人，也许是有意义的，但若要从中总结出规律性的东西，却并不容易。心理学是一门非常年轻的学科，年轻到在任何一本书里，都还没有谈到高空掷物者的心理问题。

但是，贺顿却不能说露，她要扮演先知先觉的角色，况且她今天心情甚佳，谈兴很浓。她迅速整理了一下思绪，从一己的无边喜悦中脱身而出。贺顿说："关于掷物的话题，要从掷物人的出发点说起。开逸，我想问问你，你掷过物吗？"

钱开逸不知道贺顿葫芦里卖的是什么药，如实招来："掷过。不过不是从高空掷，我父母家住在一楼。想高空掷物还没有那个条件。"

贺顿说："低空掷过物也行。总之，在掷物的刹那，你想的是什么？"

钱开逸说："还能想什么？当然是把这个东西扔得越远越好。"

贺顿说："那就是让这件东西消失。"

钱开逸说："正是。"

贺顿说："让一件原本属于你或者说和你有关的东西消失，这说明你已经不喜欢它了，甚至是厌恶它了。对吗？"

钱开逸说："那是一定的。如果喜欢，谁还把它抛弃？"

贺顿说："你回答得很对，可惜没有准备奖品，否则你是可以得到嘉奖的。高空掷物的人首先是不喜欢这件东西，然后是期待着它消失，而且是离自己越远越好，消失得越干净越好。这个时候，如果住在高层，就会觉得随手一抛，让这件可恶的东西顿时烟消云散，是最简单最经济实惠的办法了。所以，从人的心理层面来说，高空掷物是有它的内在道理的。"

钱开逸急了，心想这样谈下去，岂不背离了要大家五讲四美三热爱的基本出发点！他吹胡子瞪眼赶紧示意贺顿掉转方向。

贺顿刚才也是临时抱佛脚，说到哪儿算哪儿。看到钱开逸的表情，赶快往回找补："当然了，所有的存在都有其合理性，但也要注意场合。比如你是一个乡下人，当然可以把东西乱丢一气。农村遍地是垃圾，多一堆少一撮没多大关系。荒郊野地，吃个瓜把瓜皮一砸，谁也不觉得污染了环境。过不了多久，瓜变成了粪水，还能肥地。小孩子往地上一蹲就地大小便，也是肥料。城市就不一样了，人口高度密集，在地铁里放个屁，最少二十个人能闻到……"贺顿平日里不说这么多，今天实在是高兴，就像喝了酒，管不住自己的嘴。

钱开逸听着跑题了，赶紧往回抓："咱们还是说高空掷物吧。"

贺顿说："高空掷物的人，我看多半是农村来的。因为从小没有养成好的生活习惯，乱扔惯了。可你只图自己方便，在高层住宅里往下一丢，自己倒是眼不见心不烦了，可若是有什么人正好经过你家楼下，就会遭殃。轻者头破血流，重者粉身碎骨甚至生命都会受到威胁。所以……"

"所以我们不能高空掷物。关于高空掷物，有些国家和地区还制定了法律，比如有一个国家就规定了，若高空掷物，经查证属实，会让掷物者服十五天的劳役，以警示众人。在中国香港，如果这个人租住的是廉租屋，就会面临被收回住房的危险……"

两个人一唱一和，基本和谐。短信来得也很多，都是控诉自己曾受过高空掷物之害，严厉声讨这种恶劣行径的。眼看着直播时间过去了一半，突然裘南娟在大玻璃外面夸张地摇唇鼓舌，并举起了一个牌子，上面写着："有听众热线电话。"

这个牌子是裘南娟的发明。本来只需导播在外面示意，直播人员就能够看到并做出响应，但裘南娟发现一到钱开逸和贺顿主持节目的时候，两个人谈得开心，就会有意无意地忽视了导播的作用，结果是她经常做无用功，人家里面谈得热火朝天，根本就看不见她的手势。她特地请示了齐台，制作了一块牌子，说是为工作着想，力求尽善尽美。

裘南娟好似运动会的领队小姐，把牌子忽上忽下地晃动。钱开逸不敢怠慢，立刻回应。

"好，听众朋友们，今天的问题看来大家都有一肚子话要说，有一位热心听众打来了电话，现在就请导播小姐把听众的热线电话接进来……"钱开逸一边说一边进行着仪器的切换，这样一番操作之后，一个中年男子响亮的声音穿过玻璃墙进入了直播间。

"主持人好。我是你们的一位热心听众，刚才一直在听你们的节目。我很喜欢贺顿小姐本次节目的开场白，有特殊的韵味，后面的讨论也很有意思……"这声音有一种蛊惑人心的味道，让人听了很感兴趣。

不知为什么，这声音却让贺顿有不祥之感，一种轻微的战栗滚过皮肤。

钱开逸对即将到来的危险没有丝毫察觉，颇有兴趣地问道："这位朋友，能详细谈谈你的感想吗？"

"可以。我现在把车停在了高速路的紧急避险带，就是为了可以从容地和你们说几句话。说真的，我对高空掷物倒没有什么特别的兴趣，因为我住的是别墅，四合院性质的，没有什么高空可供我掷物。"那人略顿了一顿，好像是在等着主持人对他的这番话表态。

贺顿一时不知如何回答，钱开逸接过话茬："这么说先生是一位成功人士了？"

响亮的声音说："算不上成功，只不过先富起来几天。开逸先生，如果我记得不错的话，你姓钱，对吧？"

"是，我姓钱。"钱开逸摸不着头脑，这位听众为何对自己的姓氏如此感兴趣。

响亮的声音说："我不姓钱，可是我有钱。我也有时间，所以我可以停下车来听你们的节目，打这个热线。不过，钱先生，我有几句话想和你的女搭档说说，不知可不可以。"

"当然可以。"钱开逸口头上这样说着，不祥的预感也扑面而来。人群当中，有大约十分之一的人，总爱鸡蛋里挑骨头，唯恐天下不乱，这种人，你一旦发现了，就要尽早掐掉他的热线，剥夺他的话语权。但是，这一切要做得水到渠成，不显山不露水。你不知道有多少人在倾听你们的谈话，贸然阻击，就坏了自己的名声。此人雄赳赳气昂昂有备而来，硬性遏止是不可能的，只能寄希望导播的协助。比如突然掐掉他的电话，出现忙音，这边就能很抱歉地说，不好意思，线路出了问题，很遗憾，对话中断了……我们现在接入新的电话。之后就安全了。假如那个人不屈不挠再打进来，因为都有来电显示，只要导播把关不接入就万事大吉了。

钱开逸向玻璃外的裴南娟示意终止这个电话，裴南娟恰好把头偏向一边，好像在看风景，不曾注意到钱开逸的动作。

钱开逸非常着急，但是没有办法，谁让他没有裴南娟想得那样周到，写一面大牌子呢？

危险的对话还在继续中。

响亮的男声说："贺顿小姐，我能问你几个问题吗？"

贺顿看着钱开逸，钱开逸只好点点头。贺顿就说："好啊。您请问。"

响亮的男声说："你刚才说到高空掷物的人多是农村来的，你有相应的统计资料吗？"

贺顿一时语塞，吭吭哧哧地回答："啊，这个……我就是凭印象估计，并没有确切的数字。"

响亮的男声说："既然是这样，我就要正告贺顿小姐你不要信口雌黄。你不要看不起农村人。"

"看不起农村人"是顶大帽子。虽说几乎所有的人都看不起农村人，连农村人自己都看不起自己，但如果在公开场合被人指出这一点，毕竟是不光彩的事情。更不要说这不是一般的公开场合，简直就是超大型聚会。不知道在这一瞬间，有多少人竖起耳朵听热闹。

贺顿回应的第一个策略就是否认。贺顿说："我并没有看不起农村人，我只是一个估计和判断。当然这个估计和判断没有详尽的数字统计资料支持，这是我的不足。但方法的不足并不一定就引出错误的结论。"

那个响亮的声音不依不饶，说："我看，贺顿小姐对农民的成见很深，歧视很深。请问，你是一个地地道道的城里人吗？"

钱开逸以为贺顿会很干脆地说"是"，然后他就会把话接过来，强行回到原来的轨道。不想贺顿方寸大乱，支支吾吾地说："这难道……和我是哪里的人……有关系吗？"她的迟疑通过扩音设备传递出去，放大了惶惑。

响亮的声音说："当然有关系了。你看不起乡下人，把狗屎盆子不分青红皂白地扣在他们头上，你以为听这个广播的都是城里人，就可以肆意侮辱乡下人了吗？说句不客气的话，中国有多少真正的城里人？往上查查他们的祖宗三代，还不都是顶着一脑袋的高粱花子？听你的声音还年轻，怎么这么年轻就染上了把人分成三六九等的恶习？你还像个专家似的指手画脚，先把自己的舌头捋顺了，学会说人话，再出来张扬不晚……"

这些话声若洪钟，字字入耳，带着一种霸气和摧毁人信念的能量穿行着，让你听到之后烦躁恐惧，又丧失招架的能力。贺顿完全惊呆了，不知如何是好。钱开逸毕竟久经风雨，站起身来冲到大玻璃镜前，对着裘南娟挥拳并伴以无声的咆哮，裘南娟这才恍然惊醒，看到了钱开逸的愤怒，掐断了那个喋喋不休的声音。

钱开逸迅速跑回自己的位置，说："谢谢刚才这位朋友发表不同的意见，他的坦率可以接受，但某些观点值得商榷。希望后面参与讨论的朋友们加入一种友好和谐的气氛中。关于高空掷物⋯⋯"

钱开逸连自己也不晓得后面的讨论该如何进行下去，贺顿显然受了惊吓，木讷地应和着，再也恢复不到良好的状态。听众也受到低迷气氛的感染，不再发来短信，不再打来电话参与。总算草草完成了高空掷物这期节目的播出，走出直播间的时候，两人都耷拉着头缩着脖子，像得了禽流感的候鸟。

裴南娟瞪着无辜的大眼珠子看着他们，钱开逸气不打一处来，说："小裴，那个电话来者不善，你怎么就一点都没有察觉？"

裴南娟委屈地说："这能怪我吗？咱们这儿的规定，只是询问来电者的问题是什么。我问了，他说的很在理，说对高空掷物这个话题很感兴趣，要和主持人交流意见，这不正是你们需要的吗？我就对他说，你要向两位主持人问好，他答应了。我说你要言简意赅，他也答应了。你说我还能嘱咐什么呢？我该做的都做了，然后把电话切了进去。我能预计到他说出那么多不恭敬的话来吗？我又不是宪兵，管不了人们的舌头和嘴巴。若是没有驾驭能力，干脆别开直播。"

钱开逸没话可说，还不死心，又问道："你知道他的电话号码吗？"

裴南娟说："不知道。"

钱开逸就来了劲，说："按照规定，你必须先留下他的固定电话，再用导播的电话打过去，他就留下了确切资料，不能像个隐身人似的为所欲为，对主播进行人身攻击。你为什么没留下他的固定电话？"

裴南娟说："你又不是没听见，当时是在高速路上，他哪里有固定电话？如果有规定，以后这样的移动电话都不接入，我执行就是了。这一次，和我无关。"

钱开逸再也说不出什么，倒是一直未开口的贺顿问道："那么，他的移动电话号码是多少？"

裴南娟查了一下有关记录，报给了贺顿一个号码。

贺顿缓缓地走出直播大楼。往常，她都是坚持回到租住的小屋吃方便面，今天，她决定进饭馆奢侈一下。心情太坏，往事被言语的荆棘勾连而起，刺得灵魂出血。只有借助吃饭这个法宝，度过凄清的时光。

第 14 章

厌倦是抵抗焦虑的第一道封锁线

所有孩子的问题都是父母的问题。最聪明的孩子受到的困扰尤其大。

傻乎乎的父母们，你们很早以前不经意的一个产品，正事无巨细地注视着你们，在灵魂的空白处奋笔疾书。他们是上好的书记官，把你们的一言一行记录在案。很多父母不明白，让孩子拥有一颗健全的心，比拥有一百种智慧更有用。一定要见到周团团的父亲，当然，还有他的母亲。

暂且不要报警吧。杀死大猩猩还只是纸上谈兵，桑珊没有枪没有匕首，甚至连水果刀也没有准备，等一等，再等一等。你想纠正她的同性恋倾向吗？不，我一点都不想。你以为心理师无所不能，出手雷电，跺跺脚就能上天？那是神仙，我们只是凡人。我没有那个能力。束手无策。如果当事人不想改变，心理师没有办法让任何人改变，就像你不能改变遥远的织女星轨道。那是能力以外的事情。我只是一个老农，唯一可做的就是耕耘语言。语言是我的土地、种子和犁耙。只要努力，只要坚持，只要倾听和诉说，就会有东西生长出来。这需要坚持，不单是心理师的坚持，还有来访者的坚持。有时候，坚持就是一切。

赤面恐怖。一定是有原因的。那个原因是一个地雷，被原始森林遮掩。枝蔓如妖魔碧绿的手臂，扰乱人的视线。人啊，是多么的复杂又是多么的脆弱！

一个人成年后的所思所想，所作所为，都能在童年时代找到可以临摹的蓝本，只是有的时候，它们常常是反向的。特别艰窘的家庭，有了一掷千金的阔佬。唯唯诺诺的姆妈，养出了骄奢淫逸的狂女。

苏三到底是正面还是反面？

过去生命中所发生的片段，像万花筒中的碎屑，有的细巧，有的尖锐，有的如绸缎般光滑，有的如珠玑般清脆，拼凑起来就是光怪陆离的人生。

生命的残片有时会坠满地，让人充满惊悚之感。

在苏三那里到底发生过什么？

如果没有当过心理师，你不知道什么叫沧桑；如果你当过了心理师，你就最深刻地体验了苍老。在这种蒸煮般的煎熬中，一种强大的混淆感生发起来，如同高原隆起，平缓而不可抑制。要找到症结。让心事自生自灭，是一件危险的事情。因为它绝不会真正消失，只是貌似离去，耐心地等待着卷土重来。

在每一次倾听的过程中，她都秘密地进入了那个诉说者的身上，感觉到他所经受的痛苦。这种深切地不由自主地附体，让她迅速地丰富以至于衰竭。她感觉自己有几千岁了，变成了一个巫婆。能预知过去与未来。她对于世态炎凉的体验如此敏锐，所有的痛苦和欢愉都被放大，她在天堂的地狱的垂直观光电梯里穿梭，仿佛一座透明的监狱闭锁着她的活动范围。景色眼花缭乱目不暇接，失重的感觉令她透不过气来，丑恶让她如同怀孕般想呕吐，以至于她想，如果真的怀孕，她一定马上停止工作。如果胎儿的小耳朵不加选择地听到了这些故事，不是变成仙灵就是变成恶棍。当然，也看到无数人性中的良善。生命的蜜汁也会喷溅而出，灵魂的香气袅袅飘荡，散发着迷人的甜润，沁人肺腑。只是这种时辰，少而又少。

心理师要学会过滤，否则你就会被他人的经验腌透，变得干硬和充满不被感动的盐分，丧失了柔软和纯正。

贺顿发觉自己正在迅速地僵硬起来。以自己越来越薄弱的力量来对抗越来越强大的吞噬感，就有螺旋状的恐惧盘旋而来。

她竭力用已知的技术手段来化解自己的焦虑。焦虑并不是不可化解的，但你化解了原有的焦虑之后，焦虑就像一枚钢镚儿被甩出，它叽里咕噜地翻过身来，那一边也还是写满焦虑。当你把另外一边的焦虑也尽力解决了，焦虑又不慌不忙地转过身去，你才绝望地发现它是一个立方体，所有的面上都写满焦虑。无论你怎样翻转，哪一面朝上都无济于事。

她想逃脱。可是，无处可逃。

厌倦是抵抗焦虑的第一道封锁线。

每一个人都可能在一个忧郁的日子里来见你，而不管你是否也在忧郁中。他走了那么远的路，挨了那么久的煎熬，思考了很久，犹豫了很久，最后费尽周折，鼓起勇气站在你面前——你是一个心理师。

他觉得你是一个有胆量的人，一个能够帮助他的人，一个有着某种神力的人。他强打精神，满怀期待和预支的感激之情，献上溺水者面对稻草的殷勤，指着自己的身体和灵魂对你说：帮帮我吧。

他在这个世界数以亿万计的人当中选中了你，把一个千疮百孔的情绪漏斗交给了你，也把某种冥冥中的信任和巨大的荣誉摆在了你面前。如果你成功了，他就把它们奉献给你，一如圣坛前的祭祀。

你看到一个轩昂的人委顿，看到一个强大的人退缩，看到一个美丽的人猥琐，看到一个渊博的人战战兢兢……你能袖手旁观吗？只有看到落红满地，才能体验到繁花似锦的宝贵，然而一切已成往事。

伸出你的手帮助他，需要力量和机敏，需要渊博和仁慈，还需要很多东西，比如健全的心智和温暖的手。你准备好了吗？

是的，在灵魂的厮杀中，没有那些血淋淋的场面，可是那些直插心肺的刻薄和损毁，不是比匕首更加锐利吗？那些身不由己的退缩和妥协，不是比箭弩更具穿透力吗？

心理师啊，你的欢颜和微笑，你的善意和爱心，你的智慧与幽默，你的犀利与宽容，你的理解和体谅，你的牵挂与信任，包括你的愤怒与哀痛……这些都是一个生命与另外一个生命的对接，好比宇宙太空中的行走，神圣而千钧一发。

为了完成这神圣的使命，贺顿已趋近弹尽粮绝。她尽量封闭关于自己私事的台风眼，在人们看不到的地方，把每一个臼齿的沟槽都深深契合。每天每夜。

　　她知道应该放松牙齿。牙齿和精神之间有某种神秘的链条。也许从远古时代，人类就养成了在灾难面前咬紧牙关的习惯。看看那些早早就掉光了牙齿的人，如果不是营养不良，那他们一定命运多舛。面对危难，只有不停地咬牙，直到把牙齿咬下来。

　　她知道自己需要和柏万福有一次交谈。需要一个决定。现在的拖延是慢性毒药，不但在谋杀自己，谋杀柏万福，而且在谋杀着那些来访者。心理师的能力好像换季时分的小店，所有悬挂的招牌都大打折扣。但是，她不敢做出决定。

　　她从理论上确信，没有一个决定没有痛苦，你以为不做决定就没有痛苦了吗？错。那会更痛苦。要不就等待别人来为你做决定，那就不仅仅是痛苦，而且丧失了自由。

　　为了自由，你必须做出决定。人生没有绝对的安全，只有绝对的不安全。不用霹雳手段，显不出菩萨心肠。

　　然而，一切理论在现实的礁石前都是鸡蛋，营养丰富却不堪一击。心理师贺顿一天到晚在敦促别人做出决定，自己却延宕不前。

　　我挂掉了电话，那个女子的手机铃声也应声而停，就是这个人了。我打量着她。很年轻，也很俏丽，穿着打扮像一个懒散的逃课的中学生，身上的香水气味很浓，仿佛在遮盖着什么。我握住她的手，很绵软，只谙啬地交给我四个半截手指，然后嗖地抽回去。碰撞之下，我知道她不是干活的人，是个连家务活也不干的女人。

　　你并没有穿红袜子。我挑剔地说。

　　我不可能穿着鲜红的袜子满世界闯荡，好像刚从圣诞老爷爷那儿回来。我相信能认出您来，我见过您和乌副市长的合影。红袜子说。

　　我是个低调的人，乌海也不喜欢张扬，平常我们也从未把合影送人。你在哪里看到的？我说。

你家。红袜子很爽快地回答。

你去过我家？我怎么没见过你？我大吃一惊。

我去，都挑你不在的时候。红袜子说。

都？你去过很多次？我几乎嚷起来。

咱们到茶室里说话好吗？我既然来了，就会让你明白。红袜子说。

我的大嗓门已经引起了人们的注意，茶楼基本上是安静的地方。我只好按捺下满腹狐疑，和她到了茶室。我们面对面坐下，眼睛和眼睛的距离不到一尺，像是促膝谈心的好友。

我说，你到底是什么人？

红袜子说，你先告诉我乌副市长他怎么啦？

我说，他死啦！这是我第一次对外人说乌海死了，在这之前，我不敢说，不忍说，不能说。看着这个女人，我不知从哪里来了直面乌海死亡的勇气。

红袜子一下子热泪盈眶，说，我已经想到了。那天，我给他打去电话，刚说了一半，电话就断了……我不知道发生了什么事，以为他不方便说话，就再没敢给他打电话，一直在等……

二十二点三十七分？我问。

是我。

差一分二十二点？我又问。

也是。

你频繁地给他打电话，是什么事？我无情地问。

可以不告诉你吗？红袜子还没有从乌海的死讯中缓过劲来，泪眼婆娑。

不能。我狠狠地说。

为什么？她负隅顽抗，这是隐私。她声嘶力竭地喊。

因为乌海死了。如果乌海不死，这是隐私。乌海死了，这就成了公案。你清楚为什么大家都不知道乌海的死讯吗？

我声色俱厉。我从来没有用过这样的口吻和人说话，我已成魔王。

不知道。没人告诉我，谁都不说……红袜子已乱了方寸。

我说，因为乌海的死因太蹊跷了，公安局正在调查。现在，乌海和你通话的手机在我这里，还没有任何人知道你的存在。你要是不原原本本地把事情情告诉我，我就把你移交到公安局。威胁的话脱口而出，并不是事先想好的，我早已肝肠寸断毫无逻辑可言。我想到哪儿说到哪儿，信口开河。

这些话挟制了红袜子，她说，您不能把我交到警察那儿去。

我说，你害怕了？是你害死了乌海？

红袜子说，您冤枉我了。我把实话告诉您，您想怎么处置就怎么处置好了。既然乌海死了，我也不想活了。

我火冒三丈，这个世界上居然还有要为乌海殉葬的女人！看来她的感情比我和乌海还深！我虽然爱乌海，但还有孩子和双亲，我不会跟乌海而去。我疑窦丛生，说，你！从实招来。

她第一句话就让我悔之莫及。我不应该让她说，她把我和乌海所有的历史都粉碎了。

我是个小姐，就是妓女。我在圈内有个花名，叫红袜子，就像古代有妓女叫杜十娘苏小小的，她们是好人，我也是。我像她们一样，多才多艺，一般的客人我也不接。后来，人家跟我说，有位先生专门点了我，说要看看大名鼎鼎的红袜子是不是真的风流俊俏，举世无双。我见了他，当时并不知道他是副市长，只觉得这人温文尔雅，和一般的纨绔子弟市井之人大不相同。如果我当时就知道他的来历，就不和他交往那么深了，和官人打交道，风险太大。后来知道了，我们已如胶似漆……再具体的事，大姐您就不要问了，我也不说了。那对我无所谓，反正我就是干这行的，对乌副市长也无所谓，因为他已不在。主要是对您不好。那天，到了晚上，我想他了，就给他打了个电话。我们昼伏夜出，起得晚，晚上八九点是我们的一大早。我说你来呀。他说，我在外面。我说你在哪儿我不管，反正我今晚等着你。他就说，好吧，我这就回去。打那个电话时我没看表，估计是十点前后吧。半个多小时以后，我又给他打了个电话，想问问他到哪里了，我等不及了……不想电话刚接通，他"哎"了一声之后，就再无声音。其后的事，您就比我知道的还详尽了……

我魂不守舍。原！来！是！这！样！话我都听到了，也记住了，可我一点也不能理解它们具体的含义。我看见红袜子的嘴唇在动，可我觉得她不是一个真的人，是一片红茶叶，飘啊飘，直到满杯都是血。她说的每一句话都是利斧，把我和乌海的过去剁成了肉酱。

红袜子说完了。我久久没有动静，她有点害怕，说，大姐，我要不要送您回医院？

我说，不用。

红袜子又说，要不，您把我移交公安局，我不怕。只是乌副市长一世的英名就毁了。

我说，你还挺惦记他的英名。和你有了交往，他还有什么英名！

红袜子说，您要这么说，就跟乌副市长常常和我说起的您，有点不符了。

即使在极度的哀痛震怒中，我也想知道乌海怎么在背后议论我。我说，你们都说我什么了？

红袜子说，我想和乌副市长成长久夫妻……

我冷冷地打断她说，是从良吗？

红袜子说，是。可乌副市长说，你和他是患难夫妻，他不能甩了你。

我说，那你们没说以后怎么办？

红袜子说，乌副市长说他还要升到更高的位置，赚更多的钱，把这些钱都存到国外去，然后和我神不知鬼不觉地出国，过好日子。

我说，那就是叛国了。

红袜子说，对我们来讲，爱就是一切。

我说，乌海已经赚了多少钱？

红袜子说，他说现在还不是赚钱的好时机，要清廉。到了该赚的时候，他会眼疾手快地赚，速战速决，快速致富。不然夜长梦多。

我说，红袜子，你让乌海成了一个贪官。

红袜子说，大姐，你这么说乌副市长，就有点不厚道。他从来没有说过你的坏话，总说你贤惠体贴知书达理。

这话倒是像乌海说的，他不知多少次地这样表扬过我，但是今天从

149

一个如此身份的女子口中说出，简直是奇耻大辱。我无比信任的丈夫，居然在花街柳巷出没，结下这样的红颜知己。我说，不，这不是真的……

其实我这话是说给自己听的，我不能相信这个可怕的事实。红袜子会错了意，以为我怀疑她说假话，就说，大姐，我不骗你。我有物证。

我说，拿出来。

红袜子说，乌副市长到阿拉伯国家出访，回来的时候给你在伊斯坦布尔买了一条金丝披肩吧？

我惊道，你怎么知道的？

红袜子说，他也给我买了一条。说你年纪大了，就给你买的是咖啡色的；说我年轻，给我买的是樱桃红的。您那条披肩还在吧？

我咬牙切齿。不仅仅因为红袜子所言不虚，不仅仅因为乌海在给我买了名贵披肩的同时，也依样画葫芦给这个婊子也买了一条，也不仅仅因为他把一切都告诉了红袜子，她什么都知道，我什么都不知道……更因为他对红袜子说我的年龄大了，而红袜子正年轻……

我恶狠狠地打断她的话说，红袜子，你就等着公安局传唤你吧。乌海是个大流氓，我一定要让他的所作所为，大白于天下！

说完，我一摔门走了，回到医院，医生正在到处找我。他们看到我脸色铁青，立刻为我做了一系列的检查，心跳快，血压高，甚至脑电波也不正常，像要发癫痫——就是羊角风。他们以为我悲伤过度，给我用了非常大剂量的镇静剂，我这才迷迷糊糊地睡着了。

等我再次醒来，我的老父老母，我的婆婆公公，还有七大姑八大姨都围在我的身边，偷偷地抹泪。看我醒了，大家说，乌海不在了，可我们都还在，我们就是你的靠山。我忍不住号啕大哭，有谁能知道我内心翻滚的大江大浪啊。大家看我哭得上气不接下气，就一股劲儿地劝我，说知道你和乌海是恩爱夫妻，他走了，可他永远活在大家心中……我一听这话，更是哭得惊天动地。乌海是什么人，这世界上有谁真正知道？正哭着，市委书记来了，他比那天我在事故现场看到的形象，一下子老了很多。他说，乌海是好同志，好干部，他因公殉职，我们会永远怀念他。正在整理材料，准备把乌海的事迹向上报告，为他请功授奖。他劝我要以有这样的丈夫而自豪，要把乌海的精神投入到生活中去，化悲痛为力量，要对得起乌海……

我像戴着假面具，听着，听着……先是微笑，然后是大笑，最后不由得狂笑起来，一股劲儿地念叨着：乌海乌海，好你一个乌海……大家看得发毛，以为我在强烈的精神打击之下，神经已经躁狂。市委书记赶快指示医院全力抢救我，一定要让乌海在九泉之下安心。

人们都退出去了，我也收敛了笑声。面对深沉的夜色，我知道自己没有疯，头脑像被雪擦洗过一样，清醒干净。我的丈夫乌海是一个骗子，在赶往和情妇幽会的途中出了车祸，死了。人们都以为他是一个好干部，好丈夫，好爸爸，好儿子，只有我才知道他是一个败类！

我彻夜不眠。到了第二天，又有很多人来看我，我对他们说，我现在很好了，放心吧。其实我在想，我该怎么办？揭开这个谜底，让一个真实的乌海赤裸裸地站在光天化日之下，还是维持一个谎言，让他以一种完美的姿态告别人间？

听说人有三个魂魄，丢了一个就低迷不振，丢了两个就百病缠身，如果丢了三个，就不必多说什么了。我的魂魄一天之间已是负数，成了鬼魅。

到底怎么办？

我不知道。我苦苦思索。我不能和任何人商量，我也不能提前把真相告诉任何人。我不知道这个世界上还有哪个人是可以信任的，既然我朝夕与共的爱人都是一个无与伦比的骗子，我还可以相信谁？我一言不发，对所有的劝慰之词都不置可否。召开追悼大会的日子虽一再延期，但业已提上日程。人们把乌海的尸身拼凑完毕，据说使用了硅胶和大量的化妆品，乌海已栩栩如生。无数的人送了挽幛和花篮，灵堂香气四溢。据说最昂贵的一个花环是为我预定的，全是盛开的鲜花组成。各个部门都准备了悲痛欲绝的悼词，连奏放哀乐的音响都是从全市最好的剧院调来的，到时候会震耳欲聋。

人们一五一十地向我汇报着，以为我会特别在意。我像个木头人一样听着，什么都不说。大家以为哀痛把我压成了粉末，对我的漠然也并不觉得意外。医生说我的生命体征大致正常，不会猝死，大家也不强求我表态。

我没有可说心里话的人。所有的人都和我形同陌路，一个不真实的乌海阻隔在我们之间。我居然特别想和红袜子谈谈，因为只有在她那里，我们才会面对同一个乌海。我真的给红袜子打了电话，但对方一直关机。我估计那天临走时的威胁奏效了，红袜子已逃离此地。

从来没有过的孤独啊。我不能和我的孩子说，不能和我的父母说，也不能和乌海的父母说。所有的真相积存在我的心里，发酵自燃腐烂爆炸……我的自制和克制已经到达极限。我不知道面对乌海装裹一新仪表堂堂的尸身，我该如何表达。我是一个平凡的女子，但我是一个正直的人。我从来没有隐瞒过罪恶，也没有撒过弥天大谎。面对这样一个残忍地欺骗了我和孩子的罪恶之人，我是否要放弃原则，帮他把谎言维持到底？就算我理智上打算这样做，实际上我也根本做不到。我会歇斯底里，我会破口大骂，我会不顾一切地抛出真相，我会把追悼会开成批斗会声讨会……

一想到这些我就不寒而栗。我想提前死掉，这样我就不必去面对非人的残酷。但是我还有孩子，我不能让他在失去父亲之后又失去母亲。我要坚强地在屈辱之中活下去，可是我不知道如何熬过艰难岁月。

迫在眉睫的追悼会……我现在唯一能做的就是不断延期。我出席追悼会的黑色制服，已经放在我的床头。我要佩戴的白花已经别在上衣的胸前。人家为我拟定的悼词已经打印成册，可是我一眼都没有看过。在我的心里，有一篇烙印一般的文字，刻在心上。那就是我要讲出真相。我要做一个坦坦荡荡的人，我要把自己的冤屈公之于众。

我没有一个可信赖的人，我只有飞越万水千山来找你，求助于你……

李芝明说到这里，下意识地低头看了看手表。她还在医院静养，和护士说好了晚上回去，飞机快要起飞了。

"让追悼会继续等待，等待……"贺顿回答。她和李芝明握了握手，她们的手指同样冰凉。只是贺顿的指尖有一点热度。为了能把这些微的热度传递给李芝明，贺顿深深撵了一下掌心。温暖像碾碎的红樱桃，顷刻汁液似旋。殷红色的浆汁如同煮沸的朱砂，倾泻在白雪之上。

　　贺顿面对的是一个背叛的故事。在她自己的故事里，她是一个背叛者。贺顿自嘲地想，这样的支援，好像内衣外穿，不够体面。

|第 15 章|
世界上有一种爱叫退出

很长的故事。不断地添咖啡。

听完之后，柏万福沉吟良久。

柏万福说："我本来是想揍你的。"

钱开逸说："你现在也可以揍我。我保证骂不还口，打不还手。只是不要掐我的脖子，里面有一块薄薄的肌肉，名叫声带，它不属于我个人，属于人民，是公共财产。"

柏万福说："揍完你之后，怎么办？"他看着钱开逸，真心实意地在讨教办法。

钱开逸不由得叹息，心想，贺顿，你真是太傻了。这样的老公，还有什么保留价值？赶快更新换代吧！钱开逸说："柏万福先生，您这是与虎谋皮。"

柏万福说："我想知道你的想法。"

钱开逸说："我的想法很简单，以前就是这样，现在也是这样，以后也不会改变。"

柏万福说："你就直说打算怎么着吧。我是工人出身，劳动人民喜欢直来直去。"

钱开逸说："我要娶贺顿为妻。"

柏万福把双手的关节捏得咯吱作响，钱开逸下意识地看了看逃跑的路线，一旦动手，他先将余温尚在的卡布其诺泼在柏万福脸上，让奶沫遮挡他的视线。然后再用手掌猛劈柏万福的面门，赢得时间，再一把拉来一旁的老外当挡箭牌，那家伙人高马大是个好掩护，自己且战且走……不想柏万福纹丝不动，冷着脸说："你说你们谈论婚嫁在我之前？"

钱开逸说："是。"

柏万福说："你说你对她的帮助比我要大？"

钱开逸充满优越感地说："这是不言而喻的。"

柏万福说："你们一直在来往？"

钱开逸说："当然。我知道她的一切，而你对我一无所知。"

柏万福说："你说你能让她更幸福？"

钱开逸说："这一点毫无疑问。"

柏万福把手指捏拢，痛下决心："好吧。我成全你们。"

本是抱着鱼死网破的决心而来，不想齐天难题却这样轻而易举地解决，好像乘坐猝不及防的过山车，自九天降落之时，突然停电定在半空，虽清风朗日，却胆战心惊。钱开逸一时反应不过来，怔怔地问："这是真的？"

柏万福说："真的。"

钱开逸说："不开玩笑？"

柏万福反问道："以咱们俩现在这种关系，还有什么开玩笑的可能吗？"

钱开逸大喜过望，心想，原来贺顿的老公这样轻易就能搞定，以前耽误了多少大好时光。又替贺顿惋惜，这样一个稀泥软蛋的男人，早就该甩了改弦易辙。愣怔了一会儿，又生出对面前这个可怜男人的鄙弃。不由得叹息说："没想到你还挺明白事理的。话说到这份儿上，不管怎么样，我们还是对不起你。我们向你道个歉。"

柏万福说："我们是谁？"

钱开逸说："就是我和贺顿啊。"

柏万福说："没有什么我们。只有你，你自己。是你对不起我，是你在向我道歉。"

钱开逸耸耸肩膀，实在不解。这难道有什么区别吗？

柏万福站起身来，招呼小姐结账。钱开逸说："我来我来。"

柏万福冷峻地说："是我叫你来的，当然应该我负责。"钱开逸还想说什么，看看柏万福的脸色，不再坚持。

钱开逸要和柏万福一块儿离开咖啡厅，柏万福执意不肯，坚持让钱开逸先走一步，说："还有一句话，我要告诉你。钱先生，你一定以为我是个傻子，是个软柿子，自己戴了绿帽子，还把老婆拱手相让。钱先生，你要是这样想了，就枉费了贺顿爱你一场。我告诉你，这世上男女相爱的方式有很多种，表达的方式也有很多种。其中有一种，就叫退出。"他说这话的时候，眼珠像清漆一样透亮，好像弹得出声响。那里面不单有泪水，还有坚忍。

钱开逸目瞪口呆，觉得自己在这位劳动人民面前匍匐下来，轰然倒塌。还想说什么，柏万福朝他挥挥手，表示再也不想听他解释，只好乖乖地闭了嘴，把那条杰出的喉咙关闭。他还想再待一会儿，以表示自己对对手退出的歉意，柏万福更坚决地挥动手臂，这一次，简直就有驱赶的意味了。钱开逸携带着侥幸的快意，快步离去。

确信钱开逸身影隐没，完全看不到自己了，柏万福才离开座位，摇摇晃晃地走出门去，一条腿瘸得更明显了。

他是小儿麻痹后遗症患者。

第 16 章

前面是一堵墙，
当你以为头破血流之时，却穿墙而过

做完一档提前录制的特别节目回到家里，贺顿浑身酸痛。工作紧张，不由自主地绷紧四肢百骸，好像坐在一艘颠簸的海船上，当时不觉怎样，一旦静下来，从小就缺乏营养的脊柱千疮百孔地疼起来。

在楼梯口碰到了房东老太太。房东老太太有两套房子，一套在底楼一套在四楼，她住楼下，儿子住楼上，每套各留一间房出租。房东老太太是贺顿最不愿意见到的人，但又是贺顿绝对躲不掉的人。老太太把守在自己单元门前，一夫当关，万夫莫开。夜里楼外的霓虹灯照在脸上，是永不下岗的哨兵。除非你会轻功，能从布满了防盗窗的楼房外立面爬上去，否则一定会和她"偶然相遇"。

房东老太太说："柴绛香，你回来啦？"不管贺顿说过多少次自己现在姓"贺"，房东老太太还是顽固地按照身份证上的名字称呼她。房东老太太只认身份证，凭着这个证件才把房子租给漂泊者。

褪成了绛香的贺顿，低眉顺眼地说："您老还没吃呢？"

老太太说："绛香可真不会说话，你说的是吃午饭还是吃晚饭呢？下午两点钟，午饭是一定吃过了，晚饭还没想出吃什么呢。"

绛香赔着笑脸说："是，我不会说话。还是您老会说。"

老太太说："我哪儿有绛香会说哦！那天我闲着没事，打开电匣子，没想到听见绛香在匣子里说话。绛香啊，你都进了电匣子了，钱一定挣得海了去了。"

绛香连个磕巴都没打，直接否认道："您这可是听差了，我哪里有能耐进电匣子？世上同名同姓的人多了，长得差不多的也大有人在，就更不要说嗓音像的人了。您可不能胡说，电匣子里经常播报国家大事政府精神什么的，哪里是个人就能进去！传出去，人家不说我绛香攀高枝，也不会说您耳朵不灵光，倒可能说您脑子有没有毛病呢！"

这番话把房东老太太呛得两眼翻白，她揉了揉耳朵，心想，真是自己搞错了？不能吧！绛香的嗓子特别得很，再也不曾听到类似的声音。罢了罢了，这小女子古灵精怪，暂且不同她计较。房东老太太把单薄的身子蜷了蜷，好像一条就要秀茧的瘟虫，说："好，好，也许是我老糊涂了，耳朵出了毛病，不过在计算房费上还拎得清。"

话说到这个份儿上，绛香就不能再装傻了，说："您放心，不是说好了月底交房租吗？我记得呢。"

房东老太太说："我的好姑娘，今天是三十号，难道还不是月底吗？"

绛香说："这个月不是大月吗，不是有三十一号吗！"

说完，她不再理睬房东老太太，贴着墙壁挤了过去，好在楼房墙壁上的浮灰早被过往的房客蘸净了，绛香并没有蹭上白灰。

上到四楼，打开单元门，对面的门虚掩着，知道有人在家，就轻轻咳嗽了一声，算是打了招呼。这套房子的大间由房东太太的儿子柏万福住着，小的租给了绛香。房子原本是准备给柏万福结婚用的，柏万福下了岗，根本就找不到工作，自然也就找不到老婆，结婚就成了镜中月水中花。房东老太太想，房子与其闲着，不如租出去，所得可观。况且一个大活人又吃又喝，柏万福的失业救济金根本就剩不下什么，房子像个不吃不喝的铁驴，光挣不拉，颗粒归仓。

这座楼位于市中心，地段极好。租房消息登记之后，来了不少看房子的。老太太一看这情况，又动开了脑筋，打算借这个机会，利用地理优势，遴选房客。其狼子野心是——兴许两家变一家。

目的不纯之后，房东老太太招收房客的标准在外人眼里就变得奇怪。有个搞 IT 的小伙子，公司就在旁边，愿意出高价租下这房子，图的是加班晚了回来方便，早上睡了懒觉也不会迟到，但房东老太太就是不租给他，原因是他变不成媳妇。来了挺漂亮的姑娘，房东老太太用三角眼横扫了一下就斩钉截铁地回绝了。她一眼就看出那女子不是操好营生的。别说人家看不上城市贫民的寒酸，就是屈尊想嫁过来，房东老太太还怕她生养出的孙子头顶杨梅大疮落草呢。一来二去的，房子就干晾在那里，每过一天，房东老太太就觉得自己的肋条被人抽走一根，分分秒秒都是钱。

老太太让儿子到报社打听，登一条出租房屋的广告需要多少钱。柏万福回来的时候，头耷拉得能抵到第三颗扣子。眉毛宽的广告就得上百块钱，合着房子还没租出去，小半个月的房租就孝敬了报社。老太太索性央告人写了些小广告，熬了小半脸盘稀糨子，趁着黑天，像早年闹革命贴标语的林道静似的，在周围的街巷都刷上了传单。

正好绛香也在找房子，见了小广告就赶到了房东老太太家，不想当时有两个搞传销的女孩子也结伴来了。房东老太太一看有人争抢，很是高兴，摸着钥匙说："一个羊也是放，一群羊也是放，三姐妹一块儿看吧。"

绛香暗自叫声不好，狼多肉少当然于租房者不利，但已经来了，还是先看看再说。看完房子之后，绛香基本上不抱希望，因为另一方表示十分满意，两女孩说还可以多给几十块钱，房东老太太眉开眼笑。再说要和柏万福合住，两个女子能够做伴自然不在乎，绛香还是有顾虑的。出门在外不能太挑剔，可和一个三十多岁的老爷们低头不见抬头见的，总是不方便。

没想到房东老太太选中了她，还主动让了点房租，绛香摸不清这里头卖的是什么药，能省则省，先住进来再说。

柏万福是个规矩人，没有大本事，但也没有坏心眼。平常绛香在外面忙，公共空间的卫生都是柏万福包了。柏万福每顿都到楼下房东老太太那儿吃饭，这边的厨房就成了绛香一统天下。有时候绛香做点好吃的伙食，却不过面子，总要礼貌地招呼柏万福也一道尝尝，柏万福总是很有分寸地拒绝，不是说自己刚吃饱不饿，就是说自己不喜欢这样的吃食，总之尺度拿捏得当。绛香原本没打算长住，但相处尚好，地段实在方便，就一直住了下来。

柏万福听到动静，从房里出来，说："贺顿，我妈拦住你要房费了？"他和他妈不一样，尊重贺顿对自己名字的选择。

贺顿说："你不必再催。你们娘俩捏咕好了的，放心，我不会赖房费的。"

柏万福说："我不是那种人，你知道。可我拦不住我妈，你也知道。你若是手头紧张，我这儿还有点钱，你先给了我妈，省得她一天到晚卫兵似的看守着，我为她操心，也为你担忧。"

贺顿说："谢谢你的好意。你的钱哪里来的？还不是你妈手指缝儿里漏出来的？只怕你妈把所有的纸币都做了记号，到时候我一把交上去，叫你妈火眼金睛认出来，既害了你又害了我。"

柏万福说："我妈哪有你想的这般精明，不过是受穷受怕了，一分钱看得比磨盘大，格外地不讲情面。你要原谅她。"

贺顿说："我原谅得着吗？她本来就没有欠着我，倒是我欠着她的。我住着她的房，本该给她房费。我刚找到了一份新工作，待遇还不错，不过那边的工资是先干后结，一时我还拿不到工钱。我会想办法的。"

柏万福说着下意识地瞅了一眼，贺顿的房门口挂着一张白布帘子，捂了个严严实实，他知道贺顿那屋里全都是书。贺顿进城也多年了，按说不该像刚进城的女娃，吃了上顿没下顿，只因她把钱都买了书，顺带贡献给了各式各样的学习班补习班。贺顿通常的作息时间是——下了班回来，做了简单的吃食，就把自己埋在屋里看书。柏万福曾经非常仔细地倾听过贺顿屋里的声音，只有沙啦啦的翻纸声，而且翻得那样快，柏万福曾经用同样的时间测验自己能看多少字，结果是他刚看了十行，那边就传来翻页的声音。这个女人不是一般的女人，貌不惊人，冰雪聪明，终有一天她会从自己这里搬出去，住进高档住宅。柏万福一般想到这里就不再往下想了，心开始痛。

明天是交房钱的最后期限，可是，贺顿没钱。她把电话簿从后翻起，朋友也像馒头，刚出锅的比较热乎。名字不少，但都不是可以借钱的主儿。英雄不问出处，漂泊者萍水相逢，都把从前像莲藕般的掩藏在泥沼中。没心没肺把自己的身世说个底儿掉的人，其实不过是另一种埋伏，一博同情甚至心机甚重。在心理师培训班里的柴绛香叫作贺顿，身穿从地摊上淘换来的假名牌，戴着盗版的香奈儿太阳镜，远方有富裕的双亲和安定的生活，哪能够伸手借钱！

贺顿的晚饭是方便面卧鸡蛋，放了几滴香油，将客厅连走廊染上浓浓的香氛。鸡蛋是最后一枚，香油瓶竖起呈九十度，连敲带打才漏下油珠。贺顿吃鸡蛋先拣小的，残余的这一颗格外大，漂浮的蛋花婆婆起舞。香油瓶里的褐色沉淀物像一粒粒黑虱，貌虽不雅，味道却更香。越是艰险越要把自己照顾好，孤身在外，病了岂不雪上加霜！

都吃完了，明天怎么办呢？贺顿不知道，但也并不特别发愁，最起码她还可以吃没有香油和鸡蛋的方便面，支撑若干天。在城市里，一天之间足以发生很多事情。看着前面是一堵墙，笔直地走过去，当你以为会被撞得头破血流的时候，却穿墙而过。那墙自动地裂开了或是此时地震了，对面闪出一道光……她现在已经是嘉宾主持人了，没有饭吃是暂时的，发了工资就可以吃大餐。

当她想入非非的时候，柏万福从楼下吃完饭回来，耷着鼻子问："借到钱了吗？"

只有面对柏万福的时候贺顿才是最真实的，她没有必要也不可能作假，老老实实回答："我连门都没有出，到哪里去借钱？讨账的事不是专归你妈负责吗，如今你接班了？"

柏万福说："我妈又问起了这事，我说你没问题。我妈不信。"

贺顿叹了一口气说："你妈比你有经验，你妈说得对。先别说房租的事了，我的面条做好了，你要不要尝尝？"

柏万福说："将来哪个人娶了你，真是福气。如果家中只剩下一粒米，你会先让他吃。"

贺顿立刻予以回击："真到了那种时候，也许是吧。可我是不会嫁这种人的。人穷志短马瘦毛长，我知道这滋味，嫁穷人不如不嫁。"

柏万福转了话题，说："贺顿你吃完了饭，跟我一块儿到河边遛遛弯儿吧。"

贺顿很吃惊，和柏万福合住许久，他从未提过非分之请，今天这是怎么啦？拉下脸说："我刚找了一份新工作，业务不熟，晚上要好好看资料呢！"

柏万福局促地说："刚才吃饭的时候，我妈说了，要是你肯陪着我到河边遛一遍，你的房费就能缓缴。"

贺顿心想，这是什么意思？散步还能当银两使？好在无伤大雅，先渡了眼前的难关再说。就答道："遛弯还能创造效益，等我吃完面条，咱们就出门。不过有一条，你当哑巴，别跟我说话，我有事要琢磨。"

"好。我啥也不说。"柏万福一口答应。

为了这一天，柏万福把校正皮鞋早准备好了。他一条腿长一条腿短，好在跛得不严重，穿上特制的皮鞋，不仔细看，还真看不出来。

|第 17 章|
诅咒是对地位的变相尊崇

晚上，贺顿饿着肚子从地铁站钻出来，赶到心理师备考班，来不及和任何同学说话甚至给出一个会意的微笑，铃声就响了。辅导老师发下卷子，说："今天是最后一次模拟考试了。过几天统一考核后，合格者就能发证书了。"

学员们不敢马虎。模拟就是演习，每一道题都暗含着机遇和分数。也有不紧张的，他们来上心理班，主要是为了解决自己的心理问题，拿不拿证书和文凭倒在其次，人就比较松弛。

教室里纸页翻飞笔走龙蛇。模拟卷子最近不断出炉，每一次都说是通过内线搞到的，来头如何显赫，大家宁可信其有，不敢信其无，来者不拒，多多益善。在这一点上，办班者和同学们同仇敌忾，都希望在未来的考试中，能有更多的人跳过龙门获取资格认定证书。心理师是个崭新的行当，证书炙手可热。有了资格认定证书，一来可以从事自己喜爱的工作，二来也能解决就业问题。至于主办方，更要以同学们的考试通过率来招徕下一届的学员，利益均沾荣辱与共。据说此次考试题目是心理学家姬铭聪教授所出，姬教授自从做了主考之后，深居简出，从此不在公开场合露面。为确保公平和保密，干脆就来了个人间蒸发，谢绝一切访问。他曾经带过的学生就成了众人追逐的目标，学生们当年被姬铭聪批改过的论文，哪怕是差等作业也都成了抢手货。贺顿几乎把未来的全部希望都押在了这块宝上。如能顺利过关，她就多了一块硕大的敲门砖，自己的症结也有望解开。

在班上，贺顿极其刻苦，和同学们也很友善，将来都是同行嘛！只是她很少谈论自己，她是一个有秘密的人。秘密就像海峡中潜藏的礁石，表面上看起来波澜不惊，但你不可能云淡风轻地驶过大船。船会在毫无征兆的情况下触礁翻沉，最好的方法当然是不让船只深入水域。

贺顿有很好的人缘，却少贴心朋友。不过，沙茵是一个例外。沙茵在大学任心理教师，和大学生们的好关系也被她移植到培训班。贺顿单薄的身材，瘦小的体格，平平的五官，都让沙茵心生怜悯。在大学里，这样的女生就是学习再优异，都会自卑。更不消说这个身世不详的贺顿，眼神深处总有落叶一般的枯寂。

沙茵把贺顿当成了学校里的差生来关怀，当然这一切尽量做得天衣无缝。贺顿虽有察觉却并不拒绝，人在接受温暖的时候通常还报以热情。

沙茵交卷子之后，等了贺顿许久。她们回家的方向大体一致，每次下了课都是肩并肩走到公共汽车站，做伴加交换心得也是一种美好的享受。沙茵问："贺顿，平时你总是头一个交卷，今天怎么晚了？"

沙茵是白白胖胖的圆脸女子，表示关切的时候，眉眼眯得细长，有观音相。

贺顿说："我被一道题目难住了。"

沙茵回忆了片刻："哪道题目？我怎么没感觉？"

贺顿说："就是那道题——你为什么要做一个心理师？"

沙茵掩着嘴笑起来，说："如果你要考会计师，他们就会问你为什么要当一个会计师；如果你考幼儿园阿姨，他们也会问你为什么要当一个孩子王。贺顿你挺聪明的一个人，会被这种题目难倒？拣着考官爱听的回答就是了。你若是考会计师，当然要说自己对数字有兴趣；如果你想当幼儿园阿姨，就要说自己对孩子有兴趣。依此类推，迎刃而解。"

贺顿道："那你是怎样回答的？"

沙茵说："我其实是对这个位子有兴趣。我不是一个特别聪明的人，搞学术或是当老师，都是实打实硬拼血本的行当，我觉得太残酷了。但我的长相让我特别有人缘，大家都爱找我谈谈知心话，好像我有多少能耐似的。其实，这世界上的道理，又有多少是我们所不知道的呢？明明白白的，不过就是事到临头自己糊涂罢了。我也不晓得言语这个东西有多大的力量，想来当年老祖宗不辞辛苦地发明出来，一定是颇有深意的。你相不相信，一个人，只要能把自己心里头嘈杂的事一五一十地说出来，一遍不解气就两遍，两遍不解气就再加一遍以至 N 遍，旁边有个人能安安静静地听，苦主的心事就会解开大半。爹妈既然给我生了这么一张让人信任的脸，我就要充分发掘利用。这就是我为什么要报考心理师的真正理由。"

贺顿若有所思道："别看同学许久，我还真不知道你的心思。不过，你真这样写了吗？"

沙茵用圆滚滚的粉拳击打着贺顿的前臂，不知道触到了哪一根神经，贺顿的手臂腾地跳了起来，倒吓了沙茵一跳。沙茵说："我哪里能这样写，好像我好逸恶劳似的。我写的是：我爱我的学生，看到他们在痛苦中挣扎在迷茫中寻找，我希望用一种科学的方法帮助他们……这还不容易吗？反正心理学最不缺乏的就是理论，随便哪个流派扯上一番，只要能自圆其说就是了……"

贺顿频频点头，目光笔直地注视着沙茵。头点得是那样的恰到好处，下颌轻探不疾不徐地向前敲打着，好像信鸽在啄食一碟看不见的小米。

沙茵惨叫起来："贺顿，求求你！看在咱们是同窗好友的分上，你就别这样给我标准的倾听回应了，我于心不忍。我希望看到真实自然的反应，你可以仰天长啸也可以呆若木鸡，只是不要给我这样一个面具。"

贺顿说："难道老师教咱们倾听的时候，不是反复要求这种姿势吗？要知道，我对着卫生间里的镜子修炼了许久，才算基本合格。你要我改换门庭返璞归真，就会坏了我的武功。沙茵，虽说咱俩是好朋友，这件事上我也要若罔闻。你知道吗，即使在睡觉的时候，我都要带着心理师的笑容。"

沙茵是息事宁人的好女人，说："好，好，就让心理师的笑容变成你的第二张面皮吧。好在你千锤百炼的这一笑还中看，我也就忍了。不过说了这么半天，都是我在唠叨，你的答案却丁点不透露，不公平！"

沙茵微笑着说这话，谁料贺顿突然不悦，说："这么一点小事，你就觉得不公平了！那你生在城市，从小吃香的喝辣的，那么多和你一般大的女孩子，生在农村，吃不上喝不上的，有谁可曾想到对她们来说是否公平了？"

沙茵并不生气，要想让一个幸福的女人生气是不容易的。她笑笑说："贺顿，看不出，你还是一个热血青年。如果你生在二十世纪三十年代，一准会参加红军。你父母幸好是医生，若是地主，你会把他们的田地拿出来共产。"

这些话提醒了贺顿她是谁，于是渐渐安静下来。空气中弥漫着沁人心脾的甜香，不远处有一个烧制冰糖葫芦的摊子还没收摊，冒着气泡的冰糖呈现出令人欢愉的松香色，在冰冷的空气中为鲜艳的糖葫芦穿上透明的嫁衣。冰糖葫芦羞怯地看着过往的行人，不知道哪一口洁白的或是虫蛀的牙齿将让它粉身碎骨。

沙茵说："我请你吃冰糖葫芦。你要山药的还是要栗子的？"

贺顿的肚子早已咕咕叫，但她矜持地说："如果我吃，我要传统的山里红的。但是，我不吃。"

沙茵嘻嘻笑道："要减肥啊？秋天就不必了吧？马上就要冷了，大家都裹在厚厚的皮毛中，谁看得清谁啊？减肥是夏天的事业。"

贺顿是多么想吃山里红啊，但是，她有重任在肩。此刻，她看着一边吃着橘子瓣冰糖葫芦一边小心地看着地面以防踉跄，怕竹签扎着嗓子眼的沙茵，能够感到沙茵内心的善良和对没吃上糖葫芦的同伴的歉疚。这是一个好机会，机不可失。她对沙茵说："我最近买资料的开销比较大，家里的钱一时没有寄到……"

她只把话说到这里，就停了下来。大家都是学心理学的，话讲到这个分上，狼子野心已是昭然若揭。

借钱是很忌讳的事情，贺顿走投无路，有枣没枣打一竿子。

沙茵把半个橘子咽到肚里，拿出自己的钱包，当着贺顿的面打开。贺顿以为沙茵会挥着瘪瘪的钱包对着自己说，你看，我实在是没有富余的钱……在清冷的路灯下，她看到沙茵的红色钱包像一枚丰硕的萝卜。

沙茵说："我正准备去买新上市的风衣。你急需，说吧，要多少？"

贺顿举重若轻："我就要两只袖子。"

沙茵说："没了袖子的风衣，就成了大坎肩，穿上像民国时期的老太太。这样吧，我把整个风衣都借你。"

贺顿解了燃眉之急，十分高兴，掉转话题说："你估计咱们这次能考过吗？"

沙茵说："如果卷子上让贴照片的话，估计我能过关。"

贺顿不解，说："此话怎讲？"

沙茵扬起保养得极好的脸说："你看我多么像一个心理师啊，慈眉善目。"

贺顿不知说什么好，就什么也没说。在沙茵的脸上，有一种融合了淡泊平实的和善安详，那是多少年的丰衣足食濡养出来的。

路灯是昏黄的。走过灯杆的正下方时，黄色就浓郁些，离得远了，就稀薄些，然而总是黄的。路灯就像一只只挽起的黄色手臂，交替着，接力着，护送晚归的女子。

分手之后，贺顿又觉歉然。倒不单单是因为没让沙茵穿上时髦的风衣，而是沙茵对她说了那么多贴心的话，她并没有对等地回应。如果把两个人的谈话做成一个账本的话，沙茵是纯粹的支出，而贺顿完全入超。

不是贺顿不想说，而是她不能说。当一个人有意识地不说真话的时候，累且辛苦。

走在阴暗而美丽的夜色中，很适宜想：为什么要当一个心理医生？

简单的问题。正因为简单，才不能说真话。连明澈的沙茵都把自己的真实想法隐瞒了起来，贺顿怎能把心里话抛出来？

贺顿很愿意说自己是为了钱。心理师是一个有高额回报的职业，在国外可以和牙医以及心脏科医生相媲美。

心理师如今如火如荼方兴未艾，只要有高中以上的学历就可报考。这就像开启了一扇黄金大门，至于你能不能进得门去掘到第一桶金，就要看个人的能力和运气了。

贺顿知道这样写出来，虽是大逆不道，但也勉强说得通。君子爱财，取之有道，你在自己取得利益的同时，也服务于社会。可惜，她并不因为这个理由才想当心理师的。坦率地讲，这个动机的初起，并无公益之心，完完全全是为了自己。

如果把为自己的想法如实写下来，会怎么样？在几乎空无一人的末班车上，贺顿饶有兴趣地想象下去。

白纸黑字的卷子传到大名鼎鼎的姬铭骢教授手里，老先生也许会气得昏厥，当场休克吧？

按说一个训练有素的心理学家应该虚怀若谷，不会悲惨到被吓得半死，但贺顿喜爱这种想象。当一个老师折磨得众学生殚精竭虑时，无论他的人品多么高洁学养多么丰饶，学子们都会丧心病狂地诅咒他，这也是对其地位的一种变相的尊崇和肯定。

贺顿进门的时候，又碰上了房东太太，深更半夜的，真是不辞劳苦啊。贺顿本想把房费付了，但老太太没有向她要房费，只是注意地看了贺顿一眼，就进了自己家门。贺顿也就乐得装糊涂，要支出的钱能晚一天就晚一天，要拿到的钱能早拿到一天就必须早拿。这是犹太人信奉的真理之一。书读得多了，真理也相应地多了起来，各种真理乱炖一气，好像相扑运动员吃的大火锅，来者不拒博采众长。

贺顿也就是柴绛香，心的某一块地方开始灼痛发烧，好像疖子蓄势待发。表面上只是一个小凸起，好像并不严重，但溃脓的架势已经摆足。贺顿学了心理学，贺顿还是一个好学生，所以贺顿要追究自己强烈的不安是从哪里来的。

沙茵有一张慈善的脸，这是她的福气。在苦水中煎煮过的女孩，不会有一张瑞气呈祥的脸，那是不切实际的奢侈。穷孩子从小就得学会察言观色，自知是家中多余的人，每吃一碗饭都要像小老鼠般悄无声息，怕惊动了为每一分钱发愁的父母，招致无端的责骂……这样的孩子，像旱地背阴处的秧苗，你怎能期待着它们有青翠欲滴的滋润品貌呢！

也许后天修炼多年，嫁入豪门或是慈悲为怀，她们能改变最初的苦恼模样，但那是后话，此刻，也就是今天，贺顿发现了一个可怕的事实——她并不适宜当心理医生，因为她长得不够俊美！

以前，她单知道长得不好，是很难嫁得好的。后来她知道了，长得不好，也是很难找到好工作的。今天，她更知道了，长得不好，就是当心理师，也要大打折扣。她甚至怀恨起收她进这一行的老师，招生广告上只写着对文化的要求，根本就没提过长相。这就等于是怂恿一个身高一米五七的女孩去学服装模特，明摆着坑人钱财杀人不见血！

找到了自己烦恼的根源，贺顿稍稍好过了一些。最令人不安的其实不是暗夜，是暗夜中潜伏的不曾现身的妖魅。现在，已经看到了妖魅的身影，你可以藏匿躲避，不必以身饲虎。

往哪里逃呢？贺顿是一个逃跑的好手，选择退避并不陌生。逃跑并不是怯懦，而是弱者的生存常态。贺顿先要检点一下自己的优势。

她无依无靠，在这所巨大的城市里，只有一间拖欠了房费的小屋暂时属于她。她身无分文，没有肝胆相照的朋友，或者说就算人家愿意把肝胆亮给她，但她连自己的每一个毛孔都要化装之后再给别人看……

想到这里，贺顿气愤地抽了自己一个耳光，清脆的声音和新鲜的疼痛，让她警醒起来。优势，你的优势是什么？不是让你自怜自恋，而是要振作和奋起！

你有一个健康的身体。是的，自从进城之后，贺顿几乎就没有生过病，除了半身依然冰冷。她命令自己的身体不得生病，生病是多么奢华和享受的事情，你不配生病！

你有一个聪明的大脑。你已经掌握了很多本领，你说得一口流利的普通话，已经没有人会把你当成一个乡下妹子。你举手投足有很好的修养，人们甚至误以为你是大家闺秀！

你有一副像伊甸园里的蛇一样的好嗓子。那条蛇的声音一定非常动听，要不如何骗得了亚当和夏娃！蛇说得其实也没有错，亚当和夏娃就是从尝到了美味的苹果，才开始了真正的生活，虽说辛苦，但比从前那样光着屁股在花园里无所事事要有意义得多。如果一直待在伊甸园里，能有这么多子孙吗？就算亚当夏娃有这个繁殖能力，伊甸园里还养活不了呢。一想到亚当和夏娃赤裸着身子，贺顿的心情就好一些了。是啊，穿着衣服的时候人们有很多区别，但褪去了衣服，人们的差异就微乎其微了。

有一副好面孔的女子很多，有好身材的女子就很少了。在好身材的女子里面，有一双美腿的就更微乎其微了。但拥有一副好嗓子，比拥有一条美腿的概率要低得多。贺顿就有这样一副鬼斧神工的好嗓子，难道这不是大吉大利梦寐以求的好事吗？谁说心理师只要长得好？嗓音也是武器。有销魂夺魄的好音色，也是富矿。

想到这里，贺顿的心情就显著地好转了，甚至有些沾沾自喜。宝石，在没有打磨的时候，和普通的石块没有什么两样，垒鸡窝砌猪圈还没有普通的石头好用呢！

想到用宝石砌一座闪闪发光的猪圈，大猪小猪吃食的时候被晃得睁不开眼睛，贺顿微笑起来。

贺顿就这样成功地挣脱了坏心情的桎梏，从沮丧转为安然。

有了好的资源，还要好好开发。不能变成乱采乱挖的小煤窑，动不动就瓦斯爆炸，死了人还瞒报死亡人数偷偷掩埋尸体。《心灵七巧板》就是绝好的平台，贺顿拿出《心灵七巧板》的选题计划，深入地准备起来。

|第 18 章|
钱要是生气了，以后就再也不肯来了

《心灵七巧板》的直播时间正是傍晚。下班后堵车高峰期，干道车流有时会半小时纹丝不动。白领们在车上百无聊赖，一不能看报，二不能看电视，只有乖乖地听广播。堵车中蕴含着辽阔商机，广播当仁不让。

播完节目走出广播大楼，贺顿感觉非常冷。细碎的雪粒子点缀着风的大氅，把街道变成舞蹈的平台，在路灯的光芒下旋转起舞。从直播间的落地窗眺望雪雾，会看到橘黄色的粉状闪光，误以为它们满怀浪漫的诗意。只有当你深入进去，裹入它们的舞步，才会感到鞭笞般的寒冷。毛衣在直播结束的时候，还给钱开逸了，一身单薄的贺顿需要马上把自己套入一辆出租车内。平日她绝不敢这般挥霍，但今天有三重理由。一是对她来说，这是一个特别的日子。上午她得知自己在心理师的考核中过关，刚才直播的时候，忍不住把这个好消息也透露出去，得到了很多听众的祝福。应该犒赏一下自己。二是天寒地冻，如果浴雪而归，很可能生病。对于一个在外漂泊的独身女子来讲，生病就是坐牢，不能因小失大。三是今天发了客座主持人酬金。贺顿从小就知道，如果你得了一笔钱，不拘多少，你要花掉一些，这样钱就会高兴。要是它生气了，以后就再也不肯来了。

这场雪最可怕的地方是——天气预报根本就没有报出来，整个城市猝不及防。上班的时候还晴空朗朗，黄昏就风雪交加。大家都动了打车回家的主意，出租车紧俏得要命。

贺顿高扬起手，拼命地摆动着。一辆辆车驶过，速度不曾丝毫减慢。所有的出租车都满载，贺顿甚至看到乘客一晃而逝的笑容，惬意的幸灾乐祸的咧嘴。贺顿恨恨地想，等一会儿我坐上了车，一定不会对着路旁等车的人这样居高临下地微笑。贺顿在风雪中勉为其难地笑了一下，包含着让自己心情愉快起来的祝愿。

　　可惜贺顿的嘴唇冻僵了，微笑很不到位。幸好无人看到，不然以为是哭的前奏。

　　将近十五分钟了，贺顿还是没有打上车，再等下去，贺顿肯定要感冒了。绝望之时，一辆黑色的帕萨特轿车，像一头硕大的海参游了过来，身上挂满了水珠。帕萨特停在贺顿的身边，电动窗降下来，一个男子很绅士地问道："你是在等人吗？"

　　贺顿没好气地说："等车。"

　　绅士说："你等什么样的车？"

　　看来这是一辆到广播电台来接人的车，两不相识。贺顿羡慕地想：被接的人何等幸福！马上就能钻入暖烘烘的车内昏昏欲睡。

　　她沮丧地说："出租车。"声音中传达出强烈的拒绝。在这样滴水成冰的天气里，每回答一个字，都需吐出一分宝贵的热量。她决定再也不回答这个绅士的话了。尽管他可能只是个司机，但坐在帕萨特里的暖洋洋的穷人和等在街边噤若寒蝉的穷人，也还是有天壤之别的。

　　绅士并不懊恼，也没有露出鄙夷之色，反倒更和颜悦色地说："小姐，您不能像发电报一样节省字眼，回答别人的问题还是要多讲几句话，这样比较有礼貌。"

　　贺顿愤然瞪大眼睛，她本来决定再也不跟这家伙费一滴唾沫，但听到这种饱汉不知饿汉饥的调侃，饥饿寒冷统统化作火气，她气急败坏地叫道："我认识你吗？你是来接我的吗？你跟我有什么关系！我凭什么要跟你多说话？"

　　贺顿口里吐出的汹涌白气，使她看起来像一列奔突前进的蒸汽小火车。绅士听了贺顿的话，反倒笑眯眯地把车窗整个降了下来。他的脸就像一张硕大的彩色相片，镶在窗沿的银框里。

绅士戴着白手套，干净并且散发着清香。他说："我知道你，我正是来接你的。贺顿小姐，请上车吧。"

贺顿大骇。他并没有说："你是贺顿吗？"而是直接称呼她的名字，几乎是命令她上车。

贺顿当然不能轻易就范，虽然在这繁华闹市之中她不怕被拐卖或是被劫持，但也不能就这样乖乖地上了一辆莫名其妙的车啊！她警惕地问："你是谁？你知道我的名字，可我还不知道你的名字。"

广播电台门前的道路很窄，帕萨特之后已经堵了一长串的车，烦躁的喇叭呜咽着，那个人说："快上车吧，人家都不耐烦了。"

贺顿立场坚定，说："我不能糊里糊涂就上了你的车！"

那人说："××你认识吧？还有××……"

这两人是心理班上的男同学，贺顿与他们并无深交。

那人看贺顿狐疑，改口说："沙茵你熟悉吧？"

一下冰释前嫌。沙茵的容貌没能帮上她的忙，心理师考核不及格。这个善良的女子即使在自己最伤感的时候，也没有忘记关照老朋友，眼看风狂雪骤，派人来接她了。贺顿欣喜不已地上了车，帕萨特冲进雪雾。

车内的暖气像巨大的狗熊，迎面给了贺顿极其温暖的拥抱。由于眼球都是冰冷的，碰到热气就凝结了一层薄雾，贺顿在第一时间根本看不清绅士的面容。过了一会儿，眼光才渐渐清亮起来。绅士大约五十岁，穿一套黑色西服，脸色有一种不见太阳的苍白，胡楂青青。

"上哪儿？"绅士简短地问。

"哪儿都行。"贺顿说的是真心话，她真愿意就在这车里蜷着，昏昏睡去。

"我看你是饥寒交迫，咱们先解决肚子问题，然后，我再送你回家。"绅士说着，果断地把车拐向一条路。

霓虹灯组成的巨型螃蟹不停地向夜空伸展双螯，和雪花嬉戏。绅士说："我姓李，你就叫我老李好了。其实，你不熟悉我，我已经很熟悉你了。我经常听你的《心灵七巧板》节目！"

原来是这样！随着身体的渐渐暖和，贺顿的脑筋也灵动起来，她本想问老李和沙茵是什么关系，现在问题迎刃而解。原来老李听过她的节目，今天下雪，沙茵就让他来接自己。贺顿轻松推断出前因后果。

老李说："今天我做东。谁让我是你的粉丝呢！"

贺顿轻快地笑起来，这是她第一次听到有人说是自己的粉丝。这几年，"粉丝"这个词瘟疫似的蔓延着，但贺顿没想到这个词和自己有了联系，很开心。

老李从后视镜看到了贺顿的笑容，问："你是吃海鲜还是涮锅？这天气，涮锅子可能更好些。"

贺顿想，一个涮锅子才多少钱啊，她也不爱吃羊肉，光吞点土豆青菜什么的，不过瘾，说："你要是问我，就吃海鲜。"

老李说："好吧。咱们就吃海鲜。我知道有一家很好的海鲜馆子，就是路远点。"

路况不好，走走停停，最后到了一家豪华酒楼前。身穿红色制服的门童打开车门，用手遮挡着，既盖住风雪，又不会让车门碰了客人的头。无数灯光装饰的海鲜城，像透明的龙宫。

"我要一个包间。"老李说。

服务小姐问："几位？"

老李说："两位。"

小姐踌躇着回答："我们的包间都订满了。"

老李说："你刚才先问了我们几位，就说明你们还有包间，只是看我们人少，就不想给我们了。对吧？今天这样的风雪天，除去预订的宴席，临时起意要出来吃饭的人恐怕不多。现在你的包间还没订出去，再来客人的可能性也不是很大，不妨给我们。这样，两便。"

小姐显然被这一番话点了穴，一时间不知如何回答，只好说："包间要加收百分之十的服务费。"

老李说："按说加收服务费是不合理的，但今天我有要事，就不和你理论了，我会付这笔费用。好了，送我们到包间去吧。"

包间金碧辉煌，能坐八个人，老李让服务员把六把椅子六套餐具撤掉，对于两个人来说就显得更大了。一人把住一头，有点大陆与海岛的味道。

老李礼貌地把菜谱递给贺顿。贺顿装模作样地翻了翻，心里回忆着当初黄阿姨贺奶奶教给自己的礼仪。可惜纸上谈兵和真正的临场实战还是有区别，可以让她不出丑，却不能保证她如鱼得水。贺顿索性把流光溢彩的菜谱还给老李，说："我就客随主便了。您看着点，点什么都好。"

老李接过菜单，问："有什么忌口的？"

贺顿说："没。我什么都吃。"

老李点了鲍鱼鱼翅等昂贵的海鲜，贺顿本想拦阻，觉得太靡费了，又怕人家觉得自己小家子气，在表示了客气之后就客随主便。两人喝着普洱茶，有一句没一句地聊着天。老李说："鲍鱼这个东西，哪里都有产的，比如咱们中国，还有南非日本中东什么的，种类很多。"

贺奶奶教过贺顿很多中西餐礼仪，可还没来得及说到鲍鱼就撒手西归，贺顿对此所知不多。为了活跃气氛，贺顿说："一定是咱们中国的鲍鱼最好了。"

老李说："看不出，贺小姐还是一个热烈的爱国主义者。可是最好的是日本的网鲍……"

为了免得再次出丑，贺顿没敢问"网鲍"具体什么样。又不能让主人冷场，就心不在焉地追问："次好的鲍鱼是哪里的呢？"

老李说："次好的是南非的鲍鱼。再其次是中东的……"

贺顿说："我们中国的鲍鱼排在第几位呢？"

老李微微一笑说："我已经说过了。"

贺顿说："您还没有说呢。"

老李说："不信，你想一想。"

说话间，几个凉菜上来了。老李说："喝一点红酒吧，驱驱寒。祝贺你通过了心理师的考核。"

贺顿站起来，两个人就为今天而碰杯。几杯酒下肚，老李谈兴大开。鲍鱼也已经上来了，这是贺顿第一次看到鲍鱼，觉得徒有虚名，连个鱼头也没有，连根鱼刺也没有，贵得没道理，对盘里的日本鲍鱼有了恶狠狠的敌意，三口两口吃完。

老李说："贺小姐，我是你节目的忠实听众。你谈的好多问题，对我都有启发。"

贺顿说："你的日常工作是开车，心理学对你有什么帮助呢？"

老李说："当然有啊。比如有一天你说到为什么开车的人不能礼让三先，我就想，宁停三分不抢一秒谁都会说，可有多少交通事故就是被生抢出来的！有句骂人的话说，你找死啊？有的人就是找死。这次死不了下次也得死……"

贺顿快乐起来，说："那期你也听了啊？"

老李喝了一口洋参血燕汤，说："听了。认认真真地听了。听的过程中，还发现了你的一点小纰漏。"

贺顿立刻变得紧张起来，说："哪点纰漏？"因为每次完成节目后，钱开逸事后都要和她复盘，说哪里好哪里不好，那天好像并无异议。

老李很肯定地说："你不会开车，说到车辆行驶术语时，出错了。"

贺顿松了一口气说："我当然不会开车了，出错是难免的。等以后我有了钱，我会买一辆最美丽的车。在梦里，我常常看到一辆红色的火车冲上山巅……"

老李停住了筷子，问："后来呢？"

贺顿说："什么后来？"

老李说："就是那辆红色的车啊。"

贺顿说："它变成了一辆飞机。"

老李微笑着纠正："是一架飞机。"

贺顿执拗地坚持："不，是一辆。它完全是火车的模样，但是会飞。"

老李说："你怎么能肯定它一定是在飞，而不是在颠覆过往，脱离了轨道呢？"

贺顿说："我看到云在我的车轱辘下面。你见过这样的颠覆吗？"

老李若有所思道："你说得对，这的确是在飞。"

看到贺顿因为自己质疑了她的梦境而有所不悦，老李就拣贺顿爱听的说："你那天提到我们现代人虽然认识很多人，但其实密切来往的人只有一百到两百个，和以前一个原始部落的人差不多相等，我后来听到很多人赞成你的说法。"

贺顿说："其实那也不是我的发明，不过是国外心理学家的研究成果罢了。"

老李说："你后来说到在一个原始部落里，关于秩序和阶层是有严格界限的，所以，如果谁要逾越了这些规矩，比如你若敢到酋长头上动土的话，酋长是可以即刻给你以惩戒的。"

贺顿听到有人这样亦步亦趋地重复着自己的话，就有几分得意起来，说："你的记性像留声机一样好啊。"

老李开玩笑说："你以为我已经老到要得老年性痴呆了吗？"他的目光中有了柔情，说："我如果那时就看到你，也可以像录像机呢。"

贺顿笑道："你才想不到我在直播间的模样，经常挤眉弄眼咬牙切齿的。"

老李不解地问："挺好的一个姑娘，干吗要像卡通人一样夸张？"

贺顿说："你有所不知，直播设备灵敏极了，胃里破碎一个气泡，它都能给你扩散出去。我和搭档之间有什么需要及时沟通的，不能直接说话，那样就穿帮了。情况不急的时候，可以写写条子，如果火烧眉毛就只能靠手势和眉目传情了。"

听到"眉目传情"这个词，老李说："你的搭档是怎样一个人？音色真是宽广……"

贺顿说："他不单声音好听，还给予我很多帮助。"

老李回到原来的话题，说："我想起你当时讲——司机在看到有人不守规矩强行超车的时候，心中古老的火焰就被点燃了。因为在部落里，如果谁冒犯了你，你必得在第一时间给予回击。不然的话，他得寸进尺，以后还不定怎么欺负你呢。所以，人就会很冲动地要采取措施。可是，要知道，以前的原始人不过是厮打在一起，或是请来长老评评理，秩序就得到了捍卫。现在进步了，可了不得，人人驾驶着上吨重的铁家伙，一旦发生碰撞，就十分危险。而你在马路上碰到的那个欺负你的家伙，你以后在马路上再遇到他并被他欺负的概率，几乎等于零。所以，你大可不必生气，有人会惩罚他的，像他这样横冲直撞，上帝对他自有妥帖的安排，也许他们很快就会相见……这段话讲得很好，顺便问一句，你信什么吗？"

贺顿一直低头喝汤，老李看不到她的表情。一来是这汤实在好喝，二来贺顿不想让人看到她的得意之色。现在她得回答老李的问话，抬起头说："我什么都不信，就信我自己。"

老李说："那你信自己的父母吗？"

贺顿用餐巾擦擦嘴，很警惕地说："这和父母有什么关系吗？"

老李说："当然有关系了。没有父母，怎么会有你呢？"

贺顿说："这就有点不讲道理了。我们都是父母生父母养的，难道就一定要信他们吗？"

老李说："那我知道了，你是不信他们的。"

贺顿说："岂止是不信，我恨死他们了。"

老李点点头说："这就对了。"

贺顿很生气，说："我恨我的父母，和你有什么关系？和对错又有什么关系？"

老李说："我是你的听众，当然这就是一种关系了。我在你的节目里，听出你对父母有一种仇恨。而且，你到底是老大还是老二呢？很模糊。我觉得你好像既当过老大也当过老二。或者反过来，既当过老二也当过老大……当然，这在逻辑上很难讲得通，所以我很好奇，想从你这里直接得到答案……再有，你好像和农村有千丝万缕的联系。可以告诉我吗？"

贺顿站起身来，说："可以告诉你的是，我吃饱了。谢谢你。我一直想不通你为什么邀我吃饭，现在我知道了，原来是为了搞清你心中的谜团。本来我这顿饭吃得还有点于心不忍，现在咱们扯平了。"

老李说："广播电台把你挑了去，实在是有眼光。多灵的脑筋多快的口舌！只是你还要坐在这里等一下，我还得结账，果盘还没有上。"

贺顿说："我先走了。果盘你一个人吃吧。"

老李说："别啊，我送你。"

贺顿说："不必了。我吃饱喝足，也不怕冷了。谢谢你。"说罢转身而去。

老李也不拦着，由她走了。

冷冷的街道，风雪已经停了，空气如冰块一样清洁。饭店离住处不远，贺顿步行，在被冻僵之前回到家。柏万福听到门响，哧溜一下就从自己的房间钻了出来，吓了贺顿一跳，说："以后不兴这样，你要事先闹出一点声响再出屋。"

柏万福心疼地说："看把你冻的！我以前都是先闹出动静才出来，今天实在惦记你，就一个箭步冲了出来。"

贺顿听出埋藏着的关切，不想让柏万福异想天开，就说："有车送我回来，你不必担心。"

柏万福狐疑地说："没听见车响啊。"

贺顿说："你耳朵还挺尖的。我这车带消音器。"

柏万福摇头道："再好的消音器也不能让汽车练了轻功，悄无声息。"

柏万福一天到晚在家闲着没事，从废品收购站倒腾旧书看，天文地理也懂得颇多。贺顿不想纠缠下去，就说："当今的高级车就有这玩意儿。"

柏万福就信了，他愿意相信贺顿说的每一句话。他酸溜溜地说："你都坐上高级车了？"

贺顿说："我没坐高级车。我骗你呢。我怕你为我担心，就编了个谎话。这下行了吧？"

柏万福很高兴："这下行了。"

贺顿一直和老李在一起，憋着一泡尿也没有机会上厕所，现在回到家了，要赶快解决这个问题，就跟柏万福说："你别堵着门好不好，我得上一号。"

柏万福紧张地说："那你等一等。"说着，抢先进了厕所，把门关得紧紧的。

贺顿疑窦丛生，搞不清柏万福搞什么鬼。莫非这厕所方寸之间，还藏着一个人？一个女人？还没等她设想出另外的可能性，柏万福出来了，带着一股劣质香气。

贺顿说："这是唱哪一出？"

柏万福说："咱俩合用一个茅房，我怕熏着你，都是拣你出门不在家的时候拉屎，等你回来，这味就散尽了。今天不知吃了什么不合适的，闹肚子，我刚解完大手，你就回来了。我提前预备了一罐空气清新剂，刚喷上，是白兰花型的。喜欢闻吗？"

贺顿憋不住了，连声说："喜欢喜欢！"进了厕所的门，眼泪就出来了。主要是被刺鼻的劣质气雾剂熏的，也有些许的感动，这人居然这样在意自己！

贺顿擦干泪水出来的时候，柏万福还在狭小的厅里。贺顿故意没好气地说："你怎么还在这儿啊？"

柏万福说："这个厅我也有一半啊。"

贺顿一想这就是自己霸道了。莫说这还是人家的房子，就是普通的房客，彼此也利益均等。想到这里，语气缓和下来，问道："你等在这里，有话要说？"

柏万福说："我妈炖了萝卜棒骨汤，我给你留了一碗。"

贺顿说："你知道我晚上喝的啥汤？"

柏万福回答："不知道。"

贺顿说："告诉你，西洋参炖燕窝。吓死你。"

柏万福说："吓是吓不死的，我还以为是龙肉呢，原来不是。不过是西洋参，肯定是国产的，和萝卜差不多。燕窝也有仿造的，十块钱就能买半书兜，报纸上'教你一招'披露过。"话虽这么说，心中却还是怅然，看来贺顿交往了阔人。

贺顿说："好吧，就算我吃的是假冒伪劣的西洋参和燕窝。没得说了，我洗洗睡了。"

柏万福说："有重要的话。贺顿，明天，我和我妈要坐飞机了。"

贺顿说："到哪个游乐园？我记得那种飞机好像专给小孩玩，不让大人坐。"

柏万福说："不是游乐园的假飞机，是真飞机，就是掉下来能死人的那种。"

贺顿说："你们坐飞机去哪儿？"

柏万福说："我妈在街上买了瓶饮料，没想到中了大奖，给了两张旅游的飞机票，还包吃包住。我妈本想淘换给别人得了，倒腾点钱也好补贴家用，可没想到主办方愣是不让，只能自己享用。明天我们就走了。前前后后要七天。"

贺顿心想，这和自己有什么关系？便说："好事啊。祝你们一路顺风。替你们高兴。"

柏万福说："别光顾着高兴，也有吓人的事呢。"

贺顿说："是不是又跟你们要其他钱了？"

柏万福说："那倒不是。坐飞机要买保险。"

贺顿说："是不是主办方不给你们买？真够小气的，驴子都送了，还舍不得配个鞍。"

柏万福说："别冤枉人，鞍也送了。"

贺顿撇撇嘴说："那你害怕什么？"

柏万福说："我把保险单拿上细细一瞧，哎哟我的妈呀，那个吓人啊，你一条腿断了赔多少钱，你全身瘫痪了赔你多少钱，看得我手心脚心直冒冷汗。"

贺顿说："那是万一。放心去吧，保证一个星期之后平平安安地回来了，你想拿人家的那份保险金，只怕还没那个运气！"

柏万福说："话虽是这样说，怕还是照样怕。"说到这里，柏万福的面容抽搐起来，说："贺顿，保险单上有受益人一条，我详细问了，要是自己不填，万一出那事了，保险金就按照法律规定的继承顺序发放。要是写上了，就按写的受益人付钱。"

贺顿想不通这有什么关联，就说："好像都这样。"

柏万福说："我妈那份简单，她就写上了我。我这份呢……"

贺顿笑起来："你就写上你妈。"

柏万福说："飞机出事，不像公共汽车出事。翻车后有的死有的伤有的还毫发无损，飞机基本上都是连锅端一勺烩。"

贺顿听着不祥，就伸出手去堵柏万福的嘴，不想一触到柏万福的嘴唇，就被烫了一下。柏万福嘴唇火热，喃喃地说下去："我就把保险受益人写上你的名字了——柴绛香。贺顿，我是个穷人，可我要是这次死了，我就不是穷人了，我就有一大笔钱了。我要把这笔钱留给你，你是我最亲的人。我配不上你，可是我死了就能配上你了，我的名字要和你在一起，你用那些钱的时候，你就会想起我来。"

他看也不看贺顿的表情，自顾自地说下去："我会对你好。我不是个有本事的男人，可你有本事，这就够了，我全心全意地服侍你，你想干什么就干什么，我二话都没有。你爱跟哪个男人说话你就说，我相信你。你爱几点钟回家就几点钟回家，我都给你留着门。等日后有了孩子，除了生这件事归你，因为我实在是替不了你，剩下的事都归我。我一定会是个好爸爸，我有耐心，我妈有经验。我们还有两套房，一套房咱们住着，另外一套出租，就等于良田百顷，养活着咱们吃穿不愁……"柏万福根本就不关心贺顿的反应。因为要是看了贺顿的反应，他就没有勇气把这些萦绕在心头千百遍的话说完。

贺顿用力甩甩手，把柏万福推开，呸了一声，好像吐出了一颗掉下来的牙齿，说："柏万福，你一定是喝多啦！"

柏万福直着脖子说："根本没喝酒！只喝了萝卜汤，大棒骨都给你留着呢！"

贺顿说："那就是骨髓油蒙了心！别说这些不吉利的话，七天之后，你一定会全须全尾地回来，赶紧去睡吧。"说着，挣脱柏万福的拦截，回到自己的房间。把门死死别住，又在地上放了一个尿盆子。晚上若是上厕所，就地解决。别一出去，要是柏万福痴心等在门口表白，又是一番说不清的口舌。

| 第 19 章 |
不要轻易说一辈子，那是很长很长的时间

"何时回法国，我自有安排。您老先休息，我带着绛香到处走走，让她心里有个数。"黄阿姨这样对老太太说着，领绛香上了楼。

黄阿姨说"到处走走"的时候，绛香觉得她有些夸大其词，一个家嘛，又不是一个公园，用得上"到处"这个词吗？等到楼上楼下这一通转下来，绛香才知道"家"和"家"的概念是不一样的，这是一个"大家"。

"家里还有谁呢？"绛香小心翼翼地问。

"三个人。"黄阿姨说。

"都是谁呢？"绛香问。

"我，她，还有你。"黄阿姨说。

"您不在的时候呢？我没来的时候呢？"绛香吃惊地问。

"就她一个人。"

绛香忍不住说："一个人哪里用得了这么大的房子呢？"

黄阿姨说："我妈从小就是在一个大院子里长大的，那院子到底有多大，你是想象不出来的。她喜欢大房子，大院子。以前满足不了她的愿望，等我在国外有了钱，就为她买了这个房子。她不喜欢别人和她住在一起。我父亲在我很小的时候就死了，她独身惯了。现在，她越来越老了，必须有个人陪伴她。"

绛香默默地点点头。在其后的一段时间内，黄阿姨又详细地教会了她各种设备的使用方法和老奶奶的习惯。老奶奶姓贺，祖上很有来历。

当绛香适应了各种基本礼仪和规则之后，黄阿姨就飞走了。临走之前对绛香说，如果老奶奶猝然死亡，绛香也不必害怕，只需按这个号码给她打个电话，她自会处理。那是一个记载着长长的电话号码的白纸卡，绛香把它像救命符一样默念了好多遍，确信自己完全记住之后，珍藏了起来。

绛香心中忐忑，怕哪一天意外毫无征兆地降临，但为了生活，她必须坚持下去。好在贺奶奶眼前并没有露出立刻要死的模样，每天都虚弱而坚定地活着。

绛香的到来让贺奶奶看到了生命的最后目的，在这之前她以为自己只有等死一条路了，现在，上帝把一个白纸一样的小姑娘送到身边，天意啊。

贺奶奶的作息很有规律，她让绛香也按照这个规律作息。如果她睡觉了，绛香也要睡；如果她醒来了，绛香也要清醒如飞檐走壁的野猫。老年人的睡眠如同蛛丝，细碎而短暂。睡的时候恍若醒着，有一点动静就飞快地展开皱纹重叠的眼皮，眼光浑浊而犀利。醒的时候如同睡着，你若说话，她可以长时间地不理睬你，但你不能不说。如果你停了下来，她会在第一时间指教你。当她指教你的时候，你必须精神抖擞地回应她，好像应对教授的提问。

贺奶奶以前上过教会学校，她第一次看到绛香岔开双腿坐在椅子上时，说："你让我想起了黄飞鸿。"

绛香不知道黄飞鸿是谁，就说："他是你们家的亲戚吗？"绛香知道贺奶奶嫁的是黄家。

贺奶奶说："我们家是望族，哪有这样的亲戚！他是一个土匪。"

绛香不知道自己和土匪有什么关联，贺奶奶看出了她的疑惑，就说："一个女孩子像你那样坐着，就是黄飞鸿了。"

贺奶奶示范了一个优雅的跷腿动作，让绛香依葫芦画瓢。这个动作让气息奄奄的贺奶奶咳嗽了许久，差点没背过气去。绛香完全不知道优雅是怎样蕴含在女子的两腿之中，干着急不得要领。幸好她很瘦，两条腿骨虽说像铅笔般坚硬笔直，多练习几遍，姿态也就基本说得过去了。

贺奶奶让绛香把一些白纸裁成扑克牌大小。绛香把纸片递到贺奶奶手里，贺奶奶说："这是什么？"

绛香老老实实地回答："纸片。"

贺奶奶说："这不是纸片，是名片。"

绛香看着空无一字的白纸发愣。

贺奶奶说："写上你的名字。"

绛香就在白纸上写下了自己的名字。贺奶奶说："把它递给我。"

绛香从来没有过名片，当然也不会递名片。她想了一下，就像给人递一张饼那样，端给了贺奶奶。

贺奶奶没接名片，她的胳膊已经虚弱得抬不起来了，但她吐字依然清晰明确："很好，你用的是两只手。你是一个懂礼貌的孩子，你用拇指和食指捏住名片就可以了，不必满把抓着，好像谁要抢走似的。"

又演习了几遍，绛香顺利过关。

绛香机械地把纸片收拾起来，贺奶奶说："我知道你在想什么。"

绛香说："我在想什么呢？我自己都不知道。"

贺奶奶说："你在想，我一个做保姆和护工的人，什么时候会用得上名片呢？"

绛香说："您说到我心里去了。我一辈子都不会有名片的。"

贺奶奶严肃起来，说："不要轻易地说一辈子，一辈子是很长很长的时光，只要努力，万事皆有可能。"

绛香不吭声了，在这种苍老的智慧面前，你除了俯首听命无话可说。

贺奶奶又教绛香煮咖啡。那套家什之复杂，绛香觉得喷着汽的火车头也不过如此。"这是最好的咖啡豆。"贺奶奶说。如同老农在说这是最好的谷子。

"调制一杯好咖啡最重要的是什么？"贺奶奶眯着眼睛问。

"是咖啡。"绛香想，这不算一个问题。

"是水。一杯咖啡中百分之九十八都是水。所以，你要把街上买来的纯净水再次蒸馏，才能洗出最好的咖啡。"贺奶奶说。

绛香大为惊奇。对于咖啡，你可以说"泡"，也可以说"煮"，可是贺奶奶说的是"洗"，好像咖啡是抹布。

贺奶奶知道绛香的疑问，说："是洗。用九十六度的水去洗，把咖啡的香气洗出来，颜色洗出来，味道洗出来，当然还有咖啡因。高一度不行，会把咖啡烫死了，只剩下苦味。低一度也不行，咖啡还没有醒，油不肯浮出来……"

天哪！这还是咖啡吗？简直是神灵或是妖怪！特别是咖啡豆的火候，近乎碰运气。那些味道不醇的咖啡，贺奶奶让倒掉，绛香觉得可惜，就偷偷地喝了，结果半夜灵醒如同正午。在多次失败之后，绛香终于能煮出美妙的咖啡了，用赭红色的杯子盛了（贺奶奶说这种颜色的杯子会让咖啡味道更浓郁），双手捧给贺奶奶，贺奶奶只抿了一小口。

"奶奶，您多喝些吧。"绛香眼巴巴地看着她。

贺奶奶说："如果我把一杯咖啡喝下去，你就用得着那张纸片上的电话号码了。"

绛香大惊，关于电话号码的事，她以为是极端保密的，难道老奶奶偷看到了？

贺奶奶永远知道她在想什么："你不要担心自己藏得不严实被我看到了，我没有看到，我知道一定会有那样一张纸片，我也知道你会把它藏在哪里。这是我的家，每一个角落都是我亲手布置的。她是我的女儿，我知道她会怎么想。不过你放心，我不会去找那张纸片，就是找到了，我的眼睛也看不见了。咖啡有毒，我不能喝了。"

绛香不解："既然有毒，您干吗还要教我煮咖啡呢？"

贺奶奶说："凡是有毒的东西都诱人，比如毒蘑菇比如毒蛇。你年轻，你还不怕咖啡的毒，我已经老了，就要死了。咖啡会帮你的忙。"

绛香赶紧按照乡下人对付这件事的法子说："奶奶，我看你的气色比前几天好多了。"

贺奶奶说："我不和你争论死不死的问题，在这件事上，我比你有发言权。现在，你该做饭了，咱们的饭很简单，就按你的口味做。"

绛香说："我按照您的口味做。"

贺奶奶说："你做不出我的口味来，我自己也做不出我的口味来了。

口味是舌头决定的，我的舌头是我身上最先死去的器官。"

话虽是这样说，但贺奶奶还是指点绛香学习烹调，绛香虚心肯干，进步很快。闲暇的时候，贺奶奶就说："你去看书吧。"

绛香说："我来就是服侍您的，我不看书。"

贺奶奶说："服侍我的方法，就是你在我面前看书。如果你有看不懂的地方，你就问我，这也是服侍我的方法。"

绛香想不通为什么自己看书，奶奶会高兴，但看书比煮咖啡和递名片要有意思。可惜奶奶家的书很深奥，都是学问。绛香很想随心所欲地看言情和武侠之类有趣的书，奶奶不让。绛香有时偷着看闲书，贺奶奶就说："绛香，你知道你的时间是谁的吗？"

绛香说："是我自己的。"

贺奶奶说："不对。你的时间是我的。"

绛香犯起倔来，说："我的时间怎么就成了你的呢？"

贺奶奶说："我付给你钱，管你吃管你住，就买断了你的时间。打你踏进这个家门时起，你的时间就是我的了。"

绛香说："那你叫我干什么我就干什么呗。窗子也擦了，地也扫了，家具也都打了蜡，被褥单子也都洗了，您说还干什么呢？"边说边愤愤地想，你男人家姓黄，黄世仁就是你们家亲戚，万恶的地主阶级是见不得劳动人民喘口气歇息片刻的。

贺奶奶喘着深气说："我叫你看的书，你为什么不看？"

绛香如实说："不好看。"

贺奶奶说："书里是有能量的。就像你吃饭，大米白面进肚就能补充能量。你和别人交往，也是能量的交换。有一些人，会面之后会让我们衰弱，对于这样的人，你要远离。但书是好的，是正面的能量。你看它们，就像吃进一些补药，不一定爽口，但绝对有益。"

绛香就只好看那些贺奶奶指定的艰涩的书。一边看一边想这个老太太真是有病，花钱请一个人到家里来看书，人家到学堂里读书是要交钱的，这个可好，有人出了钱让你读书，读吧。其实绛香以前上学的时候，也是好学生，也知道书中有黍有屋，虽不敢想象书中有个哥哥，却知道读书对自己只有好处没有坏处，把贺老太太一番褒贬之后，还是努力读书。

贺奶奶还要求绛香读书一定要快。绛香说："快不了。"

贺奶奶说："不可能。你现在是爬。要试着跑起来。"

绛香就囫囵吞枣地快读。绛香读的书目，是贺奶奶亲自定的，上至天文下至地理，还有历史哲学社会学心理学无所不包。你很难想象在这样一具干枯的躯体之内，蕴藏着如此坚韧不拔的记忆力。在哪个书架的哪一排有一本什么样的书，她记得一清二楚。

贺奶奶每天下午有两个小时，雷打不动地让绛香为她读书，那都是一些文字优美的文学书籍。绛香有口音，这让那些美丽的文字大打折扣。贺奶奶说："你得说标准的普通话。"

因为处得比较熟了，绛香讲话就随便起来，说："我一不是播音员二不是小学老师，发音要那么标准干什么呢？"

贺奶奶语重心长地说："说话是一门本事，你顺便就能掌握，何乐而不为？"

绛香说："奶奶，我不可能成为您。这么有钱，有这么好的女儿，还有这么大的房子，这么多的书……"

贺奶奶说："只要你努力，你以后得到的会比这些多得多！"她浑浊的眼珠射出坚定的光芒，让绛香纵是不信也得装出信的样子。

"我没有您那么好的命！"绛香还在负隅顽抗。

"不要奢谈命。我的命，你是永远不会知道的，总有一些秘密要带进坟墓。你的命，还只是一个标题。你不要和命运对着干，命运是残酷和强大的。但你可以顺着命运大致的方向漂流。就像艄公坐着羊皮筏子，顺着河道的主流，斜着向前。你会发现自己还有一点小小的力量，可以用手左右船头的方向，偏偏自己的脖子，决定是看河左岸还是河右岸。记着，孩子。你只有这么一点空间和余地，你要锻炼你的手，这样在有可能划水的时候，才会有一点力量。你要锻炼你的眼力，这样在看风景的时候，才能远一点……"贺奶奶说这些话的时候，并不看着柴绛香，好像是对另一个不存在的人说话，空洞而幽远。

日子就这样一天天地过去，绛香在不知不觉中发生着脱胎换骨的改变。贺奶奶很高兴，她当了一辈子教师，晚年了，没有人可教了，就是最大的失落。现在，在她生命苟延残喘之时，天上掉下来一个绛香，给陶艺匠送上门来一车好土。绛香的存在，让贺奶奶找到了生命最后的华彩。如果没有绛香，贺奶奶可能早就死了。绛香的到来，犹如最上等的人参，让贺奶奶回光返照。

　　别人的回光返照可能只有几时几天，贺奶奶这一照累月经年。

　　如果绛香不好好学习，贺奶奶就扣发她的工钱。这真是比任何分数挂帅都更有威慑力的武器。贺奶奶按照自己的喜好和方式，打造着绛香，如果上天能够假以足够的时日，贺奶奶就能把绛香彻底雕琢好了，那是一个比黄阿姨更符合贺奶奶设计的产品。

　　有一天闲聊起来，绛香说："贺奶奶，我想请您给我改一个名字。"

　　"为什么呢？"贺奶奶惊奇地问道。她的野心还没有大到让绛香另起锅灶重新投胎。

　　"读了很多书，觉得一个新的我慢慢成长起来了。我早就不想叫这个名字了。"绛香很坚决地说。是的，她在书里看到了另外一个世界，她要和过去一刀两断。

　　贺奶奶说："真的？"

　　绛香说："您要是不肯帮我，我就自己改了。"

　　贺奶奶慈爱地说："好吧。我帮你改。你连姓一块儿改了吗？"

　　绛香说："我要改姓贺，和您一个姓。"

　　贺奶奶说："你和我一个姓，我也没有遗产给你。所有的遗产，我都会捐献。"

　　绛香说："这和遗产没关系，只和我重新做人有关系。"

　　贺奶奶说："你不要后悔。"

　　绛香说："我如果后悔了，就改回来。"

　　贺奶奶说："你这样说，我的压力就轻一些。只有伟人和父母才能确立别人的名字，而我，这两者都不是。"她沉思了半晌，好像下了一个很大的决心，说："你就叫贺顿吧。这是我年轻时很想叫的一个名字，可惜没改成。总想着有一天还会重新启用，但这个可能性越来越微茫了。这样吧，我决定把它送给你。"

绛香从此就叫了贺顿。

贺奶奶单独住在一屋，在她的床头有一个无线遥控的呼唤铃，只要贺奶奶半夜里按响按钮，贺顿的床头就会震耳欲聋地响起呼唤铃声，声音之大，天崩地裂。这是黄阿姨特地从国外带回来的玩意儿。贺顿私下里想，外国人肯定耳背的多，不然如何能造出这种地动山摇的玩意儿。

贺奶奶仿佛是一个世纪前的老钟，你以为它随时会停顿，但是，不。它一直很有规律地走着……

早上，贺顿煮好了低脂牛奶，烤好了精致的无糖小蛋糕，准备好一块雪白的南方醉腐乳，又切了几片西红柿，上面撒上了几丝乳酪。摆好雪白的骨质瓷餐具，把缀满流苏的椅子拉出来，按照贺奶奶习惯的距离摆放得妥妥帖帖，然后到贺奶奶的卧室帮助老人起床。她轻轻地敲了敲门，平时贺奶奶就会低声但是很清晰地说："请进来。"

但是这一天，贺顿连敲了三次门，都没有听到"请进来"。贺顿不敢进去，奶奶的脾气有时很大，虽然她在大部分时间都笑容可掬。到了九点钟左右，贺顿突然不安起来。在这之前她一直坚定地认为贺奶奶在睡觉，因为如果有什么意外，贺奶奶一定会把那个呼叫器按响，它极其灵敏而且易于操作，贺奶奶把它当作救命稻草，几乎每隔几天就要试验一次，只需轻轻地一碰，整个住宅的任何角落都能听到。

昨夜静悄悄。

很早就睡下了。临睡之前，贺奶奶让贺顿给她读了一首古诗，好像是边塞诗，有豪气和杀气交相激荡。贺顿的普通话已经说得很好了，也掌握了抑扬顿挫的章法，贺奶奶听了很满意，说："可以了。"

贺顿到底也没能闹清这个"可以了"究竟指的是什么。是她的普通话已经可以了，还是她的声调已经可以了，还是这首诗就念到这里以后就不必再念了？贺奶奶说完这句话之后，就把眼睛闭上了，通常这就是指令，表示贺顿可以走了。

贺顿夜里睡得很安宁，因为贺奶奶说她"可以了"，贺顿把这当成表扬。贺奶奶是不轻易表扬人的。

贺顿战战兢兢地在没有得到贺奶奶允许的情况下，打开了贺奶奶卧室的门。她看到贺奶奶安详地躺在自己床上，手里还捏着那个呼叫器，但是，有稀薄的血液从她的鼻孔溢出，好像有一条细小的红蛇从那里钻进了她的肺腑。

贺顿轻轻地走过去，她发现事情有点异常，但还不敢断定。她摇晃着贺奶奶，说："奶奶，天亮了，您醒醒……"

贺奶奶没有回答。贺顿知道大势已去了，因为她触到贺奶奶的皮肤已是冰凉，浑身僵硬好像床板。

贺顿站在地当央，很久没有知觉。她在养老院里见识过死亡，她觉得死亡不应该这样平静如常。死亡应该是呼天抢地和鲜血迸溅的，起码要有人手忙脚乱和围观。

然而，不。

贺奶奶的离去是安详和心满意足的。甚至你还可以看到微微的笑容。在不知道多长的时间内，贺顿枯燥地睁着眼睛，眼睛里没有泪水。她不能闭上眼睛转身走开，因为好像既没有了眼帘也没有了双脚。她只有让苦涩的眼珠盯着这一切，让双膝打着颤保持直立。

许久许久，贺顿才挣扎着找到了黄阿姨的电话，哆哆嗦嗦地报告噩耗。黄阿姨倒是很冷静，说她会通知自己的朋友，马上赶到家里帮助料理后事。自己也会以最快的速度赶回来。

贺顿守着已经死去的贺奶奶，倒是一点也不害怕。她一直茫然地在思索一个问题——贺奶奶感到死亡到来之际，究竟是来不及按响手中的呼叫铃声，还是她已做好了准备，怕吓着贺顿，因而孤独地走向了死亡呢？这个问题按说没有什么意义了，因为生命已经悄然而去，但对贺顿来说，它大有意义。如果一个人在临死的时候，还惦记着另外一个人的冷暖，那么，这就是亲人的关爱了。贺顿已经没有亲人了，在很早之前，她就丧失了亲人的感觉。贺奶奶的死，让她体验到了温情，泪水潸潸而下。她不害怕死人，害怕的是温情。正在这时，电话铃声响了起来。抓起电话，一个温柔的女声传来。

"你好，我找绛香。"对方很淑女地说。

"我就是绛香。你是哪一位？"贺顿很奇怪，在这座城市里，她想不出有谁知道她的名字并且会找到这里来。

"绛香你怎么连我的声音也听不出来了，我是汤小希。"对方立即把淑女的声音打包卷起来，露出峥嵘本色。

"哦，小希……"贺顿百感交集恍如隔世，一时不知说什么好。

"告诉你一个好消息，昨天晚上我的老头儿死了。"汤小希没心没肺地说。

守着一个死人，听到又死了一个人，贺顿无限伤感，愤愤地质问汤小希："人家死了，你为什么那么高兴？"

汤小希说："又不是我死了，我当然可以高兴啦！我天天伺候他，看着他受罪，这样活着，生不如死，死了当然好了，大家都解脱了。最重要的是，腾出了一张床位。我已经到院长那里查了登记簿，你服侍的那位老太太终于快轮到了。她住院了，咱们俩就又可以见面了。这是一个肥户头，从上次老太太的女儿那架势就可以看出来。咱们把老太太服侍好了，小恩小惠也可以沾不少呢！你说，这是不是好消息呢？"

贺顿说："我要告诉你一个坏消息，贺奶奶昨天晚上过世了。"

汤小希叹了一口气说："老天收人呢！算咱俩没福气。不过，你那儿的老奶奶和我的老头儿现在正一道走呢，也好做个伴。"

贺顿还想跟汤小希聊聊，对讲机的铃声响了，来处理后事的人到了。

帮忙处理完贺奶奶的后事，黄阿姨多给了贺顿一个月的工资，又把很多书送给贺顿，就算两清了。贺顿又面临无家可归的处境，好在汤小希张开双臂欢迎她。

一切依旧，唯有人不同。贺顿紧紧攥住手，所有的痛都雕刻在掌心，当握起拳头的时候，就看不见它们了。看不到哀伤的纹路，就可以专心地做其他事了。哀伤依然存在，摊开手掌的时候，便又历历在目。

汤小希看到她回来了，很是高兴，说院里正好来了一个肥差，也是个老太太，贺顿可以去服侍她。"绛香，他们家可富了，你到她的病房看看去，简直就是个超市。吃不完的用不完的，还不都是你的啦！爽啊！要不是看着咱俩是朋友，我就要把这个甜活儿抢过来。算啦，便宜你吧，不过，好吃的拿回来，可不要一个人独吞啊！"

重回临终养老院，一切都按部就班地展开着。汤小希说得不错，贺顿为之服务的老太太是个"肥老太太"。其实她瘦得只剩下一把骨头，抱她翻身的时候如同掀起一捆秫秸。看望的人络绎不绝，水果成箱地拖进来，鲜花的香气能把人呛个跟头。

贺顿每天都要拿回百合玫瑰康乃馨，装饰自己和汤小希的小屋。这倒不是克扣老人，而是花粉对病人不利，医生指示晚上必须把花篮清理出病房。鲜艳美丽的花，把小屋装点得好像灰姑娘穿上了水晶鞋。

"要是我结婚的时候能有这么多的花就好了。"汤小希神往地说。

贺顿没接这个话茬儿，结婚？对于一个连固定住处都没有的女孩子来讲，简直是天方夜谭。"小希，我想走了。"贺顿说。

汤小希正在洗脚，一下子就从脚盆里站起来，水花四溅。说："你要到哪里去？"

贺顿茫然地说："不知道。"

汤小希重又坐在板凳上，说："我还以为你在侍候那个贺老太太的时候，被她的孙子或是外孙子看上了。原来你并没交桃花运。"

贺顿说："我只是不想在这里混日子了。每天陪伴快要死的人，时间长了，会觉得自己也快要死了。"

汤小希说："你说得对。可这里有一个大优点，就是安全。快死的人，是没有力气祸害别人的。你到外面去就不一样了，急风暴雨坑蒙拐骗，咱们就没活路了。"

贺顿从花瓶里抽出一朵盛开的红玫瑰，其实所谓的花瓶，不过就是一个大号的药瓶罢了。贺顿把玫瑰花瓣一片片地扯下来，说："如果不是长在一棵树上的话，无论有多少清水，这花明天后天就会谢了。我走了，小希，如果我以后发达了，我就来接你出去。"

猩红色的花瓣飘然落下，好像一瓣瓣正在说话的嘴唇。

见贺顿去意已决，汤小希也就不再劝阻，说："你也不要凄凄惨惨的，说什么发达了接我出去，好像我是跳进火坑里的烟花女子，你是阔公子哥似的。好吧，我等着你，不过是等着你混不出人样的时候再回来。好歹这里总是需要人的。"

绛香又说："小希，我要告诉你一件事，从此以后，我不叫柴绛香了，我改名叫贺顿。"

汤小希说："这是个什么名字？像个男的。谁给你改的？"

贺顿说："是贺奶奶改的。"

汤小希说："她凭什么来给你改名字？"

贺顿说："是我请她改的。"

汤小希说："绛香……"

贺顿打断了她的话说："汤小希，我郑重其事地再次向你宣布，我叫贺顿了。"

汤小希说："贺顿就贺顿吧，咬牙切齿干什么！你又不是改叫张曼玉了！"她耸耸肩，不再说什么。

天亮之后，贺顿又和范院长等人告了别，拎着她的小包走出了临终养老院。书只得暂且放在这里，等安顿好了再拉走。

|第20章|
这桩婚姻，浴劫残喘罹祸不愈

柏万福在工作时间，还是和贺顿以礼相待，当着婆婆，两人也如常说话，齐心合力地作假，居然大家都没有发现裂隙。可能因为彼此都是搞心理学的，遮掩的功夫非同一般。只剩两个人的时候，就十分尴尬。于是，除了必不可少的接触，两人尽量少见面，处于冷战中。这天在心理室，柏万福进门，贺顿转身要走，柏万福平静地对贺顿说："咱们谈谈。我看到你男人了。"

贺顿知道他们必将正面交锋，却没想到这样开始。她说："你就是我男人。"

柏万福说："以前是。以后就不是了。我已经见到了钱开逸，把话都说清楚了。"

贺顿说："你可以问我。我会把事情说得更清楚。"

柏万福说："有一些话，还是从一个不认识的人嘴里听到比较好。"

贺顿无言。她知道变故之下，束手无策，等待着人为刀俎我为鱼肉的命运。她不甘心束手被擒，又毫无办法。也许，这桩婚姻注定要浴劫残喘，罹祸不愈。心理师在给别人殷切地排忧解难的同时，自己却行走于荆棘之地步步印血，不知道能不能找到平安救赎的小道。

柏万福佯作轻松地说："我已和钱开逸先生说好了，我退出。成全你们。"

为了这个表态，柏万福在心中模拟了无数次，每次都心痛如绞鲜血奔涌，这一瞬，他敬佩自己的平静。

他以为贺顿会感激涕零，起码也要惊骇于他的宽宏大量，没想到贺顿面如秋水，丝毫不为所动，说："你们两个男人无权决定我的命运。"

柏万福万分不解道："这难道不是你朝思暮想的吗？"

贺顿说："是不是我朝思暮想的，和你们无关。有一天我想离开了，我自然会离开。在这之前，时机不成熟，我不会离开。"

柏万福说："还要怎么成熟？再成熟孩子就生出来了。"

贺顿说："这跟孩子没关系，我说过和你不要孩子，和他也不会要。"

柏万福说："你这个女人，怎么这样不通人性！"

贺顿冷笑道："不要气急败坏，不要骂人。别装出这副悲天悯人的样子。你着急了，你就露馅了。我不会听从你们的安排，反正我是不会提出离婚的。如果是你要离婚，你先同你妈商量好了再同我说。"

柏万福奇怪已极，就算不是大喜过望，也要佩服自己的大人雅量，不但不追究奸夫奸妇的罪责，反而仁慈地放他们一马，这是何等的襟怀！柏万福沉浸在自己义薄云天之举的感动中，不想被贺顿迎面一瓢冷水浇得两眼翻白。是的，离婚这样的大事，没有老妈的赞同，哪里能拨动一丝一毫！可是，真情实况敢同老妈讲吗？

柏万福要同贺顿离婚，怎么个离法，他还要遵从贺顿的主意。悖论啊悖论！

柏万福怀着忐忑之心走进老妈的屋子。老妈看也不看他，说："你终于来了。"

柏万福闹不清这个"终于"的意思，含糊地回答说："来了。"

老妈说："说吧。"

柏万福说："说什么？"

老妈说："你不是一直打算着说什么吗？不是忍了这么些天吗？我看你是出了大事。好小子，长出息了，原来有事熬不过一天就得跟妈唠叨唠叨，现在能忍好些天了。这样下去，我就放心了。"

柏万福不解，说："您放心什么？"

老妈说："我怕你在世上受欺负，又没个兄弟，孤孤单单一个人。现在，你扛得住事了，妈当然是高兴的，死了就能安心地闭上眼睛。好了，不说这些个了，把你的为难事说出来吧，趁妈还在世，帮你拿拿主意。"

柏万福心想，还是老妈厉害啊，在这样的火眼金睛面前，所有的遮掩都是徒然，打开天窗说亮话吧："我要和贺顿离婚。"

以为老妈会大吃一惊，没想到老太太气定神闲地说："哦。是你提出来的还是她提出来的？"

柏万福说："这很要紧吗？反正就是两人不过了，谁提出来还不都一样？"

老妈说："傻孩子，这不一样。到底是谁提出来的？"

柏万福说："是我。"

老妈说："哦。这么说，是她对不起你了？"

柏万福吓了一跳，本来他是不想把原因告诉老妈的，就说："也没什么大不了的事，是我不乐意了。"

老妈长叹了一口气说："孩子，你就不要骗妈了，你白费力气。你一落草，眼珠还没睁开，还认不得我的时候，我就认识你了，你想什么，我还能不知道！你既然不愿意说，我也就不勉强你了。总之，是出了让你特别痛心的事，你才不得不出此下策。"

柏万福感激母亲的宽宏大量，不在他的伤口上撒盐，忙说："妈，这一次，您就依了我，准我离婚吧。"

老妈眯缝着双眼，上上下下打量了一番柏万福，说："看你抓心挠肺的模样，我倒是有心依了你，只是我也做不到。"

柏万福说："我同意了，你也同意了，她本来就愿意，这不就成了吗？"

老妈也不言语，拿出自己的梳头匣子，抽出一张纸片，递给柏万福说："只怕它不答应。"

这是一张稍显陈旧的纸片，虽说被精心保护着，但梳头匣子年久浸油，纸片存放其中，四周被桂花头油镶了一圈牙边，显出半透明的酥脆。

柏万福充满疑惑地打开这张散发着自己从小就闻惯了气味的纸片，失声道："这么多！一百万！"
　　…………

| 第 21 章 |
和要死的人打交道特别省心，
他们基本上都说真话

贺顿躺在床上，摆弄手机。旧手机，淘换来的二手货，质量不错。在贺奶奶家的经历让她大开眼界，相当于读了一个大学，跟随了一位博士生导师。其实世界上的知识并没有想象中那么多，课堂教学是为最笨的学生准备的。如果你有一点聪明，如果那个导师出类拔萃又事必躬亲地教你，学生的进步速度超乎想象。

在不断丰富自己的同时，贺顿对很多东西都开始持续地关注，乐此不疲。她发现自己不可救药地对人有兴趣。男人女人老人小孩，中国人外国人，健全的人残疾的人，美丽的人丑陋的人……多么有趣，多么不同！人人都是谜。每个人身上，都有无数谜题等待破解。贺顿目不转睛地注视着潮流的方向，并非追逐，而是因为她的爱好需要她具备敏锐的感知能力和把握能力。此刻贺顿手里只有刚刚发的一点劳务费，充其量只能买厕所里放肥皂盒大小的一块地产，但这并不妨碍她兴致盎然地浏览房地产广告。谁知道究竟在多久以后才能买到属于自己的房子？她这一辈子一定要有自己的房子，这就是理由。对于你以后必将拥有的东西，从现在开始就要锱铢必较地收集情报。这是贺奶奶教给她的生存策略之一。

她给沙茵打了一个电话，没接通。很少见的事情。沙茵是学校心理室的负责人，庞大的学生群体常会有突发事件，沙茵总是开着机。贺顿和她开过玩笑，说你好像一个经理。沙茵笑笑说，我比经理辛苦啊，经理管的是死物，我管的是成千上万的活人。

要是平时问一道习题或是通知某件事情，贺顿也就罢了。但今天不同，贺顿对那个请自己吃了鲍鱼的老李有点不放心。鲍鱼是真的，贺顿至今胃里还饱满喷香，但老李究竟是一个怎样的人呢？作为一个沙茵派来的司机，他是不是太阔绰和渊博了呢？贺顿要搞个明白。

　　贺顿又拨了沙茵家的电话。这个电话，贺顿是知道的，但从来没有拨打过。因为爱好舒适生活的沙茵不止一次有意无意地说过，她最不喜欢的就是外人晚上把电话打到家里，搅了清静。沙茵的女儿五岁了，沙茵恨不得把自己剁碎了犒劳女儿，每天晚上女儿从幼儿园回家后的分分秒秒，都是属于女儿的，任何人不得侵占。

　　电话铃响了很长时间没有人接，正当贺顿绝望地打算放下的时候，一个男人的声音传了过来："你找谁啊？"

　　贺顿没有想到是个男子来接电话，以为打错了，问："这是沙茵老师的家吗？"

　　"是。你有什么事呢？"对方不耐烦地说。

　　"您是……"

　　"我是沙茵的丈夫老苏。你是谁？"老苏问。

　　"我是沙茵在心理学习班的朋友，叫贺顿。"贺顿忙着自我介绍。

　　老苏的口气热情了一些，说："我还以为是学校的学生呢。有什么事？"

　　"那我明天再给她打电话好了。"贺顿凭着直觉感到学生们可能刚刚打过电话，老苏也是一个不喜欢家被骚扰的人。

　　"明天你也找不到她，她带着女儿到南太平洋上的小岛旅游去了，散散心。你到底有什么事呢？"老苏更热情了一点，想必也不愿在妻子的朋友面前留下冷淡的印象。

　　贺顿本来不想再说老李的事情，可是人家问起来，自己若是不说，好像见外似的，就说："实在是一件小事。今天有位姓李的先生来找我，提到沙茵，我不认识他……"

　　老苏就笑起来，说："你怕他是骗子。"

　　贺顿不愿被人小看，就说："他倒不是骗子，还请我吃饭。只是想问问沙茵。"

老苏为了弥补起初的不耐烦，格外热情地说："你形容一下那个人的样子。"

贺顿说："高高的个子，开一辆黑色的帕萨特，很儒雅……"

贺顿话还没说完，老苏就说："恐怕是沙茵的好朋友李教授。"

贺顿长舒了一口气说："谢谢您。不打扰了，祝您晚安。"说完就放下了电话。其实她疏忽了，沙茵既然已到小岛上度假，何以会让人来接她？

可以安睡了。贺顿想，今天是个好日子，吃了鲍鱼还有燕窝，柏万福还说如果自己死了，就把保险送给她。

想到这里，贺顿纠正自己——柏万福并不是把保险送给贺顿，而是送给柴绛香。贺顿和绛香是一个人，又不是一个人。那么，自己现在的所思所想，到底是属于贺顿还是属于绛香呢？

贺顿身份证上的名字就叫柴绛香，她不喜欢这个名字，那属于不堪回首的过去。但她没有办法，听说改名字非常麻烦，所以在所有正式的场合，她只能出示柴绛香的身份证。其实贺顿还有一个"贺顿"的身份证，这是贺顿在一个过街天桥上，出了五十块钱让小贩特意做的。相片是真的，出生年月也是真的，所有的籍贯和号码都和柴绛香是一致的。在心理师班登记入学的时候，用的就是这个身份证。没人的时候，贺顿会拿出这个身份证，端详许久。

绛香走入这座城市的时候，孤苦伶仃。她只有几十块钱，在农村这可以活上几个月，在城市只能几天。这些钱支撑了很久的日子，最后还是用光了。绛香几近绝望，在马路上毫无目的地走，看到一个和自己年纪差不多大的女孩子，穿了一套粉红色的罩衫，一路小跑，就不由自主地跟着她。人们总是愿意跟着和自己相似的人一道走，好像安全些。

那个女子跑进一家小卖部，买了一包卫生巾。绛香下意识地看了看那个女孩的裤子，腿根处有一片鲜红的印记，还在慢慢扩大。

绛香叫了出来："哎呀，你的裤子脏了。"

女孩回过头来，恶狠狠地说："你叫什么！本来还没有人注意到，你这一喊，整条街上的人都看到了，真丢人！"说着，她就进了旁边的公共厕所。

绛香也进了公共厕所。那个粉衣女孩就说："你干吗老跟着我？"

绛香不服气地说："茅厕又不是你家挖的，你能进我就不能进了？"

粉衣女孩不愿和她斗嘴，换上卫生巾之后，赶快扭身看看自己裤子上的血渍，好大一片洇在粉红布料上，触目惊心。女孩懊丧地自言自语："真倒霉。一会儿还要来人检查工作，怎么办？"

几乎每个女孩在一生当中的某个时刻，都会遭遇这种尴尬的事情。绛香动了恻隐之心，说："你要是不嫌弃，我带着衣服，咱俩的身形差不多，你先换上吧。"说着，打开随身带着的小包。

粉衣女子翻翻眼珠子，不想接受这萍水相逢的好意，就把裤子脱下来，露出白腿，到公共水管冲洗裤子。水流很凉很冲，她又怕受了寒，用手指尖捏着裤腰，左躲右闪地揉搓着。绛香就笑起来。

粉衣女子没好气地问："你笑什么？"

绛香说："你屁股上还带着一块血色，好像杀好的猪后臀尖上盖的紫戳。"

粉衣女子反唇相讥道："那是因为我白。要是像你那么黑，只怕血结了痂都看不出！"

绛香被人捅了痛处，也就不再搭讪，包好小包袱，准备一走了之。

粉衣女子说："你别走。"

绛香说："你管得着我吗？"

粉衣女子说："你刚才说什么来着？"

绛香说："我说你屁股上像盖了个戳。"

粉衣女子说："不是这句。这句之前那句。"

绛香说："在那之前我什么也没说。"

粉衣女子说："你说了，你还想赖！你说要把你的裤子借给我。"

绛香这才注意到，那女子怕手指受寒，躲闪不及，把裤腿裤腰都打湿了，再不能穿出门去。

绛香说："起码要三泡尿才能把裤子湿成这样。"

粉衣女子说："你幸灾乐祸废什么话呀，赶紧给我找裤子！"

绛香就把小包袱再次打开，粉衣女子扑过来一通乱翻，说："你的裤子太土了，就这样还打算借人呢，我穿上就成了丑八怪！哎，你还有好的没有了？"

绛香气愤地说："你不稀罕就算了，这就是我的全部家当了。我走了。"

粉衣女子说："都说人穷志短，你这么穷嘴还这么硬。好吧，这条灯芯绒的裤子八成新，我也就凑合了。就是走起路来裤裆里会磨得吱扭吱扭响，好像夹了一窝小耗子。顺便问一句，你没有滴虫吧？"

绛香说："什么虫？"

粉衣女子说："就是底下痒不痒呢？"说罢紧张地看着绛香。

绛香说："要是蚊子咬了就痒，要是没咬着，就不痒。"

粉衣女子嘟囔着说："整个一科盲，跟你算是说不明白了。但愿没事。"说完老大不情愿地套上了绛香最好的一条裤子。

粉衣女子穿好了裤子，就往外走，走了两步回过头来，看绛香没动身，就说："你倒是走啊。"

绛香说："到哪儿去？"

粉衣女子说："我到哪儿去你就到哪儿去呀！"

绛香说："我只把裤子借给了你，也没把自己卖给你啊！"

粉衣女子火了，说："你这个人讲理不讲理！你要是不跟着我，我到哪里去还你裤子啊？你这一条破裤子不值什么钱，我的诚信可值钱呢！你还等着我再到这个茅房来啊！"

绛香原本就是想着自己一直等在公共厕所，等粉衣女子来还裤子，现在一想，还真得跟她走，不然她要是万一不来还裤子，损失可就大了。这条裤子，是绛香的豪华礼服。

粉衣女子身量和绛香差不多，穿了绛香的裤子，绛香看她就顺眼多了，好像另外一个绛香走在自己前面。

粉衣女子说："你叫什么名字？"

绛香告诉了她。

粉衣女子说："哦。"就冷了场。过了一会儿她说："你这个人真不懂礼貌，礼尚往来啊，你为什么不问问我的名字？"

绛香说："等一会儿你还了我的裤子，咱俩一拍两散谁也认不得谁了。"

粉衣女子说："看来你这个人够绝情的了。俗话说，两个人好得跟穿一条裤子似的，咱俩现在就是这个情况了。不管你问不问我，我也得告诉你，你不义我不能不仁，省得你连把裤子借给谁了都不知道。我叫汤小希。米汤的汤，大小的小，不是小溪流的溪，是希望的希。"

绛香就这样跟着汤小希走进了一座平房院落，早先可能是大宅院，如今破落了。里面到处都活动着粉红色的身影，春意盎然。另一个粉红衣衫看到她俩进来，就说："小希，你到哪里去了？你那老头子拉了！"

绛香一惊，身旁的汤小希也就二十多岁，就有老头子了？家乡方言中，老头子就是丈夫。

汤小希大大咧咧地说："红朋友突然来了，卫生巾正好用完，我到街上小卖铺去买，裤子又脏了……"

那位粉红女子一路小跑，说："我婆婆快断气了，没工夫听你扯闲篇，等她死踏实了咱们再聊……"

绛香听得真切，吓得不轻。若不是艳阳高照，真怀疑自己进了阴曹地府。

"等我忙完了这阵就还你裤子。不放心就跟我来。"汤小希不由分说，拉着绛香进了一间屋子。

老旧的房间里弥漫着恶臭，好在这只是第一分钟的感受，很快就什么都闻不到了。特别猛烈的噪声会把耳朵震聋，恶臭的第一波轰炸就让鼻子完全失灵，嗅觉昏厥。

洁白的床单上躺着一位赤裸的老人，猛一看以为只是一副骨架，从那起伏的皱褶上才看出还有一层干涩的皮肤包裹其上。不要看他枯萎的身体了无生气，从两胯之间正涌出一大摊黄色的黏稠液体生机勃勃地散发着恶臭。

老人用手翻搅着稀便，然后用黄色的手指在墙上涂抹着，一道道抓痕的边缘毛茸茸地隆起，粘带着食物的残渣。笔画中心依稀露出墙壁的本白颜色，好像毛笔书写的锋芒。

汤小希把老人的大腿拍得啪啪响，大声说："你啊你！我刚才走的时候，不是和你说过了吗？我有点姑娘家的事，就出去一小会儿，你乖乖地待在床上。你不是答应了吗，大眼珠子叽里咕噜地乱转，我还以为你记住了，没想到这么没出息，我前脚刚走后脚你就拉了。拉了就拉了吧，你倒是好生躺着啊，等着我回来收拾呗，结果你又在墙上写上了标语。害得我还得像个杂工似的刷墙。你儿子可没给我刷墙的钱，我得找他要去，你也得说话，不许装傻，好汉做事好汉当……"说着汤小希把老汉像个被窝卷似的推到墙根底下，把单子扯下来，动作粗暴，老汉的干皮都被勒红了。然后汤小希又用脏单子把老汉的手脚和屁股都抹了抹，又到墙上擦拭了两把，总算在眼睛能瞄到的地方，基本上见不到污浊的屎黄色了。

汤小希回过头来，看到绛香还傻傻地站在那里，就说："咦，你还待得挺踏实。天生是个聋鼻子吗？"

绛香反唇相讥："你的鼻子才聋了呢！你还没还我裤子呢！"

汤小希不屑地说："真是眼睛小，你这条破裤子，白给我都不要。刚才脱给你就对了，咱们就两清了。现在可倒好，我穿着你的裤子给他收拾了屎尿，你的裤子也溅上了脏东西，沾染了臭气，再这么还你就不合适了。这样吧，我给你洗洗再还。"

绛香觉得这个汤小希虽说嘴巴损点，人还挺仗义的，就说："不用了，我回去自己洗吧。"说着，就往屋外走，汤小希也跟了出来，走进一间空屋子，用自己的裤子换下灯芯绒裤。现在她又是一身粉红的打扮了。裤子比较旧，上深下浅，好像一朵开败了的残荷。

汤小希用报纸把裤子裹好，说："你到哪里去洗呢？"

绛香迟疑了一下，说："这你就管不着了，哪儿还没有水。"

汤小希冷笑道："你以为这是你们乡下呢，到处都是河沟子。告诉你，城里的水一吨都要好几块钱呢！"

绛香吓了一跳，说："那我就不用找工作了，在地里挖口井卖水好了。"

汤小希说："你在找工作啊？"

绛香承认了。汤小希说："我看你也是刚进城。有文凭吗？"

绛香说："有。"

汤小希说："最大的文凭是什么？"

绛香说："初中。"

汤小希说："那也叫文凭？"

绛香说："我高中也念了两年，只是没有拿到文凭就出来了。"

汤小希说："我本来以为自己是最差的，不想你比我还差！"

绛香说："你们这些穿粉红衣服的人，是干什么的？"

汤小希说："干什么的，你不是都看到了吗？明知故问！端屎端尿呗！"

绛香想起刚才赤身裸体的老汉，就说："那是你爷爷？"

汤小希恼火道："他是你爷爷！"转瞬一想，又道，"我要是有这么一个爷爷就好了。还用在这里干这种活儿吗！"

绛香就不懂了，问："那老汉是什么人呢？我看你跟他说话跟自己家人似的。"

汤小希说："你别小看了这老汉，听说是个大科学家呢！现在老年痴呆了，连自己的屎都往嘴巴里塞！我们这里是临终关怀敬老院。临终关怀，你懂吗？"

绛香老老实实地说："不懂。"

汤小希得意了，说："我料你也不懂！临终，知道吧，就是快死了。在死之前，有好长一段时间，你就没法干什么了……城里人，谁愿意让人死在家里啊，就是家里人不嫌弃，别人也得说这家人不孝，干吗不把人送医院？所以啊，人得死在医院，这就跟大象要到一个专门的地方去死是一样的。听说，你要是跟着一头要死的大象，找到了大象的墓穴，你就能看到成千上万的象牙，那你可就发大了……"

绛香强迫自己的思绪回到眼前，刚才的恍惚，让她更加不明白眼前这栋灰色的四合院和大象有什么关系。她说："这里有象牙吗？"

汤小希火了，说："你这个人太不尊重别人了，这里没有象牙，但是有狗牙，就是从你嘴里吐出来的！"

一看汤小希真动怒了，绛香命令自己集中精力，回到眼前。绛香说："这实在不像个医院。"

汤小希说："像个家是不是？"

绛香也不觉得它像个家，哪有这么臭的家啊。但她不想惹汤小希生气，就点点头。汤小希果然高兴起来，说："范院长的意思就是要把这里办成家，以后谁家有了要死的人，就送到这里来。凡是穿粉红衣服的女娃娃，就是这里的护理员，要一直把一个人服侍到死呢！"

绛香恍然大悟道："原来你就是服侍老科学家的保姆了。"

汤小希说："保姆多难听啊，好像我是单打独斗的老妈子。我们是护工，跟护士差不多一个档次。你明白吗？"

绛香乖乖地点头。汤小希说："你要是再不明白，我就什么话都不说了。这里不能容太笨的人。因为人快死的时候，都是比较笨的，就得有聪明人猜到他们的心思。"

绛香说："我并没有说要到你们这里来啊。"

汤小希说："难道你还有别的地方可以找到工作吗？这是一个好地方，算你好运气，碰到了我。"

绛香说："这里太臭了。"这是真话，直到现在，在院子里站了这么长的时间，她还能感觉到自己肺腑的犄角旮旯处，还有没轮换完的臭气。

汤小希说："没事，习惯成自然。刚开始的时候，你觉得臭，时间长了，你就不觉得了。就像你刚进花园的时候觉得特香，时间长了也就麻痹了。一样的。"

绛香说："那鼻子就废了。"

汤小希说："废不了，至多是昏过去罢了。以后还会苏醒的。"

绛香说："天天看着这些要死的人，心里是不是特难过啊？"

汤小希说："这你就不懂了。天天看着要死的人，你只会觉得生活美好。因为他们快死了，可你还活着，你还有很多很多日子要过，就像你面对一个只有十个钢镚的人，你一摸口袋，自己还有一百块钱，这心里还不乐开了花！"

绛香狐疑地接受了这个观点，最后说出了自己的顾虑："可是我没有上过卫校护校什么的，只怕干不了。"

汤小希说："我看你干得了。就冲你刚才没有一溜烟地跑了，我就

207

知道你能干。这里所有的活儿归纳成一句话，就是伺候人。只要你不怕苦不怕脏不怕死人，你就干得了。"

"而且，你知道这里最大的好处是什么吗？"汤小希神秘兮兮地补充道。

"这里还能有什么好处吗？"绛香环顾四周。院落是寂静的，一间间病房好似墓穴坟丘，悄无声息。粉红色衣服的女子屏气穿行，衣袂飘飘，脚步轻轻，好似幽魂。幸好她们的衣服是粉红色的，如果是黑色的，绛香会拔腿就跑。

汤小希说："安全。一般的人根本就不敢到这儿来，来这儿的人，不是重病的，就是快死的。你知道'人之将死，其言也善'这句话吗？"

绛香点点头。

汤小希说："这里的人基本上都说真话。因为马上就要死了，说假话也没用了，也记不住了。所以，你和他们打起交道来特别省心。他们还老感谢你，我敢说，你在这里听到的'谢'字，比在任何时候都要多。比在美国都多。"

绛香诧异地说："你还去过美国呢？"

汤小希说："我没去过，可高老师去过啊。他现在是完全糊涂了，以前没糊涂的时候，老给我讲外国的事呢。外国人特爱说谢谢，中国人不爱说，但到了临死的时候，也爱说了。"

"可是，你也不是院长。"绛香听完了汤小希关于"谢谢"的真知灼见，回应了一句不搭界的话。

汤小希是个聪明女子，一下就听出了绛香的意思是她愿意在这儿干了，只是怕院长不收。就大包大揽地说道："我去跟范院长说。"过了一会儿，她跑回来说："范院长要面试你。"

范院长的办公室在这座灰色院落的一个角落，表面上看起来和其他的病房差不多，进去一看，里面也差不多。都是一样的白墙，也有一张床，放着铺盖，看来这位院长经常住在医院里。绛香原本以为范院长是个男的，因为老家的医院院长都是男的，不想这位院长是个头发蓬乱的中年妇女。

范院长并不看绛香，而是看着汤小希说："你隔三岔五地就介绍个人来做工，是不是你自己不想干了，找个接班人啊？"

　　绛香这才知道，原来汤小希的这番好意并不是只针对她一个人，是博爱。

　　汤小希说："我是热爱咱们这项事业，人多力量大。"

　　范院长说："咱们这里一个萝卜一个坑，像你就是伺候高老师的，高老师家也认定你了。要是没空出床位，就不会有新的病人来，你介绍来的这个绛香，服侍谁呢？"

　　绛香惊诧了一下，天下还有这样的规矩。好在范院长一天老看死人和将死之人，已变得十分麻木，并没有察觉到绛香的异样。

　　范院长简单地问了问绛香的情况，绛香都如实说了。范院长疲倦地说："情况就是这样了，一目了然。也没有多少技术活儿，主要是服侍老人平平安安地走。现在病房都是满的，也都有人伺候，你就算是候补的，帮着干点零活儿。管吃管住，工钱嘛，干一天算一天的，保险什么的都没有，你自己解决。就这样吧，汤小希你先领着绛香住下。"范院长说完就看病历，那病历上也就记了三两行，一眼就扫完了。但她也不再抬起头来，意思是没什么多说的了。

　　绛香跟做梦似的，就有了工作，更重要的是有了睡觉的地方，和汤小希一个房间。绛香本以为和汤小希能有很多聊天的时间，其实不然。高老师很快进入了病危阶段，汤小希一头扎在病房，很少回来。

　　绛香在洗衣房工作。说是洗衣房，其实每天洗的主要不是衣服，而是被单。垂危之人，衣服倒是不怎么脏，被子单子几乎每天都要清洗。有时看着白白净净的一张单子，打开来，滚出一串粪球。

　　再强力的洗衣机也难以制伏粪便的污迹，很多地方就得手搓。几天之后，绛香的手就脱皮了，指甲边生满了倒刺，捋一把头发就会挂起一大片发丝。她毫无怨言地洗呀洗呀，这种单调的动作，就像一种机械训练，让她渐渐地习惯了城市。

　　柴绛香有一个奇怪的毛病，半截身体永远是一坨冰。即使是在最炎热的夏天，脑门脖颈汗珠细密，肚脐是分水岭，其下从小肚子到大腿根再到小腿弯，最后抵达脚板脚心脚趾尖，有若蟒蛇缠身，冰冷僵硬。

身体的异常，能让人滋生深深的恐惧。在你的身体里有另外一个你，你所不知道又不能控制的"你"。为了抵抗这个"你"，贺顿会早早地穿上毛裤，买最厚的袜子，在床上铺廉价的电热毯……早年间没有钱买电热毯的时候，就用葡萄糖盐水瓶子灌上热水，堵好塞子，熨烫冰冷的下肢。

但是，没有用。寒冷不但莫名其妙，更是顽强。后来稍微有了一点钱，贺顿鼓足勇气到医院去看了一次病。从挂号小姐不知往哪个科安顿她的迟疑中，贺顿就知道来者不善。先是内科外科，后是妇产科皮肤科……晕头转向不知所以。好不容易到了神经内科，人家给她做了一系列的检查，钱花了一大笔，得出的结论是——她根本就没有病。多点测试的皮温和肌肉电位等都是正常的。换句话说，其实她的腿脚温度和上肢头颅的温度一模一样，冷若寒冰只是贺顿自己的感觉。得到自己没有病的诊断之后，贺顿更加惶恐不安。你有没有病，自己是知道的。你明明有病，最好的医院和最好的医生却说你没有病，如果他们不是成心要害你，就只有一个解释——你得的是怪病，诊断不出来……一个令人毛骨悚然的结论，贺顿不敢沿着这个方向想下去，强令自己打住。倒是有一位医生在百思不得其解之后，自言自语般的说，这肯定不是器质性疾病，也不是功能性疾病，也许是心理上的……

贺顿没有听懂这句话，却记住了这句话，当时她以为"器质"是"气质"。后来，查了不少书，才明白"器质"就是器官的质量。"心理"二字倒是不但听懂了，还深刻地记住了。

还有，那个反复出现的梦境——一列会腾空的红色小火车。什么意思呢？

|第22章|

你没有办法向一个没有牙的人推销牙签

临终养老院的生活还算温饱，但贺顿还是选择了离开，尽管这样的选择有些冒险。贺奶奶的言传身教加上那些书，打开了她的眼界，让她化蛹为蝶。但是，她到哪里睡觉？她到哪里吃饭？她靠什么谋生？越是蛹，越要有安定的休养生息之所，要不危险甚大。贺奶奶鞭长莫及，如今也管不了她了。从外表衣着看起来，贺顿已经相当地城市化了，口音也很像一个标准的城里人了，她先是求职售楼小姐。

这两年房地产大发展，到处都需要业务员。她报名参加售楼小姐训练班，负责招生的吴先生充满疑惑地打量着她说："小姐，我看你还是不要学了吧？"

贺顿不明白自己哪点不合格，就问："招聘简章上不是写着不限籍贯学历吗？"她还以为是普通乡村学校的名号坏了事。

吴先生说："培训费不算便宜，小姐，请你三思而后行。"

贺顿把简易房的租金押一付三后，钱包尚有余款。方便面也在铺板底下储存了一大箱，兵强马壮，实力雄厚，底气就比较壮，她坚定地说："我对自己有信心。我会把售楼资料背得滚瓜烂熟，努力工作。"

吴先生看她这么坚决，就说："小姑娘，我们招的名额比真正需要的人多得多，有点多退少补的意思。到时候竞聘上岗，万一你学完了又不能在我们这个楼盘工作，你就亏了。"

贺顿坚定不移地说："我会努力的。"

吴先生就收了她的钱，给了她一个学号。贺顿一看纸上的数字——219，登时傻了眼，这座楼拢共也没有219套房子啊！到了真正上课的时候，简直哭的心都有了。一间大阶梯教室挤得水泄不通，靓男俊女满脸油汗，每人都摊开了大大的本子，准备记下让自己盆满钵满的赚钱秘诀。售楼如今成了热门行当，谁都知道一旦卖出一套房，佣金可观。教师口若悬河，不过讲的也没有多少技术含量，主要是把楼盘的优点放大了说，把楼盘的缺点隐藏起来，真有那较真的客人问到了，就大事化小，小事化了，蒙混过关。还特别请来了一位分析师，给大家教了点购房心理学常识，无非是从来客的衣着打扮口音习惯动作，分析判断他到底有多强的购买意愿，能否成为一个潜在的客户。

　　分析师说："购楼处通常都是落地的大玻璃窗，这很好，挤得水泄不通一目了然，引诱购房冲动。卖房的小姐和先生们，你也要好好地利用这扇窗户。一个顾客远远地走来，你一眼就要判断出他是坐轿车来的，是走路来的，还是坐公共汽车来的……你要眼观六路，耳听八方，察言观色，见微知著，你要把自己的直觉训练得像猎犬一样，隔着十万八千里就闻出钱的味道。很少的钱是没有味道的，很多的钱聚集在一起，就如麝的肚脐、兰草的花瓣，芳香扑鼻。真正的有钱人，被大量的钱长久地熏陶，就像在樟木箱里搁得太久的皮货，有熏人的味道，你可以喜欢，也可以不喜欢，但你一下子就能识别出来……"

　　听到这里，贺顿忍不住举手，分析师说："请问你有什么问题？"

　　贺顿就站起来，说："那怎么看中国古代的俗话'人不可貌相，海水不可斗量'呢？"

　　分析师龇牙一笑说："过时了过时了。人当然可以貌相，如果你长得不好，就说明你的祖上没有良好的基因。就算你有本事，也只是一代的暴富之徒。真正的贵族是有良好品相的。海水当然也可以量了，我前几天看过一篇文章，说泰山的重量都算出来了，是15亿亿吨……"

　　分析师说得兴起，那边负责授课的吴先生忍不住咳嗽，提醒他不要扯得太远。房地产业炉火正红，讲课老师雁过拔毛狠宰一刀，课酬不菲。重金请来的先生，每一句话都要和业务息息相关。分析师听出咳嗽中的谴责，立即言归正传："回到买楼这件事上。买楼要钱，而且不是小钱。你有钱就是有钱，没钱就是没钱，房子就是新时代的试金石。房子比戒指大，比手镯粗，比绸缎持久，比电脑不容易损坏，甚至比老婆还可靠。老婆可以跑，跑的时候还分你一半钱财，房子忠诚度最高……"

吴先生又像得了百日咳似的吭哧起来，分析师赶紧回头："你不必在没钱的人那里浪费唾液，房子不是给他们造的，他们不配到这种地方品头论足……咱们现在传授一种技巧，名字叫作'逼订'，哪位同学说说这是什么意思？"

大家都怕说错了丢脸，不吱声。分析师指着贺顿说："你刚才不是踊跃发言吗，你说说逼订是什么意思？"

贺顿只得站起来，说："逼订，顾名思义，就是逼着客户下订单。"

分析师说："OK！很好。正是这个意思。要把情势说得十万火急，要让客户觉得过了这个村就没这个店，要让他晕晕乎乎就掏了钱，吃到嘴里吐不出来……在做这一切的时候，你要微笑，微笑是天堂里的莲花。要尽量地逗客户笑，人一笑就会放松警惕，笑一次放松一次，警觉就下降一分，你就容易得手……卖房子就是打一场心理战，说穿了是一个陷阱。陷阱是谁挖的呢？是开发商，是你的老板。你的工作就是把客户推到陷阱里面去……"

吴先生大声地咳嗽，简直像得了肺癌。

天啊，这就是培训，简直是坑蒙拐骗！贺顿心中烦躁，又不能顶嘴，只有忍气吞声地坐下，继续在本子上记录这些乌烟瘴气的话。

"现在我问一个问题……在和客户的谈判中，你告知不告知房屋的缺点呢？"分析师问。

大家纷纷举手，分析师点了一个娇小玲珑的女孩："你说。"

"当然是不告诉了。告诉了，人家立刻转身就走，所有的努力就付诸东流了，可以说是前功尽弃。如果他看不出来，自己送上门去说，这太傻了。如果他看出来了，就支吾过去……"女孩的声音如黄莺般婉转。

贺顿忍不住举手。分析师让她说话。

贺顿说："我觉得还是要说。"

分析师说："要不然你良心受不了。是吧？"

贺顿说："不仅仅是良心。买房的人也不是白痴，他们自己也会看出来。如果明明是缺点，你还死扛着不承认，我看这个买卖就做不成了。"

分析师说："但是这样你也很可能鸡飞蛋打。要知道，每卖出一套房子，你就能有房价百分之一的提成，这不是个小数字，能一步让你从温饱跳到小康。请三思而后行。"

贺顿真的站着思索了一会儿，说："那我还是要说。起码告知一些无关紧要的小缺点，这样更能博得客户的情感分，也许会助我成功。"

分析师说："OK！这就是最佳答案！"

好不容易学习结束了，在举行的考试中，贺顿名列第一。

她以为自己是旱涝保收的铁杆庄稼了，没想到公布录用名单的时候，榜上无名。贺顿慌了，去找吴先生。

吴先生同情地看着高才生说："名单不是我定的。"

贺顿说："你不是管我们的吗？"

吴先生叹了一口气说："我的确是管你们的，可上头还有管我的人呢！名单是人事部经理定的。"

贺顿说："他是谁？是男还是女？我怎么从没见过他？"

吴先生苦笑道："是男是女都没关系，重要的是他一言九鼎。"

贺顿说："我倒要问问他，为什么不要我？一个单位，要是考第一的人都不要，这个单位还能好得了吗？"

吴先生说："你说得对，可他还是不会要你。"

贺顿说："我哪里得罪他了？我又没有见过他。"

吴先生说："小贺，你要我把话说到什么程度，你才能明白？"

吴先生说到这里，就把眼睛转向别处，不看贺顿，指望贺顿善罢甘休。可贺顿就算感到凶多吉少，也要问个水落石出。

吴先生看看面前这个小女子，一头清汤寡面的发，两道漆黑纤细的眉，嘴唇紧抿，胸部低平，心想真没有自知之明。

贺顿说："到底是咋回事，你就直说好了。你要是不告诉我，我就直接找主管。"

吴先生算是服了这个丑姑娘，只好实话实说："主管看了所有学员的照片，从中选了四十个人，最后定了二十个人，没有你。就这么简单。"

贺顿总算把自己的事搞明白了，又关心起落榜的那二十个人，就说："有些人照片过关了，为什么还不行呢？"

吴先生说："主管最后一次考核，问了大家同一个问题。答得好的，就留下了。答得不好的，就不要了。"

贺顿问："什么问题？"

吴先生说："我也不想在这儿待下去了，楼房质量太差，以后要是塌了砸死人，我这个卖房的也良心不安。反正要走了，告诉你也无妨。主管问的问题是——如果一个很可能买房的客人，在看房的时候，他的手偷偷地摸你的手，你将怎样？"

贺顿说："那我就让他把手放到应该放的地方。"

吴先生说："好在没人问你。所以你也不用觉得自己冤得慌。你就算过了照片这一关，也会被刷下来。"

贺顿愤然道："售楼部又不是青楼。"

吴先生说："你逼着我把实情告诉你，我就说了，请你也嘴下留情。"

贺顿怅然离去。吴先生看着她瘦弱的身影，生出怜悯。但这怜悯就像泼进太平洋的一杯开水，冒了丝缕热气之后，很快烟消云散。城市如同进入了冰川时代，谁能温暖得了谁？

贺顿再一次走投无路。当然，她可以回养老院，可她不想陪着那些行将就木的老年人走向衰亡。好在粮草储备尚丰，还有重新选择的资本。

贺顿在街上闲逛，今年服装流行沙漠黄和太空银。这两种色泽，对于黄褐皮肤的贺顿都是灾难性的。她还是比较喜欢去年的流行色，淡淡的绿和浅浅的蓝，帮衬之下，脸色比较生动。城市里的人不能买去年的流行色，一定要和潮流混杂在一起，就像婴儿吮奶一样从众人那里汲取安全感，否则你就形单影孤。

贺顿在街旁看到一个小铺子，需侧着身子才能挤进门去。门脸虽小，其上的墨字却毫不含糊地大："招聘化妆品推销员。"

贺顿推门进去，空气暖而臭。光线很暗，好半天才看清一个胖胖的女人和一个极瘦的男人守着一堆纸盒在抽烟，鬼鬼祟祟的样子让人以为在吸毒。

"你们好。"贺顿说。经过售楼训练，贺顿已能很轻松地跟陌生人打招呼。

那两个人好像有些吃惊，在这种地方，不必假模假式地打招呼。他们一起说："不好！"

售楼训练显出效力，贺顿不会轻易被难倒和生气，也不会退缩。她说："你们需要人推销化妆品吗？"

瘦男人和胖女人又一次异口同声地说："不要。"

贺顿有些奇怪："外面不是写着要招聘推销化妆品的人吗？"

瘦男人说："原先要，现在不要了。"

贺顿更奇怪了："不是还有这么多化妆品没推销出去吗？"她顺手一指墙根堆积如山的纸盒子。盒子摇摇欲坠，稍不留神就会稀里哗啦地砸下来，把胖女人和瘦男人活埋。

瘦男子不知如何回答，胖女人说："没错，货多着呢，可再多也轮不上你。"

贺顿奇怪还有愿意压货的人，说："为什么呢？我也按规矩给你们交钱，为什么我就不能干这个？"

胖女人说："我说你这个丑丫头，脑子没毛病吧……"

这句话其实是不需要回答的，但贺顿有一说一："没毛病。"

胖女人就乐了，说："我原本觉得你没毛病，你这样一答话，我就知道你有毛病了。姑娘，从外地来的吧？以为城里到处是金子，哈腰就掐一大坨吧？那是指有漂漂亮亮的脸蛋和腰身的丫头。你不行。也不看看你那肤色，说你是紫檀就抬举你了，说你的眼圈和熊猫有一比，也埋汰了咱的国宝。年纪轻轻的，双眉之间就有那么深的川字纹，我们卖的是抗皱增白产品，你哪能为我们做推销员呢？哪怕有人被你的花言巧语骗得正准备掏钱呢，一看您这副尊容，就赶紧又把钱包掖怀里了……姑娘，赶紧走吧，看看有没有哪个饭馆要刷盘子的，你还能混个半饱……"

说完，两人就咯咯笑起来。

丑女子即便知道自己丑，也不希望别人看出来。就算别人看出来了，也不希望人家说出来。就算是说出来了，也希望不那么刻薄。贺顿恨不得跺脚扬长而去。

可是，不能啊。贺顿已经不是柴绛香，她从乡下丫头的壳里已经飞离出来，即使还没有变成美丽的蝴蝶，起码也是一只蛾子了。售楼小姐训练课程的钱也不是白花的，忍耐力大有长进。

贺顿逼着自己把声音变柔和，说："大婶，我知道自己丑，可现在这个世道，美女得活，丑女也得活啊。"说完，她长叹了一口气，年轻女孩的悠长叹息有一种特别温婉的哀伤在里面。

胖女人被这种叹息打动，更深层的原因是胖女人也是一个丑女人，而且她的女儿也是一个丑姑娘。丑人对丑人除了瞧不起以外，在特定的时分也能滋生出同情。胖女人也叹了一口气，算是回应，然后说："就算我把化妆品批发给你，你也卖不出去。你这个样子，人家一开门，吓一跳。"

贺顿不敢生气，说："您这个产品真有效吗？"

瘦男子说："当然有效。"

贺顿问："真能美白？"

瘦男子说："你要真想做，我就把实情告诉你。美白是千真万确的，抹上三个星期，包你变得像剥了皮的桂圆肉一样，油光水滑吹弹可破。"

贺顿轻轻地舔了一下嘴唇，说实话，她从来没有吃过桂圆，贺奶奶对桂圆过敏，从不让买。看到过，像浮肿的鱼眼。"真这么神？"贺顿不相信。果真如此，还不被时髦女子抢破了头，哪至于这两个孤家寡人惨淡经营。

瘦男子看出了贺顿的疑惑，就说："美白膏有毒。"

贺顿吓了一跳，说："毒？"

瘦男子说："铅你知道吗？"

贺顿回答："知道。排成报纸的铅字就是它造的。"

瘦男子说："现在报纸不用铅字，改激光了，铅都溶到汽油里了。你看到过庙里的壁画吗？"

贺顿不知美白膏和寺庙有什么关系，又怕瘦男人一生气就不批发了，赶紧说："看过。"

瘦男子说："你记得庙里壁画上的美人，脸上都是什么颜色吗？"

贺顿不记得壁画美人脸上的颜色，想来都是细皮嫩肉，只得瞎蒙："白的。"

瘦男子不屑地说："一看就知道你没文化，没见过真古董，看的都是现代人做的假。刚画上去的当然是白的，风吹日晒年代久远了，就变成黑的了。美女的脸越黑，说明以前越白，年代越久。"

贺顿跟着瞎点头，不知道这和化妆品有什么关系。

瘦男子说："我说了这么多，你明白了吗？"

这次贺顿不敢点头了，她什么也没明白，又怕惹火了瘦子，只好含含糊糊地说："明白了一点点。"

瘦男子说："明白了哪一点？说说看。"

贺顿只好硬着头皮说："明白了美女脸上是抹了东西的。"

这本是废话，不想瘦子却说："你还真不傻。美女当然是抹出来的，古代的是，现代的也是。抹的是什么呢？"

贺顿算是给绕糊涂了，说："不知道。"

瘦男子生气了，说："真是不经夸，刚说你不笨，这就透露出愚蠢来了。铅是什么颜色的？"

这个问题贺顿是知道的，赶紧说："黑的。"想想不很妥帖，改说："灰色。"估计这一次肯定对，给贺奶奶念的小说中描写过"铅灰色的云层"。

瘦男子怒火中烧，说："铅是雪白的。"

贺顿目瞪口呆，就算铅不是黑的，也万万不能是雪白的。瘦男子欣赏着贺顿的惊讶，说："大块的铅当然是灰黑的，但磨成粉末的铅是雪白的。所以，以前的美女脸上用的都是铅粉，又细又滑，美人就是这样打造出来的。现在呢，铅是有毒的，不让用了。汞也是有毒的，也不让用了……"

瘦男子颇有些神秘地看着贺顿。胖女人嗔怪地拉了瘦子一把，嫌他把商业秘密透露给萍水相逢的人。

贺顿恍然大悟，原来这就是"吹弹可破"的诀窍。"都是有毒的。"她忍不住喃喃地说。

"对，铅汞有毒，农药有没有毒呢？还不照样使？油漆有没有毒呢？还不照样刷？敌杀死有没有毒呢？还不照样喷？再说，你怕有毒，你可以不用，但用的人保证美白，这就是代价。"瘦男子得意扬扬。

贺顿点点头，点头是什么意思呢？不知道。此刻只能点头。接着问："抗皱原理呢？"

胖女人好半天没说话，技痒难耐，抢着说："那就更简单了，就是让你肿。"

贺顿吓坏了，只有肾脏有毛病的人才会肿，这个去皱的东西把人的肾脏都搞坏了，也太过毒辣了。

胖女人虽不知道小女子一下子联想到了尿路，但贺顿脸上的表情让她知道此女慌了，就说："没那么严重，不会要了命。人为什么会长皱纹？不就是脸上的皮松了嘛。用水一泡，肿胀了，皱纹自然就被撑起来了。简单。"说完还在自己的腮帮子上搋了两把，以证明所言不虚。

贺顿恍然大悟，奇迹是这样产生的。

"如果我要批发，怎么拿货呢？"贺顿决心已定。

胖女人用仅存的怜悯说："姑娘，这活儿不是你干的！"

贺顿说："你就说这个美白膏到底能不能让人变白？甭管一百年之后是不是会黑成卖炭翁。"

瘦男子道："她一定要买，你就成全人家。小姑娘决心大，说不定就放一颗卫星呢！"

胖女人不肯吃亏，说："都什么年代了，还卫星！如今都是神舟几号呢！"转过头对贺顿说："变白那是铁板钉钉。你想啊，把黑老鸹按到面缸里，就一定会变成和平鸽。铅粉就是上好的白面，抗皱霜就似软皮鞭子，肯定能让你肿得水汪汪的，放心吧，孩子！"

疗效解决了，剩下的就是讨价还价。贺顿提出赊销。

"门儿也没有！我们这里都是一手交钱，一手交货。概不赊欠！"瘦男子咬得死紧。

　　贺顿无奈，只得说："我身上没有那么多钱。"

　　胖女人同仇敌忾地说："没钱就不能拿货。该干什么就干什么去，就当我们什么也没说。"

　　贺顿想了想，掏出小钱包来，说："那我就一样来两瓶吧。"

　　瘦男子冷冷地说："不零售。"

　　还是胖女人动了恻隐之心，说："你买两瓶顶什么用呢？"

　　贺顿说："你不是说三周就有效吗？两瓶还抹不了三周？"

　　胖女人大吃一惊说："你打算自己用啊？"

　　贺顿说："我自己不用，怎么推销给别人呢？"

　　瘦男子拉拉胖女人说："人家这是做大买卖的架势，你操什么心呢！好了，交钱吧。看在你这份诚心上，我就按照批发价给你两瓶。不过，丑话说在前头，要是过敏起红疙瘩鼓水泡掉皮溃烂什么的，概不负责！不怕死就多抹点，三天就见效！"

　　贺顿交了钱，美白膏去皱霜各拿了两瓶，临出门的时候，胖女人说："姑娘，先在耳朵后头脖子下面人家看不到的地方抹点试试，要是红肿热痛啥的，就别用了。不过，我们这里不退货，你可记清了。"

　　出得门来，天已擦黑。贺顿努力辨认着门牌号码，转来转去找不着，才发现原来这是利用半截死胡同隔成的违章建筑，怪不得如此窄小且暗无天日。

　　贺顿回到自己的蜗居，把脸洗干净，然后对着镜子说："脸啊脸，真要对不起你了，把你当成试验田了。不过，你也不要觉得冤屈，是你先对不起我的，谁叫你这么难看呢？如果这个膏和霜真正有效，我就能发上一笔小财，这样咱们才能一道在城里混下去。"

　　贺顿说完这些话，死死地盯着镜子。镜子年久失于保养，有很多黄色的水渍如蚯蚓攀爬，局部的起伏更让影像失真。她看到一张年轻的没有表情的脸，仿佛无风时刻低垂的门帘。

　　这张脸虽然丑，却还保有年轻人的光滑和润泽，一旦这些含铅的膏粉涂抹其上，很可能连这份本色也保持不住。可是，她除了自己的脸，还有什么呢？只有不要脸地拼命向前了。

贺顿按照胖女人传授的法子，先在耳朵后面蜻蜓点水似的抹了一点，好像没有什么古怪的感觉，但时间太短，做不得数，安慰自己耐心等待。一夜睡得还不错，早上起来第一件事就是趴在镜子前，把自己的耳朵揪得像猪八戒，看耳后的皮肤可有异样。

阿弥陀佛，一切如常。

现在，贺顿正式拿起了美白膏，打开瓶盖。昨天她只取了一点点用来涂抹，平整的膏脂上留下浅淡的印记，好像一只微小的虫蚁胆怯地爬过。这一次，她要大张旗鼓地粉刷面颊了。贺顿挑起一块绿豆大小的膏脂，敷在脸上，轻轻匀开，果然有一小块皮肤白皙起来，好像是得了局部的白癜风。贺顿持之以恒地涂抹下去，就像一个不屈不挠的粉刷匠，整个脸在膏脂的覆盖下，粉饰一新。

贺顿打量着自己的脸，觉得新奇而古怪。小时候，手脚开裂得太厉害，血珠沁出的时候，妈妈会把猪皮在火上烤烤，然后抹在她的手背脚背上，那种香喷喷的油腻味道，会伴随她整整一天。

现在镜子里的这张脸，丑还是丑的，但是白了。一张丑而白的脸甚至比丑而黑的脸，还要怪异。为了能把化妆品推销出去，她只能勇敢地注视着自己陌生的脸，在所不惜。

脸上开始有轻微的刺痒之感，贺顿突然想到了什么，赶紧端来一盆水，把半边脸洗净。现在干净的半边脸舒适了，敷有膏脂的半边脸渐渐地火烧火燎起来。

坚持并不是很困难的事情，连续三天，贺顿没出门。除了在半边脸上涂抹增白膏之外，就是一动不动地躺在床上读书，好像僵尸。这样的好处是节约能量，让方便面能支撑更长的时间。到了晚上，贺顿就洗去增白的膏脂，再抹上去皱的汁液。当她在昏黄的灯光下为自己做着这样的工作时，觉得自己像配制毒苹果的妖婆。妖婆要害的是白雪公主，贺顿是救赎自己。

三天过去了，当贺顿头晕眼花地走到镜子跟前，欣赏尊容时，奇迹果真发生了。

所有的药液她都抹在了自己的左脸蛋上，因为右手操作方便。如果一定要有一个脸蛋下地狱，她选择左脸。

地狱里的左脸蛋稍稍地变白了，好像镀上了一层银。这个变化别人不一定看得出来，但作为脸蛋的主人一目了然。为了让效果更显著，贺顿决定等待的时间更长一些。她用一卷长长的卫生纸把镜子缠绕了起来，这样远远看去，镜子就像是一个裹满了纱布的伤兵。对于幸运的右脸蛋，她一如既往地置之不理，然后在半饥半饱的状态中读书。除了从贺奶奶家背出来的存货，她又在周围找到了一个收破烂的，从他那里用非常便宜的价钱买来旧书旧杂志。书，只要没看过，就都是新的。她有一个重要的发现，书是可以当饭吃的。阅读好书的快感能够战胜饥肠辘辘。当然了，如果太饿了，什么书也抵不过一碗滚着辣油的红烧牛肉面。

焦灼中，第七日姗姗来临。贺顿一把撸下镜子上包裹的卫生纸，苍黄的镜子显露真容。贺顿把脸蛋凑上去，看到了一张阴阳脸。记得上小学的时候，老师在地理课上说过划分中国南方和北方的界线是秦岭。秦岭是分水岭。她问老师，什么叫分水岭啊？老师说，就是一座山，山这边一个样子，山那边另一个样子。贺顿还是不懂，她的家乡有很多山，但是山这边和山那边都一样寸草不生。秦岭从此在贺顿幼小的心里，成了一座神奇的山。现在，圣山搬到了贺顿的脸庞上。右脸蛋依然粗糙黯黑，但左脸蛋脱颖而出，光鲜明亮，连鼻子也被一把无形的刀子劈成了两半，一半亮丽一半晦暗。

贺顿抚摸着自己的脸，从干涩到润滑然后又从润滑到干涩，大笑起来。她是有理由高兴的，这是一个设计，一个危险的设计。她用自己仅有的微薄资本做了一个不计后果的投资，现在，她成功了。

贺顿特地在不多的方便面储藏中，拿出两包，犒劳自己。临到放入面饼的时候，又掰下了一小块。不能得意忘形，如果出师不利，她还得在困境中挣扎，积谷防饥。

贺顿携带着自己的阴阳脸出了门。她特地戴上了一个口罩，不是怕感冒，而是怕风沙变成橡皮擦涂抹了界限，她期待着双颊的对比触目惊心。

装扮好以后，她踌躇满志地走出了门。如此美妙的惊世骇俗的尊容，它的观众是谁呢？她想到了贺奶奶讲过的小故事。

有一个人在应该禁忌娱乐活动的时候，技痒难耐，偷偷地拿上自己的高尔夫球袋，要去打高尔夫球。当他出发的时候，另一位虔诚的教徒向上帝祈祷，说，您看，他不守规矩擅自娱乐，您应该惩罚他。上帝说，我知道了，我会惩罚他的。

虔诚的教徒就踏踏实实地等着上帝的行动。那个打高尔夫球的人就进了空空如也的球场，开始独自打球。他打得十分起劲，兴致勃勃。虔诚的教徒等了许久，也没有看到打球的人受到什么惩戒，十分不解，问上帝，您说的惩罚在哪里呢？

上帝说，你不要着急。

这边打球的人越发地顺手了，九个球都是一杆进洞，他高兴极了。那边虔诚的教徒责问上帝，说打球的人根本就没有任何不快发生。上帝说，你再等等看。

继续等待的结果是，那个打球的人把十八个球都一杆打进洞了，要知道这可是了不得的战绩啊。

虔诚的教徒火了，说，上帝，你不但没有惩罚他，还给了他这样好的运气！

上帝回答，我当然给了他惩罚。现在你看，他能和谁分享他的快乐呢？

球场上空无一人。

贺奶奶讲的时候，贺顿不懂，现在懂了。谁来和贺顿分享来之不易的阴阳脸呢？只有汤小希。

汤小希正好不当班，窝在自己的小房子里描眉画眼，看到贺顿来了，非常高兴。一把拽下贺顿的口罩，说："你别装神弄鬼，我才不怕感冒呢。天天伺候的都是要死的人，什么人间的病灾我都有抵抗力。"

贺顿微笑不语，等待着汤小希的震惊。贺顿没有失望，汤小希嗷的一声怪叫，说："贺顿，你当了第三者？"

贺顿很奇怪，说："没有啊。守身如玉。"

"要不就是欠债不还，被人追杀？"她甚至紧张地张望了一下贺顿的背后，生怕她带上尾巴，连累自己。

贺顿说："我虽说没有多少钱，但既无外债也无内债。"

汤小希说："你不要假装清白！若不是冒犯了黑道上的人马，你怎么会被人破了相，成了这副惨不忍睹的嘴脸！"

贺顿说："哎呀，小希，拜托了，麻烦你看得清楚一点，脸上是有一道分界线，右边是原来的样子，左边是经过美化之后的模样。并不是真被毁容。"

汤小希仿佛要重新认识老朋友，退后一步，就撞到了床板上。她一边揉着撞疼了的腿弯，一边呵巴着嘴说："是喽，你原来就不是什么国色天香，后来咱俩成了朋友，情人眼里出西施，我看惯了，也就不觉得你丑。后来你走了，我常常想起你，就不由自主地把你给美化了。现如今你花样百出，加上高科技帮忙，反倒让我认不出来了。"

贺顿说："你最近是不是服侍着一个教授？"

汤小希一惊，说："你怎么知道的？到范院长那儿查了病历？"

贺顿说："你说话有理有据词汇丰富，好像长学问了。"

汤小希说："我这个人，模仿力强。如果照顾的是下里巴人，自己也就满身市侩气了。如果病人德高望重，我也变得文质彬彬。每个要死的人都是一所学校，如果他不是马上就死了，相处得久了，能学到很多东西。你当然得刮目相看了。"

贺顿说："佩服佩服。"两人重新心平气和地叙旧。汤小希说："你为何要作践自己？原来虽不标致，大体还可归到周正的范畴里，现在可倒好，像《夜半歌声》的主角了。"

贺顿反驳道："宋丹平是个男的。"

汤小希说："正因为咱们是女的，才需要格外爱护咱的这张脸。本钱啊！"

贺顿笑笑说："想飞，就要牺牲一小撮羽毛。"

汤小希叹了口气说："牺牲屁股上的羽毛也就罢了，脸蛋相当于鸡冠子和孔雀翎。"

贺顿说："谢谢你这么关心我，不过孔雀翎和鸡冠子都是雄鸟的专利，咱们是雌的。别担心，阴阳脸是化妆品的效力，过一阵子不用了，自然就会消退。"

汤小希来了精神头，说："什么牌子的化妆品能让人的脸从荞麦面变成雪花粉？"

贺顿报出了牌子，汤小希说："没听说过。不过效力还是蛮显著的。你现在推销这个呢？"

贺顿说："是啊。"

汤小希："我还以为你是想我了才来的，闹了半天是来杀熟的。"

贺顿说："杀熟是什么？"

汤小希说："杀熟就是有人没本事把东西卖给别人，专卖给自己认识的熟人，从熟人身上狠捞一笔。"

贺顿说："谢谢你教了我一个新词。不过我到你这儿来可不是为了杀你。你想买，我还不卖给你呢！"

汤小希大惑不解地说："这个化妆品还真有点效果，我也不跟你要试用装，你小本生意不容易。我按市场价买你的，这总行了吧？"

贺顿摇摇头说："不行。"

汤小希火了，说："我把你从街上的茅厕坑里捡了回来，如今我出官价买你的东西你都不卖，你这个人怎么六亲不认啊？"

贺顿看着汤小希生气的样子很可爱，就说："什么从茅厕坑里捡回来，好像我是个弃婴似的。我不卖给你，是为了你好。这种化妆品里充满了铅粉，还有汞，简直就是穿肠毒药。"

汤小希似信非信地说："那你还以身试毒？"

贺顿便把瘦男人胖女人的话鹦鹉学舌了一番，末了说："这是伤天害理的事，为了生存，不得不如此。哪能害了自己的好朋友！兔子还不吃窝边草呢。"

汤小希说："不要紧，我愿意让你吃。我就用官价买你的。一来是让你开个张，二来我也确实想让自己美白一把。"

贺顿说："你疯了？我用不着你可怜。"

汤小希说："我不可怜你。我没有资格可怜你。可怜是一种奢侈品，我还没发展到那个阶段呢。告诉你，我最近交了个男朋友，是个大商场的保安，人长得好帅啊……"

贺顿怅然道："保安都是很帅的。"

汤小希一往情深地说："我们处得那叫一个甜蜜，就是他老是说我脸上有个'红二团'，我就用你这个猛药把'红二团'消灭掉。"

贺顿提心吊胆地说："有毒啊。"

汤小希悲壮地说："就是饮鸩止渴，我也要一试。等把保安搞到手，咱们再一起金盆洗手。"

贺顿从汤小希那里出来的时候，兜里有了推销化妆品的第一笔收入，来自自己最好的朋友。贺顿脚下生风，很快找到了胡同夹壁墙堵出来的美白膏推销处。

胖女人和瘦男人还在那里有一搭没一搭地聊着天，甚至连空气里的味道都是同样污浊的，时间好像停滞了。他们看到贺顿，点点头。贺顿把口罩拉下，瘦男人仔细端详一番后说："还真看不出，你下了这么大狠劲。"

贺顿说："它的确有用。"

胖女人说："又是漂白剂又是抗氧化剂，货真价实童叟无欺。"说着，她用手掐了一下贺顿的腮帮子，说："怎么样，别说你毕竟是张姑娘的脸，就算是被人写上'到此一游'的烂城砖，先用泥子抹再用白灰填，也能把它整得漂漂亮亮的。"话刚说到这里，突然怪叫一声："我的小姑奶奶，你家是不是穷得连面镜子也没有了？怎么涂得这么不匀，像猫盖屎似的……不对，连猫盖屎都不如，整个半拉脸都是黑的……我的天，姑娘，你这还真赖不了我们的产品伪劣，是你自己施工不当……"

贺顿笑起来，说："大妈，我也没说你们的产品质量有问题啊，是我自觉自愿，证明你们的东西有毒有用。"

胖女人边捂贺顿的嘴巴边说："姑娘，有用是真的，别的可不能瞎说。"

贺顿说："我要批发。能不能优惠点儿？"

胖女人做起生意来一点儿都不手软，贺顿好说歹说，才算打了个九五折，批发到了一小箱。

　　贺顿携带着这一小箱子美白膏，充满期待地进入一个破旧的小区。她不敢走进那些太好的院落，门口的保安一定会拦住她。即使她成功地混进了大院，那里住的女人肯定都是中产了，她们会在明亮的商城里从容地挑选自己的化妆品，看不起走街串巷推销的货色。

　　一栋老式的居民楼，六层平顶，平淡陈旧，如果把房屋比作人群，它就是一个摆香烟摊的。从第一层还是从最高一层开始？这是一个问题。贺顿很快给出了答案，从最高一层开始。居住在最高层的人，受到的打扰比较少，他们也许愿意开门吧？

　　贺顿爬上了六楼，气喘吁吁地打量着一梯三户的老式格局。从左边第一家开始吧，他家的防盗门上贴了个大大的倒着的"福"字，但愿这个"福"字给自己带来好运气。

　　"咚咚"，轻轻的敲门声在寂静的楼道里回响。几声过后，没有反应。贺顿很奇怪自己的心理，按说没人来开门应该觉得沮丧，但是，不。她希望没有人，这样令人尴尬的推销局面就会晚些出现。反正已经做了，不是自己不努力，实在是家中无人嘛！

　　贺顿先是战战兢兢地敲门，然后心情复杂地等待。既希望有人开门，又希望无人理睬，那样自己就可以逃之夭夭。长久的无声无息令人有窒息之感，就在贺顿彻底失望之时，一个苍老的声音从肮脏的门背后发出："谁呀？"

　　贺顿顿时失望，这是一位老年妇女，她不是潜在的顾客。不过，你敲了人家的门，人家答话了，你总不能转身就走吧。贺顿回答："是我。"

　　她不禁好笑，这样的回答和不回答没有什么差别。老人怎么会知道她是谁呢？但是，贺顿不这样回答又该如何回答呢？她总不能说我是推销美白膏的。

　　果然，苍老的声音颤颤巍巍地说："你是谁呀？"

　　贺顿也装疯卖傻："您老打开门看看，不就知道我是谁了吗？"

　　老人可不好糊弄，说："你不说出来是谁，我不能给你开门。我闺女说了，不能和陌生人说话。"

贺顿心中明了这是一位孤寡老人，不愿同她啰唆，但一想，她既然说到了女儿，没准儿愿意给女儿买美白膏，就耐着性子说："是您闺女让我来看您。"

这当然是一句谎话，但贺顿说得很自然。她想自己不是一个坏人，老人家既然闲着没事，有人来跟她说会子话，也未尝不是好事。

这一招还真灵光，门里传来窸窸窣窣的衣物摩擦之声。老人家手脚不灵便，半天才把门打开，一张老脸如同墩布散发着不洁之气味。

"你是哪个闺女的同事啊？我怎么不认识你啊？"老人打量着贺顿，目光中透着紧张。

看着苍老而幼稚的目光，贺顿不忍也不敢继续说谎了。"我不认识您的闺女们，可我和她们的心意是一样的，都希望您老健康长寿。"贺顿赶忙自圆其说。

"你的嘴巴会说话。可我的闺女们不希望我健康长寿，巴不得我早点死了呢，这样她们就轻省了，无牵无挂啦。"老人伤感地说。

贺顿不知如何回答，况且时间是宝贵的，她也不能这样无节制地陪着老人家聊天，赶紧转入正题说："您想不想显得年轻些啊？"

这是贺顿精心设计的一句开场白，她估计没有哪个女人可以抵挡这句话的杀伤力，甭管她有多老。不料老人很坚决地说："不想。我活够了，我不想年轻。我年轻的时候多苦啊，一个人拉扯着三个姑娘，寡妇门前是非多啊，我好不容易老了……"

得！简直是出师未捷身先死，真晦气。看着老人雪白的头发，贺顿还是把怨气化成悲悯，锲而不舍地说："您不需要，您的女儿们需要。您就买上三盒，给她们一人送一件礼物吧。到了三件就可以算批发了，价格便宜不少呢。您懂得什么是批发吧？"贺顿试探着问。

老人家不高兴了，说："瞧你说的，我能连批发都不懂？早年间我身子骨硬朗的时候，纠集上一伙儿老姐妹，还到车站搞过水果批发呢，几家子买上一箱苹果，节省老鼻子钱了……"说话间愤愤不平，嘴角收拾不住哈喇子，口水直往下滴答，可能是回味起当年酸苹果的味道了。

和小孩子清澈的口水不同，老年人的唾液是浑浊的，还夹杂着宿夜的食物残渣。贺顿忍住恶心，说："那您就买上三瓶吧，一个闺女一瓶，没偏没向的，大家都高兴。"

老太太说："你这个东西有效吗？"

贺顿说："有效。我保证。"

老太太说："你先让我看看货色。从前我们买苹果的时候，就要把箱子拆个底朝天，不然上头看着挺好，底下尽是小的烂的……"

"您老放心吧，化妆品和果蔬是不一样的，没有差别。我拿出来您仔细看看。"贺顿说着，打开随身的书包，把美白膏拿了出来。她以前只注重内在的质量，没有特别在意过外包装，现在一看，骗子们还是下了一番苦心的，色彩鲜艳美女妖娆，透着喜庆、性感。

"好吧，我买了。"老太太当下拍了板。贺顿喜出望外，赶紧把三盒美白膏递给老人家，生怕她片刻之间反悔。然后静等着老太太给钱。老人家手脚慢，每张毛票都要点三遍。好不容易钱货两讫，贺顿恨不能一步从六楼跳下去。

老太太关上了门，贺顿三步并作两步往下蹿，没想到身后的门又打开了，"三包吗？"老人家因为衰老而有些白内障的眼睛警惕地盯着贺顿。

"三包。"贺顿咬紧牙关说。天知道这种没有生产厂家的货色能包什么。

老人家放心地点点头，说："这就好。"再次关门。

贺顿头也不回地跑下楼，速度比得上奥运短跑名将，生怕老人家再次打开门，伸出像老树精一样干枯的手臂，无限延长地把她揪回去。到了大街上，贺顿长长地吐出一口气。骗老人是有罪的，但是，不从骗老人开始，难道能从骗一个机警的年轻人开始吗？

贺顿把从老人那里得到的钱又数了一遍，她觉得那些钱滚烫，她必须把它们花出去，破坏了它们之间的整体感，把它们携带着的老人的体温散发掉，才能安心。街旁有一个卖炸鸡翅的小贩，焦香的味道撩拨着鼻孔，把整个街道熏得发脆。贺顿从没舍得尝过，今天要犒劳自己一番。不仅为了填饱肚子，也为了重新积聚起骗人的勇气。

老人的钱，变成了鸡翅，唤起贺顿一飞冲天的欲望。携初战之捷，意气风发地开始了推销之旅。其后的运道远没有开端顺利，贺顿屡战屡败。不是任你敲破门板，人家就是不开门，就是好不容易有人开了门，伸出一个脑壳，贺顿赶紧赔着笑脸说："对不起打扰一下，现在有一种非常有效的美白膏，您要不要……"对方毫不客气地说："赶紧走，什么膏我也不要。"

　　遇上蛮横的主人，就会怪叫："讨厌！你要是再在我家门前停留一秒钟，我就把110叫来，告你骚扰民宅，把你抓走。"

　　正是午休时分，在贺顿锲而不舍的敲击之下，一个头顶半秃的男人睡眼惺忪地走出来说："跟报丧的似的！你是不是邪教分子？"

　　贺顿的脸皮渐渐厚起来，她不恼。恼是需要本钱的，她恼不起。只要人出来了，就是大胜利。她说："我不报丧，是报喜。"

　　秃头诧异地问："喜从何来？"

　　贺顿说："让你显得年轻。"

　　秃头来了兴趣，说："推销生发水的？"

　　贺顿说："比那玩意儿灵验。"

　　秃头说："你要是推销生发水，我立马报警。上回来过一个，纯粹是个骗子。"

　　贺顿说："我是推销美白膏的。"

　　秃头要关门，门扇掀起一股风，鄙夷地说："你也不瞧瞧自己这张脸，跟块尿布似的，还推销化妆品，真是天下无人，反了你啦！"

　　贺顿不羞不臊，耐心地说："大哥，我是特意把自己打扮成这样的。"

　　"新鲜！驴粪蛋还知道外面光呢，你长得够对不起人民的了，为什么还往寒碜里扮？"半秃男人半掩着门，好奇地调侃道。

　　贺顿心中暗喜。不怕你恶心我，就怕你不搭理我。她好声好气地解释："我在脸上种了一块试验田。"

　　"在哪儿呢？让我瞅瞅。"半秃男人说着就来扒拉贺顿的脸，恰好打了一个嗝，隔夜的酒气和糖蒜的馊味呛得贺顿直咳嗽。

　　贺顿屏住呼吸，强颜欢笑道："我在这半边脸上抹了美白膏，那半边脸还是原装的。您看看，是不是不一样？”

半秃男人再次凑上来，仔细端详一番，自言自语道："嗯，是不一样。看来真有效果。"

贺顿心中泛起希望的涟漪，说："大哥，这膏在美白方面肯定有效。"贺顿没说假话，美白膏虽说有毒，但的确有效果。

秃头男人对她招招手说："你过来。"

贺顿说："过去干什么？"

秃头面带不满地说："褒贬是买家。我老眼昏花，你不过来，我怎能看出效果？你糊弄谁啊？"

贺顿就挨近了他。秃头男人看着愚钝不堪，此刻却变得身手矫健，一把抓住贺顿使劲往门里拖。贺顿拼命反抗，手指抠着门框，骨节因用力变得雪白，指甲的中央也完全褪去了血色，只有周圈是触目的紫红。每根手指都化作铁锚，固定着贺顿的身躯不被拖入罪恶的巢穴。那个男人开始一根又一根地掰开贺顿的手指，恶狠狠地说："到屋里去，我会买你……"

贺顿不敢讲话，嘴巴一张，力气就泄了，她就真的万劫不复了。她死死地咬着嘴唇，一寸寸地挪移着自己的脚步。冷不丁想起了小报上登过的女子防身术，说危难之时可抬腿狠狠照着男人的胯下踢去，只要位置精准，男人必然趴下。

贺顿非常想试一试。秃头男人的裆就在她的脚前方，这个愚蠢的家伙绝对想不到面前如此瘦小的女孩正酝酿着风暴。

贺顿眼睛一闭，就把左脚踢了出去。为了走路方便，她穿的是旅游鞋，这一脚虽因人小体弱而显得力道不够，但位置大体不错，男人嗷嗷怪叫着弯下了腰，捂着肚子跪倒在地。贺顿趁机一溜烟地跑了。

到了大马路上，贺顿惊魂未定，愣愣地站在阳光下许久。太阳像一只绿色的苍耳，毛茸茸地挂在城市昏暗的天空。红色的东西注视久了，就会变成绿色。在乡下，你不能长久地注视着一种颜色，因为所有的颜色都那样饱满和猛烈，盯住了看，会让人头昏眼花。城市是中性和模糊不清的，你可以盯着太阳看，但是你看到的太阳没有光芒。许久许久，贺顿发觉自己的衣襟湿了。是谁的眼泪呢？是自己的眼泪。贺顿恨恨地擦掉了眼泪，她是不配流眼泪的，流眼泪的女孩要有一方美丽的帕子，帕子要有清香的气味。没有帕子，最次也要有一包劣质的纸巾。流眼泪的女孩要有一个强壮的肩膀可以依偎，如果没有肩膀，起码也要有一棵树一根电线杆子。没有纸巾，那需要钱。没有时间靠在街头的电线杆子上，因为她要去挣钱。

擦干了眼泪，再接再厉。

她飞快地爬楼，敲门的声音也大了许多。

这家的防盗门中间有一个大大的窥视镜。正是上午，阳光斜照在屋内，从窥视镜里可以看到一片光明。贺顿敲了半天，毫无反应。这一次，她真的失望了。时间对于她来说，就是晚饭和希望，现在，她又要再爬一座高楼了。就在她要打道回府的瞬间，突然那孔窥视镜暗了下去。

恐怖。唯一的解释就是在门的那一边，无声无息地站着一个人，她或他，此时正在目不转睛地打量着自己。这种感觉让人脊背发凉。

贺顿更用力地敲门，她期待着那个人发出声音，那样一切就比较正常了。

但是，对方是一个很有耐心的人。尽管贺顿把门敲得山响，但门里面的人依然顽强地保持着沉默。贺顿受不了这种煎熬，更猛烈地敲门，空洞的叩击在走廊发出回声。

门里的那个人很有毅力，依然一声不吭，这让贺顿对自己产生了怀疑。刚才她看到的那个光明的窥视孔，是不是一个错觉？也许，孔道原本就是黑暗的，是她一厢情愿地把它想成金黄。

贺顿的手停了下来。她打算走了，就算门里面真有一个人，那个人也是怪物。

在临走之前，贺顿对着门扇说了一句："我知道你在里面看着我。"

她说这句话几乎是没有意义的。她不能确定里面到底有没有人，她说这话只是给自己一个交代。毕竟，她在这里锲而不舍地敲击了很久。

贺顿的眼睛突然被刺激了一下，窥视镜孔又变成金色的了。这更吓人，比有人在窥视的感觉更加惊悚。因为窥视者离开了孔道，他或她就要现身了。

"干吗？"是个中年男人的声音。

贺顿转身走了。你没有办法向一个没有牙的人推销牙签，无论牙签是多么洁白和光滑。

防盗门突然打开了，一个穿着衬裤和毛背心的中年男子走了出来。贺顿回头看了一眼，还是继续走自己的路。

"嗨，说你呢！你敲了我们家那么长时间的门，我开了门，你怎么一句话都没有了？即使是最起码的礼貌，你也要讲究一下嘛！"男人的口气不怎么友善。

后面这句话拽住了贺顿的脚步，她回过头来说："我是推销化妆品的。"她估计说完了这句话，那男人就会砰的一声关上自家的门。不料那个男人皱着眉头说："可是，你并没有推销啊。"

贺顿说："估计你不需要。"

那人反倒被这句话激起来，说："谁说男人就不需要化妆呢？"

贺顿一想也是，折回来说："我们的产品是美白膏，你如果有兴趣的话，我就向你详细介绍一下。"

因为距离近了，那个男人就看清了贺顿的长相，说："不必详细介绍了。你本人就是介绍。我对你们的产品一点兴趣也没有了。"

贺顿对他买不买美白膏原本也不抱什么希望，但这番话激起了她的斗志，回击道："我怎么啦？"

中年男子说："这很简单，回去把这个道理跟你们老板说一说，就算你一瓶美白膏也没卖出去，有了这个经验，也不算你瞎忙活一天。这就像看电影，你若想知道电影好看不好看，先端详女主角的长相。凡是请得起倾国倾城女主角的电影，才有希望是好电影。回去歇着吧，小姑娘。"男子说完就要关门。

贺顿一下子就把自己的脚插到了门轴下面。这样，如果客户强行关门，就会将贺顿的脚碾得青肿。这是推销员们最凶狠的杀手锏，害得客户再烦再乱，也得听推销员喋喋不休地絮叨下去。这个动作常常引发客户拨打110。除此以外，无计可施。

单单为了推销，贺顿不会这样强人所难。这个男子说的话，她要问个明白。

　　"你打算喧宾夺主，让我回不了自己的家吗？"中年男子的口气有几分不满，更有几分戏弄。

　　贺顿忙说："不敢。只是你刚才讲的事我不懂，能再说明白些吗？"

　　该男子的积极性被调动起来，说："你好学，我也就好为人师一回。你的这个美白膏，一定是假冒伪劣产品。人们是从推销员的形象来推断化妆品的优劣的，你看你的这张脸……"说到这里，中年男子打了一个寒战，两个人才一同注意到他下身只穿了一条棉毛裤。

　　男子说："对不起，我刚才正在睡觉，突然听到门铃响，看了半天，看到一张这么丑的脸，实在想不出你是干什么的。现在可以拜拜啦。"说着，男子要关门，但贺顿丝毫没有把脚板抽出来的打算，关门就成了一句空话。

　　贺顿说："我是个丑女，可丑女就没有爱美和美白的要求了吗？"

　　男子说："你当然可以闷在自己家里独自要求，但跑到别人家门口不顾一切地按门铃，把别人吓一大跳，这就是你的不是了。"

　　贺顿说："我看丑女更有优势。"

　　男子大为困惑："我不明白。"

　　贺顿说："因为你是个男人，所以你不会明白。如果我是一个美女，推销化妆品，人家以为我是天生丽质，在我面前自惭形秽，一看到我就感到自卑了，当然不会买我的化妆品了。像我这样的丑女子，反倒可以衬托出顾客的美丽，所以大有前途。"

　　男子若有所思，最后说："也许你是对的吧？这样好了，听了你这番高论，我的妻子是个黑美人，用过无数的化妆品都不管用，吃亏上当就这一次，试试吧。"

|第23章|
开办一家心理诊所，比打家劫舍还费心思

贺顿要记住自己走过的大街小巷，那些买过她货物的人，在一定的时间之后，需要上门补货。美白膏在短时间内有效，反正一般的消费者也不是药品监察局的，家里也没有显微镜和分析仪，有毒和没毒根本分辨不清。碰过钉子的门户，就不要再去敲第二遍。倒不是贺顿怕苦怕累缺乏锲而不舍的精神，而是门里面的人除了让你滚的念头以外，没有丝毫购买欲。

从某一个早上之后，贺顿洗手不干了。不是金盆洗手，她没有金盆，最多算个金盆底。也不是她良心上有了什么发现，觉得这事伤天害理，遂而改弦更张。是她先行一步涂抹的半张脸，出现了中毒反应，像一锅川菜，开始"麻辣烫"。再上门推销此货，就得被人索赔甚至暴打一顿。苦孩子对于危险，有着田鼠一般的警觉。

贺顿又在街上百无聊赖地走。街头是一个好地方，有看不完的风景和发生无数故事的可能性。但是，你首先要在城市有一张床和一个基本被撑起来的胃。好歹这两个条件暂且满足，贺顿达到了低水平的衣食无忧安居乐业。她有片刻资本游手好闲，顺便为自己寻找新的经济增长点。

一天在路上，她看到了一个小小的门脸，写着"梦非梦心理诊所"。贺顿不知道心理诊所是什么地方，也不知道非梦是什么意思，只知道梦。既然六个字里有五个字是她所不了解的，就来了兴趣。

屋子里面很暖和，这让贺顿觉得舒服和放松。虽然面积狭小，但看

得出主人尽可能地布置出温馨典雅的气氛。淡粉色的窗帘和沙发，给人一种活泼的印象。贺顿以为会看到一位白发苍苍的老者，想象中能给人解梦的先生，应该是长袍马褂美髯飘飘的……完全不是这么回事，一位穿着蓝色制服的年轻女子迎了上来。

"请问，您是来见心理师的吗？"蓝衣小姐笑容可掬。

"不是。"贺顿回答。

蓝衣小姐的涵养还算不错，好声好气地问："那您进来有什么事？"

贺顿说："好奇。不知道这里是干什么的。"

"心理师是帮助人的。您如果有了什么心理问题，就到这里来，专家会帮助您。"蓝衣小姐耐心解释。

"帮助"这个词打动了贺顿。她是多么希望能有人帮助她啊——她的冷还有她的梦。当然，如果她有了力量，她也愿意帮助别人。贺顿说："谁来都行吗？"

蓝衣小姐说："是啊。只要您觉得自己有问题，需要帮助，这里随时敞开大门。"

贺顿半信半疑，世上居然有这样好的地方，有这样好的专家，她怎么没有早点看见过这块招牌！她激动地说："那我以后没有办法的时候，就到你们这里来。"

蓝衣小姐知道有了误会，赶紧澄清："欢迎啊。只是您到这里咨询，需要付费。"

话刚说到这里，电话铃响了，蓝衣小姐立刻换上了一副美好的笑容，伸手接电话，嗓音也在顷刻之间变得柔媚可人。

"您好，这里是梦非梦心理诊所……"

贺顿知道应该离开了，她没钱。还有最后一个疑问。等到小姐接完电话，贺顿小心翼翼地问："你们为什么叫梦非梦？"

蓝衣小姐说："所有的梦都是有意义的。"

贺顿一下子傻了，她的梦那样荒诞不经，如果有意义，是什么呢？噩兆？她不由得对面前的蓝衣小姐刮目相看，充满敬畏地问："你们这里能解梦啊？"

蓝衣小姐说："当然了。这是我们的主打业务之一。"

贺顿战战兢兢地问："解一个梦多少钱呢？"

蓝衣小姐说："这要看是大梦还是小梦，美梦还是噩梦，经常性的梦还是偶然性的梦，彩色的梦还是黑白的梦……"

贺顿一头雾水，插话道："梦还分彩色和黑白的呀？"

蓝衣小姐不屑地说："一看就知道你做的梦比较单一。当然了，快死的人做的梦基本上都是黑白的。如果一个癌症病人开始做彩色的梦了，意味着他的病情在好转……"

贺顿简直佩服得五体投地，说："我的梦是纯红色的。"

蓝衣小姐说："那你一定要找专家分析一下。有些癌症病人就做单一色彩的梦。如果真是这样，你可要小心。"

贺顿说："你是专家吗？"

蓝衣小姐扑哧笑了，说："承蒙你抬举我，我哪里是专家呢，不过是一知半解，懂得一点皮毛罢了。"

贺顿更对专家充满了憧憬。没有见到神仙，单是神仙洞外一个扫地的小童，已经让她佩服得五体投地。

她不好意思地问："解一次梦要多少钱呢？"

蓝衣小姐："你不能这么问。不是解一次梦多少钱，好像我们这里在宣传封建迷信似的。你来见一次心理师，说什么就是你的自由了。包括梦。"

贺顿说："除了梦，我还想看看病。"

蓝衣小姐说："这里不看病。要看病到医院去。"

贺顿说："正是医生让我到你们这里来的。"

蓝衣小姐说："你看什么病呀？"

贺顿说："我的半截身体是凉的。"

蓝衣小姐好奇地问道："哪半截啊？上半截还是下半截？"

贺顿就觉得自己被这声音铡刀似的切成了两段，寒意骤深，从晚秋掉到了数九寒天，腿脚打着哆嗦说："下半截。"

蓝衣小姐说："试试吧。不过，这也是先收费的。"

贺顿满怀期望：“能治好吗？”

蓝衣小姐说：“这叫我如何回答？心理疾病也像癌症似的，有一定死亡率，并不都能治好。我们会尽力的。这里的心理医生有硕士有博士还有博士后……价钱不一样。”

贺顿说：“收费高吗？”

蓝衣小姐说：“当然高啦。现如今什么不收费啊，你在路边喝口凉水还收你的钱。我们也不是慈善机构，也没有什么外国资金援助，要是不收费，你让专家们喝西北风啊？专家要是都冻死了，饿死了，谁来帮助你们呢！”

贺顿极度失望地说：“我没有钱。如果我有了钱，我就没有问题了。”

蓝衣小姐叹了一口气说：“有了钱也有问题，问题比没钱的人还多呢。”

话不投机，贺顿换了一个方向，说：“那谁的水平最低呢？”

蓝衣小姐不乐意了，拔得细细的眉毛直刺鬓角，说：“你什么意思啊？我们的医生水平都高着呢。”

贺顿赶忙解释：“我不是怀疑医生的水平，是说谁的收费低点呢，就请谁给我看。”

蓝衣小姐哼了一声，表示终于明白了她不是故意挑衅，报出了一个价码。贺顿觉着很贵，抵得上半扇猪肉。但若是从此让自己全身温暖如春，哪怕吃糠咽菜也愿意凑出这笔钱。为了更踏实，她说：“包治好吗？”

蓝衣小姐说：“哎呀你这个人这么不开窍！刚才不是跟你说了吗，只能尽力，不能保证。再说，谁知道你能坚持多久啊？”

贺顿说：“我交了这么多钱，肯定能坚持下来。”

蓝衣小姐说：“这只是一个钟点的钱。若是一个疗程才这点钱，心理师早就饿死了。”

贺顿以前只知道按摩的人和三陪的人按钟点收费，不想心理师也加入了这个行列。她不甘心地继续求证：“多少个钟点才能见成效？”

蓝衣小姐说：“不一定。也许一个钟点就万事大吉，也许十个八个钟点也没一点成效。”

贺顿问了最后一个问题："最长的，要多少个钟点？"

　　蓝衣小姐对贺顿刮目相看，看不出这么有实力啊。她说："有在这里看了一年多的。一共是……"

　　蓝衣小姐再没有听到回答。贺顿已经走出了心理诊所。就在这一瞬，贺顿下定决心，与其把这许多钱都送到心理师手里，不如奋起自救，学做心理师。先救自己。如果真有效，久病成医，再救别人。

　　贺顿萌生了要当心理师的心思之后，开始收集有关的资料。这是一个新兴的职业，取得资格的途径就是参加学习班并经过考试。这当然是需要一大笔钱的。

　　贺顿的第一盘底金子，人吃马喂的只剩零碎的几个，对付着过日子还凑合，要想深造和拿文凭，就杯水车薪了。为了探究自己的秘密，顺带治病救人，脸上的创伤稍微平复，贺顿便重操旧业，这一次，她可以开辟新的战场，就不会有人索赔。

　　当贺顿找到夹壁墙一样的美白膏批发店时，门前一片萧索，墨字已被掩盖。贺顿敲了半天，胖女人才来开了门，一看是贺顿，就四处搜寻了一番，才放她进来。

　　贺顿说："大妈，我来批货。"她看到货物已经不多。

　　瘦男子不在，胖女人神色惊慌地说："你还敢批货啊？"

　　贺顿吃惊道："怎么啦？"

　　胖老板娘说："生产这个膏的厂子叫人封了，说是有人过敏抹出了官司，毁了容，还有说出了人命的。这个膏没人敢卖了，我就这点存货，甩完了之后我也走了。你是常客，我就不瞒你。赶紧走吧。"

　　贺顿想撒腿就跑，又一想，普通老百姓资讯也不发达，未必就知道得这么清楚，也并非人人过敏，就对老板娘说："反正你这些货也卖不出去了，不如便宜点儿批给我，弄几个钱是几个钱。"

　　老板娘想了想说："好吧，我就五折给你。到时候你卖不出去，不要找我。我可是把丑话都说到前头了。"

　　美白膏放在那里好像不太多了，真要一箱箱清点起来，也不是一个小数。虽然最后老板娘把折扣让到了两折半，还是花光了贺顿所有的钱。当贺顿用一个平板车把美白膏拉回自己的小屋时，简直觉得是炸药包进了门。

心理师的培训班就要开课了，贺顿去问过了，人家说这期办完了，下期还不定什么时候再启动。毕竟这也不是文化补习课滚动教学，这期毕不了业还有下期。中国的事，谁也说不准，早一点上学就能早一点参加考试，早一点拿到文凭就能早一点建功立业。再说啦，听说外国的心理医生都得是博士毕业，最次也得是个硕士，只有中国网开一面，只要是读过培训班就能参加考试，英雄不问出身。此等机会，恐怕过了初级阶段的这个村就没这个店了。事不宜迟。贻误了时机，新的政策法规一出台，贺顿恐怕就得永远断了念想。

三毛在一首歌中写道："为了梦中的橄榄树，流浪远方，流浪……"贺顿心中没有橄榄树，但是有一列红色的小火车，会飞翔的小火车。为了这个怪梦，贺顿不能流浪。心理师是贺顿的美梦，为了美梦，贺顿又要蹈入噩梦。

时间非常紧迫，培训班就要开课了。钱啊钱，如今真成了贺顿的命根子。她没有时间一瓶一瓶地售卖美白膏了，她要一揽子解决。

出门的时候，贺顿满怀悲壮之情。特地穿了一件新衣服，以鼓舞士气、勇气。她找到半秃老头儿的家，还真费了一番工夫。遇险之后，她总是绕过这个街区，久而久之，反倒很不熟悉。唤起的记忆是可怕的，越临近秃顶老头儿的住宅，越举步维艰。但是一想到自己的计划，贺顿又猛地加快了脚步。这时候，如果有一架摄像机在半空中跟拍贺顿的行踪，一定会显示出忽快忽慢的不可捉摸性。

总算到了。贺顿敲响了老头儿的门。

没有人回应。

贺顿舒了一口气，紧接着又抽了一口气。她没有时间了，她必须把美白膏批发出去。

突然，门毫无征兆地打开了，贺顿吓得后退一步。

秃顶老头儿说："是你？"

贺顿不好意思地说："看来，您还记得我。"

秃头说："我当然记得你。我的手被你抓破了，我到防疫站打了狂犬疫苗。"

贺顿愤愤地说："我又不是疯狗。"

秃头说："你们这些人，比疯狗还不如。"

贺顿说："你不要骂人。"

秃头说："老子就是骂你了，你能怎样？"

贺顿忍气吞声地说："我来找你，是想向你道歉。"

秃头说："你敢再来，肯定没安好心。说吧，你想干什么？"

贺顿说："我想请你买点美白膏。"

秃头恍然明白了，态度立刻变好了，说："既然是做买卖，就请到屋里吧。"说着，把自己身后的房门打开得大大的，一股单身男人的呛人气味喷涌而出。

贺顿步履沉重地走进了秃头的门。这扇门正是她上次殊死反抗的门，此刻却乖乖地走了进来，还生怕秃头不让她进来。

贺顿在沙发上坐下来，掏出自己的美白膏，说："您看看货色吧。"

秃头说："把它抹在你的屁股上，我才看。"

贺顿说："你不要脸！"

秃头说："你送货上门，咱们谁更不要脸？"

贺顿说："我急需一笔钱。我把货卖给你。"

秃头说："你得让我看看货色满意不满意。"

贺顿就噙着眼泪开始脱衣服。秃头说："把你的眼泪擦干净。你要是哭哭啼啼的，就滚蛋！老子花了钱，是要买痛快的。你哭，我就不给钱！"

贺顿只好挤出一个笑脸，并且把这个微笑一直保持到了最后。她想到自己终能成为心理师，笑容就由衷地灿烂了。

待秃头爬起身来，看到贺顿的微笑，吓了一大跳，赶紧把衣服穿起来，好像这里不是自己的家，是拘留所。

秃头说："你还在笑？"

贺顿说："你不让我哭，难道还不让我笑吗？"

秃头说："闹了半天，你不是——"

贺顿翻翻白眼说："我没说我是。"

秃头说："那你上回还装什么正经，我以为你应该……是。"

贺顿说："应该是什么样子？"

秃头说："我从来也没碰到真的，反正你不是。"

贺顿说："不是就不是。不是怎么啦？"

秃头说："不是就不能是刚才说的那个价钱了。我给不了那么多。"

贺顿说："想打折？"

秃头说："对了。"

贺顿说："最少八折。"

秃头说："不成。太贵了。八折你拿不到。"

贺顿说："你说给多少？"

秃头说："最多六折。"

贺顿说："没有那片肉，不能少那么多钱。"

秃头梗着脖子说："肉跟肉不一样，要看长在哪儿。"

贺顿活动了一下腰身，下半身冰冷更甚。说："好吧。七折。你要是还不答应，我就告你强奸。"

秃头说："好吧。算我倒霉。"

贺顿拿了钱，起身走了。第二天早上，秃头出门的时候，几乎打不开自己的房门了。在他的门口，严严实实地堆满了美白膏的盒子。他气得捶胸顿足，想不通那个瘦小的外地女孩子，为什么在拿了钱之后，还要把这些东西千辛万苦地摞到他门前。

理由很简单，贺顿卖的并不是自己，只是美白膏。至于自己，不过是噩梦中的梦游。她如果不这样对自己解释的话，没法用那些钱交学费。

贺顿以第一名的成绩，拿到了心理师的证书。贺顿把那本来之不易的棕褐色的人造革封面的证书，几乎攥出水来。这是她唯一一本真的证书，为了这本证书，她付出的太多太多。付出的既然多，就要有所回报，她决定开一家心理诊所。

一个好汉三个帮。贺顿自认为不是好汉，当然需要更多的帮助。当她把这个想法告诉培训班同学沙茵的时候，沙茵几乎第二次昏过去。沙茵第一次几乎昏过去，是得知自己考试未能通过，不得不参加下一轮考试，幸亏海岛的风和女儿嫩脸的摩挲，才让她复原。

"这是不可能的。"沙茵斩钉截铁地说。她平时温顺寡断，此次一反常态。

贺顿不解："我又不是打家劫舍干什么非法的勾当，你至于这么紧张吗？"

沙茵说："你以为开办一家心理诊所简单吗？比策划一起打家劫舍还要费心思呢！"

贺顿说："看你捶胸顿足的，好像你老马识途，打过家劫过舍也开办过心理诊所似的。"

沙茵说："我都没干过。不过我在大学里当心理教师，知道这行当里的深浅，实属不易。"

贺顿说："我爱这一行，就不信这个邪。再说，我费了这么多心血和银两，还有……哼！不说它啦，总之千辛万苦才把这个本本拿下来，不能把它当摆设啊。"

这当然是说得出的理由，还有说不出的理由。贺顿想探索自己的秘密，也想探索别人的秘密，她是一个对秘密有着惊人喜爱程度的女子。有人能为了信仰赴汤蹈火，也有人能为了秘密献身。

沙茵一看贺顿如此决绝，也就不再劝说。她是个温顺的女子，今天的表态已经是她的底线。贺顿搂着她的肩膀说："你要支持我。"

沙茵说："那是当然了。谁让咱们是同学呢。"

贺顿说："支持要有实际行动。"

沙茵说："当心理师凭的就是人格与嘴皮子，这两样东西都是随身携带的，也不需要更多的设备，干起来就是了。"

贺顿说："沙茵，我一不要你投钱，资金的事我自己来解决。二不要你帮着操办琐事，我知道你是小姐命，我来当这个丫鬟。三不要你跑腿，跑腿是我的长项……"

话说到这里，沙茵忍不住笑起来，说："贺顿，好像你是马家军训练出来的。这不用我干，那也不用我干，到底要我干什么呢？"

贺顿说："等我把一切都操办起来之后，你就来当心理师吧。咱们是同学，我知道你用功刻苦，咱们一起来创业。"

这一下反倒戳到了沙茵的痛处，她说："贺顿，你这是不是讽刺我啊？我知道你过了这道坎，拿到了证书，可我还在苦苦挣扎。"

贺顿急了，说："沙茵，我哪能看不起你？只有你看不起我的份儿，没有反过来的道理。我是个闲人，一门心思扎在书本里，瞎猫碰上了死耗子。这次因为你太忙了，下次肯定能通过。你来吧，我送你干股。"贺顿最近在研究《公司法》。

沙茵问清了没有太多风险，正式同意加盟。

在现阶段，一切都是贺顿单枪匹马地操持。一个篱笆三个桩，贺顿想，自己起码要有一百零八个桩才支撑得起。

再找谁呢？其实培训班里动了办心理诊所心思的不止贺顿一人，再找个同学？再三考虑后，贺顿决定暂时就单线发展沙茵，剩下的以后再说。她的小算盘是：山里无老虎，猴子称大王。自己充其量也就算一个小猕猴，要是大将太多，机构还没成立起来就山头林立了。不是贺顿揽权，实在是因为对别人来说，办心理诊所只是玩票，贺顿则是命之所系。

既然不找同学做帮手，那还有谁愿意加盟这个虚无缥缈的心理诊所呢？贺顿去找汤小希。

汤小希休班，脸上泛着鲜亮的光泽，正在洗衣服。一看到贺顿，甩着满手的泡沫搂着贺顿的脖子说："正想你呢，你就来了。你说咱俩是不是有心灵感应？"

贺顿大喜，汤小希说出了"心灵"这个词，这就意味着志同道合。她先不忙着说明来意，微笑着问："为什么想让我来？"

汤小希说："我处了个对象，你帮我掌掌眼。我在这里举目无亲，你好歹算是半个娘家人。"

贺顿听到耳朵旁边肥皂泡窸窸窣窣破裂的声音，被这份信任所感动，看了一眼脸盆子里的衣服，说："他的？"

汤小希幸福地说："嗯呢。"

贺顿说："不是有洗衣机吗？干吗手工劳动？"

汤小希说："洗衣机净洗工作服什么的，我怕不干净，手洗放心。"

贺顿酸酸地说："哎呀，这么贤惠！"一边想，那个需要自己为他手洗衣服的人，还不知在哪儿藏着掖着。

汤小希把衣服拧好抖了抖，预备挂在绳上。贺顿看着衣服说："当保安很辛苦，是吧？"

汤小希不解道："当保安辛苦不辛苦关我屁事？"

贺顿说："怎么不关你的事了？你以后就是一个保安婆。"

汤小希恍然大悟道："你说的是他呀，早吹了。我现在的男朋友是个卖肉的。"

贺顿上上下下打量着汤小希，口中发出啧啧的声响："就算失恋受了打击，你也不能自暴自弃，堕落到这个地步，嫁给一个屠户。"

汤小希纠正说："你不要乱讲，是我蹬了保安，我是主动的一方，该垂头丧气的是保安而不是小希我。顺便再提醒你一下，卖肉的和屠户是不同的。"

贺顿说："有什么不同？我没说是个杀猪的，就算很给你面子了。"

汤小希大笑道："贺顿你不用给我面子，照顾好你自己的面子就不错了。杀猪如今都机械化了，先用电棍把猪打晕，然后放血，猪像睡着了一样，一点都不痛苦。你想用刀杀，人家还嫌你不人道呢！"

贺顿说："是猪道。"

汤小希说："如今卖肉都是连锁加盟店，我男朋友就是一个店的店长。除了清真和素食主义者，谁能不吃猪肉？所以干这行旱涝保收。"

贺顿说："那我以后要是到你老公的店里买猪肉，是不是能多来点瘦的？"

汤小希正色道："贺顿你严肃些，在他没有送我钻戒之前，他就不是我老公。看来你也是清苦些日子了，不吃肉很久了吧？如今的肉都是分开卖的，你想吃瘦的，就来大小里脊，梅花肉更是一丝肥的都没有……"

贺顿说："我只知道大里脊，却不知道这小里脊是哪里。"

汤小希说："这大里脊就是……"说着，扯过贺顿的脖子，从颈椎向下捋，直捋到尾巴骨，逗得贺顿笑个不止。这还不算完，又把手伸到了贺顿的胳肢窝底下，说："这里的长条肉就是小里脊，更鲜更嫩……"

贺顿说："你别拿我打比方啊……呵呵呵……你嫁了卖肉的，也不能把谁都当成猪啊！"

两个女子打闹了一番，汤小希突然正色道："好了，说你的正事吧。"

贺顿整整衣服，说："看你就是正事。"

汤小希说："骗谁啊？我还不知道，你来必是有重要的事。说吧，我快接班了。"

贺顿说："小希，你真是古怪精灵，我就喜欢你这鬼头鬼脑的样子。我打算开办一个心理诊所，邀你入股。"

汤小希说："心理诊所是干什么的？"

贺顿说："就是人们心理上有了毛病，要到一个地方诊治，心理诊所就是干这个的。"

汤小希说："我明白了。前两天看一部外国电影，说的是心理医生的事。有一张长长的床，一个人躺在上面，脑后头坐着另外一个人，嘟嘟囔囔的，这就是心理诊所了？"

贺顿说："有那么一点意思，不过也不尽然。其中的奥妙，我以后再给你细说。总之，我想干这个事情，你要不要参加？"

汤小希翻翻白眼说："我又没有大胡子。"

贺顿说："这跟大胡子有什么关系啊？"

汤小希说："大胡子念念有词，我不会啊。"

贺顿说："我会。"

汤小希不由得退后一步说："真看不出来，你居然会这一手？"由于屋子实在是小，汤小希这一退，几乎一屁股坐到了床板上。

贺顿拉了汤小希一把说："我经过学习，已经有了文凭，可以办心理诊所了。我需要帮手，我看你合适。"

汤小希一时有些激动，说："你看得起我，我愿意和你一块儿干。

要是以后干得好，我可以升个领班吗？"

贺顿又好气又好笑，说："心理诊所又不是饭店，那不叫领班叫主任。"

汤小希泄了气，说："主任这个官衔就太大了，估计轮不上我。"

贺顿说："怎么能轮不到你？我现在就可以任命你为咱们心理诊所的筹备主任啊。"

汤小希半信半疑："你一张嘴就能任命啊？"

贺顿说："咱们不是创始人吗？那怎么就不行呢！"

汤小希说："我成了主任，那你呢？"

贺顿还真没想过自己到底是个什么角色，让这一问给问住了，想了想，她说："我就是所长。"

汤小希说："那咱俩谁的级别高啊？"

贺顿说："我领导你。"

汤小希说："这最好啦，我就喜欢被人领导，让我干点具体的事，我能干着呢！要是发号施令，就怵头。"

贺顿说："那好吧，我现在就发布咱们心理诊所的第一个指示，你到工商管理部门打探清楚，办一个心理诊所都需要哪些手续，然后咱们就一步一个脚印地开始筹备。"

两人一击掌，好像刚刚扣球成功的女排队员，要把好运气传染给别人，异口同声地说："嗨！嗨！"

几天之后，汤小希来到贺顿的出租屋，正好柏万福旅游还未归来，两个人可以放肆地大叫大嚷。贺顿事先在厨房里熬下热气腾腾的一锅八宝粥。

贺顿忙着给汤小希递拖鞋，说："都打探清楚了？"

汤小希抹抹睫毛上的汗珠说："基本上吧。"

贺顿说："先吃饭。吃饱了，咱们就有劲了。"说着，一人一把小勺，开始喝粥。

"难吗？"贺顿问。原想吃完了饭再说详情，等不及了。

汤小希说："不难。基本上和审批一个香烟摊子的要求差不多。"

贺顿大吃一惊，说："不能吧，这几天我看了很多资料，人家外国，难着呢。"

汤小希说："外国怎么审批，咱不知道，反正咱们这里的手续不复杂，中国特色。"

贺顿非常高兴，说："真是天助咱们。"

汤小希又说："别高兴得太早了！"

贺顿说："既然不复杂，咱们又不傻，为什么办不成呢？"说完，她深深地喝了一大口粥，红豆绿豆花脸豆白芸豆依次滚过喉咙，落袋为安。又要给汤小希添粥。

汤小希推开贺顿的手说："饱了。"

贺顿说："也没什么好吃的，不过是个水饱，一会儿就又饿了。再吃点吧。"

汤小希说："你毁了我的减肥大计。"

贺顿说："嫁给一个屠户，还减什么肥。"看到汤小希直瞪自己，赶紧改口道："不是屠户，是连锁店老板。"突然想起一个重要的问题，忍不住笑起来说："那你去买肉一定不用花钱了。"

汤小希说："不是告诉你，我正减肥呢，好久不吃肉了。"

贺顿用一番玩笑话把正题岔开了，其实是她不愿听到为难的事。但是，你既然打算大干一场，又怎能避开必要的环节。只好面对："你详细说说，具体都有哪些困难？"

汤小希也严肃起来，说："只有两个困难。"

贺顿说："你真把我吓着了，只有两个困难，有什么克服不了的呢！"

汤小希说："贺所长，你听好了。这两个困难就是，第一，你要有一个有房产证的房子，作为你的营业地点。第二，你要有十万块钱作为注册资金。"

贺顿说："租的房子行不行呢？"

汤小希："也行。只是户主必须同意把他们的房子作为你的办公地点，签字画押。要是你跑了，他的房产就得拿来抵押。"

贺顿说："十万块钱的注册资金，能不能少一点呢？"

汤小希说："这是最低限额，一分钱都不能再少！"

贺顿皱起眉，说："汤主任，麻烦你说这些话的时候，能不能小声点儿？摇唇鼓舌的，好像幸灾乐祸！"

汤小希说："贺所长，我是着急上火嗓门大！看来只有一个法子了……"

贺顿看到一线曙光："快说！"

汤小希神秘兮兮地说："印假钞。"

贺顿转过身不理她。过了一会儿，贺顿心绪平稳了些，说："咱俩如今一个是所长，一个是主任，要同舟共济。"

汤小希说："你就不用启发我的觉悟了，有什么想法，直说吧。"

贺顿被人识破了伎俩，有点不好意思，说："我把自己的钱都拿出来，你也拿出来，咱们凑凑看还差多少。"

汤小希说："我还得结婚呢。我攒的钱可是出门子要用的。"

贺顿说："你要是不放心，就算是我借你的。"

话说到这里，汤小希一拍脑门说："你这一说，我还真想起来了，其实不是真要花费那么多钱，只要借到了，打到账户上，过一段时间之后是可以转走的。"

贺顿松了一口气说："你的意思是，只要有人愿意借给咱们应个急，这十万块钱过一段时间就可以还给他？"

汤小希说："是这个意思，你可以跟富朋友借借看。我还有一点闲钱，也可以让你先借着用。"

贺顿思忖片刻说："风险都在我一个人身上？"

汤小希说："本来就是你起的意，你是主谋，我是胁从。"

贺顿说："你不相信这个心理诊所能办长久，能赚钱？"

汤小希摸着贺顿的手说："我真的不知道这个心理诊所到底会怎样，我只相信你。"

两个人把自己的家底都暴露出来，加起来离那个宏大的数字还差得太远。

贺顿冥思苦想，问汤小希："你男朋友连锁店的买卖怎么样啊？"

汤小希警惕起来：“你问他干什么？”

贺顿说：“关心你啊。怕你嫁过去成了饭来张口衣来伸手的寄生虫。”

汤小希说：“你放心吧，我会保持劳动人民的本色。”

贺顿旁敲侧击：“他那个连锁店有多少员工啊？”

汤小希悻悻地回答：“就他一个人。”

贺顿就暗自庆幸自己没把向汤小希男朋友融资的事说出来，那样不但谋不到钱，还得让汤小希为难并且挖苦一顿。

两个人不再谈钱，也不再谈房子，因为没有任何可谈的方向。于是再同仇敌忾地喝粥，直喝得肚子滚圆，走路的时候都不由自主地撇开了八字脚。汤小希离去的时候，咬牙切齿地说：“所长，以后开了张，我第一笔找你报销的费用是买减肥药花的钱。这属于工伤。”

柏万福从海南旅游归来，拿出一串粉红色的珍珠对贺顿说：“这是真正的珍珠，彩色的，我特地买回来送你。”

贺顿说：“那得有一段雪白的脖子配着才好看，我的脖子黑着呢。留着给你以后的女朋友吧。”

柏万福的手捏着那个装项链的红绒布盒子，伸也不是，缩也不是，僵在半空。半晌，他叹了一口气说：“你看不起人。嫌我下了岗。”

贺顿说：“我根本就无岗可下，哪能笑话你？咱们半斤八两，就别自相残杀了。”

柏万福伤感地说：“那你干吗不要我的项链？”

贺顿说：“你太破费了。我给你的不过是平日里的一点菜饭，哪能接受这样贵重的礼物？”

柏万福说：“不贵重。那里产这个东西，说什么东珠不如西珠，西珠不如南珠……”

贺顿说：“东珠是哪儿的？西珠又是哪儿的？”

柏万福憨笑着说：“记不住了，反正南珠最好，这就是南珠。”

贺顿细细打量着穿云破雾来之不易的南珠，一挂珠子，有腰鼓形的，有三角形的，有葫芦形的，就是没有一颗是圆的，连圆形的近亲——椭圆形的也没有。

她实在说不出赞美的话来，但出于礼貌应该说点什么，就说："颜色挺奇怪的。"

这批珠子的颜色是一种稀薄的淡粉色，像是刷牙时出了少量的血，混合着牙膏吐出来浸染而成。

柏万福受到夸奖，得意地说："选什么颜色的珠子，我还问了好几个店员呢。"

贺顿说："你怎么问的呢？"

柏万福一下子害起羞来，说："我要是直说了，你可不许生气。"

贺顿想不到这和自己生气有什么关系，不禁好奇。为了满足自己的好奇心，她宽宏大量地说："不生气。"

柏万福说："你不生气，我可就说了。"

贺顿说："说呀。"

柏万福说："我说，我要给一个女人买条珍珠项链，她有点黑，可是黑得一点都不碍碜，黑得油光水滑的，黑得美着呢……"

贺顿扑哧笑起来，说："我还是第一次听到黑得不碍碜，好像我是玉米糁子似的。还油光水滑，仿佛我是一条蟒蛇。我没觉得这话有什么可生气的呀！"

柏万福嗫嚅着说："她们问我这个女人是我的什么人，因为给不同的人买项链还有讲究呢。"

贺顿警觉起来，说："你是怎么说的呢？"

柏万福求饶地看着贺顿说："我跟她们讲，是给我媳妇买的……"

贺顿折身返回自己的小屋，把房门摔得山响。

柏万福深深地吐出一口长气，脸上的肌肉因为紧张而不停地哆嗦。不管怎么着，话终于说出来了。他轻轻地扇了自己一个耳光，算是对自己的佩服加表扬。

柏万福三步并作两步下到一楼，不用钥匙开门，把门敲得山响。

娘给他开了门，问："忘带钥匙了？"

柏万福雄赳赳地说："带着呢。"

娘锐利地看了一眼儿子，就知道发生了一件事。从儿子发红的鼻子两侧，娘就知道惊天动地了。从小他就是个老实孩子，一旦跟人打了架或是丢了钱或是被人欺负了，鼻子两边就会发红。

什么事呢？娘略一琢磨，问道："你说了吗？"

娘是明知故问。

"说了。"柏万福还沉浸在破釜沉舟的喜悦中。

"她什么反应？"娘追问道。娘看不起儿子，把自己的话说出去，就高兴得忘乎所以了，说话有什么难的？况且，这话早就应该说了，如今说，已经太晚了。男人，该惭愧才是。但是娘不会把后面的这点埋怨让儿子看出来。儿子从小就胆小怕事不争气，一点都不像娘，像他那个窝囊的爹。他的爹虽然都死了几十年了，骨灰都不知扬到哪里去了，娘还是打心里一点都不原谅他。

"她什么也没说。"柏万福回忆着，当时他只顾着自己高兴了，竟没有特别留心贺顿的反应。

娘点点头，问："她没拿巴掌抽你？"

"没有没有……"柏万福连连否认，还用手掌下意识地抚摸着自己的脸颊，能够感受到轻微的令人舒适的疼痛。巴掌不是来自别人，而是来自自我表彰。

娘又点点头，问："她没拿唾沫啐你？"

这一次柏万福回答得很快："没有。"这一点，他记得很清楚，脸上干燥得直爆皮，不曾受到任何水分的滋润。

"她没说你是癞蛤蟆想吃天鹅肉？"娘问。

"没有。我不是跟您说过了吗，她一句话都没说。"柏万福觉得一向精明的妈，有点唠唠叨叨。

"好了，小子，干得不错。咱这第一步算是走出来了，后面的事，听天由命吧。"

"我能娶上她吗？"柏万福直搓手，好像怕冷，又好像怕热。

"不知道。姻缘这个事情，谁说得准呢。"娘说完，拍打了一下柏万福身上的尘土。其实，柏万福身上并没有尘土，娘只是从他小的时候就这样不停地拍打着他，直到他长大成人。娘想，以后有了媳妇，就让媳妇给他拍打了。娘老了，拍打不动了。

　　贺顿心里烦躁，就到街上溜达。

　　面对着柏万福的求婚，贺顿第一个想法是好笑，她从来没想到会和房东的儿子有什么瓜葛。她有过很多个房东了，凶恶的，冷淡的，笑面虎的……她从来不期望房东发什么善心，房东是个冷酷的职业。你有房子，别人却无家可归。你宁愿把房子空在那里，也不愿让无处栖身的人头上有一片瓦。所有的房东都不是慈善家，也许有过慈悲之心，但房客们交付的房租就像流水，把他们的慈悲之心冲刷一净。

　　但是，有一所房子又有什么了不起的？房子是死的，靠吃房租过日子，是天下最没出息的事情之一。一个人不能靠自己的本事，靠一堆砖头瓦片来养活自己，是非常可悲的命运。贺顿知道在自己纤瘦的身体里面，贮藏着志气和理想，比一千平米一万平米的房子更宝贵。

　　今天，房东破天荒地没有堵在单元门口。贺顿以一个陌生人的眼光审视着房东太太的房子，加以针砭。

　　老式楼房，一梯三户。注意，不是电梯的梯，是楼梯的梯。房东太太的房子是中单元，正对着楼梯，也正对着单元的大门。所有上楼的人，都要从这套房子的门前走过，从家里一开门就感受到了外面吹来的风。贺顿只是在交房费的时候，进过房东太太的屋子，知道大致的格局。当中是个方方正正的厅堂，面积不小。站在厅堂中，左右两手都是卧室，大小也都差不多，各有十几平方米，朝南，采光很好。这套房子的优点就是向阳，阳光灿烂，缺点也是向阳，没有朝北的窗户，通风不是很好。当年回迁的时候，房东太太之所以挑选了套一楼的房子，就是为了自己腿脚不方便的时候，不用爬楼。她家还有一个可以优先挑选好房子的机会，那时候讲究的是"金三银四"，房东太太就选了四楼让儿子住，后来又开始每套出租一间房。

　　其实老太太可以和儿子合住，把另外一整套租出去，但房东太太怕合租的房客处不拢，打架斗殴。如果房客欠租甚至合伙诈骗，反倒不好对付。老太太让他们分开租，都是自家人住好房子，让租户住小房子。而且厨房也是自己霸占了，还能有效地监督房客，免得他们狼狈为奸。

"大姐，出来溜达啊？"一楼的房客和贺顿打招呼。这是一个东北来的小伙子，卖菜的，名叫安南。"安南，最近生意怎么样？"贺顿回话。

"不怎么样。"安南说。

贺顿笑起来，说："无论我什么时候问你，你都说不好。报纸上一股劲儿地说菜涨价了，还能说生意不好吗？"

安南说："这就是贪心不足呗。农民的劣根性，我哪能例外呢。"

贺顿说："还真挺有水平的，怪不得你和联合国秘书长同名同姓呢。"

安南说："大姐你不要哪壶不开提哪壶了，我就怕人家说联合国。也怪我老爹老妈那时没啥文化，根本就不知道有这么个国家。"

贺顿说："也别怪你老爸老妈了，那时候秘书长还没轮到他呢。"

安南说："大姐我就爱听你说话。我告诉你一件稀罕事。"

贺顿说："上次你告诉我韭菜有毒，吓得我一个多月没敢吃饺子。这次你们又在什么菜上做了手脚呢？"

安南打着响指说："这次和你有关。"

贺顿说："我一天到晚不招谁不惹谁的，良民一个，和我有什么关联呢？"

安南说："我偷听到房东太太和她儿子的谈话，他们想娶你进家门呢。"

贺顿说："真的呀？看来咱们这些房客够倒霉的了，住了人家的房，就被人家盘算。幸亏房东太太没有个闺女，不然你也会被招为驸马呢。"

安南说："那敢情好！咱俩还就成了亲戚。大姐，不管怎么说，你防着点儿。她家那个儿子，老实得过了头，出门就得让人蒙骗。要是上我的摊上买菜，一斤我会少他二两。不然的话，天理不容啊。"

第24章

孩子是神的馈赠，
而神的东西都是未完成的

我把你们夫妻找来，是迫不得已。你们在别的地方可以互不理睬，在我这里，必须说点什么。这不是我的命令，是曾经使你们结合在一起的那个人，恳求你们这样做。他很小，可是他却很坚决很顽固很有心计。他是一个弱者，他又是一个强者。如果你们继续对他置之不理，他一定会要你们付出极为惨痛的代价。这不是危言耸听。如果你们不曾准备好，你们就不要当父母。既然你们在懵懵懂懂的情况下当了父母，就要负起责任，现在要补课。就像司机出了事故，要重新补习交通规则。也许你们在金钱上有很大的建树，也许你能貌美如花青春不老，可携带着你们基因的这个小家伙，却会杀人放火投毒自杀，这岂不是你们做人最大的失败吗？说失败都轻了，是罪孽！我作为一个心理师，真真地发愁了。我不知道怎么对你们的儿子周团团说话，我不能伤害他，我一筹莫展。我只能把你们——他的父母请来，向你们讨教一个法子。你们要好好地谈一谈，爱情可能只是你们两个人的事，但婚姻就成了可能关乎其他人的事，因为有了一个新的生命——孩子。

我已经无能为力。你们讨论吧。关于你们的孩子。我相信你会找到一个方法，妥善地处理好这其中复杂的关系。孩子是一个蓓蕾，你们是荆棘。你们要拔掉自己的刺，让他感觉到温暖。每一个孩子都是神的馈赠，而神的东西都未完成。宇宙完成了吗？没有，流星就是证据；时间完成了吗？也没有，我们都还活着，这就是证据；孩子没有完成，毒药就是证据。神的归神，我们的归我们。孩子没有完成的那一半就要当父母的来接手。团团是一个多么可爱的孩子啊！我见犹怜！

我对你的性取向表示尊重。这是你个人的事情，和法律无关，和他人无关。甚至我觉得和你谈论的事件无关。

你不要把眼睛睁得那么大，好像我说了什么惊世骇俗的话。平静一点好吗？你太紧张了。在我们的生活中很少出现你平静下来反倒做不好的事情，比如穿针引线，比如回忆一个片段，比如寻找一样东西，比如思考一个问题，比如现在我们的谈话。人们总是反应得太快了，这是因为我们曾长久地生活在危险之中。在这里，你没有危险。你很安全。

其实，你只是一个失恋的人。寻常的失恋。人们在失恋的时候常常很傻，女人更是如此。你可能要说你不是一个女人，那好吧，我修正一下自己的话，男人在失恋的时候也是同样失魂落魄，所有的人都一样。所以，我们不讨论性别的问题，我们只讨论失恋。

失恋究竟让你失去了什么？你以为只是爱情吗？其实是尊严。你觉得自己被抛弃了，自己在和大猩猩的对决中一败涂地，这不是因为你有什么缺憾，而是因为安娜的选择。你能够左右安娜吗？

不能。

你自己觉得不但在性取向上被人抛弃了，而且在人格上被人侮辱。是吗？

是的。

其实，只要你自己不侮辱自己，就没有人能够侮辱你。选择是双向的。你可以选择同性恋，也可以选择异性恋。同理，安娜也是这样。如果你曾经爱过她，就请尊重她。你尊重了她，其实也就是尊重了自己。你可以坚持做同性恋，她也可以转变。是吧？

好像……是……的。

至于大猩猩，你很恨他？

当然。

不一定吧？

你怀疑我的愤怒？

我不怀疑你的愤怒，我怀疑你所恨的对象。其实，你最恨的是安娜。

不。我不恨她。我只恨大猩猩。

这不是真的。在你的内心深处，你最恨的是安娜。因为她背叛了你，辜负了你，在某种程度上，也摧毁了你。你甚至因此怀疑这个世界上是否还有真情。你觉得自己被抛下了深渊，而这个墓穴就是安娜亲手挖掘的，把你掩埋在令人窒息的黄土之下……

你不要再说下去了，我的心都要碎了。

碎了好。

你怎么这样不通人情！

因为我看到了你的愤怒。

不！我不害怕！

注意，我说的并不是害怕，而是愤怒。愤怒比害怕要漂亮得多。愤怒有胳膊有腿，有暴躁的声音和呼呼生风的动作，它是有力量的。害怕是一摊鼻涕虫，没用而且肮脏。那个使你害怕的东西是激怒你的源泉，你到了忍无可忍退无可退的地步，它就转化成了力量。但是注意啊，我说的仅仅是也许。害怕也可能会让人失去理智，变成殉葬品。你的心原本就是碎的，只是你用透明胶带缠了起来，维持着表面上的完整。惩罚大猩猩对你是非常危险的举措，因为你会犯法。

我在所不惜。

我看不值。第一，你不尊重大猩猩的生命。第二，你不尊重安娜的选择。第三，也就是最重要的一点，是你不尊重自己的感情。

我正是因为尊重自己的感情，才出此下策。

很好。你把袭击大猩猩说成是下策。我很想知道，你的中策是什么？

我的中策？我没有中策。

有。不要这样轻易地堵死了自己思维的巷道。当我们遭遇风险挣扎在旋涡中的时候，尤其要冷静。想想看，中策是什么？

请您告诉我。

不。我不能告诉你。没有人比你自己更了解你的困境。救你出苦海的人，就是你自己。

如果……一定要找个中策的话，我觉得就是放安娜去找自己的路。不管她是找了大猩猩还是北极熊，都和我不相干……你知道，当我这样想的时候，心中非常难过，往事历历在目，她对我像旧床单一样柔软并有轻微的涩意。

但是这张床单已经不属于你。我知道你很难过，你对这一段感情视如珍宝无比珍惜。可是，你要向前。

好……我向前。

向前，我们就会谈到上策。

我没有上策。

有的。所有的人都有上策，所有的事情都有上策。你要对自己负责。失恋之后，依旧有光明的人生。

上策？我的上策？你是说我还有爱和被爱的可能？

这不是我说的，是你自己说的，但我完全同意。你有爱和被爱的可能。

这是真的吗？

千真万确……幸福是灵魂的产品，不仅仅是爱情的成就。在这方面，爱情和天气一样，都不是出游所必需的。现在，你可以收拾残局了。只有收拾过失恋残局的人，才知道爱情并没有我们想象的那样神圣和必不可少。它也是可以重来的。快乐根本就不是一种感受，而是一种决定。随时随地都可以做出，权利全在你手中。

你的故事说完了？

是的。完了。这就是所有的真相。乌海的尸体还在医院的冷冻室里，没有我的同意，追悼会至今还没有开。

这在你们当地，一定成了一个疑案。

是的。而且我每个星期都要消失一天，到你这里来。人们以为我悲痛欲绝，到哪个佛庙中隐身修行，或是以为我在远方有一个智囊密友让我可以号啕痛哭。

真正的智囊是你自己。

我什么主意也没有。

我们会有主意。你要做一个选择。没有选择也是选择，只不过随着时间的推移，人们有更多的猜测，你做出决定也就更困难了。

我很想发疯。

发疯可不是决定，是随波逐流的放纵。疯狂是什么？是谩骂、打架斗殴、酗酒撒泼、为所欲为、忘乎所以，是颠覆和破坏，粉碎并且一无所有。给崇高带来污秽，给秩序带来毁坏，给道德披一件羞辱的大衣，让正义匍匐蜷曲……你，真的想这样吗？

我不想……不想……我还有孩子，我还有双方的老人……我还有我……

说得非常好。你还有……你！最宝贵的东西还在。

多么希望这一切都不曾发生！我们一家人还和和睦睦地在一起共享天伦。

原谅我的峻厉无情，这是绝无可能的。坚强只能来自真实，虚幻让我们无力。

如果一定要我接受现实，那就是——乌海不在了，我和孩子也要活下去。

这很好。你已经接受了事实的一半。

我知道你的意思是：乌海不但死了，还死得不光彩。

我不是这个意思。我只是指那些已经发生的事情不可改变。

你说乌海的死不可改变？

这只是其中的一部分。

你说乌海之死的诱因也是不可改变的？

这也只是其中的一部分。

你说人们对乌海的评价也是不可改变的？

这件事现在操控在你的手里。

我可以大闹灵堂？

你可以。

我有这个权利？

你当然有这个权利。

可是，我闹不闹呢？让人们认清乌海的真面目，是我梦寐以求的事。

认清之后呢？

没有之后。认清就是一切。

不。认清并不是一切。乌海已经死了，可你还活着。乌海的父母还活着。你的父母也还活着。你和乌海的孩子也活着。所有这些活着的人都要承受你大闹灵堂之后的结果，包括你自己。他们将共同面对一个新的陌生的乌海。

心理师，请你不要说下去了，我不喜欢这样的想象。不喜欢！

我也不喜欢。但你每个星期花了那么多的机票钱到我这里来，我想，其中有一部分，就是我们要来进行这样的想象，尽管残酷。

这很可怕。

你说"可怕"？

是的。我说了。难道这样的后果你不觉得可怕吗？人们会看不起乌海，乌海的父母会被人指指点点，说他们养了一个道貌岸然腐败堕落的儿子。人们会看不起我的儿子，会说他的父亲根本就不爱他，他是一个败类的后代。人们会在我父母背后耻笑他们，因为他们曾一直以乌海为荣。人们会对我表面上同情，实际上议论纷纷，觉得我是一个被人蒙骗的可怜虫……也许人们根本就不相信这一切，因为红袜子已经逃跑了，我说的话几乎死无对证。人们也许以为我是一个疯女人……呜呜呜……

你不要忍住自己的眼泪，这里是可以哭的。

呜呜呜……我哭了多久了？

很久很久……

我不再哭了。我的眼泪都流干了，我很渴。我第一次知道哭泣让人口渴。眼泪也是水，流出的水太多了。

你什么时候想哭，如果觉得你们那里哭起来不方便，你随时可以到我们这里来哭。

这可能是最昂贵的哭法了。我要坐着飞机到这里来。

和人的精神比起来，别的都不重要。

但是，我以后不会来了。

太好了，我希望你不会再来，如果你在某一个时辰突然不可抑制地难过，就找一个小洞，把你的秘密说给它听。说完了，就把小洞用青草掩埋。

我已经知道自己该怎么办了。让乌海死在他的光环里吧。活着的人还要继续活下去。

你还觉得委屈吗？

觉得。但是，不那么严重了。这个选择，不是为了维护乌海，是为了维护所有活着的人们。

很好。如果我们从此分手，你能接受吗？

我会想念你的。但是，我知道，我应该走了，不再回来。开追悼会吧，让乌海入土为安吧，从此，我要活着……怀揣着秘密，优雅而坚忍……

为什么是一百零一？你这个问题让我失眠了整整三天。对一个癌症病人来说，这是致命的。你害了我。

对不起，我不是有意的。非常对不起。如果你不愿意再来了，我完全没有意见。这一次的费用，我会让工作人员退给你。

我不是这个意思。我觉得你说得很有趣。我喜欢这种挑战。当一个人得了癌症，又将不久于世的时候，人们就提前把他当成一个死人了。而你不是，你把我当年轻人一样质问。

冤枉我了，那不是质问，只是……探询。

贺顿本来以为会听到一个肝肠寸断的悲情故事，其实过程倒相对简单。苏三先生小的时候品学兼优，还是少先队的大队长。一个孩子在很小的时候，就攀到了这样的高位，压力其实很大。如果你是一个常常上课做小动作的孩子，只要有几节课老老实实地听讲，就会受到夸奖。如果你是一个学习成绩很一般的孩子，经常浮动在班级的二十至三十名之间，那么只要你在两次考试中，连续进入了前十名，就会列入有显著进步的名单，被反反复复地在各种场合表扬。但是，如果你是第一名，如果你有哪一次不慎得了第二名，所有的人都会指责你骄傲了，退步了。如果你是全班的尖子生，你就有了"原罪"，所有的人都会心怀叵测地盯着你，你只能做好，不能做坏。做好是你的本分，稍有不慎你就会遭到所有人的嘘声。儿童时期的完美主义倾向将给一个人带来深重的灾难。做一个不完美的孩子需要勇气，一个不完美的孩子比完美的孩子更勇敢。

当然啦，这样的磨炼也会使一些人虽然丧失了童年的快乐，但却收获了成年时代的辉煌。但是，如果让他们重新选择的话，也许很大一部分人会愿意做一个位居中游的学生。

苏三先生洋洋洒洒地说了以上的话，贺顿还是不得要领。贺顿说："请你说得具体一点。"

苏三说："这还不够具体吗？"

贺顿说："具体才有深度。你要具体到哪一天，哪一刻，发生了什么事？有谁在场？当时有什么气味？有什么声响？你看到了什么？你记住了什么？"

苏三先生说："这些都很重要吗？"

贺顿说："非常重要。比一切你归纳出的理论和总结出的规律都更重要。如果你想改变，就让我们从这里出发。"

苏三先生下了最后的决心，说："出发！"

小苏三上五年级的时候，有一天，外校的教导主任来听课。老师提前把课上提问的题目都教给了大家，然后说，大家都要举手。有同学说，忘了，不会了，也要举手吗？老师说，也要举手，这关乎学校的荣誉。那是一个把荣誉看得比生命还要重要的年代，大家听到了"荣誉"二字，就像听到了命令，于是所有的同学决定不管会不会回答问题，都毅然决然地举起手来。老师已经给大家吃了定心丸，她只会提问一些人，提问那些确保能回答出来的同学。一切交代妥帖之后，大家摩拳擦掌地等待听课的日子。

那一天到了，来听课的外校的教导主任是一个有浓密的络腮胡子的男人。在苏三就读的学校，没有一个老师有这样茂密的胡子，于是所有的学生都有些恐慌。

一切都按部就班地进行着。老师每提出一个问题，都有桦树林一般的手臂举起来，整个教室沸沸扬扬。站起来回答问题的同学都出口成章，大家都为这样出色的表现而欢欣鼓舞。

然而外校教导主任的胡子不是白长的，那里面蕴含着很多狡猾的点子和丰富的经验。课间休息的时候，他对班主任说，这样的教学方法对他很有启示。下面的课，能否给他一个机会，让他亲自来提问学生，看看效果如何。

这是一个可怕的建议，但班主任已经没有退路，她点点头说可以，然后表示自己要上卫生间，教导主任就躲到一边去吸烟了。班主任不知道教导主任到底要问些什么问题，时间也已经不允许她做更多的布置，她给了苏三一个眼色，那意思是：你跟我来。

班主任在前面走，苏三在后面跟。跟着跟着就到了女教师厕所。女教师的厕所是和女学生分用的，男教师则和男学生共用一个厕所。苏三小的时候，不知道这是因为什么，后来长大了才晓得因为女教师有每个月的生理周期，需要换草纸，但小学生还很幼稚，不能理解这件事，以为老师是流血负伤了。为了避免不必要的麻烦，女教师单独如厕。

走到女教师厕所旁边，正好周围没有他人，班主任对着厕所里面喊了一声，有人吗？没人搭腔。班主任就对小苏三说，跟我一起进去。

苏三虽然是个极听话的孩子，但这一次是进到女厕所里面去，他说，我是个男的。

班主任说，我还能不知道你是个男的？没事，里面没有别人。说着，就把苏三拉进了女厕所。

苏三闻到了一股血腥味，看到纸篓里有几张浸满了血液的草纸。苏三完全不懂这是怎么回事，只是心中非常恐惧。老师根本没顾上四下察看，时间太宝贵了。她对苏三说，一会儿外校的大胡子教导主任会亲自提问。别的同学也指望不上了，胜败在此一举。估计会问一个最难的问题，这个问题要这样回答……老师一五一十地把正确答案告诉小苏三，苏三努力地聆听和记忆着，目光却避不开那一片血泊。当老师把最后一个词语吐出来的时候，上课的铃声响了。老师把他往外一推，说，教导主任问这个题目的时候，你一定要举手，要把手举得高高的……老师把苏三推出女厕所的门之后，自己赶紧上厕所。苏三可惨了，他原本也想上厕所，可已经没时间了。

苏三憋着鼓鼓胀胀的尿脬回到教室，大胡子教导主任已经站在了讲台边。过了一会儿，班主任一溜小跑回来了，对同学们说，刚才的课上得很好，现在听课的教导主任要亲自和大家交流。

教室里一下子变得很静，好像四十个学生都变了土行孙钻入地下。班主任说，鼓掌欢迎，孩子们这才缓过神来，呱唧呱唧地拍起手来。苏三突然发现自己的掌声特别响亮，原来手掌心全是汗水。大胡子主任说话很和气，但他心里充满怀疑。他不是怀疑学生，而是怀疑老师。当然，对老师的怀疑，只有从学生那里得到证实，于是他要亲自提问学生。大胡子主任问了一些问题，并不很难，有些同学能够回答，就举起手来，但是，再没有了刚才那种手臂如林同仇敌忾的统一，而是三五点染稀稀拉拉。大胡子主任并没有刁难同学们，他只是让教学回到了一个可信的程度。马上就要下课了，大胡子教导主任问了一个高难度的问题，正是班主任在厕所里向小苏三面授机宜的那道题。大胡子问完之后，目光像机枪一样扫射全场，他估计没有任何学生能够回答出这个问题。如果回答不出，这就是正常的。大胡子主任期待正常。

小苏三整堂课的时间，都在默背着班主任老师亲传的答案。他是一个记忆力非常优异的孩子，基本上可以达到过目不忘，这次更是背得滚瓜烂熟。听到大胡子教导主任终于问到了这个问题，苏三把手高高地举了起来。

大胡子主任巡视全场，看到一片空白。他正要宣布请大家回去思考，本堂课到此为止，却看到了一只木秀于林的胳膊。他说，哦，有个同学愿意回答这个问题，让我们来听听他的答案。好，请你站起来，说吧。

苏三就站起来了。在起立的过程中，他的目光突然落到了前两排的某个女生身上。那个女生比较矮，如果是坐在位子上，因为她背后的女生个子高，正常情况下苏三看不到她的背影。苏三慢慢站起来，他就看到了那个女生的头发。她梳着搭在肩头的小辫子，辫子上扎着两个红颜色的蝴蝶结。

红色如同河流一般泛滥开来，苏三的思绪立刻混乱了，看到了血红的草纸和班主任老师的脸庞。老师猩红的嘴唇中吐出的答案和草纸上的红色混杂在一起，四处流淌……

这位同学，请你回答我的问题，我刚才看到你举手了。大胡子教导主任很奇怪，这个学生刚才把手举得很高，胸有成竹，怎么一站起来，反倒面红耳赤张口结舌呢？

苏三吓坏了。他的大脑如同被蒸熟的虾，除了红色没有任何关于题目的记忆。他倒背如流准备好的答案已烟消云散。他像一条咸鱼张着嘴巴，完全发不出一点声音。

比苏三更着急的是班主任老师。如果根本没有学生站起来回答问题，也就罢了，如今骑虎难下。她不得不跳出来，说，苏三，你是不是太紧张了？不要着急，知道多少就说多少。你是不是想说……

班主任为了救助自己的学生，当然更主要是为了挽回自己的面子，不惜铤而走险。

应该说老师的策略还是有成效的，苏三暂时恢复了一点记忆。他开始结结巴巴地回答问题，记忆的片段像小鱼一样在他的脑海深处游动。他抓住了，就吐出来一根鱼刺；他忘记了，就吐出一个水泡。

那一天到底是如何回答完毕的，苏三已记不清楚。总之，大胡子教导主任满腹狐疑地示意他坐下，不知道这个学生是个天才还是个白痴。示范教学结束之后，班主任把苏三一顿臭骂……那些侮辱的话语已然记不清了，只有猩红的嘴唇上下翻飞……

从那以后，苏三得了怪病。一般情况下，他是一个侃侃而谈的人，有卓越的记忆力和口才；但是在某些场合，特别是在重要的场合，他会突然失忆和失语，表现得极为紧张狼狈；他会满面通红，每一个毛孔好像都注满了红油漆，瞬间就会滴滴迸射；如同一个核弹的控制按钮，一旦打开，核弹满天飞；战争启动，没有回头路，等待的就是灾难性的毁灭。成人之后，不断进步，要开的会议越来越多，这种尴尬的局面也越来越多，苏三的应对方式就是立即离开会场，不管多么重要的场合，三步并作两步地冲进卫生间，用大量的凉水冲洗脸面，直到血液回流到胸腔，脸色渐渐恢复正常。

如果你期待着成为一个杰出的政治家，难道你可以这样语无伦次吗？哪怕是一千次当中出现一次，也许就能让你所有的努力付诸东流！尤其是不能看到红色的物体，红色的衣服，红色的花朵，红色的横幅……可是在现今社会中，你难道可以回避红色吗？绝无可能。比如旗帜，最重要的旗帜都是以红色为基调。还有会场的布置，你难道看到过没有红色出现的会场吗？

苏三结束了他的回忆。

"你有什么办法？"苏三先生问。

"你现在感觉怎么样？"贺顿问。

"我现在感觉很疲惫。好像一个多年的暗疮被刺开了，脓液四流。"苏三先生说。

"好吧。这很好。咱们今天就到这里吧。"贺顿做了一番包扎心灵的工作之后，准备结束。

苏三先生却不肯走。他说："你再没有什么要说的了？"

"没有了。"贺顿很肯定地回答。

"可是我的问题并没有解决。"

"是的，并没有解决。"贺顿好像苏三先生的回声。

"那如何办呢？"苏三言犹未尽。

"我们以后再来探讨。"这一次的诊治时间已经很长了，贺顿必须结束。

"好吧。再见。"苏三满腹狐疑。

苏三如期来访。尽管苏三是一个大人物，但发言的赤面恐惧症并不是非常难以矫正的心理疾病。若干次之后，苏三开始报告治疗见到成效，说他已经可以流利地在各种场合发言，包括插满了红旗的重要集会，他的脸色也不再发红，或者说只有一点轻微的红色，人家会以为是精神焕发。

"祝贺您。"贺顿由衷地说。治疗到了可以结束的时刻了。

"这要谢谢你啊。"苏三先生也由衷地说。

"我想，我们可以说再见了。您以为呢？"贺顿开始做撤退前的预告。

"是的。我也觉得我们可以告一段落了。不过，真是有点依依不舍呢。"苏三先生说。

"如果您以后觉得出了什么问题，还可以再来。"贺顿交代。

"好的。谢谢你们的保修服务。通常，你们保修多长时间呢？"苏三半开玩笑地说。

贺顿还从来没有遇到哪位来访者谈到这个问题，就说："人和电器毕竟是不一样的。如果还是原有的心结出现了反复，我们当然要负责到底。如果是新的问题，我们就要重新开始。"

苏三若有所思地说："好吧。咱们就此告别。"

贺顿和苏三先生握了握手，然后目送他走出心理室。这种时刻，心理师往往百感交集。他们一直在期待着这一天，他们和来访者结成一个同盟，为这一天的早日到来不懈努力。他们有泪水和汗水，也有争执和分歧。更多的是艰苦的探寻和杳无踪迹的分辨。当一切水落石出伤痕渐愈的时候，分别就在所难免了。这是一个胜利的时刻，胜利也伴随着失落。以往的历史不再重复，作为一个阶段业已结束。

贺顿已经有过很多次这样的经历了，她知道会有伤感，然而伤感很快就会过去，新的来访者带着新的问题，又簇拥在门口。今天有些特别。苏三曾提出特殊要求，凡是他来访的那一天，无干人等一律回避。这样，苏三出门之后，就剩下贺顿在空无一人的咨询室里。

心理师是什么？

心理师就是为那些对变化着的心灵，有着无穷关切和好奇心的人准备的行业，他或她必须充满探索欲并具备苦行僧般的奉献精神。你要比你的来访者更胜一筹，更聪明更稳定，更深刻更诚实，也更有耐心。

你不能比来访者穿得更好。你不能说黄色笑话。你不能忘记关掉手机，无论你有多么重要的事情。你不能迟到。你也不能在来访者迟到的时候无动于衷。你要适时适当地表示你的遗憾，纠正他迟到的习惯。

哦，经验和钻研，远比学历更为重要。心理师的正宗传承，就是执着地修炼，在自己痛苦的时候，还要思谋他人。如同苦蚌含珠，靠的是一天一层的黏结，无法速成。你还要向你的来访者学习……世上每一颗受伤的心，都或许潜藏着高贵。每一具铭刻鞭痕的躯体内，都包裹着改变的决定和铁骨。

门开了。

贺顿迎出去一看，原来是刚刚离去的苏三先生。

"您忘记什么东西了？"贺顿问道，一边回忆着，似乎并没有发现什么物件遗存。

"不是。"苏三先生简短地回答。

"那是还有什么事项不够清晰吗？"贺顿再问。

"也不是。"苏三很明确地否认了。

"那是什么事情让您又回来了？"贺顿大惑不解。

苏三先生熟门熟路地坐下来，说："我知道你们是严格为来访者保密的。"

贺顿说："当然。是这样的。"

苏三说："如果你有一天在大庭广众之下碰到了我，你会保持应有的陌生感吗？"

贺顿说："我不知道什么叫应有的陌生感。"

苏三说："就像从来没有见过我一样。"

贺顿说："我可以保证就像从来没有见过您一样。"

苏三说："如果我给你发奖牌佩戴勋章，近旁并没有他人，你也会恪守这个原则吗？"

贺顿说："会的。出了这间房子，我就不认识您了。当然了，除非您违反法律，伤人或是伤己，那我就要举报了。顺便说一句，我似乎并没有可能得到奖牌或是勋章。"

苏三意味深长地说："一切皆有可能。不过，我再一次地相信你。"

突然之间，两个人都沉默了。这是一种可怕的重复。苏三先生第一次走进心理诊所的时候，他们之间就如此对话。一切都没有改变，只是时间远去。

贺顿说："苏三先生还有什么不放心的吗？"

苏三说："不是不放心，是再次确认。我这次要和你谈一个新的问题。"

|第25章|
装神弄鬼依旧

苏三杀了一个回马枪。

贺顿说:"新发生了什么?"

苏三说:"你不要紧张。我有一个和原来的问题不同的问题,也就是一个新的问题。我还要和你讨论。"

贺顿恍然大悟,说:"原来前一个问题是投石问路。"

苏三说:"也不完全是。那是一个真正的问题,当那个问题解决之后,这个问题就上升为主要问题了。"

贺顿说:"非常感谢您的信任。现在,我们重新开始吗?"

苏三说:"是的,重新开始。我的名字不用改变,其他的规矩也一律照旧。我还是不希望任何人看到我。"

贺顿说:"好。一切照旧。"她说完,有点好笑。明明是认识的人,却好像素不相识。

"您被什么所困扰?"

苏三说:"我需要做一个决定。"

贺顿说:"什么决定让您这样举棋不定?"

苏三说:"因为它关系到人。你知道,世上的万物都好办,只有关乎人的时候,最难办。"

贺顿说:"什么人?"

苏三说:"女人和男人。"

贺顿说："男人是谁？"

苏三说："是我。"

贺顿轻轻地嘘出了一口气。男女之事，的确是世界上最复杂的关系了。她继续问道："女人是谁？"

苏三回答："不止一个女人。"

贺顿说："她们都是谁？"

苏三说："一个是我的妻子，一个是我的红颜知己。"

贺顿说："你的问题是什么？"

苏三说："我要放弃其中的一个女人。我已经不堪重负。"

贺顿说："看来这个问题已经让你很久不得安宁了。"

苏三说："十四年了。十四年前，我还只是一个小小的处长，我和我的红颜知己在一次会议上相识。那时候她刚刚研究生毕业，风华正茂。我们一见如故。贾宝玉和林黛玉是前世有约，我相信我和这个女人也有冥冥中的缘分。"

贺顿预计了一个老掉牙的第三者的故事，悠然登场。好在心理医生有一个本领，就是把自己的面部表情最小化。她颔首，表示很能理解这种一见钟情的默契。

苏三开始了喋喋不休的叙述，无非是和第三者如何的缠绵。贺顿问："她叫什么名字呢？"

苏三说："咱们就称呼她李四小姐好了。"

贺顿说："好吧。那我现在很想知道，您主要的烦恼是什么呢？我听您刚才讲到的都是甜蜜。"

苏三说："是的，我们相处的时候都是甜蜜，起码以前是这样的。"

贺顿紧紧楔进这个缝隙，她要让谈话变得富有成效，于是问道："您说的以前，是指什么时候呢？"

苏三说："半年以前。也就是我认识她十三年半以后。"

贺顿说："我看您把时间记得如此准确，有什么特别的意义吗？"

苏三说："你猜得很对。半年以前，是她的生日，从那一天开始，她整整四十岁了。"

贺顿说："四十岁，对您来说，有什么不同寻常？"

苏三说："那天她过生日，把自己的公寓装扮得非常漂亮。她也是公务员，公务员有专门的宿舍区，但为了方便与我见面，她在外面买了房子，和我幽会。那个小巢布置得雅洁舒适，每个角落都匠心独具，充满了情趣。你坐在马桶上，就可以看到三组不同的画作，还能闻到奇异的香气。我知道这一切都是为了我来的时候，能在极短暂的时间里享受到更多精致的呵护。好了，不说这些细节了，那天我走进李四小姐的雅舍，看到到处都充盈着玫瑰红的烛光，香气萦绕着蛋糕。李四说，你数数看，有多少支蜡烛？我试着开始数，烛光摇曳，加上我开了一天会，头晕目眩的，我就说，你为什么在蛋糕上插了这么多的蜡烛，我的女孩？我记得有一种数字蜡烛，只要插上两个阿拉伯数字就可以了，不必这么烦琐。请不要见笑，在一起的时候，我常常称呼李四小姐为女孩……"

虽然打了预防针，贺顿听到这里，还是不由得好笑。都多大岁数了，还称呼女孩，四十岁的大女孩，老女孩，真叫人哭笑不得。但是，作为普通人的贺顿可以笑，作为心理师的贺顿不能笑。她需要平静地听下去。苏三便向她讲了下面的故事。

我的女孩说，你嫌蜡烛太多了吗？知道我多大年纪了？我说，我来，就是给你过生日的，我当然知道你多大年纪了。女孩说，知道就好。我把我所有的青春时光都给你了。听了她这话，我的脸如同被鞭子斜抽了一下。是的，我太自私了。一个女人，从二十六岁到四十岁，这的确是鲜花盛开的年华，根根梢梢都交付给了我。我说，后悔了吗？她说，不，我不后悔。我说，从咱们交往之初，我就跟你说过，除了爱，我什么都不能给你。不能给你名分，不能给你金钱，也不能给你孩子……李四说，我都知道，在这个时刻，求求你不要重复这些令人伤感的话。

当她默默地许了一个愿，俯下身去吹蜡烛的时候，我清楚地看到了她头顶上的白发。女孩很精心地保养着自己，颜面上基本没有皱纹，但头顶是不会骗人的，老了就是老了，任何力量都不能阻挡。我突然想到，过不了几年，她就会进入更年期了。到了那个时候，她就再也不会有自己的孩子了。她真的不后悔吗？

我说，你应该有自己的生活了。

她反问道，难道我现在不是在过着自己的生活吗？

我说，那你以后老了怎么办呢？

她说，我会去敬老院。我相信国家在这方面投入的力量会越来越大。

我说，我年纪比你大很多，如果我先走了，你会孤单的。

她突然歇斯底里地发作起来，说，你以为我现在就不孤单了吗？你如果真的走了，我不会比现在更孤单。知道你就在这个城市里，但你却不在我的身边，能听得到你的声音，却看不到你的身影，你以为这种孤单就好忍受吗？

我无言以对。我知道这就是她的生活。她已经是处长了，精明，干练，公道，业务上非常出色，如果没有意外的话，她会被提拔成局长厅长。人们都知道她前途无量，却不知道她为什么坚持不嫁。只有我知道这一切都是因为我。除了上班和出差以外，所有的时间，她都在公寓等待。我们没有任何电话上的往来，也不发短信，也不在网上聊天。如果有人查看通讯记录，我们是静默和清白的。无论多么晚，只要到这里来，我从不用打任何招呼，她一定是守着一盏孤灯在等候。这种信任和默契，我享受了很多年。同理，我也知道她孤独了很多年。

她头上的白发如一枚枚发射的银针，深深地刺痛了我。我不能承担一个人对另外一个人如此深重的等待，我不堪重负。我要逃脱。在那一瞬，我下决心尽快地结束这段感情。然后，她赶快嫁人，然后，她赶快生育一个属于自己的孩子。

这样决定以后，我对她说，咱们到此为止吧。

她说，这就是你送给我的生日礼物？

我说，这样下去，你没有幸福。

她说，我幸福不幸福，只有我自己知道，和你没有关系。

我说，怎么能说和我没有关系呢？

她说，我什么都不曾要求，你还不愿意吗？你可以从此离开，永不回头。我爱你，这和你无关。你不必知道也不必承担任何责任，这难道还不够吗？

话说到这个份儿上，我还能说什么？她柔情万种地对我说，我能自己养活自己，我能为你保密，我不怕衰老，我也不需要孩子。总之，所有关于我的考量，你都尽可放下。现在，让我们享乐吧。

我缴械投降，跌入了温柔乡里。是的，一个什么都不图的女子，你还有什么可说的呢！

"心理师，你见过这样的女子吗？"苏三先生以这样的问话，结束了他的诉说。

贺顿不知如何回答。这样的女子，对一个心理师来说，虽然少见，却也不是没有。但她不能这样说，她知道这样的问话，只是表明了案主掩埋在巨大的困惑里，以为自己的难题天下无双。

贺顿斟酌着说："李四小姐非常独特。"

这个答案让苏三先生比较满意，他说："如果是你，你会怎样？"

贺顿说："我还需要了解更多的情况。"

苏三先生说："我也想把更多的情况告诉你。下次吧，我还有一个重要的会议。"说完，他就起身走了。

贺顿倒在心理室的沙发上，孤坐了半天。本来以为一垄麦子割到了地头，不想直起腰一看，才发现这是套种的土地，另一茬庄稼刚刚发芽。除了揉着酸痛的腰发呆，没有别的法子。

文果走进来说："广州来的案主走了？"

贺顿简短地答道："走了。"

文果说："那就好。我不喜欢这个人。虽然在他预约好的时间内我回避了，从来没有见过他。"

贺顿说："你没有见过他，为什么就不喜欢他？"

文果说："装神弄鬼。"

贺顿说："不要背后议论来访者。"

文果说："好吧。那我就把他的卷宗归档了。"

贺顿说："且慢。他又开始了新一轮的咨询，一切照旧。"

文果说："装神弄鬼也照旧吗？"

贺顿说："老规矩，回避。"

下一个来访日，苏三说："我今天讲讲我的老婆吧。我猜你一定要问该如何称呼，就叫她王婆吧。"

　　贺顿开玩笑说："是王婆卖瓜的那个王婆吗？"

　　苏三说："这和卖瓜没有关系。主要是她姓王，又是我的老婆。"

　　贺顿说："好吧。我现在已经牢牢记住了你们的称呼，一位苏三，一位李四，还有一位王婆。"

　　苏三便苦笑着说这些名字都是假的，但事情是真的。记得我和你说过，我的老婆是个商人，对我很好，也很有钱。我至今还是一个清官，和她有钱是大大分不开的，有很多人成了贪官，和他们的老婆贪钱不无关系。我这样说，也许女权主义者会很愤慨，但起因是我很感激王婆。她不知道我金屋藏娇，一藏就是十四年，相当于一个抗日战争再加上两个解放战争。李四那边一往情深，我实在割舍不下，就反过来打我老婆的主意。我对她说，你就从来没有怀疑过我吗？

　　王婆说，怀疑你什么呢？

　　我说，怀疑我在外面养个小蜜包个二奶什么的。

　　王婆说，从来没有。

　　我说，如果我让你这样设想一下呢？

　　王婆说，我很忙。你有正经事没有？我有一大宗生意要谈，别捣乱行不行？

　　我说，我不是捣乱，是确有其事。

　　王婆说，什么事？

　　我说，二奶的事。

　　王婆说，那不可能。

　　我说，可能。

　　王婆说，我不相信，一定是有人造谣。

　　我说，没有人造谣，是我跟你这样说的。

　　王婆说，那就是你造谣。

　　我无可奈何，就说，好吧，就算是造谣，如果你听到了，会怎么样呢？

王婆说，造谣者可耻，信谣者可悲。我记得这是"文化大革命"中的一句话，真理。

我说，你就不生气吗？

王婆说，当然生气了。

我一听有门，生气就好，马上说道，那你打算怎么办呢？

王婆说，我要找到造谣者，拔掉他的舌头。想我们恩爱夫妻，哪能让他这样血口喷人！

得！她和我想的完全不是一回事。

我说，假设呢？

王婆不耐烦了，说，假设什么？

我说，我在外面和别的女人好了。

王婆这次认真了一下，说，第一，我根本就不相信这种事。就像我不跟外星人做买卖，因为这是不可能的。第二，就算真的出现了这种事，我了解你，这绝不是真好，只是一时鬼迷心窍。所以，既是为了你好，也是为了那个女人好，我就当什么都不知道。说到这里，王婆意味深长地看了我一眼说，苏三，不要再拿这类脑筋急转弯的题目来烦我了，你我都不是小孩子了。记得当年老人家在世的时候说过，对于种种的捣乱，第一是反对，第二是不怕。咱们就到此为止吧，我还要忙着谈判，你好自为之，我希望这样的谈话再也不要由你发起。

王婆说完就走了，剩下我一个人发呆。心理师，你说王婆知不知道李四？

"我不知道她知道不知道。"贺顿把话说完，觉得像绕口令，没办法，非如此不能表达本意。她接着说："不管她知道还是不知道，她的态度很鲜明——她不会和你离婚，她根本就不承认有这种事。"

苏三说："你分析得不错。"

贺顿说："你现在的主要问题是什么？"

苏三说："我想知道这两个对我来说无比重要的女人，打算怎么办？"

贺顿说："你不是已经知道了吗？她们都不打算放下。"

苏三说："然后呢？"

贺顿说："谁然后？"

苏三说："她们。"

贺顿说："你老管她们干什么？"

苏三不满了，说："这本来就是三个人的事情，我不管她们怎么能成呢？"

贺顿说："你是想解决她们的问题，还是想解决自己的问题？"

苏三说："你这话不通情理。我的问题，就是她们的问题；她们的问题，也是我的问题。她们的问题解决了，我的问题也就解决了；她们的问题不解决，我的问题自然也就无法解决。"

贺顿说："我几乎被你搞糊涂了，现在我们要正本清源。请回答，到我这儿来咨询的是谁？"

苏三说："明知故问，当然是我了。"

贺顿说："对。现在是谁要寻求改变？"

苏三说："是我。"

贺顿说："很好。你是矛盾的主要方面，当然关键在你。因为，李四小姐不需要改变，她愿意一辈子给你当情妇；王婆也不愿意改变，她愿意装聋作哑当你的贤惠妻子。是你自己受不了灵魂的煎熬，要谋求改变。"

苏三的嘴唇张了好几次，最终都闭了起来，一时说不出话。许久之后，他说："不单是灵魂，身体也受不了，毕竟上了岁数。你的意思是我要拿定主意？"

贺顿说："正是。"

苏三说："我要是拿得出主意，还用来找你吗？我自己就解决了。"

贺顿说："那你打算怎么办呢？"

苏三说："我希望她们之间有一个主动退出。"

贺顿说："我估计你会碰壁。"

苏三说："已经碰壁了。谁都不肯退出。"

贺顿说："你愿意维持这个局面吗？毕竟你已经维持了十四年。"

苏三说："我不愿意维持下去了。太累。"

贺顿说："你下了鱼和熊掌不可兼得的决心？"

苏三说："是的。"

贺顿说："那就好办了。放弃一方吧。"

苏三说："我不能放弃。"

贺顿说："那我们就又回到了起点。你不放弃，就只能煎熬。"

苏三说："不是我不放弃，是她们不放弃。"

贺顿说："这和她们无关，只和你有关。是你做出决定，而不是她们做出决定。"

苏三说："问题绕了一圈，又回到我这里来了。"

贺顿说："本来就在你这里。"

苏三说："我很想逼着她们放弃我。"

贺顿说："愿听其详。"

苏三说："我已经想好了方案，很快就会实施。等有了结果，我再来向你报告。今天，我必须提前结束咨询，因为有一个非常重要的会见任务。"说完，苏三告辞了。

贺顿面对着今天的约谈记录，不知如何落笔。

下一次，苏三来的时候，精神委顿。

"这一周，感觉如何？"贺顿关切地问。

"感觉不好。"苏三如实回答。

"哪方面不好？"

"都不好。"苏三无精打采。

"可以讲得详细一点吗？详细了才能有所发现。"贺顿说。

"我逼迫她们了，可是，毫无效果。"苏三说。

"如何逼的？"贺顿想象不出，只得求教。

"我对我的妻子大发脾气，无缘无故地指责她，百般挑剔她，还当着她的面夸奖电视里的女明星多么性感漂亮。说王婆是个黄脸婆，还问王婆：如果我要离婚，你会寻死觅活吗？总之，多次挑衅。"苏三一边回忆一边讲。

贺顿真想啐他一口。一个毫无过错的妻子，相敬如宾举案齐眉，突然间被丈夫口出恶言，百般凌辱，罪过啊罪过。"结果如何？"贺顿忍住气问。

"结果就是没有结果。"苏三唉声叹气，"王婆说，我这么反常，一定是碰到了很不顺心的事，涉及我的工作，她也不便细问。她说，不管是什么原因，有什么怒火，尽管朝她身上撒就是了。别人不了解我，她还不了解我吗？说我被气糊涂了，都开始说胡话了，已经完全不像平日的我了，这让她更加心疼我，什么都不会放在心上，只求我能开心一点。王婆还说，如果我这样胡言乱语能让自己好过一点，就随便骂好了，她不会生气，反倒高兴，知道我能因此放松……"

贺顿不由自主地点头。苏三仰天长叹道："一个女人贤惠到如此地步，别说她还挣下万贯家财，就是一无所有，也是手心里的宝啊。"

"那边呢？"贺顿问。

苏三说："我也照方抓药，对李四说，你让我很痛苦，是个负担。你的存在成了我的一块心病，十四年前我认识了你，就是一个错误，甚至可以说是一个罪恶。你让我成了一个罪人，一个小人，一个两面派……我再也不想见到你了，我们就此分手吧……喏，就是这些了。"苏三喉结滚动，使劲咽了下唾沫，看来说出这些话，对他也是煎熬。

"李四是如何回答的？"贺顿问。

"没有回答。"苏三说。

"那总要有所表示。"贺顿探寻点点滴滴的信息。

"也没有表示。"苏三说。

"既不回答，也没有表示，在听到这些非常刺激的话以后，李四总要有点变化吧？"贺顿也被苏三的这两个女人搅得迷茫起来。

"李四只是安静地坐着，然后继续低头缝补她手头的东西。"苏三边回忆边说。

"她手头缝补的是什么东西？"贺顿不能放过任何蛛丝马迹。

"不好意思，是她的个人生活用品。"苏三不愿意说。

本来贺顿也只是随口问问，苏三的忸怩让她不肯轻易放过。"那到底是什么东西呢？"

"是……她的内裤。"苏三只好说出。

"她是个很俭省的人吗？"贺顿问道。

"不。她总说女人要对自己好一点，个人生活用品是很考究的。当然，可能也是为了让我感到更有情趣，她的内衣内裤之多，简直可以开个小店了。"

"既然并不缺货，为何还要缝补？"贺顿既是问苏三，也是问自己。

"我也不知道。"苏三彻底地无可奈何了。

"那是一条什么样的内裤？"贺顿所问之详细，连自己也觉得不好意思，好像是在侦探一宗强奸案。

苏三说："就是普通的内裤。好像是很久之前的样式，裤腰上还穿着松紧带。你知道现在的女人内裤，都是有花边镶蕾丝的，颜色非常鲜艳，但这条不是。这条是淡蓝色的，因为时间过久和洗的次数多了，基本上褪成白色了……哦，我想起来了，我……"苏三一下子鼓起眼睛半张着嘴，好像被鱼刺卡住了，说不出话来。

"您想起什么了？"贺顿问。

"这是我和她第一次亲密接触时，她所穿的内裤。"苏三虽然很窘，却还是如实招来。

"李四最近一直在缝补这条内裤？"

"是的。一直在补，最近几次我都看到她在补。我还挺奇怪的，缝缝补补的时间之长，就是一条棉裤也该收工了。现在，明白了。"苏三恍然大悟。

"您明白什么了？"贺顿还不明白，虚心求教。

"李四一直和我说她不后悔，其实这是假的。和我发生关系的时候，她是处女。她的修补，其实就是想让时光倒流，她重返那时的单纯和自由。无论她嘴上怎样说，她的这个动作，让我明白了她的真实期望。我已经知道该怎么办了。"形势急转直下，苏三犹有神助，马上就变得明晰而有力量了。

现在是贺顿有点追赶不上，她说："您打算怎么办呢？"

苏三说："我会买一打新内裤送给李四。"

贺顿说："这未免太戏剧性了。"

苏三说："这只是一个小小的道具。我会对她说，我们之间的关系应该结束了，只是，这不是修补，而是重新开始。从此，你去寻找你的幸福，我来继续我的路程。我们曾经那么美好地相处过，让我们都保留着最美好的记忆吧。你说，这样如何呢？"

"您的问题，您当然最有发言权。现在，您自己找到了解决问题的要领，我很为您高兴。"贺顿由衷地说。说实话，在半分钟以前，她还充满了走投无路之感，不知道苏三先生在这两个女人之间如何取舍。这样快就柳岸花明了，贺顿也是始料未及。

"看来，我是一定要对不起一个人了。"苏三说。

"其实，也不一定是对不起。摆脱眼前的困境，李四小姐也能去寻找自己的幸福，未必就是坏事。如果你们一直这样僵持着，就要对不起三个人，甚至更多的人。"贺顿说。

苏三若有所思，说："你说的三个人，我能理解——我、王婆和李四。你说的更多的人，是加上了我的孩子，对吗？"

贺顿意味深长地说："除了您的孩子之外，还有其他人。"

苏三说："谁？"

贺顿说："我知道您不是从广东来的。我也知道您不是商人。您有一个工作的圈子，一个人改变了，对所有这个圈子里的人，都是好事。"

苏三说："好吧，我把这当作——祝福。现在，我觉得我可以走了，而且，将不再回来。临走之前，我还有一个小小的请求，不知你是否可以答应？"

贺顿说："不必客气。只要是我可以做到的，您尽管说。"

苏三说："我会和李四小姐把这一切都说明白。我不知道她会怎样，但我想，她是一个通情达理有情有义的知识女性。痛苦是不可避免的，但改变是一定会完成的。如果在这个过程中，她感到非常剧烈的失落和不安，我是否可以介绍她来找你？"

贺顿说："谢谢您的信任。但是，因为我们之间的这种关系，由我来给她做心理帮助，显然并不合适。我可以给她介绍一位新的心理师。"

苏三说："好。"说完之后，他就走了，没有回头。贺顿多少还有些不踏实，坐在心理室的沙发上等了好一会儿，直到天色黑透，并没有再次响起门铃，这才离开。

柏万福频繁地按动着遥控器，搜索着节目。在晃过新闻的时候，贺顿突然看到一个人在主席台上侃侃而谈。她一下子捂住了自己的嘴巴，把一个名称在舌尖和牙缝中磨碎。柏万福只听到了含糊不清的咕噜声。

"你在说什么？"因为彼此关系极为冷淡，他们基本上是不说话的。柏万福听贺顿动静怪异，怕她有什么病痛发作，还是问了。

"我什么也没说。"贺顿否认。

"你发出了一个声音。"柏万福坚持。如果他不坚持的话，就证明自己的耳朵出了毛病，幻听了。

"哦，我突然看到了一个人，很像我小时候的邻居。"贺顿遮掩道。

柏万福回头一看，电视机里出现的是会议的场景，镜头扫过台下的群众。这种时候，你常常会看到某个面孔，像自己熟识的人，还没等仔细看清究竟是不是，画面就晃过去了。

贺顿没有搭腔。柏万福就把频道转到自己喜欢的卡通片频道上去了。

贺顿看到的不是台下的群众，而是一位领导正在主席台上作指示，他就是苏三先生。

贺顿有一搭没一搭地想着。如果她再次见到苏三先生，也许会有以下的对话。

"咱们讨论的先是一个口才问题，然后是一个情感问题，您发现它们的共同之处了吗？"

苏三会说："看不出来它们之间有何具体的联系。在我来讲，它们是随机的。"

贺顿说："不，不是随机的。它们服从于您的理想。您的口才其实不错，对于一般人来讲，已经足够了。谢谢您对我的信任，您告诉我您想成为一个政治家。对于一个政治家来说，杰出的口才是飞翔的翅膀。

出于这个理想，您寻求口吐莲花的本领。我们沿着您的童年，进行了深入的探索，找到了一个源头。清理之后，收到了效果。您完成了这个进步之后，感觉到了理想的逼近。这个时候，您发现自己有一个隐痛，这就是李四小姐的存在。对于一般人，这样无欲无求的红颜知己，已十分省心。您也曾是相当满足的，这就是地下恋情连绵十四年不息的原因。如果没有其他因素，很多人就这样走过一辈子。但是，您不同。一个政治家，要有阔大的胸怀和正直的人品，才能光明磊落地为众人办事。您开始清理自己的历史。您说您在情人和妻子之间不知道选择哪一个，我相信这是真的。李四小姐是个妙人儿，您的结发之妻也毫无过错。如果婚变，大家就要问一个为什么。如果您和李四小姐结为伉俪，人们就会恍然大悟，发现您的隐私。对政治人物的声誉来说，这是瑕疵。因此，您迅速地决定放弃李四小姐，以保全自身。虽然这对李四小姐来说，未必是好事。这其中最关键的因素，是您的抱负和理想。作为一个心理师，我不做价值评判和道德评判，况且我知道世无完人。苏三先生，祝您实现自己的抱负，成为一个杰出的政治家，如果是那样，众人也会受益。"

|第26章|
生命这条鱼，只剩下鱼鳞和黏液

如同刹车失灵的汽车冲下盘山道，贺顿觉得自己不可遏止地向悬崖扑去。乞求姬铭骢的督导成为最后的稻草。稻草迟迟不抛过来，贺顿即将走向沉没。

崩溃的感觉是那样清晰并迫在眉睫，钱开逸明白这一切，心急如焚。每次拐弯抹角托人去探问姬铭骢，答复总是说知道了，会安排的，少安毋躁，就是不回答具体从什么时候开始督导贺顿。

贺顿一天天苦挨，用最后的气力坚持工作，心事不知向何人诉说。以前有什么还能和柏万福唠叨唠叨，现在濒临分手，已无法沟通。钱开逸倒是一个好听众，但非常时期，不好多接触。偶尔打个电话，能说的都说过了，再说也是望梅止渴。

外人倒是看不出来多少，心理医生做得久了，就成了城府很深的人。如果有一天他们自戕，别人一定会极端意外地说：毫无征兆啊。

这天，文果很急迫地说有一个来访者，加塞进来的，请贺顿务必接诊。

贺顿说："既然是加塞进来的，你就可以回绝了他，请他按顺序，慢慢等。"

文果说："该说的我都说了，可他顽强极了，就是一定要你给他做心理治疗，还要加急。"

贺顿说："你答应了？"

文果说："我实在没法子，告诉他如果加急，就要多收费。比如你

284

去洗相片办证件，想快就得多出钱。我以为能让他知难而退，结果他连个磕巴都没打就应承下来了。闹得我没法下台，只好请您先做了他。我知道没跟您打招呼，是我不对。我向您检讨，但您还是给我一个面子，今天把他做了吧。"

贺顿苦笑道："你一口一个做了他，好像咱是黑社会的。"

文果说："口不择言，主要是急的，生怕您不答应。"

贺顿说："我看你平常接电话包括人家找上门来约谈，都伶牙俐齿针插不进水泼不进的，也算身经百战了，寻常人等并不能打动你为他们说话。这人怎么这么大能耐？"

文果自己也正纳闷，说："我也不知道。他好像有一种魔力，绕来绕去的，我就被他说动了，就按照他设计的路径走了。真奇怪，仿佛中了蛊。"

贺顿说："这就是控制。"

文果说："不管怎么说，您答应了给他做治疗，对吧？"

贺顿说："小姑娘，你这是开始控制我啦。不过，一是你答应了人家，咱们不能言而无信。第二，你收了双倍的费用，也算创收了。我就答应做了他。不过，下不为例。"

文果欢天喜地地说："记住啦。"

当这位充满了控制能力的来访者走进治疗室的时候，贺顿大吃一惊。来的不是旁人，正是那个在风雪之夜请贺顿吃鲍鱼的司机老李。贺顿打电话查证过他的身份，据沙茵的爱人说好像是教授。后来太忙，也没有同沙茵再议论过此人。没想到今天狭路相逢。

"老李，是你？"贺顿站了起来。

"没想到来的是我吧？一是看看你，二是求你帮助。"老李依然是一套笔挺的西装，面色沉郁，说话的声音很有魅力。

贺顿说："您是我的来访者，我是您的心理医生。叙旧的事咱们就不谈了。"

老李很惊奇地说："心理医生六亲不认？不许拉家常？"

贺顿说："您要是想跟我叙叙旧，那咱们就到外面的茶馆喝茶，我把您刚才交的费用退给您，我做东。如果在这里，咱们就是工作关系，不谈其他。"

老李说："好，好，佩服，佩服。当年的小姑娘如今有大师风范了。"

贺顿说："哪里谈得上大师，不过是这个行业的规矩，我要遵守。"

老李说："好吧。那咱们就装作从不相识。"

贺顿说："这个您放心。认识还是认识，但您和我说的所有的话，我都会为您保密。"

老李说："真的吗？"

贺顿说："当然是真的。"

老李说："如果我杀了人，你也替我保密吗？"

贺顿说："您既然杀了人，为什么到我这里来？"

老李说："我受不了良心的煎熬。我东躲西藏，如惊弓之鸟，岁数也大了，颠沛流离苦啊。我不敢回家，只能隔着窗户看看老母亲的身影，到我孩子工作的门口等着远远地瞟他一眼，这样的日子活着和死了又有什么不同呢？就为了这些，我来找你。"

贺顿说："您既然来了，就是想有所改变。对吧？"

老李说："也不一定能改变。只是这样煎熬下去人不像人鬼不像鬼，我受不了。"

贺顿说："这就是谋求改变的开始，我会和您探讨改变的方向。"

老李若有所思地说："可是你并没有回答我，我杀了人，你会不会为我保密？"

贺顿说："我不会。我刚才说的话还没有讲完，杀人越货，恕我不能继续保密。"

老李说："我是一个杀人犯，你如果不能为我保密，就不怕我杀了你？"

贺顿说："我当然害怕。可是我没有办法，只能这样告诉您。既然您已经过够了东躲西藏的日子，为什么要让罪恶更深重？"

老李说："那你就寄希望于我的良知了？"

贺顿说："凡到心理诊所来的人，我都假设他们良知未泯。"

老李说："好吧。测试到此结束，你过关了。"

贺顿说："您花了这么多的金钱和时间，就是为了来测测我是不是个合格的心理医生？"

老李说："那倒不是，我还没有吃饱了撑到这个份儿上。我有自己的烦心事，不知求助于谁，偶然知道你开了家心理诊所，就贸然来了。经过这一番对谈，我知道你的确不是原来那个小姑娘了，我也就放心了。"

贺顿说："谢谢您的信任。现在，我们可以进入正题了吗？到底是什么在困扰着您？"

老李说："是这样的。大约有一年的时间了，我慢慢地发现身边的世界在离我远去，好像一艘船，我没有缆绳能够留住它，它抛下我去往天边。"老李一边说着，一边做出非常恐怖的神情，好像惊涛拍岸。

贺顿有点疑惑，但还是不动声色地听下去。"在这之前一切都很正常吗？"

"是的。很正常。我不知道它们是如何发生的，就像不知道山火是怎样开始燃烧的。也许是一个烟头，也许是雷电，也许是坏人成心放的火……我只知道自己每天早上不想起床，好像床是一个巨大的章鱼，有无数的爪子把我吸在那里。好不容易起了床，通常都到了中午时分。因为我的懒惰，已经不能坚持正常工作，告了长期的病假。我会突然哭泣，看到一个邮筒或是一座牌坊，眼泪就会像决了堤似的流下来。这对一个大男人来说，当然是非常丢脸的事情，于是我只好待在家里。食欲下降得非常厉害，我再也不会吃鲍鱼鱼翅那样的大餐，因为我根本吃不出它们和普通的白菜粉丝有什么区别。你是心理医生，我也就不避讳什么了，性欲也几乎完全消失了。我老婆说要给我买伟哥吃，我说别花那个冤枉钱，因为伟哥对我不会有效果的，这是一种发自内心的倦怠，没有任何药物可以振作。我常常失眠，苦熬到天明。有的时候又会几十个小时长睡不起。连续几天粒米未沾，也不觉得饿。有的时候狼吞虎咽，胃口好得像无底洞。这还不算，我对什么都没有兴趣，看什么都好像是隔着一层食品保鲜膜，我可以看到它们，却不能触摸到它们的温度。别人好像都被复印过一般，没有了颜色，只剩下轮廓。世界仿佛黄昏时的光线，渐渐远去，越来越黯淡，直到融入无边的黑暗……这是一种非常可怕和孤独的感受，生命就像一条鱼，滑溜溜地从我手中挣脱而去，只留下一把黏稠的鱼鳞和鼻涕一样的液体……你说你说，我到底得了什么病？"老李眼巴巴地看着贺顿。

贺顿判断老李很可能得了抑郁症，但她还要再确定。

"您以前有过这样的日子吗？"

"没有。从来没有过。如果有过，我就不活了。"老李深恶痛绝地说。

贺顿有个疑问，一直找不到合适的突破口来问询，现在好了，刚好有了契机。贺顿说："听您刚才讲得那样痛苦，您是否想过不要这样生活下去了？如果我的这个问题冒犯了您，请原谅。"

老李说："你的意思是我有没有想过自杀？"

贺顿说："就是这个疑问。"

老李说："想过。不止一次，很多次。"

贺顿说："您只是一般地想一想，还是认真地设计过用什么法子达到目的？"

老李说："你是在问我做过什么自杀的准备吗？"

贺顿说："是的。我关心您，所以想了解得更多一些。"

老李说："我考虑过用安眠药，但是报纸上老说洗胃催吐把某个人给救过来了，我觉得这不是一个保险的法子。再有就是上吊，我这个人骨骼架子大，分量又重，操作起来恐有难度。剩下的还有割腕抹脖子什么的，都太血腥了，死得太难看。我准备跳楼。第一不需要太多的设备，只要找一个高层建筑就行，很简单；第二，只要下定了必死的决心，楼高在六层以上，头朝下，就死定了，成功率很高；第三，像张国荣那样的名角都选择了这样的死法，可见还是比较时髦的，临死我还可以当一回追星族。"老李眺望着远方，好像是在谈一次旅游。

"家里人知道您的这些想法吗？"贺顿基本上可以肯定自己的判断了。

"他们不知道。我老婆是个蠢婆娘，孩子已经大了，在外地，根本就不知道我遇到了麻烦。"

贺顿说:"老李,谢谢您的信任。我认为您的情况需要进一步的治疗。我建议您马上到专科医院就诊。"

老李大惊失色,说:"你这是什么意思?往外推我?"

贺顿说:"我觉得您身处危险当中,需要马上接受神经内科医生的诊治。我们和医院还没有建立起直接的联系,那我就要通知您的家人,到这里来带您回家,然后马上接受治疗。"

老李说:"你是说我得了精神病?"

贺顿说:"我不是那个意思。具体有没有病,得的到底是什么病,都需要经验丰富的临床医生来确诊,我就不多说了。只是,您不能一个人回家。"

老李:"怎么着,我好好地走着来到你的诊所,倒成了抬着出去?"

贺顿说:"您不需要被抬出去,您还可以走着出去。但是,要有家人陪伴,而且我还要把您的一些情况和您的家人做个交代。"

老李说:"我要是不听你的,硬要走呢?"

贺顿说:"这就是对自己不负责任了。生命是宝贵的。"

老李思忖了片刻,说:"好吧,我就听你的。只是我老婆出差了,家里现在没有人。"

贺顿说:"那您有没有要好的朋友呢?请他来接接您。"

老李说:"好吧。让我想一想。"然后就开始拨打电话。

贺顿走出去,容他想。过了一会儿,贺顿走回来,老李说:"我有一个朋友愿意陪着我。只是他现在很忙,没法来接我,让我自己去找他。人家说,在电话里听着我的声音很宏亮,不像有什么危险。"

贺顿说:"如果他实在来不了,我们会有工作人员陪您到他那儿,把情况和他交代一下。这样我们才算完成了任务。"

老李悻悻地说:"真有那么严重吗?"

贺顿说:"我不能肯定,听医生的。如果医生说没有那么严重,单纯地做心理治疗就行,那就欢迎您再来。"

这时文果走过来,对贺顿说:"这就是需要我陪同的人吗?"

贺顿就又向她叮嘱了一番,然后送两个人出门。临走的时候,老李问："来访者都是这个待遇吗？"

贺顿一下子没听懂，说："您指哪个待遇？"

老李说："专人护送。是因为咱们俩认识吗？"

贺顿说："谁都一样。不管我认识还是不认识，觉得有必要通知家里人的，我都这样做。"

老李点点头，很欣慰地说："恭喜你，过关了。"

贺顿没听懂。抑郁症病人常常会说一些正常人听不懂的话。这时她突然想到那个重要的破绽——刮风下雪吃鲍鱼的那一天，沙茵已经到太平洋上的小岛度假去了，根本就不可能告知老李去接她。想到此处，贺顿心中一惊，她拨通了沙茵的电话，问询此事。沙茵说："老苏瞎猜一气，我根本就不认识你说的老李这个人。"

老李究竟是谁？渊博、绅士、富贵、智慧……还有强大的控制力。

|第 27 章|
从钻石到花岗岩的王老五

　　齐台对钱开逸说："上面的领导在堵车的时候，偶尔听到了你主持的《心灵七巧板》节目，特别喜欢。说不知道咱们还有这么一档有趣的节目，让你做个压缩版送上去，可能会拿大奖呢！尤其是两个声音的配合，那叫一绝！我告诉你领导的原话，你可不要骄傲。领导说：天作之合！天籁之声！"齐台说完了，拍拍钱开逸的肩头，手掌力度很大，鼓励和敦促的含义尽在其中。

　　钱开逸心情复杂。一是备受鼓舞。声音这种资源，非常稀少。当然这是指好声音，至于噪声杂音，已是四处泛滥。二是充满遗憾，遗憾领导的鼓励来得晚了一点，因为《心灵七巧板》和另一档更为挣钱的节目冲突，刚刚停播了。不管怎么样，先争取得奖，再争取复播。他开始整理与贺顿合作以来的所有资料，准备报奖。

　　声音是具有魔力的。当你长久地倾听一个人的声音，就像长久地端详一个人的照片，会对这个人产生爱慕和依恋之情。图片毕竟还是死的，声音则充满了动感，如同活蹦乱跳的一只虾。当晶莹的水珠和翠绿的水草缠绕在你手上，你就和这只虾产生了休戚与共的感情。

　　连续几天，钱开逸躲在工作间里，完成作品的最后合成。他从来没有这样细致地体验过一个女子的一呼一吸，在起承转合中回眸一笑百媚生。当初直播时，情绪紧张，来不及体味到的精妙之处，都在寂静的工作间里悄然复活。没有了压力，更可以感受到语言的魅力和思维的张弛有度。节目当然是公开的，但公开的东西在千百次私下揣摩中，就有了亲密的隐私感。被一个女子动人的声音百转千回地萦绕，休戚与共的感受妙不可言。

贺顿的声音具有一种无可比拟的诱惑力。它不像一般女子的声音，单纯是性感而娇柔。它有一种柔滑的力度，柔滑让人生出怜爱，力度不等于膀阔腰圆的强悍，而是润物细无声的坚韧。贺顿的叹息也很有特色，先是轻轻的一个嘘声，然后是短暂的停顿，好像是叹息者不忍将心中的万千感慨和忧伤传及他人，正在进行着小小的犹豫。片刻之后，她好像做出了最后的决定，轻柔的呼吸如同悠扬的风笛渐鸣渐响，虽然极细微，却连绵不绝，逐渐地响亮起来。又不是震耳欲聋的那种霸道，依然保持着优雅和高贵，绵延不绝。在叹息抵达顶点的时候，再次出现一个小小的停顿，好像是一个勤奋的登山者在临近山峰的路上暂时歇脚，极目四望，浏览周围的景色，心胸渐渐豁然开朗。之后，叹息骤弱，不像一般女子的叹息柔肠寸断，而是在某个瞬间戛然而止。正是这种没有预兆的消失，更给人留下了追怀和惦念的韵味。

贺顿不常出现这种叹息声，但正是这种偶然出现的叹息，让她的声音魅力达到了巅峰。她的叹息和播出的内容没有必然的联系，只是自我跋涉的灵魂在不倦地行走中要求歇息的一个信号。钱开逸相信没有人能像自己一样，深刻地理解这个女子内心的忧伤和远大的抱负。当然，这一切，目前都潜伏在她小小的瘦弱的躯体之中，还只是一颗种子。如果假以时日，如果能得到很好的专业训练，这个嗓音将是无与伦比的辉煌。

可惜目前的情况是——对于声音的价值和穿透力，贺顿自己茫然不知。

在极端安静的状态下，钱开逸甚至听到了贺顿胃肠咕咕的叫声。感谢那些高保真的设备，把所有的声音都收集在案，如今听起来依然惟妙惟肖。钱开逸还听到了眼泪的声音，那是在做一次关于孤儿的节目时，贺顿流下了泪水。当然，收音机跟前的听众不知道贺顿流泪了，钱开逸当时忙着操控机器和接收听众短信还有预报气象路况等信息，也顾不得照料贺顿的情绪，事情就过去了。此次重复收听的时候，钱开逸听到了贺顿泪洒衣襟的声音，分辨出了那滴眼泪坠落时空气的哗哗爆裂声……他一遍一遍地倒回带子，听着这滴眼泪的历程。当时不是一个很煽情的时刻，起码钱开逸没有一点要流泪的意思，但是贺顿哭了。

她为什么哭呢？她有着怎样的身世？是什么触动了她敏感的心灵？钱开逸不知道。

整理到他们刚刚进行过的告别讲话。很多听众依依不舍，用短信和热线电话进行告别。导播把听众的声音切进来，听众情深意切地说："你们不再进行广播了，到哪里才能再听到你们的声音？"

贺顿当时不语，扭头看着窗外，街市华灯初上光华灿烂，播音室里反倒显得比较幽暗。有关方针政策性的问题，贺顿作为一个客座主持人是没有资格回答的。钱开逸说："一个节目也像一个人一样，有它的生命周期，有生老病死……"

热线电话那头的热心听众也不是一盏省油的灯，应声说："那你们这个《心灵七巧板》是病了还是死了？"

这难不住钱开逸。他说："我的比喻不一定合适，请你原谅。《心灵七巧板》既不是病了更不是死了，而是涅槃。凤凰涅槃，就是再生。"

热心听众说："好，涅就涅吧。只是，我到哪里能再听到你们说话？"

钱开逸报告了自己将要主持的新节目。

听众沉默了一会儿，好像是在记录新的节目播出时间，然后说："那贺顿呢？她主持什么新节目呢？"

这是一个难题，好在钱开逸也有应答，他说："贺顿因为有更重要的工作，暂时不再主持节目了。"

此话一出，电脑显示屏上短信和来电的数目激增，指示灯不停地跳跃着，钱开逸打开一看，都是问候贺顿的。

"贺顿小姐到哪里去了？担当什么重要的工作？有什么工作比人民的喉舌更重要？"

"贺顿你是不是准备出国了？别到外国去，你的声音那么好听，只有说汉语才能最充分地发挥你的才能，说英语就糟蹋了。"

"贺顿，你是进步了吗？是当干部了吗？是到更高一级的广播电台了吗？告诉我们你到哪里去了，我们将追随你！"

"……"

贺顿看了，沉默不语，这个节目结束了，她的工作也就失去了。

钱开逸想到听众会难舍难分，但没有想到这样伤感。他不愿离愁别绪主导了今天的节目，就说："我想，以后还是有机会的。我们还会一起主持节目。"

本想虚晃一枪就此下台，却不料听众的情绪方兴未艾，短信继续铺天盖地地发来："你们将一起主持什么节目？"

钱开逸无法回答，假装没看到。面对短信你可以装聋作哑，可拿着听筒的热心听众不好糊弄。听众锲而不舍地问："我很想确切地知道，在哪里可以继续听到贺顿小姐的节目？"

钱开逸支支吾吾地说："这个还没有最后确定下来，但是我相信你一定会听到的。"

听众又问道："我还想更具体地知道，在哪里能听到你们两个合作的声音？要知道你们的声音，犹如两把美妙的小提琴合奏，不管你们说什么，甚至说什么都不重要，重要的是你们的那种和谐……"

钱开逸被这位听众的敏感所震撼，再看电脑短信，都是拥戴这位听众的看法，让一向理性的钱开逸眼睛出汗。

其实，他是为自己所感动。因为最先发现了贺顿的，是他。如果说世上先有伯乐后有千里马，那么，因了钱开逸的千百次寻觅，才有了贺顿声音的千姿百态。

可惜，贺顿又要归于沉寂了。钱开逸没法子留住贺顿，只有眼睁睁地看着这条金嗓子重新隐没民间。

不行！

钱开逸要力挽狂澜。可是，钱开逸一不是电台领导，二不是有权有势的人物，他何德何能把贺顿留下来呢？无奈并且无助，几乎绝望。这几天，通过不断地倾听贺顿和自己的对谈，钱开逸越发感觉到自己对贺顿负有特殊的责任。对于别的工作来说，嗓音是无足轻重的，一个 IT 行业的精英，只要业绩突出，谁还管他是声如洪钟还是哑如破锣？钱开逸爱惜贺顿，如同玉匠爱惜一块天然美玉，足球教练发现了一个天才少年。

可他有什么法子呢？

齐台转达的那句话，如雷鸣般响起：天作之合！天籁之声！当时，钱开逸还觉得有点不伦不类，什么叫天作之合？这通常是用于婚礼上恭维新人的，用在播音上岂不贻笑大方？此刻，此话犹如钉锤，楔入钱开逸的脑海。

钱开逸已经三十五岁了，早就该谈婚论嫁，但他就是情窦未开，一心扑在工作上。好像是哪位导师说过，长期的单身生活基本上就是行为不检点的最大温床，但是钱开逸是一个例外。他只着迷于声音，他把自己出卖给了声音，如同出卖给了魔鬼。他喜欢听到自己的声音在太空翱翔，觉得声音比本人更伟大。双脚到不了的地方，声音可以轻轻松松地抵达，不流一滴汗。双眼看不到的地方，声音也可以到达，快捷如光。自己不认识的人，声音抢先认识了。自己不能进入的神圣场所，声音如同微风袅袅潜入……总之，他崇拜自己的声音，他把自己祭献给了声音。为了声音完美超拔，他可以赴汤蹈火在所不惜。

现在，他要用自己的一切，挽救他声音的绝妙伴侣。这不是一种牺牲，而是一种祭奠。

当钱开逸脸色苍白地从播音合成室里走出来的时候，他手里拿着一盘精选过的磁带。在这盘带子里，贺顿和钱开逸分析了某个社会热点问题背后的心理动机，嬉笑怒骂深入浅出，聊得酣畅淋漓。当然了，实际上当场并没有这样精彩，经过删繁就简去粗取精，剩下的全是沙里淘金的精髓。

和这盘带子同时诞生的，还有一个想法——他要娶贺顿为妻。

这是一个古老而直截了当的想法。当某个男子或是女子想和另外一个女子或是男子有密切关系的时刻，就会想到联姻。正派人想到的是明媒正娶，不正派的就会开始幽会。

钱开逸是一个正派人，他的决定就有了豪迈和自我牺牲的底色。他对贺顿的了解主要来自谈论心理学的话题，这已足够。关于贺顿的家世，钱开逸所知甚少。他觉得这不重要，英雄不问出处。当然了，他和贺顿从来没有专门谈过情说过爱，这是一个遗憾，可这不是一个问题。他们谈论过许多话题，很大一部分和恋爱有直接的关系，当然还有更大的一部分和恋爱没有直接的关系，但和一个人的世界观有密切的关系。

钱开逸这些年来，经常主持名人访谈节目，不管是造航天飞机原子弹的专家，还是治疗糖尿病白癜风的专家，钱开逸都可以和他们海阔天空地神侃。一方面是工作的需要，钱开逸练就了和不同领域的人沟通的本领；另外一方面源自他的虚心好学。他很为这个工作感到骄傲，私下里也有大占便宜的感觉。你想啊，一个专家，一辈子就积攒下那么点绝活儿，到了广播电台，面对着万千听众，他或她哪能不使出浑身解数，以求叫好呢？好比一个老艺人，摩挲了多少年，才雕出一粒珍宝，到了这里，生怕你看不出妙处，会毫无保留地把精华展示给你看。钱开逸就是那个看宝人，他小心求教，在短短的时间内，就把专家穷其一生炼出的仙丹品尝了一番。不客气地说，钱开逸是专家造就出来的通才。同理，他自认为虽然没有谈过恋爱，关于婚姻爱情却颇有研究。虽然连鸡蛋炒饭也掌握不好火候，但敢对满汉全席品头论足。

他知道，自己打算迎娶贺顿的想法出乎所有人的意料，也绝对出乎贺顿的意料，但他有必胜的信心。

决心下定之后，钱开逸先对老父老母宣布计划。

这天刚刚吃罢晚饭，钱开逸给老爸泡上一杯普洱茶，对正在收拾碗筷的妈妈说："您老休息一会儿……"

妈妈没好气地说："我休息了，谁来洗碗？"

钱开逸说："碗筷不洗天也不会塌下来。我早就说给你们买一台洗碗机，还是电脑控制的，你们又不答应。"

妈妈说："一台洗碗机多少钱？够买几千个碗的。我一天用一个碗，吃饱了就摔，到死也用不完那些碗。电脑洗碗，太不值了。"

钱开逸说："这就是您的不是了，要都是您这种思想，造洗碗机的工人甭说得下岗，连上岗都没门。"

老妈说:"好了,我知道你是靠耍嘴皮子吃饭的,我说不过你。"

老爸在一旁搭话道:"洗碗机这件事,我在理论上是支持开逸的,应该刺激消费,这就是爱国。但是在实践上,我支持你妈,因为人工洗碗是咱们的老传统。"

钱开逸说:"你看,我本来是想跟你们说正事的,叫这洗碗机一掺和,我脑子里的程序都乱了。"

老爸站出来拨乱反正道:"刚才你说到让我们都休息一会儿……"

钱开逸说:"对啦,就从这儿说起。爸,妈,报告你们一个好消息,我要结婚了。"

老妈大惊,差点打碎了一个碗,忙不迭地问:"和谁结婚啊?"

钱开逸诚心捉弄妈妈,说:"和一个女的啊。"

老妈呸了他一口说:"当然得是一个女的。要不你不成了同性恋了。"

老爸比较沉着,说:"开逸,从来也没有听你提起过啊。"

钱开逸说:"我比较慎重。都这么大岁数了,没有十足的把握,我也不敢向你们禀报这事。"

老妈说:"你还记得你的岁数啊?我以为我到死也抱不上孙子了呢!"

老爸推着老妈,说:"你这个老婆子,怎么不知道轻重!开逸这不是马上就要把媳妇领回家来了吗?你还翻什么旧账。开逸,这姑娘是干什么的呀?"

钱开逸说:"和我是同行。"

"也在电台工作?"老爸加以确认。

"是。"钱开逸回答得很干脆。其实贺顿能不能借着这层关系进入电台成为正式职员,还是没谱的事。钱开逸大包大揽,不过是让父母安心。若说找的女子连正式工作都没有,在国家机关工作了一辈子的老人,说什么也不能同意。

"哪个大学毕业的呀?"老爸问。

钱开逸发现这是一个阴险的问题。老爸问的不是:"是不是大学生啊?"如果是这样,钱开逸原来准备说贺顿是个大专生,虽说大专没有大本好听,毕竟也有一个"大"字,糊弄过去就是了。钱开逸没有问过

297

贺顿毕业于哪所院校,贺顿也从来没有说过。正是由于贺顿的从来不说,才让钱开逸断定她没有过硬的学历。老爸直接跳过了大专直奔大本,这让钱开逸不能驳了老爸的面子。钱开逸就用非常肯定的语气说:"我同学。"

老爸满意地点点头,儿子就读的是这个行当里的最高学府。

那边老妈不乐意了,挥舞着沾满油渍的碟子说:"你同学?那得多大岁数啦?将来生个孩子,还不得是高龄初产?大人难产不说,孩子还容易先天畸形,搞不好就兔唇!"

钱开逸就是再超前,也撵不上老妈的风驰电掣,看着老妈激动得差点把手中的碟子当飞碟抛起来,他不得不控制老妈的思维速度,说:"咱先务虚行不行?别一下子扯到妇产科那边去。人家没多大岁数,和我一个学校,低好几届呢,小师妹。"

老妈这才放下心来,专心洗碟子。老爸说:"长得怎么样?"

钱开逸刚要回答,老妈说:"你个老头子,不说先问问姑娘的人品如何,倒先关心起长相来了。娶个西施回来,你服侍得了吗?"

老爸不服气地说:"我这也是关心优生问题。要知道,爹丑丑一个,娘丑丑一窝!"

钱开逸不禁好笑,老爸老妈也都是知识分子,平常还有些书卷气,一旦到了讨论婚嫁之事,竟变得和市井之徒差不多。

"长相中等偏下吧。"钱开逸平静地说。

老爹老妈几乎昏倒,老妈说:"开逸,不至于吧?你就是岁数大点儿,也不过三十五,人都说是钻石王老五,钻石谈不上,总不能变成玻璃球吧?怎么着找个一般相貌的姑娘也还绰绰有余。"

老爸也若有所思道:"开逸,对方是不是很有背景,让你自卑了,所以要委屈自己?"

钱开逸皱眉道:"你们都想到哪里去了?姑娘不错,我觉得挺好。说到长相,也就是个一般人。怕你们期望值太高,说得寒碜点儿,让你们有点儿思想准备。你们也真是的,我没媳妇,你们整天叨叨,真有了点儿眉目,你们又这么横挑鼻子竖挑眼。你们要再挑三拣四的,我还不给你们娶了！"

杀手锏一出，老爹老妈立马乖乖地不再审讯似的盘问。过了一会儿，老爸小心翼翼地说："既然你们基本上都定下来了，下个星期天领到家里让我和你妈相看一下。当然了，这不过是走个程序，大主意你自己拿，我和你妈就祝福你了！"

钱开逸这才松了一口气，紧接着又吸了一口气。他已经把贺顿抬到准新娘的高位上了，当事人还蒙在鼓里呢！

|第 28 章|
我有梅毒和艾滋病，你敢和我握手吗

沙茵考试过关，大学工作之余，就到佛德诊所上班。这一天，沙茵走出心理室，笑容僵硬地目送走了来访者，一转脸就和文果吵了起来。

"你看你在预约表上填的是什么？"沙茵难得地生了气，把表格甩到文果面前。

作为领导者，贺顿要处理工作人员之间的纠纷。拿过表看，来访事由一栏写着：婚姻发展。

"结果呢？"贺顿问。

"结果他走进咨询室的第一句话是，你敢不敢和我握手？"

"这很奇怪。"贺顿也吃惊，忆起那个来访者的容貌。

个子瘦高，面色苍白。脸颊上有一些暗红色的斑块。头发很长，将一只眼睛遮盖了半边，另一只眼睛低垂着，好像就要被宰杀的羊。他的胳膊很长，手指也很长，他的不知所措被长胳膊长腿放大得格外引人注目。手指甲剪得很短，没有一丝积垢，甲床红红地龇在外面，好像是一个长大的男孩穿太小的棉裤，皮肉裸露。

表上登记的名字叫"侯晖"，年龄二十五岁。

"名字也不是真的。整个过程简直是和幽魂在打交道。出了这间房子，他认识你，你不认识他。"沙茵发牢骚。

贺顿给沙茵鼓气。说："越是匿名，才越说明他一筹莫展，资源用完了，山穷水尽，必须向专业人士寻求帮忙。这才是咱们的用武之地嘛！"

沙茵的怒气这才平息了一些，说出侯晖的咨询过程。

侯晖说完他的第一句话，就把自己的手伸了出来。沙茵看着那只手，不知为什么，有一种不祥之感。沙茵咨询的风格和贺顿不一样，她是内敛和等待型的。如果是贺顿，就会把手伸出去，但是，沙茵不。她有一个百试不爽的策略，那就是面对着来访者一个令人不解的动作或是问话的时候，守株待兔地反问。

"握手对你来说是一件非常重要的事吗？"沙茵没给手，给了一个回应。

侯晖有些失望地缩回了自己的手，说："是。"

沙茵说："能告诉我这是为什么吗？"

侯晖说："我可以告诉你。但是，不要吓坏了你。"他说这些话的时候，两只眼睛都凸了出来，斜吊着，让他的脸庞显出些许狰狞之色。

说实话，沙茵很害怕。她总觉得这个人笼罩在一团肮脏的氛围中，虽然他的指甲修剪得如同净葱。沙茵不能暴露出自己的胆怯，气可鼓不可泄，还没开始过招，哪能甘拜下风。

沙茵说："你太小看心理医生了。我不会害怕。"

侯晖好像放下了心，说："我是一名性病患者，患有梅毒。"

沙茵往后靠了一下，整个脊梁骨直抵沙发靠背。幸亏贺顿挑选的沙发质量不错，软中带硬的靠背给了她一个支撑，让她没有跌仆至更远。

侯晖精细地捕捉到了沙茵的神情，说："你说谎了。你害怕了。"

心理师被来访者赤裸裸地揭露，是一件狼狈的事情。但是，有什么法子呢？每一个掏钱的人都不是傻子。国外甚至有资料称：越是智商高的人，越容易罹患心理疾病。

沙茵索性揭开盖子，说："我从没有见过梅毒，害怕也是人之常情。"

她这才明白开场的握手别有深意，庆幸自己没有贸然伸出手去，不然下班后就是把手上的皮撸掉，心中的腌臢也难以驱除。她希望干脆把侯晖气得扬长而去，心中才能恢复平静，不挣这个钱了。设想一下，从性病患者手里交出的钱，你敢花吗？会疑心有梅毒螺旋体蜿蜒其上。

没想到侯晖没有一点离开的意思，反而说："谁都害怕，心理医生也是人。现在，你可以想象出我得知自己得上这种脏病时的感受了吧？"

　　沙茵说："那是非常震惊和害怕的。"

　　侯晖缓缓地说："是。震惊和害怕。其实，最主要的是后悔。你知道，我到那种声色犬马的场所只有一次，真的，唯一的一次。那个女孩看起来很青春，说她是为了给妹妹挣上学的学费，才干了这一行。她说她入行才两个月……后来，我百思不得其解，她为什么要说这些？我为什么要感动？朋友们后来笑话我说，所有的卖淫女都有一个读书的妹妹和卧病在床的双亲，所有的卖淫女都说她们入行时间很短。这些代表什么呢？这些说明什么呢？是说明她们原本是好人，只是被迫跳入火坑，还是想博得嫖客们的同情多赚点钱？我不知道。我只知道那一天，我很投入，我很快乐，我相信所有的女人都是干净的。她也很投入，我把这理解为爱，而不仅仅是她的敬业。可是，现在我才知道，那些快乐时光的每一分钟，都要我付出一生的代价……"他双手捂着头，把瘦削的脸庞藏在苍白的手掌之中，沙茵看不到他的表情。

　　沙茵实在很感谢侯晖这个动作，也使他看不到自己的表情。这使沙茵有足够的时间隐藏嫌恶，说服自己：人家是为了求助才来到这里的，心理医生可以有自己的价值评判，但面对来访者的时候，要保持道德中立。

　　"你很害怕，你很后悔？"沙茵总算把自己的状态调整到能勉强进行工作了。

　　"是啊。几周之后，我的身上出现了特别的反应，我不敢到正规的医院去看病，就从电线杆子上的小广告里，抄下了一个地址，说是老军医专看性病。后来我才意识到，这个决定多么愚蠢。军队里怎么会有那么多性病呢？军医可能是对性病最少接触的医生了。总之当时真是昏了头，不但下半身病了，上半身包括大脑，都病了。那个假的老军医给我做了检查，说我得的是性病，具体说就是梅毒。记得我走出那个肮脏诊所的时候，膝盖好像没有了，腿都不会打弯。"

　　"你猜我当时要到哪里去？"侯晖突然甩给了沙茵一个问题。沙茵虽然对面前这个家伙充满了鄙视，这当然很不专业，但沙茵无法彻底摒除这种情绪，只能尽力隐藏。因为她基本上是一个淑女，平时修养在身，总算成功地消弭了表面的不屑。幸好倾听这门功夫还没懈怠，因此能够马上答话。"到另外一家医院确定诊断。你不相信自己会得这样的病，还要再验证。"沙茵说。

"不对。你猜得不对。尽管那个破门脸的小诊所简陋得像土匪窝，老军医一看就是个冒牌货，肯定连一发子弹都没有打过，我还是知道他的诊断没错。我走啊走，自己也不知道走向何方，后来，我才发现自己停留在了失身的地方。

"那里的白天寂静无比，好像一座荒冢。晚上我在这里沉沦时，它流光溢彩仿佛仙境。我对看门的人说，我要找一个小姐。那个老汉说，我们这里没有小姐。我突然大怒说，没有小姐，我就不会成这样！他冷冷地看着我说，你喝多了。我说，我没有喝一滴酒，不信你闻闻我？他说，我不闻你，我在这里很久了，你这样的人，我见得多了。我说，你一定要帮助我找到她。然后我不管他听不听，就把那个女孩子的样子描述给他。我问，她在哪里？老汉说，你说的那种女孩子这世上多得很，都是这副模样，你到哪里找？我劝你还是不要找了，回家去吧。我说我一定要找到这个女孩子，我要告诉她一句话……"

其实侯晖这样一直说下去就好了，但是，侯晖突然止住了话头，看了一眼沙茵，沙茵在全神贯注地听他叙述，看来侯晖还比较满意，但是，他还不放心，要考察一下听众理解的程度，问："你猜，我要对她说一句什么话？"

沙茵很快回答："你恨她。"

侯晖不满地说："心理师的智商和看门老汉一般差。"

沙茵气死了，心想我智商再低也没有低到嫖娼召妓染上性病的地步。心里这样想，脸上可一点也不敢流露，也想不出如何回答妥帖，就说："看来看门的老大爷也是这样认为？"

侯晖没理她，回到自己的叙述中。

"老大爷说，你要是跟她说你恨她，就别说了。第一你找不着她，第二你就是找得着她，她也不认识你……我说，她一定会认识我，我们那天晚上谈得非常投机。老大爷说，好，好，我不跟你争，就算她认识你，她也会说不认识你。我说，这是不可能的。老大爷烦了，说要不你就晚上来吧，晚上就不是我值班了，你来找她说那句话。

"我说，老大爷，我不是要跟她说我恨她，我是要告诉她我得了脏病，是她让我得上的，她要赶快治病，她得病的时间一定比我久，病情也一定更重。老大爷听完以后，哈哈大笑说，你就要说这句话啊？我说，是。老大爷说，那你真是不该恨这个姑娘，该恨的人是你自己。你以为她们不知道自己有病？她们治了好，好了再犯，直到把自己烂成了一个流脓淌水的臭窟窿。快回家吧，把自己医好了，永不要再来！

"老大爷说完这句话之后，就再也不理我了。我呆呆地站在那里，担心的不仅仅是我的身体，更是我的脑子。我已经蠢到这种地步了？要知道，当年我还是市里的高考状元！"

说到这里，沙茵停顿了下来。贺顿说："完了吗？让侯晖说出了心里话，这就是起码的成绩。干吗还这样闷闷不乐？"

沙茵说："要是事情到这里告一段落，我也就不这么委屈了。事情还远远没有结束。"

"还能怎么样？"贺顿摸不着头脑。

沙茵说："侯晖后来就找老军医治病，结果时好时坏。说没效吧，多少也见点好。可总是不能根治，反反复复的，叫他寝食不安。后来，他就去献血……"

贺顿大吃一惊，说："就他这样的身体，还去献血？这不是献毒吗？"

沙茵说："我也是这么想的啊，但是不敢说。其实也轮不着我说，他在这个世界上憋屈得太久，滔滔不绝。侯晖说，献血检查之后人家告诉他，不但有性病，而且还感染了艾滋病……"

这一次，贺顿连惊讶的力气都没有了。太吓人了，她以前认为心理病人还是很干净的，起码比痢疾肝炎什么的要安全些，没想到超级杀手就潜伏在诊所里。她惊恐地退后两步说："侯晖真的是一个艾滋病人？"

沙茵的菩萨脸变成怒目金刚道："怎么样？把你也吓着了是吧？你

躲在后方都吓成了这个样子，我可是在第一线枪林弹雨中！"

贺顿伸出手说："我没有躲。要不咱们握个手吧，我支持你。"

沙茵把身体向后仰，双手也扭到背后，好像无形中被绑架了，说："我不和你握手。"

贺顿说："生气了？"

沙茵说："我不握手，是保护你。你知道，他临走的时候和我握了手！"

柏万福连连后退，碰到了柜子角，磕了后脑勺，顾不得疼，说："那你可千万别碰咱诊所的任何一样东西，了不得的事，再把咱们这里染成个艾滋病窝子，将来这房子卖的时候都得掉价！"

沙茵说："你想得真叫长远！你就不担心我有生命危险？你想躲了清闲，门也没有！不让我摸，我偏要摸！"说着，就用颤抖的手指，沿着桌子沿捋了一把。柏万福气得捶胸顿足，又不敢阻拦，生怕艾滋病毒趁机爬到自己身上。文果目不转睛地盯着沙茵手指波及之处，叮嘱自己一百年也不要触碰这些区域。

贺顿也怕得要命，但事已至此，只有掩盖恐惧，将事态平息。她说："沙茵，他要和你握手，你不会不握？"

沙茵委屈地说："现在想起来，我当然是可以拒绝的了。但说时迟那时快，我根本就来不及反应，人家就把手伸出来了，哪能打他的脸？我也就不由自主地伸出了手。我生怕回绝了他，对咱们的影响不好……"

贺顿也不知如何是好，只有安慰说："不管怎么样，这手已经是握了，想抽回来也是不可能的。咱们就既来之则安之吧。"

沙茵不依不饶地说："你的手是干净的，你当然会说风凉话了。"

贺顿百般无奈，突然就伸出了自己的手，趁沙茵没有防备，一把抓住了沙茵的手，狠狠地攥住，然后手心手背地一通抚摸，好像沙茵的手上沾着很多油脂，她的手干燥裂口，要多多沾光。

沙茵先是一愣，接着嘴角就抽动起来，很像是一个微笑，但其实这是哭泣的前兆，贺顿感觉到了温热的泪水滴到自己的虎口处。沙茵说："你这是为什么呢！我不过是说说心里的害怕，并没有其他的意思。我想到咱们的名声，要是拒绝了这个艾滋病人的握手，他就觉得整个世界都放弃了他，连救苦救难的心理医生都不愿意理他，这就是罪孽了。我们要做的是给他勇气和信心，就算以后有什么危险，也来得及从长计议，我就和他握了手。可你这是何苦呢？我再发牢骚，再甩闲话，不过是心里憋闷，不能让你跟我一道担这个风险！"

贺顿揉搓着自己的手说："什么叫同甘苦，共患难，这就是了。我碰上这样的来访者，也会胆战心惊。你当时首先想到的是来访者的利益，这是特别敬业的地方。我别的不能帮你，起码和你一道担惊受怕是可以做到的。"说着，自己也落下泪来。

贺顿说："沙茵，其实你今天有一个大进步呢！"

沙茵不解地说："进步在哪里？"

贺顿说："你以前有一个缺点。"

沙茵说："什么缺点？"

贺顿说："端庄。"

沙茵破涕为笑，说："贺顿你不要搞笑。端庄是多少女人梦寐以求的东西，我根本够不上的，你却说这是我的缺点。我真不知道是高兴还是伤心。"

贺顿说："沙茵，心理师不能太端庄了。这对于寻常人来说是优点，对于心理师反倒会束缚你阔步向前。就像丈夫不能在妻子面前太放荡，来访者在一个如此端庄的女子面前，也被压榨得无法袒露内心。今天这个艾滋病人能畅所欲言，也是你的成就。"

正说着，文果乐颠颠地跑过来："我刚上网查了资料，拥抱握手包括同桌餐饮，都不会传播艾滋病。咱们可以放心。"

沙茵说："我有孩子，还是小心为妙。当务之急是到超市买消毒水，把自己的双手泡成猪蹄。"

| 第 29 章 |

我要最年轻的葡萄酒

谈婚论嫁的时间表很紧张。首先，钱开逸得找到贺顿。合作的最后一期节目已完，再要以工作的名义见面就不那么名正言顺。真乃天助，会计说，贺顿最后一笔报酬刚刚发下来，原来都是直交，但贺顿再不来了，请钱开逸转交。

钱开逸很高兴，替人转交钱财本身就是令人欣忭的事，别说还有私念。他打通了贺顿的电话。

"您好，钱老师。"贺顿中规中矩地回答。听到贺顿的声音，钱开逸简直欣喜若狂。

"有什么好事吗？"贺顿的耳朵很尖，听出了钱开逸的欢愉。

"当然是好事。发钱了。"钱开逸说。

"我正盼着这笔钱呢。"贺顿喜出望外。

"我怎么把钱交给你？"钱开逸问。

"我到您那儿去取吧，不知您何时比较方便？"

"除了钱以外，我还有一件重要的事情要跟你说。这样吧，咱们明天晚上一块儿吃个饭。地点就在烤鸭店。我记得你说过爱吃烤鸭。"钱开逸连珠炮般的说。

"钱老师，干吗这么客气？有什么事先告诉一声，我也好有个准备。"贺顿好奇。

"这事必得面谈……"钱开逸约好了时间地点，不由分说放下了电话，心有一点慌。当然了，他的声音还是一如既往地镇定明朗，这就是播音员的本事。

贺顿准时到了烤鸭店，心想钱开逸给自己带了钱来，就该做东。她不是忘恩负义的小人，钱开逸把她发掘出来，恩重如山。即使这样，烤鸭店也太贵了一点。这家的鸭子据说比老字号的那家还好，而且更贵。不过，她不能小气。

钱开逸已在包间等她。

"钱老师来得早啊。"贺顿说，夸张地看了一下表，说，"我可没迟到。"

钱开逸说："常在广播电台工作的人，都落下了毛病。凡事只能往前赶，不敢错后。我最常做的一个梦就是赶不上火车。"

贺顿说："这个梦，我能解。"

钱开逸说："这个梦，我也能解。"

贺顿说："自己解的梦，不一定准呢。"

钱开逸说："为什么？"

贺顿说："当局者迷，旁观者清。"

钱开逸说："好了，今天我们就不说梦了，说实在的事。咱们边吃边聊。"

两人坐下，小姐拿着锦缎面的菜单过来。钱开逸说："先要一只半烤鸭，你通知灶上赶紧烤起来。"

小姐点头称是，出门下单通知。

贺顿悄声说："一只烤鸭就够了吧？一只半是不是多了？就咱们两个人。"

钱开逸咂巴着嘴说："不多。这个店的烤鸭为什么好呢？为什么贵呢？就是片鸭肉的时候下刀特狠，把所有的肥肉都剔了，单剩下脆皮和一丁点瘦肉，能不好吃吗？可惜偌大一只鸭子，只能剔出一小盘。一只半够咱俩吃饱，就不错了。"

小姐颠颠地跑了回来，钱开逸又要了几道菜，还要了一瓶红酒。

贺顿暗暗叫苦，半开玩笑说："不知道您发给我的辛苦钱，够不够买单？"

钱开逸说："忘了说了，今天我请客。"

贺顿不好意思道："您是老师，哪能让您请客。我是学生，请您是我的本分。"

钱开逸说："现在你是我的学生，也许当我们走出这间屋子的时候，关系就会起变化。"

贺顿正研究公司法入迷，恨不能以为天下人都打算开公司，饶有兴趣地说："是您邀我入股吗？"

钱开逸一时无法挑明，说："等会儿喝了酒，我会告诉你。"

小姐拎着圆珠笔，问："红酒有不同年份的，价钱是……"红唇噼里啪啦报出一堆数字。

钱开逸说："你就给我们上一瓶今年出的。"

小姐撇着嘴说："今年的葡萄还没酿成酒呢。"

钱开逸说："对不起，我的意思是要一瓶最年轻的葡萄酒。"

小姐说："那就给你们上一瓶前年产的吧。再没有比它更年轻的了。"

钱开逸微笑着说："好。前年就前年。"他又转过头对贺顿说："我前两天做一档节目，和一位酿酒专家对谈。他说现在生产的葡萄酒，说是某年份的，其实并没有多少保证。普通消费者品尝不出来，最好的应对方法就是买一瓶最新产的。"

贺顿笑起来，说："听人说1992年的葡萄酒最好，那一年的气候最宜酿酒。"

贺顿稍稍走了一点神，这是贺奶奶随口说的。

钱开逸说："你还挺渊博。"

小姐把酒和凉菜上了桌，两个人开始碰杯。"为了咱们的友好合作！"钱开逸提议。

贺顿说："您从图书大厦门前把我揪住，就像昨天。"

钱开逸说："我在整理咱们共同做的节目，感慨万千。我和很多人合作过，但是和你的合作最愉快。"

贺顿说："这话您和很多人说过吧？"

钱开逸说："你不相信我？"

贺顿看他急了，忙说："相信。咱们是黄金搭档嘛！"

钱开逸说："对呀，你还不了解我？"

一般人听到这样的表白之后，也就不说什么了，表示默认，但贺顿非常认真地说："除了工作以外，我真是不太了解您。"

钱开逸并不气馁，说："你不了解我，但我觉得自己比较了解你。"

贺顿说："您水平高，我不行。"

钱开逸说："因为了解你了，我就有一个想法。"

贺顿说："什么想法？又要合作什么节目？"

钱开逸说："这是一档和感情生活有关的节目。"

贺顿想了想说："我对感情生活这种节目不大在行。"话说到这里，她想到目前自己急需用钱，电台的报酬还不错，就转回头说，"不过，我也有兴趣试试，愿意不断学习。"

钱开逸意味深长地说："愿意就好。"

贺顿又问道："这档节目会做多长时间？"

钱开逸说："那就要看你我的表现了。如果做得不好，也许一年半载就完了；如果做得好，那就是一生一世。"

贺顿很吃惊，说："一档节目做一生一世？你是广播电台的台长啊？别说台长，就是广电总局的局长，也不能保证有这样长期的安排啊！"她看了一眼钱开逸，确定他神志正常，又看了一眼酒瓶子，还剩半瓶酒。虽说钱开逸不胜酒力面色酡红，但离喝醉还远着呢！

菜已经上齐了，烤鸭和鸭饼也都冒着热气。钱开逸对小姐说："我们这里暂时不需要服务了。"

小姐退下。

钱开逸说："吃烤鸭。"说着，卷了一个鸭卷，递给贺顿。

贺顿不接，说："钱老师您太客气了。我自己来。咱们各自为政。"

钱开逸说："我想让你改改口。"

贺顿说："改什么口？"

钱开逸说："从此不叫我钱老师，叫我开逸。"

贺顿说："这很重要吗？"

钱开逸说："很重要。"

贺顿说："好吧，开逸。"

钱开逸喜笑颜开地说："一生一世的节目就要开始了。"

贺顿恍然明白了什么，说："开……逸……你有什么就说什么吧。"

钱开逸仗着酒劲说："我已经三十五岁了。"

贺顿说："是啊。"

钱开逸说："我老爹老妈催着我成家。"

贺顿说："想象得到。男大当婚女大当嫁嘛。"

钱开逸说："贺顿，你爹妈就不催你吗？"

贺顿脸色大变，但很快就强令自己恢复正常，说："我爹妈都不在了。"

钱开逸说："那你就自己说了算？"

贺顿说："基本是吧。"

钱开逸说："那就是说，只要你自己同意了，你就能结婚了。"

贺顿说："理论上是这样。"

钱开逸说："那好吧，我现在正式向你求婚。请你嫁给我。"

贺顿诧异道："钱老师，您没喝醉吧？"

钱开逸说："叫我开逸。"

贺顿稍微缓和了一下语气说："开逸，你是非常严肃地在谈这个问题吗？"

钱开逸坐直了身子，神情变得十分严肃，说："贺顿，这是真的。你刚才看我好像玩世不恭的样子，那是因为我害怕。现在，最关键的话已经讲出来了。我也不害怕了，就等着听你的回答了。"

贺顿定定地看着钱开逸，半晌没说话，身子渐渐地向后倒去，好像在躲避着一辆飞驰而来的豪华汽车。巨大的震惊像海啸一样将她击晕。这是真的吗？城市里风流倜傥大好前程的男子，这个标准的帅哥白领，居然向自己——又瘦弱又丑陋的漂泊女子求婚啦！

短暂的昏眩之后，她断定这是一个恶劣的搞笑。她说："钱开逸，你这么做，有什么好处？"

"叫我开逸。"

"钱老师开逸……"贺顿说。

"给一生找到一个好伴侣,这就是我能得到的好处。"钱开逸一本正经。

贺顿目不转睛,看不出对方有一点开玩笑的意思。

贺顿说:"你知道我是一个什么人?"

钱开逸说:"我知道。"

贺顿说:"你不知道。"

钱开逸说:"你不要小看我,我在这个岗位上,打交道的都是精英。不敢说练出了火眼金睛,看人也是八九不离十。"

贺顿道:"你太自以为是了。我远比你想象的要复杂得多。"

钱开逸说:"复杂我也不怕。我这个人就是喜欢复杂的事物,那多有意思啊。"

贺顿说:"钱老师,你娶了我,是要后悔的。"

钱开逸说:"我不会后悔。"

贺顿说:"我长得不好看。"

钱开逸说:"你知道我是干广播的,从来就是幕后工作者。对我来说,你有一条油光水滑的好嗓子,这就是天生丽质。"

贺顿说:"我很穷,像崔健唱的歌——一无所有。"

钱开逸说:"你没钱,我有啊。虽然车子只是夏利,房子不算大,但总归都全了。咱们不需要更多的东西了。"

贺顿被"咱们"二字感动了,但还是说:"你是不需要了,可我还需要。"

钱开逸纳闷,印象中的贺顿不是一个崇尚奢华的人,在某种程度上甚至可以说是简朴的,如今怎么摇身一变纸醉金迷起来?他说:"你还需要什么?钻石?豪华别墅?游艇?环球游?"

贺顿说:"你真是高看我了。钻石和玻璃没什么区别,游艇我还晕船呢!"

钱开逸说:"你不会是想着让我升官发财吧?那可就真没戏了,我不是那块料。"

贺顿说："我指的是我的事业。"

不说事业还好，说到事业，钱开逸目光炯炯，说："对啊。你的事业就是我的事业，咱们俩的事业就是一个事业。从今往后唇齿相依一荣皆荣一损俱损。"

贺顿看着他，感动让她不知说什么好，干脆就什么也不说了，专心吃烤鸭。至于烤鸭什么味道则完全尝不出来。

钱开逸也不再说话，困难的话他都已经说完了，还有最困难的一句话，他不知道说还是不说。和贺顿的狂吃正相反，钱开逸什么也吃不下去。只是不停地喝着鸭架汤，浓浓的白色汤汁挂在嘴唇上，像一粒瓜子仁。

"你以后愿意生一个孩子吗？"钱开逸踌躇再三还是把萦绕心怀的话说了出来。

贺顿决定不再向深处探讨，封住说："钱老师，今天咱们就到此为止吧。"

钱开逸说："这对我来说，很重要。以前交过一个女友，到了谈婚论嫁的阶段了，她突然说不能生孩子。"

贺顿说："那也许是有病。每一个女子都不确定自己婚后能不能生孩子。"

钱开逸说："要真是那样，我也能原谅她。可是，她不是不能生，是打定了主意不给我生。"

贺顿说："那她愿意给什么样的人生孩子呢？"

钱开逸说："她要是愿意给什么人生孩子，那还有救。我相信凭着自己的三寸不烂之舌，耳鬓厮磨地，总能把她说动。要命的是她不肯给任何人生孩子，说是不能损毁了自己的魔鬼身材……"

"后来呢？"虽然听一个正向自己示爱的男子谈论他以前的女友生不生子，不是一件令人愉快的事，但总比谈判一样的求婚，令人稍感放松。

"后来，一票否决了。"钱开逸悻悻地说道。

"你们家里对传宗接代这件事特别在乎吗？"贺顿问。

"不。恰恰相反，我父母十分开通，早就说了，生不生孩子，让我自己决定。他们说如果自己太想孙子了，就去养一条狗。"

"原来是你特别想要孩子。这在当今的年轻人里，不多见。"贺顿说。

钱开逸说："你记得李白有这样一句诗吗？"

贺顿有些紧张，当年在贺奶奶家的修炼，古文一关始终不扎实，那是慢功。她预留伏笔："李白的诗多了去了，谁知你说的是哪一首呢。"

"就是那句——天生我材必有用……"

"……千金散尽还复来。"贺顿顺畅接住，又补上一句，"我觉得你已经是有用之材了，你说过自己找到了最适宜的行当。千金散尽？你难道还有重打鼓另开张的豪迈计划？"

钱开逸说："你是真不明白还是假不明白呢？"

贺顿诚恳地说："我是真不明白，还望明示。"

钱开逸循循诱导道："你有一副好嗓子，我有一副好嗓子，这两条好嗓子加在一起，意味着什么呢？"

贺顿表示明白了，说："那就是两副好嗓子。"

钱开逸说："你把上下文联系起来想一想。"

贺顿说："咱们要上一档新的节目吗？咱们国家对电台的管理还是很严格的，你不会是想自己单干要招兵买马吧？"

钱开逸长叹一口气说："我一直以为你挺聪明的，今天看起来，你笨得还真不一般。"

贺顿笑道："你知道我笨就对了。我从小就最怕人家以为我聪明，聪明的孩子容易吃亏。"

钱开逸说："两副好嗓子加在一起，就是三副好嗓子了。"

贺顿说："还有一副好嗓子是谁的呢？"

钱开逸说："你说是谁的呢？"

贺顿恍然大悟，不再说话。

吃罢晚饭，钱开逸开车送贺顿回家。虽说他们工作搭档已久，但贺顿从来没有坐过钱开逸的车。钱开逸说："你住在哪里？"

贺顿报出租住地。

"好地方。"钱开逸说。

贺顿问："有什么好的？吵得要命。"

钱开逸说:"闹市。人流量大。黄金宝地。现在的房价比头几年翻了一番。"

到了楼下,钱开逸说:"我送你上去吧。"

贺顿说:"不必了。我与人合住,也许人家已经睡了。"

钱开逸也不强求,说:"周末到我父母家去,见见公婆。之前先到我那儿看看,商量咱怎么跟老头儿老太太说。"说完招招手,告辞了。

贺顿本应该立马上楼,但是今天发生的事情太震撼,她不能回房间去,小小房间会爆炸。

她裹紧衣服,在街道上漫步。烤鸭在她的身体里提供着源源不断的热量和一种呱呱乱叫的思维。按说她应该高兴的,但是,不。她奇怪:难道连高兴都不会了吗?

从哪个方面来说,钱开逸都是结婚的好材料。如果你想要在这座城市里安一个家,有个肩膀可以依傍,包括棋逢对手将遇良才的调侃和争吵,钱开逸都是千载难逢的好伴侣。但是,贺顿还有隐隐的不满足,这个不满足,究竟是什么呢?她一时说不清。

已经走得很远了,城市的空中看不到一颗星。你不知道是因为天阴确实没有星星,还是尘世的烟雾遮挡了它们。就像你不知道此刻的心情。

钱开逸爱自己吗?好像是爱的。如果不爱,他怎能做出这样的牺牲?当"牺牲"这个词一下子跳出来的时候,贺顿终于知道自己为什么无法高兴了。在这桩关系里,自己是被怜悯的一方,所以,钱开逸才在根本没有征询她意见的情况下,约好了到他家拜见的时间。钱开逸居高临下,认为自己是在挑选贺顿,贺顿荣幸地被选上了,贺顿就只有笑脸灿烂眉飞色舞的份儿。贺顿只能感激涕零地同意,绝对不可能不同意。

贺顿会不同意吗?贺顿不会。起码这会儿的贺顿不会。不过,思考过后的同意,和压根就取消了你的发言权,这是根本不同的事情。

贺顿终于捋出了一点头绪,在这个关系里,两人其实是不平等的。当不平等以爱的名义出现的时候,就让人在幸福的同时感到憋屈。

还有那个要命的"第三条"嗓子。贺顿不是那种打定了主意不要孩子的丁克准丁克，但她也不能容忍自己被当成一架复制嗓子的机器。贺顿这样想着，就很悲哀。作为一个女人，一个流落在城市的女人，除了嫁人生子，再无其他出路？

绕了半天圈子，贺顿不知不觉又走回自己的家。听了钱开逸对这个地段的褒奖，贺顿也用陌生的眼光打量此处。

这一看，不由得惊出了一身汗。灯下黑！

此楼正在十字路口交叉处的东北角上，门前共有五路公交汽车通过，虽是夜晚，仍旧车水马龙人声鼎沸。楼门口栽了半人高的侧柏，虽说被城市的废气熏得颜色不正，好像害了黄萎病，毕竟也如一道屏风遮挡住了往来的视线和音波，勉强算得上闹中取静了。

"如果开诊所，天造地设。"

贺顿听到周围有人这样说，不禁吓了一跳。心想，这是谁？眼睛这么毒，居然想在这里开诊所。和自己想到一块儿了。捷足先登！她怨怼地四下张望，匆匆的人流中没有一个人歇下脚来，只有断断续续的风声在侧柏的叶子间穿行。

贺顿终于错愕地发现，刚才那个说话的人，竟是她自己。

此发现更把贺顿惊呆。她寻寻觅觅苦找的地方，居然就是自己的住所。这里交通方便，人来人往，便于寻找，又相对安静。

贺顿几乎要跳起来。最难办的诊所选址问题，就这样"众里寻他千百度"，"那人却在灯火阑珊处"。可是，且慢，贺顿掐着自己的太阳穴说，别高兴得太早，这不是你的家。

这句话的正确说法是，这儿不是你的。

她马上就会有家了，只要她愿意。

半身的冰冷更深了。但是，她不想回家，冰冷促人思考。如果让她在两个人里面任意挑一个，她当然会挑钱开逸了。但是，此刻看到了房子的格局，她对自己说，我知道该怎么办了。

贺顿以为下这个决心要费很大劲儿，甚至会有伤感和悲戚，其实，不。这一次，轮到她居高临下了。

回到住处，楼道里黑得像地狱。以前，虽说知道柏万福不会图谋不轨，她还是忍不住会害怕，但这一次，她不害怕了。她以为柏万福已经睡下了，不想，听到她开门的声音，柏万福就从自己的房间里蹿出来了，别看他腿脚不方便，在关键时刻也能像兔子一样敏捷。狭小的走道如同死胡同，两人面对面站在那里，目光如炬。

柏万福说："你总算回来了。"

贺顿说："我不回来，还能到哪里去呢？"

柏万福说："自打我跟你说了那些话，我就不是原来的那个我了。"

贺顿说："哪点儿不一样了呢？"

柏万福说："原来我身上只有我自己，现在就总是想到你。"说着，就直往贺顿这边凑，贺顿直往后闪身子，心想后背一定蹭上石灰了。

她对柏万福说："你挤着我了。"

柏万福说："以后还有更挤的时候呐。"

贺顿说："我还没有答应你呢！"

柏万福说："那你就赶快答应我吧。我实在等不及了。"

贺顿说："那你就得答应我的条件。"

柏万福说："我的条件你都看在眼里了，只要是我有的，我都答应你。你要喝我的血，我这就接一海碗给你；你要吸我的骨髓，我给你找榔头敲开。"

贺顿说："我不要你的骨髓和血，我要的东西在你妈那儿。"

柏万福愣怔了一下。从小娘就教他唱——黑老鸹尾巴长，娶了媳妇忘了娘。每当说完这一句，娘就问，儿啊，你长大了，会变成黑老鸹吗？

柏万福听到自己稚嫩的声音在黑暗的那一边答道，妈，我才不是黑老鸹呢！

娘说，没有媳妇的时候，妈信你不是黑老鸹，有了媳妇就不一定了。

小小的柏万福说，那我不要媳妇了。

耳畔响起娘充满哀伤的声音，傻小子，能不要媳妇吗？

小柏万福宣誓般的说，我不要媳妇。

现在，成年的柏万福可不敢说那种话了，他哪能不要媳妇呢？贺顿青春的气息吹拂着他下巴上的胡子，那些胡子就兴奋地哆嗦起来。

柏万福小心翼翼地问："你要我妈的什么东西啊？"

贺顿坚定地说："我要你妈的房。"

柏万福急了说："那你让我妈住在哪儿呢？咱们这么一套还不够住的吗？"

贺顿轻笑道："谁跟你是咱们？我也没说要这一套啊！"

柏万福说："这我就不明白了。那你到底要住在哪儿？"

贺顿按住性子开导说："让你妈搬上来住一间，你和……住一间。"她不愿说出"我"字。

柏万福不解地说："为什么非得这样？"他知道老娘有重度关节炎，当初要一楼，就是为了减轻疼痛少复发。现在让老娘挪窝，岂不要她老命？

贺顿说："并非我不孝。我要开诊所，一楼方便。"

柏万福恍然大悟道："我和我妈商量商量。"

贺顿说："商量去吧。要是你妈同意上楼，你我的事就再往下商量。要是不同意，我也不强求。我就另找地方。"

柏万福说："另找地方也行。这么大个城市，也不就这一座楼临街，我跟你一块儿去找。"

贺顿说："我要你跟着干吗？我不是去找开诊所的地方了，是去找自己住的地方，你我从此井水不犯河水。"说完，贺顿就转身回了自己的小房子，把柏万福一个人留在暗夜之中。柏万福深深地吸一口气，把空气中遗留的贺顿的味道都收入自己腹中。

按照柏万福的想法，恨不能马上就下楼找老娘商量，想到黑老鸹的说法，好不容易熬到天亮。

老娘已经做好了早饭，棒子面粥喷香，细细的水芥咸菜丝拌了麻油，浮头上还铺了两朵葱花和香菜，显得精巧诱人。从外头买来的油条，用一条雪白的毛巾裹着，还热乎着。

"又吃油条啊？"柏万福不知如何开口，先拿吃食说事。

"卖油条的今天刚换了新油，你看这油条的色气都比平日里鲜亮，我就买回来了，排了有小十分钟的队呢。"老娘说。

柏万福说："不是跟您说过了，以后别买油条了。得老年性痴呆。"

老娘说："吃了这么多年，你看谁痴呆了？"

柏万福说："真痴呆了，就晚了。"

娘说："我还乐意痴呆呢。"

柏万福说："你怎么就跟别人不一样呢？人人都巴望着自己精，你却乐意傻。怪。"

老娘说："我痴呆了，就看不出你有话要跟我说。说吧，小兔崽子。"

柏万福说："娘，以后你不能这样叫我了。叫习惯了，一不留神当着外人也会说出来。"

娘说："看来，你是要把外人领进咱家了。那丫头说啥了？"

柏万福就把贺顿的话一五一十传给老娘。说到搬家，他不敢正眼看老娘，但为了自己的幸福，只好咬着牙讲。说完了，一头细汗。

老娘半天没吭气，把吃了一半的饭碗推开，说："她的意思是如果我不跟你们换房，她就走了？"

"是。"柏万福一想到贺顿有可能一去不复返，几乎带出了哭音。

"别这么没出息。"老娘甩了柏万福一句，"挺直了腰，天下女人多的是。"

柏万福心里说，天下女人虽多，可哪一个是我的呀？不过还是挺直了腰。身体和心情还真有联系，腰一直了，心里也敞亮了一点。

"她要开诊所？"老娘若有所思。

"是。她是这么说的。"柏万福答道。

"给人开方子抓药？她能有那两把刷子？"老娘把头摇得像拨浪鼓。

"好像不是药房里的那种先生，是看心理的。"柏万福小心翼翼地解释。他也说不大清楚。

"心理是什么东西？"老娘夹进嘴里一根咸菜丝，说这种寡淡的话，要加点味道。

"就是你心里想的东西。"柏万福自作主张地拆解。

"我心里想的是什么，她能知道？"老娘又夹了一大口咸菜丝，因为吃得急，呛得直咳嗽。

"那她不能知道。"柏万福察觉到势头不祥，赶紧站稳立场。

"是喽，要不然她还成了妖精。"老娘此刻心境复杂。儿子找不上媳妇着急，现在媳妇有了点眉目，可上来就要老娘挪窝，真不是个善茬子。老娘接着说："儿啊，你可知道娘是老寒腿？"

柏万福说："知道。生我那年落下的毛病。"

老娘说："你可知道娘上不了高楼？"

柏万福说："知道。"

老娘厉声道："都知道，你还和娘商量个什么？"

柏万福吓得不敢吱声，半天才说："那我不娶媳妇了。我就和娘过一辈子了。"

老娘说："好了，有你这一句话，娘也就舒心了。娘同意和你们换房，娘愿意搬到楼上去住，娘就是爬楼爬断了腿，只要你能娶上媳妇，娘也心甘情愿。"

柏万福说："娘，我乐意天天背着您上下。"

老娘说："等我真走不了道的时候，就得你背了。不过，也不必想得那么窄。你先把媳妇娶回家吧，以后的事，以后再说。"

柏万福说："娘，您的意思是说以后还搬下来？那可使不得。她厉害着呢，您要是以为只要哄得她结了婚，您就想怎么样都行，她不会长久的。"

老娘叹了口气说："这还没结婚，就欺负到我头上了，以后还不定怎么翻天呢！嗨……我是说，人不定怎么个死法呢！也许一个跟头栽在地上死了，也许吃一口苞米糁子噎死了……就不用麻烦你背上背下的了。"

柏万福不忍老娘凄楚，咬了咬牙说："娘，我不结婚就是了。"

娘说："不结哪行？你可生下来就是个遗腹子，我一把屎一把尿地将你拉扯大了，到了能娶媳妇的年纪却一直娶不上，现在好不容易有个愿意嫁的了，娘别说是爬楼，就是下跪也不能让这事黄了。儿子，去跟她说吧，娘这就搬上去，你们就搬下来。"

柏万福说："您是得搬上去，可我们不搬下来，和您一块儿住。"

老娘说："这又是唱的哪一出？"

柏万福说："楼下是留着开诊所的。"

老娘说："还开诊所呢，我都快被你们气得住了院。好吧，就这样吧。谁让咱们求着人家呢。"

|第30章|
当你一无所有的时候，常爱登高望远

　　钱开逸要接贺顿到家中议事，贺顿回绝了，问清了地址，自行准时到达。这是一个高档小区，大门豪华气派，身着整齐制服的门卫，在修剪如毯的绿地前踱步。贺顿充满遗憾地看着这一切，觉得应该有失之交臂的心痛。可惜，不痛，只是麻木。走到楼下，她按响了钱开逸的门铃，十九层一号。

　　"谁呀？"钱开逸的声音还带着刚打完哈欠的含混。

　　"贺顿。"贺顿说。贺顿本想说"我"，想到在一次谈话节目中钱开逸批评过这种笼统的说法，说它是农耕社会的残渣余孽。村子里的人不多，凭口音就能辨别出彼此，所以，一个"我"字足矣。现代社会大大拓展了人们的活动范围，谁要是再用一个"我"字，除了证明他有一条来自乡下的尾巴，剩下的就是愚昧了。

　　贺顿上了楼。电梯里只有贺顿一人，四周是明晃晃的不锈钢板，好像天然的镜子。当然有些变形，不过大体轮廓还相符合。钢板上映出一个红衣女子，马尾巴盘成了一个发髻。在贺顿的家乡，出嫁的女子在婚礼当天，是要把头发盘起来的，从此告别无忧无虑的少女时代。

　　贺顿看着距离自己咫尺之遥的红衣女子，用手触摸她的手。女子素手如冰，让她不由自主地缩回来。那个女子的手也随之离开了，从此天各一方。贺顿拼命转着眼球，好让泪水不至于流下来。她成功了，当她走进钱开逸公寓的时候，眼球已然干燥得像一个沾满尘土的乒乓球。

"来了，欢迎。好找吗？"钱开逸高兴地寒暄。

"按照你说的路线走，一点弯路都没绕。"贺顿说。

"吃饭了吗？"钱开逸问道。

"吃了。"贺顿回答。勇气储藏在食物之中。

钱开逸有点失望，说："我准备咱俩一起动手丰衣足食呢。"

贺顿说："我虽然吃了，依然可以为你做饭。"不是夸口，贺奶奶训练了绛香一手好厨艺，只是后来颠沛流离无处施展。

钱开逸也不客气，说："那好啊，我就看看你的手艺。"

贺顿说："手艺谈不上，不过可以填饱肚子。先让我看看你都备了些什么料。"说完打开冰箱，一股酸腐霉味飘了出来。

贺顿说："天啊，你这冰箱多久没有擦洗过啊？"

钱开逸屈指一算说："大约有五年了吧。我记得是那时候买的。"

贺顿说："长了苔藓了。"

钱开逸说："假使长了苔藓，也是优良品种。"

贺顿说："何以见得？"

钱开逸说："你想啊，能在这样的低温下生长的苔藓，起码也和北极南极的物种有一拼。"

贺顿说："懒人。冰箱是要一个月一擦的。"

钱开逸一本正经道："这个规定，我以前不知道。以后也不想知道。"

贺顿说："没想到你闭目塞听讳疾忌医。"

钱开逸说："以前是真不知道，知道了也没有时间完成。以后就有了你了，所以，我知道不知道，不重要。"

贺顿把头扭向一边："你还是自己记住了好。"

钱开逸没有注意到这一点，陶醉在自我快乐中，说："我已经饿了，你的早饭何时才能好？"

贺顿纠正道："就是马上出锅，也只能算午饭了。"

钱开逸看看表，笑了。

贺顿清理冰箱，看到两个表皮发绿的土豆，一个发了芽的紫皮洋葱，还有几个皱缩干瘪的胡萝卜，外带皮上有了溃疡的西红柿。冷冻室里，有几只鸡腿倒是白嫩肥胖，裹着少许冰碴十分新鲜。

"鸡蛋有吗？"贺顿问。

"有，有。还是无公害的绿色鸡蛋。"

贺顿说："根据你这里所具有的资源，我们只能做一个简单的咖喱鸡饭。"

钱开逸不由得咂咂嘴巴说："咖喱鸡饭，令人神往。我还从来没有在家里吃过这种带有南亚风味的饮食。只是，估计咱们是吃不成的。"

贺顿乜斜着眼睛说："你不相信我的手艺？"

钱开逸连连摆手说："我相信你的手艺，只是我这儿没有咖喱。"

贺顿说："清仓挖潜找一找啊。"

钱开逸说："死了心吧！我从来没买过这东西，只能到商店找，家里绝无踪迹。"

贺顿说："那好，就罚你到商店里去买吧。"

钱开逸迟疑着："附近的商店里有这玩意吗？是不是要到大商场才有啊？"

贺顿说："没有咖喱酱就买咖喱粉。咖喱也不是什么阳春白雪，一般的店里都有。只不过是你以前不在意，好像从未看到过。这在心理学上叫作……"

钱开逸打断她的话说："回来再听你讲心理学上的意义吧，我现在想尽快地解决生理学上的需求。"说完，高高兴兴地穿上外衣，去买咖喱。

待确认钱开逸已经上了电梯，不会冷不丁回来了，贺顿开始像个女主人似的在屋里走来走去。

登高望远，十九层楼已经相当于一座小山的山顶。鳞次栉比的普通楼房和火柴盒一般的平房尽收眼底。站在高处，是一种享受，有君临天下之感。俯瞰也是人的一种需求，当你没有资格在权力和金钱上藐视别人的时候，登高望远，可以换来片刻的心旷神怡。所以劳动人民常常趋高，而富贵人家却喜住平房。

自打学习了心理学，贺顿被这门科学潜移默化地影响着，动不动就想用心理学的术语和理论解释一下眼前形形色色的人和事，已成嗜好。

还有要事要办。贺顿封住了自己关于居住高度的理论探讨，飞快地在钱开逸的房间中巡视。两室两厅两卫，一间被钱开逸当了书房，整齐的书肩并肩地站立在豪华书柜中，好像待检阅的士兵。大本的精装书如鹤立鸡群的将军，显示出主人不凡的追求和抱负。另一间小些的做了卧室，占显著位置的是一张大床，比通常的双人床宽出不少，一侧有个很精巧的床头柜。古典图案的床盖把床封得严严实实。贺顿掀开床盖，看到两个硕大的枕头并排摆在床头。贺顿从兜里掏出一个小小的药物胶囊，半截白色半截蓝色，仔细地放在了床头柜一侧的褥垫下面。

贺顿又到卫生间参观了一番。钱开逸是个讲究生活品质和情调的人，卫生间的高档洁具，在雪白的节能灯下，闪着牙齿一样清冽的清光，各式各样的瓶瓶罐罐里装着五花八门的洗漱膏液。

时间不早了，贺顿不敢再耽搁下去，开始在厨房操持。先把土豆皮打掉。一层糙皮之后，土豆依然保有可疑的绿色，只有继续狠狠削皮，直到土豆露出乳汁一样的洁白。胡萝卜也难逃被大刀删削的命运，皱皮一层层褪去，鲜艳的橘黄色凸现出来。然后在微波炉里解冻鸡腿，这道工序比较简单，很快妥了。贺顿开始淘米煮饭，进行到一半时分，钱开逸归来。

屋里弥漫着泰国香米特有的那种类乎胶鞋的味道，还有洋葱的辛辣和胡萝卜略带甜味的清香。钱开逸非常高兴，这种味道让他心中发颤，这就是家的味道，这就是幸福的味道啊。

贺顿系着围裙的腰身，显得格外窈窕，原本平板的胸脯，在围裙带子的勒扎下，难得地耸起来，加上手中的忙碌和炉火的熏蒸，额头汗水涔涔，脸色也红润了，略显几分风情。

钱开逸像猎豹一样悄无声息地走到贺顿身后，用双臂轻轻环住贺顿纤细的腰肢，轻轻地在贺顿的头发上吻了一下。这是一个试探，原来他们是同事，这一吻之后，就成恋人。

贺顿感觉到了从头发传来的微小扑动。人们以为头发是没有知觉的，岂不知头发是人的性器官的一部分。头发梢的神经一定连接着大脑的性感中枢，所以和尚才要把青丝剃去。

贺顿很奇怪自己的感受，一方面，她能感觉到自己身体内部有一种汹涌的冲动在崛起，这就是性本能吧？她有着醉酒一般的恍惚。另外一方面，她好像却步抽身孤独地立在一旁，冷眼旁观缜密分析，解剖着自己，进行着学术上的探讨。

　　这是一种可怕的状态，贺顿却无法抗拒。半身冰冷的她因此与众不同，永不会被情欲牵着鼻子走，在分裂中特立独行。

　　任重道远，贺顿不敢有丝毫的大意，她要按照计划小心行事。钱开逸非寻常人也，要让他乖乖入瓮，不是一件容易的事。

　　贺顿回过头来，轻轻地回吻了钱开逸一下，这一吻恰到好处，像是公鸡啄米点到即止。

　　轻了，就怠慢了钱开逸；太重了，钱开逸情绪高涨起来，事态也不好控制。钱开逸十分惬意，这是爱的突破。他觉得贺顿的回应也很干净。如果太热烈了，钱开逸就要提防，他居高临下的位置和钻石王老五的经历，都让他自我感觉甚好，受不了冷淡也受不了趋之若鹜。

　　"咖喱酱买回来了？"贺顿问，其实她已看到了钱开逸手中的包装。

　　钱开逸喜欢这种明知故问。家庭生活里就是充满了明知故问，只有在谈判桌上和办公场合，人们才是言简意赅一言九鼎。家就应该是一个有很多重复甚至乱七八糟的地方，人才能放松。

　　"我还买了一些凉菜。以前不注意咖喱这东西，真要买了，才发现有很多牌子呢，就买了一种最贵的。"钱开逸说。

　　贺顿轻轻地刮了一下他的鼻子，说："不买贵的，只买对的。忘了这句广告？"

　　"我根本就不知道在咖喱这个领域里，什么是对的。"钱开逸扮了一个鬼脸。

　　"告诉你吧，在这个领域里，恰好贵的就是对的。"贺顿说着，熟练地把咖喱酱包打开，切下了三人份的量。其实，他们只有两个人，贺顿的饭量也很小，两人份已足够了，但贺顿特别多下了分量，这样味道更浓。拿下男人的胃，就拿下了他的心。

　　洋葱的特点就是夺人心魄的香辣。贺顿一边将洋葱爆炒，一边说：

"你知道洋葱像什么？"

博学的钱开逸还真不知道有关洋葱的典故，说："讲讲看。"

贺顿说："洋葱是古埃及人的圣经。古埃及人认为洋葱代表着多层的宇宙，因此他们会对着洋葱发誓。就像如今的人面对上天。"

钱开逸听罢对着洋葱举起右手，说："我发誓，我爱你。"说完抱住贺顿。

贺顿莞尔一笑，可惜这个微笑未及完成，就被钱开逸用嘴封住。两张嘴唇似乎穿上了丝绫，柔滑而充满了古典的纹路，丝丝入扣。唇与唇的对接如同两块煮热的豆腐，温暖而华润。

加上咖喱的异域风情，这顿普通的午饭不但充填了胃，而且激荡了大脑。钱开逸打开一瓶奥地利的冰酒，两人各喝了半瓶。

"知道冰酒是怎么回事吗？"钱开逸的舌头有点大了。

"不知道。"贺顿回答，贺奶奶还没有来得及告诉她。

"猜猜……猜……"钱开逸打趣道。

"就是把酒冻成冰吧。"贺顿也信口开河。

"不。冰酒是冻了冰……的葡萄酿的……天下第一。"钱开逸说。

"你常常喝酒吗？"贺顿其实有很好的酒量，只是轻易不喝。这点酒对她来说，毛毛雨啦。

"没……不……"钱开逸说。他真的不胜酒力。

"那你还不少喝点？"贺顿假意相劝。其实为了马到成功，她巴不得钱开逸多喝点。

"古人是借酒浇愁，我喝，是因为心中愉快。"钱开逸这会儿很清醒。

"为什么高兴了反倒喝酒？"贺顿说着，把自己酒杯里面剩下的半杯酒又倒入了钱开逸杯中。

"喝了酒，人就恍惚了。如果没有酒的微醺，这快活就太清醒了。清醒的快活让人惆怅，担心它稍纵即逝，只有在似醉非醉中，快活才显得更长。"钱开逸振振有词。

"那你就把杯里的酒全喝了，快活就翻几番。"贺顿劝酒。钱开逸听话地一饮而尽。

"今天，你不要走了。"钱开逸像个小孩似的拉住贺顿的手，恋恋不舍。

贺顿不能一口答应，虽然这正是她此行的初衷。她一定要矜持，一定要婉拒，否则，即使被酒精麻醉着的钱开逸，也会心生疑窦。

"我先把这残羹剩饭锅碗瓢盆收拾利落了，扶你躺下休息，然后，再走。"贺顿柔声说。

"你陪我一道躺下。"钱开逸拉住贺顿的手。钱开逸的手心很烫，汗津津的。

"不。"贺顿拒绝，但口气温和，手也没有抽出来。

"见死不救啊？"钱开逸半是清醒半是糊涂地开玩笑。

"你死不了。"贺顿说。

"想念一个人，也是可以死人的。"钱开逸用另一只手捂住贺顿的手，好像贺顿的手是一只受惊的蝴蝶，只要捂紧了它就飞不走。

"那我就急救你一下。等你好了，我可就要回家了。"贺顿说着，半推半就地和钱开逸走向卧室。

钱开逸的卧具非常考究，掀开床盖之后，看到的是闪光的丝绸。"像地主老财用的。"贺顿嘟囔了一声，半蹲下来，为钱开逸脱去袜子。

"我用的被罩和床单都是丝绸。你刚钻进去的时候，有一点凉，过一会儿就好了。"钱开逸说。现在，他很清醒，他不喜欢用暴力，也不喜欢哭哭啼啼好像伟大奉献的女人，情投意合鱼水之欢才是做爱的至善至美。

钱开逸拉上了窗帘。带有遮光布的双层帘子尽职尽责地把所有的光线拒之窗外，屋内在黯淡的灯下，如夜晚一般静谧。

贺顿找到了有床头柜的那一边，静静地躺下了。她有些怕，只好又祭起分身术，将身体和意志分别打理。她的思维腾空而起，贴在钱家的天花板上，在那里俯视着一切。看到自己的衣服被钱开逸一点点剥开，看到自己像一粒干瘪的蚕蛹，铺衬在钱开逸粉红色闪亮的丝缎之上。然后，是钱开逸温和的抚摸。

钱开逸的手在她身上游走，没有舒适，只有触觉的移动。她能够清楚地察觉到钱开逸的指甲旁有一粒倒刺，在抚动她的乳头的时候刮到了乳晕旁隆起的小颗粒，她的乳头就敏感而昂扬地挺立起来。钱开逸不知道这个原因，以为是贺顿的兴奋到来了，高兴地重复着这个动作。

贺顿很想告诉他，该干什么就干什么吧，不要搞那些花活。但是，她知道自己这时候是不应该说话的，一个处女在这种情况下，理应沉默。当然了，真正的处女应该是怎样的表现，贺顿也拿捏不准，她能够想到的最好的方式就是什么也不说。

钱开逸看不到呼应，但自己的兴奋越来越强烈，按捺不住开始了进入。

没有疼痛，只有扩张。就像一柄大号的牙刷进入了小孩的口腔，横冲直撞。

飘浮在天花板角落里的贺顿的灵魂，掉下了一滴猩红的眼泪。但是，很快那个灵魂就镇定下来，现在不是哭泣的时候，你还有诸般事宜要做。

贺顿静听盖在自己身上的钱开逸呼吸越来越急促，知道那离弦之箭就要射出。这是最好的时辰了，此时不做更待何时？

贺顿轻轻地从褥垫之下摸到了那颗胶囊。饱满光滑，虽然没有灯光，贺顿仍然能看到那个胶囊的颜色，半截是白的，半截是蓝色的，好像大海和白云。这不是卧床的贺顿看到的景象，属于那个飘浮在空中的贺顿的视觉。

钱开逸猛烈冲击的时候，贺顿把那个胶囊放在了身下。随着钱开逸的发力，她用手指猛地一搓，那个胶囊就破碎了，贺顿甚至听到了胶囊破裂如蝉蜕撕裂般的声音。当然了，亢奋之中的钱开逸什么也不知道。

贺顿在黑暗中抚摸着钱开逸的丝绸床单，不由得生出惋惜之情，这么好的床单，就被染脏了。但是，有什么法子呢？不要有妇人之仁，计划是最重要的。

那个倾倒出了内容物的胶囊还在贺顿的手中，现在，尽兴之后的钱开逸已从贺顿身上滑脱，正趴在一旁假寐。大好时机，机不可失，时不再来。贺顿用手拂了一下头发，如果钱开逸这会儿睁开了眼睛，会以为贺顿也像自己一样汗流浃背，以手拭汗，没有丝毫异样。其实贺顿利用极短暂的空隙，将那个胶囊吞到嘴里，无声无息地把它咽了下去。

当胶囊细碎的片屑在舌头下化成一团极小的泥，并被口水冲刷走之后，贺顿长出了一口气。现在，大功告成了。

贺顿的酥胸寒冷如霜。她向天花板眨眨眼睛，让那个飘逸的自己归位。现在，她是统一的，她要进行酝酿已久的谈判。

钱开逸彻底醒过来，一睁眼，看到贺顿目光迷离地躺在身边。

"多长时间了？"钱开逸轻声问。墙上就有挂钟，他不愿去看，要享受被人告诉的安逸。

"不知道。也许是半个小时，也许是三个小时。"贺顿也不去看钟，轻声回答。

"你为什么不睡觉？"钱开逸问。

"这里不是我的家。"贺顿回答。

"你安心睡吧。从此这里就是你的家。"钱开逸说。

"我有自己的家。"贺顿说。

"你好像不大高兴？"钱开逸说。

"男人和女人是不一样的。"贺顿说着，起身上卫生间。她把粉色丝绸的被罩掀开，空出一大片床单。

钱开逸说："冷。"

贺顿就把被子整个摺到了钱开逸身上，这样她原本卧着的那块床单就彻底裸露出来。贺顿穿上拖鞋，走出房门。临出门的时候，把卧室的灯打开了。

"关上。"钱开逸躺在床上半眯着眼睛，因为双层的被子压在身上，他有一些鼻音。

贺顿已经走出去了，留下一句："你不会自己关啊？那么娇气。"男人女人一旦有了肌肤之亲，说话就放肆起来。

钱开逸不喜欢强烈的灯光，加上双层被子捂得燥热，干脆趁机爬出被窝透透风，就起身去关灯。他坐起披上睡衣，就在袖子伸到一半的时候，他像被人施了定身法似的僵在那里。

粉红色的丝绸被单上，有一小片绛红色的血迹，沁入丝绸的肌理，虽然已经干涸，依旧触目惊心。

贺顿走了回来，说："你干什么呢？"

钱开逸说："看。"

贺顿也俯下身来看了看说："不是已经看到了吗？别看了。小心受凉。"

钱开逸躺下了，搂着贺顿说："没想到。"

贺顿说："为什么？应该想到的啊。"

钱开逸："看你一副江湖闯荡的样子，不知道你还洁白如雪。"

贺顿说："看你紧张的，是不是觉得要负责任啊？"

钱开逸信誓旦旦："我不怕负责任。"

贺顿说："别那么紧张。我不用你负责任。是我自愿。"

钱开逸说："我再看看。"推开贺顿，戴上眼镜凑到床单上看个仔细，甚至还用鼻子闻了闻。

贺顿有点紧张，因为她的药囊里灌的是红墨水，红墨水是有一点酸味的。马上做出不高兴的样子说："你怀疑是假的啊？"

钱开逸说："怎么出血这么少呢？我以前睡过的一个处女，单子湮湿了一大片。"

贺顿说："你以为这是杀人，血流漂杵？总共就那么大的一点地方，能出几滴血就了不起了。你碰到的那个处女，可能是个假的。现在，很多人做手脚。"

贺顿说这些的时候，面不改色心不跳。她知道贼喊捉贼这招厉害。

钱开逸本来正怀疑贺顿处女之宝的真假，见贺顿自己挑明了，也不甘示弱，说："你说别人是假的，我怎能知道你是真的呢。"

贺顿笑笑说："你当然可以怀疑我呀。"

钱开逸说："我不知道怎么才能知道谁是真的谁是假的。"

贺顿说："那我问你，当初那个血流成河的处女，为什么没有成为你的新娘？"

钱开逸叹了口气说："她以为跟我亲密了，就身心放松马放南山，很多毛病就暴露出来。我这个人，心好，但是眼毒。眼里容不得沙子。坠入情网，会使人的心灵倒退十万年。十万年之前，我们是什么？是虫子还是落叶？是海虾还是虎豹？"

贺顿说："别管十万年前，先说眼前。你认为咱俩适宜结婚吗？"

钱开逸说："伯乐和千里马成了一家子。"

贺顿说："千里马一辈子感谢你。"

钱开逸说："别的就不多说了，不管你是真的还是假的，我都当你是真的。见过我父母，咱们就稳步向前推进。"

贺顿说："我不去见你父母。"

钱开逸说："怎么啦，丑媳妇怕见公婆？其实，你不算太丑，对对，说错了。简直就是不丑。"

贺顿说："丑不丑我心知肚明，用不着你鼓励。"

钱开逸不解："那你害怕什么？"

贺顿说："我不是害怕。我并没有答应你啊。"

钱开逸说："你没答应我，你怎么还和我这个啦？"他指指已经被贺顿压到了身子下边的床单。

贺顿说："这是两回事。我喜欢你，可是我不能嫁给你。"

钱开逸受了很大的打击，说："你让我自卑了。我怎么啦，配不上你吗？你也太骄傲了。"

贺顿走下床，开始慢慢地穿衣服，说："其实，是我配不上你。我长得不好看，也没法进入你们家那样的书香门第。而且，我要告诉你，关于我的身世，都是编出的谎话。我有自知之明。而且，我还有自己的事业。"

钱开逸说："我的事业不就是你的事业吗？咱们两个是共同的事业啊。"

贺顿说："我要开一个诊所，你要的是一副好嗓子，咱们道不同。"

钱开逸说："闹了半天，你是打定了主意不跟我啊。这真叫人失望。如果是这样，你又何苦来？"钱开逸苦恼地指了指贺顿的身下，"血迹"鲜艳夺目，好像一枚朱印。

贺顿说："你后悔了？"

钱开逸说："不后悔。只是觉得对不住你。早知道这样，咱们井水不犯河水。"

贺顿说："你觉得对不起我？"

钱开逸说："是。这就好比我拿了你的东西，却没有办法偿还。"

贺顿说："是我愿意给你的，请不要放在心上。"

钱开逸叹息道："我一向表白自己是正人君子，宁肯天下人负我，我不负天下人。你坏了我的名节啊。"

贺顿看火候已到，钱开逸已经入瓮，佯作抱歉地说："看来，是我骗了你。"

钱开逸说："你骗了我什么呢？你什么也不要我的，也不和我结婚，哪儿能说你骗了我？我刚才还怀疑你是不是真的处女，看来我真该死。"

贺顿轻轻地抚摸着他的头发说："我没想到你会这么难过。这样吧，我有一件事求你。如果你答应了，你我就算扯平，你再不要不安了。"

钱开逸大喜过望，说："这太好了。说吧，什么事？我一定为你办到。"

贺顿说："我需要十万块钱开办诊所。其实，只是过一下手，工商登记的时候这笔钱要在账上。我一定会尽快还你。我付给你利息。"

钱开逸什么都想到了，但就是没想到贺顿向自己借钱。十万块，这不是一个小数目，可他大话已经说出口了，再看这个刚刚把处女之宝奉献给自己的女人如此为难，要做的又是一件好事，他哪能出尔反尔呢！

"好吧。我借给你。"钱开逸咬紧牙关，铿锵有力地说。

他又要了贺顿一次。这一次，贺顿的精神又浮动起来，不过不是贴在天花板上，而是蹲在了窗台上，看外面的风景。

两个人恩爱之后，贺顿爬起来写了借条，约定了取钱的方式。然后到外面吃饭，饭后依依不舍地分手。钱开逸回到家里，把床单扯下来清洗，一边在血迹上喷洒着专除污渍的领洁净，一边想着——十万块！这一块血迹可真叫贵！念头浮出之后，他用满是泡沫的手拍打了一下脸庞，算是对自己出言不逊的惩罚。掌心有水，格外响亮。

|第31章|
一百万现金会把脚面砸骨折

钱有了，房子有了，贺顿决定要为自己的心理诊所起一个响亮的名字。叫什么好？本想博采众家之长，但大家七嘴八舌的，实在难以统一。花了一百块钱到街上的"××轩"求了个名字，好不容易跟他们讲清楚这个诊所是干什么的，三天后拿到一个名字，叫作"沙漠白杨"，贺顿觉得太干燥太悲苦了，干脆自力更生。贺顿想了许久，决定就叫"佛德"。它有两个含义，一是暗合着"弗洛伊德"这个震耳欲聋的大号。要说起心理学家，在中国影响最大的就是这位胡子拉碴的犹太老爷子了。虽然大多数人可能连他的一本书也没有看过，更不晓得"本我""自我""超我"都是些什么东西，但这并不妨碍大家对他耳熟能详望而生畏。第二层意思是这个词有点崇洋媚外的味道。佛德究竟是个什么意思？谁也不知道。这就对了。如果起一个"七巧板"这样的名字，不同的人会有不同的理解，闹不好弄巧成拙。佛德，谁也无法确切地说出它的含义，就像抽象画，每个人看到的都是不同的形象，暗自揣摩浮想联翩。若是有人从这个"佛"字引申开来，想起一叶慈航普度众生什么的，就算歪打正着。

起好名号之后，下一步就是到工商局办手续。贺顿亲自跑了几趟，才知道并不像汤小希说的那样简单，仿佛摆香烟摊子般容易。你还要制定章程，还要请会计，交验各种证件。

贺顿对柏万福说："拿证来。"

柏万福丈二和尚摸不着头脑："你从来没给过我什么证啊！"

贺顿说："以前是没给过，可这阶段这个证就得放我这儿，人家要查验呢！"

柏万福说："到底是个什么证？"

贺顿也觉得自己忙昏了头，语无伦次地解释说："房产证。就是楼下你妈住的那套房的房本。明白吧？"

"有倒是有，在我妈的首饰盒里藏着呢。我见过，棕色皮的，还挺大个儿。那可是我妈的命根子。"柏万福边回忆边迟疑。

"你妈的命根子是你。你试着能不能拿出来让我注册用。用完了，就还你妈，连个纸毛都不会少。"贺顿怂恿柏万福，故意轻描淡写。

柏万福连连摆手说："那可使不得。我妈把两个房产本看成金童玉女，恨不能每天都拿出来摩挲摩挲，我哪能偷得出来？"

贺顿无奈,说："那只有挑明了,借你妈的房产本一用。不知行不行？"

柏万福说："你都答应嫁给我了，我妈能不借吗？"

柏万福走到楼下，看到老娘正在用半月形的木梳梳头。不知是哪辈子传下来的红木梳头匣子半敞着，老式的桂花油瓶只剩了一个油底子，香味反倒更加浓烈。柏万福猛吸了一口这种散发着腐朽香气的味道，好像回到了自己的少年时代。孤儿寡母的，娘拉扯他不容易。娘没有文化，干不了别的活计，平日就在家里给人缝虎头鞋。鞋是出口的，专门雇些个家庭妇女在家中用糨子把白布粘起来，打成袼褙，千针万线地衲好，再把绣了虎头的鞋面子镶上去，眼若铜铃虎虎生风的一双童鞋就立那儿了。娘乐意干这个活儿。一是找不到别的活儿，这差事是计件工资，娘心灵手巧，能挣出点钱来过日子。再说可以让小福嘴上享福。娘没有奶，小福全靠熬面汤活命。袼褙是细白布打出来的，一丈布可以裁出多少双鞋底子，人家都测算过了，纵是仙女做鞋，也在布头上占不了多少便宜。鞋面也是发下来的，你领了多少双鞋面，就要交上去多少双鞋子，这也是分毫不差没有空子可钻的。唯有粘袼褙的糨子，大有文章。发下来的是白面，要你自己兑水熬成糨子。那白面这个细啊，这个白啊，任你在谁家粮店也没见过。鞋子是要出口的，特别讲究质量。白面必得上好的，打出的糯子才能滑腻黏性好。

不知道有多少人把打糯子的白面给娃熬了糊糊，烙了饼，蒸了花卷吃，反正所有做鞋子的婆娘都说面不够用，上面的人也不计较这点损耗，就加大了发白面的力度。有的女子交上来的鞋子又糙又硬，从边缝儿上还能看到玉米糁子的小黄粒。这就是把事做过了，把白面都吃了，用黏性差的玉米粉糊弄人。

娘不会这样。娘是个细致的人，想得长远。那些个用了玉米面作糯子的人，都被开除了，无论怎样哭着喊着，都不能再加入制作虎头鞋的行列。娘肯动脑子，能用最少的面熬出最有黏性的糯子，均匀地刷在细白布上，打出的袼褙又韧又薄，布层亲密无间牢不可破，好像还是当棉花的时候就长在一起。再纳上米粒般的针脚，缝成虎头鞋，稍加揉搓，软硬适宜。由于娘的口碑好，后来把绣鞋面的活儿也揽了过来，生活就有了保障。柏万福不知道在这个世界上，有多少黑皮肤白皮肤的孩子穿过老娘缝制的虎头鞋，只知道从虎头鞋上抠下来的糯子面，养活他成人。

娘从很年轻的时候就梳发髻了。娘说，寡妇门前是非多，梳起髻子来找麻烦的人就少了。那时小福不懂，就问，为什么梳了头就让麻烦少了呢？头发是麻烦吗？

年轻的娘说，梳了髻，人家就知道娘不会嫁人了。

小福说，娘干吗不嫁人呢？娘嫁人，我也能吃上糖了。要不然，人家结婚老不让我看。

娘说，你看不到娘结婚了，娘等着看你结婚呢。

到底是吃糯子长大的人，活不过吃母奶喝牛奶长大的人，柏万福得了小儿麻痹，一条腿轻瘫。也没有考上高中，只得上了一所技校。娘说也不错，出来就是技工，铁饭碗呢。柏万福毕业分到工厂，被人称为师傅没几年，工厂就开始不景气。原本以为不景气熬上几年，就能变得景气，谁料不景气只是一连串倒霉事的领头羊，其后就干脆停了产。刚开始柏万福还高兴呢，这多好啊，不上班还照样领工资，虽说没了加班费夜班补贴什么的，收入减少了，可你还统着袖笼子休息呢，值！可惜好日子没多久，厂里就正式发不出工资来了。再后来，如大厦将倾，飞鸟各投林，稍微有点本事有点门路的人就振翅高飞了。模样周正点的女子去了饭店、旅行社，丑点的去了小卖部或是干脆当了小时工。男的脑袋瓜灵活的，开始偷盗厂子里的设备，当废铜烂铁卖给收破烂的。身手洒脱的当了保安给人守大门，要长相没长相要门路没门路如柏万福这样的，就死扛着，祷告也许有一天时来运转，再风风光光地做回工人阶级。

不想等到的是工厂彻底破产，柏万福三十多岁就办理了内部离职。按说这个政策还是挺优惠的，不干活也能拿到基本生活费，到了年龄还能办正式的退休手续，医疗什么的也都有人管。柏万福觉得下场还算仁义。只有老娘长吁短叹，说："耽误啦！"

柏万福不知什么意思，说："耽误什么啦？够咱俩吃的。"

老娘说："耽误我抱孙子啦。"

话说到这里，柏万福就不吭气了。这可怪不得他，他早就想娶媳妇了。早几年，柏万福刚从技校出来当师傅那会儿，虽然说不上聪明伶俐收入高，但工人这块牌子还是挺吃香的，趁热打铁想找个对象也不是太难的事。本来老娘也没多少奢望，辛辛苦苦地把遗腹子养大，当然盼着最后完成心事，不想正在要谈婚论嫁的时候，他们住的那块地方拆迁了。

祖上传下来几间破房，低矮漏水，但面积不算小。按照当时的政策，柏家可以分到两套回迁房，这可是一笔了不得的财产。老娘佝偻了一辈子的腰，被这两套房子的钥匙给挑直了。"咱不着急，有了房子就有了梧桐树，咱要娶凤凰！"老娘发出豪言壮语。

一时间还真有不少人上门提亲，柏万福也飘飘然起来，挑剔姑娘的个头长相工种家境。那是一个千载难逢的好机遇，可惜被柏家人忽略了。多番相看，娘总是不满意。拖延中，柏万福就正式加入了失业大军，从此江河日下一蹶不振。本来就一没长相二没学历，腿脚还不利落，现在连安身立命的单位也没有了，正经闺女从此绝尘而去，杳无踪迹。

刚开始老娘还没意识到这个问题的严重性，以为降格以求就会解决，不想随着社会的快速发展，世风日下，女孩子们宁可挨到三十多岁不嫁，也绝不会找个瘸着的下岗人员。柏万福甚至去了婚姻介绍所，被人收取了几百块钱的交友费，一个黄花大闺女也没见到，应征的都是拖着孩子的丧偶人员，一见面就问柏万福现有多少收入多少家产，然后低头一阵心算，看能不能养活自己和孩子。到了这个份儿上，柏万福也随遇而安，丧偶就丧偶，离异就离异，反正是个完整的女人就成了，一块儿搭伴儿过日子吧。不想柏万福不挑女方，女方还挑剔他，基本上谈了一次就拉倒，没见过第二面。

柏万福跟婚介所的工作人员抱怨成功率等于零，说你们这不是骗钱吗！工作人员说，从您这个事儿上，我们也要吸取教训。以后像您这样的，就是交再多的交友费也恕不接待。您收入太少档次太低，您来了，我们的档次就降了，坏了名声。工作人员说这些话的时候，态度极好，一口一个"您"字，闹得柏万福除了低头找老鼠洞，什么话也回不出来。

柏万福把这些都跟娘说了，他从小就什么都跟娘说，娘就是他的老师和校长，是车间主任和支部书记，是厂长和党委书记……柏万福一辈子没见过更大的官，如果见到了，他一定会在第一时间毫不犹豫地把新的桂冠栽到老娘头上。

老娘本来就不赞成儿子找拖油瓶的二婚，当年她就是此等角色，知道这种人的心思不在男人身上，只在孩子身上。由于她坚持住了没往前走那一步，就对要嫁人的寡妇另眼看待。老娘对柏万福说："咱不急，反正也晚了。你看娘能不能给你找个水灵灵的黄花大闺女！"

若干年过去了，那个水灵灵的黄花大闺女，早就不知道在哪个犄角旮旯儿，被晒成了别人婚宴上的干瘪鱼鲞，柏万福还在旱地里翘首以盼。

这几年，因为出租房子，娘倒是攒下了一点钱。娘很关心房地产的走势，对自家位于闹市区的房子的价值，比房屋中介还门儿清。

娘此刻已经把辫子梳完了，开始盘头。娘说："我的桂花油见了底了，跟你说了好几回了，怎么还没买回来啊？"

柏万福说："您用的这桂花油，老掉牙了，现在都不生产了，改用摩丝发胶什么的了。要不我给您买点新鲜的试试？"

娘把盛着桂花油的小瓶子在手心磕打着，说："甭。使不惯。等哪天我找点刨花泡点水梳头，自产自销。"

柏万福说："您索性多泡点，搁冰箱里，随用随取。"

娘笑起来说："还是你的鬼点子多。以前是泡一回用不了多久就馊了，现在有了冰箱，还真能保鲜呢。对了，我刷牙用的猪毛牙刷也磨秃了，你再给我买些。"

柏万福直嘬牙花子，说："妈，这个可就有点难办。您知道，这个猪毛牙刷子，人家厂子也不产了。我给您买新式的牙刷吧。"

娘说："用不惯。新的牙刷子都是尼龙丝的，会把牙床扎破。"

柏万福说："我给您买最柔软的那种，给您买儿童用的还不成吗？"

娘说："不成。我就用惯了猪鬃毛的，别的都觉得有一股化学味。"

柏万福说："您就不怕猪鬃毛刷子有一股排骨味吗？"

娘假装生气了，说："小兔崽子，你就气我吧。我还没到躺在床上不能动要你伺候的光景，只让你给买把牙刷，你就推三阻四的，以后我还能指靠你吗！"

柏万福慌了，说："妈，我这不是跟您逗乐吗！这就给您去找猪鬃毛牙刷，若是找不到现成的刷子，我就去抓一头猪。"

老娘一下子乐了，说："你抓人家猪干什么？"

柏万福说："把它的毛薅下来，给您扎把牙刷。"

娘说："可真有你的。你扎的刷子，刷墙许是行，刷牙是万万不能的，只怕满嘴猪毛。"

娘儿俩说说笑笑，也自得其乐。逗了一阵子，娘突然收敛起笑容，说："说吧，你媳妇让你来的吧？"

柏万福惊讶地说："我没媳妇。"

娘朝楼上努努嘴，说："她不是答应当你媳妇了吗？"

柏万福说："答应是答应了，可还没领证呢，就不是媳妇。"

娘说："这个我知道。我也是提前熟悉情况，不然，你一下成亲了，我也不好适应。"

柏万福说："我不会忘了娘。"

老娘说："我这会子倒是巴望着你们把我忘了。说吧，你媳妇又盘算我什么啦？"

柏万福慌了，说："没人盘算您。"

老娘说："孩子，你就不要再打马虎眼了，有什么就直说吧。再说，盘算老娘也是应当的，我要是一点都没有让你们盘算的想头了，也就离死不远了。说吧。"

柏万福真是佩服死了老娘，料事如神。索性直说："贺顿让我跟您求借这屋的房本。"

"干啥？"老娘并不像柏万福想象的那样震惊，很平静地反问。

"开诊所啊。她要去注册，非得有这房本，人家才给登记。"柏万福说。

"是她让你来说的吧？"老娘说。

"是。"柏万福回答。

"那她自己为什么不亲自说啊？路太远，挪不动脚步啊？"娘说。

"她……她不是那个意思。她让我先给您吹吹风，您好有个思想准备。"柏万福听出老娘语气不善，赶紧打圆场。

"我早就准备好了。你让她来吧。"老娘放下半月形的木梳，把最后一滴桂花油抹在了盘好的发髻上，油光锃亮。

柏万福回到楼上，贺顿正在等他，迫不及待地问："说啦？"

"说啦。"柏万福回答。

贺顿伸出手，说："拿来。"

柏万福说："什么？"

"房本啊。"贺顿好生不解，还能有什么呢？

柏万福说："说是说啦，可是还没说好，她让你自己去说。"

贺顿知道这一场硬仗是躲不过了，就说："去就去。她还说什么啦？"

"什么也没再说。她只说她准备好了。"柏万福老老实实交代。一边是相濡以沫的老娘，一边是就要娶进门的娇妻，哪边也得罪不起啊。

贺顿在自己住的小房子内调理了一番呼吸，默念了一段让心理放松下来的口诀，管不管事不知道，只有硬着头皮下楼了。

老娘穿戴一新地坐在老式的圈椅上，说："来啦？"

贺顿一直怕见房东大娘，现在可倒好，最怕的成了最亲的，房东摇身一变成了婆婆。

"大娘……您好。"贺顿说。

"把那个大字去了，就叫娘吧。"老娘说。

"娘。"贺顿叫。这一声是如此地生疏，贺顿有很多年没有叫过娘了。贺顿的心中顷刻涌起波涛，贺顿赶紧让自己的灵魂飘浮起来，才算止住了情感的动荡。

"听说你要拿房本注册诊所？"老娘思绪明晰，直奔主题。

"是。"贺顿谨慎地回答。

"我看你就是为了要这套房子，才答应和小福成亲的吧？"老娘不动声色地问。

贺顿第一个反应是——傻呵呵的柏万福怎么能有这么一个入木三分的娘呢？他为什么就不像他的娘呢？他要是有一点像他的娘，贺顿也不会如此委屈啊！这个念头滚过之后，才发觉回答问题迫在眉睫。

贺顿当然可以否认，但是，在这两颗明察秋毫历尽沧桑有轻微白内障的眼珠面前，你不敢否认。贺顿最后决定铤而走险，说："是。"

老娘满意地点点头。如果贺顿说"不是"，她就绝不会把房本给她。现在，她说了"是"，老娘说："开了诊所之后，你会跟小福离婚吗？"

贺顿坚决地说："我不会。"

老娘说："为什么不呢？我看你是个有志气的孩子，小福窝囊，你怎么会死心塌地地跟他过一辈子呢？换作我，我就会在以后发达了，甩了他。"说完之后，老娘像猫头鹰一样盯着贺顿。

贺顿想象了一百种探讨房子的可能性，也没想到这个老媪如此单刀直入。而且，一语中的，切中要害。

贺顿会在发达了之后离弃柏万福吗？贺顿没想过，贺顿不想，不是因为忘记，而是因为乏力。她知道自己一定不满意柏万福，但是她不能这样离开。如果她要选择离开，不如现在就选择放弃。为了发展，只有赌上所有的一切。

"我不会。"贺顿掷地有声。

"这却怪了。为什么呀？我看你比我聪明多了，我都看不上我儿子，你如何看得上他？你现在是暂且栖身，以后的你，就不是你了。可我只有这么一个儿子，我得找一个肯和他白头到老的媳妇，我才能放心，才能把家当交给她。"老太太白发摇动。

贺顿甘拜下风，苍老的智慧逼得你无处逃遁，只有以实禀告。

"您说得不错。如果是您，您会走，但是，我不会。"

"说说你的道理吧。我看不出你比我更有良心。"老太太也是寸步不让。

"我有我的事业，我要在这个举目无亲的城市里发展我的事业，就要有根据地，要有立足点。我看上了你们家的房子，看上了这块地方。我没有别的本事，我只有把自己嫁出去，换来这个起飞的机场。如果我的事业发达了，我只有继续努力，哪能把辛辛苦苦建设起来的事业毁了？这就是原因。我有事业，而您，没有。"贺顿把心声向一个最不适宜倾诉的人竹筒倒豆子般倒出。

"好了，我不知道你的事业究竟是怎么回事，但是，我知道你是看上了我们家的房子。是啊，我这两套房子值一百万。你嫁到了我们家，你就得到了一百万。"老太太洋洋自得。

"您的房子不值一百万。"贺顿虽然明知这话会得罪老太太，也必须说。唇枪舌剑锱铢必较。否则，她就在这场较量中处于绝对劣势且永远翻不了身。

"姑娘，你不懂行情吧。你可以到房屋中介所打听打听，人家会告诉你一个清清楚楚，这一带的房子就是这个价。"老太太胜券在握，像戏鼠的老猫，面带微笑。

"我相信此地的房价就是这么高，但是，您和您儿子住在这里，它们就不是商品，只是消费品。消费品没有您所说的价值。只有卖了房子，您才能拿到一百万，可是，卖了房子，您住到哪里去呢？所以，只要您的房子不卖，它就一钱不值。"贺顿最近为了开办诊所，还真研究了一番经济学，也不知这套说辞合不合乎逻辑，反正唬老太太足够了。

老太太也不是善茬，说："你说的这一套我用不着懂，我就知道房子值钱。"

贺顿苦口婆心地说："打个比方吧，您这一身零件……"说到这里，看到老太太面露不悦之色，赶紧换了一种说法："不说您，就说我吧。我这一身零件，比如肾，就是咱们俗话说的腰子，能值二十多万，两个合在一块儿，就是四十多万。再比如我的肝，能值三十多万。要是把眼球、心脏、肺、头什么的都算上去，就能折出一百万，可不能因此就说我值一百万，因为这些零件我自己还得使，人家出价再高，也不能给卖了。您的房子也一样……"

精明了一世的老太太，被未来的儿媳妇这一套迷魂战术理论，惊得魂飞胆战，不得不信服这貌不惊人的小丫头，将来会有作为。甚至在内心深处生出了"惺惺惜惺惺"的欢喜，又感叹儿子哪里是这女子的对手！越是这样想，她越要在自己没老糊涂之前，把儿子的事料理妥当，否则，儿子会败得屁滚尿流。

"好了，姑娘，我说不过你。你说我的房子不值钱，我说我的房子值钱。房子在我手里，这就是硬道理。你想要我的房本，我可以给你，但是，我有两个条件，你答应了，咱们立马成交。"

"请讲条件。如果我能做到……"贺顿审慎地表示可以探讨。心想这老太太会不会狮子大开口。

"当然是你能做到的。只要你愿意。"老太太胸有成竹。

贺顿大喜过望，想不到两个条件就能搞定。她说："您说。"

老太太说："这第一个条件，就是以证换证。用你们的结婚证换我手中的房产证。"苍老的瞳仁逼视着贺顿，如同一个世纪之前的珍珠，早先或许是清澈的，拗不过岁月的煎煮，已经变黄发黑，好像一粒由桑叶变成的蚕的排泄物。

贺顿心想这还算条件吗？当然要领结婚证。就说："没问题。"

老太太点点头，说："除了这个证以外，还要一张纸。"

"什么纸？"贺顿感到来者不善。

老太太说："一张欠条。"

贺顿莫名其妙，说："我不欠你们。"

老太太说："是啊，你现在是不欠我们的，但是如果你以后和我的儿子离婚了，你就要给我家一百万。你答应了，房本就可以拿走，你不答应，这婚事也不必办了，结了婚也是露水夫妻。我儿子心痴，也许会要了他的命，反倒不如打光棍好。"老太太目光如锥，直射贺顿的双眸。

贺顿不自觉地把眼光避开了。喃喃低语："一百万……这也太多了。"

老太太慈祥地说："你刚才口吐莲花讲的那套大道理，我听了个大概其，基本的意思我明白了，说给你听听，看是不是这么个理儿？如果我住着，我的房子就不值钱；如果我不住了，卖了，我的房子就值钱了。我这一百万也是这个意思，如果你和我儿子不离婚，你就不用出钱。将来我死了，所有的家产都是你们的。如果你和我儿子离婚，你就出一百万吧。到那时候，你能出得起这钱，你就已经发达了，自去直上云霄。我儿子有了这一百万，也能过个好生活。当然了，不离婚最好，我儿子按说是不配娶你这样聪明的好媳妇的，谁让你落在难中被我们家赶上了呢！孩子，别怪我心狠，我也是万不得已。咱们都想想，值不值？都觉得值了，事情就好办了。"

贺顿几乎全线溃败。什么心理流派的训练，也比不过这种百炼成钢世事洞穿的狡猾。她一时百感交集。为了自己的命运，她要把自己绑在战车之上，赌上一生的幸福。

她不能离婚，不是因为道德，而是因为成本。这世上许多看似理想抱负长远谋略的事，其实根结往往都在经济上。

很久，贺顿缓缓地抬起头来。虽然近在咫尺的老太太早已看到了自己的泪水，贺顿还是要等到泪水全部风干才与之对视。

她说："您拿纸来。"

老太太把一本白纸递给她，说："我早就准备好了。"

"抬头怎么写？"贺顿问。

"写借款吧。"老太太轻松地说。

"我没借你们的。"贺顿说。

"是啊是啊，你没借我们的，现在是我们欠你的。但是，你要离婚，你就欠了我的。你把这层意思写明白了就行。文化人，这点小事还难得住你吗？写吧。"老太太说着，好像不经意地打开了古老的梳头匣子，一张棕褐色的皮面证书露了出来。"中华人民共和国房产证"几个大字闪闪发光。

贺顿奋笔疾书。

"一百万？这数字也太大了。"柏万福想象着一百万现金砸下来，该把脚面砸骨折了。

老妈说："我也并没有想着真让她赔，只是吓唬吓唬她，求她老老实实地和你过日子。没想到，她还真让事情走到了这一步。"

柏万福说："强扭的瓜不甜。妈，我也不曾求过您什么事，这次就依了我，让她走吧。"

老妈说："孩子啊，你真是属鱿鱼的。"

柏万福好奇，说："怎么讲？"

老妈恨恨地说："软骨头！"

柏万福说："妈，随您怎样说吧。这事我是死了心了。让她走吧。"说着，就要撕那张油浸浸的纸片。

老妈恨铁不成钢，无奈地说："我反正也没有多少时辰的活头了，我也看出这不是个安生女子，不但诊所招来了流氓，自己也成了流氓了。你现在也今非昔比了，成了心理师，人家都说这是太阳产业呢……"

柏万福纠正她说："是朝阳产业。"

老妈说："那还不是一回事？朝阳不就是太阳吗！你现在也是有头有脸的人了，人也比过去精神多了，咱有两套房子，这是多么大的家产，还怕没有好姑娘肯嫁吗？这个女子不肯给咱家添丁进口，就这一条，在过去就能休了她。现在又做下不要脸的事，我也不想留她了。走吧走吧。"

既然老妈发放了通行证，柏万福就开始轻轻地撕那张泛着油光的纸。每撕一下，心都应声颤动哆嗦。直到这时，他才深切地感到痛楚。最先的震惊，之后的愤怒，然后是故事的悬念，最后是高风亮节的宽恕带来的自我感动……这一切，现在统统凝成了强烈的丧失。他亲手撕毁了他的幸福，虽然这幸福早就不存在了。就像一个人死了，尸身不朽，音容宛在，似乎终有卷土重来的一天。一旦火化了，灰飞烟灭，就再也不会有笑貌浮动。

他一下一下地撕着，在痛楚中体验着自己的坚强和宽恕。好不容易撕完了，团在手里，刚要扔，老妈说："我要是你，就拿在手里，做个证据。"

柏万福苦笑着说："撕都撕了，还做什么证据！"

老妈大睁着有白内障的双眼说："给那个女人看看，咱们娘儿俩是有板有眼光明磊落的人。"

柏万福就停了手。倒不是光明磊落什么的说服了他，而是觉得要有个根据。

果然，当他把被汗水泡软的那团纸球摊给贺顿看时，贺顿如同检验罪证的警官，翻过来掉过去瞅了个仔细，就差没有把它们拼凑起来恢复原貌。

柏万福说："你怕的不就是这个吗？我已经把它撕了，怕你不信，这又特地拿回来让你亲眼看看。现在，你自由了。"

贺顿缓缓地问："老太太那边也说通了？"

柏万福不愿细说，讲道："如果说不通，她也不会给我这个东西。"

贺顿说："可是，你并没有问过我的意见。"

柏万福说："都那样了，你的意见不是明摆着的吗！"

贺顿说："以前是以前，以后是以后。"

柏万福不明白，说："还有什么以后？"

贺顿说："你让我好好想一想。"

柏万福也不再深问，他的忍耐已经到了极限，好容易爬到了万仞山巅，倒头便睡。贺顿听着身边均匀而熟悉的呼吸声，突然百感交集。在这以前，她从来没有注意过这声响，当就要永远失去这种倾听的时候，生出了眷恋。

总是来去匆匆，贺顿从来没有听到过钱开逸有这样安稳的睡眠。也许贺顿只是过客，从没用心细听过，即便钱开逸曾这样酣睡，在贺顿耳中也未曾留下印象。

缠绵的想法只是一闪念，贺顿的内心深处是枯寂的，鼾声打动不了她尘封的感觉。迫在眉睫的是——她答应了离婚，毫无疑问就要被扫地出门。所有的设计，所有的心血都将付诸东流，她梦寐以求羽翼渐丰的事业，就因为自己的恋情而顷刻倾塌。

贺顿一夜未睡。

当柏万福醒来，贺顿对他说的第一句话是："我不离婚。"

柏万福迷迷瞪瞪地说："还跟我一起过？"

贺顿说："是和你的房子一起过。"

柏万福彻底清醒了过来，说："那不行。这是你的如意算盘，可是我不干。你还是走吧。"

贺顿对柏万福刮目相看，说："实话实说，因为我的事业，我不能离开这里。"

这个理由打动了柏万福，他们的事业其实是联系在一起的。他说："那我就先容你一阵吧。只是在这段时间里，你不能再去找他。"

贺顿说："我做不到。"

柏万福说："你欺人太甚。"

贺顿退后一步，说："我尽量吧。"

柏万福说："好吧，为了你的事业，我成全你，但只做名义上的夫妻。我虽然是个低贱的人，一主二仆的事，我不干。"

|第 32 章|
狂犬病人会看心理师吗

手续办下来了。

贺顿抚摸着营业执照，鼻梁靠近眼角的地方，火辣辣地疼，一股热流倾泻至鼻腔。贺顿赶紧做了一个通常吃美味咽口水的动作，把热流逼进了喉咙。嗓子被蜇了一下，疼痛感又下送到胃肠……

这是快乐的泪水。

十万块钱也有了，可你不能动，每一分钱都不是你的。

房子有了，你押上了一生的幸福。如果你退出，就要背上一百万块钱的债务。想到这里，贺顿的嘴角抽动了一下，那是一个来之不易的笑容。贺顿想象不出一百万块钱堆在一起，是怎样庞大的一堆。贺顿由衷地佩服房东太太，她肯定也没有见过这么一大堆钱，但是，她敢说出这个数目。

人员暂时只有她一个光杆司令，幸好很快就会有帮手。汤小希和沙茵都答应不定时来帮忙。贺顿很感激她们都没有提出钱的问题，现阶段，贺顿以钱划分敌友。谁要是跟她说钱，谁就是小人。

贺顿对以前的房东太太、现在的婆婆说："麻烦您得动一动了。"

婆婆清退了房客，说："要我动窝，行。不过，我要住大屋。东西多，祖上传下来的掸瓶、躺柜、柜顶箱什么的，得有个宽敞地方搁。"

贺顿本以为结婚就是自己搬到柏万福那屋里住，不想婆婆还另有打算。贺顿看了一眼婆婆桌上用铁丝捆箍的破瓶子，才晓得这原是插鸡毛掸子的。那个木雕残落喜鹊有翅无头胖小子只剩下半边耳朵的旧箱柜，还这么多讲究。反正横竖都一样，无论在大屋小屋也都得和柏万福同床共枕。贺顿说："行。"

婆婆自然是袖手旁观的，柏万福腿有残疾，贺顿如蚂蚁啃骨头般开始搬家。有些大件一筹莫展，请搬家公司要一百块钱，无论贺顿怎样讨价还价，说其实只是从一楼搬到四楼，抬抬脚的事，人家还是不依不饶，说只能省下汽油钱，而汽油不值什么钱，人工才是最值钱的。贺顿咬着牙说："好吧，人工我们也有，就不麻烦你们了。"

贺顿一趟趟搬动，就像磨道上的一头驴，不，比驴惨。驴眼起码蒙上一块布，闷着头以为一直在前进，但贺顿从一楼到四楼，从四楼到一楼，终而复始，转得头晕。本来就不多的头发被汗水抿在脸颊上，好似戏剧中青衣的鬓片。

俗话说破家值万贯。婆婆什么东西都不让清理，满满当当地塞在屋里，连下脚的地方都没有。贺顿和柏万福住在小屋，把贺顿的单人床换成了双人床，其余维持旧格局。要说改变最大的，是贺顿把书统统搬到楼下了。

很快，贺顿就发现自己是真正的受益者。腾出来的楼下那套房子，成了独立王国。

房子虽然不算破旧，但一股老年人特有的霉味，充斥在每一个角落。尽管如此，贺顿还是满怀欣喜地站在房中，规划着佛德心理诊所将来的格局。

孤掌难鸣，找来汤小希当军师。汤小希一看空空如也的房子，高兴得大叫："贺顿，咱俩一人住一间吧。我的那间要漆成粉红色。"

贺顿恨恨地拍打着她说："这可是我卖身换来的。要干事业呢。"

汤小希做了一个鬼脸说："跟谁睡不是睡啊。睡一觉就能成就一个事业，值了。"

贺顿说："睡觉没那么神。好歹柏万福也是个老实人，先凑合着过吧。"

汤小希说："不管怎么说，你这一睡，还出来了一套房子，起码事业基础就有了。我跟卖肉的睡了，除了吃点红烧肉糖醋排骨什么的，目前再也没其他实惠了。"

贺顿说："能一辈子都吃红烧肉糖醋排骨，也是幸福。闲话少叙，赶紧商量一下如何装修。现在每一分钟都是钱，已经注册下来了，如果不赶紧开张，咱们就得赔。一个机构不是那么容易养活的。"

听贺顿这样一说，汤小希也有点紧张，说："我从来没见过心理诊所，只知道临终养老院是什么样的。"

贺顿说："我也没见过，只是从书上了解到有几个原则是必须遵守的。"

汤小希撇撇嘴说："天啊，跟加入一个组织似的，还有原则。看来，我是帮不上你什么忙了。"

贺顿说："能帮。假装你是访客，要来看心理师。你希望诊所什么样？"

汤小希乐着说："我没病。用不着看心理师。"

贺顿说："假装嘛！再说广义来讲人人都有心理疾病。"

汤小希偏着头想了想，说："如果真是我要来，起码不能让外人听见我说了什么。"

贺顿说："明白。就是保密。隔音要好。"

汤小希眯缝着眼想了一下又说："不能太大。不能跟报告厅似的，要像说悄悄话。"

贺顿说："好了，第二个原则就是要让人感到放松和亲切。要多隔出几个心理室……"

汤小希插话道："你有几个心理师啊？"

贺顿说："目前就我一个。"

汤小希说："那你要那么多房子干什么？这也不是煤气灶的火眼，这边炖着，那边还可以煮。"

贺顿白了她一眼说："你就不会用发展的眼光看问题？装修是百年大计，若是以后红火了，来的人多了，心理师也多了，再兴师动众地重建，麻烦就大了。"

汤小希敲着自己的额头说："看来法人和普通人想的就是不一样。"

贺顿说："要是这个小店出了事，需要有人坐牢，我这个法人就当仁不让了。"

汤小希吐吐舌头说："我这辈子也不当法人。"

贺顿说："说正经的，还有呢？"

汤小希说："还有就是如果能找到比卖肉郎更好的人，我就改嫁。"

贺顿说："谁问你改嫁的事，我说装修。"

汤小希说："原来你根本就不关心我的终身大事，只关心你的房子。嗨！重利轻友哇。再有就是颜色。我还是喜欢粉红色，看着温暖。"

贺顿说："冬天温暖了，夏天看着是不是太热？"

汤小希说："那你就有的漆成淡玫瑰色，有的漆成淡海蓝色，好像夏宫和冬宫。"

贺顿退后几步，打量着目前还脏兮兮的墙壁，仔细设想着将来的艳丽，半晌不语。

"我看这两种颜色都不咋样。"一个男人插话说，原来是柏万福不知何时走了进来。

汤小希见建议被否定，不悦道："姐夫，据我所知，你也不是什么科班出身，凭什么就说我选的颜色不行呢？"

柏万福说："既然你能发表意见，就不兴我也谈谈看法？"

贺顿此刻虚怀若谷，面朝柏万福说："你的意见是……"

柏万福受到了鼓励，很是高兴，说："粉红色太闹得慌了，也许小丫头们喜欢，但像我这样的男人就觉得轻飘飘的，镇不住场子。"

汤小希不屑地说："那你可以到蓝屋去，保险让你跟头鲸鱼似的，有海底世界的感觉。"

柏万福说："那也太寒冷太压抑了些。再说，有些人是怕水的。"

汤小希说："我知道得了狂犬病的人就怕水。可那种病人生命垂危，也不会到咱这儿来聊什么心理问题。"

柏万福反驳道："蓝色让人忧郁。"

贺顿觉着气氛有些紧张，就说："你们俩的意见都有道理。我就中和一下，有些漆成大麦黄色，有些漆成春草绿色，如何？"

汤小希缓过神来，说："说得好听，谈什么中和，完全是你自己拿了主意嘛！得，姐夫，咱俩都被否决了。"

柏万福说："我不怕被否决，只要不是海蓝色，我就没意见。"

　　汤小希说："好了，我不跟你们争了，你们是一家子，我是少数派。"她看看表，说接班的时间就要到了，预备走人。

　　贺顿说："还有一个事情，我要跟你们商量。"

　　柏万福说："你说吧，只要我做得到。"

　　汤小希说："你有什么想法就直接端出来，口头上说是商量，其实早想好了，狡猾啊狡猾。"

　　贺顿说："真没想好。我想在分隔出的两间心理室墙上，镶一面单面镜。"

　　汤小希说："什么镜？我只听说过梳妆镜穿衣镜放大镜哈哈镜，不知道什么叫单面镜。"

　　柏万福说："你是要把墙给砸了吗？"

　　贺顿一时不知先回答谁的问题好，两个问题都很重要，想了一下，她对柏万福说："起码要把墙壁砸个窟窿，要不镜子怎么能镶进去呢？"

　　柏万福担忧地说："你要搞得动静太大了，破坏了结构，只怕楼上的邻居们不答应。要是有个地震什么的，整栋楼房先得从你这个什么镜那里塌了，把咱们砸死。"

　　汤小希好奇地说："先别忙着想百年不遇的事，说说这个单面镜到底是个什么东西？"

　　贺顿掏出一小块镜面说："就是它。"

　　汤小希抢先拿到手里，左右端详了一番说："没什么特别的啊，就是普通的镜片，好像还没有化妆镜亮。"

　　柏万福接过来颠来倒去地看，说："这东西还真有点古怪，这边看是透亮的，那边就是死的，什么也看不到了。"

　　贺顿心想柏万福也不是太笨，看出了名堂，说："你们看过外国间谍电影里，一个人在屋子里对着镜子又是刮胡子又是挤眉弄眼的，自在得很。另外一间屋子里，一群人正在观察他的一举一动。那种特殊的镜子就是单面镜。通俗地说，就是这边看不到那边，那边却可以看到这边……"

话还没说完，汤小希就跳着脚说："哎哟，我想起来了，神奇镜啊！那边说话，咱这边就可以偷着看偷着听，实在好玩。咱们都能当007了，有趣有趣。"

柏万福说："你刚才还说保密第一，最好让别人什么都不知道，这一会儿就变得爱偷窥别人隐私，没立场。"

汤小希振振有词："你说得对，我就是没立场。刚才是让我站在来访者那边，这会儿让我站在工作人员的角度上，当然是此一时彼一时了。我问你，你是站在谁的立场上？"

柏万福说："我站在钱的立场上。这东西，一定很贵。"

贺顿说："是贵。"

柏万福说："那你干吗装它？单是为了好玩？咱玩不起。"

贺顿说："哪里是为了好玩。心理师单打独斗，说得对不对合适不合适的，也没个人商量。有了这单面镜，需要的时候，别的心理师就能在镜子后面观察，共同分析情况。人家国外的很多心理室都有这东西。"

汤小希说："乖乖，咱要和国际接轨了。"

贺顿神往地说："若是以后需要带学生或有人来实习，单面镜就更需要了。"

汤小希一时瞠目结舌，这么光明的前景，她可一点没想到。柏万福说："好是好，得多少钱？"

贺顿说："不是一个小数目。可若是以后需要了，再砸墙装镜子，岂不更浪费！"

柏万福说："咱先因陋就简，装不了大的，装个小的。"

汤小希说："太小了恐怕不行。你看那外国电影里，都占了大半个墙，这才看着像个镜子。你要是镜框那么一点大，还不引起人的怀疑？"

贺顿说："都有道理，容我再想一想。"

贺顿找到了沙茵。说起装修的事，沙茵把两肘抱起来说："我可是个四体不勤五谷不分的懒人。我们家装修都是老苏一手操办的。我虽说答应入伙，这种事，别指望我。"

贺顿说："我不用你吃苦出力，只想让你贡献点脑汁。"

沙茵说："今天有一个学生要自杀，忙着危机处理，我的脑汁都榨干了。残存的这点智慧，不知道能不能对诊所有所帮助。你先说说，什么事？"

贺顿就把单面镜的事讲给她听。

沙茵沉思片刻说："我看你是有野心的。你想把事情做大。"

贺顿说："你错了。哪里是野心，是虚心。"

沙茵说："虚心也不错，虚心使人进步。"

贺顿说："那就不是虚心，是心虚。"

沙茵说："你心虚什么？"

贺顿说："人家外国都是心理学博士才能当心理师，咱们就这样一穷二白地上了马，我实在是心里没底。"

沙茵说："谁心里也没个底，可这和单面镜有何干系？"

贺顿说："一个好汉三个帮。咱们不是好汉，得有更多帮手。"

沙茵说："理论上这么说自然是不错的，可做心理咨询也不是上山打狼，人越多越好。这行讲究一对一，别人爱莫能助。"

贺顿说："所以就特别想镶上单面镜。遇上了棘手的案主，群策群力，有个商量。"

沙茵说："那你就镶上。"

贺顿说："等的就是你这句话。"

沙茵说："我总觉得你是很有主见的女子，如今怎么这样举棋不定？"

贺顿扳着沙茵的肩头说："我其实是一只纸老虎。"

沙茵说："别怕。咱们一道向前走吧。"

贺顿鼻根发酸，自打她立志自己开办心理诊所，这种鼻根发酸的感觉已经很熟悉了，应对的步骤也很有经验了——把它一滴不剩地全都压进咽喉。她拍拍沙茵的肩头，千言万语尽在不言中。

晚上回到小屋，柏万福已经等得不耐烦，压低声音说："你到哪里去了？"

贺顿说："去见一个同学。"

柏万福说："是男同学还是女同学呢？"

贺顿说："这很重要吗？"

柏万福说："当然重要了。"

贺顿说："这次是女同学，以后也可能是男同学。你吃醋了。"

柏万福说："因为我在意你，这才要打听你到何处去了，你和谁在一起。岂止是吃醋，简直是整个人都掉到醋缸里了。"

贺顿又好笑又好气："我找人商量单面镜的事。"

柏万福说："说实话，这面镜子，我劝你还是不安为好。"

贺顿吃惊道："从何说起？"

柏万福说："你端不端正不正地在墙上安一面奇怪的镜子，人家还以为是照妖镜呢。"

贺顿说："照妖镜是安在门框上的，我这是嵌在墙里。"

柏万福打了一个哈欠说："你爱安在哪儿就安在哪儿吧，你是老板，说了算。咱们早点睡吧。"

贺顿开始脱衣服。今天，是她成为柏万福新娘的第一天，按说应该有点紧张或是羞涩。但是，非常令人遗憾，贺顿内心激荡不起一点涟漪，没有激动，甚至也没有委屈。

贺顿麻利地把衣服脱净了，半身像斩断的冻带鱼一样冷滑。她不能让柏万福帮她扒光，那样就显得自己像个受害者。她不是受害者，她是决策者，事态尽在她的掌握之中。

柏万福很激动，摸着贺顿光滑的身体说："你怎么这么凉呢？"

贺顿说："女人是冷血动物。"

柏万福说："蛇才是冷血动物呢。你摸摸，我身上热着呢……"说着，就把贺顿的双手往自己下身拉去。贺顿猛地抽出一只手，捂住了自己的嘴巴。柏万福不解，说："你怎么啦？"

贺顿说："我怕自己叫出声来。"

柏万福的激情重新被点燃，说："没事，想叫就叫吧。"但他突然抬起身，嘟囔了一句："我上个厕所。"说着就走出了门。

贺顿长长地吐了一口气。做人家的媳妇，就得过这一关。况且，贺顿早就练出了魂飞天外的本事，身体麻木不仁，精神独自翱翔，对即将到来的新婚之夜，也就安之若素。不料柏万福回到床上，火气丧失殆尽，哆哆嗦嗦地说："这么冷，咱们还是安生睡觉吧。"说着，用被子把自己裹得像个粽子，滚到一边独自睡去。

贺顿心中疑惑，抵不过睡意，也有些昏昏然。就在马上入睡的一刹那，猛然想到了一种可能。她本不想追究了，但与生俱来的好奇心，让她有所行动。她爬起身，披上衣服，蹑手蹑脚地推开了门。

走廊尽头是厨房，厨房有一扇对外的窗户。午夜时分，月光透过窗棂，把塑料布一样银白的月光，洒到了过道的地面上。在水洼般清冷的地面上，站着一个佝偻着腰身的女人，她的头发披散着，眼白散发着苦杏仁一样惨白的光斑。

如果不是有所预料，贺顿会吓得真魂出窍。

"您这是干什么？"贺顿问。

"睡不着，起来遛遛弯儿。"婆婆不动声色地回答。

"既然是遛弯，您就应该走动走动。我怎么没听见一点声响啊？"贺顿想起了著名的"俄狄浦斯情结"。是你大意了。你既然嫁给了一个寡母的独生子，你就该想到这一切。

"怕扰了你们的清梦。"婆婆说。

"没那么严重。我们还没睡呢，您不累吗？"贺顿反唇相讥。她倒不是一定要和寡婆婆针锋相对，只是在这寂静的夜晚，想看看这个现实生活中的经典人物会如何应答。僵持下去有点难堪，但她不愿就这样打道回府。

"你们好好睡。我也回去睡了。"婆婆毕竟不是心理学家，被人发现偷听儿子的房，不敢恋战，拍马要走。

"您什么都还没听到，就这么走了，不是太亏本了吗？"贺顿说。

婆婆听出话里有话，索性把刚刚转过去的身子又扭了回来，反击道："莫非我在自己家里，还不能到处走动了？"

贺顿说："走动当然可以，可我出来的时候，您是站在门背后一动不动。"

婆婆说："这是我的家，愿意站就站，愿意走就走，谁也管不着。"

贺顿说："您站在门背后，一定想听到点什么。"

婆婆以退为进："你说我想听到点什么呢？"老太太心里说，我看你一个小媳妇能不要脸到什么程度！

贺顿索性一不做，二不休，把话挑明。要不然，以后保不准什么时候半夜一出门，门背后站着一个凝神屏气的老哨兵，白发过肩目光如炬，着实吓人。就说："您是想听我和您儿子睡觉的声响吧？您寡居了这么多年，想来这种声音也陌生了吧？等了半天没让您老人家听到，真对不起您啦！都怪您儿子不孝，我批评他。您别着急，我这就进去把他喊醒，我们把动静闹得大点，让您听清楚。要不让您老这么干等着，也不知什么时候好戏才能开演，把您给冻病了，我们也于心不忍啊！"

昏暗中，房东太太，贺顿的婆婆，目不转睛地看着面前的儿媳妇。其实，她老眼昏花，根本看不清媳妇的眉眼。但儿媳妇的话，一字一顿听得十分真切。她第一次发觉以往实在是小看了这个外地来的丑丫头，绵里藏针缜密得很，笨嘴拙舌的儿子哪里是她的对手！不过，只有这样的媳妇，才能生出和儿子不一样的孙子，才能让自家扬眉吐气。想到这里，她整整凌乱的衣衫，说："既然你把话说到这个份儿上，我也不害臊了，就跟你把话说明白。"

贺顿说："咱们就这么一直站在走廊里说，还是到屋里去说？"

婆婆说："也没有更多的话，就在这里说吧。我儿子体格弱，你要悠着点劲儿。"

贺顿说："我体格也不好，这个您放心。您心疼他，我还心疼自己呢。"

婆婆见贺顿接了话茬，就说："也不能太爱惜自己的身子了。要不用力气，那孙子从哪里来呢？"

贺顿说："妈，我正要跟您挑明，这要孩子的事，三年两年间是不能考虑的。"

婆婆说："早要孩子早得济。"

贺顿说："我要干我的事业。现在生了孩子，就是一个小下岗工人，我要让我的孩子出生在更好的环境里。"

　　婆婆无话可说，甩下一句："早生，是为了你们好。趁我的身子骨还硬朗，能替你们看看孩子。要是等我这副老骨头零散了，你们就得请月嫂……现在的月嫂，比工程师都贵。"说着，一瘸一拐地回自己房间去了。凉地里站的时间太长，腿脚都麻木了。

　　贺顿上完厕所回到被窝，看到柏万福看着自己。

　　"她还在外头？"柏万福说。

　　"在。"贺顿回答。

　　"这可咋办？"柏万福抱着贺顿，用自己的体温温暖着贺顿，愁眉不展。黑暗中，贺顿虽看不到柏万福的表情，还是伸出手指，抚平柏万福紧锁的眉头。

　　"以后这日子怎么过呢？"贺顿的手指刚一离开，柏万福的眉心又锁住了。

　　"该怎么过就怎么过。"贺顿大声说。

　　"你小声点。"柏万福急着捂住贺顿的嘴。

　　贺顿依旧用响亮的声音说："我是你正儿八经的老婆，又不是街头的鸡，有什么害怕的！"

　　柏万福说："咱们太高兴了，就是对我妈的不孝。"

　　贺顿说："你放心好了，我已经跟你妈都说通了，从此以后，她不会再来咱们门口偷听了。"

　　柏万福不信："你还斗得过她？"

　　贺顿说："斗不过。我只是跟她说了实话。"

　　柏万福说："那她说从此以后就再不来了？"

　　贺顿说："她是这么说了，可谁知当不当真啊。"

　　柏万福拍拍瘪瘪的胸膛说："要是我妈说了，她就一定说话算话。不过，我还得亲自检查一番。"

　　贺顿说："你刚把我暖和过来，自己就又要出去领受风寒。算了吧，听就听吧，也没什么了不起的。"

柏万福说："不行，我不放心，得亲自去查看。"

柏万福转了一圈回来，贺顿已经睡着了。他有心要推醒自己的媳妇，又想媳妇实在是不容易，只好自己压抑住冲动，睁着眼睛想事情。俯身看贺顿在熟睡，嗨嗨独自乐。直到把贺顿骚扰醒，做成好事。

|第33章|
中国女人在充满檀香味道的房间里哭泣

装修开始。

人家都说不能找马路装修队，贺顿却不得不上这个贼船。

她先是去了正规的装修公司。设计师苍蝇见血似的扑了过来，先是不由分说在电脑上给你演示个三维动画的样板间，豪华得让你恍惚间觉得自己真的成了中产阶级。一听贺顿说是要装修个诊所，当下个个傻了眼，嗫嚅着说："这您恐怕得让卫生局出个图纸。"

贺顿说："是心理诊所。"

众人散去，一位最勇敢的设计师挺身而出，说："我一直对心理学感兴趣，能亲手装出个诊所，很有挑战性。"说着拖来一把椅子，让贺顿坐下细细地谈构想，还给贺顿倒了一杯热水。水很热，纸杯太软，被水一泡，顿时东倒西歪。设计师又套上一个纸杯，双手端着捧给贺顿。贺顿受宠若惊，看出对方把自己当成了一条大鱼，觉得受之有愧，赶紧拨乱反正："小诊所，只是一个旧的单元楼房改建。我把要求说一说，您简单设计一下，东西都用最便宜的……"

设计师面露不悦之色，但还维持着基本的礼貌说："那您打算用多少钱装这个诊所呢？"

贺顿说："少花钱多办事。"

设计师穷追不舍，说："花钱再少也总得有个数吧。"

贺顿知道敷衍不过，只好透了个底："一万块钱打住。"

此话一出，设计师圆脸变长脸，说："这个数连个卫生间都装不出来。"

贺顿顿时觉得自己像个骗子，只好讪讪起身。人家也不挽留，马上迎向一对衣着考究的夫妻。贺顿扭头走出几步，觉得口渴，又回过身去，看到设计师刚才给自己倒的那杯水还在袅袅冒着热气，就假装自言自语地说："反正这杯水别人也不能喝了，留着也是浪费，我就喝了啊……"

别人也不搭理她，贺顿就自说自话地喝干了双层水杯里的水，离开了正规装修公司。

其实刚才说出的一万元，都鼓足了勇气。贺顿碰了钉子，转而到马路旁的小店寻求出路。贺顿出没于各种下里巴人聚集的场所，算是把省钱的门道摸了个清。可真应了便宜没好货的老话，价钱低廉的就俗不可耐，稍微上点档次的就贵得让你咋舌。

"你说，咱们这个诊所装修成个什么风格呢？"贺顿问柏万福。说实话，柏万福绝不是一个好参谋，但眼前没有更好的伙伴，无奈中死马当活马医。

"你就那么点钱，凑合着好歹装起来就是，哪配讲风格！"柏万福说。

"瞧你说的！正是因为钱少，才要好好计划。要不然，原本就是杂七杂八拼凑而成，再没个统一风格，真就成了乌合之众。"贺顿争辩道。

柏万福一看娇妻生气，赶紧说："好，好，风格这事就归你了。大方向你把握着，琐碎的小事就交给我来干。大主意拿不了，小地方我能出力。"

看来风格这种高端问题，请教柏万福就是问道于盲。贺顿找沙茵，沙茵说："我喜欢古典的中式的。"

"为啥？"贺顿表面上不动声色，心里却大不以为然。理由很简单，中式装修太靡费了。古典的窗棂隔扇垂花门，哪一款不是钱堆起来的？还要配相应风格的家具，花费海了去。

沙茵不知道贺顿想的是什么，一味按照自己的思路说下去："中国人都喜爱国粹，对东方的东西传统的东西，骨子里有一种与生俱来的亲切感。我听一位讲课的女教授说过这样一个故事，是她本人的经历，绝对可靠。女教授早年在国外求学的时候，心理上压抑得实在受不了，就去看心理医生。那些黄头发蓝眼睛的心理医生叽里咕噜地给她看了好多次，一点没效果。当时那个国家也没有华裔的心理医生，后来有一个日本裔的心理医生说他可以治疗。这个女教授就半信半疑地去了……你猜怎么着？"

贺顿摸不着头脑，说："猜不出来，你就直说吧。"

沙茵说："这个中国女人一去，就被日本心理医生领到一个特殊的房间里，呵，地上是一水的中式家具：条案、太师椅、八仙桌，墙上是全套的中式布置：山水画、风筝、大红灯笼，连空气里都是檀香的味道……你猜后来怎么样了？"

贺顿说："还是猜不出来。赶紧说吧。"

沙茵说："后来那个日本裔的心理医生什么话也没讲，就留下一句话——你一个人待在这里，静静地想一想……如果你想哭，这里有杭州的丝手帕。说完，就走出去了。"

沙茵说到这里不说了，贺顿急了，说："后来怎样？"

沙茵说："没后来了。"

贺顿说："怎么能没有后来？这个中国女人总不能一直坐在那间中式屋子里吧？"

沙茵说："我看你心不在焉的样子，还以为你不感兴趣呢。我也没兴致说下去了。"

贺顿连连作揖说："我的好姐姐，我刚才是被装修的事急得乱了方寸，以为你说的是题外话，不料非常有用。"

沙茵这才兴致勃勃地继续说下去："那个中国女人就在这间充满了中国味道的房子里静静地坐着，眼泪不由自主地流了下来。刚开始是润物细无声的那种哭，后来就变成号啕大哭，直哭得天昏地暗日月无光，喉咙都哑了。把她出国以来独在异乡为异客受的委屈，对家人的思念，对自己的怜惜都一股脑儿地发泄出来，只觉得把血里的水都哭光了，口渴得不行，再哭就得脱水了，才停歇下来……"

"后来呢？"贺顿追问。她想象不出这惊天地泣鬼神的狂哭如何收场。

"后来日本裔的心理医生就走出来，说第一次治疗到此为止。然后就是交费。因为超时很多，那次这位中国女人支付了一大笔咨询费。完了。"沙茵宣布故事结束。

"疗效如何？"这是贺顿最关心的。

"教授讲这个故事时，一副心满意足的样子，说疗效好极了。教授后来还说，日本裔心理医生要那么多钱也是事出有因。他有若干间按照不同国家和民族风俗布置出来的诊室，比如你是中东人，就有《阿里巴巴和四十大盗》等童话故事场景的装修，像波斯地毯阿拉丁神灯什么的。如果你是北欧人，那个诊室里就有驯鹿的角和皮、木制的小马还有海盗船模型什么的……东西绝对都是真的，四处搜集来很是昂贵，日本医生也是煞费苦心。"沙茵说。

贺顿若有所思道："这种治疗方法自有道理，先在心理上创造出一个母体文化的氛围，让人浸染放松。要是有因纽特人来做心理治疗，日裔的心理诊室还得准备北极熊呢。"

沙茵说："因纽特人估计根本就用不着心理师，地老天荒心旷神怡，到处都是矿泉水。"

"再后来呢？"贺顿问。

沙茵两手一摊道："这回的的确确没有后来了。后来教授就讲别的了，再后来就下课了。"

贺顿说："我明白你的意思了。那个女教授思乡心切，沉浸在故国的氛围里，心理压力就纾解了一大半。加上她号啕痛哭了一顿，也是极好的治疗。只是咱们也不是国外，要把诊所照这样装修，一是花费太大，二来恐怕也难以收到在异国他乡以一当十的效果。"

沙茵叹道："我搜肠刮肚地说了，你又一下子就给否了，我跟没说一样。"

贺顿说："咱俩是诊所的股东，从此说话就和以前当朋友的时候不同了。股东开会，都是各说各的，有冲突有商量才能让事业有发展。"

沙茵笑了，说："忘了我还是股东。好吧，本股东的意见到此为止，我还要回家给孩子做饭。股东大会是不是散会？"

贺顿说："好吧，就开到这里吧。我回去后再做个记录。"

沙茵吃了一惊："这么复杂？从此你我聊天都要记录在案？"

贺顿说："我是学了公司法的，那上边就是这样要求的。咱们今天做个决议，装修的事，就定下让我负责。你看如何？"

沙茵说："这种苦活儿，躲还躲不及呢，我没意见。只是心疼你跳到了油锅里。"

贺顿说："不用客气。前期工作我多做点。"

沙茵说："时候不早了，我走了。"

沙茵走了之后，贺顿想想那个故事还是挺有意思的，可对自己的装修方案并无帮助。到底怎么办？她拨了钱开逸的电话。

"哪位？"钱开逸浑厚的男中音传了过来。

"我，贺顿。你好。"贺顿回答。不知为什么，她在为难的时候，第一个想起的准是钱开逸。

"哦，想我了？"钱开逸开着玩笑。

"我想见你。"贺顿很严肃。

钱开逸才不管她严肃不严肃，说："到我家里来吧。"

贺顿说："我要找你商量个事，咱们坐一坐就成。"

"那哪儿成？再说，什么地方商量事也不如在家里啊。今天下午，我等着你啊。"钱开逸说着就把电话挂了。贺顿只好到他家去。

两人见了面，当然就要亲热一番。贺顿对这样的事情，是无可无不可，半身冷半身热，既感不到快乐，也并不拒绝。她现在无论是法律上还是实际上，都是那个叫柏万福的人的妻子了，但贺顿也不觉得对不起柏万福。她有时也对自己诧异，不明白为什么在性的方面如此无动于衷。

钱开逸的窗帘把下午的阳光遮挡得严严实实，好像煤矿的巷道。

"说吧，什么事？"钱开逸心满意足之后，要给贺顿以切实有效的帮助。

贺顿一边穿衣服，一边说关于装修风格的问题。

钱开逸说："你这么急着穿衣服干什么？"

贺顿说："不穿上衣服，我心里不踏实。"

364

钱开逸说："不会有人到我这里来。你放心好了。就算有人来，我说你是我的女朋友，有什么不可以的？"

贺顿说："我不是你的女朋友。我已经是别人的老婆了。"

钱开逸讥笑贺顿"身子换房子"计划，说："不要跟我讲那个下岗工人的事，我看不起他。"

贺顿说："你用不着看不起别人，只说看不起我就是了。"

钱开逸说："我只有佩服你。一个女人破釜沉舟到这个份儿上，别人无话可说。"

贺顿说："你不用给我戴高帽子，我问你装修风格的事。"

钱开逸思忖了一下道："洋气。主要是洋气。"

贺顿说："这也不是做时装生意，和洋气搭得上界吗？"

钱开逸说："你说心理师从哪儿来的？"

贺顿说："心理学是一门非常年轻的学问，满打满算，在全世界也就一百多年的历史。当然是从外国来的。"

钱开逸说："这不就找到根源了？既然是舶来品，人们就有一种期待，希望它带有异域色彩，而且要尽可能地华美。如果你弄得很简陋，跟干打垒似的，人们一进你的诊所，就有老少边穷的寒酸感。当然了，也不能华而不实，要有学术氛围，要有一种先声夺人的震慑感……"钱开逸说话的声音渐渐小下去，倦意袭上眼皮。

贺顿悄悄起身离去。

方针就是灯塔。贺顿牢记"洋气"两个字，开始了大海捞针一般的寻找。其实单纯寻觅"洋气"风格的装修材料，也不是很难的事情，比如罗马柱，比如西班牙的仿古地砖系列，比如繁复的雕花板和小天使，千姿百态。但那价格，单是地砖一项，就能把预算洗劫一空。

功夫不负苦心人，贺顿终于在奢华密林里找到一条勤俭小道。高档品牌常常会有一些尾货，质量没问题，只是存量很少，样品也堆在犄角旮旯儿。如果是大宗买家，也没法足量供应。贺顿开始了尾货的淘宝之旅。要让七拼八凑的东西符合整体规划，色泽和谐步调统一，真不是一件容易的事。贺顿走的是沉稳路线，但不是那种古旧陈腐的贵族气，而是华丽和现代感很强的路数。基本色调为白色，夹杂着明亮的樱花粉和鹅黄色，给人以淡淡的温和与兴奋之感。有一间房布置成淡蓝色，类似晴朗的天空和风平浪静的海洋。因为人是来自海洋的，当人还是单细胞浮游生物的时候，就被这种颜色浸泡，仰望天空的时候，看到的也是这种颜色（假设单细胞动物也有眼睛也能冥想）。艰难困苦的时候，看一看海，也许精神和肉体就能重新出发。

至于地板，贺顿挑选了一种最普通的强化木地板。柏万福时不时地也参与意见。

"你知道强化木地板是什么玩意儿吗？"柏万福满脸不屑。

贺顿说："你好像挺看不起它？"

柏万福说："那是。它骨子里其实就是在塑料上糊了一层纸，纸上又抹了点耐磨的涂料。档次特低。"

贺顿说："谢谢夸奖。"

柏万福纳闷地说："我没夸你。"

贺顿说："你笑话强化木地板，好像心理诊所档次挺高，它配不上？"

柏万福说："你干的事，我总觉得特高级。"

贺顿说："我倒是乐意用红木地板，可没那么多钱，高不起来。"

柏万福说："那你到底有多少钱？"

贺顿说："刺探我诊所的商业秘密？"

柏万福说："咱俩都是两口子了，你还这么防着我？没准我还能给你帮点忙呢。"

贺顿想起柏万福把保险赔偿金都留给自己的事，虽说最后平安归来一分钱都没落下，但那份情谊千真万确。就说："我从朋友那里借来了十万块，算筹备金，但这钱基本上不能动，将来是要加了利息还的。剩下的就是我和小希凑的。"

柏万福捶着胸口说："闹了半天你是皮包公司。除了我妈的房子是真的，其余都是泡沫。"

贺顿说："还有我这个人是真的。"

柏万福说："我有点私房钱，赞助了你吧。"说着，把一个存折交给贺顿说："小心收着，别让我妈看到了。"

贺顿心存感激，说："我给你打个借条吧。"

柏万福连连后退，说："可别这么着，我消受不起。咱俩不是两口子吗？不是在一个床上睡觉吗？哪能这样生分！"

贺顿还是不由分说地找出一张纸，给柏万福打了借条，说："这是我的公司借了你的钱。咱们公私分明。要是我死了，你就找别的股东要钱。"

柏万福伸手捂住她的嘴说："别死了活了的，咱们商量地板。实木的最好，看着就上档次。"因为出了钱，柏万福讲话的口气也硬了。

贺顿说："就算你添了钱，钱包稍鼓，也不能买实木的。在强化木地板里挑好点的，在颜色上多下功夫，显得比较高级就成了。反正过几年之后，若是我们发达了，就可以重新装修，那时候改天换地旧貌变新颜也不迟。若是根本就开不下去了，关张大吉，什么地板也救不了命。"

柏万福说："我看紫檀木色的最好，有皇家气派。"

贺顿摇摇头，说："你以为这是故宫？紫檀木色太霸道了。"

柏万福说："要不就用黄花梨的，透着富贵。一看就千年牢，叫人想起老字号。"

贺顿说："不成。太古旧了，遗老遗少，和心理诊所不相配。"她要牢牢掌握"洋气"的大方向不动摇。灯塔一晃，细节就乱了。但她不能说这个话，怕柏万福追问这是谁的主意，被她奉若神明。

柏万福采取迂回战术："那咱们就用黑胡桃木的。这两年兴这个。"

贺顿把头摇得连身子都晃动起来："不成不成。太压抑了。"

柏万福好脾气，并不因意见再三被驳回而垂头丧气，反倒越挫越勇，说："你嫌黑胡桃色重，那咱们就换成红樱桃木的，这下行了吧？"说完，眼巴巴地看着贺顿，那神色似在乞求，也像表功。

贺顿不肯动恻隐之心，说："不成。太甜蜜了。"

柏万福无奈道："这也不行那也不行，你说什么色行呢？"

贺顿说："你说出一个颜色，我脑袋里就出现相应的感觉，都不舒服。你一定要我说出哪个色更好，还一下子说不出来。要不然，咱俩来个现场办公，到建材市场走一遭，也许就会眼前一亮。"

两个人相跟着出了门，来到建材市场木地板部。小妇迎上来说："选木地板啊？"

柏万福说："就不劳驾你了，转转。"贺顿一言不发地在木地板的巷道里穿行，在想象中铺设着诊所的地面。

柏万福大叫起来："快来！这一款一定适合你。"

贺顿没抱多大希望地走过去，一看，是蜜柚黄色的地板。柏万福说："这颜色多温馨啊，像秸秆。"

售地板的小姐虽然被告知不必贴身服务，还是不远不近地尾随其后，听到话音，马上凑上来说："这一款目前有活动，正在促销。很多人家中都爱铺这个色。今天是最后一天优惠了。"

"我看就这种吧。促销，还最后一天。"柏万福摩拳擦掌。

贺顿不为所动，说："正是因为很多人家都选这个颜色，我才不用这个色。"

柏万福不解："为什么？"

贺顿说："我不能让他们宾至如归。我就是要让大家有一种陌生的感觉。诊所不是家。"

柏万福给闹糊涂了，不敢再随便出主意。贺顿独自在木地板丛林徜徉。猛然间，一款地板强烈地吸引了她，不禁失声叫起来："就是它！"

柏万福闻声跑过来，说："谁？"

贺顿用手指着一款地板，像在指认一个久违的亲人，说："它呀！"柏万福循着贺顿的手势看过去，看到一款貌不惊人毫无特色的土褐色地板。

"就是它？有没有搞错！"柏万福百般不解，"土了吧唧的，像泥巴。"

贺顿喜不自禁，说："对啊，就是要这种像泥巴的色。多协调啊。"

柏万福说："我看你瓷砖墙漆的颜色都挺鲜亮的,偏偏地板这么闷？"

贺顿若有所思地说："大地当然是朴素的，如果人脚下的土地变得花里胡哨五彩缤纷的，就没了根基。没错，诊所的地面一定要用泥土的颜色，给人扎实和稳定感。叫人一进了诊所，就像踩到了真正的黄土高坡。这一定是中国人心灵深处的基因密码。"

市场嘈杂，柏万福听不清后面的话，知道贺顿铁了心要买这款大智若愚的地板了，就去跟小姐商量价格，没想到还挺贵。

"是不是质量特别好啊？"柏万福问。

"那倒不是。就是没人买，搞活动的时候老没它，姥姥不疼舅舅不爱。"小姐实话实说。

"能便宜点不？"柏万福扮可怜相。

"不成。"小姐没商量。

柏万福回头看贺顿，看有无改弦易辙的余地，没想到贺顿只顾用手抚摸着土黄色地板的表面，根本就没注意柏万福的眼神。柏万福知道没戏了，就下单付钱。

装修正式开始，由柏万福任监工。贺顿在装修过程中，整个就是一万恶的资本家。她和工头讨价还价，把工钱压到最低，一看到工人有疏忽的地方，就毫不留情地要求返工。工人要是有怨言，她就以不付工钱相要挟。连柏万福有的时候都看不过去，说你只给人家那么一点工钱，人家当然可以不给你好好干了。贺顿说，挣钱要挣到明处，既然说好了，就是这个价，答应了，为什么要偷奸耍滑？柏万福说，我当过工人，我知道什么叫磨洋工，什么叫糊弄人。你把他们逼急了，他们表面上不说什么，暗地里给你捣鬼，在隐蔽工程里做了手脚，到时候你上天无路，入地无门。得饶人处且饶人，这也不是什么百年大计，差不多就行了。贺顿想想也是，针尖对麦芒的局面这才稍缓。

婆婆每天阴着脸到自己的故居看看，不说什么。街坊邻居问："要娶媳妇装新房呢？"婆婆就回答一句："反正和媳妇有关。打扰大家了，对不住啊。"大家就说："别忘了给喜糖。"贺顿每天风尘仆仆地采买接货退货外加和工头吵架，忙得不亦乐乎，没有一点新娘子的样儿。抽时间她还到新华书店去看书。以前都是看心理学方面的，现在这一阶段改成了装修图册。这种书，你必须到书店去看，不然那么豪华的装帧，一本书的价钱够买一洗手池子的了。

诊所里安不安马桶呢？贺顿考虑到这是一个公共场合，你来我往男女皆有，如果安个座便，其实很不实用，就买了个蹲坑。柏万福说："这下你可就不高档了，像乡下茅房。"贺顿说："高档不高档，看的是厨房。没人看茅厕。"

柏万福很高兴，说："咱们还装个厨房吗？没听你说起过啊。"

贺顿说："谁说要装厨房了？"

柏万福说："装个厨房吧。这样以后咱俩要是想吃什么差样的东西了，也可以自己到这里鼓捣一番。在上面，毕竟不方便。"

贺顿说："你还想吃独食？"

柏万福说："我这不是为你着想吗？要是以后害口喜酸什么的，我就给你单做着吃。"

贺顿说："你放心吧，我不会害口。"

柏万福不解："你怎么知道？"

贺顿说："我根本就不打算要孩子，害的什么口！咱们债台高筑的局面，哪里是能养活孩子的阶段？以后再说吧。一个工作的地方，若是煎炒烹炸油烟四起，人家一推门进来，还以为到了小饭馆，成何体统？"

柏万福还不死心，说："那咱们就先简单地装一装，这样以后万一用起来的时候，也还方便。你怕油烟味不雅，咱们不用它炒菜就是了。"

贺顿不耐烦了，说："你还有完没完啊？非要我把底牌都告诉你啊？你也不是董事长。"

柏万福倒是不急不恼，说："你们到底谁是董事长啊？"

贺顿说："我。"

柏万福说："那我就是董事长的另一半。再说我鞍前马后地为诊所忙着，现在倒连规划都不能知道了吗？"

贺顿想想觉得也有道理，就说："好吧，告诉你。我把厨房改建成一间工作室了，放档案和接待来访者，一鱼两吃，都行。"

柏万福不吱声了。他想，会有那么多人来心理诊所吗？

安灯了。装修过的人都知道，到了这个步骤，整个工程已接近尾声，现代化的风韵初具规模，旧貌换新颜了。

柏万福看上了一款水晶吊灯，玻璃串成的小珠子，随风摇曳，乔装打扮成钻石放射光芒。特别是价格，非常优惠。

"就买这盏灯吧，看着就气派。"柏万福极力坚持。

"不买。"贺顿不为所动。

"挂在候诊室里，让人一进来，以为进了王宫。"柏万福神往地说。

"还王宫呢，还王子呢，有没有戴安娜啊？"贺顿挖苦道。

"我跟你说正经的，你别打岔。整个灯城咱都篦过三遍了，我瞅着就这盏灯好，漂亮实惠。"柏万福难得地固执己见。

"我告诉你，我宁可点油灯，也不会买这盏灯。太俗气了，你那间房子才多高？把这盏灯一挂，玻璃穗子都得挂了眉毛。"贺顿没好气地说。

"好，好，那你说买哪盏灯？"柏万福知难而退。

"我早就看好了，买最明亮的吸顶灯。"贺顿胸有成竹。

"那你怎么不买啊？"柏万福纳闷。

"太贵了。下不了这个狠心啊。"贺顿长叹一口气。

"有多贵啊？三十六拜都拜了，不差这最后一哆嗦。我看看去。"柏万福说着，自己去看吸顶灯。过了一会儿回来，蹲在贺顿旁边，也不说话了。

"真贵。看起来也没什么特别的。"柏万福还是忍不住说道。

"是啊。好就好在没什么特别的。诊所的灯就是要在没有人注意的情况下，非常明亮地照耀着。好像头顶有一轮太阳。"贺顿说。

"谁告诉你非得这样？"柏万福好奇地问。

"没有谁告诉我，是我自己想的。"贺顿如实禀告。

"那你为什么不想一种别的样子呢？"柏万福不明白。

"我也不知道。假设一个陷在很多苦恼中的人，到心理医生这里来寻求帮助，他一定希望那里是明亮和温暖的。"贺顿说。

"温暖没问题，屋子是集中供暖，还是管道层，大暖气管子就从房顶上过，数九寒天热得恨不能开窗户……可你这明亮，我有点想不通。"柏万福说。

"有什么想不通的？"贺顿觉得在这一段共同奋斗的日子里，柏万福帮了自己不少忙，她愿意多和他交流，好歹是个伴儿。

"我看你也没置办什么机器……"柏万福说。

贺顿觉得滑稽，说："心理诊所不要机器。"

柏万福说："你不要笑我，我是工人出身，工人离不了机器。你这个诊所既然没有机器，主要就是靠说话来治病了。对吗？"

贺顿想这不是一言半语说得清的，就说："基本如此吧。不过，来的那些人不能叫病人。"

柏万福说："那叫什么？总得有个名称吧？"

贺顿说："台湾叫案主。"

柏万福说："不好不好，案主，好像做过案子，让人想起偷鸡摸狗杀人劫道。"

贺顿说："我饿了。找个地方先吃点东西，再来定灯。"

家具建材城有小吃一条街，五光十色热气腾腾。柏万福说："你吃什么？"

贺顿说："就来一碗面吧。"

柏万福说："你都是法人了，一碗面是不是太寒酸？"

贺顿说："所有的钱都是借的，能有一碗面吃就是福气。"

柏万福说："你吃面，我也吃面，咱们同甘共苦。"

两人吸溜吸溜地吃起来。柏万福说："你还没告诉我不叫病人叫什么呢。"

贺顿说："记性好，还琢磨这个茬儿。香港叫来访者。"

柏万福说："别光说台湾和香港的叫法，咱们这里叫什么？"

贺顿说："叫来访者。"

柏万福摇头道："不好听。"

贺顿说："甭管叫什么，反正你知道指的就是这些人。"

柏万福说："他们来跟你说悄悄话？"

贺顿说："算是吧。我一定得给他们保密。从这个角度上讲，所有的话都是悄悄话。"

柏万福说："这就对了。悄悄话能在光天化日之下说吗？当然是要在黑乎乎的地方才能畅所欲言。你没看到歌厅舞厅 KTV 包房里，基本上都是黑灯瞎火的。"

贺顿这才明白过来，说："原来你在这儿等着我。你的意思是不必买明亮的吸顶灯，昏暗朦胧才对。"

柏万福说："对呀。太亮了，让人不敢畅所欲言。"

贺顿停下筷子，说："你这脑子好像是越来越灵光了。"

柏万福说："爱情的力量。"

贺顿沉吟，心想，咱们之间有爱情吗？此刻她不想在这个问题上浪费时间，就说："关于灯，你说得有几分道理。"

柏万福得意起来，说："怎么样，买盏艺术氛围的灯吧，我在那边看到一款玫瑰花造型的，价钱也不贵。"

贺顿思忖后说："我还是要买一盏非常明亮的灯。你刚才只说对了一半，说悄悄话也许需要朦胧的环境，但要下定决心痛改前非的时候，一定得光明大放。"

柏万福说："好，好，就像故宫的匾额，正大光明吧。快吃面条，要不就凉了。"

于是两个人不再讨论，低下头来把泼满了辣子的面条汤喝得山响。

|第34章|
比眉毛还细的广告

装修完了。

贺顿手摸着诊所墙壁，眼泪止不住往下淌。快乐的泪是凉的，一直从颧骨滴落到锁骨的窝里，在那里聚集成了一小洼，好像贴了一块钢洋。

贺顿满心欢喜地请沙茵来参观，那神情好像是在展示稀世珍宝。"你用的肯定是劣质建材，一股味道。"没想到一推开门，沙茵就捂着鼻子，提出批评意见。

但她说的是事实。因为春天风沙大，到处门窗紧闭，化工原料的味道浓郁呛人，眼睛辣得直想打喷嚏。

贺顿忍住了气，本想说，你身为股东，身不动膀不摇地坐享其成，既没有出过一分钱的资金，也没有拉过一车瓷砖拎过一桶漆料，倒在这里指手画脚。又一想，目前正是用人之际，要以团结为重，再说沙茵说的也是事实，自己眼睛也很不舒服。淡笑道："如果咱们有足够的钱，我当然也会买绿色的环保的，可是……"她没有把话说完，一切尽在不言之中。

沙茵听到这些客观理由，也不好意思，说："你是既有功劳又有苦劳。我主要怕咱们这样开张迎客，人家一进来就想逃之夭夭，影响声誉。"

贺顿说："你想得很周到。怎样对付异味呢？"

沙茵说："我有个朋友是专门研究环保的，好像有专克甲醛的产品。"

汤小希参观时，倒是赞不绝口，说是从来没看到过如此美丽安详的

374

地方。贺顿听了也不喜形于色，对她的评价不很在意。临终敬老院出来的护工，看到哪里都觉美好。

三个人坐在一起，研究如何招徕顾客。贺顿说："首先要让大家知道开了一个诊所，才会有人来。"

汤小希说："最好的办法是贴小广告。"

沙茵说："不妥。只有修理下水道给空调搬家收购过期药品的才贴小广告。咱们要是也用这个法子，就是自毁声誉。"

汤小希不服，说："我也知道这法子不登大雅之堂，可经济啊。我下班后可亲自上街操作，连雇人的钱都省了。"

贺顿说："小希热情可嘉，沙茵说得也有道理，咱们的定位很清楚——面向关注心理健康的现代人，应该是有一定经济实力和社会地位的成功人士，我们所用的宣传方式，要和这个定位相匹配。"

汤小希有些沮丧："好吧。算我没说。"

一时冷场。柏万福走进来，说："三位女将，我给你们沏了点好茶，一边喝一边讨论，免得上火。"

汤小希说："谢谢姐夫。你也不要端茶倒水人前人后地忙了，让我过意不去。干脆搬个凳子，一起讨论。"

柏万福连连后退说："我不行。你们都是股东。"

沙茵说："既然我们都是股东，我们就一起做了决议，吸收你为候补委员，让你参会。"

贺顿说："我反对。"

沙茵笑道："反对无效。因为你只是一票，我和小希是两票，从此柏万福和我们享有同样的权利。"

这样四个人就围成了一个圆圈，开始讨论用什么法子提升知名度。

"我见到亲朋好友就宣传，如果开什么学术会议或是相应的场合，我都会记得介绍咱们这个诊所。"沙茵说。

"这个法子好是好，只是规模有限。况且，只能在学术圈子里造舆论，咱们还得面向市场。只有真正需要心理帮助的人知道了有关信息，才会找上门来。否则，咱们就是守株待兔死路一条。"贺顿慷慨激昂。

大家一时沉寂。"死路一条"这个词太煞风景，一个机构，还没正式开张，就讨论到生死大限上去了，不是个好兆头。

柏万福开了口："说点吉利话好不好？不就是想方设法让人知道吗？这好办。我有一个法子，保管灵！"

三个女人异口同声地追问："什么法子？"

"出钱，打广告！"柏万福语惊四座。

其实谁都知道这是最直截了当的法子，只是没人说。皇帝的新衣，让柏万福披挂出来。

"还用你说？砸钱谁不会？"贺顿一脸不屑。

"听说很贵。"沙茵有些担忧。

汤小希双臂抱肩，不置可否。

"我看两条腿走路。"过了一会儿，贺顿思谋着说。

柏万福不解："哪两条腿？"

贺顿说："一条是贴小广告，另一条就是打广告。先要搞清楚广告的价钱，然后再看哪张报纸的读者和咱们的客户群重叠。"大家都说行，汤小希又想起一个关键问题："咱们怎么收费呢？"

沙茵说："这个不着急。干起来再定也不迟。"

汤小希嘲笑道："你这个当老师的真是不食人间烟火，刚才说到读者和顾客要重叠，你不定出价码，谁是你的客户？你和谁重叠？"

沙茵被噎得说不出话来。柏万福说："薄利多销。"

沙茵缓过劲来说："不可。心理师资源有限，只能为中产阶级服务，不可能走薄利多销的路子。"

柏万福说："中产阶级看的报纸，恐怕就是晚报了。"

汤小希"呸"了一声说："晚报是给城市贫民看的。我看，要发在商报、晨报、都市报，小白领们会看。"

贺顿说："咱们收费，既不能太高也不能太低。我希望城市贫民也能看得起心理师。"

沙茵说："那就晚报晨报都登。覆盖面大一些，一网不捞鱼，二网不捞鱼，三网总能捞上鱼。"

非卖品

意 识
思想 · 知觉 · 感觉

前意识
回忆 · 感触 · 记忆的知识

潜意识
欲望 · 归属 · 经历
利己主义 · 放纵 · 暴力 · 恐惧等

弗洛伊德冰山理论

没有所谓的玩笑，所有的玩笑都有认真的成分。
没有口误这回事，所有的口误都是潜意识的真实的流露。

—— [奥地利] 西格蒙德 · 弗洛伊德

贺顿说:"还有一条路,也会对咱们大有帮助。有关信息我也打听了。"

大家问:"什么路?"

贺顿说:"在114台登记咱们的电话号码。这样如果有人需要帮助,他又找不到地方,就会去查。一查就查到咱们了。"

大家问:"那得多少钱?"

贺顿说了一个数字,大家咂了半天舌,最后还是决定出血。在现代化的大城市里,电话的功能谁敢忽略?做完这个决定,大家的身子都往下缩了一截。

贺顿找到报纸的广告部,一问价钱,吓了一大跳。不要说一版二版这样的黄金版面,更不要说报眼了,就是在报纸的副刊底下登韭菜叶宽的一条广告,也要几百块钱。

贺顿不敢擅作主张,再开会时间上也折腾不起,便打电话一一报告情况,要大家再斟酌。钱反正都是贺顿垫支的,另外两人也烦了这种没出路的讨论,都说,做吧做吧,舍不得孩子套不到狼。只要打出了名气,就会有人找上门来做心理咨询,那时候咱就有收入了。

贺顿就和广告公司签了合同,选了星期三的日子登出来。贺顿考虑星期一二白领们都比较忙,可能顾不上看报纸。加上周六周日的报纸也积攒了一大堆,不一定有工夫细细翻阅,广告难得被关注。到了周三,尘埃落定,也许百无聊赖需要心理帮助的人就会看到这条细窄的广告了。

历经沧桑披荆斩棘,难得一次有座上宾的感觉。广告公司对客户十分热情,特别是临交钱的时候,更是呵护备至。贺顿小本生意,先交了一次广告的费用。这种小打小闹在人家那里是毛毛雨,但苍蝇腿也是肉,广告公司笑纳百川。断定她们以后还会找上门来,便做放长线钓大鱼之图,态度甚是恭敬。

从广告公司出来,贺顿觉得自己成了亚当,被人摘去了一根肋骨。从电信查号台交费出来,贺顿简直觉得肾脏被人摘了一个。人虽然没有了一个腰子,也还能活下去,但抵御风险的能力就大打折扣了。现在,钱已经消耗得差不多了。

回到家里，看到婆母在捶腰。贺顿问候道："您不舒服了？"

婆母眼皮也不抬地说："累的。"

贺顿说："您多歇息。"

婆母说："想歇着可歇不了。本想娶了媳妇，我也就熬出头了，可没想到还得为你忙活。"

贺顿不解地说："我要您忙活什么了？"

婆母说："你是没说什么，可你让我儿子说，也是一样的。"

贺顿说："我从来没让您儿子说过什么。第一，我没有那个本事。第二，我也没那个需要。第三，最关键的一条，我没那个胆量。"

婆母说："我就爱听你说的这第三条。"

贺顿说："爱听我也不多说了，您知道就行了。您到底是干什么累着了？"

"贴小广告啊。我儿子让我干的，说我要是不干，他就得自己去干。现在风声很紧，见一个抓一个。他那个熊样，一出手就得让人逮个正着。还是我老婆子亲自出马吧，不容易引起怀疑。就是真让人抓着了，求求人家看我满头白发也好放一马。"婆母说着，一边把手伸出来让贺顿看，指间还被糨糊粘连着，好像鸭蹼。

贺顿不知说什么好，又是感动又觉承担不起，说："妈，您就别去了。我们的客户不是靠这样吸引来的。"

婆婆不乐意了，说："热脸贴了一个冷屁股。"

贺顿回了屋，柏万福说："我妈并没有真生气。"

贺顿自说自话："还有两天清闲日子。"

柏万福说："这话怎讲？"

贺顿说："查号台电话开通和报纸上广告开花，都是后天。到时候就像秋收三抢，大忙。"

柏万福说："咱先抓紧时间好好休息。"拉贺顿上床。

贺顿指指门外，低声说："不行。"

柏万福说："她最近好多了。不跟卫兵似的了。"

柏万福又说："我买了消除污染的喷剂，一天往诊所里喷好几回，估计到后天，基本上就没味了。"

周三到了，贺顿早早爬起来，到诊所电话旁候着。为了节省钱，她在晨报晚报商报上的广告，都只有短短的一句话："佛德心理诊所，资深心理医生，电话＊＊＊＊＊＊＊＊。"在查号台的登记，更是仅有电话。因为没有具体的地址，所以任何对诊所感兴趣的人，都不会直接找到这里来，只能先来电联系。诊所好比未知的小岛，就算布满奇花异草珍禽走兽，也是孤悬海外无人识。电话是诊所和外界联系的唯一通道。

灰色的电话似一摊晒得半干的牛粪，无声无息地堆积在那里。贺顿想起小时候点燃牛粪火的情形。牛粪火是很好看的，有各种色调和层次，像一朵牡丹花，诱人想深入进去……打住，等待。贺顿端了一把椅子坐在旁边，一伸手就能把电话抓起来，默默地等待着。现在，是早上七点钟了，白领们已经起身了。在城市钢筋水泥的旷野上，无数建筑物披着玻璃幕的皮，好像饥饿的兽，就要把睡意蒙眬的白领们吞噬进空腹。

晨报已经在地铁和报亭里出售了，人们已经开始翻阅了，已经看完了主要的新闻，就要浏览广告了，马上就要看到我们的消息了……突然，电话铃响了。

贺顿电光石火般抓起电话，满面笑容地说："您好。"

"别啰唆了，赶紧把煤气关上。我走的时候忘了，刚想起来，幸亏你还没走……"一个男人粗声粗气地说。

贺顿丈二和尚摸不着头脑，忙问："您到底有什么事？"

那男人不耐烦地说："还没睡醒是不是，赶紧去关煤气。要不锅就干了……"

贺顿基本上已经能确定这是一个打错了的电话，为了礼貌起见，她好言好语地说："您拨的电话号码是多少？您可能是拨错了……"

男人这会儿也醒过味来了，说："你这个人真够呛，拨错了就早点说话啊，冒充我老婆，瞎耽误我这工夫，我们家要起火了你负责啊……"不由分说挂断了电话。

贺顿甚觉晦气，出师不吉。第一个电话就是打错的，就是救火的，就是……这么想下去，越来越沮丧。她对自己说，不行，这是消极暗示。

我要振作起来。她就换了一种想法，在头脑中想象着很多人在翻看登有广告的报纸，眼睛一亮，把手指伸向电话键……

不管是消极想象还是积极想象，总之牛粪堆似的话机宁死不屈地沉默着，拒不发出一点声响。

终于，叮叮咚咚……贺顿习惯了沉寂，被吓了一大跳。她迅即抓起电话，回答她的却已是忙音。

我没有耽误时间啊，几乎是第一时间就应答了啊。这位来访者，对了，现在还不能称之为正式的来访者，只能说是"来访预备者"——怎么就那么急性子，那么沉不住气？算了，这样的人，来了也麻烦，不来也罢！

贺顿宽慰自己，渐渐心平气和。真正心平气和之后，才发现刚才的动静并不是电话铃，而是闹钟的定时铃响了。

虚惊一场。

贺顿对自己说，就算有人要打电话，估计不会一上班就打，而是要绷到办公室里没了闲杂人等，偷偷地打。毕竟这是隐私之事，等吧！

时间一分一秒地过去，贺顿火烧火燎，不停地抓起电话听听，是不是坏了？电话一如既往地正常着。有人敲门，贺顿浑身一激灵，心想不会是哪个心急的来访者，径自找到这里来了吧？三步并作两步跑去开门，却是柏万福。

贺顿说："你来干什么？"

柏万福东张西望，贺顿说："你找什么？"

柏万福说："找人。"

贺顿说："我不就站在你面前吗？"

柏万福说："我不找你。"

贺顿说："那你找谁？"

柏万福说："找来访者啊。"

贺顿好气又好笑，说："真有了来访者，也得被你这个鬼鬼祟祟的样子吓跑。"

柏万福说："来了几个电话？"

贺顿翻翻白眼说："一个也没有。"

柏万福说："电话是不是坏了？"

贺顿说："没。"

柏万福说："也许电话局出了毛病？广告也登了，114也挂了号了，怎么能一点动静都没有呢？你等着，我到外面给你打个电话试试。"

柏万福说着，快步走出门。贺顿说："用手机打是一样的。"

柏万福说："我就用座机打，这样万无一失。"

贺顿心存感激，愚者千虑，必有一得。

估计柏万福走到了外头的公用电话亭，屋内的电话铃响了。贺顿抓起电话，说："怎么样，电话好着了吧？"

对方没答话。

贺顿说："你装什么神弄什么鬼啊？说话啊。"

对方这才小声问："请问是佛德心理咨询诊所吗？"

天啊！女的！客户！

吃中午饭的时间。

贺顿恨不得抽自己一个大嘴巴子！这个悔啊！设想了一百种和颜悦色具有专业水准的开场白，没想到居然如此荒唐！她赶紧调整了坐姿，微笑涂满整个脸庞，极尽温柔地说："是的。这里是佛德心理诊所。请问，你有什么事情？"

"有。我都快死了。你们能救救我吗？"对方带出哭音。

贺顿有些慌了，没料到问题如此严重。她深深地吸了一口气，将心态调稳，缓了口气问道："能说得更清楚一点吗？到底发生了什么？"

"我不想活了，已经自杀过三次了，一次吃安眠药，一次割腕，还有一次是上吊，不过都没死成。我在报上看到你们的广告，救救我吧……"声音微弱下去，好像一缕幽魂渐行渐远。

大中午的，贺顿像被人从领口塞进一把雪，雪水融化，沿着脊梁骨流下，直打寒战。贺顿牢牢抓着电话，好像抓的是电话那头瘦弱女子的细胳膊，不敢有丝毫懈怠。贺顿说："谢谢你打电话给我，谢谢你的信任。请你千万不要放下电话，请听我说，你周围还有什么人吗？你现在在哪里？你……"

贺顿急得一头冷汗,手都轻微地哆嗦起来,没想到电话听筒里的声音突然大起来,一个男子响亮地说:"我周围当然有人了,有一大群人呢,我们正在吃午饭,我们看到了报纸上的广告,我们觉得很好玩,不知道是不是真的心理诊所,大家就说打电话试一试,用了免提装置。没想到,还真的打通了。我们这里没人想自杀,我们都活得好着呢,活蹦乱跳的。心理医生,谢谢你的辛勤工作,你吃午饭了吗?多吃点。拜拜……"

贺顿死死咬住嘴唇,封住呼之欲出的咒骂。

电话又响了。贺顿不想接。对方很执着,一往情深地响。贺顿被吵得实在受不了,只好拿起电话。但是,她就不说话。

"你干吗那么半天不接电话?"柏万福的声音。

"都是你!好端端的,打什么电话?你吃饱撑的呀?你讨厌死了!"贺顿恶狠狠地砸下了电话。

过了一会儿,柏万福急匆匆地跑了回来,喷着唾沫星子说:"贺顿,你怎么啦?谁欺负你啦?没事吧?"

贺顿也懒得细说,就说:"没什么,有人捣乱,我刚才正在气头上,对不起。你走吧。快走快走,一分钟也别停留。你赖在这里,我心神不定。"

柏万福莫名其妙地走了。

贺顿枯寂地坐着。她不敢走,连上厕所的时候,都开着厕所的门,生怕听不见电话铃声。撒完了尿,也不敢冲水。先支棱着耳朵确认没有电话铃声,这才拉下水闸。

随着时间的推进,她也渐渐镇定下来。不管怎么说,透过刚才那个电话,可以肯定报纸的广告是登出来了。

等待。不是在等待中死亡,就是在等待中燃起希望。

贺顿不伦不类地想出这句话。在她近乎绝望的时候,电话铃再次尖锐地响起。

这一次,贺顿不再那样受宠若惊,让铃声响了一阵子,才矜持地拿起听筒。

"你好。"贺顿很客气很专业地应答。枯坐的当儿,她决定以这种口气说话,增加权威感。

"你好……请问……你这里是佛德……那个心理诊所吗？"对方迟疑着，好像很彷徨。

"是的。这里是佛德心理诊所。请问，你有什么需要帮助的吗？"贺顿不动声色。

"噢……是……那你是谁呢？"对方是个女子，嗓音细若游丝。

"我……是这里的工作人员……"贺顿回答。

"能告诉我你是谁吗？"对方的声音大了一点。

"这个……"贺顿没想到会是这样的问题，不在准备范畴之内。"有什么必要吗？"她下意识地反问，刚一出口，觉得不妥，但已不能收回。

果然，对方听了她的回答，就"嘎嘎"地笑了起来："贺顿，刚才这句话才像你的一贯风格。刚开始拿腔拿调的，我都听不出你的声音了，以为又雇了个小工呢！"

原来是汤小希。

贺顿大叫起来："汤小希，你搞的什么鬼？害得我快得精神病了！"

汤小希说："哎呀，你怎么不识好人心？今天不是咱正式开张的日子吗，我不放心啊！这刚给老人换完了屎褯子，指甲缝里还臭烘烘的，就赶紧抽空给你打个电话，你还嫌弃我啦？"

贺顿赶紧往回找补，说："我以为你是客户呢。"

汤小希兴奋地问："一上午有几个啦？"

贺顿哭丧着脸说："一个都没有。"

汤小希说："这就对啦！"

贺顿说："没心没肺说风凉话。"

汤小希说："就连超市开张，也得放爆竹摆花篮送些个低价的大豆油酸奶八连杯什么的，才有人挤破门呢。咱们得做好长期作战的准备。"

贺顿说："小希，刚才这几句话，是我认识你这么长时间以来，说得最精彩的。"

汤小希说："你甭以为夸我两句，我就感激涕零了。汤小希的能耐还大着呢！总有一天，让你刮目相看！"

贺顿说："不用等以后，我现在已经刮目了。"

汤小希说："我也不跟你啰唆了。这个电话是慰问电，看你一个人坚守岗位比较辛苦。现在，我也要去坚守岗位了。拜拜……"

刚放下电话，铃声又响起来了。几番折腾之后，贺顿已有相当的免疫力，平静地拿起了电话。

"你好。"贺顿说。

"你好。"对方说。听声音，是个中年妇女。

然后就是僵持。那个女子不说话，好像在等着贺顿主动问她。贺顿本来是想说话的，但又一想，既然是你打来的电话，我也已经和你打过招呼了，现在，就应该是你说话了。经过一上午的历练，贺顿学会了不卑不亢。

"你好。"对方又说了一遍。这一次，贺顿不能再装聋作哑了，她要回应。可是，说什么话呢？也像鹦鹉学舌一样再说一次"你好"，太乏味了。贺顿决定换一种说法："谢谢你信任我们，把电话打过来。"

这是一句普通的话，在某种程度上说，也是一种礼貌的客套话。没想到对方居然激动起来，说："是。我是信任你们。因为我不知道信任谁了。我只有信任不认识的人了。"

贺顿陡地挺直了身体，甚至连原先跷起的二郎腿，也放下并拢起来。当一个人对你说——他信任你的时候，你是没有胆量继续吊儿郎当的。

"你遇到了什么让你烦心的事情？"贺顿不紧不慢地询问。问得太急了，反而会把人给吓走。

"烦心的事可太多了，不是三言两语能说得清的。我特别想看看心理医生，你们那里有这方面的服务吗？"对方烦乱但是并不糊涂，不愿轻易将自己的隐私告人，先要探听清楚情况。

这正常。若是贺顿自己，也会这么做，哪能轻易就把心里话掏给你？贺顿体谅地说："我能理解你的心情，你打来电话的选择很正确，这里正是提供心理帮助的地方。"

"哦……那太好了。我特地等了半天，等到办公室里一个人都没有的时候给你们打电话……哎呀，对不起，来人了，以后再说啊……"

不待贺顿有任何反应的时间，对方就落荒而走。留下贺顿怔怔地听着忙音，险些以为刚才幻听了。

贺顿终于明白了，如果你用这种方式招徕来访者，那你就必定会接到很多有始无终莫名其妙的电话。电话铃会让你把半泡尿憋回去，百米冲刺一样拿起听筒。等到一泡尿撒完了，那边会不耐烦地挂了电话，留下无人值守的恶劣印象。吃饭的时候，电话铃会逼得你把半口饭吐回碗里，如果你的食管里还蠕动着没有咽下的饭团，音色就会带着打嗝的韵味，丧失专业感。电话线就像一根蚯蚓，缠在脖子上，让你不敢有须臾懈怠。

贺顿凭着直觉相信，这个女人是真的在求助。整个下午，贺顿都在等待她的电话。也许是她改变了主意，也许是她的办公室里一直门庭若市，也许她被临时委派了活计，出门在外？总之，贺顿一直在挂念着她，但她销声匿迹。

第一天毫无建树地过去。柏万福来叫贺顿吃饭，贺顿执拗地说："我不饿。"

柏万福从贺顿青灰的脸上知道形势不妙，也就不问详情，只是说："还是上去吃吧。一家人在一起，热闹。你也可以换换心情。"

贺顿说："我现在怕的就是热闹。"

柏万福说："来日方长，怎么能不吃饭呢？"

贺顿说："我怕上楼吃饭这一会儿工夫，正好有人打电话过来，岂不断了一个机会？"

柏万福说："你要是不吃饭，身体垮了，所有的机会都断了。"

贺顿只得说："好吧，那麻烦你把饭给我送到这里来。"

柏万福说："还端起了老板架子。"

贺顿说："不是老板，是老农。长工抢种抢收的时候，都是地头吃饭。"

柏万福把饭送了来，说："你吃。"

一碗汤面，白菜叶上飘着鸡蛋花，还有葱花和香油的味道。贺顿用筷子一拨拉，面条下面还卧着一个鸡蛋。

"这是你妈卧给你吃的独食吧？"贺顿问。

柏万福被人捉住了赃，忸怩地问："你咋知道的？"

贺顿说:"你不要忘了,我是学心理学的。"

柏万福大惊,说:"心理学连这也管?"

贺顿说:"那当然了。心理学什么都管。"

柏万福说:"心理学可真够累的。"

贺顿说:"要是总没人来,就不累。咱就关门了。"

柏万福说:"别说泄气话。新造的茅坑还三天香呢。"

贺顿说:"你这是什么话?把我们这儿比茅坑了?"

柏万福说:"亏你还是学心理学的,连这都不懂?新造的茅坑人家三天之内都找不到,更不用说你这种姜太公钓鱼的行当了。别着急,反正房子是咱自家的,也不用交房租。赔得起。"

柏万福本来想给贺顿舒心,但这么一说,贺顿又想起了钱开逸的借款,心里就郁闷,又不能明说。她催促柏万福:"你快走。你站在这里,我吃不下饭。"

柏万福不解,说:"你吃你的,碍我什么事?"

贺顿说:"吃饭不能被人看。只有乞丐才当着外人吃饭。"

柏万福说:"我又不是外人。"

贺顿强调说:"你就是外人。我以外的人都是外人。"

柏万福说:"咱两个都那个了,你还说我是外人。冤枉啊。"

贺顿说:"你再啰唆,以后我就不让你那个。"

柏万福说:"得,我这就走。"

柏万福走了之后,贺顿开始吃饭。她知道婆婆做面条的时候,每次只打一个鸡蛋花,丝丝缕缕的蛋花飘得像飞天的衣裙,看着满锅扑腾,吃到嘴里却虚无缥缈。婆婆会把一个整鸡蛋偷偷卧在儿子的面条之下,好像一个潜藏极深的特务。

想到这里,贺顿莞尔一笑,狠狠地咬向鸡蛋,像是粉碎了一个阴谋。

正当婆婆的痴心妄想被贺顿的牙齿研磨之时,电话铃响了。贺顿不慌不忙地把鸡蛋黄咽下,可不能让它噎住了自己。在乡下,被噎住的孩子闹不好会送了小命。贺顿又用舌头在口腔里清扫了一遍。断定没有残余的饭渣会让口齿不清,然后,稳稳当当接起电话。

"你是佛德心理诊所的值班人员吗？"对方是个男人。

"是。"贺顿简洁地回答，甚至没有说"你好"。直觉中，她认为对方是一个不喜欢繁文缛节的人。

"很好。现在还有人值班，我对你们的好感增强了。如果我有心理问题，我可以到你们那里咨询吗？"对方很快推进着。

"是的。欢迎你。"贺顿言简意赅。

"你们在报纸上的广告中说，有资深的心理专家。我可否知道他们的水平究竟是怎样的？"对方有板有眼地开始调查。

对这个问题，贺顿倒是有所准备。她说："他们都是有执照的心理师。"

"有文凭并不一定有水平。"对方来者不善。

"你说得对。但是，如果你没有来过，就无法评判他们的水平。"贺顿寸步不让。

"你的意思是，我有必要到你们那里去一趟？"对方好像在思考。

"我建议你——如果关心自己的心理健康，觉得有必要接受心理医生的帮助，我们愿意伸出手。"关于如何回复电话，贺顿已经做了一些准备，再加上整个一天百无聊赖，更是将各种古灵精怪的可能性都推敲了一番，滴水不漏。

"好。我们也愿意伸出手。不过不是我的手，是我妻子的手。我觉得她很需要心理师的帮助。可以预约时间吗？"对方实质性推进。

"不可以。"贺顿断然拒绝。

"咦？为什么？我以前没有看到过你们的广告，今天好像是第一次吧？你们刚开张就爆满？不能吧？为什么你们要把送上门来的客人拒之门外？"对方疑惑不已。

"你说是要你的妻子来，对吧？"贺顿说。

"你说得很对，是我的妻子。"对方说。

"你的妻子多大年纪？"贺顿问。

"今年二十一岁。这和年纪有什么关系吗？"对方不解。

"当然有关系了。她是一个成年人……"贺顿的话还没说完，就被那男子不悦地打断了，说："她当然是一个成年人，否则我成了什么人？

和一个幼女做夫妻？"

"对不起，我的本意并不是想冒犯你，只是再次强调一个事实。对于一个成年人来讲，她有权利决定自己要不要来看心理医生，而不是由她的丈夫决定。"贺顿坚定地说。

"但是我很爱她。"男子第一次露出了软弱和踌躇的气息。

"爱并不等于为她包办一切。"贺顿也放轻了声音。

"你的意思是说——除非她自己决定要看心理医生，我不能代表她？"男子若有所思。

"正是。"贺顿表达得很清晰。

"好吧。那我和她商量商量。如果决定了，我会再和佛德联系。"男子说完，放下了电话。

贺顿如同和人吵了一架，不想再说话。虽说赢了，然而有什么收获？除了疲惫。

这是一个来访者吗？毫无疑问，这是一个来访者。他谈的是一个心理问题吗？毫无疑问，他谈的是一个心理问题。可是，他的妻子——她会来吗？答案十分茫然。如果她最终不来，贺顿就做了无用功。诊所的来访预约记录上，还是一个屹立不倒的零。

贺顿一直坐着，即使屋内一个人也没有，她也维持着端正的坐姿，因为从今天起，她就正式在机构里上班了。她为自己创造了一个单位，为自己制作了一个身份。她是自己的老板，为自己加班是天经地义的。上班要有上班的样子。

贺顿塑像般坚守着。柏万福走了进来，说："几点了？十点了。回家吧。睡觉吧。"

贺顿说："我再守一会儿。晚报也登了，人们都是晚上临睡前看报纸。"

柏万福说："我上街给你买了今天的晚报。我从头到尾搜了三遍都没找着，心想你一定是叫人骗了，后来好不容易才在报缝的犄角旮旯看到了佛德。以后别干这傻事了，纯粹打水漂，没有人会看这种比眉毛还细的广告。"

贺顿知道柏万福说的是对的，但她不能承认，那样太栽面子了。在柏万福面前，她是先知先觉的人。她说："万事开头难。不要说风凉话。"

柏万福说："你到底几点钟能下班？"

贺顿说："十一点。"

柏万福说："这若在工厂，叫小夜班，要发夜宵补助。"

终于收到了第一份咨询费。

工作完成之后，贺顿瘫坐在沙发上，好像跑完一场马拉松。柏万福走了进来。贺顿说："你来得正好。来访者刚走。"

"什么叫正好？我来了好几次了，悄没声息地走进来，听到那屋里有说话的动静，就赶紧溜了。这是在外头瞅着那女人走了，才敢进来。"柏万福给贺顿倒了一杯开水，说，"歇歇吧。顺利吗？"

贺顿回答："还行。"

柏万福说："还行是怎么回事？"

贺顿说："就是基本上还可以。"

柏万福说："人家给钱了吗？我看那个女的挺刁的，不是个善茬。"

贺顿说："不许这样随便议论人。而且你以后在街上要是看到这个女人，就假装不认识。"

柏万福说："为什么呀？还跟参加了地下党似的。"

贺顿说："这是工作需要。上不告父母，下不传子弟。"

柏万福说："好，好，就依着你。不过，你还没回答我的问题呢。"

贺顿说："什么问题啊？"

柏万福说："她给钱了吗？"

贺顿说："给了。"

柏万福说："在哪里放着呢？"

贺顿说："你什么意思啊？查我的账？还是要收缴家库？"

柏万福说："我就是想看看，像你这样坐着跟人家聊，就能挣钱吗？而且据我在门外偷听的结果，基本上一直是她在说，你说得很少。就这样，她还付给你钱，这不是傻×吗？也许她给你的是假钞。"

贺顿哭笑不得，说："你心理阴暗。"说着拉开抽屉，说："看看吧，是不是真的钱？"

柏万福拿出钱来，抖动检查，特别是大钞，又是透视抻拉又是在耳边呼呼扇风，贺顿笑起来，说："就算原本是真钞，也得叫你给晃悠散了。"

柏万福郑重地把钱收起来，说："媳妇，我佩服你。"

贺顿说："佩服我能挣来钱？"

柏万福说："不单单是这个。谁不佩服能挣钱的人呢？这个世道就是如此。想原来我也是个好学上进有尊严的人，但厂子垮了，这不是我的责任，可我就变得好像是个废人了。我佩服你能让别人觉得把钱给你值得，这就是你的能耐了。一个不认识的人，把心里话说给你，还给你钱，这不是天大的本事吗！"

贺顿被柏万福说得心热，木讷的男人居然能理解自己的工作，她说："你愿意帮助我吗？"

柏万福不乐意了，说："瞧你说的，好像我以前不帮助你似的！"

贺顿说："愿意就说愿意，不乐意就算了。"

柏万福忙说："当然乐意了。"

贺顿说："我以前让你帮忙的都是买瓷砖修电灯之类的粗活，今后想发展你干点细活。"

贺顿以为柏万福听了这话会受宠若惊，不想柏万福很为难地说："要是这样，我恐怕帮不了你。"

贺顿说："刚才还说要同舟共济呢，真要你帮忙就拿糖。"

柏万福说："天地良心，哪里是拿糖！我是怕干不好，辱没了你的名声。"

贺顿说："名声咱们一起创。你就大胆地向前走。通过今天的实践，我发现除了心理师以外，辅助工作的人也很重要。比如，平时要有人守着电话，最好是两班倒，这样人家来咨询的时候，咱们就能保证时时有人。再者，要有人前台接待，不能让心理师一开始就抛头露面，要保持一定的权威感神秘感，一旦隆重相见，更有治疗效力。最后收钱这个步骤，不能让心理师经手。不然来访者很容易觉得你利欲熏心，对以后的治疗不利。还有……"贺顿说得兴起，柏万福赶忙打断她的话，说："慢着慢着，先告一段落。我可记不住那么多。你前头讲的我已经忘得差不多了，咱倒着捋。先从最后说的这项开始，不就是交代我收钱吗，这太简单也太让人快活了，我乐意干。"

贺顿说："你负责收钱可不能像刚才那样，把钱翻来倒去恨不能看出血来。知道的明白你是在查验伪钞，不知道的以为你是贪婪和不相信人。"

柏万福说："好了，媳妇，这点策略我还是懂的。你就放心吧，我绝不会丢了你的脸。如何前台接待，你可能要教教我。再有就是接电话的事，你也得传授技巧。"

贺顿说："这好办，我接电话时，你就在一边看着。熟能生巧。"

柏万福说："这要是在工厂，叫作学徒。"

贺顿说："学徒工是不是要给师傅交钱？"

柏万福说："你说的那是旧社会，新社会不用给师傅交钱，还发生活费。但是，头还是要磕的。一日为师终身为父。"

贺顿说："磕头的事就免了，但徒弟给师傅端个茶送个水的，一定不能少。"

柏万福说："这你放心。以后凡是在这诊所之内，我就给你端茶倒水。不过，要是回了楼上，你还得给我端茶倒水。咱也得让老妈看看，不是气（妻）管炎（严）。"

两个人说笑了一番，电话响起，又有人来咨询。贺顿一五一十地解说，柏万福洗耳恭听，努力学习。

贺顿打完了电话，在明亮的灯光下，打量柏万福，说："你得换换外包装。"

柏万福抻抻抹布似的外衣说："咋啦？这不挺好？纯棉的。"

贺顿说："太无产阶级了。心理咨询这事现阶段还是有钱的人来得多。做男接待，得洗心革面，中规中矩。"

柏万福手足无措地说："这我就不知道如何打扮自己了。"

| 第 35 章 |
我需要膀大腰圆长得像鲁智深的心理师

　　贺顿相中了一套藏蓝色的西服，还有配套的红色条纹领带和隐格衬衣。柏万福虽然瘦弱，骨头架子还很匀称，好衣服一上身，人立马就精神起来。

　　"像个银行职员。"他自己说。

　　"当然了，这叫证券蓝。"贺顿说。

　　"心理诊所又不是储蓄所。"柏万福提出异议，其实是心疼钱。这套衣服，可能比他有史以来穿过的所有衣服的总和还贵。

　　"来的人，多半是有身份有头脸的人，你也要旗鼓相当。"

　　柏万福摸着价签说："要不咱们再走走，货比三家？"

　　贺顿说："耽误不起那么多时间。诊所现在是空城计，来了电话，无人应答。"

　　柏万福说："就算是有人应答，也不见得能成就一笔业务。基本上是无用功，工厂管这叫废品。"

　　贺顿说："这可跟工厂不一样。虽说没有成交，可人家知道了有这样一家机构，知道这家诊所时时刻刻有人值守，这就是口碑。日后他有了问题，也许就能想起咱。"

　　柏万福说："不就是证券蓝吗？访访有没有便宜点的？人家也不会扒拉着我的脖领子看商标，大体上像那么回事就行了。"

　　贺顿说："不成。一分钱一分货。"

柏万福说："那你这个公司给我报销西服钱吗？"

贺顿说："想得美。"

柏万福："这可是工作服。除了到诊所上班穿这套衣服，别的场合我敢穿吗？要是叫原来厂子里的弟兄们看到了，还不得成群结伙地找我借钱？"

贺顿说："你就是把它当成了工作服，也不能报销。再说，里出外进花的还不都是我借来的钱？舍不得孩子套不来狼。"

柏万福说："舍下的孩子快有一个幼儿园了，套下的狼崽子屈指可数。"

贺顿说："时候不早了。交钱，走。"

两人回了诊所，录音电话上显示有几个人来过电话，打开一听，都没有留言。打电话的人都心中惴惴，面对机器，不愿倾诉。串串忙音，好像白雪皑皑的大地上小兽的脚印，你知道它走过，却捉不到它。

柏万福说："咱这是守株待兔。"

贺顿说："也不能扯开嗓子大张旗鼓地到街面上吆喝，那是磨剪子。"

柏万福说："外国怎么招徕顾客？"

贺顿说："刚开始也是没人来，后来不断宣传，大家知道了心理健康也需要别人帮助，慢慢就成了习惯。"

柏万福说："用了多久？"

贺顿说："资料上说美国用了二十年。"

柏万福说："乖乖，中国最少要用四十年。"

贺顿有些奇怪，说："凭什么这么说？"

柏万福："就凭中国穷，就凭中国人多。胃还没填满，谁还顾得上心。"

贺顿说："也对也不对。中国现在是有人连饭都吃不饱，但也有人得肥胖病富贵病。中国人也许用不了你说的那么长时间。"

柏万福说："就算用不了四十年，三十年也是有的。到那时候，咱俩都住敬老院了。"

两人说着，来了电话就接，没电话就看心理方面的书。柏万福有什么不明白的地方就问，也算其乐融融。

预约成功率大约在百分之一。也就是说，一百个电话之中，只有一个人会决定来这里一试。除了贺顿自己做心理师以外，沙茵和其他外聘的心理师也常来。

柏万福说："我预约下了一个来访者，只是他的要求有点怪。"

贺顿说："什么要求？"

柏万福说："那人是个男的，姓武，武松的武。听声音，五大三粗。"

贺顿说："这又怎么啦？又不是景阳冈上打老虎，和声音高低没关系。"

柏万福说："估计有点关系。他说，要一个高大威猛的心理医生给他看。"

贺顿说："真奇怪。我听说过要博士的，还听说过要有留洋背景的，还听说不要男的或是不要女的，可没听说过对身高体格有要求的。看来，把咱们这里当拳击场了。"

柏万福说："我也不知道你同学当中，有没有膀大腰圆跟鲁智深那模样的心理师，要是有，我就和来访者最后定下话。要是没有，也就趁早别揽那瓷器活儿。"

贺顿思谋了一下，打了几个电话，对柏万福说："你就和来访者最后约定时间吧，明天下午三点。"

柏万福是个稳妥的人，说："哪一位啊？我觉得常来的这几位心理师，没一个身材够这标准，除非你发展新生力量。你那边还没敲定呢，先把这边定死了，是不是悬啊？还是先找着长成施瓦辛格那模样的男心理师，咱这边再操作不晚。"

贺顿说："你放心好了，都交给我安排。"

第二天下午两点半，柏万福沉不住气了，说："你约的心理师什么时候到啊？我可跟人约的是三点。这就快到时间了。要是来访者都到了，咱的人才呼哧带喘地进来，恐怕给人的印象不大好吧？你赶紧打个电话催催，是不是头一次到咱这儿来，找不到地方了？"

贺顿说："你还挺操心的。没事。"

两个人就等着。十几分钟过去了，来访者没到，膀大腰圆的心理医生也没到。柏万福坐不住了，说："你约下的这个心理师咋回事啊，太不守信用了。"

贺顿头也不抬地说："你放心。人家也是老江湖了，估计不会误事。"

柏万福说："这个来访者可是我约下的，是我捶胸顿足地跟人家保证了的，要是心理医生迟到，我的脸往哪儿搁？"

贺顿火了，说："你还有完没完啊？这不还没到时间吗！沉住点气。你把我的头都吵大了。"

柏万福一想也对，就算有个三长两短，也得贺顿收拾残局，就不再啰唆。到了还差五分钟三点的时候，门铃终于响了。柏万福抹抹头上的汗说："我的天！总算来了。总算赶在来访者之前到了。"说着，三脚并作两步去开门。

一个彪形大汉出现在门口。柏万福热情地说："您总算来了！"

大汉说："来了。我没迟到啊。这还提前了五分钟呢！"

柏万福说："还是早点来做准备好。不然，人家来访者到了，咱们还没安顿妥帖，不合适啊。"

彪形大汉说："行。以后早点到。"

柏万福说："您贵姓啊？"

大汉说："姓武。武松的武。"

柏万福一乐："您也姓武？"

武大汉说："是啊。还有一个姓武的啊？"

柏万福说："对。来访者也姓武。"

武大汉说："我就是来访者啊。昨天不是跟你说过了吗，要一个人高马大的心理师。"

柏万福这下子简直要晕过去，原来，心理师还是没有到，此人是来访者。"您先坐，您喝水，您喘口气……"柏万福一个劲儿地张罗，待到一转身武大汉看不到自己的神情时，恶狠狠地对贺顿撇嘴：你约的那个人到哪儿去了？

詹勇急匆匆赶进来，连连说："不好意思堵车了。还好，还差一分钟。"

对于心理师来说，只比预定时间提前一分钟，就是迟到了。贺顿把詹勇拉到一边，低声说："来访者已经到了。就是我昨天同你说过的那个情况。"

詹勇走过去，说："武先生，您好。"

"您好。您是……"武先生不知道这瘦小枯干的男子是何方人氏。

"我叫詹勇。是您今天的心理师。"詹勇风轻云淡。

武大汉笑起来说："您一定是搞错了。我昨天和你们预约的时候，说得很清楚，我要一位人高马大的咨询师，你们答应了。如果我记得不错的话，好像就是这位先生答应的。"武大汉回身一指柏万福。柏万福早被这突然的事变吓得不知所措，见战火燃到自己身上，说什么都不是，只有尴尬无比地点头。

詹勇说："请心理室里面坐。"

武大汉说："屁股一坐下，咨询就算开始了？"

詹勇说："通常是这样……"

武大汉说："那我不到里面就座。你们欺骗了我。"

贺顿说："我发现你很生气。"

武大汉说："我当然生气了。你们说有人高马大的咨询师，但是，现在，货不对板。你们希图以次充好蒙混过关，这涉嫌诈骗，我不能入瓮。"

詹勇说："我能理解你的气愤。如果我的咨询没有效果，你可以不交费，你看这样如何？"

武大汉说："这样也不行，好像我武某人掏不起这几个小钱，跟你们斤斤计较似的。我要的是一个道理。"

柏万福原来是向着武大汉的，觉得贺顿偷梁换柱对人不起，听到这样几个变通意见都被无情否定，立场马上转向，说："这位同志，我们原来是有一位身高体壮的心理师要来的，但是不知道为什么他没有赶到，所以改为詹勇心理师来为您服务。您这也不成那也不行，这不是有理反倒变无理了吗？就算是发射航天飞机，天气不行还只能另择他日。什么事都有个天灾人祸是不是？"

这一席话，让武大汉的火气略微平息了一点，说："如果原来为我

396

安排了符合要求的心理师，他因故没来，我觉得倒是可以原谅的。"

贺顿说："对不起，刚才这位先生对情况不很熟悉。并没有什么特意安排的人高马大的心理师。从一开始，安排的就是詹勇心理师。你不必原谅我们。"

刚刚缓和下来的局面又变得剑拔弩张。柏万福简直绝望了，不晓得贺顿搞什么鬼，看来是不把这个大汉气得七窍生烟口吐鲜血，贺顿绝不肯善罢甘休。

武大汉说："我要投诉！你们一个社会服务性机构，如果帮不到人也就算了，是你们能力有限，我可以不计较。但是，你们为什么要害人？浪费了别人的时间不说，还要戏耍他人，毁坏尊严？"说着，示威性地挥了挥拳头，蒜钵样的拳头带动满室的空气呼呼作响。

贺顿说："您说得很对。我们是一个助人的机构。助人是一种精神方面的劳动，所以和体格没有太大的关系。您要求一位彪形大汉来做咨询，实话跟您说，我们没有这样的心理师。所以，昨天我们面临的情况就是，如果我们实话实说，您就不会来咨询了。既然您希望咨询，就是您遇到了需要心理医生帮助的事件。您的那个要求，并不是心理治疗中最关键的因素。您不知晓这些，我们可以原谅。如果我们因为这一条而拒绝了您，就是失职。所以，我们还是请您过来了。这是一番好意，和欺诈无关。"

武大汉张口结舌，想说什么却说不出来，干瞪眼。贺顿接着说："我觉得您的要求很奇怪，一定有很重要的理由。也许心理师可以和您一道探讨这个原因。原因找到了，您的问题就解决了。因为终究和您的要求有差距，所以，如果您不满意，可以不付钱。您觉得如何呢？"

武大汉说："好吧。既然我已经来了，我就听听你们给我安排的这个弱不禁风的心理师有什么说法吧。"

詹勇领着武大汉落座。

武大汉说："说什么呢？"

詹勇说："按想好的照直说。"

武大汉说："不成。那是面对着一个比我还魁梧，最起码和我是一个重量级的男人才能说出的话。面对着你这样的男人，我说不出。"

真是羞辱。好在詹勇训练有素，处变不惊："那我是否可以这样认为，你的问题，和性别有关？和体积有关？"

武大汉大惊道："你如何知道的？"

詹勇说："你自己告诉我的。"

武大汉不知所措道："我好像什么都还没开始说。"

詹勇说："从你一走进来，甚至从你一打电话来的时刻，已经在说了，人的心理，无所不在。"

武大汉被心理师的开场白吓住了，觉得这小个子男人还真有些道行，就说："好吧，我告诉你，你不要笑话我……我很自卑。"

詹勇不说话，等着他继续说。

武大汉停了半晌，说："你为什么不表态？"

詹勇说："你需要我表什么态？"

武大汉说："关于自卑。"

詹勇说："我也自卑。"

武大汉冷笑道："你自卑很正常。"

詹勇沉稳地说："为什么呀？"

武大汉撇撇嘴："你这样矬的个头儿，当然有理由自卑了，又这么瘦。"

一般人，特别是男人，看到另一个男人这种充满轻蔑的眼神，怒火会腾空而起。好在詹勇经过修炼，已经过了这一关，现在重要的不是反驳来访者的这个说法，而是要听出这个说法背后的含义。

如同青色的核桃被剥出苦涩的内核，一旦心理师能跳脱出常人的自然反应，就捕捉到了武大汉的话外之音。

"你的意思是说，如果一个人身材高大又是个男人，他再有自卑感，就是很不正常的事情？"詹勇要核对清楚大汉的真实含义。

大汉说："那当然了。自卑也是要有资本的。"

詹勇继续核对："你说的身材高大的男人，主要指的是谁啊？"

武大汉警觉起来，说："你什么意思？"

詹勇说："我的意思很简单，当我们用形容词说起某一类人的时候，其实头脑中是有某些面孔出现的。"

武大汉松了一口气，说："那我会想起项羽、关公、李逵……"

詹勇逼近一步，说："会不会想起你自己啊？"

武大汉没料到詹勇在这里等着他呢，猝不及防，说："会。"

詹勇说："你觉得高大的男人是没有权利自卑的？"

武大汉愤愤地说："不是我觉得。是社会这样觉得，是你这样个子矮小的人这样觉得，是女人这样觉得。"

詹勇说："那你挺惨的。连自卑的资格都被剥夺了。"

大汉一下子激动起来，说："你说得太对了。尤其是从你这样一个身材矮小的男人嘴里说出来，我觉得太受用了。谢谢你啊！"大汉伸出两只手，紧紧地握住了詹勇的手。詹勇虽然很为自己的治疗取得了如此的进展而高兴，但还是很快地缩回了自己的手。因为大汉很激动热情，在这种情况下，那两只蒲扇一般的大手，要是不知分寸地合拢起来，估计自己的手三天之内都捏不紧筷子。

詹勇继续说："因此你就要永远装作强大，不能说出心里的悲哀。"

大汉说："你怎么这样能懂得我？我们上辈子是不是曾经相识？"

詹勇说："其实这些都是你自己告诉我的。谢谢你的信任。"

武大汉摸摸锃亮的头皮和硕大的耳垂，说："没有啊。我没跟你说这些个啊？我跟谁都不说，我要让人们以为我总是很坚强。"

詹勇说："可是你要求一个高大的男心理师来帮助你，这就说明你觉得只有这样的人才是有力量的。"

武大汉沉思了一会儿说："原来是这样被你看出了破绽。服了服了。"

詹勇开了个玩笑，说："那你现在可以接受一个又瘦又小的心理师来帮助你了吗？"

大汉说："我已经接受了。咱们正式开始吧。"

詹勇笑笑说："已经开始很久了。"

大汉说："我以前不是这样高大魁梧的，在十八岁之前，我都像个侏儒。一个孩子如果在该长个的时候总是按兵不动，那是非常沮丧的事情。特别是你还有一个高大魁梧的爸爸。特别是你的爸爸不停地说，你怎么这么不像我的孩子，我像你这么大的时候，都已经多高多高了……我们家住的是老房子，我爷爷在我爸爸小的时候，每年会在墙上刮一道杠，十岁长到哪儿了，十五岁长到哪儿了……记得门儿清，那是身高的历史档案。每次我被家里人按到那些杠杠前面，都如同在受酷刑。一个在身高上不占优势的孩子，本来就是非常自卑的，如果你长在大家都矮小的家里，还算幸运，因为半斤对八两，谁也不笑话谁，大家彼此彼此。如果别人都比你高，你就是一个异类，你就格外孤单。到了我十九岁那一年，事情突然起了变化。我不知道人的身高遵循怎样的命令，是不是在我们的身体里面有一个管身高的按钮，在那个特别炎热的夏天，被高温打开。我在半年内长了二十厘米，好像一棵笋拱出地面。一家人都欢欣鼓舞，可是长高并没有给我带来相应的自豪感。也许是因为长得太快了，我全身的骨节都开始痛。个子虽然上去了，但骨头很软，肩不能扛手不能提，情况比以前还糟糕。以前人家还能原谅你是个头小不能干活，但现在，你没有任何借口。自卑的种子就是从那时候种下的，这么多年过去了，在我高大健壮的身体里，始终潜伏着那个小男孩。后来，我上了大学，毕业后有了一份很好的工作。刚开始是给人打工，后来自己做了老板，也就是常说的从长工变成了东家。后来又娶妻生子，所有人都以为我是个乘风破浪遇山开路遇水搭桥的汉子，只有我心里才知道，苦啊！最近，我的公司不景气，我都快崩溃了，可我一回到家里，妻子还是总拿那些鸡零狗碎的小事缠我，嫌我没有以前浪漫了，不记得我们第一次约会的时间啦等等。老父老母也把所有的担子都压到我身上，觉得我是钢铁战士。我觉得他们把一根根的吸管插到我的骨髓里，从我这里汲取金钱和力量。但是，我心中的苦衷又有谁知道？又有谁来分担？我能向谁倾诉？谁能给我支撑？"

武大汉说到这里，热泪盈眶。好像是对流泪的感觉十分生疏，武大汉有点惊慌失措。詹勇不失时机地把盛满柔软纸巾的盒子推了过去，说："你受了那么多委屈，尽情哭出来吧。"

武大汉就像个小孩子一样听话地把纸巾抽出来，蒙在了脸上。他的泪水无声地流淌下来，好像两孔泉眼，飞快地就把整张纸巾浸透了。武大汉也不把纸巾取下来，任由它们在自己的脸上化成黏稠的纸浆。

詹勇有点想笑，因为这情景委实好笑，一张磨盘大的脸上糊满了白色的泥泞。当然了，他是绝对不会笑的。他能体会到在层层社会舆论重压下，一个男子汉承受的压力快把他憋炸了。

"你哭吧。别压抑着自己，这里是可以尽情哭泣的地方。"詹勇要给他加油。哭泣是一种治疗。

大汉停顿了一下，在詹勇以为他决定不再哭泣的时候，他放声大哭起来。刚开始还有点羞怯，遮遮掩掩呜呜咽咽，好像是派出了哭泣的侦察兵，在细心地考察地形，以判断这里到底适不适合驻扎大队人马。心理室的安静和心理师的关切，好比是丰美的粮草和充足的水源，侦察兵马不停蹄地回来报告：这里是可以哭的！这个情报一回来，可就不得了了。大部队山呼海啸地涌过来，大汉哭声震天，心理室的窗玻璃因为共振而簌簌颤抖。这男人悲痛的眼泪颗粒是如此之大，好像冰糖葫芦一样噼里啪啦地坠落着，每一颗落到衣物上都会浸湿茶杯大的面积。

如此近距离地听一个陌生男子的哭声，让人生出恐怖的感觉。詹勇被高分贝的声音压榨着，几乎想跑出心理室。但是，他不能。他知道，如果自己离开了，大汉一定会在第一时间终止哭泣，而且很可能以后再也不会哭泣。如果连一个心理医生都无法接纳他的软弱和真实，那么从今以后他会把自己包裹在钢铁般的铠甲中，听凭骨骸在其中溃烂。詹勇要坚守，为了素不相识的信任，为了工作的神圣职责。

大汉越哭越忘情，进入到酣畅淋漓的阶段。一个男人可以为权力哭泣，可以为位置哭泣，甚至可以为一匹马一个朋友哭泣，但是，这一次，他只为自己而哭泣。

这时候，心理室的门无声地打开了，柏万福惊恐的面容从缝隙中挤了出来。

"怎么样？"柏万福无声地用口型说。贺顿出门有事，柏万福忍不住探望。

"没事。"詹勇也还以无声的回答。

"不会出什么事吧？"柏万福真被这震耳欲聋的哭声吓坏了，鼻子嘴巴很恐怖地皱成一个结。

"不要紧。正常。"詹勇竭力让自己平静中带出微笑，迅速地做出一个轰赶的手势，示意柏万福马上离开。虽说武大汉此刻哭得如醉如痴，对外界的反应已然模糊，但万不可麻痹大意。如果他冷不丁地睁开眼睛扫视四周，看到心理师和工作人员挤眉弄眼，一定会觉得自己神圣的宣泄被亵渎。

柏万福只好离去。

不知过了多久，武大汉的哭声才渐渐减弱频率和强度，趋于徐缓。好像暴雨过后，还有零星的雨珠从树叶和房檐上滴落。詹勇一言不发，耐心地等待着。这个时候，他什么也不用做，什么也不能做，等待就是一切。终于，武大汉用手掌在脸上胡噜了一把，又用手背蘸了蘸，脸上就雨过天晴了。

"谢谢你。"他变得如婴儿般平静。

"不必。这是我的工作。"詹勇简短地答道。他知道哭泣的力量。也许，眼泪里蕴含着丰富的毒素，现在已被驱逐干净。

"你经常这样听人哭吗？"大汉说。

"有时。"詹勇回答。

"我已经耽误你不少时间了……"大汉不好意思。

这虽然是常用的一句客套话，詹勇却不能让它轻易地滑过去。因为，此时此刻，它可能有多重含义。

"这不是耽误。是非常宝贵的时光。"詹勇纠正道。

大汉说："我从来没有这样畅快过。我已经好了。我要走了。"

詹勇送他出门。

等到确信大汉已经走远，柏万福说："对不起，詹心理师，我刚才干了一件不好的事。"

詹勇大口喝着水，还没从刚才的惊涛骇浪中彻底平复下来，不解地说："你到底干了什么？"

柏万福说："我躲在单面镜后面，观看了全过程。"

詹勇说："你想偷着学艺？"

柏万福说："一点没有这个意思。以前没有，看过之后更没有了。"

詹勇说："那你图的是什么？"

柏万福说："被吓的！你想啊，一个彪形大汉，哭得地动山摇，我能不害怕吗？街坊四邻听到一个男人的哭声，可能以为是我发出的声响，可能以为我妈暴亡了。我能不提心吊胆吗？就为这个，我待在镜子后面，看看是不是有什么风险需要我挺身而出。"

詹勇说："谢谢你的好意。你看到风险了吗？"

柏万福说："风险倒是没看到，只是看了比不看还迷糊。"

詹勇说："今天没有新的安排，我就先走了。以后有时间了，我可以给你解释解释。"

柏万福说："也不用解释。因为你根本就没说多少话。那个大汉光哭了，冤不冤啊，自己掏钱自己哭，多亏本啊。还不如回到家里，关上门堵上窗，捂上大被子，自己闷头哭呢。既省钱又安全。"

詹勇笑着离开。

晚上两人聊起这事，贺顿说："老公，你以为哭是一件容易的事情吗？给你讲一个故事。亚当和夏娃被上帝从伊甸园赶走的时候，带走了两样礼物。这是两样什么东西呢？考考你。你知道亚当夏娃和伊甸园吧？"

柏万福说："别看不起人，我可是经常听广播的。亚当是个男的，夏娃是用他的肋骨做的女人。伊甸园就是苹果园。"

贺顿说："伊甸园里除了苹果树，还有别的……"

贺顿本想说还有别的树，柏万福打断了她的话说："我知道，还有蛇。"

看来基本情况是清楚的，贺顿就不在细节上纠缠了，继续说下去："你猜他们从伊甸园带走的两样东西是什么？"

柏万福说："这还不简单，起码有一样是树叶吧？夏娃既然已经穿在身上了，当然要带走。我看过图片。"

贺顿哭笑不得，说："树叶不算。"

柏万福说："那就是蛇了。"

贺顿怕蛇，吓了一跳，说："带什么不行，干吗非带着蛇啊？"

柏万福说："这叫冤有头，债有主。伊甸园那个地方估计是不能杀生的，索性把它带出园子，找个地方报仇雪恨。然后还可以烧着吃，再讲究点，煮个蛇羹什么的，大补。"

　　贺顿听得有趣，说："不对。再想。"

　　柏万福说："那就一定是个苹果核。夏娃既然吃了果子，觉得香甜可口，干脆就把种子偷偷掖在了身上，到了凡间，种出了苹果，一来是自己可以充饥解馋，二来还可以摆个小摊……"

　　贺顿笑得直不起腰，说："后来的人都是亚当夏娃的后代，他们是一家子。就算果实累累，也只能是送给自己的后人吃，买卖是不可能的。"

　　看到贺顿很开心，柏万福很高兴，说："那我就真猜不出来了。"

　　贺顿说："我告诉你。上帝生气之后，要把亚当和夏娃赶出伊甸园。亚当偷着看了一眼人间，风雨飘摇险象环生，觉得自己和夏娃这一去千难万险，苦日子不定怎样煎熬呢，就恳请上帝发发慈悲，送他们几种消灾免难的法宝。上帝想了一下，说，好吧，就送你们两样东西吧。一个是休息日，另一个是眼泪。"

　　柏万福说："原来你在这里等着我呢。上帝实在是个小气鬼。休息是自己的，眼泪也是自己的，还用得着他老人家馈赠吗？完全可以自产自销。累了，就躺倒休息，暂时死一回，天亮了又醒来……"

　　柏万福说得兴起，贺顿说："打住打住，休息并不等于睡觉。"

　　柏万福坏笑着说："我知道。常说的睡觉就是指干那事。那事还真不能算是休息，而是重体力劳动。民间说，人间三大累，麦收脱坯操……这算一宗。"

　　贺顿把一只手指头竖在唇边，说："嘘……"

　　柏万福不以为然，说："反正就咱俩，又没有外人。"

　　贺顿说："就是咱俩，也不能胡说。这里是工作的地方，说溜了嘴，以后会出娄子的。你要再胡说八道，我就不讲了。"

　　柏万福赶紧求饶，说："好，以后我公私分开。休息不是睡觉，但睡觉一定是休息。这下对了吧？"

　　贺顿说："也不一定。有的人躺在床上失眠，比上班还累。"

柏万福说："我不跟你抬杠了。反正我是会休息的一个人。不是我要休息，是社会非让我休息。就算在休息这事上咱们达成共识，可眼泪这事，我又想不通了。"

贺顿说："哪点不通？"

柏万福说："人生下来就会哭，你要是不会哭，接生婆把你两脚倒提溜着，啪啪两巴掌把你打伤心了，大哭起来，人们就都笑了。所以，哭是个本能，用不着劳烦上帝他老人家巴巴地送了来。如果一定要算礼物，实在是太寒酸了。"

贺顿说："人能流眼泪，是个创造。"

柏万福说："别把人吹得那么邪乎，牛也能流眼泪，当人要杀它的时候。我见过。"

贺顿说："可你见过一头牛为了另一头牛流眼泪吗？牛不能，但是人能。"

柏万福说："想让一头牛为了另外一头牛流眼泪也不是什么难事。我虽然没见过，但是，我能做到。"

贺顿来了兴趣，说："你有什么法子？"

柏万福说："我买上二斤洋葱，细细地剁碎了，用一个塑料袋子装了，一股脑地套在牛头上，当然了，前提是牛必须拴紧了，保证我的绝对安全，要不你就有可能成了寡妇。过不了两分钟，就是牛魔王也得泪如倾盆。你信不信？"

贺顿说："真亏你能想得出！我告诉你，科学家研究证明，用洋葱熏出来的眼泪，和一个人伤心悲痛时流出的眼泪成分绝对有差异。"

柏万福大惊说："看起来透明带咸味的眼泪，品种还大不一样？"

贺顿说："我问你，眼泪是从哪里流出来的？"

柏万福说："这个问题也太弱智了吧？从鼻子里流出来的那叫鼻涕。眼泪当然是从眼睛里流出来的。"

贺顿说："你身体里还能流出什么东西？"

柏万福说："能流出尿。还能流出血。大便是拉出来的，算吗？"

贺顿宽宏大量地说："也算吧。"

柏万福冥思苦想了一番说："如果哪儿发炎了，还能流出脓来。"

贺顿说："你恶心不恶心啊，居然把流脓都算上了。"

柏万福不服气地说："你问我流出什么，我就使劲想，想到小时候闹耳朵底子，顺着耳垂流脓，这当然算是流出来的东西了。"

贺顿不得不屈服，说："好，好，算。你就不要具体形容了。身体里流出来的东西都是好东西，是不是？当然，除了流脓。"

柏万福说："你这么一说，想想也真是的。你要是不拉屎，就会憋死。你要是不撒尿，就会胀死。女人家要是不流血，就是干血痨。流脓也是好东西，要是不让脓流出来，窝在里面祸害就大了。"

贺顿继续循循善诱，反正也没有来访者和电话，乐得进行深入探讨。贺顿盘算，如果把柏万福培训好了，对工作也是一种促进，便乐此不疲。贺顿说："眼睛后面是什么？"

柏万福摸摸寸头说："是后脑勺。"

贺顿说："后脑勺前面是什么？"

柏万福的手又回到前边，说："是额头。"

贺顿说："在额头和后脑勺之间是什么？"

柏万福不干了，说："媳妇，你折腾死我了。你想说什么就照直说出来，你要是不想说了，我就上街买菜去了。我妈说今天吃饺子，让我无论如何买回韭菜，要本地产的，紫根的。"

贺顿说："笨死了。后脑勺和额头之间就是大脑啊。眼泪是从最靠近大脑的洞穴之中涌流出来的，你想想这寸方之间是怎样的战略要地，就会对眼泪肃然起敬。"

柏万福说："你这么一点拨，我就明白了。眼泪就是泉水，把毒素溶解其中，排出体外。眼泪就是下水道，就是垃圾箱，就是排污系统。对了吧？"

贺顿说："大概意思不错，但你说得可真恶心。我发现你有一种把任何事情都恶心化的爱好。"

柏万福说："不是爱好，是本领。你想恶心还不一定做得到呢。"

贺顿推着他说："好了，走吧。买韭菜去吧。要不然吃不上饺子，反倒成了我的罪过。"

柏万福说："我刚才在单面镜后面，到结束也没听出这鲁智深一样的汉子，究竟为了什么事憋屈成这样。你若是明白了告诉我一下，省得我一头雾水。"

贺顿说："告诉你实话吧，我估计就是詹勇，也没整明白。"

柏万福说："一个大老爷们，哭天抹泪一场，完了该啥样还啥样，也没见詹勇做多少开导，那鲁莽汉子不是花了冤枉钱吗？"

贺顿不乐意了，说："我问你，世界上有多少事是你不知道才干错的？"

柏万福说："这话怎么讲？"

贺顿说："杀人犯有几个是不知道不能杀人的？"

柏万福说："一个也没有。"

贺顿说："司机开快车，有几个是不知道十次出事九次快，宁停三分不抢一秒的？"

柏万福说："都知道。"

贺顿又说："谁都明白撒谎不好，可谁都撒谎。"

柏万福说："那是。"

贺顿说："都知道死亡是客观规律，可亲人死了却痛不欲生。对吧？"

柏万福说："都对。可我还是不明白你的意思。"

贺顿说："我的意思就是，我们的痛苦常常并不是不懂道理，是情感上过不去。道理上都明白，可感情的车翻在那里，五花八门的线头纠缠在一起，让我们手忙脚乱张皇失措，道理这辆车也就抛锚了。眼泪就是警察，心里的苦闷倒出来了，道路就疏通了，那个人就有本事自己把理智之车开过去了。有人说心理医生就是听人说话，然后哼呀哈呀地呼应着，到时候就点票子走人。其实，这个世界上能有一个安静的地方让你说说心里话，把你的愁苦怨恨都畅畅快快地吐出来；心理医生给你保密，和你一块儿分担；人们向心理师托付悲伤，倾倒苦水。你说，这不是救人一命，胜造七级浮屠吗！"

柏万福说："好，好，我这才知道，心理师是大慈大悲救人于大苦大难的观世音菩萨。你们能用这法子既救了人又挣了钱，我高兴。好了，我赶紧上街买韭菜和大葱。"

贺顿说："韭菜包饺子不用放大葱。一菜不用二辣。韭菜和大葱味都很冲。"

柏万福说："韭菜是吃饺子，大葱是为了让自己流点眼泪。我想，外国人流泪用洋葱，中国人还是用国产的山东大葱好。"

贺顿说："我算是白说了。不是告诉你了，洋葱辣出来的眼泪和真正的眼泪不一样。"

柏万福说："我自打娶了你当老婆，就没有什么伤心事能流出眼泪。一看你说的流泪有那么多好处，这种上帝的礼物，我摊不上多冤得慌啊。没有正宗的，就是假冒伪劣也得置办一份啊！"

贺顿心中一沉。她并不是贤惠的妻子，柏万福会有不用大葱就涕泪滂沱倒海翻江的日子。

|第36章|
人的一切弱点，心理师都具有

柏万福在宾馆客房门口等待了三个小时。门前"请勿打扰"的红灯把双眼刺得流血。他摸了一把自己的脸，以为会有血水流下来，但是，没有。连最普通的眼泪也没有，干燥得像一张炭火上的饼铛。

下午，贺顿刚出门，汤小希突然来了。柏万福就让汤小希帮他值班，自己则悄悄地尾随着贺顿。他并不想跟踪贺顿，只是不放心她一个人到医院去。知道她特别怕麻烦别人，想不显山不露水地助她一臂之力。万一贺顿在医院里查出什么病症，突然晕倒或是需要搀扶，柏万福马上就会现身。

贺顿没有进家门口附近的医院，而是向相反的方向走去。柏万福以为贺顿思谋着自己的疾病比较疑难，要找另外的一家大医院，也随她而去。没想到贺顿三拐两拐，居然到了一个高档住宅区。从那一瞬，柏万福就出现了不祥的预感，幸好时间不很长，贺顿就出来了。当重新看到贺顿的身影时，柏万福几乎落泪。他狠狠地掐着自己的皮肉，说，她是有正事啊，你多心！你找了一个多么好的媳妇，你竟敢怀疑她！你小子不是个人，你是个王八蛋！

恶毒的自我咒骂未绝，柏万福就看到了随后出来的钱开逸，看到了贺顿和他亲密无间地并肩而行。这时柏万福已经紧张得不会思考了，除了机械地跟着他们，再不知道还能干什么。

其实，他那时候还有一件事情可干的，就是赶快回家。这是柏万福在事后才想起来的选择，当时头脑已全然空白。

　　他们进了一家高级酒店。要是在平常的日子，柏万福根本就没有勇气走进这样的豪华酒店。大愚若智这句话是很有道理的，当一个人极度迷惘的时候，他的脸上出现的是旁若无人的傲慢。出来时匆忙，他穿的是工作服，就是那套证券蓝的西装。他瘦削的身材配上没有焦点的目光，像一个满腹心事的高管。他在大堂的沙发上僵直地坐着，没有一个人过来打扰他。

　　他不知道自己坐了多久，可能很短的时间，也可能很长的时间，总之，他对时间是毫无概念了。他只看到他们在谈笑风生，那种嬉闹亲近不是朝夕之间能够建立起来的。

　　后来，他看到他们站起身。他松了一口气，他说服自己这就是普通朋友之间的聚会，不必多想。贺顿正在高度焦虑之中，自己既然没有办法让她高兴起来，那么应该感谢这个男子，他似乎让贺顿有了一些神采。但随后发生的事情，再次将他的美好设想击得粉碎。他们到楼上开了一间房，进去之后，就无声无息地湮灭了。

　　柏万福一直守候在客房门前。这时候，他的神志渐渐活跃起来，他知道自己有一个选择，就是离去。可是离去之后又怎么办呢？他不知道如何面对贺顿，他甚至没有勇气告知她——自己已心知肚明。没有办法表达，只有让她以这样的方式明了事态。

　　当然，柏万福还有一个选择，就是破门而入。不过饭店的门是极其结实的，你根本就别想打开它。破门而入只是一个形容词，机会稍纵即逝。只有在他俩刚刚进去的时候，拼命砸门，让好事消弭。如果柏万福动手早的话，也许木还未成舟。

　　但是，柏万福做不出这种事。

　　那样，会让她难堪的。就算你这一次阻止了他们，在这之前的多少次，你能阻止吗？在这之后的多少次，你能杜绝吗？

　　柏万福只有一个办法，就是等。当他们衣冠楚楚地重新出现在柏万福面前时，柏万福说："回家吧。"

　　贺顿乖乖地跟着柏万福走回家去。一路上，柏万福什么也不说。

贺顿说：“你出来多长时间了？”

柏万福说：“跟你脚前脚后。”

贺顿就知道，所有的他都知道了。

贺顿说：“你应该问我点什么。”

柏万福说：“你想说什么就说什么。不想说，就别说了。”

贺顿说：“我跟他借过钱。”

柏万福说：“原来是这样。”

贺顿说：“不是这样。和钱没有关系。”

柏万福说：“那就更糟了。”

贺顿说：“不是你想的那种。”

柏万福说：“我什么也没想。”

贺顿说：“他能帮我。”

柏万福说：“哦。”

对话中，柏万福的神态相当平静。正是这种平静，让贺顿深感不安。如果柏万福骂她，撕扯她的头发，甚至给她一个大嘴巴，推她一个趔趄踹她两脚……贺顿都会比较心安。唯有这种貌似波澜不惊的对话，才让人觉得侯门似海深不见底。

有些时候，你只能这样等待着。不是爆发，就是毁灭。

他们说完了这些话之后，就再也没有对话了。

回到家里，依然冷战。或者说根本就没有战斗，柏万福那边是死一样的寂静。看到熟悉的家居摆设，虽说简陋，也有一份难舍的亲情。贺顿忍不住了，说：“我告诉过你，我不是一个好女人。”

柏万福沉默了一会儿，说：“我以为那是谦虚。”

贺顿说：“不是谦虚，千真万确。”

柏万福说：“你不该让我知道。你该做得更隐秘些，你太大意了。”

贺顿说：“我是不想让你知道，可是你知道了。我不打算骗你。”

柏万福说：“到底发生了什么？”

贺顿说：“所有该发生的都发生了。”

柏万福发出一声哀号：“你为什么不骗骗我？哪怕是花言巧语蒙混

411

过关也行。你为什么实话实说！"

贺顿说："我已经对不起你了，哪里还能再骗你！"

柏万福说："你还是骗骗我比较好。像现在这样，太狠了。我受不了。"

贺顿说："你受不了，就可以不受。我们可以离婚。"

柏万福说："你这个女人真不要脸，做出了这样的事，我还没有说离婚，你自己就说离婚，这不是更不像话了吗！"

贺顿没想到会是这样，反倒看见了一点希望，说："你的意思是不离婚？"

柏万福说："我没说。"

贺顿说："反正我现在也没什么可说的了，主动权在你手里，你看着办吧。你要是忍得了，你就咽下这口气。你要是忍不了，就离婚吧。"贺顿说完，就自己睡觉去了，她实在是非常困倦。柏万福一个人在那里发呆，最后抱着被子去了诊所。

心理师也是人，人所具有的一切弱点，他们都具备。天性的敏感更像一具毫不留情的放大镜，将这一切更鲜明地凸现出来。贺顿对自己说，暴风骤雨虎啸龙吟，当一个心理师，要有些襟怀气魄作根基。她错了，她没有道理，但她不能认输。她要挺住，挺住了，人还站在那里。趴下了，就摊成了一堆。纷乱之中，她要用最后的镇定之线织一件胸甲，护卫住自己的心脏。

度日如年。这天是贺顿和柏万福值班。柏万福默默地守着电话，僵直着脖颈，有一只无形的手扼住了他的咽喉。他的双臂不知所措地垂在胸前，仿佛一个机器人。贺顿面朝着窗户，尽量减少两人的视线接触。

电话突然响了，两人都不由自主地松了一口气。柏万福在第一时间抓起电话，说："你好，这里是佛德……"

贺顿站起身，走进心理室。片刻后，柏万福走过来说："找你的。"

贺顿问道："谁？"

柏万福猛地发火，说："我怎么会知道他是谁？只有你知道！"

贺顿莫名其妙地接起了电话，原来是钱开逸。贺顿心虚地看了一眼柏万福，柏万福从声音里已经猜出是那个男人，怒火中烧，现在看到贺顿示意他离开，更来了犟劲儿。你想让我走，我偏偏不走，我就要坐在一边听。

钱开逸说："你怎么样？"

贺顿说："什么怎么样？"

钱开逸说："就是那天。"

贺顿说："如果你要说那天的事，我就放下电话了。"

钱开逸说："不，还有更重要的事。"

贺顿说："说。"

钱开逸说："是好消息。我已经和姬铭骢先生联系上了。"

尽管柏万福在一旁虎视眈眈地坐着，氛围实在不宜于贺顿喜形于色，但她还是一扫愁云惨淡的语调，高兴地说："这真是一个好消息。你跟他怎么说的？"

钱开逸说："我并没有直接和他通话，听说他十分难讲话，要是被一口回绝，这条路就堵死了。我动用了很多关系，找到我的老师，把你遇到的困境向他说明了。他又找了别人，辗转传达。最后姬铭骢说，他愿意帮助你。"

贺顿说："太好啦！怎么实施呢？"

钱开逸说："还没有谈到具体的时间，我怕你着急，先把这个消息告诉你。后面的我再继续落实。"

贺顿抱着话筒，好像抓住一根救命稻草，一迭声地说："谢谢谢谢……"

钱开逸说："我是利用节目录制的空当给你打电话，就不多说了，听你的声音，还不错，还能为自己的来访者操劳，基本正常啊。导播叫我了，不多说了……"

线断了。贺顿回头一看，柏万福不在。正疑惑中，柏万福从里面一间屋子走出来，贺顿恍然大悟，原来屋里有一部串过去的分机，可以监听。

"是他？"柏万福问。

如果是平时，柏万福监听自己的电话，又以审讯的口气跟她说话，贺顿早就发作了，但今天，她没有资格。

"是。"贺顿简短地答道。

"也不说什么甜言蜜语，也不慰问你一下？"柏万福挑衅道。

"没有什么甜言蜜语。我找他，就是为了大芳和老松的那组案例。你知道，我为此寝食不安。没有人能够帮助我，如果你能，我就不会去找他。可是，你不能。实话告诉你，我认识他远在认识你之前，他也曾经向我求过婚，让我嫁给他……"贺顿回答。

"那你为什么不嫁给他？"柏万福百思不得其解。

"我决定要开办自己的诊所。你家有房子，你也不会干涉我的决定。而这个人，就不一样了，他会左右我，让我成为他的附庸。"贺顿索性和盘端出。

"这么说，你觉得我比他强？他漂亮体面，有头有脸，看起来也有学问……我算什么？"柏万福大惑不解。

"也许对别的女人来说，你和他没法比。但对我的事业来说，选择你更合适。和你在一起，旗鼓相当，我不自卑，可以说话算数。在这个世界上，像我这样的女人要成就一番事业，比登天还难。我当然会想尽办法，但要保持尊严。和你在一起，我的尊严最完整。你也学了心理学，你知道先入为主这件事。我和他以前就有非常亲密的关系，在和你成家之后，我本该把这段关系终止，可我还是按照惯性让它延续下去了。现在，你知道了，也好。你做一个决断吧。"贺顿干脆一不做二不休，把话挑明。

"我打算……"柏万福停顿下来。他没法不停顿，预约的来访者到了。

这是一次失败的咨询，贺顿没法子集中精神，只能虚与委蛇。好在她很谨慎，知道自己状态不佳，就没有发起任何挑战性的治疗，这样，就算是没有太大的效能，对来访者的危害也会减到最小。

来访者在客气地致谢之后，逃之夭夭。贺顿知道，这个来访者是再也不会来了，因为他眼中的心理师——眉头紧锁一脸晦气，一脑门子官司，哪能给别人排忧解难！

柏万福和贺顿之间的冷战还在持续，当着婆婆的面，基本上还能有一句没一句地应答着，回到自己的小屋，就走入荒野一般的冷寂。

贺顿知道陷入了巨大的危机，个人生活和心理师的工作都一筹莫展。

黑雾沉沉，伸手不见五指。以前不顺心了，还可以找到钱开逸解解闷，现在这条路自然堵死了。唯一的出路就是姬铭聪了。

　　贺顿开始想念这个从未谋面的老人。据说他德高望重，据说他火眼金睛，据说他见微知著，据说他铁面无私。看来，一般人有了问题，可以向心理师求助，心理师有了问题，就必须有高人搭救。等待是痛苦的事情，这份忧愁没有人能够分担，贺顿在苦恼中朝思暮想姬铭聪。

第 37 章

没有任何一块木头是脏的

终于，终于。

钱开逸又打来电话，说姬铭骢约定某日下午接见她。

"在哪儿？"贺顿问。

"他家。你拿支笔，把具体地址记下来。"钱开逸说。

"合适吗？"贺顿迟疑了一下。

"不用笔记下来，万一门牌记错了，找不到地方误了时间，更不合适！"钱开逸告诫道。

"我的意思是到姬铭骢家中，这不大好吧？"贺顿踌躇不决。

"这有什么不好的？是人家邀请你，又不是你上赶着自己要去的。我看这才是规格，才是礼遇呢。你好好求教吧，祝你心想事成，当第一流的心理师！"钱开逸说完挂了电话。

柏万福从里屋走出来，说："没说什么亲热话呀。"

饭店事件发生之后，柏万福就时不时地监听贺顿的电话。贺顿输了理，虽深感耻辱，也只能听之任之。现在千头万绪，顾不上维护面子。这一次柏万福和以前一样，不曾听到什么有趣的话，铩羽而归。

贺顿沉浸在自己的思绪中，说："这些话比亲热话重要多了。"

柏万福说："就是到那个老头儿家去？"

贺顿说："如果你能替我解决问题，我就不到那个老头儿家去。"

柏万福说："这老头儿有人们传说的那么神吗？"

贺顿说："但愿是吧。"

约定的那一天到了。贺顿临出门的时候，难得地对镜梳妆了一番，她希望在一位心理学权威眼里，显得专业而有朝气。可惜镜子里的自己，面色青黄，头发干燥，眼角已聚起细密的小皱纹，如同一本浸透了雨水的旧书，不忍卒读。

管他呢！又不是去选美，贺顿索性破罐破摔地出了门。

姬铭聪的家在近郊的一处花园别墅里，光是进门就费了一番周折，门卫用对讲机和教授家联系，得到那边的认可，才将贺顿放入院内。在城市浩瀚的穷海中，有一些富贵的岛屿超拔其中，舒适安宁雅致香喷喷。

贺顿沿着鹅卵石的小径往前走着，突然就怀疑起自己这样的执着是否值得。为了一对不相干的来访者夫妇，呕心沥血乔装打扮，图的是什么呢？可惜贺顿的反思无法进行更长时间，姬教授的家到了。

这是一栋独立的小楼，门前没有围墙，到处是鲜花和郁郁葱葱叫不出名字的灌木，也许会在其他的季节开出灿烂的花朵，现在是冬季，只有大智若愚地干燥地沉默着。别墅有一个美丽的红色尖顶，像是童话中的古堡的塔尖，有长方形的墨绿色玻璃，在阳光下反射着天空的蔚蓝和远处的白云。贺顿站在漆成奶油黄色的门前，低头运气，正想把自己整理得更像个专业的心理医生再去敲门之时，门，无声无息地滑开了。一位鹤发童颜的老者出现在贺顿面前。

"姬教授，您好！我是贺顿，和您约好的。"贺顿慌忙打招呼。

"你好。我不是姬教授，我只是他的保姆。教授知道你要来，已经在客厅等你了。"老者缓缓地说。

下马威。看来心理学家就是和普通人不一样，连保姆都用了男人，而且是老男人。老大爷充满了沧桑感，能从容接受这么老的人端茶倒水，贺顿只想到了一个可能性，那就是姬铭聪显然更老了。

贺顿无法再胡思乱想下去，前面就是客厅。一位身穿中式对襟衣裤的男人从一张硬木榻上站了起来，说："贺顿，你好。欢迎你。我是姬铭聪。"

贺顿被施了定身法。她见过这个男人，不止一次。

他就是风雪之夜在电台门口接送过贺顿的司机老李。他并没有想象中那样老，保养得很好的面孔甚至有一种婴儿般的光泽。现在都说女人的年纪猜不透，在驻颜有术的男人那里，年龄也成了一个谜。

"那一次，您好像不姓姬……"贺顿完全惊呆了，喃喃自语。

"是的。那一次我说自己姓什么，我已经忘记了。好像是姓李吧？"他风趣地说，"李是个大姓。是我最容易拿来使用的姓。"

贺顿呆呆地站着，好像玩偶。"后来，您又到过我的诊所……"

"是的。那两次是假的。但这一次，是真的，我是姬铭骢。"姬教授和贺顿握手，他的手宽大温暖。在那个雨雪霏霏的夜晚，这双手也曾给予贺顿同样的厚重感。

"姬教授，第一次，您为什么找我？您说您是司机，您还提到了沙茵……"对于贺顿来说，眼前的问题似乎还没有久远的问题更重要。或者说，如果不把久远的问题搞清楚，眼下的问题更没有着落。

姬教授说："好吧，我就先解开疑团。我住的这个地方，要算闹市中的穷乡僻壤了。每次你播出节目的时间，正是工作一天之后散步的时候。我很喜欢你的声音，知道了你的名字之后，又从你和听众的对答中，得知你正在报考心理师，而我正是考试的出题者之一。"白发仆人给两人端上茶水，姬铭骢说："老张，谢谢你了。我和这位女士要谈些私密的话题，你歇息一下。"老张无声地掩上了门。

贺顿说："喝这样一位老人端上来的水，让人不忍下咽。"

姬铭骢笑笑说："他并没有你想象的那样老。他是少白头，又怕染发剂致癌，所以就顶着一头渊博的白发，完全不顾及这样会陷我于不仁不义的境地。常来的朋友都知道这个底细，也就安然了。好了，不说他了，我看你好像要问什么，请继续下去。"

贺顿说："我是您千百名考生当中的一个，就算是您知道我在参加这类的学习，您还是很难解释请我吃饭那件事。记得您当时就没说清楚，今天您给出的理由，还是不能让我信服。"

以这样的语气和大师对谈，实在不够礼貌。贺顿只觉得姬铭骢很亲近，想到哪儿就说到哪儿，全无平日的韬略。

好在姬铭骢大人海量，再加上心理学家本来就别具一格，并不在意贺顿的刨根问底，说："你问得好。后来我得知了整个心理师考核的成绩单，整体来说，及格率不高。这是一个新兴职业，考试难度的把握也在不断摸索之中，作为出题老师，我对此负有责任。我要求把分数分布报告给我，并调看了部分卷子。很凑巧，把你们那个考点的卷子拿来了。我注意到了一个名叫贺顿的学员，成绩很好，在好几门考试中都名列前茅。声音动听的女主播和刚刚出炉的心理师是同一个人，这两个身份都让我对你产生兴趣，于是突发奇想，打算在你完全不知情的状态下，察看一下优秀学生的状况……于是就有了风雪天请你吃饭的事情，记得你好像问过我为什么会找你，我说了几个你同学的名字，有一个和你的考号是连在一起的，就蒙混过关了。要知道，心理学家是这个世界上最好奇的人。怎么样，你的求知欲满足了吗？"这个男人充满了成熟的秋天的气息，面部轮廓很柔和，但眼光很有杀伤力，带着洞穿一切的尖锐。

贺顿这才明白自己原来早就成了心理学家的观察对象，好似秦岭山脉中那些脖子上挂着项圈的大熊猫。她默不作声，一时无法适应这个关系，突然，又想起了什么。"那您后来化装成抑郁病人到我的诊所去，又是因为什么？"

"这就更好解释了。因为是朋友辗转相托，希望我给一个开业的心理师以指导。你知道这种请求多得很，我都一概回绝。他们提到了你的名字，我想起你是一个高才生，但我不知道你在书本上学到的知识，在实践中是否有用武之地。我要亲自考核一下。"

贺顿理出一点头绪，问："您为什么要这么做？"

姬铭骢微笑着说："心理学家观察整个人类的行为，借以推测他们的心理，借以预测他们的将来，这本身就充满了无穷的乐趣。我猜你一定也是因为这种乐趣，才来找我的。"

贺顿说："不是因为乐趣，是因为苦恼。我走投无路了。"

姬铭骢说："如果你不是因为乐趣，真的走投无路了，你可以放弃这个个案。没有人能阻拦你。"

贺顿说："如果我要放弃，我就不会费尽心机地找到您，请您指教。"

姬铭骢说："好，我欣赏你这种为了来访者的利益而不懈追求的精神。那么，我从现在开始，答应帮助你。不过，有一个小小的要求，需要说在前面。"

贺顿说："您尽管说。"

姬铭骢说："我辅导你，这是要收费的。"

贺顿舔舔嘴唇说："我知道。不知老师要收多少钱？"

姬铭骢说："不一定是钱，也可能是其他的东西。因为我们必须要有一个明确的关系。否则你以为是一个善举，会影响我们的督导进程。"

贺顿很感激姬铭骢的专业精神，说："我会支付的。只要我付得起。"

姬铭骢说："你以为我是什么？地主老财资本家？我是一个科学家，讲究公平，当然会让你支付得起。另外，所有的过程要保密。"

贺顿说："我知道。老师，您放心好了，我一定以专业精神接受您的督导。"

姬铭骢说："好吧。开始。请随我来。"说着，他站起身来。

贺顿打量着姬铭骢刚刚站起身的木榻，说："这个床挺有意思的。"

姬铭骢说："以前是用来抽大烟的。"

贺顿吓了一跳，说："您怎么有这东西？"

姬铭骢说："心理学家可以有任何东西。"

贺顿说："您祖上传下来的？"

姬铭骢说："看来你对这个榻还挺感兴趣。我祖上没有这么坏，是从旧货市场淘来的。"

贺顿说："多脏啊。"

姬铭骢说："外表脏可以刷刷。没有一块木头本来就是脏的，所有的树都是洁净的。"

贺顿心想这句话很有哲理，大师和普通人就是不一样。她不再作声，跟随姬铭骢往前走。到了一间不大的房子里。屋子里面陈设很简单，墙壁洁白，窗帘在微风的拂动下轻轻抖动，发出极为细碎的声响，犹如金鱼吐出的气泡在空气中破裂。在屋子靠墙的地方，摆放着一张舒适的长沙发，猩红色，极为醒目。

贺顿问："我就坐在这张沙发上吗？"

姬铭骢说："这不是普通的沙发，是弗洛伊德榻。"

贺顿说："我的诊所里也有，只是和您的这张不大一样。"

姬铭骢说："其实弗洛伊德榻可以有各种形状。当年，弗洛伊德在自家的诊所里给来访者做精神分析，用的就是普通的沙发。如果说要有什么要求的话，就是舒服放松。老人家去世之后，心理学家们把这种椅子命名为弗洛伊德榻。在一些电影里，这种让人能够仰卧的床被描写得很神奇，其实，就形状来说，没有什么太特别的。我去过维也纳的弗洛伊德故居，在那里，有现代派的艺术家们用钢板制作的弗洛伊德榻……"

听到这里，贺顿不由得惊呼起来："钢板？多么寒冷和僵硬！"

姬铭骢说："也许这正是弗洛伊德榻的本质。对很多人来说，睡在这张沙发上，就是一种刑罚。不过，一个献身学术的人，就没有权利像旁人那样生活了。"

贺顿听得胆战心惊，说："我现在就要躺在弗洛伊德榻上吗？"

姬铭骢说："不用。到需要的时候，我会和你商量。如果你不同意，我是绝不会对你进行分析的。"

贺顿总算舒了一口气。那一天，还很遥远，起码，目前不必。姬铭骢在贺顿对面坐下，说："谈谈你要求督导的案例吧。"

那天晚上，贺顿值班，她给自己预定的下班时间是二十三点。

二十二点五十九分的时候，电话铃响了。

夜晚的铃声就像雾气中的红灯一样，格外振聋发聩。贺顿拿起听筒时，心还怦怦跳。

"你好。"贺顿机械地说。

"深更半夜给你们打电话的人，有什么好的……"对方是个女的，声音细弱挣扎，好像是从地狱里抛上来的一根游丝。

"有什么事需要帮助吗？"贺顿已经增长了经验，判断这很可能是真正的来访者。

"你是什么人？"对方以不信任的口气问道。

"我是这里的工作人员。"贺顿好言相答。

"是一般的前台服务还是心理师啊?"对方悲痛但不糊涂,警觉性很高。

"这么晚了,已经没有什么前台服务了,我就是心理师。"贺顿答。

"你干吗还不下班?"多疑的人问。

"业务很多,正在加班。"贺顿说。心想这也不算谎话,接听电话也是业务。

"哦,那我想问问你,要是我到你们那里见见心理师,行吗?"

当然行!太行啦!贺顿喜出望外,但又不能表露,于是拼命克制着喜悦,说:"行!"她不能说更多的字,怕泄露了快意。

"明天行吗?"

"行。"贺顿又是简短地回答。

"我能知道是谁给我做心理分析吗?"女人继续追问。

"我们这里有多位心理师,你希望什么样的人给你做咨询呢?"贺顿转守为攻。

"女的。"对方很快回答,看来是既定方针。

"行。"

"我能知道她姓什么吗?"女人继续问。

"为什么需要知道她的姓?"贺顿不解。

"难道挂专家门诊的时候,不能知道是哪位专家吗?明天见到她,我也好打招呼,不然显得我多没礼貌啊。"

贺顿回答:"姓贺。"

女人说:"那我明天早上九点到你们那里去见贺老师。"贺顿接着告知了诊所的具体地址,然后说:"请您准时来,我等您。"

那女人沉默片刻,然后说:"请问您贵姓?"

贺顿一时有点狼狈,说:"免贵姓贺。"

女人的声音一下子严厉起来,和刚才的柔若无骨判若两人,说:"这么说明天的心理师就是你了。"

贺顿据实回答:"是我。"

女人说："那你刚才为什么不直接告诉我？"

贺顿也火了，你来做咨询，有人给你做不就得了，为什么如此盘问挑剔？就说："你刚才并没有问我，所以我就没说。你问到我了，我就告诉你。我不知道这有什么不合情理的。"

女人又问："你是哪个学校毕业的？"

贺顿说："我是国内的学校毕业的。"贺顿玩了一个花招，她并没有直接告知是哪个学校毕业的，她实在没有像样的正规学历可以拿出手。但你不能说她的回答不正确，她的确是中国的学校毕业的，哪怕是小学。

电话线那一端的女人上当了。她的本意是想知道贺姓的心理师是不是在外国上过学，既然回答了中国，也就不再追问。

女人又问："你是什么学位？"

这下可戳到贺顿软肋上了，不过贺顿早有防备，给软肋穿了一套藤甲。她反问："这个问题对您很重要吗？"

"是。"女人很坚决地说。

"为什么这么重要？"贺顿诱敌深入。

女人说："国外都是有心理学博士学位的人才能做心理师。"

贺顿明白这话隐含着强大的杀伤力。她索性挑明潜台词："您的意思是说如果不是博士毕业，就没法做心理师了？"

女人气馁了，当藐视一个人又被那个人看穿时，只好否认。她说："我……不过随便问问。"

贺顿说："您问得很对，您对这件事的了解也挺全面的。光有学位，不能保证水平就一定高，您说对吗？"

"对，对。水平还是第一位的，文凭不是最重要的。"女人应和道。

"我没有博士学位，但我是负责任的心理师。"直到这时，贺顿才把自己的真实情况说出来。听得出，对方有些失望，因为前面已经做了铺垫，也只有接受现实。

"我还得问问，你们如何收费？"看来，这是她最后一个问题了。

贺顿报出了价钱。

"哟，这么贵啊？能买几十斤肉。"她失声叫了起来。

贺顿说："是够贵的了。"

那女人说："你也这么觉得？"

贺顿说："是啊。我也这么觉得。"

那女人说："这还不好办，你是开店的，要是你也觉得贵，把价钱降下来不就得了？"

贺顿说："我觉得贵，可我降不下来。如果降下来，您现在半夜三更地打电话就找不到人了，因为我这儿关张了。所有的成本核算下来，就得这么多钱。如果您觉得不值，您可以不来。如果您觉得吃肉可以解决您的问题，您就买半扇猪好了。"

贺顿破釜沉舟。如果你要来，你就来。如果你不打算来，你就别来。墙上的挂钟，马上就到零点。

"好，我明天早上九点到。"那女人下定了决心。

"好。今天早上九点，我等你。"贺顿说。

第二天。

"贵姓？"女人问。她身材不高，但鞋跟很高，走路的时候有一点向前哈着腰，脸上的每道皱纹都被脂粉腻死了，远看是平滑的，近了就惨不忍睹。枯黄的头发随着身形左右晃动，仿佛羸弱的螳螂顶着一团衰草。

"我姓贺。"贺顿答道。

"你就是我的心理师了。怎么称呼你呢？叫大夫吗？不好，我不喜欢，好像我是病人似的。叫你老师吗？如今都兴这称呼，全国都成了一所大学校。你比我年岁还小，不合适吧？再说，我也不想听人对我指教。你说吧，叫你什么好？"这女人一反昨天晚上有气无力的态势，盛气凌人。

有些人就是在两个极端之间快速滑动，其实色厉内荏。她不想在一开始就匡正什么，很简单地说："您就叫我贺顿好了。"

"怎么里里外外就你一个人？"女子心生疑惑。幸亏贺顿不是跟她签订商贸合同，不然她一定会说贺顿是个骗子。

幸亏对于这个问题早有防备，贺顿说："我们这里实行的是预约制，为了替来访者保密，彼此都是不见面的。所以，您看不到别人。"

女人对这一点很感兴趣，说："真的吗？"

贺顿不明白，说："您指的是什么？预约制还是不见面？"

女人说："保密。"

贺顿说："是真的。这是我们这行的行规。只要不是关乎你的生命或是他人的生命安危，我们都不会说。"

女人说："你说得挺吓人的，什么叫生命安危？"

贺顿说："比如您本人要自杀或是要杀人，我就不能承诺保密了。犯法的事，我们也不保密。"

女人说："除此以外，你们都保密？"

贺顿："是。如果我不为您保密，您可以告我。"

女人说："现在还真有这样坚贞不屈的行业啊，跟江姐刘胡兰似的，刀架在脖子上也不说？"

贺顿虽说知道要对客户和蔼可亲，但此刻也有点按捺不住，说："现在国泰民安，没有人把刀架在心理师脖子上。"

那女人很敏感，说："不是指国家，如果我的丈夫把刀子架到你脖子上……"

贺顿非常干脆地打断了她的话，说："不说。"

贺顿之所以大义凛然，并非宁死不屈或是执行业内纪律的典范，而是根本就不相信会有这等事出现。

女人听了贺顿的话大为感动，好像贺顿真的九死一生捍卫了她的秘密，就说："好吧，贺女士，咱们开始吧。刚才那段不算钱吧？"

贺顿说："您还得填写一张表。"

女人立即警觉起来，说："不是保密吗？填了表，留下了字据，还如何保密？"

贺顿说："但是，您总要留下一个名字，谈话的时候，我也总要称呼您。如果您以后还要再次来访，我也要有个记录。不然，那么多人，我如何记得住？"

女人想想也是，就说："你们看身份证吗？"

贺顿说："不看。"

女人诡谲地笑起来，说："那就是说，如果我填写的是假名字，你也没法知道？"

贺顿老老实实回答："理论上说，是这样。"

女人说："表格第一项就是虚假的，还有什么意义？"

贺顿说："名字可以是虚假的，但我相信你的问题是真实的。否则，你花了钱到我这里来，图的是什么呢？如果只是消磨工夫，你可以去看看电影，保证比这里精彩。"

女人说："好吧。我告诉你，我叫大芳，就是'村里有个姑娘叫小芳'的那个'小芳'的姐姐，我跟她一样又不一样。这个名字肯定是假的，但我的苦恼是真的。"

贺顿说："好吧，请到里面的心理室，咱们开始。"

大芳说："这一段不要钱吧？"

贺顿一时没明白过来，说："哪一段？"

"咱们闲聊这一段。"女人锐利地打量着贺顿，觉得她在装傻。

贺顿说："进入心理室才开始计时收费。"

心理室的木门中央挖有一个心形空洞，镶着一块淡粉色的玻璃，看起来很温馨。这并不是一个简单的装饰，而是另有深意。心理室的门究竟设计成什么样子，曾让贺顿颇费心思。访谈一旦开始，房门就会紧闭。这对保密当然是极相宜的，但资料上说，在极端偶然的情况下，有一些精神病人会在昏乱中伤害心理师。心理室的门，在紧急状态下，可从外面迅速破开。

这块心形的粉彩玻璃，负有将心理师解救出来的重任。贺顿苦笑了一下，当然走在后面的大芳是看不到的。贺顿想，不会这么倒霉吧？

布质的沙发柔软舒适，但又不是过度的软，而是有一种内在的刚度支撑着落座者的体重。关于这对沙发的选择，也曾让贺顿费尽了苦心。太豪华的不成，一来是贺顿的预算里没有这种巨无霸的开支，二是过于奢靡的布置会让来访者有一种压迫感，应该避免。在沙发属皮还是属布的问题上，贺顿强烈地犹豫过。如果按照她的意愿，应该选皮沙发。"棉暖不如皮，糖甜不如蜜。"棉和皮相比，当然是皮货高档。如果二者价钱悬殊，价钱决定一切。市场上皮沙发和布沙发的价钱差不多，让贺顿大费斟酌。贺顿一度十分倾向于买皮沙发，因为考虑到毕竟这是公共场合，各色人等来来往往，估计很容易搞脏，皮沙发用蜡油擦一擦，整旧如新。布的就没有那么好打理，新的时候吹弹得破，旧了就如人老珠黄。

最终贺顿还是买了布艺沙发，米黄色的，仿佛轻柔的稻谷铺满一地。促使贺顿做出这个决定的最关键因素，是沙发背部给人的接纳和力量。这种感觉说不太清楚，只要坐上，就能强烈地捕捉到这种支撑感。

太软了不行。毫无筋骨，这会使来访者下意识里怀疑这个诊所是不是可以信赖。太硬了也不行，有一种拒人于千里之外的冷漠。

当贺顿还没来得及说出第一句话的时候，大芳就迫不及待地吐露心声。她凑近贺顿说："我想把她杀了。"眼露凶光。

贺顿不由自主地看了看镶有粉红色玻璃心的门。克制住自己的走神，贺顿想问："谁？杀谁？"

但是，她不能问。这不是应该问话的时候，反之她也不能固执地保持沉默。这是一个惊世骇俗的说法，大芳期待回应。贺顿说："我知道你很愤怒。"

"当然，我当然愤怒了。你知道她是谁吗？她是我男人的小贱人。你知道我是谁吗？我是我男人的正室。"大芳说完，斜眼看着贺顿。

贺顿不知如何表态了。她对贱人和正室的了解，只限于《大红灯笼高高挂》。这时她记起老师所教的一招：如果你大脑空白想不起如何回应，就把来访者刚才说过的话重复一遍。于是，贺顿像回声一样地说："你是你男人的正室。"当贺顿这样说的时候，简直觉得这是一句蠢到家的话。一夫多妻制早就被法律废除了，这样说，好像清末民初的遗老遗少。

老师所授真是灵啊，大芳大声地说："对，我是正室。"

贺顿又不知道说什么了，总不能再说一句"你是正室"吧？贺顿说："我看你处在痛苦之中。"话是这样说，也没多少把握，面前的大芳更多的似乎是自傲。

贺顿的话产生了强烈的反响，大芳说："你说得太对了，我就是很痛苦。你的丈夫一而再、再而三地找小贱人，这不是欺负你吗？这不是侮辱你吗？这不是拿你不当人，这不是朝你头上拉屎吗？你说是不是？"

大芳双眼喷出烈焰，死盯着贺顿，那架势像要把她生吞活剥。

贺顿吓得够呛。大芳手指着贺顿，一口一个"你"如何如何，让贺顿消受不起。她知道在这个假设的句式之后，是大芳无法正视的自我。

贺顿说："不是我。"

大芳不明白，说："你什么意思？"

贺顿说："我知道你对这些侮辱非常生气，但是，请你不要说'你'，试着说'我'。"

大芳说："我不跟着你说。我就说你。"

贺顿知道大芳接受不了，自己的进展太快了，赶紧校正，说："什么事让你如此恼火？讲讲来龙去脉。"

像用炸药把防洪堤坝给炸开了，不得了，大芳一把鼻涕一把泪地控诉起她丈夫的斑斑劣迹。

"我和我丈夫是在乡下认识的。你猜我多大年纪了？"大芳甚至飞了一个妩媚的眼神，看起来对自己的年龄很有信心。

贺顿不知道如何说。她实在是不年轻了，尽管有精心修饰的眉眼和瘦弱的身材来帮衬，辅以高档服装托举，使她没有显出一般中年女人的臃肿邋遢，但神色的黯淡和发质的枯萎，都毫不留情地昭示她早已青春不在。

贺顿不能说假话，贺顿也不能如实说出感受。贺顿于是说："你比你的年龄要显得年轻。"

大芳撇撇嘴说："你知道我多大年纪了？"

贺顿说："你既然说了是那个时代的人，能大致估计出来。"

大芳说："我做过拉皮，吸过脂，文过眉后来又给洗了，还做过隆胸隆臀削骨隆鼻……"

贺顿看着大芳，心想没有做过手术之前的她，是更好看还是更难看呢？

大芳此刻猜透了贺顿的心思，就说："我那时候，虽说是个孤儿，却是十里八村数一数二的美人，要不然城里娃能看上我吗？你没听那歌词里唱的……'长得好看又善良，一双美丽的大眼睛'……"大芳说着，十分神往地向着远方。

当然了，她目之所及的地方，有一架挂钟。挂钟有一个滴滴答答不断摇摆着的钟摆，在提醒时间。不仅仅要她注意到时间是收费的，也要让她意识到生命无时无刻不在流逝。

在钟摆的旁边，是一幅心理学历史中的著名图谱。那是一个双面头像，你这样看是曼妙少女，那样看就是一个阴沉老妇。

"现在我得给我男人起一个名字了。我不能把他的名字告诉你，咱们就叫他小松好了。"

贺顿心想这个小松大概也鬓发苍苍了，是头上顶着白雪的老头儿了。

"小松看上我了，就勾引我。你别觉得我用了一个下作的词，真的是勾引。他给我从城里带来大白兔奶糖。我说，我不吃。他说，你不吃，我就扔了。我说你扔吧，那本来就是你的东西。我说的是实话，我一点也没有高攀他的意思，他们是从城里来的，将来总会回城里去。城里的人觉得他们那里好得很，但是对从来没有到过城里的人来说，根本就不知道好在哪里，也并不像现在的人这样削尖了脑袋要进城。我说不要他的糖，他说我就扔了。说这话的时候，我们站在水塘边上，他一扬手，就把一块雪白糖纸的奶糖扔到池塘里。那块糖打出了一个很大的水花，水浪一圈一圈地散了很远很远……"

大芳说这些话的时候，脸上露出很享受的样子。

"后来他就向你求爱了吗？"贺顿决定加快进度。

"哪有这么快啊！后来他就把糖一颗一颗地扔进池塘里。刚开始扔的时候，我心想，哼，耍什么阔绰啊，扔上几颗你就得手软。没想到，他一颗颗地扔下去，衣兜的扔完了，就扔裤兜的；裤兜的扔完了，又扔屁股兜的……他的手没软，我的心先软了。我说，别扔了，再扔，整个池塘都是甜的了，鱼都得齁死。

"小松说，这都是你的罪过。我不服，说你这个人怎么能瞎赖人呢？糖不是我的，扔糖的手也不是我的……小松说，可这些糖是给你买的，你不要，这些糖也是你的。既然是你的，我也不能再要了，只能扔了。下次我从城里回来，我还要给你带肉，你不吃，我也扔进池塘里。再下次，我会给你带毛衣，你不要，我也扔进池塘里……

"我一听，吓坏了。这不是罪过吗！乡下人把浪费看得比什么罪过都大。我那时真的太傻了，他说是我的罪过，我就真相信了，觉得我要是不答应他，我就是个坏姑娘。再说，我们那里很穷，牛奶糖、肉、毛衣这些东西，都是做梦也搞不到的，有人要给你这些东西，我以为这就是爱了。后来，我就跟了他。

"小松挺能干的，脑子也很机灵。结婚以后我才知道，他往池塘里丢的那些糖，都是假的。是他跟人讨了一些糖纸，包上了小石子。一颗一颗扔到水里的时候，水花特别大。我说，你就不怕我一下子答应了，剥开一颗就吃，还不得把我的门牙硌下来？

"小松说，我笃定你不会。你那会儿挺傲的，哪能一下子就范呢？再说啦，就算你应承了要吃糖，我有一个兜里装的是真糖，我赶紧拿出来换下就是，保准让你甜得张不开嘴。

"他就凭着这个鬼精灵劲儿，后来又被推荐上了大学，就是工农兵学员。毕业以后被当成青年干部，选拔进了领导班子。人家都说他一回了城就得把我甩了，没想到正巧那会儿我病了，他也面临着进步的一道坎，组织上正在考察他。他就对我特别好。传出去说他是糟糠之妻不下堂。后来，我的病也好了，他也顺利地上了一个台阶。我们之间的故事被传为佳话。后来，他进步的速度越来越快，我和他的差距越来越大。我就不断地充实自己，学各种知识，当然了，正式的文凭我是拿不上了，可我能上各种长训班短训班，包子有肉不在褶上，只要肚子里有学问，腹有诗书气自华，你说对不对？"

贺顿说："对。"除了说"对"，也不能再说其他。

大芳接着说："听过这句话吧——男人有钱就变坏。其实，男人就是牛奶，什么也不用往里搁，只要有足够的时间，他们基本上就都馊了。"

这句话当然是不全面的，但是，经典。贺顿说："你根据什么做这种判断？"

大芳巴不得贺顿这样问，她有一肚子的苦水要往外倾倒。大芳说："小松老了，我就叫他老松。有一天，老松领回家一个小姑娘，说是在茶艺馆喝茶的时候认识的，小姑娘在这个城市里无亲无故，他看她孤苦伶仃很可怜，就想帮她。我把这茶姑娘安顿在客房住下了，就和老松说，一个人不是一条狗，你不能说领回家就领回家，那是一条命。老松说，是啊，我就是看着她可怜，才打算救她。我说，你如何救她？老松说，先让她在咱家帮你干点零活。我看你身体不好，早就想给你找个保姆了，就怕没合适的。今天和几个朋友在茶艺馆喝茶，看到这个姑娘又麻利又有眼力见儿，性格也很温柔，善解人意，我就自作主张把她给领回来了。你先试着用用看，要是好用呢，咱就把她留下，日后也是你的帮手。如果不合适呢，就让她再回茶艺馆，也不费什么事。

　　"这话说得很在理，我只有感谢他的份儿，答应先用用看。姑娘的名字我也不提了，就叫她小茶，谁让她是从茶艺馆来的呢。从第二天开始，我就开始训练小茶，教她如何干活。她少言寡语的，你让她干什么她就干什么，但是从不主动张罗，并没有老松说的那些优秀品质。不过，这么多年，我自从进了城，就一边工作一边操持家务，我是个好强的女人，每天擦啊扫的，工作量也挺大的，现在有了个帮手，能指挥个人，也觉得不错，就对老松说，留下吧。几天以后，我半夜起来上厕所，一摸身边没了人。我心想这能到哪儿去呢？一股不祥的预感控制了我，我蹑手蹑脚地走到小茶的房门口。果不其然，里面的动静大得很，想不到白日里那么腼腆的一个瘦小丫头，叫得是呼天抢地。我在门口簌簌发抖，不知道是进去还是扭头就走。我是个烈性女子，要是按我以前的脾气，哪能容得下这种偷鸡摸狗的勾当，可这一次，我不敢轻易推门。我知道这个门只要一推开，就没法关上了。我和老松，距离是越来越大。撕破脸吵闹开了，只有离婚一条路。除非我是打定主意不跟他过了，否则，我不能轻易推开这扇门。我这样想着，在客房门口，像听交响乐一样听着他们神魂颠倒的声音。我特别想一走了之，可是，我不能就这样白白地走了。我要留下一点纪念物，我要让他们至少是让老松知道，我来过了，我看到了，我知道了。当我全身冷得像一片雪花的时候，我离开了我家客房。我是赤着一只脚走的，把一只蓝色拖鞋留在了小茶的门口。"

贺顿听得屏气息声，这个故事太可怕了。怕的不是通奸，也不是背叛，而是这女人的缜密心计。如果按照贺顿的本意，她会忍不住问："后来呢？"但是，此刻她是心理师，她不能问。

贺顿看了一眼墙上挂着的钟，不得了，两个治疗时了。作为心理师，她有掌控时间的责任。而且，这是一个极为漫长的故事，绝不可能在一天之内解决。趁大芳的情绪还基本稳定，不是在号啕痛哭或一言不发的困境中，治疗需告一段落。

贺顿说："当时，你一定很震怒，并且要思谋对策。从今以后，你和老松的关系就起了一个翻天覆地的变化。"

大芳说："正是这样的。有人向我宣战了，我要还击。起码要打一场家庭保卫战。"

贺顿说："战斗旷日持久。"

大芳说："没错。当我留下那只拖鞋的时候，我就知道序幕拉开了。"

贺顿说："那么，好不好我们今天就暂时进行到这里，把幕布暂时合上，下一次我们继续谈。"

大芳吃惊地问："这么快就到时间了吗？"

贺顿说："是的。"

大芳说："我还想继续说下去。这些心里话，这么多年来第一次向人倾诉。"

贺顿说："已经两个治疗时了。"

大芳不悦，说："你是怕我付不起钱吗？放心好了，我带来了足够的钱。"

贺顿说："不是那个意思。心理治疗也是一个科学的过程，一个人在一定的时间内，只能承受一定的心理负荷。就像你锻炼，不能无限制地跑下去，要有一个最合适的量。这不是为我着想，是为了你的利益。"

轮到交钱的时候，情况有一些尴尬。大芳把钱放在桌上，说："请您点一点。"

贺顿不想触动那堆零散的票子，不是她故作清高，而是觉得刚刚还

432

在精神的领域游弋，突然就变得如此物质和世俗，叫人有分裂之感。

"不用了。我相信你。"贺顿只好这样说。

"不成。你还是点一点。这是我的习惯。要不然，我心里不踏实。"大芳坚持要贺顿点钱。

贺顿只好很不情愿地把钱点了一下。

"您好。请稍等。一会儿，我引领您到心理室。"柏万福迎上前去。

下次，大芳又来了。

"你是谁？上回来没看见你啊？"大芳不喜欢有旁人。她觉得上次那种空空荡荡孤家寡人的状况很好。

"我在诊所负责接待工作。"柏万福自我介绍。

"新来的吧？今天还有别人吗？"大芳一副熟门熟路的架势。

柏万福不知是何用意，脑子也转不过其他的弯，就照直说："没有了。"

"看来你们这里还是门前冷落车马稀啊。好了，既然也没旁人了，你就走吧。我这儿不需要人伺候了。"大芳颐指气使。

柏万福也没好气，说："这房子的隔音板是我亲自选的，放心吧，说什么也听不到。我要是走了，电话预约接不上，你负责啊？"

大芳这才不作声了。进了心理室，两人依照上次的位置落座。大芳说："咱们这就开始？"

贺顿说："你上次回家之后感觉如何？"

大芳说："快别提了。当时在这里说了一些话，感觉轻松点了。回家以后倒头便睡，那一觉像死过去一样。后来几宿就不行了，在水床上烙饼。水床你知道吧？"大芳流露出很希望给贺顿谈谈这种奢侈品的样子。

贺顿点点头，表示自己对此谙熟于心。其实她根本不知道睡在水床上的滋味，只觉得不必在此耽误工夫。

大芳略感失落，只好继续倾诉："不说还好，这一说，几十年的陈谷子烂芝麻都搅和起来了，翻天覆地。"

贺顿说："这就对了。"

大芳不乐意了，说："对什么对！原本长好了的伤疤，又被你给挑开了，鲜血直流。"

贺顿说："流出东西来了不假，可那不是鲜血，是脓。"

大芳说："我们纯真的爱情，不许你污蔑。"

贺顿说："我没有污蔑，只是说出了一个事实。一个你不愿意直面的事实罢了。"

大芳说："人家都说心理医生是开心果，是让人放松轻快的，你这个人可倒好，哪壶不开提哪壶，这不是诚心怄我吗？"说着就抬起屁股，好像要离身而去的样子。

今天从一开始，就挑起剑拔弩张的气氛，是贺顿思谋了好久才决定采取的。她希望加快步骤，让大芳直面困境。如今看到大芳的反应如此强烈，她不知自己是否操之过急了，于是决定放慢步骤，还是跟在大芳后面为好，她不能超越大芳的步伐。

贺顿说："我是想帮你。可能太急躁了，对不起。"

大芳说："对不起倒不必说了，你不能诋毁我的爱情。"

贺顿说："我的表述让你误会了，我检讨。"

大芳这才平静下来，说："那我接着说。我上回说到哪儿了？"

"说到你在小保姆的房间门口留下了一只拖鞋。"贺顿提醒她。隐隐觉得这像一段评书"且听下回分解"的茬口。

"对，一只拖鞋。我把那只拖鞋端端正正地摆在了门前。我不但要让老松知道我知道了，我还要让他知道我没慌，我等着他呢。"大芳说到这里，抬起眼帘，注意着贺顿。贺顿不争气地打了一个寒战。

"你害怕了？"大芳明察秋毫。

"是，害怕了。"贺顿不想承认，可她不能不承认。寒战是个叛徒，可耻地出卖了她。

"你怕什么？"大芳来了兴趣。

"我害怕你们将要面对的困境……"贺顿说。还有半句话没说出来——"我害怕你的冷静和镇定"。

大芳对这回答还算满意，接着说下去："第二天早上我起来的时候，

434

看到那只拖鞋回来了，摆在我的床前。和我原来的那只拖鞋配成了一双，也是端端正正，也是整整齐齐。我等着老松说点什么，可他一大早就上班去了。我居然睡得沉沉的，一点没醒来。

"到了晚上，他给我打了一个电话，说是夜里加班，不回来了。我说，你放心家里啊？他说，有你在，我有什么不放心的？我说，还有另一个人在，你就不怕我对她做点什么？老松说，我不怕。因为你不敢。

"这句话气坏了我。天下还有王法没有了？正房还怕了偏房？通奸的理直气壮，受害人反倒要低三下四？反了你！

"我找到小茶，说，你昨天晚上干什么了？我以为这丫头会连声求饶，没想到小茶吐着瓜子皮说，你都知道了还问什么？多虚伪啊。我说，你以为你是谁？没想到她说，你以为你是谁？我说，我是这个家明媒正娶的老婆。小茶说，明媒正娶有什么用？老松早就不爱你了。他是看你可怜，才让我忍气吞声地伺候你，我早就烦了。我说，原来你们早就……小茶道，说了这么半天，就这一句话你还算明白。对啦，我们早就是鸳鸯了。老松还想保护你，让你蒙在鼓里，我可不乐意。你耳朵够背的，我像喊口号似的大叫了多少天了，你才听到，让我多费了不少唾沫。现在，打开天窗说亮话，你打算怎么着吧？

"我从来没见过这么无耻的女人，她还那么年轻，怎么就这样不要脸？我简直不知道说什么好，我说，好吧，你等着……没想到小茶仰着脸说，我当然等着，我等的就是这一天！你有什么？又老，又丑，又没本事，不就是从乡下妞变成的老太婆吗！我气得全身像遭了电击，抖个不停。我气的不仅是他们的苟且，要说老松真是贪恋黄花大姑娘，我还能想得通，可我想不通的是他在这个女人面前把我贬得一无是处。我这才知道我在他心中其实是臭狗屎！

"弄明白这一点之后，我也没心思和小茶闹了，主要矛盾不是她。就算没小茶，也会有小窝头小菠菜什么的，老松才是罪魁祸首。

"等啊等啊，我从来没那样盼着见到老松。比孟姜女望夫石更望眼欲穿。两天以后，老松回来了。我说，咱们三个谈谈。老松说，何必三个，两人就行。我说，本来就是三个人的事。老松说，是两个人的事。

我说，两个人谈不能解决问题。老松说，这就是我和她两个人的事，和你没关系。我这才恍然大悟，老松说的两个人不包括我。我说，你和她怎么谈？老松说，问她要多少钱。如果不是太贪，我就点给她，让她走人。我说，就这么简单？他说，简单。哪像你们女人想的那么复杂。我说，那我呢？老松说，你那天那样就很好，证明了你的水平。半夜三更在现场你都能冷静，今天如何不能呢？一切交给我去摆平。说完，他就找小茶去了。

"我以为要谈很长时间，没想到老松很快就从小茶的房间出来了。我说，说了？他说，说了。我说，说什么了？他说，就说了那些。我说，她说什么了？他说，她什么也没说。我说，不能吧？她能说着呢！老松说，那是对你。对我，她说不出什么。我说，她要的钱多吗？他说，差不多。我说，你给她了？他说，我今天就是带着这些钱回来的。我说，那她怎么着？

"正说着，小茶拿着东西走过来，说，叔叔阿姨，我走了。我死死地盯着她。这就是那个当着我的面穷凶极恶的小丫头吗？我说，哦，你走了。她说，走了。以后再也不会来了。我说，以后你放尊重点，别勾引人家的男人。她点点头说，是，阿姨，我记下了。我说，以后要学着做个正派人，以后……我还要说，被老松一把扯住了，说，又不是你女儿，你还要教导她做人啊？走吧。小茶，以后在街上遇到了，你走你的路，我们走我们的桥。我们不认识你。

"小茶走了。我看着我的蓝拖鞋，觉得它一定是妖怪变的，让我受这一茬折磨。我问老松，那钱你是哪儿的？存折不都在我手里吗？想不到你还存了这么一大笔私房钱！

"老松说，钱是我找一个哥们儿要的。我以前帮过他，他一直想报答我，我就找他去了。所以，这事是我用自己的劳动摆平的，你没受损失。

"这件事之后，我的精神受到了很大的创伤。我弄不明白这个和我同床共枕多少年，有了一个俊美女儿的男人，到底是个什么人？我想不明白，就开始肚子疼。后来到医院一检查，说是慢性盲肠炎急性发作。我就把盲肠给割了。医生打开肚子一看，说粘连得相当严重，要是公差或是旅游，在外面犯了病，就有可能烂穿，大出血就一命呜呼了。

"我这一病，老松吓坏了，问我是不是被他气病的？我说当然是了。我说，你们是不是背地里咒过我，要不然我好端端地为什么就赶上了这样的重病，开肠破肚。他赌咒发誓说自己是逢场作戏绝没有真情投入，说夫妻还是结发的好，半路上的感情都只是动物本能，算不得真的。那一段时间，老松对我特别好，我被宠爱着，像个老公主。我想，这个盲肠烂得值，挽救了我们之间的感情，我也就原谅他了。

"后来，我还做过其他的手术，肚子里头的零件摘除过胆、摘除过一个肾脏，还有脾脏，胃只剩下一半了，阑尾当然是早就割了，最近我正打算把肺也切掉一个尖……"

天啊！贺顿下意识地伸出巴掌，狠狠地捏住了自己的嘴唇。如果有针线，她情愿把舌头缝住，以防自己一不小心叫出声来。这个女人还算女人吗？她仅仅是一个皮囊，是一个空水壶，是一个被虫子蛀空了的豆壳！

时间到。

贺顿说："谢谢你对我的信任。你感觉如何？"

大芳明白这就是结束的前奏语，意犹未尽地说："我这话匣子才刚打开。"

贺顿说："今天不是你需要休息，是我需要休息。"

大芳得意地说："能把心理医生吓住，哈！真没想到。看来，我的经历的确非同寻常。好吧，今天我就照顾照顾你，咱们就到这里吧。"

反客为主。双方告辞的时候，大芳说："我的心情比进来的时候要好。"

大芳走了之后，柏万福说："我不喜欢这个女人。"

贺顿说："我也不喜欢。"

柏万福说："那我看你蛮热情的，一点也看不出来你不喜欢她。装得还挺像。"

贺顿说："我不是装的。"

柏万福说："你看你，咱俩是谁？两口子。再说我现在也成了诊所

437

的工作人员，真人面前不说假话。你刚才还说不喜欢她呢，怎么就又成了真心？"

贺顿说："不喜欢是真的，不是装的也是真的。因为她是来访者，我是在工作。就不能把自己的好恶掺和在里头。"

柏万福说："不容易。我可做不到。"

贺顿说："你在工厂的时候，对自己的螺丝钉，能说喜欢哪一个不喜欢哪一个吗？"

柏万福说："那不能。都是活计。"

贺顿说："这也一样。对来访者要一视同仁。"

|第38章|
负载高尚灵魂的躯体是痛的

大芳的治疗已经进行很长时间了。同侪督导后，贺顿期盼大芳来访。这种跃跃欲试的心态，已丧失许久了。大芳那周而复始的悲惨命运，深陷其中混沌度日的状况，让心理师无力而气馁。现在，贺顿看到了一线曙光。她要让这线曙光发扬光大，拯救一个灵魂飞出苦海。

大芳来了。

"你上次讲过的话，我想了很久。我承认你是有道理的。"大芳虽然面色灰暗有气无力，但这番话说得很有章法，透出衰弱中的力量。

贺顿说："谢谢你对我的信任。你又来了，这很好。我生怕你因为我上次的直率而不再来了。"贺顿也是坦诚相告。

"我不来又能到哪里去呢？我在别人面前维持的是一个假象，只有在你这里能讲真话。而且，你对我讲的也是真话。"大芳不像以前那样滔滔不绝地诉说自己的苦难，句子简明扼要了很多。

"我把你的情况和更多的心理医生讨论了一番……"

大芳着急地打断了她："大家都知道我的事了？"

贺顿说："你放心，我完全没有公布你的名字，连你的长相身材都没说一个字。也就是说，哪怕他们其中的某一位和你走路打个照面，也不会认出你来。"

大芳稍稍放了心，说："那就谢谢你了。还专为我的心理问题开个会。"

贺顿说："人多力量大。"

大芳："那你们的意见是什么？"

贺顿说："希望你坚强。希望你斗争，为自己争得尊严。"

大芳半晌没吭声，绝望地说："你们认为我活得没有尊严？"

贺顿不好说"是"，也不好说"不是"，只得含糊地说："那你自己怎样看？"

大芳又是半晌没有回答，沉默许久后说："我这样活着，是没有尊严。"

贺顿一阵狂喜，当事者认识到自己处在一个不良状况中，这就是改变的开始。当然，她不能喜形于色，就沉稳地说："你可以选择有尊严地很安全地活着，这是你的权利。"

"权利？"大芳喃喃地重复着，好像对这个词很生疏。

"是啊，每个人都有快乐和幸福的权利。如果我们不幸和痛苦，那也是我们自己选择的。我们有权改变。"贺顿热切地说。

大芳却无法报以同样的热切，她说："我的幸福在老松手里。他让我快乐，我就快乐；他不让我快乐，我就没法快乐。"

贺顿恨铁不成钢，说："那你还看什么心理医生呢？你就回去求求老松吧。如果他可怜你，肯施舍给你一点快乐，你就偷着乐。如果他狠下心再一次背叛你，你把心肝脾肺肾都割光，也不会收获快乐。"

这些话说得咬牙切齿，说完之后，贺顿又有点后悔。大芳可吃得消？当然，心理医生在治疗过程中，可以使用他认为必要的语言，但像这类气急败坏的话，贺顿还不曾用过。她想起同侪督导时大家的建议，决定继续为大芳大剂量地"补钙"。

贺顿说："你可以选择忍耐，我看基本上是死路一条。天天生活在没有安全保障的恐惧之中，你的身体不断生病，你成了惊弓之鸟。你当然也可以选择改变，这会有很大的风险和痛苦。你将进入一个未知的领域，你会不知所措。但改变之后，会有一个新天地出现。"

大芳努力听着，把贺顿的每一个字都铭刻在脑海中。她的眼睛无力地眨巴着，频率很快，好像受了巨大惊吓的兔子。

结束的时候，大芳几乎瘫倒在沙发上无法站起身来。贺顿说："请原谅我的直率。主要是哀其不幸，怒其不争。"

大芳怯生生地说："我下个星期还可以来吗？"

贺顿说："当然可以来。如果你不愿来了，也不勉强。你是有这个权利的。"

大芳说："你不会烦我吧？"

贺顿说："哪里。你是我们的客人。"

大芳说："我一定会来。"

送走大芳以后，贺顿像沉浸在池塘里太久的鸭子，狠狠地抖抖羽毛，把水珠洒在天地间。许久没有这样随心所欲了，大芳的这个案子，是条冰冷的湿毛巾，裹在她的脖子上，让她不能畅快地呼吸。冰水沿着她的椎骨下滑，让她不时有人间惨淡、世事无常之感。现在，这条又长又硬的毛巾，终于拧干了，晒在了太阳下。能不能彻底蒸发毒气，变得松软芳香，贺顿不敢打包票寄予太大的希望，但起码骨鲠在喉一吐为快，不再不停地折磨她了。

同侪督导就是好啊。大家的功劳！

下个星期，大芳没有来。下下个星期，大芳没有来。再下下下个星期，大芳也没有来……

等来的是老松。

乔玉华的家人打电话说，乔玉华命已垂危。临去世之前，想再见一面心理师。贺顿说："我们从不出诊。"

乔家的人很遗憾，恳求道："她原本说回到老家就不再出来了，但最后一定要见您一面，又特地来到了这座城市。我们本来不打算打扰您，所以一直也没有和您联系。这两天，老人家马上就不行了，如果她糊涂了，我们也就算了。但是，她非常清醒，一个劲儿地追问我们是不是和您联系过了。问您什么时候来。就算您不是心理师，是个普通人，对一个垂死老人的愿望，是不是也请满足她？这不算是您上门出诊，只是一次探望。我们愿意付相应的费用。"

话说到这个份儿上，贺顿再无法推辞。在赶赴乔玉华居住地的路上，贺顿想，跟一个濒临死亡的人做最后的道别，她没有任何经验。转念一想，反正有话在先，不是以心理师的身份，只是一个后生晚辈看望长者，这样就比较放松了。

幸亏贺顿在临终养老院干过一段时间，对死亡不是太陌生。乔玉华没有入住医院，而是在一座豪华宾馆的包房。贺顿本以为会看到无数管子和器械插在老人身上，实际情况完全不是这样。房间里阳光明媚，到处是鲜花，甚至还有卡通形象的气球，悬挂在天花板上。老人穿着一套粉红色的丝绸睡衣，静卧在白床之上，好像就要敛瓣的睡莲。

乔玉华已经非常虚弱和苍白了，如同细碎的千百合片屑堆积而成，薄弱而透明。

她说："你好。我记得你叫贺顿。你给我出了一道题，我一直在想。"

乔玉华的女儿说："妈妈，请您不要激动。"

乔玉华说："你出去吧。我要和贺顿单独待一会儿。"

女儿把一个圣诞铃铛放在乔玉华身边，说："您要是哪里不舒服了，就摇它，我会在第一时间赶来。"

乔玉华疲倦地说："我知道了。"

等女儿走出视线，乔玉华突然变得生机勃勃，说："她总算走了，我可以和你说说贴心话了。"

一句话拉近了贺顿和乔玉华之间的关系，这是一种无与伦比的关系。她的女儿都不能倾听的谈话。

贺顿直到此刻还不相信乔玉华会死。她在临终养老院看到过那些临死的人，就像快要干涸的小溪，时断时续。而眼前的乔玉华，虚弱归虚弱，眼睛却有银子一样的光芒。

"你一定不相信我会死，但是，这是千真万确的事情。这个，你就不用怀疑了。"乔玉华说。

贺顿完全不知道自己该说什么好，点头，默不作声。点头，什么意思？同意乔玉华一定会死吗？

乔玉华说："我记得你的那道题目是——一百零一个——有什么意义？"

贺顿说："是。我是说过这样的话。但是，您不要在意，那是我随便说的。不用这样煞费苦心，如果实在想不出来就算了。"

贺顿以为这样是给这个临死的人一个解脱，没想到乔玉华大为不满，说："我好不容易找到了答案，你这个当老师的却说这堂考试不算了。这哪里行！你就不想知道这个答案吗？"

贺顿说："这对您非常重要吗？"这的确是一句真心话。她见过很多来访者了，他们问过她很多问题，她也问过他们很多问题。这些问题有的解答了，有的永远没有答案，甚至连题目也已深海沉没。只有这个老人，无比认真地思索着，临死也要给出答案。面对着这份执着，贺顿必须抖擞精神，回报以同样的执着，接受这个答案。这对一个即将远行的灵魂，无比重要。

乔玉华闭着眼睛，这使得她的双眼皮像木头楼梯的台阶一样明显，纹缕深刻。想来她的内心也如澄澈的高原之湖，没有任何鱼虾在其中浮游，涟漪不生。

乔玉华说："他们想让我死在医院里。我偏不。我不喜欢眼前一片惨白，我喜欢五颜六色。他们希望我死在家里。不，我不愿让他们以后一走过我咽气的房子，就心怀哀伤。我自己挑选了这家宾馆，做一个匆匆过客。我们都是生命中的匆匆过客，是吧？就像心理医生开出的苦药，其实是良方，品完之后，可尝出甜意。"

贺顿安静地倾听着，这是不需要回答的问题。

乔玉华说："这些日子，我想了很多很多。我本来早就该死了，因为我还没有想清楚，所以又多耽搁了一些时间。现在，我想清楚了。这个答案像鞭子，抽打着我看得见的伤口和看不见的暗伤。我想得很辛苦，昼夜不息。只有当我在药物的作用下稍稍入睡的时候，问号才会暂时歇息。不过，这并不辛苦。我马上就会放长假，死亡就是永远的休息了，现在忙碌一会儿，以后就没有思考的机会了。我将要飞翔着离开，直到融入天际。

"真的很可怕呀，在我们的大脑中，保留着生命中经历的几百万件事物的记忆。鼻子记住了瞬间的气味，耳朵保留着声波的振动，眼睛贮藏着颜色的区别浓淡的层次光彩的亮泽，皮肤收存着温度触感还有疼痛……它们都生龙活虎地藏在那里，从未消失。你还年轻，你像藏羚羊一样年轻，你不一定能听得懂我的话，但请你记住它。在思想的下面是感觉，在感觉的下面是情绪，在情绪的下面是记忆，在记忆的下面是伤害……"

贺顿有些听不懂。那些要死的人，常常说些我们听不懂的话，你不能去想，只管好好听着就是。

乔玉华说："是的，为什么是一百零一个呢？这一定有一个道理，有一个强大的原因。所有的事物都是有原因的，没有原因我们就不配活着。比如我天天吃中药，中药的名字是多么有趣啊。它们简直就是为了蛊惑人心才如此命名的。比如夏枯草，是一种反季节生长的植物吗？夏天黄了叶子，冬天郁郁葱葱？比如海螵蛸，到底是一种虫子还是一种鱼？住在陆地还是海底？比如桑寄生，一听就想起汉奸，很没有骨气的样子。比如紫苏，你会看到汉唐女子头上的首饰'金步摇'。比如胖大海，真的胖吗？比如红豆紫杉，多温柔，充满相思的情调，你以为是一件裙裾飘飘的美丽衣服，其实它有剧毒，是抗癌的特效药……"

这些话还算有条理，但已不合时宜。贺顿知道，死亡的铁布，已将这位老人慢慢地裹了起来。雪要覆盖生命，你除了无声叹息没法阻挡。当生命之河就要干涸，你能做的就是陪伴它走向最后涓滴的隐没。贺顿握着乔玉华的手，俯下身体，倾听，倾听。

"快乐要走的时候，想要留住它的人就会有痛苦。痛苦要来的时候，想要赶走它的人，就会经历更大的痛苦。不妨，接受吧。"乔玉华开始像鸡妈妈啄米一样，历数她一生的经历，整个房间如麝香般凝结着静郁之气。贺顿以为这样的氛围会持续到完结，不想乔玉华话锋一转，说："我知道你已经烦了，不要着急。我马上就会说到最重要的事情。在没有神父和忏悔的环境中，我只能找你。我知道大地会庄严地接纳一切，安详慈悲博大稳定，还有万物埋藏其中伴随着我，我不会寂寞。在生命道路上所有发生的事，都是有原因的。正是它们，组成了我生命的线团。回想一生，我曾把几十个人打成了右派，也曾批斗过几十个人，还给几十个人扣上过各种各样的帽子……我把他们的名字一个个地写了下来，一共是一百零一个。我不知道这是不是一种巧合，但我愿意在临终之前祈求他们的原谅……那一百零一个洋娃娃，就是他们的化身。我已经想好了它们的去处，委托我的后人，把它们送往山区的学校。我们所有的努力，都是想让我们的后代比我们更幸福，这些洋娃娃会代我把这份心意留在人间……"

乔玉华说完这些话，就紧紧闭上了眼睛，不再吐露任何一个字。她的身体已经严重萎缩了，曾经清秀的脸庞如今好似一朵极小的山花，低敛着花瓣。她的话在空调吹出的风中变为百合之香，然后凋为尘埃。一种不知名的香气袅袅浮动，犹如鬼魅一般贴着地板游荡，沁入骨髓。

贺顿相信那是人的内丹散发的英气。

贺顿知道自己此刻是一个身患心理重疾的心理师，医生也是会患病的，而且那病更难治。她知道自己是一个多么卑微的生命，但卑微并不等同于卑贱。她曾经是卑贱的，但努力和奋起，让她的生命和更多的生命有了碰撞。她相信自己的工作已经对很多人的生命发生了作用，那些潜移默化或是电光石火的碰撞，已经让某些人发生了裂变。在这个过程中，她在付出和虚弱的同时，也变得越来越深刻和稳定。这是用一个生命在点亮另外一个生命，用一个生命在擦拭另外的生命。

谈话是从下午开始的，此刻晚霞满天。好像天的胸膛被刺破了，流出鲜榨出的玫瑰花汁，美艳芬芳。太阳已经轻坠，胡萝卜色的太阳光，镶着脐橙般的血丝，像灰色的墨水一样弥散开来，直至把天地完全浸染其中。于是夜色升起，天渐渐地黑下来，没有开灯，整个房间有一种淡紫色的凄迷。霓虹闪耀，街市上的一束微光射进，黯淡幽渺。窗外素月璀璨，孤光自照，偶有汽车开过，光斑闪闪，就像许多美丽的小花，在向这间房屋致意，深情地诀别一个将死的老人。

贺顿的身体此刻饱满而年轻地充盈着，好像刚刚灌浆抽穗的清甜玉米，内心却充满了惨烈的哀伤。别人的故事绞碎了她的衣服，精神裸露在惨淡的废墟上，骨刺穿过胸膛。唯有从这将逝者身上发出的慈悲光芒，锦被般遮蔽了她的恓惶。为了这份温暖，她愿意慷慨地献出自己的余生。

自古以来，就有一些高尚的灵魂在林木间穿行，当他们飞舞得疲倦了，就会找到一些头脑栖居，也许在高堂上，也许在蓬蒿中。负载这种灵魂的躯体是痛楚的，因为他们总在为一些虚无缥缈的理想而挣扎着，不单为了自己，也为了他人。被这样的灵魂选中，是荣幸也是悲哀。

　　心理师就要做这样的人。

　　直面真相，对善和悔都恢复极度的敏感，让乔玉华走得深刻而辛苦。但走到极致之后，就是拯救和逍遥。

|第39章|
重要的是情感上和记忆中的真实

贺顿一五一十地把案例报告了一番，然后说："我该怎么办？"

姬铭聪沉思良久，说："这个案例为什么让你如此放心不下？"

贺顿说："它很富有戏剧性。一对夫妻，描述的是同一件事情，同一种关系，出场的人物也应该是相同的，但结论完全不同。我不知道该相信谁。"

姬铭聪说："看来，你对戏剧性很感兴趣。"

贺顿愣了一下，她从来没有发觉自己是一个对戏剧性很感兴趣的人，就说："也许吧。但我觉得自己主要是对事情的真相很感兴趣。"

姬铭聪说："那你就应该到刑事侦查部门，最次也应该到私人侦探那里谋个差使，可能更适合你。"

贺顿有些不得要领，说："姬老师，您的意思是要教导我改行吗？要为我做职业生涯辅导？"

姬铭聪说："我不是那个意思。"

贺顿摸不着头脑，说："那您是什么意思呢？"

姬铭聪绷起脸说："可惜了你竟考出过那么高的分数。"

贺顿很不好意思，试探着说："您是说临床心理医生并不追求事实的真相，那是警察和侦探们的工作范畴。"

姬铭聪频频颔首，说："这还有点优秀生的味道。"

贺顿受了夸奖，却丝毫没有高兴的感觉，她还是不得要领，略带恳求地说："姬老师，您还得点拨我一下，我不大明白。"

姬铭聪说："你现在能搞清楚当年老松抛进池塘里的糖块，是真的大白兔奶糖，还是裹着的石子？"

贺顿一脸茫然地说："不知道。大芳和老松两人说得都很肯定。"

姬铭聪说："那你怎么办呢？"

贺顿说："让他们两个人对质。"

姬铭聪说："让我们想象一下，会有怎样的情景出现？"

贺顿说："估计或者是吵得一塌糊涂，各执一词，谁也说服不了谁；或者就是大家都不作声，以沉默标榜自己所说的答案是真实的。"

姬铭聪说："还有第三种可能吗？"

贺顿想了想说："也许两个人都摔门而去，再也不会来了。"

姬铭聪说："还有第四种可能吗？"

贺顿苦笑道："也许有，但我想不出来了。"

姬铭聪说："还会有更多的可能性，人是如此的复杂。我能想得出的一种可能性是——他们夫妻双方联合起来，同仇敌忾地对你这个心理师说，你为什么揪住不放？是何居心？"

贺顿大叫："这是倒打一耙！明明是他们两个人公说公有理，婆说婆有理，把我搅糊涂了，怎么能把账算到我头上！"

姬铭聪说："你生气了，这很好。这说明我击中了你的要害。要知道，对于一个好的心理师来说，事实上的真实并不重要，重要的是情感上的真实，是记忆的真实。因为它，只有它，才最深刻地表达了人的感受和希望。要知道，记忆是灵魂的奴仆，不是真实的书记官。"

贺顿似懂非懂地说："您能讲得更具体些吗？"

姬铭聪说："那些奶糖如果是真的，早已溶解在无边的池水之中，你现在就是用最精密的化验仪器，想来也检测不出一滴牛奶的成分了。那些奶糖如果是假的，即使那个池塘干涸了，所有的石子都裸露在外，你也没有任何办法识别出哪一块石子曾经被糖纸包裹过。是吗？"

"对。"贺顿回答。

"好。这个无头官司，看来就是包公转世，也断不清了，你还想朝这个方向努力吗？"

"我无能为力。"贺顿老实作答。

姬铭骢说："但是大芳和老松两个人的感觉都是真实的。大芳说到这个例子，想说明的是老松从那个时候起，就是一个有心计玩弄计谋的骗子，对不对？"

贺顿应答："是。大芳是这个意思。"

姬铭骢接着说："老松一口咬定那是真的大白兔奶糖，甚至提到自己喝池塘的水都有奶味，这个细节，又很难让人怀疑它是假的。"

贺顿觉得姬铭骢真是料事如神，她正是在此深感困惑。把石头子丢进池塘的人，还会傻到喝池水吗？

姬铭骢接着说："老松举这个例子，是为了证明自己对大芳的爱情，开始阶段绝对是真诚的。"

贺顿："是这样。姬老师，您这样一讲，我明白了，对心理师来说，心理的记忆是第一位的。"

姬铭骢说："好，今天我们就到这里吧。头儿开得还不错。"

贺顿意犹未尽，但不得不告辞。临走的时候，她对姬铭骢说："我下次什么时间来？"

他们约好了下次辅导的时间。贺顿在回家的路上，不由得感叹：权威就是权威。魅力这个东西是时间老酒浸泡出的人参，时辰未到，模仿不来，没有法子速成。

柏万福打破僵局，主动问接受督导归来的贺顿："怎么样？"

贺顿说："不错。和自己瞎摸索，就是不一样。"

柏万福说："是个什么样的人？"

贺顿："是一老头儿。"

柏万福说："这年头，老头儿也不保险。"

贺顿说："你不要把天下的人都看得那么坏。"

柏万福说："我就是没有把天下的人都想得那么坏，才出的事。"

贺顿说："我不跟你说了。咱俩的事，你爱怎样就怎样。说公事，所里的工作现在如何？"

柏万福说："半死不活。别的心理师接待的还是老案例，按部就班地进行着，基本正常。"

贺顿说："大芳老松这个案例，我要坚持下去。"

下一次督导的时间到了。贺顿迫不及待地找到姬铭聪家。老张笑容可掬地来开门，贺顿细细一看，果然眉宇间并不很沧桑，初次来的人，都被一头白发给唬住了。

"有什么新想法？"姬铭聪开门见山。

贺顿说："很希望继续得到您的指教。"

姬铭聪说："其实是案例在不断地指教着我们。送你两个字——跟随，我们永远只有跟随。"

贺顿说："因为描述的不同，我在跟随的过程中常常迷路，深感分裂之苦。"

姬铭聪说："比如？"

贺顿说："比如大芳描述的老松的那些艳遇。有名有姓，有时间有地点，这个事实怎能忽视？"

姬铭聪说："你在为谁说话？"

贺顿大惑不解，说："我在为我的来访者说话啊。"

姬铭聪说："别忘了，你的来访者可是两位，他们目前正是冰炭相煎水火不容。"

贺顿凝神静思，然后说："您的意思是不是还是强调——没有事实的真相，只有感情的真相？没有真正的真实，只有心理的真实？"

姬铭聪说："也对也不对。世界上其实有没有真相这样一个东西呢？毫无疑问，是有的。可惜被当事人的记忆所修改，拿到心理医生这里的时候，已面目全非。你的工作，不是去修理已经变形的真相，而是梳理那些真相的内核。"

贺顿若有所思，说："真相的内核是什么呢？"

姬铭聪说："你问我，我问谁？第一手资料都在你那里。"

贺顿说："让我猜一猜——是感情。"

姬铭聪很高兴，摸着贺顿的头说："对头喽！"

贺顿向后闪了一下，这种亲昵让她有些不知所措。姬铭聪好像也发觉自己对得意门生的欣赏有些过头，就缩回了手。贺顿不计较，继续说："他们的感情到底怎么样，我也搞不清。"

姬铭聪说："那我启发启发你。大芳来找你，是因为什么？"

贺顿说："是因为……无聊。"

姬铭聪说："一个无聊的贵妇人是有很多可以打发无聊的把戏的，比如养狗，比如赌钱，甚至还可以找鸭子。鸭子，你懂吧？"

贺顿说："懂。"

姬铭聪说："她不走这些路，花了钱来找心理医生，要说是为了找乐子，基本上属于最少慢差费（数量少，速度慢，质量差，材料费）的一种方式。所以，在无聊之外，还必有更强大的理由。这个理由就是……"他故意不说，等着贺顿来接下茬。

贺顿说："大芳想改变现状？"她的声音很小，自己也没有多少把握。

姬铭聪说："如果我记得不错的话，她在你们的怂恿下，离了婚，后来又割腕，这些都是非常强烈的想改变现状的信号。"

贺顿说："您别的都说得挺对，只是说我们怂恿她离婚，传出去，我们的罪过就大了。"

姬铭聪说："别担心，传不出去，我会严格遵守纪律，没有人能听见我们曾说过什么。既然辅导你，我就知无不言，言无不尽。"

贺顿说："依您看，大芳非常看重她和老松的感情？"

姬铭聪非常严肃地说："这一点，千真万确。不然，就不能解释她为了爱情，一次又一次地开刀，直到把自己掏成一个空椰壳。如果你把这些理解为愤怒，理解为分手的信号，就大错特错了，你的治疗方向就南辕北辙……"

贺顿满脸茫然和惊愕，久久缓不过气来，过了好半天，才说："容我回家想一想。"

姬铭聪说："好啊。想想吧。有很多时刻，当我们逼得太紧的时候，当事人脑子就一片空白。如果我们放松了，也许改变就发生了。这对来访者是个真理，对你，我看，也是。"

贺顿回家。回家之后的贺顿还沉浸在姬铭骢的分析当中，眼前总是浮现出姬铭骢屋内的猩红色的弗洛伊德榻。当然，姬铭骢并不曾应用催眠术，所谈和弗洛伊德榻也没有太大的关系。但那张榻实在惊心动魄，它变幻着形状和颜色，忽而是鲸鱼蓝色，忽而是芭蕉绿色，忽而是柑橘黄色，忽而是墨鱼黑色，在贺顿的脑海中游弋……

贺顿不再把督导的过程告知柏万福，任凭柏万福猜测。随着进程的深入，贺顿惊叹世界上竟有这样聪慧的长者，渐渐生起一种对父亲般的依恋。还没有离开姬铭骢的访谈室，就期待着下一次见面的机会。他在你面前好像非常随意地放下了一个篮子，蒙着一块印花布，很朴素。你打开来，看到了自己丢弃的一切，其中掩埋着珍宝。他问你很多问题，逼得你上天入地，扪天为近，窥地为远。那些答案似有似无，飘荡在空气中，你看得见，却抓不住，诱惑你持之以恒地寻找。这些都是只可意会，不可言传的感触，只有独自品尝。有时忍不住想和钱开逸分享，拿出手机，无色无香的手机号码，此刻芬芳馥郁，拨十一个数字就可以解决思念，但她还是隐忍住了。

大芳每个星期都按时来咨询，从这个角度上说，大芳是个模范来访者。她的叙述凌乱而破碎，时而夹杂着愤怒的诅咒和幽怨的自恋，像一本撕成碎片随风飘扬的传记，被扫把归拢到一处，撮到簸箕里，混合着灰尘和水渍，呈现在贺顿面前。

当第一次危机成功地度过之后，大芳并没有善罢甘休，她要把茶小姐的来龙去脉搞清楚。这当然不是一件容易的事情，但世上无难事，只怕有心人。大芳现在没有工作，监管老松就是她最重要的事业。当然了，她已经失去了盲肠，这次又失去了胆囊，已经不是一个完整的女人了。现在给少女们看的杂志上会说如果丢失了处女膜就不完整了，大芳觉得这太狭隘了。女人不应该丢失处女膜，但是，就可以随随便便地丢掉自己的盲肠和胆囊吗？如果没有茶小姐，她的胆囊如今还金灿灿饱胀胀地悬挂在脏腑之间呢！古时形容美男子不是有一个词叫作"鼻若悬胆"吗？

大芳的胆囊就是这样一个美丽的口袋，可是这个口袋已经在不知何处的垃圾箱爬满蟑螂。大芳要为自己的胆囊报仇，茶小姐何去何从必定要水落石出。如今想把一个不认识的人调查清楚，也难也不难。难的是大家都来无踪去无影，不像"文化大革命"时，你的祖宗八辈都能图穷匕首见。说不难，是因为如今办什么事都需要钱，只要有了钱，没有查不清的官司。老松这点好，不管在外面挣了多少钱，都如数交给大芳支配。大芳有坚强的经济后盾。

每当大芳把老松的钱财付给私人侦探，来调查老松的时候，就感到无比快意，这就叫"以子之矛，攻子之盾"，虽然调查来的结果，让大芳触目惊心，大芳还是觉出痛苦中的快感。痛苦和痛快这两个词都有个"痛"字，可见它们一脉相承。真正的痛苦和真正的快乐有一种骨子里的近似，如果体会不到这一点，你就既没有尝过深仇大恨也不曾刻骨铭心地痛快过。

茶小姐以前是老板的地下情人，人称"金丝鸟"的那种女人。后来老板将她抛弃，万般无奈之下暂在茶楼栖身，以寻觅另外的鸟笼。老松喝茶的时候，已被茶小姐囊括在备选名单之内，于是有了令人歆歆的家世，于是被老松请回家中。

当大芳以一种胜利者的姿态，把一张男女合影放在老松面前的时候，老松说："谁？"

大芳假装轻描淡写地问："这么快就不认识了？你的记性好像不是这么差嘛！"

老松仔细端详，照片上是盛装的男人和妖艳的女人。老松说："这个男人我好像见过，是个小老板。前两年生意做得不错，后来破产了。你认识他？"

大芳说："我不认识他。"

老松有些不快，说："你不认识人家，拿人家两口子的照片干什么？"

大芳说："你还能看出人家是两口子？"

老松说："不是两口子就是野鸳鸯。反正是那种关系。"

大芳说："好眼力。你再看看这只雌鸳鸯。"

老松看了看，脸色就变了。说："你真卑鄙！"

大芳跳着脚叫起来说："是你卑鄙还是我卑鄙？这就是你说的纯净如水的茶小姐！"

老松说："你从哪里拿到的？"

大芳说："我雇用了私家侦探，人家搞到的。"

老松说："你这又是何苦呢？我不是说了永不再犯？"

大芳说："我也是闲来无事，自寻开心。一个闯入我家的人，我能不把她搞明白吗？"

老松拿起照片，把它一缕一缕地撕开。相纸比一般的纸要柔韧，老松撕得很用气力，以示决心。

事情就这样过去了，被相片擦亮了眼睛的老松变得安分守己，对失去了盲肠和胆囊的老婆呵护备至。过了一段时间之后，大芳百无聊赖。一天在家中自制面膜的时候，门铃响了，一位中年女子出现在面前。面容清俊体态苗条，眉目间有淡淡的忧郁。

"您是松太太吧？我是松书记的办公室主任，叫阿枫。"女子很得体地自我介绍。

大芳不愿意被人称为太太，虽然她没有了自己的工作，但她有自己的名字。她很矜持地说："我是大芳。你是主任，我怎么没见过你？"

阿枫说："我是刚刚调过来的。今天有人送了台湾的莲雾果过来，松书记出差在外，我把他那份早点儿给您送来。这果子很娇嫩，我怕别人手重，就自己来了。我在松书记下面工作，到您这里来认个门，是迟早要做的事。"

一番话细雨和风滴水不漏，不卑不亢温柔得体，大芳听得十分受用，就说："欢迎欢迎，到屋里来坐坐吧。"

阿枫说："打扰了。"款款地走进门来。闻到清香袭来，说："是什么如此好闻？"

大芳说："我把各种水果切碎了，自制面膜。"

阿枫说："怪不得大芳姐看起来如此年轻，您和松书记真是郎才女貌啊。"

大芳说："我也是闲得无事，自制的面膜比街上美容店的要干净，还不含激素，用着放心。"

阿枫环视四周说："这样一个有品位的家，都是大姐一手打理，有这样的贤妻，松书记真是好福气。"

大芳心中冷笑，面上当然不能露出来，就把话题引开，说："阿枫，你家中一定也是很讲究的，一看你这个人就精明利落。"

不想阿枫脸色转暗，说："大姐，不瞒您说，我是个苦命的人。我爱人是我的大学同学，当时多少人追求我，我都没有答应，看上他的老实厚道。没想到，他却是个短命的人，去年年初得了胃癌，人都说癌症现在也不全是不治之症，有好多人都能治好，就是带癌生存也能挨上好多年。可我先生没这个好运气，手术做完之后一个月就复发了，之后就再也没有缓过气来，到了年底人就没了，撇下我和才十岁的孩子……"

说到这里，阿枫的眼泪就滴答下来。大芳如今就愿意听人家不幸的故事，越惨越好，这样才能显出自己不是最差。递过纸巾说："阿枫，都是大姐不好，一句话问冒了，让你伤心。"

阿枫说："能在您这里落泪，让我好过一些了。爱人去世后，我调到这个单位。我不愿意跟人家多说这事，大家都忙，谁能顾得上婆婆妈妈的琐事。毕竟我要好好工作，我是我们家的顶梁柱。大姐，我先走了。莲雾不能放到冰箱里，热带水果，冻了表皮容易发黑……"阿枫说完话走了，留下大芳一个人对着美丽的莲雾发呆。她尝了一个莲雾，看着妩媚，其实淡而无味，远不如送莲雾来的女人生动。

大芳回味着刚才这个女人的一颦一笑，觉得很有风情。她窈窕的身材和白皙的面容搭配在一起，真是让人心疼。

几天后老松出差回来，大芳把变成灰色的莲雾搬出来，让他尝尝。老松说："我不吃这个东西。"

大芳说："这是阿枫送来的。"

老松说："不管是谁送来的，这东西没啥味道，空有其名。"

大芳说："阿枫这个女人挺让人心疼的。"

老松说："是吗？我只知道她是个能干的办公室主任。"

大芳说："你让她常上咱家来坐坐吧。我寂寞，希望有个伴儿。"

老松为难地说："这可不是办公室主任分内的事。不知道人家愿不愿来。"

大芳说："你是书记，连这点事都办不成吗？你就说我邀请她来做客，她不会不来。我看她挺善解人意的。"

不知老松是怎样说的，反正阿枫很快就来了，端庄娴雅地成了大芳家的常客。因为老松的职务关系，常有人送来很多礼物，贵重的自己留下，吃的喝的不能久存，大芳以前都丢掉。扔的时候就想起万恶的资产阶级把牛奶倒进阴沟都不肯给劳动人民嗷嗷待哺的婴儿一事，十分愧疚。如今有了阿枫，就像有了一个大纸篓，什么用不完的东西都可以给她。阿枫永远是有分寸地微笑着接纳和感谢，既不受宠若惊，也不得陇望蜀。无论大芳说什么，她都很有耐心地听着，从不多言多语。当然，这绝不是死木头疙瘩一个，而是适时地皱眉和叹息，大芳说到伤心处，眼泪滴滴答答下来，偶然抬头，见阿枫的眼圈也是红的，一滴泪水在毛茸茸的眼眶里旋转着，好像一粒透明的樱桃。大芳就非常感动，人生得一知己足矣，却没想到这位知己如此贤惠美丽善良多情。谁说女人和女人之间就只有伤害没有友情呢？大芳获得的友情是多么纯粹和温暖。知道阿枫家不宽裕，她一个人带着孩子经济窘困，大芳就把自己不穿的衣物送给阿枫，阿枫也从不嫌弃。后来大芳又动用关系，把阿枫的孩子送到了寄宿制的贵族学校。阿枫很是感激，说："就让孩子认您做干娘吧。"

在餐桌上，大芳把这当作一个笑话讲给老松听。在内心深处，大芳是居高临下的。老松听了说："不妥。如果阿枫的孩子认了你做干妈，我岂不就成了她孩子的干爸？在一个单位里，我和办公室主任有这样的关联，对工作不利，影响不好。"

大芳承认老松说得有道理，转告了阿枫。阿枫说："那我就认您做个姐姐吧。这下就和松书记没关系，只是咱们女人的情分了。"

大芳说："我能有你这样一个漂亮妹妹真是高兴。"

阿枫幽幽地说："女人漂亮是灾祸。有您这样好福气好脾气好运气的姐姐，才是我的大喜事呢。快把您的好命传给我一点吧。"

自从孩子去了寄宿学校，阿枫待在大芳家的时间就越来越多了。有时，天晚了，大芳就说："你回家也是一个人，清锅冷灶的，不如在我们家一起吃吧。"

　　阿枫很不好意思，说："给你们添麻烦了。"

　　大芳说："不麻烦，多一个人吃饭还热闹呢！"

　　老松回来的时候，看到饭桌上的阿枫，一愣。说："我都搞不清这是家常饭还是工作晚餐了。"

　　阿枫要解释，大芳说："在单位，你们是领导被领导的关系，在家里，就是我说了算。"

　　大家其乐融融地挥舞筷子，果然和谐有趣。吃完了饭喝喝茶聊聊天，一来二去的，夜色就深浓了。阿枫要走，老松："我送你吧。"

　　阿枫忙说："使不得。这不合规矩。"

　　大芳说："阿枫你在这里住下吧。"

　　阿枫说："这更使不得。"

　　大芳说："这有什么使得使不得，又不是在单位。我说住下就住下。"说完就让阿姨把客房的被褥都换成新的，对阿枫说："你要是再坚持走，就是看不起老姐姐了。"

　　阿枫只好住下了。早上起来，阿枫要赶公共汽车到单位去，大芳对老松说："你的车捎个脚把我妹妹带上吧。"

　　按说这实在是便车。但还没等老松答话，阿枫就说："这一次，我是无论如何也不能依您。您就是说破了大天我也不能坐松书记的车。"

　　说完阿枫就急忙出门赶着上班，老松也随后坐专车走了。阿枫没有什么可以报答大芳的，就用手工给大芳缝制衣物。阿枫手巧，如今能飞针走线的女子实在像恐龙一样成了化石。大芳穿着手工缝制的丝绸睡衣，在房间内穿行的时候，感到自己像旧时代的太太一样雍容华贵。自打茶小姐走后，大芳和老松就分居了。

　　大芳一直觉得要出一些事情，如果什么事情都不出，世界就太灰暗和无趣了。她终于等到了那件事情，她看到了自己美丽的巧手妹妹和心爱的老松睡到了一张床上。

大芳早就让保姆把各屋门上的合页和锁芯都膏过油，所有的门开启之时如幽灵一般悄无声息。当老松和自己的办公室主任腾云驾雾之后，一抬头看到自己的太太穿着飘飘然的丝绸睡衣，倚在门边饶有兴趣地看着他们。这番景象让汗水涔涔的男女呆若木鸡，大芳像鬼魅一样走近他们。说："以前总是听说有毛片，我也没看过。此番让我开了眼。只是演到这里，也该收场了吧？累不累啊？"

　　老松说："不累。"

　　大芳就说："你既然不累，就到我屋里来说说话吧。妹妹，你也回房自己睡吧。"

　　老松进了大芳的卧室，说："你不能伤害她。"

　　大芳说："说反了。谁伤害了谁呢？难道不是她在我家里伤害了我吗？你这个人还有点是非观念没有呢？"

　　老松说："反正你是得理不饶人。咱们俩有什么仇有什么冤，你都可以报。但是，你不要殃及她。她实在是很可怜的。如果传出去，她就没法做人了。"

　　大芳冷笑道："想得还真是周到啊。你可为我想过什么呢？"

　　老松说："我都为你想过了。你做过手术，身体不好，对夫妻生活一点兴趣也没有。我不能难为你。我也不能到街上去找不三不四的女人，太不卫生了。在这个位置上，投怀送抱的女人不少，只要我稍露那种意思，肯定趋之若鹜。我不是那种人，可我的问题也要解决。你这个干妹妹，人很干净，长得也顺眼，我看你也容得下她。她比你年轻，一个人孤零零的也需要雨露。你不要的东西，我匀一点出来给她，这也是废物利用嘛！她也不破坏咱们的家庭，也没有什么非分之想，她不想占了你的位置，我不过给她一点零钱贴补家用，这事就摆平了。"

　　这一席话，居然说得头头是道，让原本要兴师问罪的大芳没了脾气。特别是那句废物利用，大芳觉得非常好笑。就说："你偷鸡摸狗居然还有了道理！你说这事怎么办吧？"

　　老松说："这事不用办。"

　　大芳说："此话怎讲？"

老松说："就你知我知她知天知地知，当事人都没意见，还要办什么呢。"

大芳说："你怎知道我没意见？"

老松说："我还是一样对你好，她对你只会比以前更好，因为她对不起你。你还有什么意见！"

大芳被说得无言以对，狠狠地丢下一句："不要脸的狗男女！"就回自己的房间去了。她不是无话可说，是感到深深的寒冷，单薄的丝绸抵挡不了寒夜的阴鸷，再不收兵，恐身体处处造起反来，就全军覆没。

然而，大芳还是病了。这一次，先是发烧，什么东西都吃不下。百般调治之下，烧是退了，但胃口好像和热度同进退，对任何好东西都不接受，吃了就吐。老松又恢复了好丈夫的角色，在病床前呵护备至。他不在的时候，就是干妹妹服侍左右。在那样的事情之后，大芳真想一个巴掌把端茶送水的阿枫打得屁滚尿流，可一是她完全没有这个体力，二是面对一张含着讨好神情的俏脸，手掌也不是那么容易拍下去的。这女子的善解人意真是天下第一，大芳的眉梢一挑，她就知道是水凉了还是风热了，把个大芳服侍得熨熨帖帖。若是把她一巴掌打跑了，谁来伺候百般挑剔的大芳呢？鉴于这种生死攸关的切实考虑，大芳就睁一只眼闭一只眼地接受了阿枫满带歉意的服务，慢慢地也感到一种偿还。怎么样？老娘什么也没少，你却要俯首听命。一个女人，被人占了身子，还要这样像个小妾似的低三下四，到底是谁赔谁赚呢？

想到"小妾"这个词，大芳不由自主地笑了起来，这是她在那个寒冷的暗夜之后第一次由衷地微笑。松书记是不敢抛弃家庭的，他是标准的好男人形象，哪里能自毁长城！

可惜大芳的微笑只保持了相当短暂的时间，就被龇牙咧嘴的愁苦所代替。她的胃肠像毒蛇一样缠结起来，绞痛不已。医生在大芳的哀鸣之中紧急手术，打开腹腔才发现胃几乎变成了筛子，数个穿孔一触即发。医生大刀阔斧地将她的胃切去一半，如果她不是住在医院条件得天独厚，一定会死于胃的大出血或是弥漫性腹膜炎。

失去了一半胃的大芳脸色蜡黄，好在很多悲愤也跟随着残胃，进了垃圾箱。死里逃生的大芳对丈夫的奸情看得淡了，还是自己的老命要紧。在像伺候一个产妇那样把大芳照顾了很久之后，干妹妹在一个傍晚悄然离开。她的一个同学为她介绍了男朋友，在远方的一座小城。对方看过阿枫的照片和听过电话里的声音之后，十分满意。接着出差到这里相看了一番，阿枫不施粉黛见了一面，不想被对方惊为天人，说想不到还有这样具有古典美的女子，在大城市里藏着。阿枫匆匆把自己嫁了，临走时不再佝偻着身子，挺直了腰板飘然而去。

阿枫走了，最怅然若失的其实不是老松，而是大芳。对老松来说，女子都是一样的，在见识了更多的女子之后，他更坚定了这一点。心中惴惴不安的是大芳，好像自己的一部分历史和兴趣从此踪迹茫茫。她失神地看着墙壁，仿佛那里有一个液晶显示屏，播放着自己和阿枫的风云变幻，还有那美丽却并不好吃的莲雾……

医生面对着大芳外表完整内里残缺的身体，说："你必须锻炼了。"大芳觉得医生只说了半句话，还有半句潜伏在凸起的喉结中上下滚动。大芳要把这后半句话掏出来，就说："如果我不锻炼会怎么样呢？"医生说："那你就看不到你的孙子。"大芳说："医生，你错了，我是女儿。"医生说："我没错，意思是一样的。你将看不到外孙。"大芳说："我进行什么锻炼呢？"医生说："游泳吧。水流可以按摩你的全身，包括你的内脏。"

大芳出院后恢复了一段时间，百般寂寞。没有阿枫的日子变得像没有调料的菜肴，尽管做熟了却没有香气，逗不起食欲。大芳甚至在想，如果自己那天更沉着一点，只是更安静地欣赏，然后慢慢掩上门离去，玩一把猫捉老鼠的游戏，是不是更有味道？你想揭露他们，是任何时间都可以完成的工程。但是一旦揭露了，就无法恢复原样。大芳更喜欢那种暗中观察窥视一切的感觉，而不是像现在这样，长缨在手胜券已握，可是百无聊赖。一想到这些，大芳的腹部就空虚地抽搐，大芳也搞不清她那被利刀绞杀的胃，是在表示缺席的愤怒还是渴求在位的遗憾？

身体稍稍复原，大芳就到附近的健身俱乐部办了一张为期一年的游泳卡。办卡时间长，当然比较省钱，但大芳不是因为俭省才下了这么大的决心。主要是怕自己坚持不下来，现在一下子把一年的钱都交了，半途而废就会血本无归，大芳企图利用悭吝之心让自己咬牙锻炼。

更衣的时候，大芳一个人向隅而立。本来就瘦如搓板的胸腹，如今再加上触目惊心的刀疤，惨不忍睹。她买了一件非常艳丽的游泳衣，水红色的，穿在身上犹如一块血淋淋的排骨。大芳也顾不得许多，只考虑万一自己体力不支需要救助的时候，红游泳衣目标显著，安全第一嘛！

路过消毒池的时候，脚下一滑，差点摔了个大马趴。幸亏有一双强有力的手挽住了她的胳膊，要不然即使大腿骨不断尾骨也得裂缝。大芳惊魂未定，看着身边的恩人，连声感谢。

这是一位年轻的女子，身穿金黄色的三点式游泳衣，体格健美，圆圆的肚脐好像天使的眼睛，好奇地注视着大芳。

"新来的？"她偏着头问，水珠沿着同样颜色的游泳帽边缘滴下，在她的脚下聚起小小的水洼。

"是。"大芳战战兢兢地回答。不是因为害怕，而是因为冷。那女子双峰高耸傲视群雄的样子，令她自惭形秽。

"那咱们赶快下水吧。水里暖和。"女孩子挽起大芳，走到池边。自己先跳下水，然后招手说："我为你保驾护航。下来吧！"

大芳信任地把手交到金黄泳衣女孩手里，试探地下了水。果然，池水好像洗澡水，十分温暖。身上的刀疤感到微微发痒，好像有若干双柔软的小手在螺旋状按摩。

"你会什么姿势？"女孩子问。

"除了狗刨，什么姿势也不会。"大芳如实禀告。

女孩子很高兴地说："那太好了。"

大芳纳闷，我什么都不会，有什么好的？女孩子看出了大芳的疑惑，抱歉地说："对不起，我还没有作自我介绍。我叫易湾，是这里的游泳教练。如果你愿意学习的话，可以上我们的游泳训练班，什么姿势都教，蛙泳蝶泳自由泳！"易湾的脸上有一个深深的酒窝，如今盛着充满氯气的池水，反射着泳池天花板上的灯光。

大芳说："我很笨的，可能学不会。"

易湾说："我保证你能学得会！"

大芳不相信地摇摇头说："我比你想象的要笨多了。"

易湾说："从你穿的这件游泳衣颜色来看，你就不是一个笨人。"

谁都愿意听人夸奖，即使是在这样一件小事上。大芳说："我怕自己淹死，所以穿得触目惊心。"

易湾说："你参加了我的训练班，我就会一直保护你，直到你学会。"

这是一个充满诱惑的条件，大芳还是有点不放心，就说："我要是一直学不会呢？"

易湾调皮地扬起一把水花，说："那我就一直在你的身边，直到你学会。"大芳一想这很合适啊，等于找了一个不花钱的保镖，就说："好吧。我参加。"

大芳原来以为易湾是哪个体育队退役下来的运动员，或者是凭着魔鬼身材和巧舌如簧来混饭吃的小女生，不想深入交谈起来，才知道易湾是在读的文学博士生。

"哎呀，你还是个博士呢，真想不到！"大芳诚惶诚恐。她不曾读过大学，在一般的场合还可以凭着自学得来的知识抵挡一阵，但在真正的科班出身者面前，总是敬畏有加。

水中的易湾随波而动，脚尖一颠一颠的仿佛轻盈的水草。她的牙齿如珍珠一样雪白，笑着说："现在还不能称为博士，只能说是博士生。"

大芳不解，说："这有什么不同吗？"

易湾很严肃地说："当然有很大的不同了。就像你刚上一年级，就不能说自己是小学毕业，因为还有多年的功课你没读过，到底考试能不能及格也不知道，怎么就能说自己有证书了呢？"

大芳似乎明白了一点，说："你的意思是说那些还在读书的人，是不能说自己是博士的？"

易湾的小脸绷了起来，原本就光洁如月的皮肤更是不见一丝皱纹，说："有些师哥师姐，正读着书呢，就印了名片，说自己是某某博士，我觉得他们欺世盗名。我也管不了那么多，只是洁身自好。"

大芳便从心里佩服这个姑娘的气节，说："那你还有几年才能算是货真价实的博士呢？"

易湾说："还有两年零三个月。当然了，这得是各科考试都过了，论文也通过。按最好的情况计算。"

大芳说："算得这样清楚。"

易湾说："掰着手指头啊。因为只有毕了业才能找到工作，挣到足够的钱。"

大芳说："钱对你就这样重要吗？"

易湾说："是啊。别人上学是家里养着，我是自己养活自己还要直奔小康，外带养着家里没了腿的父亲。"说到这里，易湾转过头去，抹了一把脸。周遭风平浪静，并没有水珠溅到脸颊。

大芳也是经过困苦的人，知道这份悲哀的分量，也就不再盘问下去。转了一个话题："你在这里教游泳课收入怎么样？"

易湾说："收入说不上好，除了寒暑假小孩子学的多一些，平常很萧条的。所以，我就苦口婆心地游说您啊。"她调皮地笑了笑，也帮自己走出哀戚。

大芳说："你不必担心，我是死心塌地当你的学生了。"

易湾说："我会尽心尽力地教您。"

大芳心里说，我主要是为了帮你和找个人做伴，会不会游泳倒在其次。又问："那你为什么不找个挣钱更多的工作呢？"

易湾说："我们有些同学利用闲暇给老板当秘书，其实是当花瓶。老板愿意对别人说自己雇了个名牌大学的女博士秘书，好提高身价。正是各得其所。我不愿意做这样的工作，情愿在水里泡着靠卖力气挣干干净净的钱。自己花着舒服，老父亲也理直气壮。"

大芳说："这样打工，会不会影响你的学业呢？"

易湾说："中文这个科目，读到了博士，就不特别在乎你死记硬背的功夫了，更多看重的是灵气和创见。我也说不上么聪明，但总是运气好，导师布置的课题完成起来不难。剩下的时间就用来挣钱和提高自己。"

大芳说："能把挣钱和提高自己结合起来，不容易。"

易湾说："是啊。当游泳教练就是个好行当。既能挣钱，又可以免费游泳，锻炼身体，何乐而不为？"

大芳对这个姑娘就有了敬重之心，什么都兼顾到了，年轻貌美又不轻浮，很有远见，如鱼得水，这样的女子如今是稀世珍宝啊。

易湾传授游泳技巧很耐心，一遍遍地示范，平托着大芳扁平的身体，像个老母鸡似的呵护着大芳，生怕她被水呛着。大芳的游泳技巧进步很慢，但身体却在这样的运动中渐渐地润泽起来。只要一想到每周的游泳训练时间，心中就充满了渴望，连老松都发现了大芳的神采飞扬。

"你最近气色不错。"老松说。

"败将不可言勇，还谈什么气色。"大芳不为所动。一而再，再而三的背叛之后，大芳虽然维持着家庭的外在光环，但只剩两个人的时候，冷若冰霜。

老松再接再厉，他在官场上游走的年头久了，深知谁甩脾气就证明谁介意，这就是死穴。老松说："看到你一天天好起来，我心中的愧疚也稍稍减轻一些。"

大芳说："看来我应该病得更重些，这样就可以把你永远地钉在耻辱柱上。"

老松说："我在耻辱柱上，对你有什么好处？你还得天天给我端茶送水。如果你不送，人家就会说你不能同甘共苦。"

大芳说："那我就把真情披露出去。"

老松说："人家就会说这个女人早干什么去了？还不是贪图享乐，如今落井下石！"

大芳说："照你这样说，我一个受害者反倒成了替罪羊？"

老松说："认识到这一点很好，你我已是一根绳上拴的蚂蚱，一荣皆荣一损俱损。你维护我，就是维护你自己。所以，我看到你的身体好起来，也像我自己的身体健康一样高兴。"

大芳佩服老松，不知自己在哪一步败下阵来，让老松把道理搅了过去。看大芳的情绪缓和了，老松闲聊："还狗刨啊？"

大芳说："士别三日，当刮目相看。"

老松说："啊，会蛙泳了？"

大芳说："这次除了刮目之外，还得点些眼药水。"

老松说："不得了，看来会自由泳了。"

大芳说："在眼药水之外，你得用博士伦。"

老松真的吃惊了，说："莫非你还会了高台跳水？"

大芳说："那倒是不敢。可我会几下蝶泳了。"

老松说："不吹牛？"

大芳说："我这个人身上的零件有一半已经掏空，还有什么兴趣说假话。你信就信，不信就哪天到游泳池亲自观摩一番。"

老松说："看来你现在是科班出身了。雇了个游泳教练吧？"

大芳说："你料事如神。"

老松说："男的？"

大芳说："看来你吃醋了？"

老松说："这说明你魅力依旧。"

大芳说："不敢当。实话告诉你，这个游泳教练是女的。"

老松叹道："这家游泳馆会做生意，把你这样的人都说服了。"

大芳于是就把易湾的情况绘声绘色地做了介绍，特别夸大了易湾的美貌。老松说："看来你对恩师佩服得五体投地。"

大芳说："这样有品位有担当的女孩子，如今是太少了。咱的孩子在海外读书，连人家的一根毫毛都顶不上。"

老松说："这话我就不爱听了。别人都说老公是人家的好，孩子是自己的好。你看不上我也就罢了，不该把自己的孩子也一竿子打死。出身不同境况不同，当然担子不一样。穷人的孩子早当家，也是得天独厚。不过，穷人家的孩子多半眼界小，以后的发展不一定有后劲，小富即安。"

大芳说："好像你家阔过多少辈子似的！其实你爷爷脚跟上还沾着牛粪呢。这个女孩子非同一般。"

老松不置可否地说："是吗？"

大芳："当然。我的眼光还会错吗？"

老松说："那不一定。当初你还说阿枫很不错的。"话刚一出口，老松就恨不得把自己的牙打掉，这岂不是自投罗网！

果然，大芳哪肯善罢甘休，说："你还有脸说我的不是，是你把一个好女人变成了狐狸精。"

老松连连退却，说："是我的罪过。以后，我目不斜视从一而终。"

大芳说："既然这样坚贞不屈，又怕什么好女人坏女人呢！"

过了几天，大芳就把易湾约到了自己家参观。一进家门，易湾就被这里的整洁和豪华震慑住了，说："芳阿姨，想不到你家这样腐败。"

大芳笑笑说："这并不是腐败，不过是到了一定的位置就会有的待遇。"

易湾摸着红木家具说："像故宫。"

大芳说："其实这是仿红木，真正的红木凭你叔叔的俸禄是买不起的。如果家中有，就一定是受贿了。"

易湾说："你嫁了叔叔，是莫大的福气。"

大芳由衷地说："你会比我有福气。年轻靓丽有学问，前程不可限量呢！"

易湾说："女子干得好不如嫁得好，师姐们都这样教导我们。"

大芳说："我看女子先要干得好，不然你就没有地位，哈巴狗似的依附着男人，那日子不好过的。"

易湾说："好，我听阿姨的，好好干。"

大芳就领着易湾楼上楼下地巡看，好像执勤的哨兵。易湾毫不掩饰她的惊讶和艳羡，这让大芳很是受用。在易湾逼人的年轻美貌和高不可攀的学历面前，大芳自惭形秽抬不起头来，但是她装修豪华的房间给她找回了部分的自信，精致的摆设和墙上的字画，让她的头渐渐地抬了起来。是的，一个女人的学历，离开了学校，又有什么用呢？当你在超市买面包的时候，一个博士和一个打工仔付出的钞票是一样的。当你在品牌店买真皮手包的时候，公务员也不能比一个站街女少付一分钱……大芳终于在自己的家里，找回了久违的自尊。

看到客房的时候，易湾说："好舒服啊。我一辈子也没有住过这样高级的房间。"

大芳含笑道："如果喜欢，你可以住在这里。"

易湾说："喜欢是喜欢，但我不能住在这里。"

大芳不明白，说："为什么？"

易湾说："这会影响我的斗志。由俭入奢易，由奢入俭难。在您这里享受惯了，再回到我的学生宿舍，就会苦不堪言。"

大芳就越发喜欢这个女孩。闲聊的时候和老松说起来，老松说："这是欲擒故纵的伎俩。"

大芳火了，说："你总是把人想得那么坏。"

老松说："人本来就是那么坏。"

大芳说："真该让你看看这个清纯的姑娘，你才知道人间还有真情。"

老松说："我不见。我见过的清纯姑娘多了，最后无一不是露出獠牙有所企图。清纯不过是她们的敲门砖。"

大芳说："那我呢？我也是从年轻时过来的。"

老松说："你是一个例外。这也就是糟糠之妻不下堂的原因。咱们是结发。"

大芳说："我不是糟糠。"

老松说："那你是什么呢？古往今来，到了这个岁数的女人，都是糟糠了，你不要不服气。"

大芳说："我是夜明珠。"

老松也不和她争论，说："老夜明珠，睡觉吧。"

|第40章|
世界上最珍贵的勇气是相信奇迹

分居之后，大芳问过老松的性欲如何解决，老松说："工作把兴趣全都榨干了。"便相安无事。

有几天游泳的时候，没有看到易湾。等小姑娘再出现的时候，带着明显的憔悴之色。大芳说："怎么啦？失恋了？"

易湾说："从来没有恋过，哪里会失？我病了。"

大芳说："要注意身体。多休息，营养也要跟上。"

易湾说："道理都知道，做起来有难度。功课要完成，这边离学校太远，跑不及，只好请假。我们是做一天算一天的，总是请假，挣不到工钱不说，这里还会炒我鱿鱼。钱挣得少了，只有从嘴里抠，不过也好，省得减肥了。"

小姑娘说得很轻松，大芳是苦过的人，自然体味得出这其中的辛酸。到了游泳课结束时分，大芳说："你跟我走吧。"

易湾说："什么意思？拐卖妇女吗？"

大芳说："我要是能把一个文学女博士拐卖了，也算一条新闻。到我家去吧，客房闲着也是闲着，你还能给我做个伴儿呢！"

易湾推托了一番，也就同意暂居大芳家，这样打工和上课都能兼顾，太阳好像凭空在天上多待了两个小时，能节约不少时间。

老松正好出国去了，几天后下了飞机回到家，见大芳又把不相干的人约到自己家来了，虽然不悦，却无办法。在饭桌上看到略带拘谨的易湾，只得和蔼地微笑一下，开始吃饭，略带自嘲地说："别见笑，在外国就想着回家吃炸酱面臭豆腐。中国饭天下第一。"倒是易湾有些不好意思，说："叔叔，我到您家当房客了。"

大芳说："这就是我同你说过的女博士易湾。"

易湾说："博士生。我还没拿到学位呢。"

这句话让老松生出了好感，说："我看你像一个人。"

易湾说："像谁呢？是不是像某个电影明星？这样我以后找工作的时候，就容易啦！"

老松说："没有那么乐观。我看你像希望工程照片中的大眼睛小女孩。"

易湾说："谢谢您夸奖。我的眼睛要是真有那么大，就成了赵薇第二了。"

老松说："你是博士，这比任何大眼睛都重要。"

易湾说："人家说女博士相当于半残废，找对象找工作都没有人要呢。"

老松说："这是自卑的男人编出的瞎话，你不必在意。"

大芳看两人说得热闹，倒把自己冷落在一边，酸溜溜地说："看来易湾不是我的朋友，而是你的朋友了。"

老松赶紧打哈哈说："我老婆是孟尝君，专门爱招徕天下奇士。"

易湾说："阿姨是我的导师。"

老松说："祝贺老婆你成了博导。"

大芳说："我交的朋友层次是愈来愈高。"

易湾站起身，端着粥碗说："我就以粥代酒，敬叔叔阿姨一杯，祝你们健康长寿！"

老松说："拿红酒来，为了高朋满座干杯！沾了老婆的光，我今天也有了一个博士侄女。只是，我有那么老吗？"

易湾赶紧改口说："那我就叫您大哥。"

大芳说："还是叫叔叔阿姨吧。"

晚上大家喝了不少红酒，其乐融融。小姑娘不胜酒力，踉踉跄跄满面酡红，管大芳直叫妈妈。大芳就让保姆安排易湾早早睡下了，然后对老松说："怎么样？"

老松说："什么怎么样？"

大芳说："女博士啊。"

老松说："刚才当着她本人，我也不好说什么，以后，你别管这些闲事了。"

大芳说："我看你挺高兴嘛！"

老松说："多个人调节一下气氛，当然没有什么不好。只是一个人不是一只狗；就是一只狗，现在讲究爱护动物，也不能随便遗弃。"

大芳说："这说的是哪儿的话！人家一个黄花大闺女，你怎么跟狗拉扯上了。"

老松说："这和黄花呀闺女呀没关系，只和利益有关系。"

大芳翻了翻白眼说："有什么利益啊？人家学习好着呢，也不用你帮助跟她导师说好话通过论文。"

老松说："真要是跟导师说好话这类事，倒还简单。你没听她说找工作的事吗！"

大芳说："人家那是随口一说，并没有求你，不要自作多情。"

老松说："我在这位置上待久了，对谁想求我，实在是太敏感也太火眼金睛了。但愿这一次是我走了眼，这个女博士真是天真无邪。"

大芳说："人家还有两年才能毕业，就算是有求于你，也还早着呢。"

老松说："你算不知道现今的人有多么会放长线钓大鱼，未雨绸缪。"

大芳说："这是我的闺中密友，你不要用官场上的那一套来亵渎我们。"

老松想了想说："你说得也是。我成天浸泡在势利场里，对什么是纯真友谊早就麻木不仁了。"说完，拿出一个非常精美的包装盒说："久别胜新婚。送你一个礼物。"

大芳说："什么东西？衣服？"

老松说："不是。"

大芳说："嫌我老了，送的化妆品？"

老松说："不嫌你老。不是。"

大芳说："钻石？"

老松说："也不是。我又不是从南非回来的。"

大芳说："猜不出来了。你自己坦白交代吧。"

老松伸出手来，说："你自己看看。"

大芳打开层层叠叠的包装，见到一个小瓶。端详了一番，小瓶子周身都是外文，好像披着华丽甲胄的小兽。说："都是洋文，我猜不出来。不会是吃的吧？这样少，就算是龙肝凤髓，抹在馒头上，也只能抹半片。"

老松说："算你聪明，猜得差不多。"

大芳吃惊道："真是吃的呀？这够谁吃的？"

老松说："你说的是食欲，我说的是性欲。食色，性也。彼此是亲戚。"

大芳猜出用途，说："原来是涂抹在身体里的。"

老松说："咱们有多久没过夫妻生活了？"

大芳说："记不清了。你什么意思？"

老松说："我想你。"

大芳说："我这不就在你身边吗？"

老松说："你不要装傻充愣。你知道我的意思。"

大芳说："我知道是知道，不是我故意不满足你，实在是心有余而力不足。"

老松说："我体贴你。你看我什么时候强迫过你？我特地查了书，知道这是更年期症状，并不是你诚心跟我过不去。"

大芳说："谢谢你还单单为了这个去查书。"

老松说："知识分子嘛，就是有这点好处。"

大芳说："既然明白了，就不要强求。"

老松说："我不强求你。听说有些女人要立法，说妻子不愿意，丈夫要强睡，就是婚内强奸。幸亏这条法律没通过，不然监狱还不得炸了？"

大芳说："深更半夜的，你什么意思？既然你是正人君子，就早早睡觉吧，明天还有事，早睡早起身体好。"

老松说："就是因为身体好，才睡不着。我做了这么多铺垫，还不成啊？"

大芳正色道："你刚才不是说过了吗？体贴我。理解万岁。"

老松悻悻地说道："你为什么不体贴我？不理解我？你看，我的这件礼物就是专为你准备的，涂抹一番就有兴趣了。人家是高科技。"

大芳说："那是给外国人准备的，人种不同，我不成。"

老松哀求道："试试吧。"

大芳断然拒绝："不试！"

老松就火了，一把将精美的小瓶丢到犄角旮旯里，说："我要去找鸡！"

大芳冷冷地说："找鸭也行。你也不是没有找过。不必装出正人君子样！"

这么一说，老松就蔫下去了。

中老年人的情欲，来得快去得也快，到了早上起床的时候，老松就又是彬彬有礼的样子，西服笔挺皮鞋锃亮地上班去了。易湾正好上午没课，就帮大芳整理家务。大芳说："有保姆呢。"

易湾说："我也是劳动人民出身，您什么都不让我干，我就不敢吃饭了。"说完拿个抹布四处擦拭。大芳说："你是我用过的级别最高的保姆。如果人家知道了，能上报纸呢。"

易湾在大芳家渐渐地熟悉起来。她像妹妹又像女儿，既带来了年轻人的活泼和生气，又知书达理有浓郁的书卷气。大芳和老松之间有了薄纱一般的缓冲，在迷蒙中少了冲突，多了相敬如宾的客气。

尤其让大芳高兴的是，自从那次她抵制了老松的小瓶子之后，老松知趣地退避三舍，再也不用舶来的高科技为难她了，大芳得以清静散淡。直到有一天半夜，她突然醒来。

她不知道自己为什么会醒来，膀胱空空的像只鞋底子，没有尿，可是醒了。也没有做噩梦，头脑像洁白的被里子。仿佛一直在等待着这一次清醒，明朗的程度比任何一个早晨都更澄净。

她有很多件睡衣，特地挑了一件像老虎皮一样暖和的立绒睡衣穿上。这件厚重的睡衣，通常只在深秋没来暖气的时候才会穿几天，利用率极低。盛夏时分披挂在身，似乎预料到了即将到来的午夜寒彻。

她蹑手蹑脚地走到了老松的卧室门口，听到了她想听到的对话。

"真好。一片汪洋。"老松的声音。

"这才是小溪，以后给你洪水。"易湾的声音。

"你不是处女？"老松略有遗憾。

易湾说："我要是处女，你哪来这般享受？"

老松说："一分耕耘，一分收获嘛！"

易湾说："你坐享成果，干吗还拈酸吃醋？"

老松说："你怎么知道我需要？"

易湾说："我打扫房间的时候看到这个东西被丢在垃圾桶里……"

老松说："我从国外特地带回来的人体润滑剂。"

易湾说："还没开封。"

老松说："她不干。"

易湾说："所以我知道你很苦，就送货上门了，你不会觉得我贱吧？"

"你年轻的身体，让我也回到了青春年少时。太美好了。"老松赞不绝口。"我原来总觉得自己不行了，在你身上，我发觉宝刀不老。"

易湾咯咯地笑起来，说："我还要。"

老松说："博士也骚啊？"

易湾说："博士更骚的。"

此话说完，屋内就一派山呼海啸的折腾。只听老松一迭声地说："×博士 ×……× 博士 ×……"

大芳裹紧了立绒睡衣。她打摆子一样地开始发抖，她知道自己应该闯进屋去，把这对奸夫淫妇捉拿在床，但是她就是挪不动脚步。好像一桌盛宴刚刚上了几道凉菜，主菜还没有端上来呢，现在动手，为时过早。

老松兴趣盎然地唤着："博士的 × 就是和一般人的 × 不一样啊！"

易湾饶有兴趣地问："哪点不一样啊？"

老松说："汪洋大海。"

易湾说："你很棒的。"

老松调皮地说："比男博士怎样？"

易湾说："你以为女博士要找男博士吗？那才是傻 × 呢！女博士要找配得上女博士的人。男博士看不起我们。"

老松突然想起来，说："你是不是用了那个小瓶子里的药膏？"

易湾好像受了奇耻大辱，说："我才不用那种高科技呢，自产自销，能发洪水。只有你老婆那样的撒哈拉大沙漠才用外援呢！"

大芳破门而入。

差池太大了，简直能把人逼疯。谁是真的谁是假的？

姬铭聪不主张对质，说这样只会让矛盾更加激化，每个人都活在故事里，都在编辑自己的故事。你要让所有的故事打起来，故事有输有赢，人生的危机就严重了。

贺顿太好奇了。人对于人的兴趣，一定比人对于狗的兴趣要大得多。贺顿虽敬重老师，但她与生俱来的好奇心如同鸦片，希冀孤注一掷搞清真相。她觉得心理师的真谛就是寻找准确，捕捉到灵魂的蛛丝马迹和生命的隐秘之途，那是心理师的职责所在。

一想到两个人对峙，如同让两波海浪对撞，白浪滔天山呼海啸，鲸鱼出没渔船颠覆……萎靡的贺顿就兴致勃发，可以想见大芳的歇斯底里和老松的咬牙切齿。实在说，贺顿被这个案例煎熬得快得躁郁症了，就是躁狂加上抑郁。马上解决这个案子，不单是帮助来访者大芳和老松，也是更快地救赎自己。

姬铭聪不赞成这个方案。贺顿决定先斩后奏，"将在外，君命有所不受"，毕竟这是贺顿的来访者，不是姬铭聪的案例。贺顿希望在谎言的重围中杀出一条血路，破解疑难，世界上最珍贵的勇气就是相信奇迹。到水落石出的时候，用成果向姬铭聪报喜，未尝不是学生献给先生的一份厚礼。

主意打定，贺顿不和任何人商量，分别给老松和大芳打电话。在她的想象中，二人听到这个建议之后，都会趋之若鹜。他们分别向贺顿倾诉衷肠的时候，都曾信誓旦旦地说过，他们将非常乐意对质，谁要是不敢对质谁就是王八蛋！不料他们听到短兵相接红口白牙当面敲打的时候，都偃旗息鼓退避三舍了。当然，口头上还都是不示弱的，大芳说："我的话，海枯石烂不会变，可是我不和他对质，那个人鬼话连篇，不值得多费口舌！"

贺顿给老松打电话，没想到老松还没听完她的话，就说："岂有此理！你什么意思？"

贺顿怔住，说："让你们说清楚。好意呗。"

老松说："不管你是好意是歹意，我毫无兴趣。这个女人的记忆出了问题，妄想狂。和一个健忘症者对质，会把好人逼疯。大可不必了……"说着挂断电话，留下贺顿怅然。

走投无路。贺顿只好再次敲开姬铭聪家的大门。她穿着紫和白搭配在一起的套装，有一种含威不露的霸气，外带着冷冽的凄美。细细分析起来，紫是蓝和红合成的光，最长和最短的光线拌了沙拉，白是永恒的迷惘。

老张说："您没有预约。"

贺顿笑笑说："您不记得我了？来过的。"

老张说："抱歉，来的人很多，我记不清了。就算我记得您，没约过的客人，姬老不见。"

贺顿说："我有急事。"

老张说："来的人都说有急事。姬老说他自己的事是最急的。"

贺顿没招了，只好说："老张，就烦请你在姬老面前美言几句，看他老人家肯不肯见我。实在不行，你就说我会坐在你家门前不走。"

老张说："你好像不是这种人。"

贺顿说："我以前不是。但这一次，也许是了。"

老张捋了一把少白头说："那我把你的原话递进去。"

贺顿从书包里掏出一叠旧报纸，说："怕台阶凉，我连垫座的纸都预备好了。烦请你照直说吧。"

老张匆匆走了进去。很久之后，姬铭聪穿着睡衣出现在门口，看到坐在门前花廊石阶上的贺顿，脸上淡然如水，说："我就在想是谁这么霸道啊？原来是你，进来吧。不然你守在我家门前，别人还以为是我欠债不还或是拐卖人口什么的。"

贺顿把当道具用的报纸很仔细地折好，跟随着姬铭聪走进室内。姬铭聪说："不好意思，我午休刚起。你稍坐一下，我换身衣服就来。"

弗洛伊德榻默默无声地蹲踞着，好像一切同以前相比没有丝毫变化。

姬铭聪重新出现，穿一套乳白色的西服，连皮鞋都是白色的，年轻了很多。贺顿不由自主地想起了一句古典小说中常见的俗语：女要俏，一身孝。看来此话有商榷之必要——白色不仅对女人有改天换地的妙用，对男人甚至是老男人来说，也是年轻化的灵丹妙药。

贺顿说："打扰您休息了。"

姬铭聪说："贺顿你就不要来这一套了。你难道不是故意挑这个时间来的吗？"

贺顿诚惶诚恐地说："姬老师，我是实在没有法子了，才来向您求教的。"

姬铭聪说："对啊，我丝毫不怀疑你的诚意。我只是说，打扰我的午休，是你预谋的。"

贺顿说："冤枉。我只是不知道什么时间合适。如果是平常时分，您一定早有安排，不是会客就是读书，我肯定插不进来。只有午睡时，您会在家……"

姬铭聪说："怎么样，不冤枉你吧？说吧。"

贺顿说："还是上次您督导的那个案子，您让我自己思索解决方案，我就想让他们对质以求水落石出。"

姬铭聪说："你怕我不答应，就来了个先斩后奏。自从你这样决定之后，就从我这里消失了一阵子。现在，你又出现了，想来是没有收到预想的效果，他们不肯会面，你才又想到了我这个老朽。"

贺顿说："正是这样。您真神了。我想您也很想知道经过吧？"

"很抱歉。我恐怕没有你想象的那么喜欢猎奇。因为你的不辞而别，我不打算继续担任你的督导了。"姬铭聪正色道，沧桑的脸上配着沉思，生成了势不可当的魅力。

贺顿急了，倔强地说："我是发问者，我必将寻求答案。请您原谅我的鲁莽。"

姬铭聪说："此事并无迅捷之法，心理师不是图热闹的事，也不是黑白分明没有妥协的事。在你还不明了全部游戏规则的时候，就贸然参与，是不负责任，甚至是可耻的。因为你不但危害了自己，也危害了所有和你的决定有牵连的人。你要摒弃这种惊弓之鸟般的好奇心，它是你的心魔。"

贺顿听得半懂不懂的，只是频频点头，希望老师大人不记小人过。姬铭骢说："好吧，我就原谅你这一次。你也不必特别悲观，好在天下没有白走的路，没有白呛的水。任何经验，无论是成功还是失败，都是堆积成麦垛的草，经验就这样慢慢积累起来了。记住，以后下雨的时候，你不要做决定。如果你一定要做，起码要把头发擦干。不然的话，你的决定就总有冷冰冰的味道。最好的决定是在艳阳高照的时刻做出的，会有干燥的麦子的味道，安全而饱满。"

贺顿谨记在心，只想赶快切入正题。姬铭骢说："不要那么急功近利。心理学这个名称，在希腊文中的原意是'关于灵魂'的理念。我知道你很想解决个案，我要荡开一下主题，你可有意见？"

贺顿说："只要能解决个案，我没有意见。"

姬铭骢微微一笑，说："这一次，不是解决个案的问题，是解决你的问题。"

贺顿一愣，说："我有什么问题？我……没有问题。"

姬铭骢说："越是一口咬定自己没有问题的人，问题就越大。"

贺顿大不服，说："就算我有问题，现在也不是解决我的问题的时候，还是先讨论个案吧。"

姬铭骢说："我欣赏你这种先人后己的精神。只是心理师这个职业，有的时候，就要先己后人。"

贺顿说："不懂。"

姬铭骢说："我打个比方，你就懂了。我问你，你为什么对大芳和老松的案子，如此上心？"

贺顿说："这倒怪了，我上心难道不对吗？这就像是一个医生，关心爱护他的病人，有什么错？"

姬铭骢说："所有的比喻都是蹩脚的。你和他们的关系，不是简单的医生和病人的关系，而是隐含着另外的关系。"

贺顿说："您这是什么意思？您是说我和老松不清不楚还是和大芳有暧昧关系，比如同性恋什么的？对天发誓，我和他们是纯粹的工作关系，一清二白苍天可鉴！"贺顿情绪激动。哼！督导山穷水尽，信口雌黄。若不是想着圈子就这么大，以后还得在江湖上混饭吃，贺顿真想拂袖而去。

姬铭骢不急也不恼，好像欣赏一件罕见的翡翠原石。他观察着贺顿迸跳着青筋的细脖子，说："你着急了。"

贺顿说："我当然着急了。我本来是想解决来访者的问题，现在您把火烧到我头上来了，我能不急吗！"

姬铭骢正色道："你这一急，让我感觉到问题的症结，可能不在来访者身上，而在你身上。"

姬铭骢的话说得很低沉，甚至有些漫不经心的味道，但贺顿听来，如焦雷炸耳。她跳起来说："姬老师，您要是没招了，也没什么，您也不是神仙，可您不能乱咬一气。凭什么来访者的问题反倒成了我的问题？我有什么问题？我什么问题也没有。"

姬铭骢微微一笑，说："谢谢你。"

贺顿疑惑，说："你谢我什么？"

姬铭骢说："谢你客气，手下留情。对了，正确的说法是嘴下留情。"

贺顿说："我不懂您说的是什么。"

姬铭骢说："你说我乱咬一气，就是给我面子了，没有直接说我是狗。"

贺顿歉然，说："不敢。"

姬铭骢说："骂得好。这样就把你的真实情感暴露出来了。如果说，刚才我还只是个猜测，那么，现在我已有更多把握。"

贺顿茫然，说："您的把握在哪里？"

姬铭骢说："就在我的脑子里，也在你的脑子里。好，现在，请你坐在榻上。"

贺顿说："你要把我脑子里的东西呈现出来？"

姬铭聪说："你问得太多了。如果你相信我，你就按照我的指令做；如果你不相信我，就请你离开。而且，如果你下次再在我的门前静坐，我就让老张叫来保安请你离开。"

贺顿面临抉择。要么，知难而退，要么，揭开谜底。稍作思索，对于真相的热爱战胜了一切，她说："好吧，我服从。"

姬铭聪说："这很好。"说着，他走到窗前，拉上了窗帘。那帘子本是墨绿色的丝绒，厚重而慵懒地下垂着，好像肥胖夫人折叠的裙边，如今不情愿地被打开了，不规则地凸起和凹陷着，给人一种生气的表情。窗外的阳光透过细密的褶皱，如同穿透海底屏障，翻卷的海带吸附走了飘荡的光芒，只剩下惨淡的光斑。贺顿突然有些害怕，与生俱来的对黑暗和寒冷的恐惧，如毒蛇的芯子缠住了她的身躯。冰制的鞭子埋在身体里，成为定时炸弹，由内向外地抽打。看不到血迹，却感觉到锥痛。

"您要干什么？"贺顿战战兢兢地问。

"帮助你。"姬铭聪简短地回答，走了出去。

屋里的光线黯淡下来，黑夜突然来临。门外有老张的脚步声，这声音给了贺顿一些安慰。她不由得责怪自己太神经过敏了，怕黑和怕冷，是她从小的痼疾。难兄难弟，只要有其中一个因素出现，另一个马上会来做伴侣。魔鬼携手，铁指交叉，将她扼入窒息。

贺顿紧张的情绪得到了稍许缓冲。弗洛伊德榻的曲度令人舒适，使她渐渐安定下来。

姬铭聪推门进来，手里举着一支点燃的蜡烛。烛火摇曳，他的头显得大而蓬松，映照在墙上，仿佛一朵乌云。贺顿吃惊地问："姬老师，您要做什么？"

姬铭聪说："帮助你的道具。"

贺顿说："咱们还要演戏吗？"

姬铭聪说："人生就是戏剧，要让那些被遮蔽的部分重现。"

贺顿说："意义何在？"

姬铭聪说："所有的今天都是昨天的延续，每个人都不是崭新的。"

贺顿说："不。我害怕。"

姬铭聪说："我知道你害怕。也许，通过我们共同的努力，你会渐渐勇敢起来。"

贺顿疑惑地说："能行？"

姬铭聪说："现在开始。你找个舒服的位置躺好。"

贺顿的身体早已平搁在了弗洛伊德榻上，但此前，她一直没有真正地把身体的重量放在这张榻上。好比一个人屁股虽然坐在了椅子上，但由于种种原因，始终翘着尾骨躬着腰，不曾把脊椎杵在椅面上。贺顿很想按照姬铭聪的指示办事，但是她无法放松，嘴唇发干，眼睛眨个不停。

"看着我的烛光……"姬铭聪把摇摇欲坠的蜡烛举到贺顿面前，他的手大而稳定，当他找到一个合适的位置，坐在贺顿面前之后，烛光就稳定下来。

"要用水晶球吗？"贺顿喃喃自语。

"不，不需要水晶球。它是烛火。盯住它，放慢你的呼吸。好，就这样，请你一动不动地看着蜡烛，看着它，看着它……"

贺顿乖乖地听从指令，姬铭聪的声音有一种魔法，让你不由自主地被牵引。当人的眼光长久地注视着跳跃的火光时，就会产生一种似幻非幻扑朔迷离的感觉。贺顿第一次发现原来烛火是一滴倒悬的水珠的模样，它们自内向外分成了五层。第一层，也就是最靠近烛芯的地方，火焰近乎凝固，它们并不是红色或者黄色，不是任何一种温暖的色调，而是薰衣草般的蓝紫色，你几乎感觉不到它们是有热度的，很想伸出手指去触摸这脆弱的火焰的包膜，它们有着豌豆荚一样的娇嫩细微的缝隙。在这一层火焰之外，是古典的幽蓝色，带着古堡一样神秘的诡异气息。幽蓝之外，火焰渐渐活泼起来，好像逃出了牢笼的女仆，有一些轻巧的跳跃和飞升，裙裾染上了一些绯红，好像是匆匆旅途中野花的浆液飞溅其上。哦，还有第四层，这是一种不可思议的酱色，饱含着愤怒和压抑，仿佛火焰最后的枷锁，它们在扭曲和突破中，坚守着蜡烛所赋予的最后的形状，维持着一个昂扬向上的尖顶，不屈不挠地仰望着天花板。现在，到了火焰的最外一层，它们桀骜不驯，挣脱了所有的形式和框架，奔突狂舔着空气的裂隙，用万分之一秒的时间就构建起辉煌的轮廓，然后又在更少的时间里将它毫不留情地粉碎。当华美的轮廓变成破碎的鳞屑，红颜老去苍黄委地之时，瞬间一个新生的火光婴儿爆裂着出世，它放肆地啼叫着，鞭笞着所有靠近它的冷风，将它们加热并裹挟着飞升，光怪陆离的色彩如同砸翻了凡·高的调色板，灿烂的向日葵花瓣和鸢尾花的叶子搅缠在一起，浓烈地熏蒸而起，带着奇幻的香气……

姬铭聪的声音从遥远的地方传来，好像隔着无数海绵和泡沫，被吸附得没有任何感情和色彩，他说："请你盯着火光，什么也不要想，你试着用心去看，你看到了什么……你一定看到了什么……"

烛光扩散开来，如同泛滥的金黄色的洪水，往事仿佛从上游冲刷而下的死猪和门板，在滔天浊浪中起伏。

她看到了爸爸。真奇怪，为什么会是他呢？为什么第一个浮出水面的竟是他呢？他是一个大坏蛋，不，说他是个坏蛋，那真是褒奖他了。他是一个大混蛋！是他，遗弃了妈妈和六岁的绛香。

整个村子都很穷，穷极了的人们想到了一条活路，就是出卖身上的零件。这当然是违法的事情，大家都守口如瓶。但守口如瓶是针对外人的，针对自己人就敞开一切，彼此开着玩笑。谁要是卖了腰子，大家就都恭喜他，说最值了。因为人有两个腰子，卖掉一个还有一个，一个腰子就足够了。这就像吃饭有一个碗就足够了，另外一个碗放在那里是个摆设。早点把当摆设的那个碗卖了，让剩下的那个碗里盛满稀粥，这是多么划算的事情。当然还有卖血的，卖血的也很值。因为血虽然不是摆设，但血是能够自生自长的，像泉眼，你用干了还会再涌出来。每逢有些人卖了血回来，总是很高兴，因为他们在卖血之前喝了大量的红糖水，他们把自己的血弄稀了，就像在黄酱里兑了咸盐水冒充了酱油。把红糖水卖出了血浆的钱，去糊弄那些城里人，这让卖血者有一种高人一等得胜回朝的感觉，更不消说这是现钱买卖，兜里立刻就鼓了起来。什么叫"血汗钱"，这就是最好的证据。抽血的时候，人是一定会出汗的，因为疼和冷。流血的人会从夏天一下子沉入严冬，真奇怪，好像血里面藏着火。

村里人管绛香家叫"卖眼户"，绛香刚开始听到的时候，吓得够呛。每天都要盯着妈妈的眼睛看，她生怕哪天从街上回来，妈妈的眼睛只剩下一只了。有一天有个人到村里来，说是来买眼角膜，倒是不急，等人死了再给货也行，价钱好商量。大家就都争着抢着说自己愿意接了这单生意。绛香赶快跑进家里，拉着妈妈的手，说你快躲起来，有人要买眼睛。妈妈很奇怪，说买眼珠和咱家有什么关联，我该干活去了。后来不知那人和谁家达成了买卖，反正和绛香家没关系。绛香很高兴，觉得是自己救了妈妈。后来有一天，绛香与小朋友玩耍，绛香说，人家都说俺家是卖眼户，那天来了一个买眼的，我硬是没让他找到我们家。小伙伴们就嘻嘻笑，说你妈不是卖上边的眼，是卖下边的眼。

那一次绛香是哭着回家的。妈拿着一牙馅饼给绛香，绛香不吃，说："这是你卖眼得来的吧。"妈听了一点也不恼，说："快吃吧，不管是卖哪儿换来的，这饼是干净的。"绛香说："我不吃。"妈妈说："我都听到你肚子叫了，还说不饿。"绛香说："就是饿了，我也不吃这样来路的东西。"妈就叹了一口长气，说："那妈就要去卖腰子了。"绛香赌气说："卖腰子的人不受人气。"妈说："可腰子只能卖一回，要是把卖腰子的钱吃完了，妈靠什么来养活你呢？"小小的绛香那时不知怎么想的，就说："那你还可以去卖血啊。"妈说："妈不是没想过这条路，可卖了血，谁给你做饭谁给你缝衣？别人家的孩子有爸有妈，一个不在了还有另一个遮挡着孩子，妈要是不在了，小香你就没了指望。卖眼，妈丢人，妈没有别的法子养活你，只好走丢人这一条路了。既然可以卖血，为什么不能卖肉呢？既然能卖上眼，为什么不能卖下眼呢？如果不是穷，如果不是因为你的爸，妈不会这样。"

绛香哭成一个泪人，妈说："别心疼妈，妈才值呢，人家只能卖一次，妈能卖成千上万次呢！妈只希望小香以后能堂堂正正地做人……"

绛香从那以后，一夜长大，后来她照镜子的时候，突然就看到自己额头上有了皱纹。她以后从来没有在这样小的孩子额头上看到过同样的皱纹。从此，在馒头和尊严之间，她选择了馒头。这并不等于她不要尊严，而是表明她期待着为了有朝一日更高的尊严，她只有隐忍这一切。

然而这样的日子并没有坚持很久。有一天，妈对她说："绛香，妈就要老了。"

绛香像所有的乖女孩一样，说："妈，你不老。一点也不老。"妈苦笑着说："在女儿眼里，妈不老，可在有些人眼里，妈就老了。"

绛香以为妈是怕老了难看，就说："妈好看。"

妈叹了一口气说："好看难看不说它了，老了就没有人要了。"

绛香这才朦朦胧胧地感到，这是一个可怕的问题。绛香躲开这个问题，就说："妈老了，我就大了。我来养活妈。"

妈又笑了，妈的笑容像两柄钩子，把她的嘴角向下扯，好像悲惨的括弧。绛香这时候已经上小学了，知道了括弧是什么东西。妈说："好闺女，你可能还没长大，妈就干不动了。妈要给你找个长期饭票。"绛香仰望着妈，即使天下最无能最喜怒无常的父母，在他们的孩子眼中，也是至高无上的神。

长期饭票来了，又黑又粗，好像被火烧过的鬼子炮楼。妈对他说："你要对我闺女好。"长期饭票说："凭我这条件，找个黄花大闺女也不难。你还拖着个油瓶。"

妈平静地说："你现在反悔还来得及。"长期饭票说："好吧，算我倒霉。"长期饭票在镇上杀猪，每天都带着猪血的味道回家，当然还有七零八落的猪下水。为什么说是七零八落呢，因为好东西都拿去卖钱了，剩下的就是下脚料了，比如说沙肝，谁都不肯吃的只能用来熬猪胰子的东西，长期饭票都会拿回家，让妈妈煮了吃。

这些东西气味血腥，但炖熟之后有奇特的香气，这些香气养育了幼小的绛香，让她虽然不长个子，但头脑异常清晰。也许因为是人所不吃的沙肝吃多了，她比同年龄的女孩更加敏感和心重。

妈妈到远方去了。长期饭票醉醺醺地拎着一串烤猪腰子回到家，看到从老奶奶家跑回来的绛香时，没有吃惊，只是说："熬不住了吧。我知道你也大了。"

绛香听不懂他的话，不理他，独自看书。绛香的成绩在班上永远是第一，要保住这个称号，只有不停地努力。

长期饭票见绛香不搭理自己，也不再说什么，就回自己的屋里睡去了。有一间小屋，小屋里有一张小床。绛香复习完功课，把房门插好，也昏昏地睡去了。

半夜里，她感到刺骨的寒冷，正是四月春暖花开的日子，虽说半夜里还有寒气，但不应该这样冷啊。这种冷，深入骨髓，带着刀剜一样的剧痛，让绛香觉得自己被五马分尸。冷……冷极了……到处是冰雪，黄色的油状的冰雪……

以上的这一切，都是贺顿面对着摇曳的烛火，断断续续说出来的。当然，很多地方不连贯，时空倒错语无伦次，但姬铭骢就像面对着一副打散了的拼图，把它们迅速地归纳到相应的位置上，眉目渐渐地清晰起来。

"黄色的冰雪？"姬铭骢很纳闷，轻轻地重复道。

"是，黄色的冰雪。透明，寒冷，冷极了冷极了……"贺顿不停地重复着"冷"这个词语，浑身颤抖，肝胆皆冰雪，表里俱寒凉。一片片鸡皮疙瘩滚过她的皮肤，衣服都随着哆嗦起来。

看来，今天就只能到这里了。继续进行下去，不会有更多的收获，贺顿的精神还将受到惨重的伤害，姬铭骢虽然从学术的角度，很想知道这团黄色的冰雪究竟是什么东西，但他只有暂停。

姬铭骢将贺顿从深度的催眠中唤醒。

"你现在感觉怎么样？"姬铭骢问道。

"冷。"贺顿牙齿还在打着哆嗦。

"除了冷以外，还有什么呢？"姬铭骢继续问。这是一个非常难得的案例。

"累。困。一片空白。"贺顿吃力地讲着，她很想就此睡去，永不再醒来。

姬铭骢说："你会慢慢地醒来。听我的话，从十数到一，数到一以后，你就会醒来了。到那时候，你就不会觉得冷了，也不会觉得黑暗了，你会看到太阳……"

贺顿不想醒来，可是沉浸在这种似梦非梦似睡非睡似醒非醒的状态里，实在是太冷了。她在蒙眬中听到了姬铭骢的暗示，那就是她醒来之后不再寒冷，为了逃离这刻骨铭心的酷刑，她要醒来。她乖乖地开始数数："十——九——八——七——六——五——四——三——二——

一 ——"

贺顿慢慢地睁开眼睛。她准备好了看到太阳，因为蒙眬中的声音就是这样告诉她的。她看到了一张脸在向她微笑，这是姬铭骢的笑脸。

从此，太阳和姬铭骢的脸就重叠在了一起。

还有残存的寒冷像银亮的蛆虫附着在骨殖上，好在咬紧牙关尚可以忍受。贺顿不想再说什么了，她刚才已经说得太多太多，她只想昏然睡去。

姬铭骢也没有说更多的话，他要好好思考这个案例。

贺顿回到家，好像变了一个人，沉默寡言。那种源自极深处的恐怖和寒冷，如同一贴膏药，粘在了她的灵魂上，不得撕脱。没有人知道这种酷暑七月的寒意，没有人体验过这种红日当头深入骨髓的战栗。仿佛每一寸肌肤都有结冰的桎梏，心脏里充满冰碴子，随着搏动有尖锐的痛。那种无以比拟的寒冷，来自不可知的地下洪荒，来自人还没有形成细胞之前的混沌迷雾……

柏万福察言观色，完全不得要领，看到贺顿冷峻的神情，也不知道发生了什么，自己也是一肚子苦闷，只有谁也不理谁。

你这种笑法，要么大智若愚，
要么是不学无术的傻瓜

大芳走进卧室，又一次重复了捉奸在床。大芳说："你们好就是了，干吗说我？"床上的两个人在最初的愕然之后，赶紧钻到被子里，平平卧着，很安稳的样子。大芳不禁委屈，他们很暖和，自己很冷。

大芳说："老松，你过来。"

易湾说："阿姨，您放过他，是我主动的。"

大芳说："不要脸的小娼妇，还知道我是你的阿姨！恩将仇报。"

易湾说："我其实是帮你，阿姨。"

大芳即使是在悲痛和绝望之中，也还是对这句话大感不解，愤然道："说！"

易湾说："因为阿姨你老了。你满足不了叔叔的要求，你又不愿意配合。这对叔叔实在是太不公平了，叔叔是个正派人……"

听到这里，大芳不禁冷笑，心想，你的叔叔正派，这世上就没有不正派的人了！

易湾继续说："我正是因为爱您，才替您分忧解难。不然叔叔在外面拈花惹草，得了不干不净的病，不是伤害了阿姨吗！"

大芳哆嗦着说："你这样做，就没伤害我吗？"

易湾说："伤害不伤害的，全在于您的感受。我一没有偷拿你们家的钱，二没有借此要挟叔叔，以得到什么好处。阿姨您自己不堪忍受的，对我和叔叔来说，却是难得的乐子，您省工省力了，干吗非要做出哭天抢地的样子来？阿姨您不是个一般的人，在这种事情上，也要不同凡响才好！"

所有的过程中，老松一言不发。大芳实在忍受不了这种无耻言论，身上又在不断地发抖，不能为了这对狗男女，让自己不堪一击的身体再受折磨，大芳只好愤然地退回到自己的房间里。她以为自己一定会夜不能寐噩梦缠身，不想竟然一夜好睡到天色大亮。当她醒来之后，恍惚间觉得昨天只是一个梦境。但桌子上老松留给她的一封信，证明昨天的所见所闻都是千真万确的。

老松的信写得很有分寸感，老松是写文件的老手，操纵文字如鱼得水。此信如果落到外人手里，绝对看不出夫妻间曾有过惊涛骇浪，以为只是芝麻绿豆大的龃龉，看到的是温文尔雅的风度。老松先是道了歉，说得很恳切，但一点不留把柄。然后是请求原谅，回顾了两人栉风沐雨的感情历程，祈请大芳纵是深仇大恨也化为拈花一笑。

这一切都还不是最重要的。最重要的是老松让大芳网开一面，不要把女孩赶走，为了她的学业，要把她留下好好对待。老松说，我知道你有一颗仁慈的心，你会给这个女孩一个温暖的家……我会永生永世对你好……结尾处老松信誓旦旦。

面对着这样一封龌龊的信，大芳肝胆俱裂又无计可施。老松设下了一个局，他要把这种无耻的关系保留下去，要让大芳俯首听命。

大芳五内俱焚，眼前一黑，昏倒在地。因为她平日起居很没有规律，也不让保姆打扰，所以还是一直在捕捉声响的易湾最先发现了异常，破门而入，看到大芳犹如一堆肮脏的残雪委顿在地，赶紧抱起她，然后打电话叫救护车送到医院抢救。

待大芳醒来，才知道在昏迷中已经为她做了急腹症手术，半截梗阻坏死的肠子已被切除。大芳看到的第一个人居然就是冤家对头易湾。易湾显然在昼夜服侍，面容憔悴。护士对大芳说："你的外甥女比得上亲闺女了。"

大芳虚弱地问："哪个外甥女？"

护士指着易湾说："就是她啊。莫非你还有个外甥女？"

大芳闭上了眼睛，眼泪流了出来。面对着她的情敌，她不要说下战书了，就连自己的命还是人家救的，所有的争强好胜之怒，都在脆弱的生命面前败下阵来。

"大姨，你醒了，我要上课去了。耽误了很多课程，再不努力，我毕不了业了。大姨父下班后会来看你，他有一个重要的会议脱不开身，不然也会一直守候在你身边。"易湾拢拢纷乱的头发，匆匆离去。

听到了她们的对话，护士说："外甥女上大学啊？"

"大学？你可小看了她。她是博士啊。"大芳有气无力地说。她听到自己的话在医院白色墙壁上撞击后的回响，居然有几分炫耀。

"呦，看不出来，还是个女博士啊。你们家有福啊。你嫁了这样有头脸有情意的丈夫，外甥女又是博士，难得难得！坟头烧香祖宗庇佑啊！"护士啧啧感叹着，连治疗车都跟着颤悠起来。

大芳像僵尸一样地躺着，一动也不能动。当身体不能动的时候，思维就格外敏锐。她突然想到这样也很好，她要好好地活着，让他们只能在暗中偷鸡摸狗。在表面上，他们要服侍她，要对她亲切有礼呵护备至。她还需要什么呢？名分金钱道义都在她这一边，她完全可以雍容大度慈悲为怀，这才是大人雅量光照日月！记忆的苦水在时间的山顶慢慢冷却，直到凝成了万古不化的寒冰。

当老松来看望大芳的时候，大芳已将自己调理了一番，处变不惊。她从老松神采奕奕的表情来看，知道在自己昏迷不醒的日子里，老松也没有中断自己的风流雅兴。但是，她顾不了那么多了，只要她高高占据着老松夫人的宝座，其他都可以忽略不计！

就这样，大芳在易湾和老松的精心照料下，非常缓慢地恢复着。在这种恢复中也感受到异样的安适。那就是——他们都深深地有负于你，你是他们的债主。你拥有慈悲和宽恕的权利，从你的手心里渗出的点滴雅量，他们都感激涕零。

老松和易湾在大芳看不见的地方苟合着，大芳心知肚明，不再揭穿。因为揭露需要庞大的精力和体力，大芳已弱不禁风。而且，揭露之后又怎么样呢？易湾被扫地出门，老松也会对自己怒目相向，到那个时候，谁来服侍病入膏肓的大芳呢？就算大芳发愤图强自力更生，从此站立起来再不用人帮忙，节省出来的辽阔的时间田野又用什么种子来装点呢？没有了易湾的日子该是多么无聊！

大家相安无事，甚至大芳开始觉得这样也不错。当然，她不能在表面上显露出这种满意，而要让对方充满了内疚。大芳出院以后，易湾还住在她家，连保姆都习惯了这种格局，一家有了两位女主人。老松在表面上是把大芳看得重于一切，至于背后怎样褒贬她，大芳眼不见心不烦。大芳以为这种局面可以持续很久很久，如同一本刚刚打开的长篇小说。没想到，易湾在一个夏天的傍晚悄然而去。没有吵闹也没有争执，老松为易湾找了一份很好的工作，并且给易湾介绍了一个很有身份和背景的男朋友，易湾满意到再不愿意多耽搁一天。

家庭重又恢复了平静，大芳怅然若失。不过，她很快就振作起来了，电梯间新来了一个美丽的小姑娘，清纯得如同不食人间烟火的仙女，名叫小童。小童比老松和大芳的女儿还要小，晶莹得如同溪水上的一个小泡。小童是跟着家乡的姐妹一道到城里来谋生路的，在保姆培训班上因为聪明伶俐，被招去学了公寓电梯管理。大芳把家里一些用不到的物品送给小童。小童很感谢。大芳又把女儿先前穿过的衣服送给小童，没想到小童穿上之后，居然比当年的女儿还要美丽。当大芳看到穿着女儿衣服的小童时，忍不住眼角盈泪。女儿如今在国外留学，交了一个金发男友，乐不思蜀。大芳一直很担心，将来生出的孩子，会不会一半头发是金色，还有一半是黑色？或者上半截是黑的，下半截是金的？她把无处发泄的母爱都倾注到了小童身上，并且发动老松也一道无微不至地关怀小童。

老松说："你不要管别人的事，管好我们自己就是了。"

大芳说："她不是别人。她就是我们自己的一部分。"

老松说："怪事。一个乡下妹子，和你我有何干系？我记得你不是一个普度众生的人。"

大芳说："你没看到她穿上女儿以前的旧衣服，有多合适？"

老松说："看到了又怎么样？我劝你以后不要把女儿的衣服送给别人。实在没地方放，你可以烧掉。"

大芳说："亏你还是劳动人民出身呢，就没有一点环保观念。看不到女儿，我看到一个类似的人也行。你怎么不体贴人！"

老松举手告饶，说："好，好，你就我行我素吧。"

小童是个很有眼力见儿的姑娘，也许从贫困中走出的女孩，都有这种天赋的直觉吧。她常常悄无声息地陪着大芳坐着，并不多说一句话。但一种相依为命的感觉就在这种依偎中一天天浓烈起来。

直到有一天，大芳发现小童不是依偎在自己怀里，而是依偎在老松的肩胛之下，又一次山崩地裂江河倒流……这一次，感到剧痛的不再是腹部，大芳的肚子里已经不剩多少零件了。这一次，锥心之痛来自胸部，到了医院，被放入套筒似的核磁共振箱里，查了又查，最后看到肺尖上的阴影，怀疑是肺结核，又说可能是肺癌，要把她的肺切掉……

大芳万念俱灰，自生存以来的孤单如同海啸一般壁立而来，屈辱的浪花被曝晒为利剑，苦海耸为高山。她在利刃中穿行，血肉横飞，只剩下一具满目疮痍的木乃伊。

大芳的故事讲完了，眼巴巴地看着贺顿。

漫长的倾听过程中，贺顿一千次走神，又一千零一次把自己拽回来。这不是一个好听的故事，更不是一个高尚的故事，甚至连一个婉转曲折的故事也算不上。这基本上是一个乏味的故事，一个龌龊的故事，或者简直可以说就是低级趣味的故事。但是，这确是一个真实的人生。这一点不容置疑，从大芳的哭泣和仇恨中，感觉到这个灵魂像一只青虫从树上跌落，被人用脚碾碎，流出来的却不是鲜血，而是绿色的脓浆，涂满了生命的曲径。

有人把心理医生的工作比作垃圾清洁工人，觉得他们是在不停地吸纳着别人的愁苦和烦闷，然后在荆棘中和当事人一道寻找出路。贺顿是个富有同情心的人，她不同意这种说法。如果把一个人的愁苦比喻成垃圾的话，这世上又有哪一个人是完全健康的？大家就都是垃圾筒，世界岂不成了臭不可闻的垃圾场？

面对着大芳的故事，一筹莫展。面对着大芳求助的目光，无能为力。如果把大芳比作一种动物，贺顿觉得她是一只病龟，缩在黑暗的海滩上，斑驳的记忆把它疲惫的双眼激出比海水还咸的泪。那些泪变成生锈的钉子，把过去悬挂在那里，晒成古铜色的鲞鱼。

贺顿不能向自己的无能为力投降，也不能空洞地盯着来访者毫无作为。她问大芳："那你打算怎么样呢？"

大芳说："我就找你来了。"

贺顿说："你找到我怎么样呢？"

大芳说："我就把自己的故事告诉你了。"

贺顿说："然后呢？"

"然后就是你的事了。"大芳一脸无辜地等待着。

贺顿一字一顿地说："这不是我的事。这是你的事。"

大芳傲慢地说："可是我付了你钱，你应该为我排忧解难。"

贺顿说："钱并不能解决所有的问题。你和你丈夫很有钱，可你还是不快乐。"

大芳恼羞成怒地说："我不快乐用不着你来提醒。你说，你到底有没有办法？"

气氛陡然冷峻起来，但事关原则，贺顿不能让步，她说："我愿意帮助你，但你必须承认这是你的事。"

大芳也寸步不让，说："你收了我的钱，也就成了你的事。受人钱财，替人消灾，天经地义！"

贺顿说："如果我把你的钱还给你，我们是不是就两清了呢？"

通过多次来访，大芳已经在这里付出了一笔不小的费用，她谅贺顿不会让到手的熟鸭子再长出羽毛飞走，为了让心理医生更好地为自己出主意想办法，她决定再煞一煞这个小个子心理师的威风。大芳说："好啊。你想想吧，下一个咨询日我还照常来。你不能为我出主意，就把钱退给我。顺便说一句，今天我只用了一半的时间，所以，费用，我也只交一半。"说完，大芳款款起身，头也不回地离开了咨询室。

贺顿看着大芳离去，什么也说不出来。过了一会儿，柏万福走进来，说："刚才那个女的，我看不对劲儿。"

贺顿说："你从哪里看出来的？"

柏万福说："她雄赳赳气昂昂的像个志愿军，冲出去了。"

贺顿说："你看看统计表，她一共来了多少次？"

柏万福说了数字，贺顿指示："你备好钱，等她下星期来的时候，退给她。"

柏万福说："凭什么呀？你为她耗费了那么多心血还有时间。光眼泪也有几茶缸了。我好几次注意到她走了以后，你的眼圈都红红的。她怎么能这样没良心！"

贺顿说："就算我再投入，没能给人家解决了问题，人家要索赔，也有道理。"

柏万福说："有什么道理？这也不是卖电视机的，多少日子之内包修包换。这是精神产品，只要你尽心尽力了，她的问题当然最主要的还是她自己负责了。"

一句话点醒梦中人，贺顿说："你说得对，她的责任在她。我差点儿被她牵着鼻子走了。"

柏万福说："癌症有治愈的，更多的是治死了，谁敢赖医生？心理毛病也有治不好的。"

贺顿说："话虽是这样说，但我总觉得自己的力度还不够。手艺不成，该退还得退。你把钱给我预备出来，下星期她来了，我再相机而动。"

柏万福说："钱没了。"

贺顿大惊，说："到哪里去了？最近没买什么大件东西，莫不是你遭了贼还是挨了抢？"

柏万福说："我把钱都给存了。"

贺顿说："那就取出来。"

柏万福说："取不出来。我存了定期。"

贺顿说："没有取不出来的道理。"

柏万福急了，说："能取也不取。"

贺顿说："你是法人还是我是法人啊？"

柏万福说："你是法人也不行。这不是所里的钱，是我的钱。"

贺顿说："这可越来越奇怪了。你还篡夺了咱家中的财务大权了！"

柏万福说："你不要急。这个诊所所有的投资都是咱家的，你不拿工资，我也不拿工资，图的就是赶快挣点钱，把你借的饥荒还上。你要是把诊费退回去，开了这个头，以后谁要是不满意就退货，那咱们就没法干了。我是从长远着想。"

贺顿不得不同意柏万福说得有道理，特别是提到了欠账，已经好久没有到钱开逸那里去了。但她还是坚持要柏万福把退给大芳的钱准备好。

柏万福愤愤然，这等于让一只猫把吞下去的鱼头吐出来，猫被掐住了脖子，像一只鱼鹰。吐出的鱼头上带着血迹。

然而，还是吐出来了。

下一次咨询之前，贺顿有些紧张。她不知道大芳会不会来，私底下甚至期望大芳不要出现。那笔钱她已经准备好了，她希望大芳收回了这笔咨询费，从此永远消失，把这个人和她的故事从头脑中剜除。

大芳准时到了。落座之后，她看到了茶几上堆放的钱。

"这是你所付的看心理医生的全部费用。"贺顿淡淡地说，"如果到今天你离开的时候，还不满意，就可以全部领回去。"贺顿说完，正襟危坐，等待着大芳的回应。

大芳有些吃惊，好像没料到这一手，说："你可以留下一部分。毕竟，你也付出了劳动。"

贺顿说："谢谢你。不过，如果说我这个心理医生对你完全没有帮助，那我不能收你的钱，收了会让我不安。"

大芳受了感动，说："也不是一点效用也没有，起码你一直在听我说话。普天之下，能找这么一个地方也不容易。"

贺顿说："我希望能给你更多的帮助。仅仅是听人说话，一台录音机就可以办得到。"

大芳说："我很想听听你的看法，告诉我今后怎么办。"

贺顿说："没人能告诉你。"

大芳说："我要是把这个故事讲给任何女人听，她们都会给我出主意。"说完她叹了一口气说，"只是我信不过她们，她们也不能承诺给我保密。"说到这里，她猛然省悟到，"你要是把钱退给我，你还能保密吗？"

贺顿说："能。"

大芳说："这我就放心了。"

贺顿说："任何一个女人都可能给你出主意，但是，心理医生不会。"

大芳说："那心理医生还有什么用呢？"

贺顿说："心理医生的用处就是帮你理清脉络。大主意你自己拿。"

大芳说："你帮我理清脉络了吗？我怎么不觉得？"

贺顿说："你太沉不住气了。我正要谈我的看法，你就要退钱了。"

大芳说："那你现在可以说了。我还在咨询，你还应该负责。"

贺顿索性破釜沉舟，把压抑已久的愤怒喷射了出来："你要听我的脉络，可以，我这就告诉你。打个预防针，你可要坐得住，和你的逻辑南辕北辙。"

大芳的涵养比贺顿料想的要好，她微笑着说："说吧。我到这里来，就是为了听一些不一样的话。"

贺顿想，这可能是为大芳做的最后一次咨询了。决定退费，她终于可以畅所欲言了。

贺顿说："我首先觉得你是一个没有骨气的女人。你从来没有掌握过自己的命运，而是被一个非常具有操纵性的男人牵着鼻子走。这个男人就是小松，后来变成了老松。他一次又一次地背叛你，从街头的茶小姐，到自己手下的工作人员，还有女博士和电梯工，可以说地无分南北，人无分老幼，都可成为性的对象。在你们的家庭里，还有真情吗？还有真诚的交流吗？还有爱的残片吗？没有了。我在倾听你的故事的时候，不止一次怒火中烧。我觉得你丧失了尊严，你是个可怜虫，你在乞求一点爱的残羹剩饭，其实得到的不过是新的欺骗和更无耻的背叛。你一次又一次地原谅那个背叛你的人，你用自己的宽容纵容了罪恶，所以，你的身体强烈地反抗你。在每一次的侮辱之后，它都悲愤难平，只有靠把矛头转向自己来消解压抑。这就是你不停地生病，不停地做手术的内部逻辑……"

贺顿只顾自己唾沫星子乱溅地抒发感情，没想到那边的大芳脸色变得煞白，说："你……你的意思是……是我自己……自己把自己搞病

494

的……自己？"

贺顿看到大芳嘴唇哆嗦语无伦次，也有些害怕，但事已至此，一不做二不休，只有奋勇向前。况且那些话在她心中压抑太久，已经从草籽长成了萋萋荒草，再不燃起烈火，恐怕把天地都遮盖了。反正自己也不是以咨询师的面目出现，不妨一泻千里。

贺顿说："对，你悟性不错。每当你因为老松的婚外情而大病一场的时候，老松就负疚，就回到你的身边百般呵护，你就从中感到温暖。你得到的短暂爱护和关心，是你付出了一个又一个宝贵的器官为代价的。现在，你已经成一个空壳子了，你已经没有多少本钱可以成为筹码来做这种牺牲了。继续手术，你的所有脏器都进了垃圾堆，你就不复存在了。所以，你们之间这种拙劣的游戏快玩不下去了，因为你的本钱要输光了。你找到我，倾诉你的苦水，我谢谢你的信任，但如果你不从根本上改变，恕我直言，你就是死路一条。但你死的时候，你都不知道自己是因为什么而死，你都不知道自己是一个可怜虫，一个被人谋杀的胆小鬼！"

滔滔江河狂泻而下，贺顿这个畅快啊！这个舒服啊！从听大芳的故事开始就发霉的情绪终于见了清风朗月。一席话说得腰杆也硬起来了，眉头也抹开来，空气中都带上了桂花香。

大芳好像被原子弹炸中，嘴唇张成"O"形却又发不出任何声音，颜面肌肉抽搐着跳荡着，浑身像落叶一样颤抖。

贺顿有些害怕，说："大芳，是你让我直说的，不会吓着你吧？"

大芳半天才说："不会。其实，你说的这些，我早就模模糊糊地想过了。我之所以不敢往深里想，是太痛了，太苦了。我找到你们这里，就是想找到一条拯救自我的路。你的话，虽然狠，但是切中要害。我就是一个可怜虫，一个懦夫，一个胆小鬼，我自欺欺人，我自取其辱。我不能再这样下去了，我要换一种活法，我要改变。不然的话，我就得叫这些狗男女气死，最后只剩下孤单单一张人皮，里面什么东西都没有了。我活得这样没有尊严，我还有什么意义啊……"

大芳脸上反倒平静了，也许最阴暗的情绪被最恐怖的言语袒露出来，残酷也成了一种放松。贺顿听出大芳的灰心丧气，忙说："认识到了，就可以改变。"

大芳绝望地说："我怎么能改变他？我一直是他手心的那块糖。他想吃就吃，想丢就丢。"

贺顿说："你说得对。你不可改变他。"

大芳更绝望了，说："如果事情没有改变，说什么都是多余的。我到你这里来过了，最时髦最前沿的心理医生也没有办法了，这就是我的命运。"

贺顿说："我只说你不可改变他，并没有说你不可改变自己。"

大芳迷惘地说："我听不懂你的意思。这有什么不同吗？"

贺顿说："这不同就在于——你可以改变自己的。"

大芳说："我如何改变呢？"

贺顿说："这只有你自己知道。"

大芳沮丧地说："绕了一圈，我们又回到了起点。我要是知道如何改变，我又何必花这么多冤枉钱呢！"

贺顿纠正她说："你并没有花冤枉钱。这些钱你都可以收回去。好了，就这样吧，我的意见都说完了，不是作为一个心理医生，而是作为一个听了你这么长时间故事的女人。如果你愿意把我当成你的朋友自然好，如果不是朋友，也没有什么了不起的。反正，我的话是说完了。"贺顿站起身，做出送客的样子。在所有的工作程序里，她都不曾这样放肆过，今天，是一个例外。

大芳也像木偶一样站起身来。或者，说她像木偶实在是一个夸奖，她的表情和目光都让人想起欧洲中世纪的僵尸。

"我走了。"大芳空空洞洞地说。

"别忘了带上你的钱。"贺顿提醒她。

"不。不要。你今天说的话，比这些值钱多了！"大芳说完，蹒跚着走出心理诊所。

贺顿把自己像一袋浸了水的湿面粉一样扔在了沙发上。累死了。心灵的恶战也是短兵相接刺刀见红，有看不见的伤口在汩汩流血，有森森白骨龇牙咧嘴。

为什么有这样浓郁的桂花香？通常只有厕所里积聚了太多秽气的时候，贺顿才在空气中喷洒高浓度的空气清新剂。

　　柏万福像个幽灵似的溜了进来。

　　"走了？"柏万福悄声细语地问，好像怕惊动了什么人。

　　"走了。"贺顿知道他指的是大芳。柏万福很关心那些钱的去处。

　　"没拿走？"柏万福已经看见了那一沓钞票，明知故问。主要是让自己更踏实。

　　"没拿走。"贺顿回答。

　　"我知道不能偷听你们的谈话，但你们的声音实在是太大了，想不听也不行。主要是你的声音大，太不留情面了，伤人啊！"柏万福还为刚才的唇枪舌剑惊悸不止。

　　"你没有听到过整个过程，实在是忍无可忍。"贺顿一边默放着刚才的记忆，一边替自己开脱。

　　"就不能悄声说吗？我看她实在扛不住了，为你捏把汗。也不敢说话，就不停地往这间屋子喷空气清新剂，你闻到了吗？"柏万福关心地说。

　　贺顿说："真是用心良苦，可惜我根本理会不到，香气扑鼻还以为是谁在厕所拉稀跑肚然后欲盖弥彰，都快把我熏晕了。"

　　柏万福说："我看这个女人的问题挺严重的，你单枪匹马的，势单力孤，还是找几个人商量商量为好。俗话说，三个臭皮匠，赛过诸葛亮。"

　　贺顿说："她以后不会来了。"

　　柏万福说："就算是她不来了，这些经验教训也都很宝贵。人家医院里碰到疑难病例还开个会诊单子呢。"

　　贺顿想了想，说："好。好主意！"

　　于是就有了同侪会诊，于是就有了自杀未遂。于是就有了老松的来访，于是就有了贺顿的崩溃……

　　"你找个最舒服的姿势。全身不要绷着劲。两手浮起来，对，就这样仰着。背部悬空。"姬铭聪开始对贺顿进行全身抚摸。"两肩放松……"说着把双手盘在了贺顿的肩头。贺顿轻轻地抽搐了一下，姬铭聪清楚地感觉到了，但他不去理会，继续向下进行，从贺顿的肩部开始，轻轻向下触摸，一边观察着贺顿的反应，一点点地放松着手中的力度，最后变得像蝴蝶的翅膀一样轻颤。反复多次之后，弗洛伊德榻上的贺顿，如同橡皮泥一样柔软起来。

"把十个指头放松，让它感觉到很舒适……"姬铭骢抓起贺顿的十个指尖，轻轻地上抬后，放开。第一次，贺顿的手臂失去了支撑，缓缓地落了下来。这说明贺顿的意识还在强有力地控制着自己的肌肉群，催眠没有达到预定的效果。姬铭骢不急不躁，缓缓地又开始了新的一轮试探。当他第二次骤然放开贺顿的手臂时，坠落的速度明显快了，但还是仿佛装了缓控装置的门页，有所延迟。姬铭骢到底是身经百战，毫不气馁，一次又一次抚摸着贺顿的手臂，好像是当年那个要把铁杵磨成针的老婆婆，不厌其烦地打磨着那块顽铁。

终于，当姬铭骢第 N 次放开贺顿的手臂时，贺顿的臂膀就像僵尸之手砰地落下，发出了很大的声响。

贺顿已经完全失去了对自己手臂的控制力量，好像一根任人挥舞的三截棍。

姬铭骢转而用手轻轻接触贺顿膝部，说："你把两个膝盖骨放松，让它们好像飘浮起来。"

这样一遍又一遍地重复之后，贺顿终于觉得自己的两腿如太空人的行走，失去了重心和方向感。

"请你盯住这个火焰，随着它闪烁，你用力吸气。好，你的肺已经胀满了，好像风帆。屏住你的呼吸，好像你已经停泊在世界上最深的港湾，然后尽你所能，呼出你肺里所有的空气，让它变成一个空空如也的瘪袋子。对，很好，用力呼气，把所有的气体都呼出去……你觉得自己也飘浮了起来，现在，放松你的右脚，让它们脱离你而去……放松你的左脚，让它们脱离你而去……放松你的左手，让它们脱离你而去……放松你的右手，让它们脱离你而去……放松放松……现在，你已经无所牵挂，你变得像一团雾，像一丛棉花，像天鹅的羽毛飞升……"

点着的蜡烛就是催眠板。

在那之后一定发生了什么。到底发生了什么？每个人都是一个谜题，一个连他们自己都不知晓谜底的谜题。唯一能够破解这个谜题的人，是谁？面对着人生最复杂的题目，姬铭聪有一种披荆斩棘深入虎穴的快感。

有的人以遥远的星球为研究对象，有的人以细微的粒子为研究对象，有的人以蚂蚁的眼睛为研究对象，有的人以恐龙的脊椎骨化石为研究对象，更有人以人的心肺脾胃肾为研究对象……他姬铭聪是以人为研究对象的，不研究人的肉体，只研究人的心灵。这是一个无比广阔和深邃的内在宇宙，姬铭聪把自己的一生掩埋其中，其乐无穷。

现在，面对着贺顿这个个案，姬铭聪停滞不前。

对贺顿的催眠中，遇到了强大的阻抗。贺顿甚至连眼睛都不肯闭上，害怕一闭眼就被湮没在无边的黑暗和寒冷之中。

姬铭聪戒急用忍。催眠就像钟乳石一样，极缓极慢地一点一滴地，长成一株笋。如果你着急摆弄，它们就折断了。

到底发生了什么？是什么让贺顿变成了现在的样子？心理探索犹如一柄双刃剑，如果你一直封闭着，掩埋着真相，就是雪里埋尸。尸体栩栩如生地冻结在那里，不会分解和消失。表面看起来是白茫茫一片大地真干净，遗忘的永冻层会让创伤不再腐烂。但是，如果你开始挖掘，如果你把那尸体曝晒在光天化日之下，结果往往不堪入目。真正的心理学家如同真正的探险家，绝不会因为艰难险阻而回避穿越南极。谋求心理探索的过程如同兴奋剂注入体内，心在半空弯成问号，瞳孔因此而放大，呼吸加快，手心也会冷汗涔涔。这种状态会使诱导者变得痴迷。

姬铭聪认为好奇是年轻最显著的标志之一，当一个人不再好奇的时候，生命也就接近尾声。死亡是不需要好奇的，它蹲在远方，慢条斯理地等待着你。要在它呼唤你之前，把让你莫名其妙的事弄个清楚，然后再明明白白地上路，是心理学家的职责和幸福。

姬铭聪在暗夜中对自己一笑，他想到了一个方法，一个在别人看来肯定是卑鄙的办法。明知是勉强，却必须坚持。谁都有黔驴技穷的时刻，权威也不是金刚不坏之体。除了坚持，你没有更能深入的灵丹妙药。他为此做了周密的准备。

当贺顿再一次来访的时候，姬铭骢对她说："想把自己搞清楚吗？"

贺顿毫不迟疑地说："是。我一次又一次地打扰您，图的就是清楚。我要干这一行，必须把自己弄明白，我希望自己通体透明如太湖银鱼，无骨无肉无筋络。可惜弗洛伊德他老人家不在了，要不，我就是爬，也要爬到维也纳去，请他老人家给我做个分析。"

姬铭骢说："弗洛伊德收费很高的。"

贺顿说："那我就给他家当保姆吧。以工钱相抵。"

姬铭骢欣赏地说："看来你的决心蛮大。"

贺顿说："我是一个对人特别有兴趣的人，尤其是对自己有兴趣。"

姬铭骢说："那就好。"

贺顿苦恼地说："有什么好？一个连自己都不清楚的人，还能搞懂世界吗？"

姬铭骢说："我可以帮你。"

贺顿垂头丧气地说："您已经帮我了。可是，我不争气。我不想不争气，但是，没法子，太顽固。顽固的那一部分，是我又不是我，我管不了它。"

姬铭骢说："我还可以继续帮你。"

贺顿说："谢谢您。不过，我看希望不大。"

姬铭骢说："我还有最后一个法子。"

贺顿如同溺水之人看到一根鹅毛，喜不自禁地说："那我愿意一试。"

"这个疗法你可能要做出牺牲。"姬铭骢斟酌着语句，语调放缓，给贺顿以充分考虑的时间。

其实贺顿用不了那么长时间斟酌，她很快说："我是穷人家的孩子，能吃苦。我不怕。"

姬铭骢说："这跟穷不穷的没多少关系。我需要的是你随身携带的一样东西。"

贺顿不解，低下头来看看自己的穿戴，已是春夏之交，她穿一套纯棉的豆沙色套裙，脚上是一双白色的仿皮凉鞋，没有佩戴任何首饰，连手表都没戴，要看时间，就用手机替代。贺顿有些尴尬地说："我随身没带什么东西能担此重任。"

"有。"姬铭聪很肯定地说。

"那是什么？"贺顿百思不得其解。

"你听好了，不要吓得惊叫起来。"姬铭聪意味深长地说，"这个疗法很特别。经过这么长时间的相互交流，我想你能明白我的真实意思。"姬铭聪面容严肃。

贺顿还是完全不明白，她说："到底是什么呢？"

姬铭聪清清嗓子，说："是性。"

贺顿果然吓得几乎从椅子上跌落下来。对于一个心理师来说，性并不是什么不可言说的话题，让她惊奇的是姬铭聪的镇定自若。她轻轻地重复着："性？"

姬铭聪说："是。以我的推理判断，我想你一定是在性的交往当中出现了某种问题。这究竟是一个什么问题，我不得而知。但是，我很希望通过我的工作，能帮到你。"

贺顿不知所措，说："还从来没有人分析我对性的态度。如果您能帮助我，我……"她支吾着，不知道后面的话如何说，抑或她根本就不知道后面该说些什么。

姬铭聪说："我知道你很意外，不必马上回答。你想一想，想好了，再回答我不迟。"

贺顿木然地在街上溜达。真是太古怪了，心理分析搞来搞去，居然搞到了床上。贺顿对性麻木不仁，她曾轻易委身，并认为事出有因，轻描淡写地原谅了自己。有的时候，也守身如玉。过程中，没有痛苦也没有悲伤，当然也没有兴奋，有的只是目的。当然了，其中有欲望。这并不等于贺顿人尽可夫，并不等于在贺顿的意识中，就可以放任和轻率。欲望不是属于一个汁液充沛的年轻女子的生理向往，而是为了人生的奋斗目标。不想，在她以为最洁净的学术领域里，却涉及最低级的本能……而且，还这样事先出安民告示，大白于天下。

做还是不做？这是一个问题。贺顿百思不得其解。贺顿不是贞节烈女，多睡一次少睡一次，并不会给她带来实质性的损害，但是一想到姬铭骢道貌岸然的白发，一想到自己对他一往情深的尊重和爱戴，包括那双长着老人斑的手背，贺顿就涌起生理上的剧烈排斥。

科学是贺顿心中最后的一块净土，如今这净土也要染尘。贺顿不甘心啊，她原本抑郁的内心此刻更加黯淡，偶像訇然倒塌，前程再无方向。

她像一块流动的岩石，很困难很愚蠢地行走着，不知自己要去何方。她拒绝变得圆滑，但为了行走的速度，她还是磨去了很多棱角；为了流畅，她不得不做出妥协和让步。

当她漫无目的地停下脚步的时候，才发现到了钱开逸楼下。她不知钱开逸在不在家，也不知这个时候到他家去是否合适。人在走投无路的时候，管不了那么多。她按响钱开逸家的门铃，钱开逸睡眼惺忪地走过来开门，一看是贺顿，明显地吃了一惊。他的眼睛和体态都顽强地表示着拒绝，就像黎明之前大地对太阳的拒绝，这是一日当中最黑暗的时刻。

“有什么事吗？”他紧了紧墨绿色丝绒睡衣的系带，把自己包裹得像个木乃伊，问道。

“是的。有事。有一件很重要的事，我拿不定主意，很想听听你的意见。”贺顿虽然感到了钱开逸的吃惊和隔绝，但她无处可去，只有坚持会面。

“那好吧。请你在门口等三十分钟。”钱开逸注视着贺顿的眼睛，下了决心。

贺顿的脑筋发木，一时想不明白钱开逸为什么需要那么长时间。虽然她知道钱开逸是个很重视仪表的人，但半个小时梳洗打扮对于一个男人来讲，还是奢侈了一些。

没有用到半个小时，到了第二十三分钟的时候，贺顿就知道了钱开逸要求这段时间的理由。裘南娟匆匆走出了钱开逸的单元门，头发湿淋淋的，还带着薰衣草的花香。滴下的水珠把她连衣裙的肩头都打湿了。她噘着嘴，走得很快，甚至都没有注意到蜷缩在楼道犄角旮旯处的贺顿。

贺顿走进屋去，空气中还弥漫着情欲蒸发的暧昧气息。贺顿说：“谢谢你。”

钱开逸说：“谢什么？我原以为你要骂我呢。”

贺顿说："我是你的什么人？我有什么权利来管你呢？"

钱开逸揉着太阳穴说："我就喜欢你这种明白事理的劲头。说吧，有什么事需要我帮忙？"

贺顿突然不想说了，因为这种事三言两语很难说得清楚。就扭转话题说："没有什么具体的事，只是想来看看你。"

钱开逸笑道："如果你没有其他的事，看到裴南娟就不会那么平静，毕竟咱们肝胆相照，比如刚才，你知道她，她却不知道你。你一定是有非常重要的事情，才这样风驰电掣地来找我，还有一点气急败坏。"

"我并没有气急败坏。"贺顿争辩道。

"好。那就是宠辱不惊吧。反正都一样。说吧。"钱开逸正襟危坐。

贺顿说："不要那么运筹帷幄的样子，好像你是心理学家。"

钱开逸说："在某种程度上说，所有的人都是心理学家。"

贺顿说："请教一下你这个土造的心理学家——"于是把姬铭骢将要采取的治疗方案向钱开逸摊开。刚开始她还有点不好意思，但很快就被自己的焦灼所战胜，一五一十地转述姬铭骢的说辞。

钱开逸第一个反应是："这个老淫棍，这不是打着学术的旗号，霸占良家妇女吗！"

人就是怪，本来贺顿也时不时地涌出这样的看法，可一旦钱开逸挑明，她又为姬铭骢开脱。说："不要把人家想得那样坏。督导确实遇到难关。"

钱开逸见贺顿不悦，就说："我就不品评老人家的人品了。只是，有这个必要吗？"

贺顿茫然地说："不知道。我如果知道，就不这样来求教你了，还搅了你的好梦。"

钱开逸说："知道对不起我就好，一会儿要补我。"

贺顿说："不要开玩笑，咱们谈正事。"

钱开逸收起笑容说："好吧。按下我的嫉妒心不表，我的意见是你可以接受。"

贺顿大惊，说："你刚才还破口大骂，怎么一下子就转过这个弯子来了？"

钱开逸说："因为我想起你本不是良家妇女。"

贺顿叹了口气说："基本上还算是吧。不过，你这么说，真是个不坏的理由。"

钱开逸正色道："刚才是开玩笑，现在说正经的。你还记得《红与黑》里的于连吗？"

贺顿说："全中国都知道这个一心想往上爬的男子。"

钱开逸纠正道："是美男子。"

贺顿说："这难道有什么不同吗？"

钱开逸说："那当然有所不同了。不是每一个人都有资本勾引市长夫人的。"

贺顿说："我还是想不通你讲的这个故事对我现在有什么微言大义。"

钱开逸说："我知道你为了你的事业，是甘愿付出一切的。你不是一个美女。你说我说得对不对？"

贺顿说："对。"

钱开逸说："那现在老头儿愿意给你做这个治疗，我们就把它当成一个纯粹的治疗，其他的你就不要多想，就和在屁股上打一个针或者是割个双眼皮什么的同等待遇，你觉得如何？"

贺顿说："你真是这样想？"

钱开逸说："我真的不是这样想。我恨不能到公安局去报警，说这个老家伙是个强奸犯。但从你的角度考虑，我以为你可以接受。因为，只有我知道，你是一个多么热爱自己事业的人。以前有志士献身，现在，这种精神依然存在。在开始一项长期的劳作之前，我们需要一个与之匹配的强大的理由。不是吗？这个理由需要像冬瓜一样饱满，因为你将要付出的非同小可。"

贺顿忍不住热泪盈眶，说："谢谢你帮助我拿了主意，谢谢你这么理解我。"在蒸煮般的煎熬之后，一种强大的镇静感生发而来，如同高原，平缓而持重，不断隆起。就把这当作一种修行吧，如若你没有经历过生命的大悲伤大磨难，你就很难具有慈悲之心智慧之心。因为你不知道那苦痛是怎样地骇人听闻。

贺顿买了一条新的粉色内裤，带有蕾丝花边。她一直想有一条这样的内裤，但是从未买过。因为柏万福心疼钱，不能接受这样精巧的东西，他只在地摊上买十块钱三条的大裤衩子，穿不了多久，松紧带就像鸡嗉子一般垂了下来，裤腿肥得像两只面口袋，所有景致一览无余。

当穿着粉红色蕾丝内裤的贺顿来到姬铭聪家里的时候，姬铭聪正在看球。老张端茶送水，姬铭聪说："老张，我和贺顿到卧室去了。你就不必照料我们了，好好看球，一会儿把结果告诉我。"

贺顿说："您也爱看球？"

姬铭聪说："是啊。"

贺顿说："听说爱看球的人，看的就是过程。最不喜欢的就是别人把比分告诉自己。"

姬铭聪说："我不在乎过程，只在乎结果。不管用什么手段，只要最后胜利，一切都顺理成章。"

贺顿说："那也包括犯规啦？"

姬铭聪说："只要不被发现，就不是犯规。"

语带双关的对话，进了姬铭聪的卧室，戛然而止。

卧室很洁净，并不像贺顿想的很香艳或是很奢靡，基本是中式格局，古色古香的柜子和书橱，一张宽大的床好似游泳池。也许是因为床单和被褥都是浅蓝色的绸缎。

贺顿说："怎么开始？"

姬铭聪说："请你自己把衣服脱下来，躺到床上。"

贺顿说："非要我自己脱吗？"此刻的贺顿已经分裂成两个人，一个人在接受姬铭聪独特的督导，另一个还不忘探索细节，增长学问。

"是的。必须你自己脱。这样，才能证明你是自觉自愿的。"

贺顿心想，这个老家伙，无论从流氓还是从学者的角度来说，都滴水不漏。

贺顿把自己的衣服一件件地脱下来，直到剩下那条粉红色的内裤。姬铭聪无动于衷地看着贺顿的裸体，嘟囔了一声："你可真够瘦小的。"

贺顿羞惭得无地自容，不是因为自己的赤裸，而是因为毫无韵致的体态。她很想飞快地套上衣服跑掉，但是，不能。一般女子的羞耻之心，在贺顿预备接受这种督导的时刻，已经丧失殆尽。现在，她要为学养上刀山下火海万死不辞，又何必在乎人家对自己身体的指指戳戳呢？

　　姬铭聪对贺顿说："继续脱啊。"

　　贺顿把手伸向自己镶着粉红蕾丝的贴身小裤，姬铭聪说："不是这件。"

　　贺顿愕然，不知所措地说："我只有这一件衣服了。"心中暗想，这一件几乎不能算作衣服的。

　　姬铭聪微笑着说："不是指你的衣服，是指我的衣服。"

　　贺顿这才明白，诧异地问："这也是必须的吗？"

　　姬铭聪说："我不知道别人是不是这样操作，但我很强调这一条的。因为只有这样，疗效才更好。"

　　贺顿只有遵命，把姬铭聪的衣服也一件件地脱下来，每脱一件，她都细细地把衣服折叠好，好像一个尽职尽责的洗衣女工。

　　现在，贺顿和姬铭聪都赤裸裸地躺在了床上，骨骼凸出皮肤暗黄，好像两具风干的玉米秸。姬铭聪是因为老迈，贺顿是因为瘦弱。

　　贺顿简直有点幸灾乐祸的味道。看这种毫无情趣的景象，她真不知道姬铭聪下一步该如何演示下去了。

　　姬铭聪轻车熟路，把窗帘拉上，房间里顷刻之间变得幽暗。姬铭聪又把蜡烛点着了，这次的蜡烛是悬挂在一个吊篮般的器皿中。他举着它，烛火自下而上映照着姬铭聪的脸和肌肉松弛的上半身，有一种令人惊骇的古怪在其中。

　　姬铭聪开始了催眠前的诱导，贺顿的神志好似被一种冰凉的海水浸漫，渐渐地进入了恍惚的状态。

　　姬铭聪用悬吊的钩子把烛火吊在了半空中，贴近了贺顿的身体。他在贺顿的耳边喃喃地说："现在，你不是三十岁了，你是二十九岁……你是二十八岁了……你是二十七岁了……"

　　声音有一种平滑的倦怠，好像是一条奶油大河的入海口，看似静止，实则极缓慢地移动。这种移动是逆向的，从海洋的深处上溯到江河的源头。水蛇般潜航的结果，使贺顿逐渐有了一种类乎一氧化碳中毒般的安宁，她觉得自己一点点地变小，时光好像真的开始倒流。当姬铭骢说到某些特殊年代的时候，她不由自主地发出胃痛般的叹息，好像陈年积攒下的某种气体，当压力解除的时候，开始冒泡了……

姬铭骢锐利的目光在黑暗中注视着他的猎物，凡是贺顿有反应的年份，哪怕是睫毛如蝴蝶须毛的轻微颤动，他都给以特别的关注。此刻的贺顿就是一只被观察的小白鼠，这期间的任何反应都可能导向一个绝密幽深的心灵症结。

"二十三岁……二十岁……十七岁……"姬铭骢声音刻板不带任何感情色彩，好似一个垂直降落的罐笼，把贺顿送入往事的黑暗煤窑。

"十四岁……十三岁……十二岁……"姬铭骢稳步推进着。

随着岁数的不断缩小，贺顿也越来越显得幼稚起来，她的身体蜷缩成一团，嘴巴无意识地张合着，好像在寻找某种芳香的液体。

当姬铭骢吐出"十二岁……"这个数字的时候，石破天惊。

贺顿猛地一声尖叫，好像是被人在心脏刺进了一把尖刀，然后她全身筛糠似的哆嗦起来，其力度之大，带得整个床铺都为之颤动。

姬铭骢一阵狂喜，好了，症结终于找到了，时间的坐标就是在贺顿十二岁，发生了一件奇异的事情。只是，那到底是什么事情呢？

姬铭骢轻轻地问："十二岁的时候，你想到了什么？"

"冷……"贺顿缩成一团，尽量减小自己的体积。

"还有什么？"姬铭骢穷追不舍。

"疼……"贺顿哆哆嗦嗦地说。

"哪里疼？"尽管这样的逼问很残酷，姬铭骢还是要进行下去。

"全身都疼。"贺顿回答。

"你还想到了什么？"姬铭骢顺藤摸瓜。

"继父是白的。"贺顿回答。

"他为什么是白的？"姬铭骢已经大致猜到方向，但他必须要贺顿亲口说出。

"因为他穿着黑色衣服。"

"他既然穿着黑色的衣服，为什么说他是白色的？"姬铭聪问。

"因为他没有穿衣服……"贺顿的声音小得像秋天霜降后的虫鸣，深暗的带有神秘感的毛茸茸的东西，让人想起上古的洞穴中有灰黑的篝火残渣。

姬铭聪没有任何惊异的音色出现，继续问："后来呢？"

"后来，就是冷，穿透整个身体的冷，冷极了……"贺顿的牙齿都开始打战，嗒嗒的声响让姬铭聪也不寒而栗。

姬铭聪现在已经可以准确地判定，贺顿遭受了继父的性侵犯，但是，那究竟是怎样的侵犯呢？回到那个时刻是冷酷的，但不回到那一刻，贺顿的心理创伤就永远不可能复原。想到这里，姬铭聪问道："我可以进入你的身体吗？"

贺顿残存的最后的意识还在挣扎，问道："为什么？"

姬铭聪说："为了你能彻底康复。"

贺顿迷迷糊糊地说："一定要这样吗？"

姬铭聪沉吟了一下，说道："我想，是这样的。"

贺顿回答："那……好。"她对他抱有神明般的信任，相信当自己从看不见的钢丝上坠落下来的时候，他会绷紧天网来接住她。

姬铭聪开始进入了贺顿的身体。他感到极端的快乐，这是属于一个年老的男人进入一个年轻的女子身体的快乐，也是献身事业的满足感。姬铭聪把自己当成了治疗的一种手段，一种药物，尽管这在常人的眼里是罪恶和大逆不道，但是姬铭聪自有他的一套解释。也许正是因为这种与众不同的解释，才使他在性欲勃发的时刻，更是丝毫没有忘怀自己的责任。

他相信一定会成功，就像一粒火种接近了干柴，除了燃烧，你不能设想还有其他的结果。只是，目前这粒火种还很幼小，这堆柴火也还半湿不干的。

"当年，是这样的吗？"姬铭聪胸有成竹地问。他几乎可以断定贺顿会说："是的。"

但是贺顿的身体除了不停地颤抖之外，并没有丝毫属于兴奋和抗拒的表现，它像一块冷冰冰的木板，冷却力量之强大，让姬铭聪的利器一点点疲软下来。

姬铭聪是以工作为第一生命的，在这个关键时刻，他想到的不是自己欢愉的顶峰，而是陷入了思索和判断之中。一个遭受过强烈性侵犯的少女在回忆这一惨痛经历的时刻，为什么会如此麻木不仁呢？答案只能是两个，要么，是方向不对；要么，是方法不对。

关于方向，姬铭聪认定自己是完全正确的，一切细节都指向了这个方向，包括他进入贺顿的身体，那种痉挛般的反应，依他的经验，在这种早年受到性侵犯的女子当中，几乎是具有特征性的症候，应该说百发百中。另外的可能性就是方法的问题了。你无法穷尽一个丧心病狂的继父对一个幼女侵犯的手段，但是如果不能再现当年的场景，一切依然在潜意识的浑水当中浮沉，就没有法子把当事人彻底拯救出来。

姬铭聪好像一个探宝人，当然，这是罪恶之宝。但不管这宝贝的性质如何，要把它找出来。现在，你已经逼近了罪恶的现场，关键是要把一切复原。只有复原与重建，才有希望和再生。只有彻底复原，才能完整救赎。

谁最知道真相？只有这个昏昏欲睡的当事人了。尽管她好像婴孩般的胆怯和无能，但揭开罪恶之谜的钥匙就在她的手里。

想到这里，姬铭聪说："听我的指令，你深呼吸……呼……呼……"

他不停地命令贺顿呼气，不是一般的呼吸，而是只有"呼"没有"吸"，贺顿听从他的指挥，不停地向外吐气，好像一条垂死的金鱼。贺顿先是吐光了肺部正常的气体，然后就是搜肠刮肚地把肋骨和肚脐长久积淀下的气体也一并呼出，最后把骨骼中的空气也全都榨了出来。她的神志渐渐地昏暗下去。

这其实是很恶毒的一招，呼吸是一个链条，是有机的组成部分，有呼就要有吸。现在被姬铭聪强迫变成了单打一，短时间还不要紧，时间长了，大量二氧化碳被呼出，人就出现了碱中毒。

看看时机差不多了，姬铭聪问道："贺顿，你感觉到了什么？"

"贺顿是谁？我是绛香。"贺顿昏昏然地回答。

姬铭聪非常高兴，知道自己取得了决定性的进展。理智的贺顿已经隐身了，出现的是绛香。绛香是谁？当然是当年那个受侮辱与受损害的小姑娘了。乘胜追击。姬铭聪问："绛香，你闻到了什么？"

这是很险要的一步棋。在这之前，不论是贺顿还是绛香，都从来没有提到自己闻到过什么味道，但是姬铭聪决定铤而走险。因为人的嗅脑是最古老的部分，在人还是爬行动物的时候，比如你是一条鳄鱼或是一条蜥蜴的年代，你就已经享有了这个部位。人类最古老的信息就储存在此，好比金库最底层的保险柜。当你睡觉的时候，你闭上眼睛，就熄灭了视觉。你侧卧之时，就封闭了听觉。更不要说你不能伸手投足的时候，就丧失了触觉。但是，只要你还有一息生存的机会，你就无法关闭你的嗅觉。姬铭聪相信，在那个特别的时刻，绛香一定开放着她的嗅觉，最终的线索就储存在嗅脑的深处。

他不能用开放性的问题，比如"你闻到过什么"那样的话，如果答案掩埋得太深，潜意识是个懒惰的家伙，它会害怕兴师动众的挖掘连带出更多的尸首，它就会得过且过地回答："我没有闻到过什么。"现在，姬铭聪关上了门，他已经毫不迟疑地确定绛香一定记得她闻到过的味道，此刻，就是要找出那个味道来。就像你知道罪犯就在密林中，面对灌木丛你大声喊话："出来吧，缴枪不杀！"

在这样的老谋深算之下，十二岁的绛香是没有招架之功的。她乖乖地说："我闻到了一种头疼的味道。"

不可理喻的回答。但是姬铭聪相信此时所有语无伦次的信息都藏有深意。他不敢有丝毫怠慢，问道："跟头疼有关的是什么味道？"

"辣。"绛香简短地回答。

姬铭聪一时搞不明白了，他耐着性子继续探问下去："除了辣，还有什么感觉？"

"凉。"绛香回答。又辣又凉的东西，这是什么东西呢？

"在哪里？"姬铭聪百思不得其解，只好另辟一方向。

"就在你刚才进去的地方。"绛香突然用成熟女子的声音回答。糟了，她的成年自我恍然恢复了一部分。

百花深处，又辣又凉，这怎么可能？但是，在他和来访者无数次互动中得出的结论是：一切皆有可能！

姬铭聪试探着问道："你是说，你的继父把某种东西放进了你的身体？"

此刻的贺顿，也就是当年的绛香回答道："是。一种又辣又凉的东西。"

"这种东西和头疼有关？"姬铭聪继续推理。

"是。头疼的时候，我妈妈会把它抹在眉毛两边。"绛香回答。

"好，我知道这是什么东西了。你等等……"姬铭聪慌忙起来，裹上睡衣，走出房门，叫来老张，说："我要……"他把声音压得很小，怕惊动了昏睡中的贺顿。一旦贺顿醒来，前功尽弃。

老张不解道："您病了？"

姬铭聪说："快去。啰唆什么！"

老张赶紧一溜小跑把东西找了来。姬铭聪把这方小小的玩意儿拿在手里，心想，是它吗？对，就是它。这太匪夷所思了。但是，你必须试一试！

他把金属小盒子中的膏状物涂抹在自己身上，然后进入了贺顿，也就是当年的绛香的身体。这是一种十分不舒服的感觉，姬铭聪对自己说：成败在此一举！

贺顿狂哮起来，疯狂地弓起身躯，把十个指尖深深地扎入了姬铭聪的身体。幸好姬铭聪上身穿着衣服，不然就会血肉横飞。

果然！这一次，对了！姬铭聪找到了答案，当年，在绛香的母亲离开之后,她的继父在生殖器上抹了大量的清凉油,强暴了绛香。从那时起，绛香就对男人留下了深深的恐惧和仇恨，从此，她丧失了对性的感知和享受，那挥之不去的寒冷异质统辖在她内心最隐秘的地方。由于那记忆太惨痛了，太肮脏了，她的意识只有选择了全面的遗忘。唯有遗忘，她才能告诉自己，你还配活着。唯有遗忘，她才能为自己找到一个生存的理由。这种埋藏极深的创痛，无时无刻不在陪伴着她。它造就了她的性格和命运，甚至也决定了她为什么会学习心理学，为什么愿意救赎他人，为什么深刻地自卑，为什么在疗治他人的过程中，会让自己一蹶不振……

贺顿只觉得自己头颅里的压力像高压水管爆炸了，水雾弥漫了所有的思维缝隙。肌肉痉挛，呻吟不止。她下意识地用右手击打自己的左手，然后两只手一块儿扇自己的嘴巴，从未听过的非人的声音传出喉咙，把自己吓了一大跳，好像一个妖怪潜伏了几十年突然露出狰狞的面孔。耳朵里藏着一万座蜂巢，黄蜂鼓动翅翼，掀起充满芒刺的风暴。战栗滚过肌肤，一寸寸地蚕食着感觉，直到把整个胴体变成钢板。

姬铭骢抽身而出，冷静地注视着这一切。如果贺顿要逃脱，他就把她按住。有时候轻轻地，好像按住一只蝴蝶；有时要用蛮力，好像抓住一个要夺路而逃的窃贼。他知道她极端痛苦，但怜惜就是纵恶。他把她推回火焰中，看她燃烧。让所有的伤害回归原点，在那里将烙印消除，掩埋好尸体，打扫完战场，然后才能重新出发。这样，贺顿回头张望的频率就大大减少了。贺顿才能不再闻到死尸的味道，那腐朽之处飞起的乌鸦，也不会在深夜猝不及防地号叫了。

也许，还有很多潜在而深刻的影响，从那又凉又辣的清凉油中蒸腾出来，熏迷了当事者的双眼，值得她擦干眼泪好好思索。来日方长，此刻，号叫和自我厮打之后的贺顿，等到一场歇斯底里的发作完结，进入了深深的睡眠。

每个人都是一组拼图，只不过很多人拼错了方向。心理师的工作就是让它们各就各位。

姬铭骢尽职尽责地完成了自己的角色，待到贺顿强烈厮打痛哭宣泄之后，又以非常平稳的口吻诱导她走出催眠："现在，你是十三岁了……十四岁了……十八岁了……二十五岁了……你不再是绛香，你是贺顿……贺顿，你醒来了……"

姬铭骢揉揉被拧痛的胳膊，出了房门。老张等在外面，说："没什么事吧？"

姬铭骢说："没事。"

老张说："我问的不是她，而是您。不要紧吧？"

姬铭骢说："这是一次搏杀。就算挂点彩，也是值得的。"

老张说："结果呢？"

姬铭骢说："当然，胜了。给我放洗澡水，水热一点，我要好好清洗。"

老张笑起来，姬铭骢正色道："你这种笑法，要么大智若愚，要么就是真的愚，一个不学无术的傻瓜。"

|第42章|

假装得久了，就变成真的了

　　贺顿醒来后，一言不发就离开了姬铭聪家。催眠并不是人事不知的真正睡眠，所有的细节她都记得。贺顿返家后，目光僵直，眼珠像豆荚中的一粒粉豆，完全没有焦点。柏万福看着不善，问她要不要到医院去看急诊。贺顿缄口不语，像死人一样倒头便睡。这一睡就是整整二十四小时。柏万福看着害怕，几乎怀疑贺顿被人下了蒙汗药，仔细观察又不像，贺顿睡得很安宁，如同婴孩。只好由她睡去。

　　醒来后，贺顿第一感觉是恍如隔世。那个从绛香蜕变而来的贺顿已经渐渐融化，变得纸片一样菲薄。代替她的是一个被粉碎后重新黏结起来的女人。躯壳和外表并不重要，真正的改变是在内心。所有的形式都无关紧要，即使是在旧有名字的蛹蜕中，她也羽化成蝶。

　　她想了很多。多年沉冤翻腾出来，严重的内伤曝光天下，腐烂发酵的往事，像地雷一样爆炸，血肉横飞生灵涂炭……

　　典型的以暴制暴，以毒攻毒。如果是一个脆弱的灵魂，会在这样的压榨之下损毁堕落，幸好贺顿坚韧而顽强，才刀口舔血慢慢恢复过来。

　　人心真是个奇妙的容器，你说它大吧，容得下江河湖海，风云变幻；你说它小吧，一个伤口可以流血一辈子。一个人有多少血，可以经得住这样从夏流到秋？一个人有多少能量能够经得起不停地耗竭？在这个意义上说，贺顿感激姬铭聪，他把一个潜伏的癌肿，以异乎寻常的方法挑开，脓血四溅，腥臭无比。在那一瞬间，屈辱与愤怒把原有的贺顿炸飞了，成了狼藉一片的碎渣。苦难就是整个世界，沉沦悲怆。硝烟散去，她看到了自己小小尸身横陈在腐臭的记忆池塘里，无数吸血的蚂蟥附着在上面，好像一袭罪恶的袈裟。除了焚毁与埋葬，你别无他法。多年以来，悲惨往事蛰伏于潜意识的底层，一如深海妖魔。你看不到它的踪影，却闻得到它的气味。它掀起的暗流在你看不见的地方肆意汪洋，操纵了所有航行的船只和飞翔的鸥鸟。你以为是自由的，其实它在不动声色地指挥你；你以为是成功的时刻，不过是它在窃笑；你以为是哀伤的时分，不过是它疲倦的哈欠……

如今，这一切的一切，散失魔法。从此，它咒语失灵。心理治疗比任何事情都更接近于修行，刹那就是顿悟。贺顿有望摆脱梦魇，开始进入自由时代。

因为觉得自己从小就是一个肮脏的女人，所以贺顿对性爱采取了散漫放任的态度。当然，她不会轻易凭这个赚钱，但谁又能保证万不得已的时候，她不会出此下策？那个曾经被填满了清凉油的身体，是一个丑恶冰冷的洞穴，从那里发出的恶臭寒气，如同龙卷风，生生不息。她恨自己的这一部分，既然它被践踏过掠夺过，那她就索性敌视它，抛弃它，将它与自己分割和分裂。所以，她从来没有过性的快感，当需要用性去换取她所需要的东西的时候，在所不惜。

生活有一个怪异之处——你假装得久了，就变成真的了。即使蒙蔽不了自己，自己也为蒙蔽了别人而沾沾自喜。真相潜伏在那里，半夜如跳蚤般钻出来叮你，留下无数爪痕，让你长久遭殃。

如今她身处地狱，愤怒的火焰将牙齿炙热。

当她能够回首一度曾使她昏厥的痛苦之时，清算就已经开始。脚下有微微的暖气吹拂，如同令人酥痒的春蚕向上爬动。贺顿可以清楚地感受到寒冰融化的进度，极其微小然而锲而不舍。她渐渐地温暖起来，好像被放入炉火中的湿柴，先是干燥，然后才是燃烧。

灾难是由于母亲的失职，所以她在潜意识里，憎恶自己的母亲。这当然是一个大逆不道的想法，当这个想法占据脑海之后，孩子的第一个反应是掩盖它。结果是贺顿把对母亲的怨恨化作格外地讨母亲喜欢。她从来没有把自己的遭遇告诉过母亲，母亲回来以后发现贺顿变得异常乖巧，还觉得这一趟离家，让孩子长大了。后来不久，母亲就在一场传染病中离世，贺顿感到极其哀伤，她觉得一定是自己的仇恨得罪了上苍，才让母亲丢了性命。从此她更觉得自己罪孽深重，对天下所有的老妇人都噤若寒蝉。这就是她在柏万福的母亲面前，既桀骜不驯又百般反抗的根源。

因为自卑，她可以把身体当作一个筹码，答应了柏万福的婚姻。因为仇恨，她对柏万福的母亲永远无法亲近。她觉得自己的灾难来自早年的父母离异，所以她对事关婚姻家庭情感的当事人，都报以异乎寻常的热情。因为她是一个破碎家庭的受害者，因此她对所有婚姻的解体都不安地抗拒。在心理师生涯中，她从本能上强烈地抵制所有的粉碎和重建，有的时候连自己也为之迷惑不解。现在，真相大白了。未能完成的心结，让她无法成为一个优秀的心理师。

她期冀在遗忘中救赎，于是编造了自己的历史。

因为她对知识的渴求，使她对所有的知识分子都怀有敬意。这就使她对钱开逸的那份情感，本质上绝非纯粹的性。

还有"真相"。内心匍匐着假象，就对真相趋之若鹜。无论真相对当事人是否至关重要，它对贺顿这心怀暗疾的心理师是首屈一指的。所以，她不遗余力地追索真相，百折不挠。

永远的冷。永远盼着一把火。燃烧尽骨缝中的冰锥……

她逃避痛苦又迎接痛苦。眼前的痛苦成了她过去痛苦的挡箭牌。或者反过来说，过去的痛苦成了她现在痛苦的盔甲。

恐惧这个东西，根深蒂固。如果不是你主动地去拔除，年龄的增长只会使它们以更多的化身隐藏下来，而不会自动消解。在每一个受过虐待的孩子的身体里，无论他们后来成长为怎样魁伟的成人，甚至取得了经天纬地的成就，内心深处，依然驻留着一个软弱无能担惊受怕的孩子。

她不能从容地享有幸福，在幸福中会体验到莫名的危险与不安。幸福这种情感于她是如此陌生和稀有，是令人不舒服的考验，也是诱惑。幸福诱惑你躲开它，因为你觉得你不配。在困难和苦痛中，由于神经的高度警觉和敏感，贺顿保有清醒的判断力，但是幸福就不同了。面对幸福她束手无策。幸福是孤独的，她没有独自品尝幸福的能力，只好把幸福拒之门外。她无法忍受幸福带来的昏眩和特立独行，她只有逃避。

哦，还有那辆飞天的红色火车！那是压抑的能量和宏伟的理想铸起的幻想，在梦中飞翔。

剖析自己是痛苦的，如同古代的酷刑——五马分尸或是千刀万剐。也许比那更残忍，刑罚中的刽子手是一个人，受刑者是另一个人，这就是一种绝缘。在贺顿的反思中，杀人者和被杀者是同一个人，都是她自己。唯有将自己撕碎，肝肠寸断地裂解之后，才有可能重组。自己将自己割剔，刀刀见血精准犀利。你哪里越痛，越说明那里毒涎汇聚。你哪里越想躲避，就越说明那里隐患深在……

贺顿是勇敢的，也是绝情的。她冰雪聪明，明白了自己的痼疾，毅然决然开始再生的铸造。这个过程是艰辛的，也是愉快的。剔除了腐肉，你不再爆发无名高热。放出了毒血，你浑身从未有过的轻松。你看人看事看世界的眼光不一样了，你感到了发自内心的自由。冰河已经打开，道路已经开通，头顶上的紧箍咒已经找到了解码，从此天地一新。来自神的给神，来自鬼的给鬼；来自人的，留给自己。

终于有一天，贺顿开始问自己，惨祸密布的童年，有什么正面的遗产呢？甫一想到此题，她觉得自己真是疯了。丑陋悲戚的疮痕，怎么会有好处呢？但是，任何事物对人的影响，都是双刃的。不可能只是好的方面，当然也不可能都是恶劣的方面。那么，衡量自己是否真正走出了阴影的试金石，就是看你能不能跳出三界五行外，更客观更冷静地看待过往的经历。

贺顿从胃里向外呕酸水，连鼻子都辣起来。

不！我不原谅！我永不原谅继父这个禽兽！她斩钉截铁地对自己说。她抬头望月，月亮变成了有棱有角的煤块，不再圆，也不再银白。月亮被烧焦了。

说完之后，她的生理反感稍微释放了一点，胃部好像熨平了一些。是的，寻求事情的另外一重意义，并不意味着原谅和宽恕。继父在母亲死后，另娶他人。贺顿在饱受蹂躏之后终于解脱，到老奶奶家度日，后来就出来自己混日子了。听说继父和人打架斗殴，被埋伏的人刺穿了太阳穴，一命归西。对继父的回忆如同尘封的墓穴，一旦打开了，愤怒的尘暴经久不息，直冲霄汉。

许久许久，那根恐惧的脐带从坟墓中伸出来，勒缠在她的脖颈上，直到她挥刀斩断，血肉横飞。举头望天空，太阳像一件残破的血袄，一滴一滴地把血样的棉絮抖落在地，血丝罩满人间。

刻骨铭心地痛啊！疼痛的消失需要时间，但有了疼痛，就说明有了知觉。这就是好转的迹象。

旷世的孤独像海啸一样，壁立而来。悲伤可以像酒一样储存很多年，时间愈久愈醇厚。醇厚的悲伤如同敌敌畏，只要一小勺，就能把人撂倒。

贺顿流了很多眼泪。眼泪不是从眼睛中流淌的，而是从内心的花蕊迸溅而出，带着灵魂的苦涩。她知道它们是初级的治疗仪器。所有的情绪都是以液体的形态存在于我们的体内。高兴的时候会流泪，伤心的时候也会流泪。泪水中包含着百氨酸——脑啡肽，是一种大脑自己产生的自然疼痛缓解剂。哭泣排出了造成压力的化学物质。

不说话，只哭泣。这是多么简单和纯粹的生命啊。

泪珠粉身碎骨的时候，有一些变化悄然发生。那来自身体最本能最深在地方的寒冷，被眼泪浸泡和溶解，渐渐遁去。

把痛苦拧干，留在手心的那滴水，就是重生了。

无所谓报仇也无所谓宽恕，罪恶之人已经堕入地狱。现在问题的关键是，你贺顿如何看待自己的童年？

你依旧是洁净的！贺顿这样对自己说的时候，泪流满面。她仿佛看到了当年那个孤苦无依的小姑娘，蜷缩着身体，仍旧无法抵御那透彻心扉的寒冷。她向虚空中伸出手去，向时间的远方伸出手去，她的手掌并不宽厚，手指也不算强壮有力，在某种程度上说，甚至是孱弱和颤抖的，但这并不影响这双手的温暖。今日的贺顿向时间深处的绛香招手示意，过来吧，我不会嫌弃你！纵使这个世界上所有的人，包括你的亲生母亲都可能会有意无意地放弃你，但是我不会。因为你就是我，我就是你！

我否定你，就是否定了我自己，而否定是一切失败的根源。一个不期待失败的人，就不能把你和我分开！不不！你就是你，我就是我。我们必须分开，永不重叠。我们是有联系的两个人，血肉相依；我们又是绝不相同的两个人，一刀两断。我永远会和你在一起，但我比你有力量，比你有勇气，比你坚强。多少凋零，多少破碎；多少委顿，多少迷失。多少伤痕，多少酸楚，多少无法与外人道的叹息感慨，我都要说与你听。

夜风正凉，时光正好，我依稀看到一种东西在面前如沙漏般流淌，我知道那就是你变成我的过程。绛香，从此我与你诀别。不是我看不起你，是因为你已长大。否定了我就是不承认你已长大。我会爱护你，我会保护你，我会捍卫你，我会以你为荣！一直以来，我们因为期待着爱与被爱，这才历经磨难地活着。

当想到"以你为荣"的时候，贺顿不禁嘴角抽搐。以一个受尽折磨的懦弱的乡下小姑娘为荣，这是愚蠢的。但是，这又是必然的，因为今天我就是当年的你的翻版。你不以她为荣，难道你要以她为耻吗？那不是她的耻辱，那是她的命运！

对于命运，我们只能顺应。特别是在你根本就不具备反抗命运的能力的时候，你只能俯首听命。在这个意义上说，那个叫作绛香的乡下小姐，没有变疯，没有自暴自弃，没有干脆变成街头卖身的发廊妹和洗头女，这难道还不值得钦佩吗？

绛香是勇敢的，是勤奋的，是聪慧的。她从污泥浊水中挣扎而出，自强不息地学习了很多知识，居然变成了一个解救他人于危难之中的心理师，这难道不是值得惊讶敬重的事吗？满身疮痍的她，拼命吸吮太阳的热量，橙红色的乳汁让她的脊梁渐渐恢复了硬度。她靠着这份天性，在苦难中维持着自尊，保持着脑筋清醒，淡化着皮肉以至灵魂的痛苦，自强不息。

如果没有这种折磨，她也许只是一个父母身边的娇娇女。谁说穷人就没有娇女呢？一样有啊！长大了，就像普通的农村姑娘一样，媒人说亲彼此相看，商定彩礼陪嫁的数目，然后选个黄道吉日就把自己嫁了。再然后就是生养子女刷锅洗碗侍奉男人孝敬公婆……不要说真正过这样的日子，单是这样设想一番，贺顿就不寒而栗了。不可否认，世上有无数的女人已经走过和正在走着这样的道路，她们也会满足和幸福，但是，贺顿知道自己是个异类。她不能满足于这种平淡和琐碎，她希望自己能有别样的人生。从这个意义上讲，童年的悲惨遭遇，生父的抛离，生母的沦落，继父的凌辱……都在成就着她非同寻常的命运。因此她才格外地早熟，因此她才异常地敏感，因此她才能我行我素地走出田野，因此她才能以助人为职业……她知道孤苦无助的悲凉，知道一双手对另一双手的宝贵。她先是为了救自己，然后才知道也能救别人，于是就义无反顾地投入这个新兴的事业中，在救赎别人的过程中拯救自己。

因此，她感谢命运，也感谢苦难。珍惜无数萍水相逢的宝贵瞬间和朴素真情。苦难和命运并不能自动地转化成精神的营养，她用悲怆的方式完成了发酵。令人作呕的腐败之味散去之后，剩下的就是丰饶的养分了。

贺顿感到飞升般的轻松。这是灵魂的一次洗礼，尘埃已随着水波荡涤而去，剩下一个带着愈合了伤疤的虚弱身体。当然，她还会沾染沙砾，但她已学会整旧如新。好像一只蝴蝶，前世是丑陋闭塞的蛹，其后是一条肮脏蠕动的毛毛虫，然而，经过锲而不舍的修炼，她终于飞起来了，美艳如花。从此，卑微又如何？照样可以活出尊严。垃圾里可以埋藏黄金，猪圈里也会有灵芝。

每个人对于自己最大的才能和最高的力量，常常懵懵懂懂并不了解。只有大危难，大责任，大变故，才能让你看到你身体里到底蕴含了多少矿藏。贺顿醒来了，从此，在这个邪恶俯拾皆是的世界上，她要用自己的努力，让它变得比没有自己活过的时候，要洁净一点，温暖一点，光明一点。每一个生命，都有可能成为另外一个生命的天使。生命如一匹白练，她已拥有过伤痕，她还想得到更多的颜色。

弗洛伊德老先生在《梦的解析》的扉页上，引用了这样一句诗："假如我不能上撼天堂，我将下震地狱。"贺顿没有这么大的抱负，但她为了自己的理想，柔心铁骨，决心青丝熬成白发、炬火炼成枯灰地坚持下去。晨要担当，暮要担当。毁也安详，誉也安详。

她柔声地对柏万福说："我们谈一谈吧。"

柏万福这些天来面无表情，几乎万念俱灰。诊所虽没有对外正式关张，也已百业凋零。负责打点杂物的文员，看出日薄西山的趋势，早在物色跳槽的新方向，上班有一搭无一搭地不再尽心。文员们的工作是业务量的第一道关口，一旦敷衍了事，就从源头上锁住了客流量。柏万福心知肚明却不做任何干涉，如果文员小姐们尽心尽力地工作，预约来了大量的客户，他又如何应对呢？看贺顿一天到晚半死不活的样子，日子还不知如何过呢，皮之不存，毛将焉附？索性任它风雨飘摇。

贺顿挺直腰板，隔着桌子，等着柏万福的回答。看到贺顿严肃认真，柏万福心想摊牌的时刻到了。说："你有什么就讲吧，我都准备好了。"

贺顿反倒奇怪："你准备什么啦？"

柏万福冷笑道："你不要装了。不就是离婚吗？"

贺顿说："我没打算和你离婚。"

重重磨难之后，柏万福已不会轻易相信任何话语，问："真的？你是在担心欠条的问题？已经一笔勾销了。"

贺顿说："谢谢你，不是因为钱的问题，我以前只是在寻找依靠。"

柏万福说："我就不能成为你的依靠吗？"

贺顿说："你已经是我的依靠了，只是我以前不知道。最重要的是，其实，我不需要依靠。"

这话说得柏万福似懂非懂，但不分开的意思他是听明白了，就说："你是说，从今以后，咱俩就好好过日子？不再一仆二主？"

贺顿："在做决定之前，你先要了解我。"

柏万福说："你先要有个态度。"

贺顿："你了解了我再做决定。"

柏万福说："我不知道你的过去，但我知道你的现在，这就足够了。以前发生过什么，都已经过去了。只要你许下承诺，就像重新粉刷过的房子，我愿意和现在的你在一起，这足够了。"

贺顿没想到一贯面面糊糊的柏万福能说出如此富有深意的话，也很感动，说："咱们一起往前走吧。先把诊所的业务重新振兴起来。"

柏万福说："发生了什么？"

贺顿道："你猜得不错，是发生了一些事，但是，它都没有咱们一起往前走重要。"

现在，她对柏万福充满了感激。感激有时候能很明确地说出是因了某一件事而发生，有些是一天天一丝丝叠加而得来的相知。对柏万福，二者都有吧。为了全心全意地投入到心理师的工作中去，贺顿决定让情感平静而简单。真正的勇气是让人谦卑的。既然所有的方向，你都运筹帷幄，知道得越多，你需要的就越少，你还有什么不可淡然处之！

"那个大芳又想来了。约吗？"柏万福问道。

第43章

沮丧就像铁锈一点点堆积起来

贺顿说："您今天到我这里来，是想讨论什么问题呢？"

大芳苦笑着说："贺老师，很长一段时间不见了，您把我忘了？怎么生分起来了？连我是什么问题，都不知道了？"

贺顿心里说，我怎么能把你忘了？这一段时间，我为了你的案子，呕心沥血披荆斩棘啊！

贺顿看着大芳，心想一切都因你而起。从这个意义上讲，你是我的再生父母，我把谁忘了，也不能忘了你啊！这番话自是不能对人说的，岂止是不能说，连蛛丝马迹也不能显现。贺顿看大芳的角度已经和以前大不一样，从大芳的佯作镇定中，看出了虚弱和控制。沮丧就像铁锈，一点点地堆积起来，涂抹在大芳的脸颊上，晦暗的颜色象征着她的生活不堪一击。

贺顿说："您卷土重来，不是单纯地想聊天吧？"

大芳收敛起笑容说："我要解决我的问题。"

贺顿让大芳回到了主题，接着说："到底是什么问题？"

大芳说："您都知道。"

贺顿不得不承认，以往的过失，已将大芳惯出毛病了。她调整了一下情绪，让面容更加平静，说："其实，我并没有你自己知道得那样清楚。每个人，都是自己的问题的制造者，也是解决者。"

大芳也曾饱览群书，从容应答："你这话说得不错。但是，我掏了钱到你这里来，经年累月，并不见什么成效。我想知道你究竟怎样看待我的问题？如果你说不出来，或者虽然你说了，可我觉得完全不是那么回事，那我还会走，这一去，真的永不再来。"

大芳言辞傲慢，胜券在握。她知道贺顿对自己的案子很上心，激将之下，让贺顿对自己更加注意。

贺顿静看大芳表演，如果是从前，她会焦虑，会急赤白脸地表白，会像猴子献宝一样把自己的分析判断和盘端出，会不遗余力地展示自己的理论框架和对问题的基本看法，会期望得到来自大芳的认同……总之，她会以滔滔不绝来展示水准。但这一次，贺顿不再周旋于旧窠臼。正果修成，人就安静了。

贺顿说："我对你无能为力了。如果你不再相信我，当然可以不再来。不必奢谈以后，咱们立马生效。"

贺顿说得很和缓，没有任何情绪和要挟的成分在内。这不是一个手段和策略，是此时此地的真切想法。尽管她对大芳这个案子饶有兴趣，尽管她已经有了新的方向和策略，但都不会挽留大芳续治。

大芳凛然一惊。她已经习惯了到这里来一诉衷肠，博得同情和叹息，寻求世人对自己最后的关切和注重……分久必合，合久必分。现在，突然一风吹了，说没就没了，如何是好？

大芳哭丧着脸说道："贺老师，你烦我了？"

"没。"贺顿明确否认。

"那你对我黔驴技穷了？"大芳反唇相讥。

"也不是。"贺顿很肯定地作答。

"老松给我使坏了？"大芳脑筋转得很快。

"没有。我最近没有看到过他。"

"那是因为什么？"大芳大惑不解。

贺顿反倒笑了，说："你怎么如此健忘？刚才不是你亲口说的不要再来了吗？"

"那是有前提的，就是如果你说不出来我究竟是怎么一回事的话。"大芳恢复了镇定。

贺顿说："那我可以明确地告诉你，我就是说不出来你是怎么一回事。"

大芳发现自己正被逼进死胡同。如果她承认贺顿说得对，那自己就没有理由继续留在这里。人家收你钱财替你消灾，既然不收你钱了，撒手不管顺理成章。如果说不同意这个说法，那就表明即使贺顿说不出是怎么回事，自己也要心甘情愿留在这里。大芳何许人也，哪能就这样轻易就范？她反问道："你说怎么办呢？"

这一招也很厉害，来访者和心理师经常斗智斗勇。贺顿试探道："你还是相信我？"

大芳不打磕巴地说："那是当然。我把钱砸在你这里，我把大把大把的时间放在你这里，把自己的秘密毫无保留地告诉你，这难道不是信任吗？说句实话，就是我亲娘老子在世的时候，知道的也没有你多。"

贺顿说："你把我当盟友？"

大芳说："那是自然。咱们是反击老松的统一战线。"

症结所在！若是以前，贺顿会把这句话当作微尘，轻轻飘过，就算对大芳充满火药味的用词稍有不满，还是会同意和大芳结成心理联盟。

那时候的贺顿，虽然在理论上恪守着心理师的中立原则，但对男人的潜在仇恨，会不由自主地让她满怀愤怒。现在，清洗了怨毒颗粒的贺顿，比较客观了。

贺顿和颜悦色地纠正大芳："我和你不是抗击老松的统一战线，是拯救你的统一战线。"

大芳满脸困惑地说："这有什么不同吗？难道不是打击了老松就拯救了我吗？"

贺顿不从正面回答这个问题，那样会陷入对立。她避开锋芒，说："你离婚，是不是就打击了老松呢？"

大芳很得意地说："当然是。他以为我不敢，但是，我就离了。怎么样？"

贺顿说："那你既然打击了老松，是否就拯救了自己呢？"

大芳好半天才说："没有。如果拯救成功了，我就不来找你了。"

贺顿说："据我看来，离婚不但没有成功拯救你，反倒使你越来越孤僻和自卑了，萌生绝望。"

贺顿决定直击要害。

大芳先是一愣，然后说："你也看出来了？"

贺顿简短地回答："对。"

大芳说："既然你看出来了，真人面前不说假话。我以为离婚之后，一切都会好起来，结果，更不知道满腔怒火向谁发泄，真相永远搞不明白了，心里就更憋屈。"

一个离婚女子，无暇计划自己的新生活，死死地缠在报复之中，为什么？如若是从前，贺顿会把疑惑放开，追问就是冒犯。这一次，贺顿直抒胸臆："离了婚，你在法律上和老松就没有关联了。我不知道，你为什么还把发泄怒火当成头等大事？你似乎关心他人比关心自己为重？"

"那当然。我永远都是关心他比关心自己为重！"大芳理直气壮地脱口而出。

"为什么？"贺顿逼近一步。

"因为我既然嫁了人，从此就和他融为一体。他快乐，我就快乐。他哀伤，我就哀伤。"大芳毫不含糊地回应。

丧失自我，这是非常严重的问题，以前怎么就没有注意到？贺顿顾不得懊悔和反思，顺藤摸瓜道："那老松一次又一次寻欢作乐，当然高兴，你感受如何？"

这是一个开放的问题。如果依贺顿以前的脾气，这个问题就会变成："他一次又一次地寻欢作乐，自己当然是高兴的，但建筑在你的痛苦之上。"

这就不是一个中性范畴。

果然，大芳有了和以往不同的回答。大芳说："他找小老婆，我也高兴。"

大收获。如果心理师带着义愤填膺的口气引导了来访者的情绪，有谁能在这种明显被损害的情势下，说出如此没骨气的话呢？开放和中立诞生了转机。

贺顿几乎疑心是在幻听。若不是亲耳听到，简直打死也不会相信——现代社会还有女子喜欢丈夫找小老婆！

贺顿提醒自己，不要被小小的胜利冲昏了头脑，也不能面对重大突破沾沾自喜。一切从来访者的福祉出发，乘胜追击。她不解的是：一般妻子说到丈夫的外遇对象，用的都是"情人"，粗俗一点的，用的是"相好的"，甚至可以骂人，比如"婊子养的"、"那个不要脸的贱货"，等等，像大芳这样径直就用了"小老婆"称呼的，极少见。带着属于逝去年代的陈腐气息。

在斗智斗勇的回合中，贺顿依靠的除了学养和人格，就是猎犬一样灵敏的直觉。

贺顿不能放过自己的疑虑，尽管只是一闪念。她说："原谅我打断一下你的话。你刚才说那些和老松好的女人，是他的小老婆？"

"对，有一个算一个，都是小老婆。"大芳坚定地重复。

贺顿注意地看着大芳的表情，不知道是不是自己的错觉，她看到大芳嘴角微微上翘。如果她看得不错的话，这是一个微笑的雏形。千真万确，是一个微笑，而不是一个苦笑，更不是嘲笑。

这个发现让贺顿百思不得其解。丈夫有了情人，这是令人怨愤的事件，在以往的陈述中，大芳也一直咬牙切齿，如今，为什么有了瞬忽笑容？是自己眼花缭乱还是以往粗心大意，根本就没有发现这个致命的征兆？

贺顿不敢怠慢，只有再次验证自己的发现。她说："小老婆的事，你真的很高兴吗？"

大芳肯定地回答："要说气愤，那肯定是有的。不过，我还是高兴的。"

晕倒！贺顿近在咫尺，这一次听得真切无比。她不由得怒火中烧，说："你既然高兴，那你干吗还要离婚呢！"

大芳恶狠狠地说："这还不都是你调唆的。离了婚，有什么好的，我连大老婆也当不成了！"

天！引火烧身！倒打一耙！好心当成驴肝肺！贺顿奋而起立，摔门而去。

大芳也起身就走，对工作人员说："退钱！"

晚上，贺顿彻夜不眠。这样的效果，始料不及。

并不后悔，只觉得有一个方向没有好好地把握。大芳提到了"大老婆""小老婆"，在大芳的字典里，它们意味着什么？又掩藏着什么？混沌不明。

大芳，你会不会再来？如果不来，贺顿也不再认为这是不可饶恕的失败。她曾经由于自身的不完美，特别企图做一个完美主义者，现在，她决定允许自己失败和有缺憾。就像在医院里会有病死率一样，心理师也会有来访者的死亡率，那不是心理师的耻辱，只是一个不以人们主观意志为转移的规律。

这个道理很简单，认识它却需要很久。只有简单平凡的盐，才能止住腐烂。

很晚了，柏万福还没有回来。虽说只是上下楼的几步路，但他执拗地留在诊所，等候着电话。

贺顿已经蒙蒙眬眬地入睡了，柏万福回来了，推醒贺顿说："我送给你一个礼物。"

贺顿是个喜欢礼物的人，睡眼惺忪地四处张望，说："又不逢年过节的，好像也不是谁的生日，送什么礼物？"看到柏万福两手空空，说："你骗人！"

柏万福说："我不骗你。真的有个礼物。我刚才约到了大芳，又查了你的时间安排，约她明天下午三点来。"

贺顿一下子睡意全消，说："是她主动打来电话吗？"

柏万福说："正是。"

贺顿看了一眼挂钟，说："这么晚了。"

柏万福说："我知道你在意她。她若来，决定很可能是在半夜时分做出的。此念一起，她会马上打电话……"

贺顿说："半夜有录音电话值班。"

柏万福说："我知道。但是以她的性情，如果没有人接待，只是值班电话的机械应答，她一定会一言不发地挂了电话，机会稍纵即逝，很难说她还会再积聚起勇气……"

贺顿说："所以这几天你就天天晚上守在诊所接听电话？"

柏万福搓搓手说："是啊。守株待兔，有了收获。"

贺顿很感动："谢谢你的礼物。"

柏万福说："其实这件礼物是你自己送给自己的。你的诚意让大芳终于来了。"

说不清这是贺顿和大芳的第多少次会面。

大芳的气焰不再那样嚣张，怯生生地说："你还愿意见我？"

贺顿说："谢谢你的信任。"

大芳说："除了你，我真不知道还能找谁。"

贺顿说："其实有一个人永远和你在一起。"

大芳大惊，说："谁？我怎么不知道？"

贺顿说："那就是你自己！"

大芳说："你这是耍我。所有的人都和自己在一起。"

贺顿正色道："并不一定。很多人是分裂的。"

大芳说："比如谁？"

贺顿道："比如你。"

大芳冷笑道："你的意思是我得了精神分裂症？"

贺顿说："那是精神科医生的事，我并没有这样说。但这并不表明你发展下去，就一定不会染此恶疾。"

大芳说："危言耸听，证据何在？"

贺顿说："作为你的心理师，我已经烦了。"把切身感受说出来，是一步险棋，虽然它是实话。

大芳并没有恼羞成怒，反倒像碰到了知己，说："你以为我就不烦吗？我比你更烦！"

贺顿说："好事。"

大芳说："你幸灾乐祸？心理师不应该这样没有阶级感情。咱们两个一起烦了，怎么是好事？"

贺顿说："物极必反，烦了才会寻求改变。"

大芳说："我一直在寻求改变，否则我不会厚着脸皮又到你这里来。"

贺顿说："因为你想改变，我才和你在一起。大方向是一致的。"

大芳说："从哪里改变呢？"

贺顿说："从你脸上的笑容。"

大芳说："笑容？我一个半老徐娘，现在又成了寡妇，怎么会有什么笑容！"

贺顿不慌不忙地拿出一面小镜子，说："我也很奇怪，当你说到大小老婆的时候，你的脸上竟然出现了笑容。"

大芳真的拿过了小镜子，照了照，说："那是不可能的。"

贺顿不急于纠正她，问："当你提到小老婆的时候，你想到了谁？"

大芳说："我想到了那些甘当小老婆的女人。"

贺顿的目光如同雷达，窥视着大芳的面庞，在说到"女人"的时候，她看到大芳的面色猛然转为忧戚，好像在追思什么。

上一次放掉了非常关键而费解的转折，这一次，万不能再让它溜走了。

贺顿说："除了那些女人，你还想起了谁？"

大芳沉吟半晌，突然泪水涌上了眼帘，这使她那浮肿的眼泡水光四溅，她说："我想起了一个人……"

贺顿追问："谁？"

大芳哽咽起来，捂着脸："我不能说。"

贺顿说："我猜如果说出来，会让你万分痛楚，可是，如果你想改变，你就要尝试着说出来。"

大芳像个小女孩一样仰着头说："一定要说出来吗？"

贺顿说："一定。说出来，它就没魔力了。"

大芳好像下了极大的决心，哆嗦着嘴皮说："那个人，是我的……母亲……"

|第44章|
你一定要做大

贺顿沉默着，倒不是她不知道此刻说什么好，而是应该沉默。除了沉默，任何回应都是愚蠢的并将事与愿违。

大芳其实并不关心贺顿的反应，她既然已经说出来了，就不在乎了。最艰难的是第一步，剩下的就是继续下去。

"没想到吧？我的亲妈是一个小老婆，我从小就因为亲妈的关系，受够了歧视和白眼。你还记得《红楼梦》里的探春吧，多么有能耐的一个女子，可就因为是小老婆生的，命运就没法和嫡出的比。我爸爸是做大买卖的，有很多钱。如果没有那么多钱，他也养不起那么多老婆。我爸有七个老婆，亲妈是最小的一个。我亲妈原来是唱戏的，因为我爸爸看了她演的戏，惊讶于她的美貌，就把她娶回家。我爸爸对美貌有一种对古董般的热爱，喜欢收藏，喜欢把玩。只可惜古董是越来越值钱，女人随着容颜老去美貌不再，就越来越不值钱。做小老婆的人，还有一条翻身的途径，就是生个儿子继承香火，虽然不像皇帝的嫔妃那样母以子贵，却也是让自己扬眉吐气的好法子之一。可惜我妈的肚子不争气，只生了我一个女儿就再无动静。我从小听得最多的一句话就是——你不能和人家比。我就奇怪，我又不缺胳膊短腿，我为什么就不能和人家比？亲妈就说，你是我生的！我说你怎么啦？亲妈就说我不如人。我说你哪点不如人了？亲妈说，我是做小的人。

"做小成了耻辱的印记。从我还没有出生的时候，这印记就烙在我亲妈的额头了，我出生以后，又遗传到我的额头。你一定奇怪，为什么我说到生我养我的母亲的时候，我不能叫她妈妈，只能特别说明是我亲妈。因为从我一出生，就不让亲妈喂养，我只能管大老婆叫妈妈，管自己的生身母亲叫小妈。大老婆说，一个演私奔的戏子，只能把孩子养成敲锣打鼓的杂役，对不起商贾之家和书香门第。我看过心理学的书，说人和人的关系其实就是阶级。在大家庭里，老婆们是一个系列，就像高高的台阶。大老婆在台阶最上面，下面是做小的人们。其实，我妈并不是最后一任小老婆，在她之后，我父亲又娶了三个老婆，凑成了十个。本来他还想再娶两个，干脆成为一打，不想解放了，他的梦想成了水泡。家里的阶级斗争十分激烈，我亲妈是最没本事的一个。"

说到这里，大芳忽然话锋一转，问贺顿："你知道吗？心理学里做过一个实验，一个著名的关于阶级的实验。"

"不。我不知道。"贺顿说。

"我告诉你。科学家们养了一群鸡，管吃管喝，让鸡群自由发展。结果鸡群在很短的时间内就排出了座次。假设有十只鸡，它们就分出了谁是头鸡，谁是第二只鸡，谁是第三只鸡……以此类推，一直到最后一只鸡。这样的顺序就决定了吃食的顺序，鸡食盆子端来之后，整个鸡群是不可以乱动的，只有头鸡吃过之后，第二只鸡才能动嘴，然后是第三只鸡……一直到最后一只鸡。鸡群的等级顺序不是固定不变的，有的鸡长大了，它的座次就上升了。有的鸡有病了，它的座次就下降了。所以，整个鸡群是处于不断的变化和危机之中……你明白吗？"

说到这里，大芳注意地看着贺顿，等待她回答。大芳读了很多有关心理学的经典著作，但贺顿没看过这个实验，便老老实实地承认："只明白一点。"

大芳接着说："我的亲生母亲，也就是我的小妈，就是这最后一只鸡。鸡群每日都要重新排序，方法就是头鸡依次把下面的九只鸡的羽毛都啄一下，第二只鸡就把后面的八只鸡都啄一下……以此类推，到了第九只鸡，就只有一只鸡可啄了，这就是第十只鸡。这里面的深意，你明白吗？"也许是畅所欲言的关系，虽然述说的是惨痛的往事，但大芳反倒比较有条理了，不像以往只是愁眉苦脸唉声叹气。

贺顿如今成了完全的听众，回答："不太明白。"

大芳叹了一口气说："我刚开始也是不大明白，再把这个实验看下去，才明白了。你猜，对鸡群排序来说，哪只鸡最残忍？"

贺顿变成了一个被老师提问的小学生，她很认真地想了一会儿说："是头鸡。"那道理很简单，一个人或是一只鸡，要维持在团体中的领导位置，想必是要殚精竭虑地展示实力一览众山小，才能服众。

大芳说："我原来也是这样以为的，甚至科学家们也是这样预计的，实际情况是——最残忍的是第九只鸡对第十只鸡的迫害。它每天都要拼命地凌辱第十只鸡，不让它吃不让它喝，让它衰弱和瘦损，这样才能保证自己不至于沦落到最不堪的地步，才能保持残存的优势……现在，你明白了吧？"大芳期待地看着贺顿。

贺顿被这个可怕的实验所震撼，她说："我在想，人和鸡一样吗？"

大芳说："一样！完全一样！如果一定要找出什么不同的话，那就是人更狡猾，更阴险。这种弱肉强食的现象更普遍。你知道吗？我亲妈就是那第十只鸡！所有的人都可以欺负她，都可以践踏她，她向所有的人赔着笑脸，趴在整个家族的最底层……"说到这里，大芳泪水涟涟。

贺顿无声地递去柔软的纸巾，大芳使用纸巾的方法很特别，不是像别人那样在面颊上擦拭，而是把纸巾如同毛巾一样铺在脸上，顷刻间，半张纸巾就被洇透了……

贺顿索性把整盒纸巾推到大芳手边。

大芳的声音从一叠纸巾下发出："后来，解放军的炮声都能听到了，我爸爸带着他最喜欢的第二个老婆和所有的金条，搭乘最后一班飞机到海外去了。剩下的老婆树倒猢狲散，瓜分了家中所剩的值钱东西，各奔前程。直到这个时候，亲妈还守着空空的院落打扫房间买菜做饭，像个奴仆一样地过日子。大妈走过来说，怎么还不走啊？小妈说，这就是我的家，我往哪里走？大妈说，你得走。你不走我可怎么办？小妈非常吃惊，她不知道这个平日里高高在上的大妈，为什么对自己这样和颜悦色。大妈说，你得嫁人。小妈说，我是嫁了人的。大妈说，嫁了谁啊？小妈说，和您是同一个男人。大妈说，人呢？小妈就不吭声了。大妈说，我和你一样，现在都是没有男人的人了。咱们俩不同的是，你还年轻，还可以再嫁，我就没人要了。小妈不知如何回答大妈，大妈从来没有正眼看过她，从来没有和她说过这么多话。她要感谢解放军的大炮，让她能够抬起头来讲话。大妈接着说，我看了共产党的纲领，知道他们并不是共产共妻，也不伤害穷苦人，所以，你必须嫁人。如果你不嫁，不会有什么好运气的，要被打倒。小妈很拗，说，我原来就是倒着的，今后也不怕吃苦。大妈说，你不怕苦，我是知道的。所以这么多的小老婆，我找了你来说心里话。就算你不怕吃苦，你怕不怕大芳吃苦呢？大芳跟着我这几年，我还是喜欢她的……大妈这些话说到小妈的心坎里了，小妈说，您说怎么办呢？大妈说，你赶快找个穷苦的老实人嫁了，然后就说我是你的大姐，一直跟着你过活。钱的事你不用愁，我早积攒了一点私房钱，防着那老东西，虽说不多，咱们娘几个过日子也还够……快去，事不宜迟。

"一切都按照大妈的安排进行。只有一条——小妈带着大妈改嫁，没能把大妈说成是姐姐，大妈实在太老了，小妈就说大妈是自己的亲妈。小妈姿色尚存，人又勤勉，很快就带着大妈嫁到了千里之外的农村，从此过上了平静的日子。我的继父是个根红苗壮的老实农民，一场又一场阶级斗争的急风暴雨都没有淋湿我们的日子。小妈一辈子服侍着大妈，像侍奉亲生母亲般尽职尽责。我那时已经懂事，大妈并没有像许诺的那样，把细软拿出来一起享用，而是自己吃香的喝辣的，用人参和好茶偷偷滋补自己。我问小妈，为什么她和我们不一样？小妈堵着我的嘴说，谁让她是大呢！大妈那时已经年老体衰了，但她依然是整个家庭的太上皇。

"唯一让我感到扬眉吐气的是，如今我可以大大方方地管小妈叫妈了。但是小妈不让我这样叫，她说，你还是管我叫小妈吧，你是比我有身份的人。

"我们都以为大妈岁数那么大了，一定会死在小妈之前，那样，我们也能过几天舒心的日子。不想因为操劳过度，倒是小妈先病倒了。她带着病，还是每天给大妈洗脸洗脚烧水做饭，直到奄奄一息。

"小妈临死的时候，对我说：'我死了以后，你要接着服侍大妈。'

我说，为什么？小妈说，因为你是她的孩子啊。我说，我不是她的孩子，我是你的孩子。小妈说，傻孩子，她大我小，你哪能做小老婆的孩子呢！听小妈的话，以后会有好处的。直到咽气，她都不让我叫她一声妈妈，只让我叫小妈。那天晚上，她挣扎着让我扶着她给大妈最后一次问安。大妈厌恶地说，快回去躺着吧，也不看看自己都什么样了，还跑出来吓人，让人做噩梦。小妈伸出瘦骨嶙峋的手，说要给大妈捶捶背，大妈一撇嘴说，看你那个手，还能叫手吗？叫爪子都是夸奖了。赶紧走吧，该干什么干什么去吧。

"小妈剩下要干的最后一件事，就是等死。我扶着小妈回到土炕上，继父外出给人干活儿还没回来。小妈对我说的最后一句话是：你一定要做大……我拼命地点头。可小妈的话没说完，就闭上了眼睛。我至今也没想明白，小妈那句话到底是什么意思呢？是要我做大妈的好女儿还是另有深意？就像《红楼梦》里林黛玉临死的时候，说，宝玉，你好……好什么？没人知道。我也不知道小妈的意思。"

"小妈死后，我的继父……"

大芳说到这里，停顿了下来。贺顿立刻紧张得出汗，劈头打断了大芳的话："你的继父他干什么了？"话刚一出口，她就觉察到了自己的失态，赶紧调整思绪，竭力平静。

大芳沉浸在叙述中，并没有发觉贺顿的慌张。她说："继父回来很伤心，但也没有别的法子，在农村，死人是再平凡不过的事，对于穷人，更是家常便饭。继父对大妈说，你女儿是个好女子，可她死了，我没老婆了，你也就不是我丈母娘了，又指着我说，她也不是我女儿了。老婆我埋，也算夫妻一场。从此，我和你们再无干系。"

大芳说得悲惨，但贺顿反倒松了一口气，天下的继父并不都是坏人。在对大芳的治疗中，贺顿也收拾起了自己的心结。当然，这一切都在无声无息当中进行，大芳并无察觉。

"后来呢？"贺顿问。

"后来我就和大妈一起生活，当着人，我叫她姥姥；人背后，我叫她大妈。这不是为了她，是为了我的生母。我一直侍奉大妈到死，这也不是为了大妈，同样是为了我的生母。再以后，我慢慢地长大，后来村里来了下乡知青，其中有个青年叫小松……再以后的事，你都知道了。"

大芳说到这里，久久地停顿。贺顿也停顿，太久太久，彼此都忘了话题将如何继续。

治疗已严重超时，贺顿对大芳的思绪"包扎"之后，赶快结束此次谈话。

大芳下一次来的时候，憔悴不堪。贺顿说："上次聊过之后，你有些什么感受？"

大芳说："一半是轻松，一半是沉重。变成了阴阳人。"

贺顿说："这就好。"

大芳不乐意，说："我在水深火热之中，你还说风凉话！"

贺顿说："这就是变化，你要的不正是这东西？"

大芳想了想说："不管怎么样，把心里话倒出来，舒服多了。"

贺顿问道："关于你亲生母亲的故事，你从来没有对别人讲过吗？"

大芳很肯定地说："从来没有。"

贺顿说："那我谢谢你对我的信任。对老松也没有讲过吗？"

大芳说："这么丢人的事，我当然没有讲过。"

贺顿敏锐地抓住了"丢人"这个词，说："你以你亲生母亲为耻吗？"

大芳不愿正面回答，就嘟囔着说："难道小老婆光荣吗？"

贺顿："也许这正是要害所在。"

大芳说："你不要瞎操心。我母亲已经过世几十年了，除了她留给我的最后一句话，我连她的模样都快想不起来了。"

贺顿说："那最后一句话是……"她当然记得那句话，但她不能抢着说出来，她要让大芳自动吐出，意义不同。

大芳："那句话是：你一定要做大……我答应了她，我拼命地点头，她看到了。"

贺顿说："什么意思呢？"

大芳说："是啊，这句话我想了几十年。以前我小，我想亲妈的意思一定是要我做大妈的好闺女。因为她始终幻想着大妈能把我当成亲生女儿，从此改变我的血统，让它高贵起来。"

如此推理，在逻辑上尚可成立。按照当时风雨飘零的氛围，这种解释最为顺理成章。此刻的贺顿并没有善罢甘休，听到"以前我小"的时候，心中咯噔一下。小时候这样解释，后来，小姑娘长大了，很可能就生出了新的解释。对，一定要抓住不放！

贺顿说："那时你小，以后就不小了，再以后就步入中年，你对生母的这句临终遗言，也许有了其他的想法吧？"

短暂的等待之后，大芳说："是的，我是有了新的解释。"

贺顿大喜，颜面上还保持着沉稳安宁，问："那是什么？"

大芳没有直接回答，反问道："我的故事你现在已经全都知道了，比世上任何一个人都更清楚我的经历。你说，这句话还可以做什么解释？"说完，盯着贺顿。

贺顿没想到大芳反戈一击，一时愣住了。但是，她必须回答。这是大芳出的一道必答题，要验证心理师是否和自己肝胆相照风雨同舟，是否可以在最深刻的层面上走入最幽暗的内心角落。

贺顿在心中把那句话默念了一百遍。

"你一定要做大……"做大什么呢？做大家的好孩子？做大家族的接班人？做大时代的英雄？做大自然的好朋友……想到后来，贺顿也觉得越来越不靠谱了，百无聊赖之中，贺顿甚至想到了当下很时髦的一句口号——"一定要做大做强"。

当然了，几十年前一个垂死的村妇，不会说出上面这些话。但她拼尽最后一口气说的这半句话，分明有一个理念在生命的最后一刻，执拗地放射光芒。像一只断翅的黄雀，盘旋在越来越稀薄的意识的星空中，滴血哀鸣。由于这种至死不渝的坚持，让这句话具有永恒的魔力，直到今天还禁锢着她唯一的女儿辗转不安。同时，也折磨着女儿的心理师。

贺顿真希望自己会招魂术，招来亡魂解开密码。

可惜亡灵已经远遁，千呼万唤不会来。只剩一个法子，自力更生。

大芳置身事外，有一点幸灾乐祸的样子。是的，如果贺顿猜想的方向和她不一致，大芳就真的要走了，永远。再不会反悔，再不会返回。

如果你推心置腹披肝沥胆，都找不到人理解你，活着便没有任何价值，世上也没有任何可留恋的了。

贺顿虽不清楚大芳已准备孤注一掷，但也感到了危机。她得变成大芳肚里的蛔虫，更准确地说，她得变成几十年前死去的大芳生母肚里的蛔虫，把那句被咀嚼了千百次的话语咂摸出新滋味。

贺顿不敢慌张。慌张不单没有效用，反而会弄巧成拙。事情总是有来龙去脉可寻，有前因后果可供分析。她把大芳的故事像过电影般捋了一遍，对大芳说："我已经知道了。"

大芳不相信，说："说说吧。"

贺顿说："那句话没有说完，所以，它到底是什么意思，我们永远无从知晓了。我所能说的只是你对这句话的解释。为这个解释，你搭上了自己的一生。"

大芳面无表情："说吧。"

贺顿说："你觉得那句话是——你一定要做大老婆！"

这一刻，大芳泪雨倾盆。

是的，大芳就是如此复原了这句话。她觉得生母最大的愿望，是期望自己唯一的女儿，能够成为大老婆，从此洗雪遭受的耻辱和困苦，还原体面与尊严。

可惜，女儿面临的世道已经大变。再也不可能有大小老婆这样反人道的丑陋习俗，不管你是有钱还是没钱。假如你敢触犯天条，就要等待法律的严判。就算哪个男人敢冒天下之大不韪，也只能金屋藏娇遮遮掩掩。于是可怜的大芳，处心积虑地想让自己的丈夫有外遇，并把这些女子都请到家中，让他们在自己眼皮子底下蝇营狗苟。在这种畸形的关系中，完成着对一个苦命亲人最神圣的承诺和尊敬。

原来是这样！只能是这样！无意识是一个黑暗中的王国，可它却在百分之九十的时间主宰着我们，君临大地。

|第 45 章|
不必知道你的过去，这就是我爱你的方式

　　银河倒挂，大芳用光了三盒纸巾，纸团蓬松地堆满一地，好似泥沼中的天鹅。

　　忍受撕心裂肺的哭声，是心理师必须具备的功夫之一。按说贺顿久经沙场，对哭已经脱去敏感，但此时仍旧五内俱焚。她强令自己在这样的哭声轰炸之下不走神，可惜做不到。如果她不想一点令人愉快的事情，会疯掉。好在无论她表情如何，大芳其实都看不见，完全被自己的哀伤浸泡，不知魏晋。

　　其后多次畅谈，大芳认识到，是自己亲手酿造了老松一次又一次的婚外恋。在这种过程中，真切的痛苦和变态的快乐如同涡轮的叶片，轮番切割着她的神经。老松不知真情，但他能够模糊地感觉到妻子其实喜欢自己和各式各样的女子有染，并且把她们带回家中。在老松的内心深处，他对这种关系既渴望又畏惧，在享乐的同时又时常忏悔。分裂之中，记忆就发生了某种奇怪的组合。他毫无愧色地遗忘和改写了事实的真相，借以把所有的责任嫁祸于大芳，以求自身的脱逃。

　　在适当的时机，征得大芳的同意，贺顿约请了老松。剑拔弩张的会面，激烈的争辩，推心置腹的谈话，泪雨倾盆和冰释前嫌……结束治疗的时候，大芳和老松热烈拥抱，欷歔不止。

　　贺顿第一次在自己的工作间里，发觉心理师成了多余的人。她轻轻地掩上门，走出来。

随着心结的打开，随着时间的推移，贺顿和柏万福的关系和好如初。

柏万福在外面值班，看到她一个人踱了出来，吃惊地问："来访者哪儿去了？"

贺顿轻声答道："在屋里。"

柏万福着急地说："你怎么能放心地让他们单独待在工作室？"

贺顿打趣道："怎么啦，怕丢东西吗？咱那屋子里最值钱的东西恐怕就是沙发。那玩意儿死沉，谁扛得走？再说就算要扛走，也得从你的眼皮子底下经过啊！"

柏万福说："都什么时候了，你还说笑！这对冤家要是在心理室打起来，如何是好？"

贺顿说："他们打不起来。"

柏万福将信将疑地说："如果头破血流，就是咱们失职。"

贺顿说："你要是不放心，可以去看看。"

柏万福果然趴到单面镜前向里窥探。

柏万福看到大芳的眼泪和鼻涕将老松笔挺的西装染脏。记得有人在小说中说：老年人的爱情就像老房子着了火，没得救的。看来，这对准老年夫妇的忏悔和亲密，也像老房子着了火，没得救。柏万福不好意思再看下去，回到了候诊室。

生活犹如街头的活报剧，你永远不知道有什么人经过，在一旁倾听，在一旁观看，注视着你的起承转合。

贺顿背对着门，面朝窗外。窗外，车水马龙。柏万福从后面轻轻环住了贺顿的双肩，他觉察到贺顿的肩胛有节奏地抖动。"你哭了？"他问。

"没有。"贺顿说。

柏万福轻轻地揽过贺顿的身体，把她的脸庞正面对准自己，泪行在贺顿清瘦的面颊上蜿蜒，如同透明的青蛇。

"哭就哭了，为什么不承认呢？我又不会笑话你。"柏万福不解。

贺顿说："这不是哭。"

柏万福："满脸都是泪珠，怎么还说不是哭？"

贺顿说："这是笑。心理上的本领，一种是学出来的，一种是修出来的。我想到他们以前势如水火的争斗，想到我们曾经一筹莫展的困境，想到我因此付出的代价，悲欣交集。"

过了很久很久，大芳和老松手拉手地走了出来。大芳说："谢谢你们啦！"老松拿出一沓百元钞票，说："我来买单。"

柏万福看了一眼，说："太多了。"

老松说："请收下吧。"

柏万福说："实在用不了这么多。"

老松说："这是我们夫妇的一点心意。我知道这不能叫小费，也不能叫红包，可你总得让我们的心意有个表达的方式吧。收下吧，就算是我们对你们这个诊所的赞助，希望它能越办越好，越办越大，为更多的人造福……"

老松还在喋喋不休地述说感谢，柏万福还在坚辞不受，贺顿轻轻地离开了。作为行规，一个执行治疗任务的心理师，不宜在咨询者缴纳费用的时候在场，也不能当着来访者的面清点钞票。那样会极大地损毁心理师的形象，毕竟，心灵对心灵拜访之时，金钱应该逊位。

当贺顿重新见到柏万福的时候，柏万福正在数钱。贺顿说："你收了？"

柏万福说："都收了。"

贺顿说："这不好。"

柏万福说："人家真心实意。"

贺顿说："这让我以后没法工作了。"

柏万福说："我问他们下次诊疗想约在什么时间，他们说不必来了。他们可以自己解决余下的问题。"

贺顿说："从混乱中挣扎出来的生命，自我恢复的能力特别强，祝福他们。不过，这是两回事，不应该多收人家的钱。"

柏万福说："咱们需要钱。"

贺顿说："我知道咱们需要钱，可是，这样的钱用了也不安心。我宁可过清苦一点的日子。"

柏万福说："这钱不是过日子用的。"

贺顿就不明白了，说："不是过日子用的，你还有什么更急需的用处？

该不是你妈得了癌症吧？"

柏万福说："你想点好事不行吗？干吗咒我妈？"

贺顿急忙分辩说："不是那个意思。现在医药费太贵了，你一说急等着用钱，我就不由自主地往坏处想了。实说吧，到底是什么地方要用钱？"

柏万福说："这个事和你有关。"

贺顿说："我已经不再买伪造的名牌，那会让一个心理师内心愧疚。我也不用高档的化妆品，我的容貌不需要粉饰，洁净就好，普通的香皂就足够用了。我也不需要金银和钻石，我是节能型的。"

柏万福说："你不要嘴硬。这次就是你要用钱，而且，非同一般的耗费。"

贺顿警惕起来，说："稀奇！你口口声声说和我有关，我怎么一点不知情？到底是怎么回事？"

柏万福拿出了一张精美的纸页，说："这是一家权威机构开设的心理师提高班，要两年的时间，学习很多非常有价值的科目，教员都是国内最好的教授，听说还有若干国际大师级的人物来讲课。我为你报了名。"

贺顿把那张招生简章抢了过来，先一目十行地浏览了一遍，又逐字逐句斟酌，不禁说道："真是千载难逢的机会啊！"翻到背面，看到那令人惊悚的价目时，吸着凉气说："天价！"

柏万福说："心理师的培训贵得像劫道。但愿物有所值。"

贺顿说："我不去。"

柏万福急了，说："你要是吝惜钱，就太小家子气了。人家苦孩子还有个希望工程呢，你就是咱家的希望工程。"

贺顿说："好倒是好，只是太贵了。"

柏万福说："你需要学习。"

贺顿翻翻白眼说："那你就不需要学习了吗？"

柏万福："我更需要学习。"

贺顿说："那你去呗。"

柏万福说："咱要是掏得起两个人的学费，我就去。现在只能保一个，当然是你。"

贺顿说："要学，咱俩一块儿去。要不学，就都不去。"

柏万福抚摸着贺顿的头发说："别说傻话了。干心理师这行，也得有才能。我知道你比我更适合干这个，给别人的帮助也会更大。这阵子，我也看了不少的书，不是人人都能当心理师的，很多不合格的心理师会被淘汰出局。单单凭热爱，干不了这活计，还得正经拜师学艺。现在好不容易有个好机会，你不要推三阻四，全力以赴去学吧。"

贺顿感觉到柏万福粗糙的手指刮起了自己的一缕秀发，有轻微的疼痛从头皮传达到自己身体各个部分。要是平日，她会拨开柏万福的手指，但是今天，她一直忍受着。不，应该说是享受着，只有这种持续存在的疼痛，才能让她更真切地感受到丈夫的抚摸。

贺顿说："那这个诊所呢？"

柏万福说："我已经把有关学习的消息转告大家了，很有几个人感兴趣，也想去学呢。也许，同事将来变成同学。"

贺顿说："如果大家都回炉重新学习了，谁上班呢？"

柏万福说："这个你不用发愁，我已经打听好了，咱们可以暂时办个歇业。等你们学成归来，咱们再重打鼓另开张，到那个时候，大家就鸟枪换炮，不可同日而语了。"

贺顿第一次发现柏万福还有如此缜密的思维，惊叹道："没想到你把咱们的五年计划都制订出来了,这要同大家商量才能决定。"稍一思谋，又说："大家都有着落了，你呢？"

柏万福憨厚地笑了笑说："我就给大家做个接电话的。"

贺顿说："那是以后的事。现如今，诊所歇业了，你干什么呢？"

柏万福说："这世上靠卖力气就能糊口的活儿，并不难找。"

贺顿说："你要出去打零工吗？"

柏万福笑笑说："我本来就是劳动人民出身。"

贺顿说："你就在家学习吧。我每天听了课，回来都传达给你，这样，咱们交了一份学费，其实两人都受益，买一送一！"

柏万福很感动，说："谢谢你这么惦记着我，我相信你一定是个好学生，也是个好老师。可是，你忘了一件事……"

贺顿一惊，说："什么事？"

柏万福说："就是天下第一大事。"

贺顿说："你说的是……"

柏万福严肃起来，说："我说的就是吃。"他用手指指楼上，每当他们提到老太太的时候，都会用这种手势。"三口人的伙食费，这不是一个小数目。我要是什么都不干，你就是彻头彻尾的贫困生了。你这样忙碌，我只有一个法子帮你，就是变得和你一样忙碌。"

贺顿困窘地说："柏万福，你为什么要对我这么好？"

柏万福说："因为你是我老婆啊！"

贺顿一时冲动，说："正因为我是你老婆，我要告诉你几件事，我对不起你……"她已经下定决心，想把曾经和自己有过故事的男子，都告诉柏万福，然后静静地等待他的最后定夺。她不能把一个善良的人蒙在鼓里，让他任劳任怨义无反顾地为她付出。虽然，假如一个相同处境的女子来征询心理师的意见："对于自己的过去，说还是不说？"她一定会回答："不说。说了对所有的人都没有好处，过去的事就让它过去吧。"但是轮到自己头上，面对着一颗如此清澈的心，贺顿无法承受欺骗的压力，不想再隐瞒下去。

"我……"贺顿准备竹筒倒豆子般和盘说出，柏万福像扑向机枪眼的烈士，挥手用巴掌全力堵住了贺顿的嘴巴，其力道之大，差点让贺顿的牙齿把自己的舌头咬掉半截。

"不，你不要说！"柏万福大叫。

"我一定要说。我说完了之后，你再决定要不要这样帮我。"柏万福的手掌还在口鼻处徘徊，贺顿的口齿含糊不清。

"你不能说。"柏万福冷峻地说。当一个随和甚至是窝囊的人，一旦做出了冷若冰霜的表情，就格外郑重。

"作为一个丈夫，你有权知道这一切。"贺顿也寸步不让。不管那后果天翻地覆倒海翻江，她都有勇气承担，每一根头发都透露出决绝。

柏万福眼看劝阻不住，说："我已经知道了一切。"

贺顿不相信，说："全部？"

柏万福斩钉截铁地说："全部。"

贺顿极为诧异："你怎么知道的？"

柏万福说："我不需要知道。这就是一切。这就是全部。我没有你坚强，我不想知道一切。我知道此刻你在我身边，这就是一切了。我知道你热爱事业，我愿意用全力帮助你，这就是一切了。这个世界上，爱一个女人，可能有无数种方式，我不必知道你的过去，这就是我爱你的方式。这可能很蠢，可这是我拿得出的最好的礼物啦。请你收下。不要把我的礼物退回来。"

柏万福说得情深意切，贺顿的嘴唇像被透明胶纸粘上了，你看得到她口唇的嗫动，可你听不到她的声音。贺顿在心里说："我的丈夫！世上有千万种爱恋的方式，我知道了你的这一种。你爱我的事业，这就是最好的爱法了。我收下。尽管这要我付出代价，对自己永无赦免，但我愿意承受。因为，这也是我爱你的方式。"

万物寂寥，乾坤清澄，现世安稳，岁月静好。他和她曾遥遥相望，中间隔有无数劫难和尘煞，这一刻都已然轰毁。

| 第 46 章 |

江湖事，都可以推倒重来

贺顿像小时工一样卖力地在诊所打扫卫生，蹲在卫生间里，用去污粉把陈年的污垢擦拭得干干净净。柏万福说："你知道这个房子在诊所歇业以后干什么吗？"

贺顿抬起头来，用手背抹了一把头上的汗珠说："不是说好了要出租，补补开支上的窟窿吗？"

柏万福说："原来你还记得。"

贺顿说："我当然记得了。咱们又没说过要挪作他用。"

柏万福："既然出租，何必打扫得如狗舔一般洁净？记得日本有个什么女官，早年间当服务生的时候，打扫完厕所，都敢把便池里的水掬一捧喝下肚。你跟她可有一拼了。"

贺顿扶着腰说："我不是为房客们打扫房间。"

柏万福不解地说："为了什么？"

贺顿说："这房子就像一匹马，你骑着它冲锋陷阵长途跋涉，一道苦过也一道笑过，如今要把它卖了，你难道不为它刷刷毛，喂它一把黑豆吗？"

柏万福："依依不舍。我本来想帮着你干的，看来，你是非要自己出一身臭汗才心里踏实。干吧干吧。"

贺顿独自挥汗如雨，汗水一定能排出很多身体的废物，所以，在哀伤或是愤怒的时候，人不由自主地想劳作。

546

暂时歇业的事，贺顿已和沙茵交换了意见。沙茵的爱人最近出国了，家务都压到她一个人肩头，加之工作千头万绪，时间捉襟见肘，精力不堪重负。诊所给沙茵安排了若干次来访，都因为她走不出来，要么是重新派给别人，要么就只好将来访者婉拒。沙茵是个重脸面的人，有心想退出，又觉得当初一同揭竿而起，现在半途而废，不够朋友，就一直延宕着。现在听了贺顿的打算，仿佛瞌睡中送来了个枕头，自然十分拥护。

　　贺顿看着沙茵那张如满月一样光明的脸，觉得十分踏实。沙茵说："好好学习，天天向上。等你学成归来，我最忙乱的这一段也过去了，咱们再一道续写新篇。"

　　沙茵是平稳而友善的，那种真正发自内心的慷慨大方和同情体贴，是健全的头脑和富裕的生活所喂养出来的。就像吃着苹果听着音乐长大的神户牛，入口即化的细嫩无可比拟。原来人也不都是大悲大喜，也不都是苦尽甘来，有的人就是上帝的宠儿，快乐而简单地度过了一生。他们就像有着太多财富的富人，拿出一部分钱财——在他们来讲就是爱心资助别人，自己也并不伤筋动骨。

　　在一尘不染的诊所里，贺顿与汤小希开诚布公地谈了自己的看法。汤小希很是意外，长久地没有出声。她有好长一段时间没到诊所来，除了谈恋爱就是不断参加各种心理轮训班，忙着充电。刚有了一点入门的感觉，思谋着在自己的机构里一展宏图，不料却遇到了歇业风波，一时转不过这个弯子。

　　"干得好好的，说歇业就歇业，是不是另有隐情啊？你不会是要蹬了柏万福另攀高枝，人家不让你在这儿开业了吧？"汤小希满腹狐疑。

　　贺顿说："并无隐情。只是我想学习去。"

　　汤小希大包大揽地说："你尽管学习去，这里不是还有我吗！"

　　贺顿说："你真的打算从此就干这行了吗？"

　　汤小希说："那是。你没看到咱们的业务多红火啊。口口相传，人家都说咱们的效果不错，这就算立住脚。我以后要以此为生呢！打算从祥林嫂进步成林妹妹，你这样毁了我的大业。"

　　贺顿不解："你的大业是什么？"

汤小希说："就是相机而动，甩了猪肉掌柜，嫁一个乘龙快婿。以前年纪小，不知道女生嫁人就是第二次投胎，千万马虎不得。等我当上了心理师，就要脱胎换骨重新做人。再找对象，第一家庭要好，如果是公家人，父母一方要是司局长以上，最好是父亲，如果是母亲，估计将来婆媳关系不好处。如果是体制外的，家产最低要在二百万以上。要有学历，最低硕士，但MBA的不算，因为太滥。有学历论但不唯学历论，还要有能力。自己要有车，奥拓不算，起码得捷达以上。要有房子，两居室以上并且不是贷款买的。身高要一米八以上，但不能到达姚明那个级别。耳朵不能太大，耳大招风，有像猪八戒的嫌疑。鼻子不能太大，像成龙那样就有点过了，鼻梁要挺秀如阿兰德龙。眼睛如果不大，其他器官也要小巧玲珑，清秀型的也可凑合。讲究卫生，但不能有洁癖。食欲要好，但不能吃嘛嘛香，吃相要斯文。睡觉不能打呼噜，祖上三辈血亲五代之内不能有得过癌症、白血病之类恶疾的……"

贺顿胆战心惊，说："现在好像不是精神疾病的高发季节。"

汤小希吁吁吹着气说："你们才精神分裂！真想不通，形势一派大好，却要歇业，这不是天大的笑话吗！"

贺顿说："正因为形势一派大好，才要精益求精。"

汤小希说："心理这个事，也没个行业标准，做的是良心买卖，只要咱们尽心就是了，剩下的，就是一个愿打一个愿挨。再说啦，性价比实在是高，卖卖嘴皮子，风吹不着雨打不着，就有银两进项，这不是无本万利的事情吗！治得有效果了，人家自然感恩不尽，以为咱是活菩萨。若是没有效果，那就是他自己不努力，不开窍，天生倒霉蛋，和咱们也没有必然关系。别的还有个质量保证退货三包什么的，医院的医生看错了病吃差了药，弄不好还得进法院，心理师安全多了，风险几乎是零。你说这等的好事，怎么能关张大吉呢？这不是吃了迷魂药出的昏招吗？"

贺顿好像第一次认识汤小希，不由得把她上上下下地重新打量了一番。汤小希果然鸟枪换炮，上身穿一件米粉色露脐装，当年出生时被乡下产婆潦潦草草结扎的肚脐，翻翘着一个小肉包。下身是一条水洗砂磨过的饱经沧桑的牛仔裤，裤腿被横七竖八地戳了几个洞，几缕同样色系的丝线像蛛网似的随风飘荡。贺顿向既性感又充满江湖气的汤小希说："小希啊，我看你还是陪着你的郎君卖肉去吧。你在当初合股的时候，折合多少股份，我都还给你。"

汤小希大惊，说："凭什么呀，我也是股东，你一张嘴就把我给开除了？"

贺顿说："这不是开除，这是为了你好。我觉得你真的不适合做心理师。"

汤小希恼羞成怒道："你说我做不了心理师，我就真的做不了吗？你金口玉言啊？你一言九鼎啊？你生杀予夺啊？谁给了你这么大的权力！"

贺顿一时被呛住了。是啊，她们都是权益相同的股东，的确没人有能给谁发放通行证的权力。她苦口婆心地说："心理师是助人自助的工作，你把它当成沽名钓誉发家致富的工具，以为是一棵摇钱树，当然就不适宜做了。"

汤小希说："你以为你的临床经验多一点，就可以为所欲为了？告诉你吧，我一直在偷着学艺，你的那面单面镜，就是我最好的老师。你不干了，我还要继续干下去。我上的培训班有一个同学，叫安南，他说也认识你，正想加盟呢！"

贺顿没想到汤小希心机如此之深，心中震惊，情绪的温度计，此刻已然降到了金属结冰的程度，只得说："小希，没有征得来访者的允许，你趴在单面镜后面偷看，这是违规，你要受到处罚。你看到的东西永不能说。再者，咱们几个人发起这个机构，现在大家都同意暂时歇业，就你一个人不同意。召开股东会，你也是少数。"

汤小希说："少数就少数，少数怎么啦？真理往往掌握在少数人手里。"

贺顿万般无奈，只好说："好吧，那就通知股东，尽快开个会议一议，咱们再做最后的决定。"

汤小希回到与男友同居的房子里，把贺顿的话向开肉铺的男友学说了一遍，男友说："你到底有多少股份在里头？"

汤小希想了想说："当年说我出的是干股，也就是有钱出钱有力出力，我属于出力的那种。"

卖肉的男友扑哧一笑，说："我还以为娶的是百万富婆呢，原来不过是个卖苦力的。"

汤小希不服，说："苦力卖到今天，汗珠摔八瓣，也变成珍珠了。"

卖肉的男友思谋了一下，说："你说得也有道理。不管怎么说，是她贺顿先说不干的，是她对不起你。这样，她就欠着你的人情。所以啊，依我看，你也不要参加那个什么股东会了，你不懂公司法，少数就是要服从多数。人家做了决议，你只有服从。"

汤小希愤然说："照你这样讲，我就成了你砧板上的肉，你想剔骨就剔骨，想抽筋就抽筋，想剁馅就剁馅，我只有逆来顺受？"

卖肉的男友说："先纠正你一下，你不是我砧板上的肉，你是贺顿砧板上的肉，而我和你是同一只猪，至多你是前臀尖，我是后臀尖。这样吧，你先和我睡一觉，然后，我就想出办法来了。"

汤小希说："想办法和睡觉有什么关系？发情就说发情，不要指东打西。那样不诚恳。"

卖肉的男友说："神清气爽的时候，才能考虑重大问题。"

果然，在酣畅发泄和睡眠之后，卖肉的男友提出了一个绝妙的主意："也不要开什么股东会了，麻烦，而且你也占不到便宜。就跟贺顿商量，说你要退出诊所，让她给你一笔补偿。这样，你拿了钱，自己重打鼓另开张，再开办一个诊所，不就万事大吉了吗？"

汤小希原本半睡半醒，眼皮间如同点了胶水。一听此话，立马全醒了，大睁着眼说："我自己办诊所？行吗？"

卖肉的男友说："谁说你一个人？不是还有我吗！"

汤小希说："你还是老老实实地卖你的猪肉，我这里卖的是人心。"

卖肉的男友说："不管怎么说，闹一笔钱回来是正事。有了钱，一切都可以从长计议。江湖上的故事，都可以推倒重来。"

汤小希说："要多少？"

卖肉的男友说："越多越好。"

汤小希大叫起来："你这个人怎么这么没情没义？我真是瞎了眼，看上了你这么一个小人。我和贺顿说什么也是患难之交，不能多要，差不多就行了。"

当汤小希把自以为很是仁慈的数字摊牌给贺顿之后，贺顿大吃一惊。第一是她没有想到汤小希来了这么一手，第二是实在没有钱了。好在今日的贺顿已经泰山崩于前而不动声色，淡淡地说了一句："让我考虑一下，再给你答复。"

一个人练就不动之心，实在不是一件容易的事情。然而唯因其不易，才越发有了挑战。晚上，当她把这事告诉柏万福的时候，柏万福义愤填膺地说："要钱没有，要命有一条！"

贺顿说："不要讲气话。"

柏万福说："这不是气话，是实话。要不然这样好了，把诊所给她吧，不就是块牌子吗？让她给咱们倒找钱，这样你的学费还不用那么发愁了。"

贺顿说："她不会要诊所这块牌子，她更看重钱。"

柏万福说："那她为什么要逼咱们？"

贺顿说："我也不跟你说这个理了。不管怎么说，原来一块儿起事，现在是我要停业学习，责任应该由我来负。咱们把钱凑一凑，先把小希的事了结了吧。"

柏万福说："落井下石，还算什么患难之交？再说，咱们确实没钱，不是装穷。你一定要给汤小希钱，只剩下一条路了。"

贺顿说："什么路？"

柏万福说："那就是我去卖血。"

贺顿说："卖血才能卖出几个钱来？只怕把你全身的血卖光，也不一定够汤小希的零头。"

柏万福说："那你说怎么办？"

贺顿说："如果一定要去卖血，我就和你一道去吧。欠了小希的钱，咱们可以慢慢还，我先给她打个欠条。都是一起走过来的姐妹，我想宽限些日子，小希还是能答应的。"

柏万福说："卖血这事，还得讲究点技巧。大马路上有采血车，那是义务献血，连个鸡蛋钱也不给。咱们得找机关企业单位，每年派给他们的献血指标常常让他们为难，喜欢找人来顶替。抽血之后，就把原本预备发给自己人的营养补助，给了这些冒名顶替的人。这个钱数就比较像样了。咱们既然起了这个心，我就去打听一下，找个出手大方比较厚道的单位，咱们的收入就好一些。"

贺顿说："想不到你对这个还挺在行的。"

柏万福说："人穷的时候，就打听些旁门左道以应急。"

贺顿说："那好吧，我和你一道去。咱们说干就干。"

两个人在昏暗中微笑，看到梦想散发着钢轨一样的光泽，坚硬向前。

"想得倒好，这事，门儿也没有！"

一个凄厉的声音打破了寂静，黑暗中，婆婆站在门口，衬着门框，好像枯树的剪影。回迁房的隔音效果差，若是说话声音大了一点，旁人想不听都不行。婆婆以前以偷听小两口的谈话为日常工作，后来虽然有所收敛，但养成习惯了，耳朵经常竖着。此刻一不留神听到小夫妻撸起袖子要去抽血，完全忘了被人发现的尴尬，不管不顾浮出海面。

"贺顿，不是我说你，我儿子自打娶了你，没过几天好日子。以前再怎么不济，也没说过要去卖血的事，现在都混到这份儿上了，一天不如一天，真是个丧门星！我儿子身上的每一滴血，都是我用糨糊换来的，哪能抽给别人！"老婆婆说得心酸，用手背去揉眼角。不但没把泪水抹干，反倒是越抹越多。

贺顿看到婆婆闯进来，先是一惊，再看到老人家泪眼婆娑，心中也凄然。顺着老人家的话想想，柏万福自打娶了自己，真没什么安生日子过，让斗米升粮小户人家的婆婆，跟着担惊受怕。她说："您舍不得儿子，我能理解。这样吧，您儿子不用去卖血了，我一个人就成。您放心好了。"

本以为婆婆听了这话，会善罢甘休，不想老人家更是捶胸顿足，说："我心疼儿子，也心疼媳妇。你还没有生养，这就去卖血，要是伤了肚子，我那小孙孙还没出世，就皱巴成了一张相片。天下哪有你这样狠心的妈！

我可跟你说清楚了，你也绝不能去卖血！"

老太太唾沫星子乱溅，以示决心牢不可破。贺顿不想把事态闹大，心想胳膊反正长在我肩膀上，想什么时候卖血就什么时候去，你还能天天扒着袖子验看针眼吗？就算让你看到了针眼，那血也早就进了冷库，木已成舟，你还有什么法子？就含含糊糊地应承道："行行……不卖啦……"

老太太哪是那么好糊弄的，一眼就看穿了贺顿的鬼把戏，说："你别跟我当面一套背后一套！那叫两面派。现在人都讲个诚信，你说话要算话。你要以我还没生出来的小孙孙的名义起个誓。"

这就把贺顿逼到绝路上去了。她不愿做个不诚信的人，经济上压力委实又太大，只好说："这个誓我不能起。"

老太太步步紧逼："为啥？"

贺顿说："天下若是真有这么个孩子，她要是见我遇到这么大的难处，为母分忧，也会同意我卖血。"

婆婆说："什么难处？"老太太刚才只听了半截话，起因尚不明了。

柏万福就把详情大略介绍了一下。婆婆说："我以为什么事呢，不就是钱吗？钱是个金贵东西，可要是和小孙孙的命相比，它就不算什么了。这样吧，你们也不要为难了，也不要打算着趁我看不见的时候，再伸了胳膊去卖血。我还有几个压棺材底的钱，就先借给你们还人家的债吧。"

贺顿真想抱住婆婆说："谢谢您！"可她这句话终于还是留在嗓子眼里了，婆婆说完之后就颤颤巍巍地走了，留下一个佝偻的背影，连个感谢的机会都不肯给他们。

贺顿让柏万福把钱给了汤小希，不再同汤小希见面了。她不愿意看到一个曾经是朋友的人，在她面前被杀并且慢慢倒下洇出血迹。只有躲避。

患难的日子，好像灰烬里的火星，不能给你以任何温暖了，也不会再点燃其他的柴草，但是仍然不能舍弃。因为它曾经的燃烧。

贺顿同詹勇讲了设想。詹勇说："嗨！咱们俩做了同学。"

诊所成功地办了歇业，当这一切都完成之后，贺顿约请钱开逸喝茶。

钱开逸说："多日不见，我看你神清气爽啊。"

贺顿说："我不再当心理师了。"

钱开逸说："好。"

贺顿说："现在不当，是为了以后更好地当。"

钱开逸又说："好。"

贺顿沉思着说："无论我说什么，你都说好。也不问问为什么？"

钱开逸说："我相信你，所以就不问了。我们两个彼此都有很多的秘密，并不清楚，但这并不妨碍我们的友谊和互相帮助。"

贺顿说："我今天想跟你说的就是——以前是这样的。但以后，就不是这样了。"

窗外的霓虹灯如同巫婆手中的红苹果，鲜艳而变幻莫测。他们之间的距离靠得那样近，贺顿闻得到钱开逸口中的气息，属于风华正茂的健康男子的气息，类似剪刀蹭过的清凉，像水晶又像薄荷。

钱开逸很惊奇，说："为什么？在我们之间发生过很多事，我以为随着时光的流逝，我们的友谊应该更纯粹和更心照不宣。"

钱开逸晃着手中的茶杯，那是上好的绿茶，云烟袅袅。看一片片螺旋状的叶子溶成碧海青天，这需要等待。

贺顿说："你说得很对。就是为了咱们的友谊更纯粹和心照不宣，我以后不再和你在一起了。"

钱开逸非常诧异地说："是不是你的丈夫给了你太大的压力？他对我说过，他愿意退出。我一直在等着他实践这一诺言。"

贺顿说："正相反，他什么压力也没有给我，是我自己决定结束我们的关系。"

钱开逸说："那么说，这纯粹是你个人的一个决定了。"

贺顿说："谢谢你的理解。即使在这样的时刻，在这样的问题上，你依然是这么了解我。"

钱开逸说："不要乱夸奖。我还是不明白，我们这种关系，对你有什么妨碍吗？我是这个世界上最懂得珍惜你的人。就算我们不能终成眷属，也不妨碍我们肝胆相照地做朋友哇！我们可以有一种非常纯净的关系。"

贺顿轻轻地抚摸着钱开逸的手说："开逸，你知道，我们的关系并不是那样纯净。如果我是一个普通的女子，我会很享受这样的关系。即使你以后结了婚，有了挚爱的妻子，我相信咱们之间的了解和珍重，也会一如既往。可是，我决定当一个优秀的心理师，为了这个理想，我要清理和你的关系。"

钱开逸深深地呷了一口茶说："奇谈怪论。当心理师就不能有男朋友了吗？就都是孤家寡人了吗？就六亲不认了吗！"

贺顿说："恕我孤陋寡闻，我不知道别的心理师是怎样应对的，也不知道大师们都如何处理他们的私生活。只是我和你的关系，让我在处理所有和男女情爱有关的来访者的时候，都会分心，都会对自己的所作所为打一个问号。邪念困扰，肝肠寸断。我没有法子把自己分裂开来，这就像研习一门武功，对于所学门派，不能有半点迟疑和动摇，执着才能正宗。我不想用无知无觉的身体，维系越来越远的灵魂。为了心灵的平稳，为了我的工作，也为了我丈夫的福祉，为了你的安宁，我将就此和你诀别。"

贺顿说着，用一杯鲜红的玫瑰茶，碰了钱开逸的杯子。红绿相交，锵然有声。红不仅仅与绿对立，而且也和其他的一切颜色对立，比如黑，比如白，比如黄或者蓝。红给人危险信号，它像流出的血。

钱开逸突然注意到贺顿的眉毛。好眉毛是青春的堤坝，它们像鹰翼直飞鬓角，这一对剑眉是贺顿脸上最光彩照人的地方。贺顿的嘴唇好像水洗的棉布，有黯淡的白色绒毛，不温柔，但是坚定，这些话从嘴唇中吐出，如金石掷地。钱开逸说："我想到过我们分手的一千种理由，只是没有想到是为了你的理想。"

贺顿深情地说："一千种理由都不能使我们分开，但是为了理想的坚守和纯粹，我会做这个选择。"

钱开逸说："贺顿，你不会后悔吗？"

贺顿注视着钱开逸，觉得他的眼神像一种水果。什么水果？蜜桃？芦柑？甘蔗还是石榴籽？对了，是猕猴桃，毛茸茸的，黯淡而有酸意。

贺顿说："我当然会后悔。后悔马上就会发生，也许当我还没有走出这间茶室的时候。"

钱开逸热切地说："那你就不用后悔了。就当你什么都没有说，就当我什么都没有听到。我们依然像以前那样……"

茶室内是素木青板的小桌，窗外夜雨蒙蒙。贺顿静态的时候很一般，一旦她说起话来，就让人刮目相看。

贺顿说："当我说出这些话以后，我们再也不会回到从前了。我之所以把所有的想法都告诉你，就是希望你帮助我完成这个决定。在这件事上，我不能相信自己，可是我相信你。在我不坚定的时候，你会帮助我。你曾经帮助过我很多次，这是最后一次了。"说完，贺顿站起身，走到钱开逸面前，轻轻地吻了他一下。这一吻是如此的轻柔，如同杨树春天的绒毛，微微拂过面颊。这个吻，更确切地说，是一"抚"，"抚"过一张古琴。

贺顿把茶钱留在桌上，起身走了。钱开逸目送着她的身影，耳边回荡着她那国色天香的声音。茶室的墨绿色落地玻璃窗，把贺顿的身影清晰地显现了出来。

女人的智慧不一定都是圆融婉转的，有时也是斩钉截铁的。逝去的感情犹如旧衣，色泽已褪，针脚已开，款式已是陈旧，所有的经纬，都已经稀薄。然而，你长久地穿过它，那里遗存你的形状，你的气息，还有你的泪和汗。

钱开逸看到贺顿深情地回望茶室，神情暗淡，好像在等待着钱开逸跑出门去，将她拉回。她甚至停下脚步，仿佛在思忖着是不是重新走进茶楼。但是，钱开逸记着贺顿的嘱托，他克制着自己喉头的哽咽，大口如牛饮般吞咽着茶水，以抵制自己想站起身来拦住贺顿的念头……

他把一杯茶一饮而尽，许久地低垂着脑袋。不知过了多久，他抬头再看窗外，已是空无一人。刚才那个纤巧的身影，好像从来没有存在过。

贺顿并没有走远，在旁处静静地注视着，犹如看荒野中一盏毫不知情的灯。

| 第47章 |

你曾经让我身处地狱，
我却从那里出发，走向了天堂

贺顿在班上是最好的学生，每次都早早地到校，从不迟到。她会找一个靠窗、明亮、声音不大不小的地方坐下来。在会场和学堂里，假如可以随便挑选位子，每个人会坐在哪里，几乎是重复和固定的。只要你到得足够的早，你就能够找到那个地方，好像在异乡找到了家。

贺顿和大家关系良好，凡是不懂的地方就虚心求问，进步飞快。研修班除了固定的教师之外，也聘有专家学者讲课，以开阔学员的眼界。终于有一天，贺顿等来了姬铭骢的课，听说好不容易才请动他。

姬铭骢的课讲得很精当，风生水起流光溢彩，课堂气氛十分活跃，姬教授不停地和学员互动，提的问题既有深度又幽默风趣，让大家受益匪浅。他在进入教室的第一个瞬间就发现了贺顿，对这个和自己曾有过肌肤之亲的女子，他既有一个男人的记忆，更多的是一个师长对于弟子的记忆。从这个女子面如秋水般的平静当中，他敏锐地察觉到已今非昔比。提问的时候，他很巧妙地用最难的问题考查贺顿。

贺顿早就想到了有这一天。这个圈子就这么大，山不转水转，总有狭路相逢的那一天。在课程表上看到姬铭骢要来讲课的那一天，贺顿第一个最直接的反应是逃离。时间并不能淡化一切。说淡化的人要么是傻瓜要么是自欺欺人。一个曾经侵犯过你生活的人，不是别的，是你的影子。他是你的台风，是你的冰雹，是你的鬼影憧憧。她不想见到他，如果有可能，她今生今世永和他绝缘。但是，这是不可能的。当然了，贺顿可以在姬铭骢讲课的时候逃学，但你逃得了一天，逃得了一年吗？逃得了一世吗？贺顿只有正面迎击。她热爱自己的工作，她必得把这个关系处理好。这是一个未完成事项，她要亲手把它了结掉。

贺顿的答案很精彩，有理有据娓娓道来，既不敷衍，也不夸夸其谈，所有的人都听不出任何破绽。但一个学生回答问题是应该有破绽的，没有破绽，就说明事先下的功夫太大了，把老师的学问研究得太透彻了。姬铭骢何等老辣，正是从这种胸有成竹有备而来滴水不漏的回答中，他知道贺顿是在乎他的。

下课的时候，姬铭骢叫住贺顿，说："谢谢你把我的课学得这样好。"

贺顿夹杂在同学中，环顾周遭微笑着说："我把所有老师的课都学得不错。是吧？"

同学们说："哈！骄傲使人落后，虚心使人进步。"

姬铭骢说："贺顿，我能否请你吃顿便饭？这样，我也可以从你这里更多地知道同学们对课业的反映。"

同学们就起哄，说："应该是学生请老师吃饭，不能反过来。"

贺顿就落落大方地说："那我就请老师吃饭。还有谁愿意作陪？"

大家正好都有事，于是就剩下贺顿和姬铭骢。贺顿说："我平日都是到一家烧烤兼有牛肉面的馆子吃饭，不知姬老师愿不愿意体验一下穷学生的日子？"

姬铭骢说："当然愿意。对于一个临床心理学家来说，所有的体验都是学习。"

两人找了一个僻静的角落坐下，身边有一盆粗壮的仙人掌，令人有干燥和狂野的感觉。

先来烧烤，肥牛羊肉、鱼片、蘑菇、豆腐，一盘盘叠床架屋，煞是热闹。

姬铭骢说："考考你。为什么烧烤好像比蒸煮的地位高？"

贺顿穿着全白的短身毛外套，还有帽子，优雅而温婉。她回答道："烤过的东西分量比原来要少很多，有流失和炭化，味道比煮出来的更香。凡是经过加工之后分量比原来少的东西，就带上了贵族气。浪费就意味着地位。"

姬铭聪说："很好。"

贺顿要了一碗中碗面，姬铭聪要了一碗大碗面。

"我看到你进步很大。你的毛衣细节不错，低调而有韵味。"姬铭聪一边喝着面汤，一边说。

"谢谢老师鼓励。"贺顿中规中矩地回答。

"我很喜欢你的。"姬铭聪更进一步。

"谢谢老师关爱。"贺顿依旧平和而有分寸地回答。

"这种喜爱不仅仅是一个老师对一个学生的喜爱，而且还有……"姬铭聪把话说了一半，故意停顿下来，以观察贺顿的表情。

贺顿知道会有这一天，会有这个话题。她已经准备了很久，但真要面对着姬铭聪说出自己的心里话，贺顿还是要鼓起极大的勇气。她必须直面这种灵魂的厮杀。贺顿吃了一大块牛肉，期冀着很久以前的一头强壮的牛的力量，会从这块肉上传达给自己。

贺顿说："我对于姬老师曾经给予我的帮助，记忆犹新。"

姬铭聪说："法子糙了一点，不过，看来有效。你知道，砒霜也是可以治病的，只要适量。"

贺顿说："我知道你为了帮我，曾殚精竭虑。对此，我表示感谢。"

姬铭聪紧逼一句："感谢是要有行动的。"

贺顿说："我的话还没有说完。"

姬铭聪很绅士地做了一个"请讲"的姿态。贺顿说："我找到您的时候，正是我最孤苦无助的时候。"

姬铭聪说："是的。我尽我的力量伸出了援手。后来，你就没有了音信，直到我来这里讲课，才看到了你。依我的观察，你的状况不错，应该说是很好。"

贺顿说："经过系统的学习，我有了很大的提高。我常常想起你为我所做的治疗……"

姬铭聪颔首道："是的，我也常常想起。"

贺顿说："对别人轻易地抱有期望和幻想，也是一种不劳而获的错误，这是我当时的疏漏。不过，以今天的我回顾那时的我，以现有的知识分析当时的状况，我觉得你的治疗方式，是完全错误的。"

贺顿说完这句话，赶紧喝了一大口牛肉汤，外加两筷子牛肉面，要不然，她的心会从喉咙口飞奔而出。

姬铭骢再老谋深算，也没有想到这个貌不惊人，曾经非常屡弱的小女子会变得如此从容淡定，直言不讳挑战自己的权威。如果说，刚开始的挑动，还带有欣赏战利品的快意在内，现在就只剩下反击和剿灭。

姬铭骢冷静而霸气地说："你看到过一个鸡蛋在教训母鸡吗？"

贺顿不明就里地回答："没看到过。"

姬铭骢微笑着说："现在就是。"

贺顿并没有被激怒，她早就设想过这一天，为此，她早就开始储备勇气，直到它们汹涌澎湃。她说："我不是鸡蛋，你也不是母鸡。作为一个训练有素的心理学家，你应该知道，和你的来访者发生性关系，这在所有国家的心理医生行业里都是被严令禁止的。"

姬铭骢说："那不是单纯的性关系，而是一种治疗。为此，我付出了巨大的代价并肩负危险，包括今天这样被你指责。那是当时我所能想到的最行之有效的方法。一个问题的求解，如果不从最简便处入手，就是旁门左道了。这是佛经上的话。"

姬铭骢的倒打一耙让贺顿一时有些迷惑，不知如何反击，但是，她很快镇静下来，说："你不必巧舌如簧地辩解。我会一直保有控告你的权利。你口口声声地说自己是一个临床心理学家，如果对公认的行规都如此藐视，那么，对你最安全的方法，就是离开这个受人尊敬的行业。否则，等待你的就不再是课堂或是心理室，而是另外一个狭小的只有很少阳光的地方。"

贺顿说完这些话，长长地舒了一口气。她把自己身体内残存的寒冷，彻底地驱赶了出去。很久以来，寒冷在假寐，等待着东山再起，如今终于烟消云散。现在，她可以专心地吃自己的牛肉面了，像一个真正的饕餮之徒。遗憾的是，不知不觉中，那些面条已被无滋无味地吞咽下去很多。

姬铭骢张口结舌。在曾经就范的女子当中，贺顿是非常平凡的一个。也许，正是因为这种平凡，才让姬铭骢小看了她。轻视是要付出代价的。

这个平淡无奇的女子，让他姬铭聪来了一个大窝脖。姬铭聪想不通，是什么让这个曾经如此卑微低贱的灵魂，可以在他的面前昂首挺胸义正词严？

是什么给了她力量？

是曾经的苦难，还是她天性中的倔强？是自己旁门左道治疗的效力，还是心理科学移山造田改天换地的力量？或者是某种未知的魔法？或者干脆就是一个负负得正的裂变，一个瞎猫碰上死耗子的奇迹？

不知道啊不知道。只是，今后，可要小心点了。这个行当里，明白人是越来越多了。姬铭聪说："我于个人的毁誉得失荣辱成败，素来并无丝毫考虑。我听从我的内心。我的内心如果是魔鬼，我也听从，因为那就是残酷的真实，真实让我坚强，勇敢也是一种性感。我期待着死后还会有人提起我，起码十年之内。二十年之后，也就无所谓了。一个人能在一个领域里保持十年的知名度，我心足矣。"

贺顿说："你的逻辑之内，千沟万壑。其实全世界的心理治疗家，没有做别的事，都是在治疗伤害造成的恶果。权威需要博学而人道，保持虔诚之心。可惜你违背了天条。你好比是绿芥末，如果我是鱼又需要被人享用，你就大功告成，就恰到好处了。可惜，我不是鱼。"

姬铭聪好奇地问："那你是什么？"

贺顿莞尔一笑，说："我是病毒。"

姬铭聪终于被这个曾俯首听命的女子搞糊涂了，不解："计算机感染的那种？"

贺顿说："哦，不是高科技，是自然界土生土长的那种病毒。微小，简陋，但是顽强地坚持复制自己，直到变得强大。"

姬铭聪说："你知道吗，病毒在复制的过程中，常常搞错编码，病毒是个粗心的家伙。到那时候，你面临的就是毁灭。"

贺顿说："因为心理师中有你这样的人，所以，我会战斗不止。我知道我的力量还不充足。心理师面对的是人命至重，心灵至重。我会把舌头在石头上磨，在骨头上砺，直到有一天锋利无比。那一日，你曾让我身处地狱，几乎被你的疗法粉碎。我却从那里出发，走向了天堂。在欲望面前，最有效的制裁，也许并不是责任道德之类的东西，甚至也不是法律，而是心理师的自爱。"

姬铭聪长出一口气说："我现在的真实感受，你想不想知道？"

贺顿说："讲。"

姬铭聪说："我希望你是一个男人。做一个真正的心理师，你应该是个男人。如果你不是个男人，你就要最大限度地像一个男人。这样，你我就能做朋友了。"

贺顿招手让小姐结账，站起身来，对姬铭聪说："我不是男人，我是个女人，饱经磨难，也依然能做好一个心理师。您慢用，我先走一步了。下午还有新的老师来讲课。我们永远不会是朋友。姬老师，有一个词，你可听说过？叫作——尺蚓降龙。"

姬铭聪说："什么意思？"

贺顿说："就是一条蚯蚓打败了龙。"她端起手中的碗，碗中还有一些汤，说："姬老师，咱们就以汤代酒，碰个杯。"

姬铭聪也站了起来，端起自己的碗，说："总要有个由头。为了什么干杯？"

贺顿说："为了这个事业的发展，为了你的安全，也为了将来有一天，我会战胜你！"

两个粗瓷大碗碰得叮当乱响，贺顿一饮而尽，然后飘然而去。姬铭聪坐下，小口品着汤碗中残留的青葱和香菜。

她会告发自己吗？姬铭聪思谋着。他并不害怕，因为没有证据。只是他此刻乐意在理论上探讨一下这个问题。估计，不会的。那样，对她对他，对这个方兴未艾的事业，都不好，他对人性的惯例了解得很深刻。但是，谁知道这个不按常理出牌的女子，会采用哪一招？

窗外冬日雪霁，残雪似银，路旁冻水如墨，阳光倾斜着射进来，像清漆一样透亮，弹得出声响。

贺顿轻快地走着。快到年根了。年什么时候变成了一棵植物，有了根和梢？是草本还是木本？年的叶子在哪里？花朵在哪里？

后　记

　　我曾经当过生理上的医生，也当过心理医生。离开这两个行当足够远的距离之后，才有兴趣和能力眺望它们，当年只顾在其中汗流浃背地忙活。我甚至以为，在摒弃了庄严的琐细规则之后，反倒能够比较容易地把握和描绘出真相。好比一幅大比例尺的地图，虽无法将所有的小溪和茅草房都画在上面，若能标识出显著的山川河流的走向，就算完成了。这一点，敬请这两个行当的专业人士见谅，不必耽误你们的法眼端详这部小说。我不是课堂上的教授，只是一个笔随心走的小说家。

　　感谢小说的游戏规则，给予我宽松想象的权利和快乐。